KB270395

釜山詩人協會 40年史

자문위원	강남주 김규태 김선희 김의암 박성웅 박송죽 박철석
	배상호 손경하 신 진 양왕용 오정환 유병근 이민영
	이상열 이은경 이해주 임종성 정순영 정인조 조창용
	진경옥 차한수
위 원 장	김광자
부위원장	이원도
편찬위원	강현옥 경대호 김남희 김덕수 김선례 김시월 김영옥
	김옥균 김정순 김종화 김정호 김찬식 김화자 김현만
	라영훈 류선희 류정희 문인선 박두길 박말란 박상호
	백 식 서규정 서봉수 서은희 손애라 송만판 안도영
	안성식 안유정 엄경애 엄주연 윤재선 이분선 이분자
	이새별 이삼성 이성림 이수찬 이용문 이윤정 이혜민
	조성순 조헌호 주순보 전현정 정봉균 정영일 조원기
	진국자 최귀례 최수지 최원철 최재영 최춘자 추점자
	표애자 한효섭 하태수 허충순 황갑윤 해 연

■ 부산시인협회 역대 회장

1, 2대 회장 허만하
(1989년 4월 ~ 1993년 2월)

3대 회장 김석규
1993년 3월 ~ 1995년 2월

4대 회장 이상개
(1995년 3월 ~ 1997년 2월)

5대 회장 이해웅
(1997년 3월 ~ 1999년 2월)

6대 회장 정순영
(1999년 3월 ~ 2001년 2월)

7대 회장 김창근
(2001년 3월 ~ 2003년 2월)

8대 회장 임수생
(2003년 3월 ~ 2005년 2월)

9대 회장 조의홍
(2005년 3월 ~ 2007년 2월)

10대 회장 변종환
(2007년 3월 ~ 2008년 6월)

10대 회장대행 조창용
(2008년 7월 ~ 2009년 2월)

11대 회장 권혁동
(2009년 3월 ~ 2011년 2월)

12대 회장 김광자
(2011년 3월 ~ 2014년 2월)

anniversary 1967~2012 45th

나눔으로
함께하는
행복한 금융

당신의 베풂이 따뜻한 등불이 되고
우리의 나눔이 세상의 빛이 됩니다

나눔 1등 BS금융그룹은
함께 누리는 상생의 금융을 통해
모두가 행복한 세상을 만들어갑니다

BS금융그룹 BS 부산은행

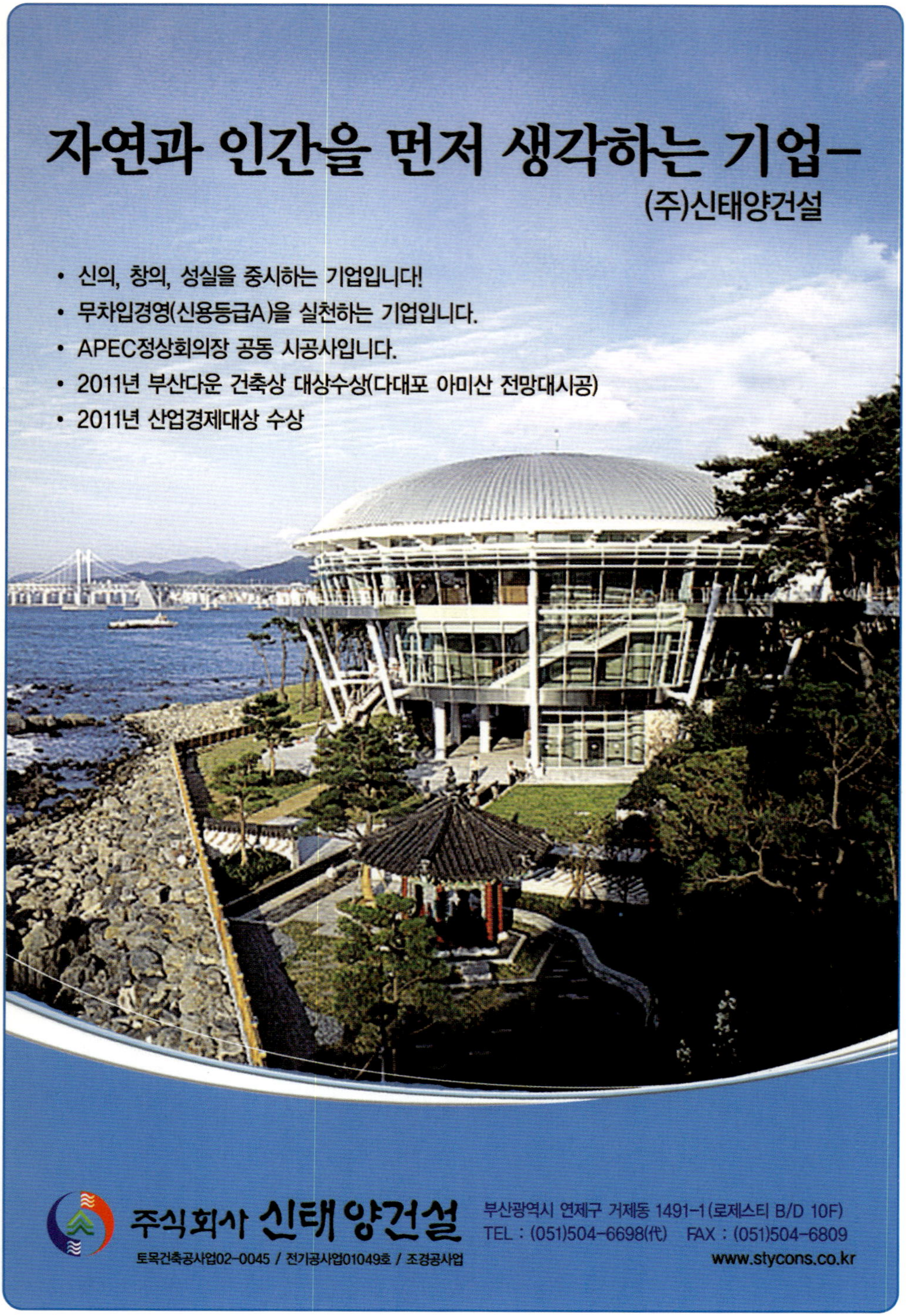

자연과 인간을 먼저 생각하는 기업-
(주)신태양건설
• 신의, 창의, 성실을 중시하는 기업입니다!
• 무차입경영(신용등급A)을 실천하는 기업입니다.
• APEC정상회의장 공동 시공사입니다.
• 2011년 부산다운 건축상 대상수상(다대포 아미산 전망대시공)
• 2011년 산업경제대상 수상
주식회사 신태양건설
토목건축공사업02-0045 / 전기공사업01049호 / 조경공사업
부산광역시 연제구 거제동 1491-1(로제스티 B/D 10F)
TEL : (051)504-6698(代) FAX : (051)504-6809
www.stycons.co.kr

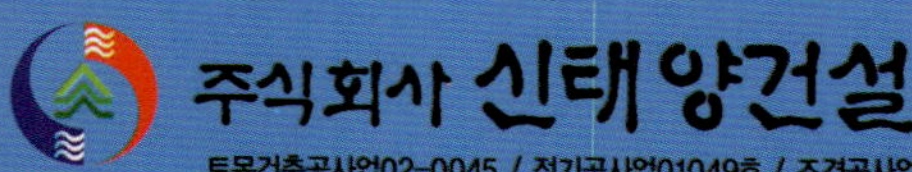

1990년 4월6일 시인협회 현판식을 가지는
이상개(부회장), 허만하(회장) 시인.

1990년 11월 5일 시낭송회를 마치고.

1992년 8월11일 허만하 시인 자택을 방문한
강영환, 유병근, 허만하, 황양미, 이상개 시인

1993년 6월 거리의 시와 음악 시낭송회에서
(이영일, 이병구, 강남주, 000, 임명수, 정순영)

1993년 10월 17일 울산시인들과의 친선 산행.

■ 사진으로 보는 부산시인협회

제1회 시협상 시상식.
수상자인 허만하 시인이 못 나와 이해웅 시인이 대신 수여.

1993년 11월 26일 제1회 시협상, 송년의 밤에서
조성래 시인의 시낭송.

제1회 시협상 시상식에서(김석규 당시 회장, 김용태 당시
부산문협 회장, 최해군 소설가, 박철석, 이 석 시인.)

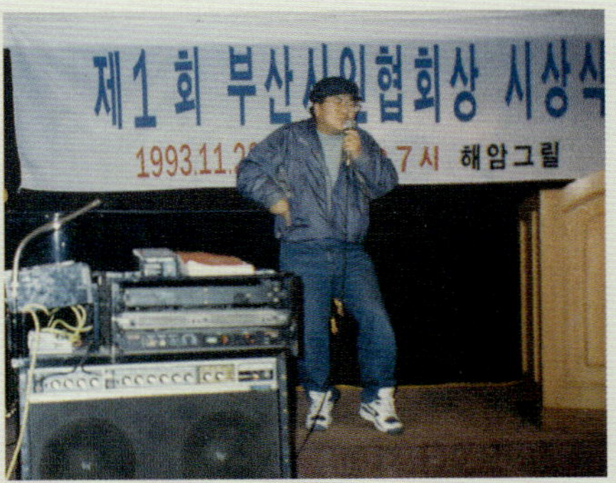

2부에서 김성식(작고) 시인의 노래와 춤사위

제1회 시협상에 참석한 회원.
(홍정숙, 탁영완, 류정희, 김미순, 진경옥, 배상호, 강문숙)

1993년 12월 23일 열린 박태문 시인 추모의 밤.

■부산시인협회상 역대 수상자

허만하(1회)   임명수(2회)   유병근(3회)

김석규(4회)   임수생(5회)   하현식(6회)   이상개(7회)

박송죽(8회)   박청륭(9회)   박태일(10회)

이해웅(11회)   임종성(12회)   신 진(13회)   류선희(14회)

최창도(15회)   정순영, 윤정숙(16회)

김광자(17회)   신 선(18회)   진경옥(19회)   이원도(20회)

1987년 1월1일 신년 바둑대회. 김규태, 임명수 시인의 대국.
옆은 이병구, 이석 시인의 대국. 구연식 시인은 지켜보고 있다.

남부의 시 출판기념회(1990. 1. 15.)에서
허만하, 김규태 시인이 담소를 나누고 있다.

1990년 2월13일 제1회 시협 시낭송회에서 낭송 중인
이병구 시인.

제1회 시낭송회(1990. 2. 13.)를 끝내고
뒷풀이 자리의 김규태, 허만하 시인.

1990년 9월 3일 시낭송회에서 낭송을 하는 강남주 시인.

1990년 7월 3일 행사를 끝내고 중앙동 주점
(정일근, 이상개, 배광훈, 강경주 시인)

1998년 제1회 여름시인학교(사량도, 7월25~27일)

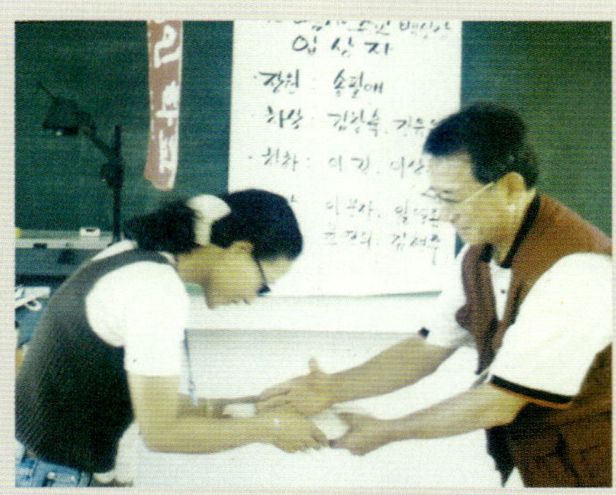

제1회 시인학교 백일장 장원(송필애)자에게 시상하는 당시
이해웅 회장. 송필애 씨는 현재 송 진 시인으로 활동

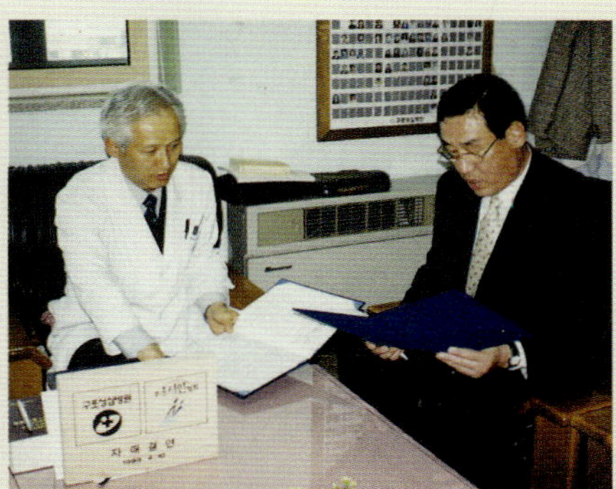

구포성심병원과의 자매결연(1999년 4월10일)에서
결연서를 확인하는 정순영 회장

2003년 11월2일 시의날.
시인협회상 수상자 이해웅 시인과 함께

2003년 11월18일 시협문학세미나에서 토론하는
최휘웅, 구연식 시인과 남송우 문학평론가.

2005년 시의날 행사를 마치고

2005년 여름시인학교에서 참가 학생의 시낭송

2007년 한여름밤의 시와 음악회에서
김석규 시인과 김근희 시인.

2008년 시인협회상 수상자 윤정숙 시인과
조창용 회장권한대행.

2009년 2월 회장선거에 후보자로 나선 전기웅, 권혁동,
최원철 선거관리위원장, 양은순, 김광자 시인.

1994년 시낭송회를 마치고(뒷줄부터 강영환, OOO, 홍정숙, 김형술, 최영철, 김석규, 김숙희, 박윤규, 이상개, 윤정숙)

1994년 8월 부산경남 젊은시인회의 주최 여름시인학교에 공동 참여하면서.

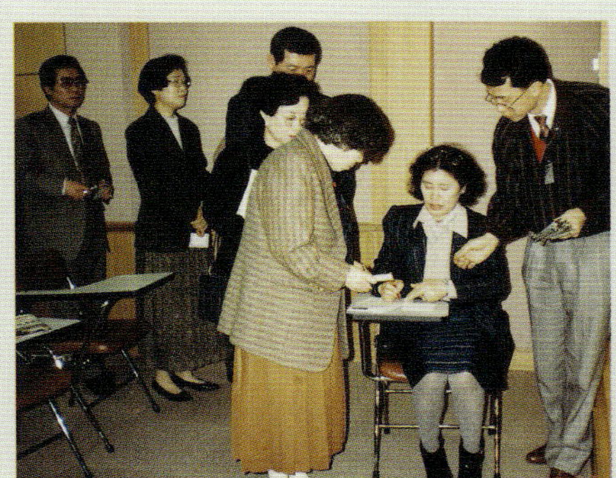

1995년 2월28일 정기총회에서 투표에 앞서 김광자 시인이 회원 명부를 확인 중.

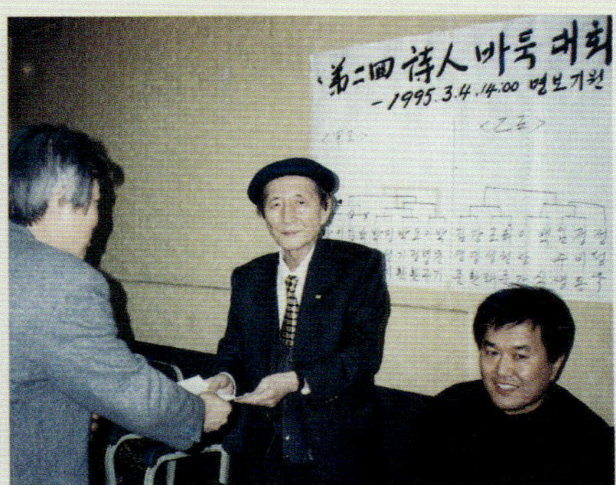

1995년 제2회 시인바둑대회에서 이상개 당시 회장이 입상한 이 석 시인에게 상금 전달.

1995년 6월17일 거리의 시와 음악 행사를 진행하는 정비동 사무국장.

1996년 경주에서 개최한 시백일장, 낭송행사의 시상 장면.

1995년 정기총회를 마치고 귀가하다 교통사고로 사망한
김동재 시인의 부산시인협회장으로 치러진 영결식.

김동재 시인의 장례식(김인환, 김숙희, 류정희, 이영애(수필가),
이상개, 박지현(아동문학), 정비동, 임명수, 박병출, 최영철 시인.

1995년 제3회 시인협회상 및 송년회에서
축사를 하는 최해군 소설가.

제3회 부산시인협회상을 수상한 유병근 시인에게
상을 수여하는 이상개 당시 회장.

1995년 송년회에서 어설픈 바이올린 연주로
웃음을 준 정영태(작고) 시인.

1996년 거리의 시 및 풀과 별 청소년 문학행사(에덴공원)

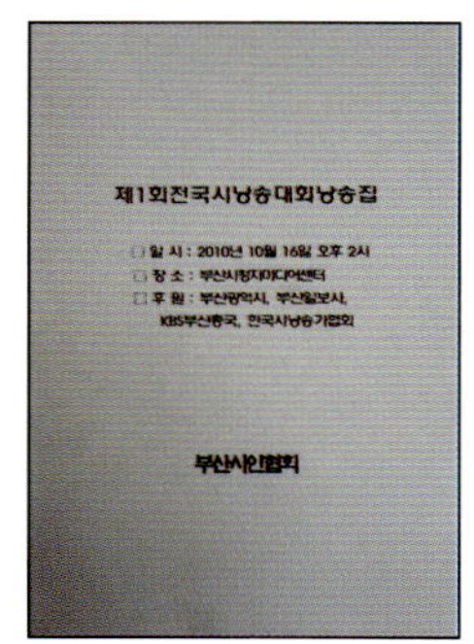
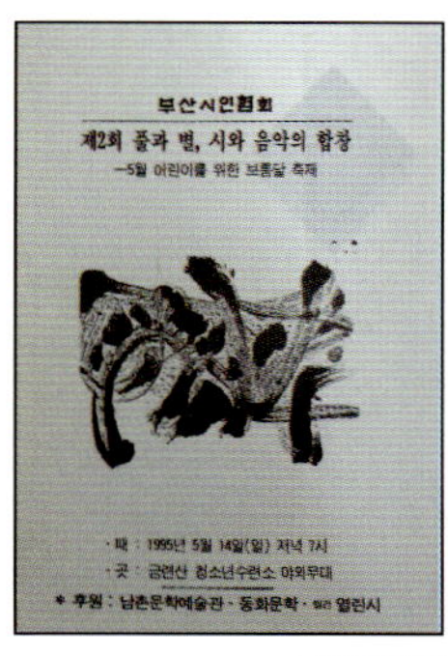
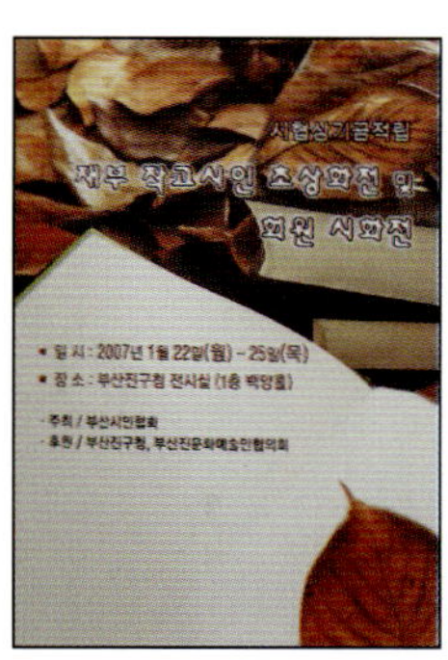

부산시인협회 기획 행사

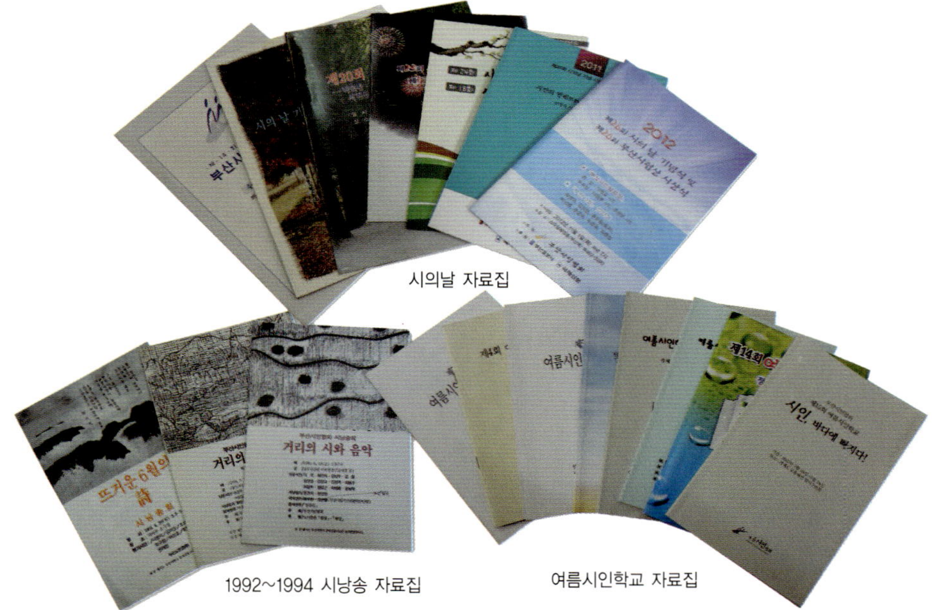

시의날 자료집

1992~1994 시낭송 자료집

여름시인학교 자료집

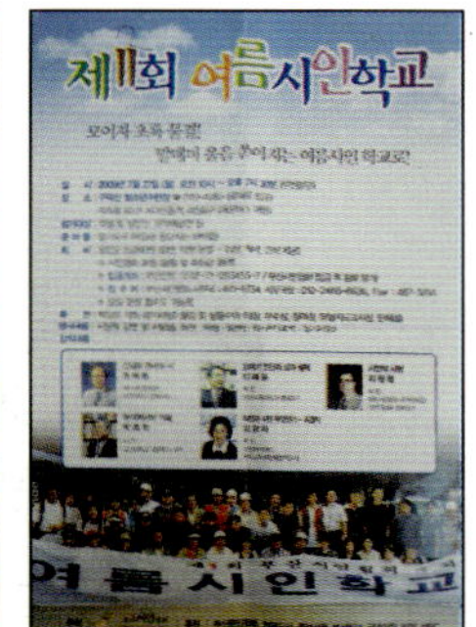

부산시인협회 행사 포스터

■ 신문 기사로 본 부산시인협회

국제신보
'부산문화의 기수들 – '남부의 시' 발간으로 활력'

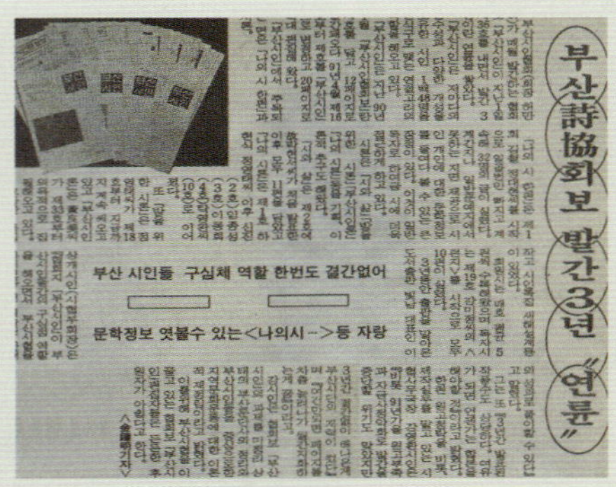

1992년 12월 5일. 부산일보
'부산시협회보 발간 3년 연륜'

1993년 6월 21일. 부산일보
'여름밤 낭만 더한 시 낭송회'

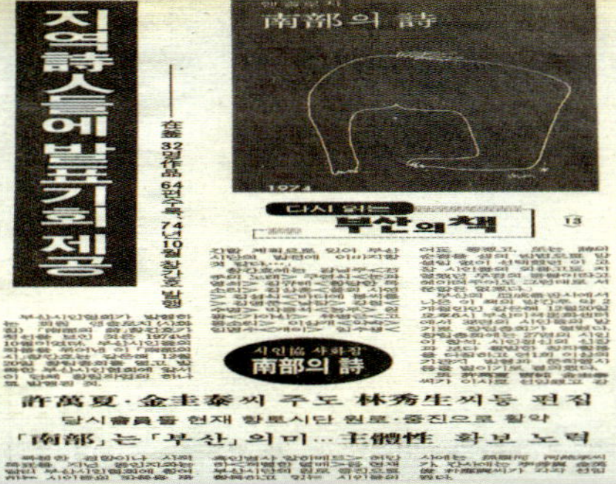

1993년 7월 21일. 국제신문
'다시 읽는 부산의 책 – 남부의 시'

2001년 10월 30일. 국제신문
'가을엔 시집을 읽겠어요'

부산시인협회 2012년 청마문학제 행사 초청 참가

부산시인협회 창립 이후 처음으로 여성회장에 당선된
김광자 시인.

2011년 시의날 세미나에서 토론하는
김종화, 이원도, 정 훈 평론가, 진경옥 시인.

2011년 시인협회상 진경옥 수상자와 함께
(진국자, 최귀례, 김옥균, 황주철, 진경옥, 김화자, 김덕침 시인.)

2012년 4월 동의의료원 진료협약 체결

2012년 5월 봄야유회에서 강의 중인 차한수 시인

2012년 부산시협상 수상자와 함께.
주순보(우수), 황갑윤 시인, 이원도(본상), 김광자 회장, **이용문**(우수)

■ 사진으로 보는 부산시인협회

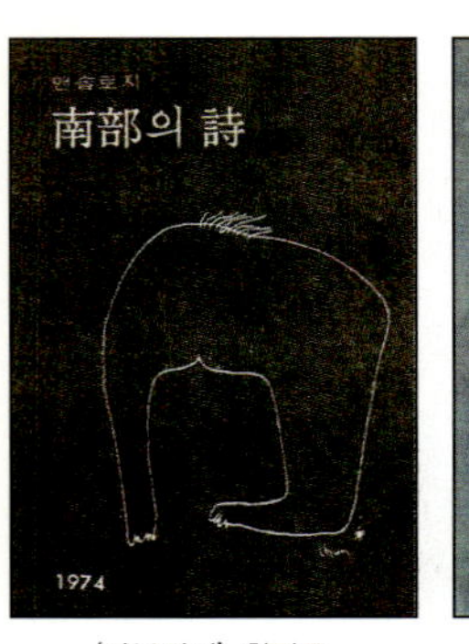

'남부의시' 창간호

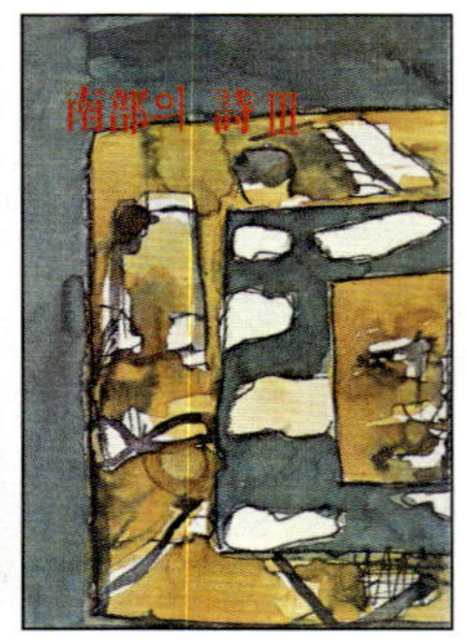

'남부의시' 3호

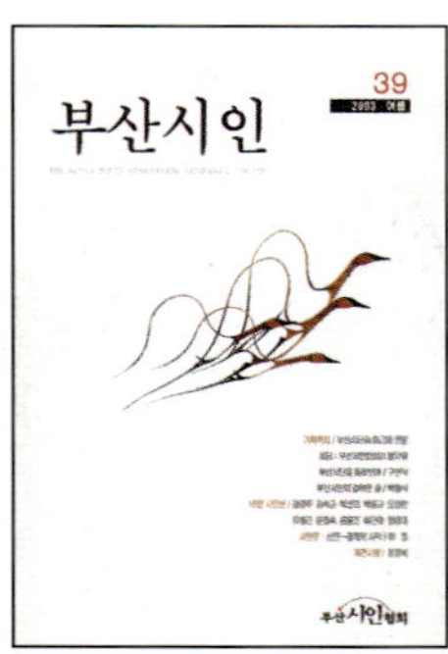

'부산시인' 39호

'부산시인' 77호

부산시인

부산시인협회 회보

부산시인 시선집 1, 2권

부산시인협회 사화집

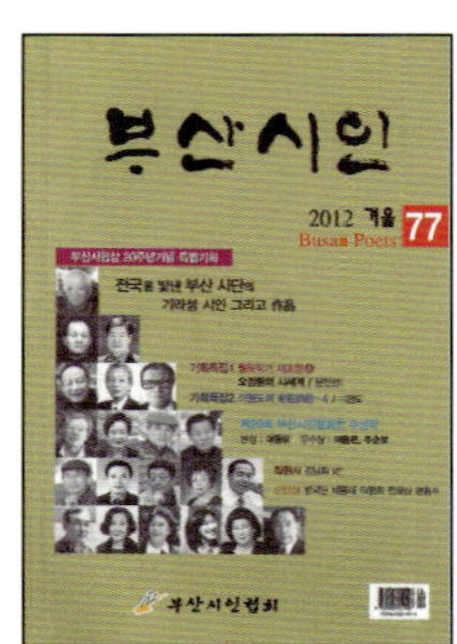

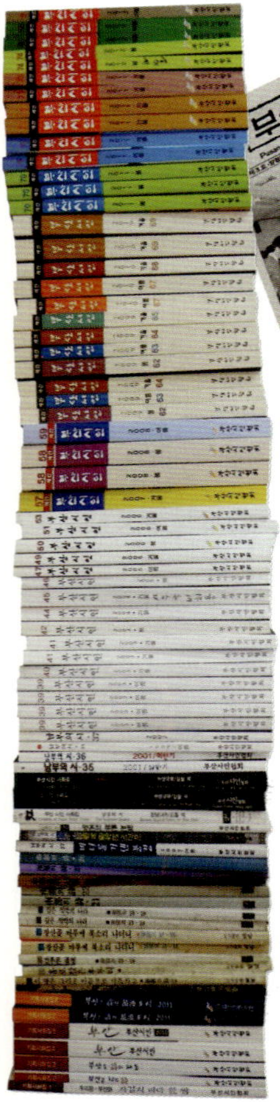

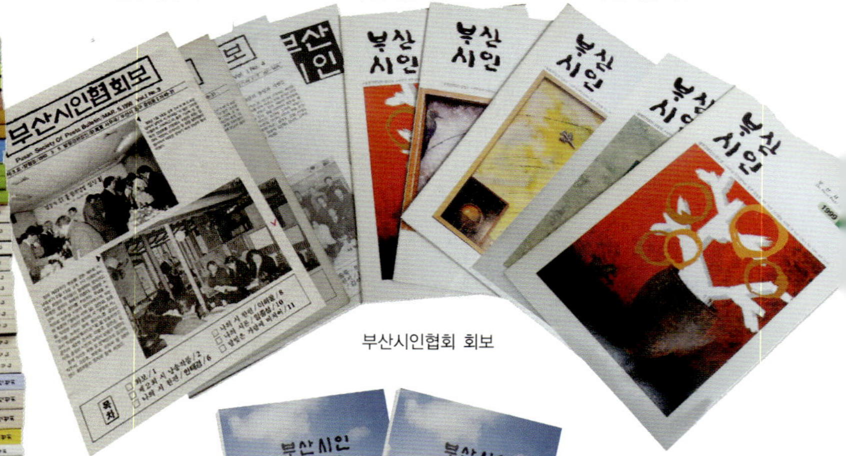

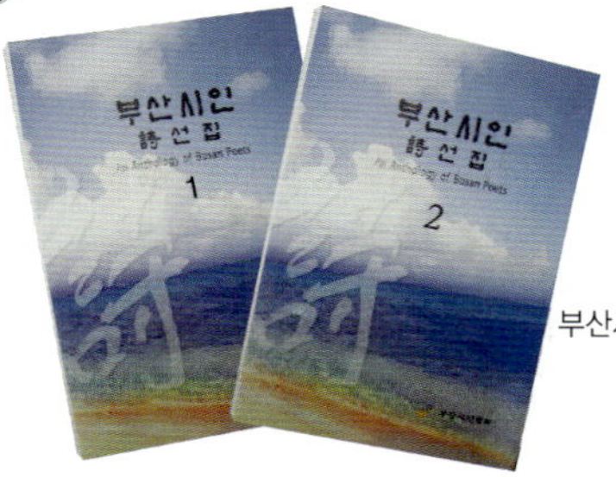

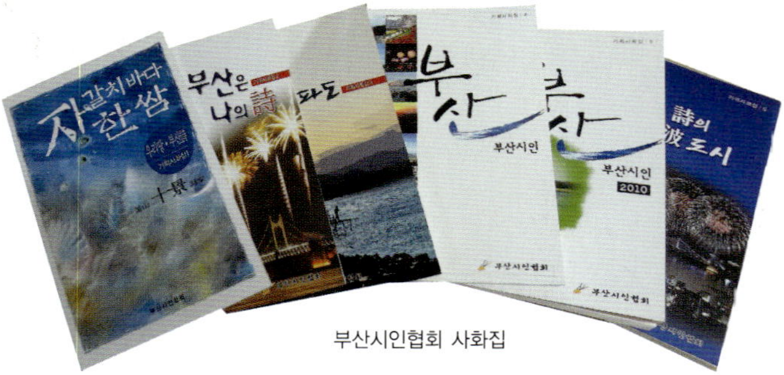

부산시인협회 40년사
since 1974

부산시인협회

1부　부산시단의 성장과 현재

4부 부산시인협회가 발간한 기록물

5부 부산시인협회의 주요 행사

부산시협 40년사를 펴내며

김광자(부산시인협회 회장)

『부산시협 40년사』를 펼치니 감개무량하다. 1974년 38명의 부산시인이 모여 부산시인협회를 창립했다. 이 창립은 시협의 원년(元年)을 세움이요 회원들에게는 원단(元旦)이라 새김이다. 원년 후 40년 만에 처음으로 단체의 역사인 『부산시협 40년사』를 만들었다. 우리 시협의 과거, 미래, 현재의 역사를 담은 원시(元始)이기도 하다.

창립 후 550여 명에 육박하는 회원들이 쌓아 온 업적과 자취는 방대한 잠영(潛影)의 자료들이었다. 10년 단위로 묶어 네 번으로 간행되어야 할 것을 한 권으로 묶자니 원래의 계획과 욕심대로 되지 않았다.

시낭송, 세미나, 백일장, 여름시인학교, 야유회 등 다양한 장소에서 펼친 우리 부산시인들의 족적이 사진과 신문기사, 기타 자료 등으로 남아있었지만 편집의 한계상 고스란히 다 싣지 못한 점 마음이 아프다. 하지만 꼭 실어야 하는 자료임에도 자료가 불충분해 실을 수 없는 사실이 더욱 마음을 아프게 하였다.

　시간과 금전을 써 가면서 시혼을 밝히는 것은 시인들만의 창작 표출이 아닌 문화를 꽃피우는 시종의 선봉자(先鋒者)임을 회원들은 자부한다. 이 선봉은 '지역의 정서적 함양을 위하여' 라는 문장을 헌장으로 삼듯이 하여 『부산시협 40년사』를 발간했으며, 이는 곧 부산 문화 발전에 한 몫을 해 온 증거이자 자료, 문헌이라는 것을 부산시민과 더불어 부산문화사에 깊이 새기고자 한다.

　40년사를 묶으며 감동, 감격이 물결쳤던 뜨거움이 식지 않고 있는 게 있다. 한 번도 부산을 떠나지 않고 시협을 자신의 가정처럼 기둥을 세우듯 그 시대, 한 단위씩을 짚어 기록해놓은 자료에 흥분되지 않을 수 없었다. 특히 연혁, 약사, 시단 시협의 내력과 오늘의 『부산시인』의 뿌리 등, 그 자취를 짚어 정리를 해두었던 문헌이야말로 40년사에 필히 기록되어야 할 척추이기 때문이다.

　특히 제8대 임수생 회장이 창립30년 만에 부산시인협회사를 짚어둔 것이 유용했음을 밝힌다. 기관지 부산시인의 계간지 전환 이후 좌담을 개최한 것이다. 참석 인물로 임명수 시인, 박응석 시인, 김영준 시인, 그리고 후배들인 강영환(중앙동), 최영철, 전기웅, 송인필(기록) 시인이 참석해 시협의 자취를 더듬어 놓았다. 이 토막의 기록이 우리 부산시인협회의 내력을 조명하는데 작은 기틀이 되었다.

　뿐만 아니라 故 구연식 박사의 '부산시단을 돌아보며', 박철석 교수의 '시인이 걸어온 길' 에서 라는 원고도 우리 시협을 이해하는데 도움이 되는 자료들이었다.

　손경하, 허만하, 김규태, 박응석, 하연승, 이수익, 정영태(문필가), 김영준, 임수생, 이수익(총무) 시인 등 이러한 선배들이 청마시비를 세우면서 부산시인협회를 창립하자는 발상으로 탄생되었다는 기록 또한 부산시인협회의 탄생 원조였기에 더없이 소중했다.

더불어 수차례 자료 수집에 관한 자문을 해 주신 임수생 전 회장님께 감사를 드린다.

40년사를 마무리 할 즈음 마음에서 떨어지지 않는 건 애초 나 자신과의 계획을 다 채우지 못한 아쉬움이 그림자로 남음이다. 이는 불법비대위의 방해로 각계의 협찬을 어렵게 만들어 당장의 경제적 부담을 초래한 일과, 본 협회 통장의 은행 지불정지와 이 사업지원을 환수케 하도록 하는 방해와 각종 고소고발로 인한 업무의 지장으로 회원들의 활동을 더 많이 찾아내거나 참여시키지 못한 점이다.

이는 앞으로 50년사에서 더 많은 자료로 묶어내어야 한다는 과제를 던져준다.

이번 40년사를 준비하며 감사드릴 분들이 많다. 해외출장을 앞두고 바쁜 와중에도 전체 부산시단을 짚는 옥고를 보내준 한국해양대학교 구모룡 교수님, 그리고 부산시단을 이해하는데 큰 자료를 정리하여 옥고를 다듬어주신 양왕용 부산대 명예교수님, 부산의 모든 동인문학활동에 대하여 정리해주신 동아대학교 신 진 교수님, 최근의 부산시단을 정리해 준 문학평론가 정 훈 선생님, 그리고 서슴없이 자료와 원고를 써주신 모든 분들께 감사를 드린다. 특히 발간과 편집에 자주 의논을 구했던 이원도 수석부회장님과 류선희, 백식 시인 그리고 김찬식, 박상호, 이용문, 이분자 부회장님, 진국자, 김현만 이사님 등의 협조와, 전임원 여러분들께 더없는 감사를 드린다.

그리고 무엇보다 고마운 것은 실무진이다. 배재경 사무국장을 비롯하여 최춘자, 류우림, 손애라, 이현주, 김해경, 김 곳, 김나혜, 조선영, 황주철, 천향미, 김지현 등 자료 구축과 분리, 편집, 교정에 이르기까지 수고를 아끼지 않았다. 다시 한번 수고하셨음을 밝히고 싶다.

아울러 본 40년사 발간을 위해 애써 주신 부산시와 관계자 여러분, 그리고 부산은행과 신태양건설의 협찬에도 감사를 드리며 물심양면 본회의 발전에 정성을 다해 온 모든 분께 감사를 드린다.

「부산시협 40년사」를 경축하며

허남식(부산광역시 시장)

　문화와 예술의 향기가 짙어만 가는 지금, 우리 부산 문학의 중심축을 담당하는 부산시인협회가 『부산시협 40년사』를 발간하게 된 것을 진심으로 축하드립니다.

　최근 우리 부산은 세계적인 문화도시로 발돋움하였으며, 다양한 예술분야의 발전과 생활 속 문화향유 기회 확대를 위하여 문화시설 기반확충, 예술인들의 창작활동 지원, 찾아가는 문화예술 활동 등 각종 사업을 활발하게 추진하고 있습니다.

　이러한 때에 그동안 우리 부산 시인들의 자부심을 널리 알리고 수많은 작품활동과 문학행사를 통해 우리 부산 시문학의 품격을 높여 온 부산시인협회의 발자취인 『부산시협 40년사』를 발간하게 된 것은 더욱 의미가 크다고 하겠습니다.

무엇보다도 40년사는 부산 시문학 자료를 체계적으로 정리하고 연구하여 부산문학사를 재탐구하고 발굴하였으며, 부산 시문학 자료를 집대성한 예술현장의 역사로 길이 남게 되리라 생각합니다.

특히, 부산문화사에 중요한 문헌이 될 「부산시협 40년사」 발간에 수고하신 김광자 회장님을 비롯하여 편집위원 및 회원 여러분들께 감사와 축하를 드리며 기쁨을 함께 나누고자 합니다.

부산시인협회가 부산 문단의 주류를 형성하며 큰 역할을 해오신 것에 대하여 다시 한번 감사드리며, 향후 다가올 50년사에는 더 큰 성과를 보여주시기를 기대합니다.

『부산시협 40년사』 발간을 다시 한번 축하드리며 시민들의 사랑 속에서 부산시인협회가 더욱 발전하기를 기원합니다.

성숙한 문화의 대표, 부산시인협회

임혜경(부산광역시 교육감)

부산의 문화예술의 향기를 지피고 계신 부산시인협회의 「부산시인협회 40년사」 발간을 진심으로 축하합니다.

모든 예술의 출발은 문학이기에 특히 시문학의 발전과 시인들의 활동은 우리 사회를 정서적으로 맑고 건강한 곳으로 만들어 갈 뿐만 아니라, 성숙한 문화로 확장시키는 중요한 역할을 합니다.

그런 까닭에 지난 40년의 활동을 모은 기록집의 의미가 남다를 수밖에 없다고 봅니다. 그동안 우리 부산 시인들의 자부심을 널리 알리고 수많은 작품 활동과 문학행사를 통해 부산 시문학의 품격을 높여 온 부산시인협회 김광자 회장님을 비롯한 회원님들께 깊은 감사를 드립니다.

특히 이번에 발간되는 40년사는 부산 시문학 자료를 체계적으로 정리하고 연구한 아주 중요한 자료집이라 생각합니다. 더구나 부산문학사를 재탐구하고 발굴한 점은 문학예술의 역사로 길이 남게 될 것으로 기대합니다.

예로부터 시는 언어예술의 정수라 일컬어지며, 짧으나 깊이 있는 아름다운 언어로 우리들 마음속에 깊은 울림과 감동을 전해 줍니다. 앞으로도 다양하고 풍성한 시 창작을 통해 부산 시민들의 감성을 일깨워주시고, 또 활발한 문화 활동으로 시의 저변을 넓혀 나가는 데 부산의 시인 여러분들이 적극 나서주시기를 부탁드립니다.

그동안 부산 문단의 주류를 형성하며 큰 역할을 해 오신 부산시인협회의 40년사 발간을 다시 한 번 축하드리며, 시와 더불어 행복한 문화도시 부산의 발전과 시인 여러분의 작품 활동에 큰 결실 있으시기를 기원합니다.
감사합니다.

소통과 공감의 예술 단체

남송우(부산문화재단 이사장)

부산 문화의 전통을 자랑하는 부산시인협회가 벌써 40년이 지나 「부산시협 40년사」를 편찬하였습니다.

문자 흩날림 소리의 예술 "시"를 통해서 부산 시인들은 용기와 좌절, 열정들을 가득 담아 현실에 대한 진하고 역동적인 마음을 한껏 나타내면서 부산의 모습을 여지없이 보여주고 있습니다.

「부산시협 40년사」 편찬을 통해 소소하지만 시인과 독자 간, 지역 간의 소통과 공감의 끈으로 확대되어야 할 것이며, 과거 40년간의 역사를 통해 부산시협의 현재와 미래를 바라보는 기준이 되어야 할 것입니다. 앞으로도 많은 사람들이 공감하고 동참하여 우리 문화의 삶이 더욱 윤택하고 향기로워질 수 있도록 힘써 주시길 당부드립니다.

40년사를 간직해온 부산 시협이야 말로 시를 사랑하고 문인들의 전통을 지켜나가기 위해 애를 많이 쓰셨습니다.

「부산시협 40년사」 편찬을 진심으로 축하드리며, 아울러 편찬 준비에 많은 노고를 아끼지 않으신 김광자 협회 회장님을 비롯한 부산시인협회 관계자 여러분께 진심으로 감사의 말씀을 드립니다.

아낌없는 노력과 열정의 시간을 함께 해 온 부산시인협회, 그리고 협회의 시인님들 모두에게 감사의 인사를 드립니다.
부산시협이 40년간 이어져 올 수 있도록 해주신 모든 회원들에게 건승과 행복을 기원합니다.

• 일러두기

1. 본 부산시인 40년사는 부산시인들의 초석과 발전, 미래를 엿볼 수 있는 부분이므로 1974년 정식 창립되기 이전부터 이후까지 다루어졌음을 밝힌다.

2. 본문의 한자는 필자의 기록을 그대로 따랐다. 사유는 오래전 자료일 경우 한자가 많은데, 이를 한글로 바꿀 경우 시각적으로 보기가 안 좋은 것이 첫째요, 당시의 느낌을 그대로 두자는 편집진들의 의견이 반영되었다.

3. 화보의 사진들은 연대별로 구성하였으며 편집상 부득이한 경우에만 바꾸었다.

4. 부산시인협회에서 발간한 각종 자료들은 최대한 모았다. 그러나 빠진 부분도 있을 것이므로 이는 추후에 보완하여 50년사, 60년사 등의 기록에 반영할 수 밖에 없음을 밝힌다.

5. 1부는 전체적인 부산시단의 흐름을 함께 묶다보니 다소 산만하게 묶여졌음을 필자들에게 양해를 구한다.

6. 각종 행사 부분도 단발성 행사 등 기록에 누락된 부분이 있으나 이는 자료가 부족하여 부득불 간단한 기록, 사진 등만을 게재할 수 밖에 없었음을 밝혀둔다.

7. 맞춤법과 띄어쓰기는 현대 맞춤법 규정에 따랐으나 촉박한 시일 등으로 꼼꼼한 점검이 안 되어 더러 오탈자가 나올 수도 있어 독자의 양해를 구한다.

8. 표기는 잡지명은《 》, 시집 등 도서명은『 』로 통일하였으나 일부 원고는 저자의 표현을 중시 여겨 원본대로 두었음을 밝혀둔다.

부산 시단의 성장과 현재

<h1 style="text-align:center">부산시인협회 약사</h1>

1974. 2. 13	에덴공원 청마 시비 건립을 계기로 부산의 시인들이 부산시인협회를 창립키로 결정.
1974. 10. 19	부산시인협회 창립 전초작업으로 『남부의 시』 창간호 발간 (편집위원: 김규태 조 순 허만하)
1974. 12. 20	부산시인협회 창립총회(미문화원 회의실) 이사 : 허만하(대표) 김규태 조 순 감사 : 손경하 하연승 간사 : 이수익 박응석 김영준 창립회원 : 강남주 구연식 김규태 김상훈 김성식 김영준 김 철 박윤기 박응석 박재호 박지열 박태문 배달순 손경하 신명석 양왕용 원 광 유병근 이달희 이문걸 이민영 이상개 이수익 이승하 이해웅 임명수 임수생 정대현 정영태 조 순 하연승 하현식 한찬식 허만하 황양미
1975. 12. 01	남부의 시 제2집 발간(편집위원 : 김규태 조 순 허만하)
1976. 12. 01	남부의 시 제3집 발간(편집위원 : 김규태 조 순 허만하)
1977. 09.	남부의 시 제4집 발간(편집위원 : 김규태 손경하 이형기 허만하)
1979. 07. 20	남부의 시 제5집 발간(편집위원 : 김규태 손경하 이형기 허만하)
1980. 11.	남부의 시 제6집 발간, 표제 : 〈명왕성〉
1981. 11. 05	남부의 시 제7집 발간, 표제 : 〈시집 사십 한 개의 섬〉
1982 ~ 1987	『남부의 시』 제8집부터 제12집 발간
1989. 4	그동안의 친목적 모임에서 정식 단체로 변화 초대 회장 : 허만하, 부회장 : 손경하 박현서, 사무국장 : 강영환
1989. 4. 12	『남부의 시』 제13집 〈꿈과 물과 진흙의 시학〉 발간
1989. 12. 29	『남부의 시』 제14집 〈이 땅은 그리운 이름으로 가득 차고〉 발간
1990. 1. 1	「부산시인협회보」 창간호 발간
1990. 1. 23	청마23주기 추모문학의 밤 및 제1회 시낭송회 개최
1990. 5. 30	『남부의 시』 제15집 〈홀로 앉은 후투티〉 발간
1990. 11. 1	제2회 시의 날 행사를 부산시조시인협회와 공동주최

1990. 12. 30	『남부의 시』 제16집 〈장산곶 마루에 북소리 나더니〉 발간
1991. 4.	제2대 회장 : 허만하, 부회장 : 이상개 박송죽 정순영
	사무국장 : 강영환
1991. 4. 1	『부산시인협회보』를 『부산시인』으로 개제(16면 국판)
1991. 7. 15	『남부의 시』 제17집 〈투명한 아픔을 깎아서〉 발간
1991. 12. 31	『남부의 시』 제18집 〈검푸른 풀잎〉 발간
1992. 6.22~28	시협 기금마련 제1회 시화전 개최(타워미술관)
1992. 6. 29	제14회 시낭송회 개최(가마골 소극장)
1992. 8. 30	『남부의 시』 제19집 〈깊은 적막의 나라〉 발간
1992. 9. 1	사무국 사무실 마련(중앙동)
1992. 11. 17	『남부의 시』 제20집 발간 및 출판기념회
1993. 3. 16	제3대 회장 : 김석규, 부회장 : 이상개 정순영 진경옥
	사무국장 : 최영철
	이 사 : 강남주 강영환 박송죽 유병근 이병구 이영일 이은경
	조남순 차한수
	감사 : 김영준 배상호
1993. 6. 18	제15회 시낭송회 개최(용두산 공원)
1993. 7. 30	『남부의 시』 제21집 발간
1993. 11. 30	『남부의 시』 제22집 발간
1993. 12. 1	제1회 부산시인협회상 시상(수상자 : 허만하) 및 송년의 밤
	시협상 기금 1,000만원 조성
1994. 5. 22	제16회 시낭송회 및 독자 시암송 대회(용두산 공원)
1994. 6. 30	『남부의 시』 제23집 발간
1994. 11. 5~6	한국시협 세미나 후원(코모도호텔)
1994. 12. 1	제2회 부산시인협회상 시상 (수상자 : 임명수) 및 송년의 밤
1994. 12. 10	『남부의 시』 제24집 부산특집 〈우리들의 사랑, 우리들의 부산〉 발간
1995. 3. 1	제4대 회장 : 이상개, 부회장 : 이병구 정순영 이은경
	이사 : 박응석 이몽희 정영태 박송죽 홍정숙 김미선 류명선
	허철주 정일근
	감사 : 유병근 김광자, 사무국장 : 정우일(정비동)
	사무차장 : 송유미, 사무간사 : 김숙희

1995. 5. 14	청소년을 위한 제2회 「풀과 별, 시와 음악의 합창」 개최
	장소 : 금정산 청소년수련소
1995. 6. 17	제17회 시낭송회 「거리의 시와 음악축제」(용두산 공원)
1995. 8. 21	중국 연변대학 문학인 초청 세미나(파라곤호텔)
1995. 12.	『남부의 시』 제25집 발간
	제3회 부산시인협회상 시상(수상자 : 유병근) 및 송년의 밤
1996. 4.	'96문학의 해 기념 「선상 문학의 밤」(부산–울산 간 '한마음호'선상)
1996. 6. '96	'96문학의 해 기념 「문학 세미나와 백일장」(부산–경주)
1996. 8.	'부산 경남 젊은 시인회의' 와 공동으로 「해변시인학교 개설」(남해)
1996. 9.	제18회 거리의 시와 음악축제(시인 독자 낭송대회)
	제13회 「풀과 별, 시와 음악축제」(어린이와 청소년을 위한 마당) 개최
1996. 9.	'96 문학의 해 기념 창작기금 마련 「시와 미술전」 개최
1996. 12.	제4회 부산시인협회상 시상 (본상 : 김석규 / 제1회 신인상 : 김형술)
	및 송년의 밤 / 『남부의 시』제26집 발간
1997. 2.	제5대 회장 : 이해웅, 부회장 : 姜永煥 배상호 양은순 신 진 조의홍
	이사 : 김광자(총무이사) 권혁동 김석주 나영자 류정희 박삼도
	임종성 정남순 최지원 최창도, 감사 : 한창국 백식
	사무국장 : 조성래, 사무차장 : 정의태 변종환, 사무간사 : 최 옥
1997. 3. 30	청마 유치환 시인 묘소에서 고유제(제2백운공원묘지)
1997. 4.	봄 야유회
1997. 5. 11	동아시아 경기대회 기념 시낭송회(용두산 공원)
997. 6. 21	제4회 시인바둑대회(부산기원)
1997. 8. 30	『남부의 시』 제27집 〈바다를 기댄 풍경〉 발간
1997. 9. 28	시인과 독자와의 가을맞이 산행(금정산)
1997. 11. 1	제11회 시의 날 기념 세미나 및 제5회 부산시인협회상 시상
	본상 : 임수생, 제2회 신인상 : 이근대
	세미나 – 주제 : 부산지역 시문학의 특화 전략
	주제발표자 : 김준오 남송우 신 진
1998. 2. 5.	'98정기총회(새마당예식장) 「회장추대제」 결의
	『남부의 시』 제28집 〈그렇게 많았던 시간이〉 발간
	영문시집 『THE SONGS OF POETS IN PUSAN(1)』 발간

1998. 3.25~29	부산시인협회상 기금마련을 위한 『여산 한상현 초대전 및 시협 시화전』 개최 (시민회관 제1전시실), 새로운 기금 4,506,900원 마련.
1998. 5. 10	시인 · 독자 등반대회 실시(금정산)
1998. 6. 27	부산시인협회 부산소설가협회 부산민족문학작가회의 공동으로 '제1회 시인 작가 바둑대회' 개최(서면 목화기원)

    A조 우승 : 박기환 시인, B조 우승 : 조성래 시인

    A조 우승 : 구영도 작가, B조 우승 : 이득수 시인

    감투상 : 정태규 작가

1998. 6.	(사)한국음악협회 부산지회와 공동 '부산찬가 · 연가곡집' 작시/작곡

    참가시인 : 나영자 장기연 이상화 배상호 이영순 김선희 최 옥 박송죽 강영환 김광자 윤홍조 양왕용 정남순 홍수희 박삼도 김희영 신 진 탁영완 박성웅 송유미 정광덕 최향숙 정선기 최양희 김미순 안태봉 이해웅 이정숙 김무영 진경옥 구연식

1998. 7. 25~27	제1회 여름시인학교 개설(사량도초등학교 내지분교)

      주제 : 시와 생명

1998. 8. 30	『남부의 시』 제29집 〈영혼의 푸른 눈빛〉 발간
1998. 9. 27	시인 · 독자 가을등반대회 실시(금정산)
1998. 10.17~18	(사)한국음악협회 부산지회와 함께 '가을바다와 부산사랑 음악회' 가짐
1998. 11. 10	제12회 시의 날 기념 세미나 및 제6회 부산시인협회상 시상

    본상 : 하현식 / 제3회 신인상 : 수상자 없음

    세미나 – 주제 : 부산지역 시문학의 성과와 전망

      주제발표자 : 양왕용, 구모룡, 김경복

1999. 2.	부산시인협회 회기와 로고 제작
1999. 2. 25	'99정기총회(새마당예식장) 회장추대 및 감사 선출

『남부의 시』('98 겨울호) 제30집 발간

영문시집 『THE SONGS OF POETS IN PUSAN⑵』 발간

1999. 3.	제6대 회장 : 정순영, 부회장 : 신 진 이병석 이병구 양은순 윤정숙

    이사 : 김광자(재무이사) 강영환 홍정숙 김철 임종성 안태봉 권경업 이명성(이새별) 강경주 류명선 이득수 김용옥 강문숙

    감사 : 최순익 변종환(1999. 3 / 2000. 2)

	사무국장 : 박윤규(1999. 3) 변종환(2000. 3)
	사무차장 : 강달수(1999. 3) 최순경(2000. 3)
	사무간사 : 진명주(1999. 3) 김문환(2000. 3)
1999. 5. 2	봄 야유회
1999. 8. 1~3	제2회 여름시인학교 및 시인캠프(하동 청소년수련원)
	주제 : 21세기의 시의 전망
1999. 9. 30	『남부의 시』 제31집(´99 여름호) 발간
1999. 12. 10	『남부의 시』제32집 〈The Southern Poetry〉 영문시집 발간
2000. 2. 25	정기총회(새마당예식장 2층)
2000. 4.	봄 야유회(구덕산 꽃마을)
2000. 5. 27~28	부산시인협회 세미나 개최. 부산정보대학 청우관 5층 세미나실
	주제 : 인터넷시대의 통일문학과 환경
2000. 7. 8	제2회 이사회. 부산시협 행사일정에 관한 건(부산시협상 규정 개정)
	상설 시화전 개최현황 보고
2000. 8. 1~10	부산시인협회 회원 합동시화전. 카프리 커피숍(대청동 미문화원 앞)
2000. 8. 18~20	제3회 여름시인학교 · 부산시인캠프 개설
	울주군 서생면 간절곶 대송청소년야영장
	주제 : 21세기 한국시의 향방
2000. 8. 25	『남부의 시』 제33집 발간
2000. 9. 22	전국 광역시 지역순회 문학행사 개최
2000. 10. 5	2000년도 제3회 이사회
2000. 10. 22	가을야유회(구덕산 청소년야영장)
2000. 10. 29	제14회 시의 날 기념 한글 시 백일장
2000. 12. 9	문인친선 바둑대회(중앙바둑센터)
2000. 12. 15	『남부의 시』 제34집 발간
2001. 2. 27	부산시인협회 정기총회
	제7대 회장 : 김창근, 부회장 : 박태일 윤정숙 이병구 조의홍 탁영완
	이사 : 강경주 변종환(총무) 김경수 박정애 엄국현(외무)
	김보한 윤덕숙 정의태(집행) 문선영 서정원 전기웅(출판)
	감사 : 최순경 최순익
	사무국장 : 최원준, 사무차장 : 이근대, 사무간사 : 박현주

2001. 4. 15	봄야유회(범어사 정수장)
2001. 8. 3~5	제4회 여름시인학교(남해 동의대수련원)
	주제 : 문학적 가교역할과 시의 대중화를 위한 모색
	『남부의 시』 제35집 발간
2001. 9. 25	제15회 시의 날 기념 한글시 백일장(동의대 석당아트홀)
2001. 11. 4	제9회 시협상 시상 (본상 : 박청륭 / 신인상 : 박윤규)
2001. 11. 4	『남부의 시』 제36집 발간
2001. 12. 10	정기총회
2002. 2. 19	봄야유회(성지곡 수원지 백양산 삼림욕장)
2002. 6. 2	여름시인학교 교재 발간
2002. 8	제5회 여름시인학교(남해 동의대수련원)
2002. 9. 11	주제 : 1) 시낭송 이해와 기법　2) 시 창작을 위한 소론
	3) 도대체 시란 무엇인가
	『남부의 시』 제37집 발간
2002. 9. 15	제16회 시의 날 기념 한글 시 백일장(동의대 석당아트홀)
2002. 11. 3	제10회 시협상 시상 (본상 : 박태일 / 신인 등용상 : 손화영)
2002. 11. 3	『남부의 시』 제38집 발간
2002. 11. 25	정기총회(새마당 예식장)
2003. 2. 25	제8대 회장 : 임수생
	부회장 : 강문숙(편집 · 총무) 권경업(행사 · 섭외) 김미순(관리 · 인화)
	류명선(기획 · 출판) 변종환(재무 · 사업) 최창도(홍보 · 외무)
	이사 : 강갑재 강달수 김순자 동길산 류선희 류정희 배기환 성수자
	이득수 이새별 정남순 조성래 최영철 최원준 황길엽
	감사 : 안태봉 최순경 / 사무국장 : 강달수(이사겸임)
	사무차장 : 원무현 안효희 / 사무간사 : 주순보
	편집주간 : 전기웅 / 편 집 장 : 송인필
	고 문 : 구연식 김규태 손경하 유병근 정상구 허만하
	상임고문 : 정순영
	자문위원 : 강남주 강영환 김석규 김영준 김창근 박송죽 박응석
	오정환 이문걸 이병구 이상개 이해웅 임명수 조의홍
	진경옥 차한수

심의위원 : 강정화 김광자 김영준 동길산 박송죽 박윤규 변종환
　　　　　　 서정원 안태봉 윤정숙 이상개 이해웅 임명수 조의홍
　　　　　　 진경옥 최원준
2003. 3. 26　제1차 자문위원·이사 연석회의(수영구 광안동 푸른산장)
　　　　　　 『남부의 시』를 『부산시인』으로 제호 변경(계간지로 발간)
　　　　　　 심의위원 선출
2003. 4. 27　봄야유회(철마 백양농장, 86명 참석)
2003. 6. 19　『부산시인』 기획특집 좌담회(부산시협 사무국)
　　　　　　 주제 : 부산시인협회의 발자취
　　　　　　 참석자 : 강영환 김영준 박응석 임명수 임수생 최영철 전기웅
　　　　　　　　　　 송인필 강달수
2003. 6. 25　제2회 이사회
　　　　　　 1) 여름시인학교 행사(남해 화전연수원 결정)
　　　　　　 2) 부산시협 발전기금 통과
　　　　　　 3) 2000년과 2000년 이전 회비 탕감, 2001년 이후 회비 미납 시
　　　　　　　　 선거권 피선거권 박탈, 우편물 발송 동결 고려
2003. 6. 28　『부산시인』 제39집 발간. 기존 편집방향을 완전히 쇄신, 시전문 계간
　　　　　　 지로 탈바꿈하였으며 특집으로 부산의 원로시인, 부산시인 10인선,
　　　　　　 시인론, 계간시평, 회원시, 사무국 통신 등 게재
2003. 8. 1~3　제6회 여름시인학교
　　　　　　 문인 62명, 독자 28명, 학생 40명 등 130명 참여
　　　　　　 특강 : 강영환 이해웅 임수생 탁영완 차한수
2003. 8. 21　제1회 『부산시인』 세미나 (동보서적 4층 문화홀)
　　　　　　 주제 : 청마 유치환의 문학과 부산
　　　　　　 발표 및 토론 : 김영주 류정희 박철석 이해웅 전기웅
2003. 9.　　『부산시인』 제40집 발간
2003. 9. 30　제3회 이사회
　　　　　　 1) 시의 날 행사 : 백일장·시낭송회 및 고은 시인 강의
　　　　　　 2) 부산시인협회상 시상규정 개정 : 신인상 제도 폐지, 운영위원을
　　　　　　　　 5명에서 9명으로 변경
　　　　　　 3) 운영위원 9명 선정 : 임수생 김미순 류명선 변종환 김순자 류선희

2003. 10. 3   부산시인협회 사무실 이전. 컴퓨터와 프린터기 최신기종으로 교체

　　　　　1) 변경 전 주소 : 부산시 중구 중앙동4가 37-5 거산빌딩 403호

　　　　　2) 변경 후 주소 : 부산시 중구 중앙동4가 29-4번지 남공빌딩 302호

2003. 11. 2   제17회 시의 날 기념행사(부산민주공원 중강당)

　　　　　1) 초청강의 / 고은 (민족문학작가회의 상임고문)

　　　　　2) 백일장 및 시낭송대회

　　　　　3) 제11회 부산시협상 시상(본상 : 이해웅)

2003. 11. 18   제2회 『부산시인』 세미나(동보서적 4층 문화홀)

　　　　　주제 : 부산시단과 초현실주의. 주제 발표자 : 최휘웅 신진 황선열

2003. 12. 15   『부산시인』 제41집 발간

2004. 1. 28   제1회 이사회

　　　　　1) 심의위원회의 개최 안내. 2) 김시월 회원 돕기 모금(백혈병 자녀)

　　　　　 － 성금 4백52만원 2004년 5월 7일 김시월 회원에게 전달

　　　　　3) 기관지 『부산시인』 광고유치 권유. 4) 시인협회 사단법인화 논의

2004. 2. 4   제1차 심의위원회의. 회장 선거 추대제 · 직선제 토론

2004. 2. 18   제3회 『부산시인』 세미나(동보서적 4층 문화홀)

　　　　　주제 : 2003년도 부산문단의 회고와 발전방향 모색

　　　　　기조발표 : 남송우. 종합토론 : 강인수 김경수 배재경 오정환

2004. 2. 27   정기총회(새마당 예식장) 부산시협 회칙 일부 개정

2004. 2. 27   부산시인협회 정기총회에서 회원들이 가장 관심을 가진 차기 부산시
인협회 회장 선거방식에 대한 논의를 한 결과 직선제를 가미한 추대
제가 참여 회원들의 표결로 가결되었음을 알려드립니다.

이날 총회에서는 지난 2월 4일(수) 부산시협 제1차 심의위원회의 결
과를 보고 한 다음 회원들의 총의에 따라 무기명비밀투표를 실시했습
니다.

　심의위원회에서는 대부분의 심의위원들이 현행 추대제를 선호했습
니다. 그러나 집행부에서는 현행 추대제에 직선제를 상당 부분 수용
한 수정추대제를 내놓아 직선제를 선호하는 회원들과 격론을 벌인 끝
에 투표로 결정을 내린 것입니다. 그러니 부산시인협회 발전을 위하
여 회원들의 많은 협조 부탁드립니다.

개정 내용은 〈부산시인협회 회칙〉 제17조 1항 참조.

제17조 (임원의 선출)

1) 항 : 회장의 선출은 직선제를 가미한 추대제로 한다. 시협집행부에서는 임원개선이 있는 해의 정기총회를 앞두고 전체 시협회원들에게 차기회장 후보자를 한 사람씩 서신에 적어 사무국으로 발송해 줄 것을 독려하는 공문을 보내 회원들의 의견을 전적으로 수렴한다.

회원들이 보낸 회장후보자가 몇 사람이 되던 추대위원들은 이들을 심의해 한 사람을 선출하고 선출한 사람을 정기총회에 회부해 인준을 받아 최종 결정하도록 한다. 추대위원들은 부산시인협회 역대회장과 현 회장 그리고 심의위원들로 구성한다.

단, 회장후보자는 등단 만 10년 이상의 문단경력을 가지고 있어야 한다.

2004. 3. 18	『부산시인』 제42집 발간
2004. 4. 8	제2회 이사회

1) 봄야유회는 기장 죽성농원 결정   2) 이사 일부 조정
강갑재 강달수 김선희 김순자 류선희 류정희 배기환 성수자 윤홍조
이득수 이새별 정남순 조창용 최원준 추점자 황길엽

2004. 4. 25	봄야유회(기장군 죽성 〈늘봄왕갈비〉)
2004. 5. 18	제4회 『부산시인』 세미나(동보서적 4층 문화홀)

주제 : 시, 시인의 정신. 기조발표 : 유병근 / 종합토론 : 하현식 최영철

2004. 6. 15	제 3차 이사회
2004. 6. 21	『부산시인』 제43집 발간
2004. 7	제7회 여름시인학교 및 청소년 문학캠프 교재 발간
2004. 7.30 ~8.1	제7회 여름시인학교 및 청소년 문학캠프

하동군 한솔청소년수련원, 116명 참여

특강 : 강문숙 남송우 임수생 임종성 최영욱 탁영완

2004. 8. 25	제5회 『부산시인』 세미나 (동보서적 4층 문화홀)

주제 : 부산문학 비평의 진단과 모색

발표 : 하상일 / 토론 : 강영환. 발표 : 김형술 / 토론 : 류명선

2004. 9. 14	제4차 이사회

1) 제18회 시의 날 행사에 관한 건. 2) 부산시협상에 대한 의견 교환
3) 발전기금은 경상비로 사용 가결. 4) 부산시협상 운영위원 선정(9명)

	강갑재 권경업 류선희 성수자 윤홍조 임수생 정남순 정순영 최창도
2004. 9. 17	『부산시인』 제44집 발간
2004. 10. 3	시인협회 및 소설가협회 합동 야유회(달맞이고개 어울마당)
	「시와 소설의 거리」 조성 논의
2004. 10. 5	제12회 부산시인협회상에 관한 운영위원회의 시협상 심사위원

2004. 9. 17　『부산시인』 제44집 발간

2004. 10. 3　시인협회 및 소설가협회 합동 야유회(달맞이고개 어울마당)
　　　　　　　「시와 소설의 거리」 조성 논의

2004. 10. 5　제12회 부산시인협회상에 관한 운영위원회의 시협상 심사위원
　　　　　　　선정(5명) : 김석규 박송죽 윤정숙 임수생 차한수

2004. 10. 22　제12회 부산시인협회상에 관한 심사위원회의
　　　　　　　제18회 시협상 수상자 임종성 시인 결정
　　　　　　　참석자 : 김석규 박송죽 윤정숙 임수생 차한수(이상 심사위원),
　　　　　　　　　　　안태봉 최순경(이상 감사)

2004. 10. 30　제18회 시의날 기념 행사(부산학생교육문화회관)
　　　　　　　초청강연 : 이기형(민족문학작가회의 고문)
　　　　　　　　　　　김준태(민족문학작가회의 부이사장)
　　　　　　　제 12회 부산시인협회상 · 신인상 시상
　　　　　　　　　　시협상 : 임종성 / 신인 등용상 : 유순예

2004. 12. 7　제 5차 이사회
　　　　　　　1) 부산시인협회 시협상 기금관리규정 제정
　　　　　　　　① 특별기금관리위원 : 정순영 변종환 임수생 권경업 정남순 등 5인
　　　　　　　　② 인감도장 사용자 : 임수생 정순영 변종환 등 3인
　　　　　　　2) 2005년 제9대 회장선거 추대위원은 기존위원에 부산시협 부회
　　　　　　　장단을 추가 참가시키기로 결정

2004. 12. 15　『부산시인』 제45집 발간

2005. 02. 28　정기총회 (장소 : 새마당 예식장)
　　　　　　　제9대 회장 : 조의홍
　　　　　　　부회장 : 변종환 권혁동 류선희 류정희 석동호 이규열
　　　　　　　이사 : 강갑재 강재훈 강문출 권윤오 김다솔 김미순 문인선 백영희
　　　　　　　　　　백지영 안태봉 윤봉한 이득수 이상열 이초우 정의태 정영일
　　　　　　　　　　조창용 최진만 탁영완 황길엽
　　　　　　　감사 : 강달수 이영숙 / 사무국장 : 동길산 한창옥
　　　　　　　사무차장 : 김재홍 김명옥 / 사무간사 : 구해인
　　　　　　　편집주간 : 윤상운 최원준 / 편 집 장 : 신 선 조연로

편집차장 : 김해경 / 편집위원 : 김다솔(이사겸임) 이현주

고문 : 구연식 김규태 허만하

자문위원 : 강남주 김석규 김영준 김창근 박송죽 박응석 오정환

　　　　　이상개 이해웅 임명수 진경옥 차한수 정순영

심의위원 : 강정화 김광자 김경수 김인권 김중일 문선영 박윤규

　　　　　서정원 안효희 양은순 오정환 이득수 임명수 임종성 정진경 최 옥

2005. 5. 22	봄 야유회(부산수영사적공원 내 수영민속보존회 야외 놀이마당)
2005. 5. 25	『부산시인』 제46집 발간
2005. 7. 28	『부산시인』 제47집 발간
2005. 7. 30~ 31	제8회 여름시인학교 · 청소년 문학캠프

장소 : 부산 산성마을 오마이랜드 수련원

2005. 10. 7	『부산시인』 제48집 발간
2005. 10. 25	APEC기념『APEC시집』 발간
2005. 11. 5	제19회 시의 날 기념 행사 (동의대학교 국제관 석당아트홀)

초대 강의 : 신　진

백일장 및 시낭송 대회

제13회 부산시인협회상 시상식 (본상 : 신 진 / 신인상 : 박숙자)

2005. 12. 9	선거제도를 위한 공청회 개최(새마당 예식장)
2005. 12. 28	『부산시인』 제49집 발간
2006. 2. 28	정기총회 새마당 예식장
2006. 5. 14	봄 야유회(해운대 달맞이고개 어울마당)
2006. 8. 5~6	제9회 여름시인학교 · 청소년 문학캠프(산성마을 오마이랜드 수련원)
2006. 11. 4	제20회 시의 날. 장소 : 동의대학교 국제관 석당아트홀

제14회 부산시인협회상 수상 (본상 : 류선희 / 신인상 : 구해인, 송미령)

2006. 3.~12.30	『부산시인 50호, 51호, 52호, 53호』 발간
2006. 10. 26	부산자랑 기념시집『자갈치 바다 한 쌈』 발간
2007. 1. 22~26	부산작고시인 인물화 및 회원시화전 . 장소 : 부산진 구청 전시실
2007. 2. 27	정기총회 (새마당 예식장)

제10대 회장 : 변종환

부회장 : 강재훈 김광자 김인권 박삼도 석동호 임종성 조창용 최양희

이　사 : 강갑재 강문출 권윤오 김다희 김미순 김검수 김정호 문인선

박희동 백영희 박영점 성낙욱 성홍영 이남기 이분자 이상열

이순원 이영숙 이은숙 이초우 장기연 전성희 정순남 정영일

최연근 최 옥 한효섭 황갑윤

감사 : 김창식 안태봉

사무국장 : 김다솔 / 사무차장 : 김명옥 오승일

편집기획 자문위원 : 김규태 박응석 조연로 최창도

편집주간 : 한창옥 / 편집장 : 손병홍

편집차장 : 김해경 / 편집위원 : 김영옥 이현주 구해인

고 문 : 구연식 김규태 허만하

자문위원 : 강남주 김석규 김영준 박송죽 박응석 이상개 이해웅

이문걸 임명수 임수생 정순영 조의홍 진경옥 차한수 최순익

심의위원 : 박응석 김영준 김석주 임명수 최창도 류선희 류정희

동길산 정남순 조연로 최순경 정의태 오세희 박윤규 정재규 문선영

2007. 4. 24	부산시인 정기간행물 사업등록증 등록
2007. 4. 29	봄 야유회 겸 세미나(철마 낙원농원)
2007. 5. 10	한국잡지협회 계간 『부산시인』 등록
2007. 7. 28~29	제11회 여름시인학교 · 청소년 문학캠프
	장소 : 산성마을 오마이랜드 수련원
2007. 9. 29	부산시인협회 사무국 이전
	부산시 부산진구 부전2동 526-12 삼성빌딩 303호
2007. 11. 1	부산시인협회 사무국 이전 현판식(역대회장 및 일부회원 참석)
2007. 11. 3	제21회 시의 날 기념 행사(부산여자대학 강당)
	백일장 및 시낭송 대회
	제15회 부산시인협회상 시상식
	본상 : 최창도 / 우수상 : 조창용, 백영희 /신인상 : 최혜림
2007. 12. 11	시비선정 위원회의 개최(정순영 제6대 부산시인협회 회장 외 10명)
2007. 4.~12.	『부산시인 54호, 55호, 56호, 57호』 발간
2007. 11. 1	기획사화집 부산예찬 시집 『부산은 나의 시』 시집 발간
2008. 2. 27	정기총회 : 새마당 예식장
2008. 4. 20	봄 야유회겸 세미나(『강 따라 물 따라』 낙동강변)
2008. 7	제10대 회장 조창용 회장 대행.(2009년 2월 28일까지)

2008. 8. 24	제11회 여름시인학교(을숙도 문화회관 소강당)
2008. 11. 1	제22회 시의 날 기념 행사(부산여자대학 다문화관)
	문학강좌 및 시낭송 대회
	제16회 부산시인협회상 시상식
	본 상 : 정순영, 윤정숙 / 우수상 : 김다솔, 박상호
	신인상 : 차달숙, 정만석
2008. 11. 26	임시 총회 개최 (회장선출 방식에 직선제 채택 결정)
2008. 12. 5	기획사화집 부산예찬 시집 『부산은 시의 파도』 발간
2008. 4. 12	부산시인 58호, 59호, 60호, 61호 발간
2009. 02. 18	부산시인협 제11대 회장 선거 : 부산시청 로비
	후보자 : 김광자 권혁동 양은순 전기웅
2009. 02. 28	제11대 회장 권혁동 회장 취임–부산일보 대강당
	편집위원 : 정신자 조연로 손병흥. 편집주간 : 김 철
	편집장 : 김다희, 편집차장 : 이영수, 사무국장 : 유병기
2009. 05. 09	야유회 : 기장 토속촌 식당
2009. 08.	제12회 여름시인학교 개최
	(장소 : 구덕 청소년 수련원, 강사 : 이해웅, 김광자)
2009. 09.	새사무국 구성–사무국장 : 정훈교, 사무차장 : 이현주, 간사 : 김명화
2009. 11	제17회 부산시인협회상 시상식
	본상–김광자, 우수상–김명옥 유병기, 부산시인 신인상–김대환 조차숙
2009.	부산예찬 사화집 발간
2009.	부산시인 62호, 63호, 64호, 65호 발간
2010. 02. 26	정기총회 개최 : 스타일웨딩홀
2010. 07. 27	제13회 여름시인학교 개최 : 부경대학교
2010. 08. 06	부전역 시화전 개막
2010. 10. 06	경술국치 100주년 '시와 음악과 무용의 밤'
	주최 : 국제신문, 부산민족학교, 부산시인협회
	장소 : 시민회관 소강당(범일동 위치)
	출연진 : 시인–최경식 이영숙 외 12명, 무용–최은희, 성악–조현수
2010. 10. 16	제1회 부산시인협회 시낭송회 개최
	본선일시 : 2010년 10월 16일 오후 2시

대회장소: 부산시청자미디어센터

2010.	부산시인 66호, 67호, 68호, 69호 발간
2010.	부산시인 대표시선집(2권) 발간
2010. 11.	선거관리위원회 구성: 이석래(위원장) 김검수 정남순 손병홍 박혜숙(간사)
2010. 12. 06	불란서 문학 세미나: 영광도서

제1강의 주제; 샤를르 보들레르의 "현대시의 출발"

   강사; Aude-Emeline Loriot-Nurbianto (불란서 문화원장)

   통역; 김종기 교수 (부산대학교 사범대학 불어교육학과)

제2강의 주제; 현대시의 출발에 관한 해설

   강사; 김종기 교수 (부산대학교 사범대학 불어교육학과)

   좌담; 권혁동

2011. 2.	정기총회 및 회장선거 실시: 후보자-김광자, 이병석. 당선자: 김광자
2011. 03. 03	제12대 김광자 회장 취임식-스타일웨딩홀

부회장 : 김검수 김남희 김영옥 김찬식 문인선 박상호 안태봉 이분자 이남기 조헌호

이　사 : 강현옥 경대호 김남희 김덕수 김옥균 김선례 김세창 김정순 김정호 김종화 김현민 라영훈 박말란 서봉수 서은희 안도영 안유정 윤재선 이삼성 이성림 이윤정 정영일 조규옥 조성순 주순보 진국자 최귀례 최춘자 추점자 허충순

감　사 : 강문숙 황인국

편집주간 : 조연로

편집장 : 김 곳.　편집차장 : 이영수

편집위원 : 정형련, 이동구, 윤유점

2011. 05. 28	봄 야유회 : 해운대 장산체육공원
2011. 05.	기획사화집 '시의 만파도시' 발간
2011. 07. 28	여름시인학교 개최 : 부산여자대학 다촌관
2011. 11. 22	제25회 시의날 및 제19회 부산시인협회상 시상: 부산여대 강당

수상자 : 본상-진경옥, 우수상-박황자

2011.	부산시인 70호, 71호, 72호, 73호 발간
2012. 01.	임시총회 개최 : 스타일웨딩홀 – 비대위 대응 논의, 임원증감 통과

2012. 02. 02	임원진, 사무국 개편

2012. 02. 02   임원진, 사무국 개편

        수석부회장 : 이원도

        부회장 : 김시월 김영옥 김찬식 문인선 박상호 이분자 이용문
                조헌호 한효섭

        이 사 : 강현옥 경대호 김근희 김남희 김덕수 김선례 김옥균
                김정순 김종화 김정호 김화자 김현만(기획) 라영훈
                류선희 박두길 박말란 서봉수 서은희 손애라 송만판
                안도영 안성식 안유정 엄경애 엄주연 윤재선 이분선
                이삼성 이성림 이수찬 이윤정 이혜민 조성순 주순보
                전현정 정봉균 정영일 조원기 진국자 최귀례 최수지
                최재영 최춘자 추점자 표애자 하태수 허충순 해 연

        감 사 : 임종성 류정희

        사무국 : 사무국장 – 배재경
                사무차장 – 이현주, 김나혜, 조선영(10월), 천향미(12월)
                사무간사 – 황주철

        편집주간 : 정순영

        편집장 : 김근희   편집위원 : 주순보 이동구

2012. 02. 29   정기총회 개최 : 스타일웨딩홀

        2012년 사업심의, 회원제명(김검수, 정훈교), 신입회원 소개 등

2012. 06.   세미나 및 야유회 : 금정산성 –주제: 시나무 심기

2012. 08   여름시인학교 개최– 주제 : 시인, 바다에 빠지다
                장소 : 거제도 몽돌 망치분교
                강사 : 임종성, 신 진

2012. 09.   청마문학제 공동개최(참여)

2012. 11. 01   시의날 제20회 부산시인협회상 시상: 스타일웨딩홀
        수상자 : 본상–이원도, 우수상–이용문, 주순보
        부산시인 신인상 : 곽병덕 박석동 최봉섭 류춘자 주명옥
                윤영숙 김지현

2012. 12. 20.   부산시협 40년사 발간

2012. 12.   부산시인 74호, 75호, 76호, 77호 발간

부산시인협회 태동과 「남부의 시」 발간

▌**전화인터뷰** : 창립회원 임명수 시인
▌**일　　　시** : 2012년 10월 31일 오후 2시
▌**인터뷰 정리** : 배재경

• 선생님. 오랜만입니다. 요즘 건강이 안 좋으시다고 하셨는데 어떠하신지요?

••• 반갑네. 너무 반가워. 그래도 잘 있어. 부산은 별일 없지?

• 네, 선생님 다름이 아니라 부산시협 40년사 책을 만들려니 초창기 내용이 궁금하여 이렇게 전화를 드렸습니다. 창립이 1974년 맞습니까?

••• 그렇지…… 74년 맞아. 원래 에덴공원에서 낭송 행사가 있었나? 청마시비를 세울 때였을 거야. 그래서 모였을 때 시협 결성 이야기도 하고, 아니면 우선 단체는 안되더라도 작으나마 모임부터 하자고도 하였고....하여간 그런 이야기가 많이 나왔어.

• 네, 그래서 남부의 시가 나왔군요?

••• 남부의 시는 그때 모였을 때 우선 책부터 만들자고 하였지. 그래서 그 실무를 내가 다 맡았지. ..허만하 선생이 계셨지만 김규태 선생한테 의논을 많이 하여 내가 직접 사람들에게 원고를 받으러 다녔어. 그때는 요즘처럼 메일이니 뭐 이런 게 안되니까, 우편으로 받거나 요즘처럼 휴대폰이 있거나 전화도 뭐 시원하게 되는 시절이 아니였으니까, 우편으로 받았는데 안온 사람들은 내가 직접 찾아가서 받아오곤 했지. 그래도 그때는 선배님들 찾아가고 하면 다 정이 있었지. 요즘처럼 삭막한 게 아니였거든.
아무튼 지금 생각하면 고생스런 일이었지만 참, 재밌었어. 약 30명쯤 되었을 거야.

• 창립초기 재미난 이야기꺼리 있습니까?

••• 그런 거는 박응석이나 임수생이가 더 잘 알거야. 나는 기억도 아슴하고 남부의 시 만드는 데에만 신경을 많이 썼거든. 첨에는 엔솔로지의 필요성과 단체의 필요성에 대하여 박응석, 임수생, 김영준 등과 의논을 많이 했어. 이후에 허만하, 김규태, 이수익 선배 등이 같이하자고 나와서 그동안의 논의되고 구체화 시켰던 엔솔로지 제작이나 단체에 대한 모든 기득권을 내려놓았지. 그래서 그 선배들이 중심이 되어 시작한 게지.

• 그럼, 정식 단체는 언제 결성하셨나요?

••• 단체는 그해 73년? 74년 했지. '남부의 시' 라는 엔솔로지를 먼저 내고 창립하자 하여 책부터 내고 좀 있다 12월엔가? 미문화원에서 열었지. 그때 간사가 박응석 하고 두 사람 더 있었는데……

• 네. 그랬군요. 그런데 그 당시에는 회장같은 직함이 없고 허만하 선생님께서 초대회장을 맡으신 게 한참 뒤던데요.

••• 아…… 그건 모임을 만들고 숫자도 그리 많은 게 아니고 해서 회장직함 대신 공동대표를 허만하, 김규태, 손경하, 그리고 이 뭐라는 분 한 분 계셨는데 기억나지 않네. 네 분 중에서 허만하 선생이 대표를 맡았던 거지. 나는 출범하고 총무를 맡았을 거야.

• 네, 그러셨군요. 그럼 당시 남부의 시 엔솔로지를 낼 때 출판재정은 누가 부담했나요?

••• 그거 다 내가 준비했지. 물론 다른 사람도 보탰지만… 내 돈으로
낸 게 아니라 내가 아는 제일교포 한테서 지원을 받아 냈어. 모두 돈이
있었나?

• 그럼, 그 뒤로도 제일교포가 후원하셨나요?

••• 늘 한건 아니고 뒤에는 누군가 또 도와주었거나 서로 추렴도 하
고 그랬을거야. 돈이 없어 출판을 미루기도 했으니까.

• 창간호에는 부산시인협회라는 발행기관(단체)이 명기되어 있지 않
던데요?

••• 음… 그건 엔솔로지 2호부터 부산시인협회 라는 것을 붙였을
거야.

• 처음 하는 작업이라 고생이 많았었겠습니다.

••• 그렇지. 그때 내가 남포동에서 목마라는 찻집을 운영했기 때문
에 자연스럽게 그곳을 연락처 삼아 중심이 되었지. 그러니 자연스럽게
내가 실무를 맡게 되었지. 엔솔로지는 이미 몇몇이서 목마다방에서 의
논을 해왔었기에 바로 작업이 되었지.

• 회원들의 참여는 어떠했나요?

••• 엔솔로지를 만들고 협회를 결성하면서 회원들 결속도 다져지고
좋아졌지. 또 당시는 회원들이 그리 많지 않았지. 그러다보니 엔솔로지
출간과 협회 결성으로 자연스럽게 모이는 발판이 된 거지.

• 그럼, 정식 협회 회장제는 어떻게 추진되었나요?

••• 1989년도지. 처음에는 순수한 엔솔로지로 출발했기 때문에 회장을 두지 않았지. 나중에 회원 수가 많아지면서 제대로 된 모양을 갖추어야 된다는 의견이 많았지. 그래서 회장직함을 두기로 하고, 초대 회장에 허만하 시인이 맡았던 거지.

• 정식 회장제로 출범하기 전에는 협회에서 어떤 일들을 하셨나요?

••• 제일 큰 것은 남부의 시 엔솔로지 내는 거였고, 시낭송회, 시화전도 했었지.

• 선생님 기억에 부산시협에서 가장 고생한 사람을 꼽으라면 누굴 말씀드릴 수 있습니까?

••• 단연, 이상개 시인이지. 허만하, 김규태, 박응석, 임수생 이런 사람들 다 고생했지만 이상개 시인이 제일 큰 고생했지. 나중에는 빛남출판사를 하니까 더 허드렛일을 도맡아 하게 되었지. 그건 자네도 잘 알잖아. 이상개형 같은 사람이 상을 받아야 해. 말 안해도 고생한 사람은 알아줘야 한다구. 앞으로 너거가 잘 챙겨 드려.

• 네, 선생님. 감사드립니다. 몸도 불편하신데 전화를 너무 오래 한 것 같아 미안합니다.

••• 그래. 좋은 시 쓰라. 딴 데 눈 돌리지 말구……

부산시인협회의 발자취

▮**일 시** : 2003년 6월 19일 (목) 오후 6시
▮**장 소** : 부산시인협회 사무실
▮**참석자** : 강영환 김영준 박응석 임명수 임수생 최영철

▮**사 회** : 전기웅
▮**정 리** : 송인필

● **사회** : 귀한 시간 내어 자리해 주신 여러 선생님들께 감사드립니다.

오늘 태풍 때문에 우려를 했었는데 오후에는 햇빛이 나서 좌담회장으로 오는 길에 일곱 빛깔로 선명하게 뜬 무지개를 보았습니다. 오늘 좌담은 무지개빛으로 환히 갈무리될 것 같습니다.

오늘 좌담회에서는 시인협회의 발전과 변화를 지향하는 가운데 앞으로의 나아갈 방향을 모색하기 위한 전 단계로써 지금까지 시인협회가 걸어온 길을 돌이켜 보고 현재 위치를 진단해 보고자 합니다.

먼저 새로운 집행부가 출범한 2003년도부터 부산시인협회의 회보 '부산시인'과 앤솔러지 '남부의 시'를 합하여 계간 〈부산시인〉으로 연 4회 발행의 문예전문지의 형태로 출간하게 되었습니다. 〈부산시인〉으로 탄생하게 된 의미와 과정에 대해 임수생 회장님께 듣겠습니다.

● **임수생** : 지금껏 시인협회의 사화집 '남부의 시'는 1년에 두 번 발간하기로 되어 있었으나, 회비납부 및 제반 사정으로 연 1회 밖에 내지 못했습니다. 지역의 특정 문학지에서 세계를 담아낼 수 있는 문학지로 새로이 태어나기 위해서는 시협 사화집의 개편이 우선이라고 보고 제1차 자문위원 및 이사회에서 투표 가결한 결과로 연 4회 사화집을 내기로 하였고, 제호는 '남부의 시'에서 〈부산시인〉으로 바꾸었습니다. 또한 내용면에 있어서도 지금까지는 회원시만 주로 수록하다 보니 내용도 무미건조하므로 보다 다양한 문예지의 형태로 개편하기로 하였습니다. 부산시단의 역사를 담아내고, 부산 시인들의 치열한 시정신을 깨우는 장으로서의 자리매김으로 다시 서 보자는 의도입니다. 또한 남부라는 말은 영호남 전체를 나타내는 의미가 있으므로 '부산시인'은 부산이라는 지역을 부각시키자는 의미도 포함됩니다.

● **사회** : 93년 7월 21일자 국제신문을 보면, 시인협회가 창립될

당시의 기사가 실려있는데, 1974년 10월에 '남부의 시' 창간호를 내었던 것으로 되어 있습니다. 또 '남부의 시' 30집에는 부산시협의 약사가 실려있습니다. 이 자리에는 당시 창립 멤버인 선생님들께서 자리해 주셨습니다. 부산시인협회의 창립 당시의 배경 및 그 뒷 얘기를 들려 주십시오.

● 박응석 : 그 당시에는 출판물도 적었고, 시인들의 작품 발표지면이 열악하던 때였습니다. 74년 2월 13일 청마 시비를 세울 때, 자연스레 시인들이 함께하는 장으로 협회를 만들자고 의논하고, 당시 임명수 시인이 운영하던 '목마' 라는 곳에서 앤솔러지를 먼저 만들자고 의논하고 모여 시작된 것입니다.

● 임명수 : 젊은 그룹 '다도해' 란 이름으로 시작할 때 허만하 시인 및 선배 시인들이 함께 하자는 의도로 해서 시작되었다고 볼 수 있습니다.

● 임수생 : 당시에는 부산문협만 있었고 다른 동인은 없었습니다. 65년 5월 20일 '신어' 동인이 탄생해 김규태 손경하 조순 시인 등이 편집동인으로 있다가 74년 2월 13일 시인들이 모여, 소설에 비해 시가 발표지면이 열악하고 활동이 빈약하여 앤솔러지를 만들기로 결정하였습니다. 그러다 창립총회 전에 사화집을 만들기로 결정하고, 74년 10월 19일 '남부의 시' 를 먼저 만들었는데 창간호에는 발행기관이 기록되어 있지 않고, 2집부터 부산시인협회라고 명명하고 발행하였습니다.
　창간 후 2개월 뒤 미문화원에서 시인협회가 창립총회를 개최하였는데 당시 간사가 김영준 박윤기 박응석 시인 등이었습니다.

● **임명수** : 당시 시인들은 결속력이 없었으나, 시인협회가 생긴 후 활성화되기 시작했지요. 창립 총회 후 저는 총무를 맡아 일했습니다.

● **박응석** : 앤솔러지가 만들어질 때는 임명수 시인이 목마 다방을 하여 연락하기가 쉬웠고, 열정이 깊어, 총 책임을 맡고 편집 일을 맡아 하였습니다. 작품집에 실을 시를 내면 너무 길다고 다시 내라고 할 정도로 정성을 기울였습니다. 마무리 단계 시점에서 제가 함께하여 2집부터 연락처는 박응석으로 기록되어 있습니다.

● **임수생** : 당시 발표 지면이 서울에 국한되어 있는 실정이라 그 어려움을 해결하기 위해 '남부의 시'를 발행하게 된 것입니다.

● **사회** : '남부의 시' 30집에 실려 있는 '남부의 시' 약사를 보니까 1974년에서 87년까지 남부의시가 12집이 발간되었고, 89년에 초대회장으로 허만하 시인이 회장으로 되어 있는데, 그동안은 어떻게 운영되어 왔습니까.

● **박응석** : 그 당시에는 편집위원들이 네 분이 있었습니다. 조순 허만하 김규태 이형기였으며 그 뒤 조순 이형기가 빠지고 손경하 시인이 편집위원이 되었습니다. 회장도 없고 모두 함께 운영하였지요.

● **임명수** : 순수한 앤솔러지로 출발했으므로 누가 대표가 될 수도 없었고 순수하게 운영하기로 했었지요. 그러다 부산시인협회가 만들어졌으니까 시협 기관지로 활용할 수 있게 되면서 이관이 되었습니다. 그 뒤 다시 재결집해서 89년에 회장제를 하기로 하고 허만하 시인을 회장으로 추대하였습니다. 그 뒤 박응석 시인이 서울로 가게 되어 이상개 시인이 실무를 맡아서 일했습니다.

● **사회** : 언제 그 시절을 회고하는 글들을 한 번 모아 보아야겠습니다. 80년대까지 시인협회를 이끌어 오던 이상과 정신이라고 할까요? 그런 것을 간단히 축약해서 말씀해 주십시오.

● **김영준** : 80년대 말까지도 부산에 시인이 70~80명 정도로 적었습니다. 가족적 분위기로 자주 모이는 자리를 마련했습니다. 그 당시는 시정신을 중요시 여겼고 그 응집력은 가족적 분위기로 나타났습니다.

● **사회** : 89년 허만하 시인이 초대회장 당시 초대 사무국장으로 강영환 시인이 맡아 일하셨는데, 부산시인협회가 집행부 체제로 운영된 것은 큰 발전이라고 보겠습니다. 새로이 출범된 부산시인협회의 그 당시 모습은 어땠는지요?

● **강영환** : 부산시인협회라고 정식 명판을 달게 되면서부터, 시인들이 모일 수 있는 장소가 되었습니다. 시인들은 사무국 중심으로 모이고, 활발한 작품 활동도 이뤄지게 되었습니다. 회보를 창간하고 '남부의 시'도 1년에 두 번 발간하기로 하였지요. 당시 회원 수는 120명이었고 너나없이 자기 일처럼 일하고, 반목이나 질시가 없는 따스한 분위기에서 일했습니다.

허만하 선생님은 자주 나오지 못하셨기에, 정순영 시인이 부회장으로 있으면서 시화전을 개최하고 그것을 지금으로 하여 시협상 기금마련을 하였습니다. 이 기금으로 제1회 부산시인협회상을 시상하기도 했었지요. 그 뒤에는 최영철 시인이 2대 사무국장으로 맡아 김석규 회장과 함께 열심히 일했습니다. 신입회원을 입회시킬 때도 상당히 강력한 규정을 두어 부산시인협회는 섣불리 가입이 안되도록 1, 2년의 유예기간을 두었습니다.

● **사회** : 1993년도에 제1회 부산시인협회상을 허만하 시인이 수상하였고, 그 뒤 임명수, 유병근, 임수생 선생님 등 여러분이 수상하셨습니다. 부산시인을 대표하는 시협상을 운영해 온 준비과정 및 진행사항을 들려주십시오.

● **임명수** : 시협상은 회원의 회비로 운영되는 상이므로 우리지역의 시인에게 주어지는 상 중에서도 가장 영광스런 상이라고 생각합니다. 회원들이 만들어냈으므로 다른 상들 보다 더 빛나는 상이 아닌가 생각하는데, 어떤 제도권에 물려서 왜곡되는 경향도 있는 듯 하나, 부산시인의 정신을 보여주는 상이 아닌가 합니다.

● **사회** : 신인상 수상자는 지난해에도 없었습니다만….

● **최영철** : 신인상을 등단 10년으로 규정짓는 것은 무리가 따른다고 봅니다. 다른 사례를 보면 대체로 등단 후 3년 이내입니다. 요즘 10년이면 중견인 셈이지요. 신인상을 줄만한 역량이 되는가도 생각해 보아야겠지요. 오히려 등단하지 않은 신인을 발굴해서 1년에 한 사람 정도 주는 방법도 좋다고 봅니다.

● **강영환** : 애써 마련한 기금도 낭비해서는 안된다고 봅니다.

● **사회** : 80년대는 민주화와 민중저항의 시대이기도 했습니다. 이 시대 부산시인들은 어떠했는지, 또 순수문학과 민중문학의 바라봄은 어떠했고 움직임은 어떠했는지요?

● **임수생** : 시는 곧 삶이다라고 생각한다면 그 시대의 아픔을 외면

해서는 안된다고 생각합니다. 독재시대에서는 우리 인권과 생명을 지키기 위해 시인들이 팔을 휘둘러야 마땅하다고 봅니다. 그래서 나도 저항시를 많이 썼는데 그러다 보니 나중에는 필이 굳어 글이 딱딱해지더군요. 시대를 인식하고 글을 쓰되 그 근저에는 서정이 녹아있어야 한다고 봅니다.

● **강영환** : 79년도 10·26 사태 때에는 저희들은 어린 연배라서 참여 인원이 적었고, 87년도 6월 항쟁, 대통령 직선제 때에 부산시인 13명의 서명 명단이 조선일보에 발표되어 탄압을 받기도 했습니다. 당시 5·7문학이란 소책자를 냈는데, 거기는 대사회적 발언이나 민중운동의 내용을 담았으나 시협과는 거리가 조금 멀었습니다. 당시 박병출 시인이 함께 적극적으로 활동하였고, 거기서 모두 모여 활동을 전개했습니다. 당시 부산시협 자체가 조금 보수적이었으므로 새로운 방향성을 받아들이는 데는 다른 지역 보다 늦은 편이었습니다.

● **사회** : 최영철 시인께서 부산 젊은시인들의 운동에 대해 말씀해 주십시오.

● **최영철** : 시협은 친목단체고 85년 5·7문학협의회 등은 의식단체라고 보면 되겠습니다. 80년대 매체운동의 본격화로 〈지평〉과 〈전망〉이란 무크지가 있었는데, 〈지평〉은 현실주의 쪽이었고, 순수문학의 성격을 띤 것이 〈전망〉입니다. 친목단체가 아닌 대표적 이념단체가 5·7문학협의회였고 부산, 경남 젊은시인회의도 거기 동참하여 활동을 전개했습니다. 시협은 친목단체로서 현실 문제에 대응할 수는 없는 한계성을 가지고 있었고, 80년대 들어 문학운동이 다양해지기 시작했습니다.

● 사회 : 일련의 여러 말씀들을 통해, 이제는 시인협회의 위상도 정립하고, 책임감도 느껴야 할 때라고 보아집니다. 80년대가 '이즘' '주의'의 시대라면 90년대는 서정의 귀환이나 독자적 글쓰기의 모습으로 나타나고, 문예지들의 폭발적인 증가로 신인들도 대량 생산되는 양상이었습니다. 시인들의 자질이나 위치가 무너지는 형태까지도 보입니다. 현 부산시협의 회원이 300명에 육박하는 상황을 볼 때 여기에 따른 문제점은 어떤 것이 있을까요.

● 박응석 : 시의 보편화를 도외시하면 폭이 좁아지겠지요. 그 300명을 활발한 비평이 가려주어야 합니다. 흐름을 억지로 막을 수는 없으나 옳게 쓰겠다는 각오와 시정신을 인식할 수 있는 장치가 필요하다고 봅니다.

● 강영환 : 부산시인의 인구가 늘어난 반면 평론이 제대로 이뤄진 적은 없었습니다. 부산의 평론가들도 부산 시인에 대한 평가 작업을 제대로 하지 못하고 있고, 옥석이 가려지지 않은 상태로 누구나 그냥 다 같이 '시인'으로 인식되고 있는 형편입니다. 심지어는 저 시인이 글 싣는 곳이면 나는 싣지 않겠다는 양태로 치닫고 있는 심각한 실정인데요. 그런 점에서 〈부산시인〉이 계간지화 되면 보다 중요한 역할을 할 것으로 기대합니다. 자기 작품이 평가절하되면 좋은 글을 쓰려고 노력할 테니까요.

● 임명수 : 두보 시대에도 함량 미달 시인이 있었습니다. 그것은 어쩔 수 없는 흐름입니다. 중요한 것은 좋은 시인들이 중심축으로 구축되어 있느냐 하는 것입니다. 과연 참 시인들이 부산시단을 바르게 이끌어가는 역사를 만들 수 있느냐 하는, 중심을 세우는 인식이 중요하다고 봅니다.

● **김영준** : 〈부산시인〉이 계간으로 되었으니 많은 시인은 아니더라도 시평을 통해 평가하는 것도 좋겠지요.

● **최영철** : 시를 고르는 것도 시인이 하고, 시인들이 전적으로 만들어가는 문예지로 만든다면 긴장을 늦추지 않는 좋은 글쓰기가 될 것입니다.

● **사회** : 편집진에서도 많이 고민하고 부산시단의 치열한 시작업의 물꼬를 틀 수 있도록 노력하겠습니다. 현 부산시단을 보면 선 후배 간 교류의 장이 부족하고, 젊은 시인들의 시협 참여가 두드러지게 저하되는 느낌인데, 그 원인은 어디에 있으며 해결방향을 어떻게 잡으면 좋을지 말씀해 주십시오.

● **최영철** : 제가 문학활동을 한 것이 20년 째인데, 아직까지도 어리다고 인식되고 있다는 거죠. 그것은 젊은 후배 시인들의 활동이 열악하기 때문이라고 생각됩니다. 후배들이 단체에 참여하여 나름대로의 성취도를 느끼지 못하는 것이지요. 단체는 후배들에게 글 쓰는 자극제로써 무엇인가를 줄 수 있어야만 합니다. 작품의 발표지면이 요즘은 개인적으로 확보가 가능하기 때문에 꼭 단체에 소속할 이유도 없어졌다는 점도 있고요. 특히 최근 많은 시인들이 대거 회원으로 등록함으로써 일부 시인들은 함량이 떨어지는데, 그중에서는 300명 중 1년에 한 편도 안 쓰는 시인이 있고, 허명놀이로서의 글쓰기를 하는 경우도 많습니다. 그런 단체에 몸담고 있는 것이 마땅치 않다는 것이 젊은 시인들이 시협을 외면하는 요인일 수 있습니다.

이런 점들을 새로 만들어져 나오는 〈부산시인〉에서 걸러줘야 합니다.

칠 팔십년대처럼 친목단체로서의 의미도 소용없고, 문학단체로서의 성격도 소용되지 못하는 현실입니다. 단체는 자유롭되 그 안에서 게으른 시인이 더 치열하게 글을 쓰게 할 수 있고, 질적인 것을 걸러내는 역할을 해주어야 합니다. 깨어있는 시협이어야 합니다.

● 임명수 : 제도적으로, 의식적으로 젊어져야 합니다. 난파되어 갈 배를 탈 젊은이는 없습니다.

● 박응석 : 시인이 시를 정말 생각할 때는 젊습니다. 물리적인 고령화가 아니라 긴장감이 없을 때 늙습니다. 긴장감을 잃어서는 안되겠지요.

● 김영준 : 앞으로 부산시인들의 작품은 협회지에 무조건 싣는 것도 고려해 봐야한다고 봅니다.

● 임명수 : 더불어 가야합니다. 그러나 비평을 통해 자극제가 되어 거듭나는 회원이 되었으면 합니다.

● 사회 : 젊은 시인들이 기존 문학단체에 기대가 별로 없는 이유를 돌이키고 반성해 보아야 한다고 봅니다. 기존의 시단을 이끌어 왔던 우리가 개선하고 반성하는 자기성찰의 의지가 절실히 필요한 시점이라고 봅니다. 연배나 경력으로 보아 선 후배간 가교 역할을 해야할 최영철 시인은 어떤 각오가 있는지요?

● 최영철 : 부산에도 많은 문학단체가 있으나, 시인협회에 제 개인적으로는 애정을 가질 수 밖에 없습니다. 저는 '남부의 시'에 제 첫 작품을 발표하였습니다. 중간세대인 우리가 젊은 세대를 함께 동참하

도록 하는데, 〈부산시인〉이 그 역할을 해주리라고 봅니다. 자연스레 젊은 시인들의 발표지면을 만들고 여러 가지 행사 등을 통해 교류의 장을 만들어 보는 것도 좋은 방법일 것입니다.

● **임명수** : 〈부산시인〉이 부산시인들이 기댈 수 있는 좋은 언덕이 되었으면 합니다.

● **사회** : 마지막으로 새 집행부의 회장님께서 총괄적 마무리 및 앞으로의 활동방향과 기획에 대해 말씀해 주십시오.

● **임수생** : 현 선배 시인들이 후배들을 수용하고, 자유로운 토론장이나 선후배 나눔의 자리를 마련 못한 책임이 크다고 봅니다. 앞으로는 그런 장을 마련하도록 연구해 보겠습니다. 치열한 글쓰기를 하는 후배들을 격려하며, 교류의 장을 만들고, 부산을 빛내 줄 많은 시인들에게 좋은 시를 쓰도록 하는 매개체로서의 역할을 하는데 최선을 다할 계획입니다.

한국시사에서 우뚝 솟을 수 있는, 시를 쓰는 장으로, 치열한 삶을 풀어내는 힘찬 글쓰기의 장으로 부산시인협회가 설 것입니다.

● **사회** : 오늘 좌담은 부산시인협회의 정신적 뿌리와 경로를 확인하고, 미래의 방향성을 모색해 보는 시간이었습니다. 〈부산시인〉이 안고 갈 많은 희망적 방향제시와 함께 시인이란 이름이 깨어있는 울림으로 오는 귀한 시간, 함께 해주신 여러 선생님들께 감사드립니다.

※ 본 좌담회는 《부산시인》 39호에 실린 것으로 독자들의 이해를 돕고자 재수록하였습니다.

부산 시단을 돌아보며

구연식(시인)

고려가요 정서(鄭敍)의 정과정(鄭瓜亭)은 부산의 가장 오래된 시라고 할 수 있다. 뿐만 아니라 조선조의 가사나 시조 민요 등이 적지않게 부산에 존재해 왔다.

현대에 와서 부산시단은 청마(靑馬), 향파(向破), 황산(皇山), 손풍산, 노석(奴石), 조향(趙鄕) 등에 의하여 형성되었다고 하겠다.

6.25 동란에 의하여 부산이 수도가 되었을 때, 후반기 동인문학운동이 부산에서 일어나 김경린, 김차영, 김규동, 이봉래, 양병식 등은 지식인(intelleetualism)의 불안과 도시문명을, 박인환은 소시민적 고독한 애환(lyricism)을, 조향은 초현실주의(sur) 문학을, 소위 모더니즘(moderm-ism) 문학운동을 부산서 일으켰다.

이에 앞서 30년대 모더니즘의 김광균(imagism), 이상 이시우의(sur 문학) 최재서 김기림(intelleetualism), 정지용의 감각시 등이 시단의 현대화에 영향을 끼쳤으나, 후반기 문학운동은 전통적 서정시 일변도에 파괴력을 가져왔으며 이로 인하여 오늘의 다양한 시단을 형성하는 데 크게 공헌하였다고 하겠다.

「南部의 詩」동인지는 부산시단을 대표한다. 창간호(74. 10)에는 32인의 작품이 발표되었고 2호(75. 12), 3호(76. 12)로 --- 이어져 38호(2002. 11)까지 발간되었다. 이에 따른 시인 주소록에는 263명으로 되어 있었으나 금년도 부산문학 시분과에는 328명이 등록되어 있다.

30년전의 창간호에는 30여명의 시인과 회장의 이름이나 편집자의 이름도 없었으나 김규태, 조 순, 허만하 시인이 3호까지 편집을 맡아 있었다.

창간호에 작품이 수록된 시인 중 허만하 김규태 이승하 하현식 황양미 이수익(2호) 하현식(2호) 등은 주지주의 경향의 시, 신서정시 경향으로 박재호 손경하 강남주 한창식 김영준 박태문 임명수 이상개 정대현 김 철 박윤기 김상훈 임종찬(2호) 김인환(2호) 이해웅(3호) 이민영(3호) 이문걸(3호) 원승이(3호) 이달희(3호) 김석규(2호) 박송죽(2호) 김민부(3호) 박지열(3호) 등이 작품을 게재, 쉬르적 경향으로 양병식(2호) 노영란(2호) 김춘추(2호) 구연식 정화식 박청륭(3호), 종교적 경향으로 원 광 배달순 양왕용, 인생파적 경향으로 김성식(해양문학의 개척자) 정영태 박응석 신명석(3호), 사회비평적 경향으로 임수생. 이상 남부의 시 창간호와 2호, 3호에 발표된 시인들의 작품을 일별해 보았다.

현재 부산문인협회 시분과에 등록된 시인만해도 328명이나 되나 시작활동을 하고 있는 시인 수는 500명이 넘을 것으로 추산되니 부산의 도시가 시인의 도시로서 아름다워질 것으로 믿는다.(300여명 넘게 문협에 등록된 시인이 있으나 실제로는 500명 가까운 시인이 부산에서 활동하였다고 하겠다.)

내년이면 남부의 시 발간 30주년을 맞이하게 된다. 한마디로 부산시단을 언급하기가 힘들게 되었다.

부산 시인들이 걸어갈 길은 바로 한국 시인이 걸어갈 길과 다를 것이 없다. 6.25동란 때 다 버려도 족보만은 봇짐 속에 넣고 피난 갔던 우리 민족의 가치관은 세계화 국제화에 밀려 파괴되었다.

자연환경과 생태계의 변화, 과학의 발달에 의하여 삶(life)의 상실 등과 앞으로 생명공학과 유전자의 눈부신 연구에 따라 어떠한 변화가 일어날지 예측할 수 없으나, 인간의 생명이 미생물의 아메바에서 창조된다든지 물질의 핵의 무상한 변화에 의하여 어떠한 인간의 욕망도 충족시킬 수 있을는지 알 수가 없다.

시(문학)는 인간의 언어생활에서 나타난 산물이며 인터넷이나 PC와 같은 기계가 우리의 언어생활을 변화시키고 무한한 가능성을 가지고 시공을 초월할 수 있게 한다.

과학이 무한하게 인간을 변화시킨다고 하여도 시는 인간의 생명이 존재하는 한 존재할 것이며 소멸하지 않을 것이다. 예컨대 시의 창조를 위하여 자연환경과 생태계의 보존에 앞장 서는 것은 시인이 자기 생명을 보존하는 일이며, 물질과 정신의 조화는 가치있는 문화를 창조하는 원동력이 될 것이다.

과학의 원리와 방법을 터득하여 문학창조에 이용하여 보다 나은 예술을 창조하게 된다면 보다 나은 인간이 창조 될 것이다.

※부산시인 39호(2003년) 재수록

구연식

1925년 경남 사천 출생. 초현실주의 동인지 〈가이가〉 참가. 1962년 시집 『검은 산호의 도시』로 작품활동. 동아대학교 국문학과 교수 역임. 한국저작인협회 창립회원. 한국시학회 및 부산문인협회 회장 역임. 부산문화상, 상화시인상, 펜클럽시문학상 수상. 시집 『검은 산호의 도시』, 『감각』, 『안개』, 『규슈일기』, 『오륙도』 산문집 『지성의 해변』, 논문집 「한국시의 표현학적 연구」 외. 2009년 별세.

부산시인이 걸어온 길

박철석(시인)

비릿한 항구도시 부산에 근대시가 처음 뿌리를 내린 것은 1935년 초량동에 거점을 둔 《생리》(유치환 주간)라 하겠다. 그러나 이건 몇사람의 일이고 부산시단이란 명패를 달수 있게 된 것은 1957년 부산문필가협회(초대회장 김정한)가 조직되고 그 기관지로 《문필》이 간행된 이후부터라 하면 어떨까.

그러나 전국적인 규모의 산하단체로 조직된 것은 1962년 한국문협 경남지부가 결성되고 《문협》이란 기관지가 간행되었는데 처음으로 회원주소록이 실려 있다. 총 회원 수는 42명. 시를 전공하는 사람은 모두 26명으로 등재되어 있다. 허나 놀라운 사실은 26명중 생존해 있는 시인은 고작 9명이다. 이걸 보면 세월이 얼마나 무서운가를 실감케 한다.

여기서 두 번째 놀라운 일은 지난해 부산시인협회에서 발간한 《남부의 시》(37호) 회원주소록에 등재된 회원 수는 무려 257명이다. 그러니까 40년이 지나는 동안 부산시단에 이름표를 단 시인 수는 거의 100배 늘어난 셈이다.

시대가 변했으니 어느 정도 이해가 가는 일이긴 하나 좋은 징조라고 볼 수 없다. 모두에게 밝힌 《생리》지 이후 부산시단의 형성과정을 대충 살펴보면 조선청년문학가협회 경남지부에서 펴낸 해방1주년 기념시집 『날개』, 그 다음으로 6·25동란 때 국제신보 주간지 특집으로 꾸며진 『후반기』(1950) 등은 해방 후의 과도기와 6·25동란의 시대상황으로 비추어보면 부산시사(詩史)의 정통성과는 무관하다.

특히 6·25 이후 부산시사(詩史)의 명맥을 이어온 시동인지로서는 〈시기(詩旗)〉(1962, 편집인 최계락, 조영서, 김규태, 박철석), 〈신어〉(김규태, 박응석), 〈절대시〉(뒤에 〈시와 언어〉로), 〈열린시〉, 〈목마〉, 〈시와자유〉 또한 부산시협 기관지의 성격을 띤 《남부의 시》가 37집까지 긴 역사를 자랑하고 있다.

그 밖의 《신생》, 《시의나라》, 《시와사상》 등의 전문시지가 발간되고 있는 형국이다. 뭐니해도 부산시단의 괄목할만한 족적을 남긴 것은 김인환이 주간한 《시인들》(1972년 창간)이라 하겠다.

무크지 성격이 짙은 시인들 창간호에는 33인의 시가 수록되어 있다. 여기서 특기할 사실은 시인들 5집에는 청마추모와 손풍산 선생의 특집으로 꾸며져 있다. 청마 추모글에는 김정한, 정지업, 필자의 산문이 실려 있고 손풍산 선생은 유고시가 실려 있다. 연구자료로서 가치가 있다.

위의 절대시와 열린시는 시어의 발굴과 이미지의 참신성은 부산시사의 한 봉우리라 해도 좋으리라. 그리고 중진들의 시와 자유는 폭넓은 시어와 각자의 개성이 돋보이는 동인지라 하겠다. 이 몇 년사이 출발한 월요시(2001 창간, 반년간지)는 토론형식과 대담을 통하여 시의 방향 제시, 존재의의를 밝히고 있어 앞으로의 활동이 주목된다. 그러나 부산시협은 시의 취향과 연령이 비슷한 사람들의 모임과는 다르다.

첫째 연령과 성별을 초월했다는 것, 둘째 지역사회라는 공동체의식에서 출발했다는 것, 그러기 때문에 시의 취향을 문제삼을 수 없다는 것 등을 들 수 있다.

앞에서 언급한 것처럼 부산시협의 회원 수가 거의 300명이란 점을 생각할 때 회원들의 작품을 어느정도 소화시킬 수 있는 시협 계간지 간행이 시급하다는 것, 그러기 위해서는 우선 자금확보와 전문 편집진용이 갖추어져야 한다.

시협의 질적 향상을 위해서 신입회원의 가입조건을 보다 까다롭게 했으면 한다. 너도 나도 시인이 된다면 부끄럽기 짝이 없다.

오늘의 시단 사정을 보면 일정한 습작기가 없고 마음만 먹으면 곧 시인이 될 수 있는 편리한 시대에 살고 있는 것 같다. 그리고 시협 발전을 위해 포럼같은 것이 자주 있었으면 한다.

※부산시인 39호(2003년) 재수록

박철석

경남 거제 출생. 1955년 《현대문학》에 시, 1958년 《자유문학》에 평론으로 등단. 〈청포도〉 동인. 시집 『까마귀』, 『하단의 바람』, 『외로운 귀 하나』, 『계란밥』 외. 논저 『한국현대 시인론』, 효당문학상, 동아문학상 수상. 『한국현대문학사론』 외. 동아대 국문학과 교수 역임.

"부산시인협회"와
부산 지역의 시적 경향

구모룡(문학평론가, 한국해양대 교수)

1. "부산시인협회"와 부산지역의 시문학

"부산시인협회"라는 시인 공동체가 결성된 것은 1974년 12월 20일이다. 이사 체제로 집행부가 구성되었는데 허만하(대표), 김규태, 조순이 초대 이사들이다. 실무를 맡은 간사는 이수익, 박응석, 김영준이다. 창립회원으로 등록된 시인은 강남주, 구연식, 김규태, 김상훈, 김성식, 김영준, 김철, 박윤기, 박응석, 박재호, 박지열, 박태문, 배달순, 손경하, 신명석, 양왕용, 원광, 유병근, 이달희, 이문걸, 이민영, 이상개, 이수익, 이승하, 이해웅, 임명수, 임수생, 정대현, 정영태, 조순, 하연승, 하현식, 한찬식, 허만하, 황양미 등이다. 1980년대 새로운 세대의 시인들이 등장하기까지 부산지역의 시단을 이끌어온 시인들이 망라된 느낌이다. 그런데 여기서 우리가 주목해야 할 일은 협회를 구성하고

"부산시인협회"를 창립하자는 의견은
1974년 2월 13일 에덴공원에
청마 유치환 선생의 시비가 건립되는 데서 나온다.

있는 시인들의 면면이 아니다. 그보다 "부산시인협회" 결성의 계기가 의미 있다. "부산시인협회"를 창립하자는 의견은 1974년 2월 13일 에덴공원에 청마 유치환 선생의 시비가 건립되는 데서 나온다. 이에 따라 창립 전초 작업으로 1974년 10월 19일 『남부의 시』를 발간한다. 여기서 우리는 두 가지 사실을 기억하지 않을 수 없다. 그 하나는 청마 유치환의 존재이고 다른 하나는 『남부의 시』라는 매체다. 『남부의 시』는 2002년 제38집 발간을 뒤로 하고 2003년 계간 『부산시인』으로 변모했다. 이처럼 "부산시인협회"는 청마의 유업을 계승한다는 의도를 지녔고 『남부의 시』라는 매체를 통하여 그 활동의 내용을 기록해 왔다. 그런데 또 하나 특이한 점은 1989년까지 "부산시인협회"가 이사회 체제를 유지해 왔다는 것이다. 허만하(대표), 김규태, 조순 이사가 약 15년간 간사들과 함께 느슨하게 회를 이끌어온 것이다. 이러다 1989년 허만하 시인이 초대회장이 되어 "부산시인협회"가 공식기구화 되었다. 이후 허만하 회장체제는 1993년 3대 회장 김석규 시인이 맡기까지 이어진다. 이렇게 보면 1974년에서 1989년까지의 이사체제와 회장체제로 전환한 뒤 1993년 3대 회장 취임까지 약 20년을 허만하 시인이 "부산시인협회"의 대표성을 유지한 것이라 할 수 있다.

2013년이면 "부산시인협회"가 40년을 맞는다. 협회 체제라는 관점에서 분기점은 1989년이지만 허만하 대표성이라는 관점에서 1993년이 변화의 시기라 할 수 있다. 한편 "부산시인협회"의 전반기 역사는 부산지역 시문학의 풍향을 가늠하게 한다. 그것은 유치환에서 허만하

부산은 해방과 한국전쟁을 거치면서
내국 이민자의 도시가 된 개방과 혼종의 도시이다.
달리 말해서 모더니티가 발흥하고 범람한 도시다.

로 이어지는 계보다. 허만하의 유치환에 대한 입장은 그의 에세이집 『청마풍경』에 잘 나타나 있다. 특히 이 책의 말미에 실려 있는 「청마의 자장」을 통해 "그에게 완전히 매혹되었던" "청춘"을 고백한 바 있다.[1] 대구 소재의 대학 강의실에서 이뤄진 인연은 이후 공간을 부산으로 옮겨 지속된다. 이는 후일 대구가 김춘수 시인의 영향권에 놓이는 사정과 비교된다. 말할 것도 없이 부산의 시문학이 유치환과 허만하의 계보에서 토대가 만들어졌다는 진술에 이견이 없지 않을 것이다. 부산은 서울이나 대구, 광주와 다른 해항도시(Sea Port City)이다. 일찍부터 서구와 일본의 문물이 밀려든 관문이자 교역과 교류의 장이었다. 해방과 한국전쟁을 거치면서 내국 이민자의 도시가 된 개방과 혼종의 도시이다. 달리 말해서 모더니티가 발흥하고 범람한 도시다. 유치환과 허만하의 의미도 이러한 모더니티의 맥락에서 보아야 한다. 다시 말해서 유치환은 한 개인의 이름이라기보다 부산이라는 토포스에 상응하는 가치를 뜻한다. 유치환, 허만하, 김규태, 고석규, 이형기, 조 향, 구연식, 하현식, 박청륭, 최휘웅, 조의홍, 김 철, 정영태, 강경주, 강유정, 이규열, 김형술, 조말선, 김혜영, 정진경, 송 진, 김경수, 박강우, 정익진, 김 참 등 부산의 시문학은 모더니티를 지향하는 큰 흐름과 더불어 서정주의와 현실주의가 뒤섞인다. 잡다하게 보이는 외양을 통어하는 맥락이 있는 것이다. 서정주의는 본래의 시적 지향으로 면면하다면(부산의 시인 혹은 "부산시인협회" 회원의 절반 이상이 서정주의를 지향

1) 허만하, 『청마풍경』(솔, 2001), p. 269.

한다고 해도 과언이 아니다.) 현실주의는 역사적 계기에 의하여 발전한다. 서정주의는 전통지향적인 서정과 새로운 서정으로 나뉜다. 유병근, 이 석, 강남주, 김석규, 임명수, 김영준, 진경옥, 차한수, 김세윤, 윤상원, 박태일, 이선형, 이정모 등이 전자라면 박현서, 이상개, 박응석, 양왕용, 김창근, 강은교, 박정애, 신 진, 엄국현, 전성호, 이성희, 김수우, 전다형, 유지소 등이 후자에 속하나 경계를 엄격히 구별하긴 힘들다. 현실주의는 1960년대 4월 혁명을 시발로 김태홍 등에 의해 표출하여 1970년대 유신시대를 거쳐 1980년대에 이르러 하나의 흐름이 된다. 그러나 이러한 시적 현실주의는 임수생, 박태문, 이해웅, 이상개, 이윤택, 강영환, 오정환, 류명선, 최영철, 서규정, 신용길, 조성래, 동길산, 조향미, 최원준, 최정란, 이동호 등을 통해 보듯이 모더니티 지향과 대립하는 경향이 아니다. 이는 자아에서 세계로 나아가는 모더니티의 극복 양상에 다를 바 없다. 1970년부터 본격화된 김성식의 해양시도 심호섭, 이윤길 등으로 이어지는, 모던 세계를 향한 개진으로 보아 무방할 것이다. 특히 강은교, 진경옥 이래 부산의 여성시단은 윤정숙, 김광자, 박정애, 윤홍조, 송유미, 한미성, 권애숙, 이선형, 안효희, 조말선, 정진경, 권정일, 전명숙, 김혜영, 김종미, 조향미, 전다형, 손순미, 김수우, 송 진, 최정란, 신정민, 이채영, 박춘석, 고명자, 배옥주 등 매우 다채롭다. 이처럼 해항도시 부산의 시문학은 모더니티 지향을 중심에 두고 그 가장자리에서 서정주의가 동심원을 그리고 있으며, 이들 사이에서 현실주의가 출렁이는 형국을 한다.

"부산시인협회"는 장르 단위의 심정적인 문인공동체이다.[2] 전반기 20년은 친목 성격을 지니면서 사화집『남부의 시』를 매개로 소통하고 교류한다. 1989년 회장체제(회장 허만하, 사무국장 강영환)의 조직을

---

2) "문학공동체"에 대한 것은 구모룡,「한국문학공동체의 현실과 전망」『감성과 윤리』(산지니, 2009), pp. 275-292. "부산시인협회"의 역사에 대한 것은 이 책에 실린 "부산시인협회 약사" 참조.

갖춘 단체가 되면서 "청마 23주기 추모문학의 밤"과 "시낭송회" 등과 같은 사업을 전개하고 1993년에는 "부산시인협회상"을 제정하게 된다. 이후 사업이 확대되어 독자와 청소년을 위한 행사를 늘이는 한편 국제교류 행사를 개최하기에 이른다. 또한 "거리의 시와 음악축제", "선상 문학의 밤", "해변시인학교", "여름시인학교" 등 기획력이 돋보이는 이벤트를 열기도 한다. 1997년부터 11월 시의 날을 기념하여 해를 달리 하면서 열려온 세미나는 부산의 시문학을 점검하고 반성하는 자리가 되기도 한다. 이런 가운데 "부산시인협회"는 부산문인 바둑대회를 열고 시인과 독자의 등반대회도 개최하는 등, 시와 문학을 통하여 우의를 형성하고 지역사회의 문화 활성화에 기여한다. 또한 개성적인 시인 집단이 가져올 분열을 막기 위한 "회장추대제"를 1998년 제도화함으로써 단체의 안정적인 운영을 도모한다. "회장추대제"는 장점과 단점을 동시에 지니게 된다. 장점은 우애의 공동체를 유지한다는 것이고 단점은 밑으로부터 다른 욕구가 나타날 경우다. 회원들의 존경과 동의가 최대치를 얻은 인물들이 줄곧 회장에 추대된다면 조직을 흔들만한 문제가 발생하지 않는다. 이와 달리 존경과 동의를 구할 수 없는 인물이 등장할 때 추대에 반발하는 회원들이 민주적인 절차를 요구할 가능성이 있다. 2004년 회원 추천을 거쳐 추대하는 절충 방식을 선택한 것은 조직의 외형이 커지면서 회원들의 다양한 목소리를 수렴하는 과정에서 피할 수 없는 일이라 생각한다. 그리고 마침내 2008년 11월 임시총회에서 완전 직선제 채택에 이른다. 추대제에서 직선제에 이르는 과정에 대한 평가는 다양할 수 있다. 그러나 문인공동체가 권력을 쟁취하는 정치적인 단체와 다르다는 점에서 우애를 바탕으로 한 추대제는 민주적 방식보다 더 우월하다. 우애가 깨어질 때 찾게 되는 차선의 방법이 회원들의 직접 선택인 것이다. 그렇다면 추대제가 왜 흔들렸는지 묻는 것이 먼저고 다음으로 직선제가 가져온 폐단에 대한 평가가 그 다음이다. 회장 추대가 잘 되었다 하더라도 합리적인 집행이 이루어지지 않을 경우 조직은 언제든지 흔들릴 수 있다. 직선제의 경우 경쟁자와 그 지지자들이 결과에 승복하는 문화가 중요하다. 이미 외형이 커진 "부산시인협회"의 경우, 직선제의 문제를 해소하기 위해 다시 추대제로 돌아가긴 힘들다. 따라서 직선제를 보완하는 방식으로 회원들이 지혜를 모을 필요가 있다.

문인공동체는 회원 개인의 역량보다 단체가 벌이는 사업으로 평가받을 수밖에 없다. 시민사회를 향한 다양한 활동과 더불어, 세미나와 토론회를 통하여 성과를 검증하고, 매체를 발간하여 지속적으로 작품을 생산하고, 문학상을 제정하여 격려하는 과정이 있어야 한다. 앞서 말한 문학의 밤과 시인학교 그리고 백일장 등이 시민과 하는 행사라면 세미나는 부산시의 역사와 부산시인의 정체성을 규명하는 과정이 된다. 2003년 "청마 유치환의 문학과 부산"이라는 주제로 제1회 세미나를 연 뒤 꾸준하게 부산 시문학의 현 단계를 진단하고 평가하는 세미나를 열어왔다. 매체와 문학상 운영도 큰 차질 없이 유지되어 왔다. 편향 없는 편집기준을 만들어 매체를 운영하고 엄격한 기준을 지닌 심사에 의해 문학상이 수여되어야 하는 것은 단체의 공신력과 연관된 일이다. 이러한 점에서 2003년 제8대 임수생 회장이 『남부의 시』를 『부산시인』으로 제호를 변경하고 계간지로 전환한 것은 매우 획기적인 일이다. 매체의 확장으로 회원들의 창작욕구가 크게 수렴될 수 있었기 때문이다. 『부산시인』은 2007년 한국잡지협회에 등록됨으로써 부산시단을 알리는 중요한 매체로 자리 잡았다. 연간 사화집 『남부의 시』

지역 시사는
지역문학사, 지역 문화사의 일부를 구성한다.

가 계간지 『부산시인』으로 발전한 경과는 "부산시인협회"의 역사와 같이 한다. 이러한 역사에 대한 구체적인 고증이 앞으로 뒤따라야 할 과제로 남는다.

2. 부산지역 시의 특이성-해항도시와 모더니티

부산시인들이 이룬 성과를 정리하고 평가한다는 것은 쉬운 일이 아니다.[3] 일제시대인 1930년대부터 약 80년 동안 지역시인들의 시 생산을 섭렵해보아야 한다는 것이다. 그러나 이와 같은 지역시단에 대한 사적인 정리는 필요한 일이긴 하지만 자료고증 등 여러 가지 과정을 거쳐야 할 과제로 남는다. 물론 독자적인 지역시사의 존재의의는 분명하다. 지역 시사는 지역문학사, 지역문화사의 일부를 구성한다. 지역 시사 작업은 한편으로 지역문화의 독자성과 자율성을 확인하게 하며 다른 한편으로 기존의 전체시사의 체계를 수정할 수 있는 계기를 만들게 한다. 특히 후자의 의의는 매우 중요하다. 지역시사가 단순하게 지역문단사의 수준에 머물지 않아야 한다는 점을 감안한다면, 지역시인들의 성과가 전체 문학사에 편입되어 문학사의 체계가 수정되는 계기가 만들어져야 한다.

---

3) "부산시인협회"라는 단체에 속한 시인들의 성과가 아니라 부산시단 전반의 성과를 말하는데 여기서 중요한 시인들을 중심으로 서술한다.

한국의 근대시사 100년 동안 지역의 시인으로 한국시사에 중요한 족적을 남긴 이들은 누구일까? 유치환, 고석규, 허만하, 강은교를 우선 꼽을 수 있을까? 이에 대하여 이견이 없지 않을 것이다. 그럼에도 우리 시사의 체계를 수정할 만큼 중요한 시인들이 부산지역에 허다하다고 강변할 수는 없다. 따라서 우리 시사의 전체성을 어느 정도 고려하면서 지역 시사의 특이성을 상정하는 방법이 적절하다고 생각한다. 가령 피난문단에 혜성처럼 등장한 고석규를 예를 들 수 있다. 부산이 미점령지로 남을 수 있었던 가장 직접적인 계기는 한반도 남단의 해항도시라는 위상에 있다. 해항도시가 지니는 개방성과 현대성이 고석규의 전장의 실존 경험과 만났다고 한다면 지나친 비약일까? 그렇지 않다고 생각한다. 그렇기 때문에 고석규(1932-1958)의 발굴이 가지는 의의가 크다. 부산에서 이루어진 고석규 문학 정리 작업은 50년대 시학을 체계화하는 데 도움을 주고 있다4). 이 경우 부산의 시가 전체시사 기술에 직접적인 영향을 미친 것이라 할 수 있다. 고석규는 부산의 특이성과 그가 지향한 보편성이 겹쳐지는 장면을 연출한다. 이러한 장면은 그에 앞서 이미 유치환을 통해 나타난 바 있다. 가령 유치환의 「깃발」을 해항도시 부산의 지정학적인 미학과 연관시킬 때 그렇다. 육역과 해역, 고향과 근대의 분열의식이 이 시에 내재해 있기 때문이다. 유치환은 해방 이전부터 오늘에 이르기까지 꾸준히 부산의 시적 전통 형성에 영향을 미친 시인이라 할 수 있다. 그가 실제로 부산에 거주한 것은, 1934년에서 1938년 북만주로 가기까지, 1950년 한국전쟁으로 충무에서 피난 와 살다 1953년 다시 충무로 가기까지, 그리고 1964년 경남여고 교장으로 부임하여 부산에 와서 1967년 좌천동에서 교통사고로 죽기까지의 세 시기이다. 그는 소설에서의 김정한의 존재의의와 비교될 수 있다. 요산의 존재는 지역소설이 리얼리즘적 경향성을 띠는

---

4) 남송우 편, 『고석규전집』 전 5권(지평, 1993), 참고.

데 주요한 역할을 한 것으로 보인다. 부산지역 소설의 중심적 인식틀은 리얼리즘적 경향으로 설명될 수 있다. 이것은 김정한-윤정규, 이규정, 성병오, 조갑상, 정형남, 이석호, 이복구, 전용문, 김하기, 정태규, 강동수, 이상섭 등으로 이어지는 흐름을 보인다. 그리고 이러한 리얼리즘적인 인식틀은 어떤 면에서 부산 소설의 특징이자 가능성인가 하면 다른 면에서 한계이자 가능성에 대한 억압으로 작용하고 있는 점도 없지 않다. 이것은 전체 문학사에서의 리얼리즘적 소설쓰기에 견주어 김하기 등의 성과가 있은 반면, 많은 작가들이 일상적 리얼리즘 혹은 생활세계의 리얼리즘을 지향하고 있는 데서 찾아진다. 특히 90년대의 문학지형에서 일상성과 생활세계에 대한 문제의식이 높아지고 기존의 리얼리즘적 글쓰기에 대한 반성이 여러 형태로 전개되고 있다고 본다면, 부산의 소설적 인식틀은 쇄신의 계기를 맞고 있는 것이라 생각된다. 물론 도식과 추상을 감수한 것이지만, 우리 지역의 소설적 인식틀이 요산문학에서 비롯되는 리얼리즘적 패러다임의 관습과 그것의 쇄신으로 설명될 수 있다고 한다면, 청마에서 연원하는 시적 인식틀은 무엇일까. 그것을 청마에게서 찾는다면, 서정과 넓은 의미의 모더니티라 할 수 있을 것이다. 그러니까 청마는 처음부터 두 가지 복합된 가능성을 제시해 두었던 것으로 보인다. 이는 청마시학의 양면성에 상응하는 것이다. 청마는 한편으로 주관적 서정의 세계를, 다른 한편으로 실존적 의지의 세계를 보여주었다.

오늘은 바람이 불고
나의 마음은 울고 있다
일즉이 너와 거닐고 바라보던 그 하늘 아래 기리언마는
아무리 찾으려도 없는 얼굴이여
바람 센 오늘은 더욱 너 그리워
긴종일 헛되이 나의 마음은
공중의 기빨처럼 울고만 있나니

오오 너는 어디메 꽃같이 숨었느뇨

「그리움」

　청마의 초기시는 그리움과 혼자 있음을 잘 나타내고 있다. 그리움의
정서는 곧 서정양식의 한 지표에 속한다. 그리고 혼자 있음 또한 서정
과 무관하지 않다. 그럼에도 후자는 실존의 문제와 이어지고 혼자 있
음의 문제가 핵심이 되는 모더니즘적 발상의 근거가 된다. 이처럼 그
의 시적 초상은 처음부터 두 개의 마스크를 갖고 있었다. 이러한 두 개
의 마스크는 청마에 한정되는 것이 아니다. 특히 질곡 속에서 살아온
한국시인들은 필연적으로 다수의 시적 얼굴을 간직할 수밖에 없었다.
역사적 질곡이 시인이 주관성이나 서정적인 근본성을 천착할 수 있는
여유를 허락하지 않았기 때문이다. 따라서 서정시인마저 전체의 문제,
전체의 삶을 생각하여야 하는 불행을 겪지 않을 수 없었던 것이다. 시
인의 양면성, 특히 한국시인의 양면성은 이러한 데서 찾아져야 한다.
청마 또한 예외일 수 없었던 것이다. 청마의 양면성은 이러한 시대적
인 관점과 함께 개인적인 시적 쇄신과도 무관하지 않다. 허무, 의지,
그리고 반인간주의 등은 청마가 만들어낸 고유한 시적 개성이라고 할
수 있을 것이기 때문이다. 요컨대 주관성과 실존성은 청마시학의 두
얼굴로서 뒤에 그의 후배시인들, 김규태, 허만하, 유병근, 이형기, 하
현식 등에게 많은 영향을 준 시적 경향으로 보아도 될 것이다.
　청마에서 찾아질 수 있는 주관성과 실존성이 부산시학의 패러다임
으로 부각된 것은 1950년대이다. 1950년의 한국전쟁은 부산이라는 지
역공간을 문학사적인 전체 공간으로 변화시켰다. 이것은 먼저 전쟁기
간 동안 부산이 임시수도였다는 외적 사실에서도 찾아지고 부산에 모
든 문화적인 집약이 이루어졌다는 내적인 사실에서 찾아진다. 그리고
한국전쟁이 단순한 내전의 성격을 넘어서 세계사적인 전쟁이라는 점
에서 부산문학이 어떠한 형태로든 세계성마저 획득하는 계기가 된 것

으로 볼 수도 있는 것이다. 이러한 여러 계기들을 종합한다면, 시사적인 문맥에서 부산시학의 패러다임의 형성은 1950년대에 이루어졌다고 해도 지나친 말이 아닐 것이다. 그것은 전쟁이 가져다준 희안한 선물이다.5)

한국전쟁의 원인분석을 이 자리에서 하는 것은 당치 않는 일이다. 동서냉전의 시험무대이니 민족 내부의 문제이니 하는 등의, 외발성이냐 내발성이냐의 논의는 지금의 논의 층위에 어울리지 않는다. 다만 그 전쟁이 끼친 문학적 영향을 살펴볼 필요가 있을 것이다. 문학적으로 혹은 시적으로 전쟁이 가져온 것이 무엇이었겠는가. 그것은 한 마디로 세계상실의 체험이었을 것이다. 파괴와 살륙의 비인간적 상황 속에서 오직 생존의 문제만이 비대해져 보이는 공간이 전장이다. 이러한 상황에서의 시는 불안과 공포의 표현이며 그것을 극복하기 위한 실존적 노력의 징표가 된다. 이를 시적 모더니티라고 부를 수 있을지 모르겠다. 왜냐하면 한국전쟁은 근대의 파산에 다를 바 없는 것이기 때문이다. 파산선고한 근대의 폐허 위에서 진정성을 찾고자 하는 일을 시적 모더니티라고 할 수 있다면, 부산시학은 한국전쟁을 통하여 그 패러다임의 하나로 시적 모더니티를 지니게 된 것이다. 이러한 시적 모더니티의 발흥의 자리에 조향과 고석규라는 두 시인이 버티고 있다.

시적 모더니티를 한국전쟁의 부산물로만 이해하는 것은 잘못된 것이다. 이미 1930년대 식민지 시대에 기형적인 형태로나마 근대적인 도시 경성이 있었고 여기에서 도시문학인 모더니즘이 펼쳐졌기 때문이다. 앞서 말한 청마시에서의 실존성의 얼굴도 이와 무관하지 않다. 그리고 해방 이후의 모더니즘 시운동이 사화집 『새로운 도시와 시민들의 합창』으로 증거 되는 만큼, 시적 모더니티가 순전히 한국전쟁의 결과로서 발흥한 것이라고 단언할 수는 없다. 그러나 이와 같은 시사

---

5) 이에 대한 실증적 논의는 양왕용, 『한국현대시와 지역문학』(작가마을, 2006), pp. 97-132. 참조.

적인 문맥을 전제한다고 하더라도 한국시의 모더니티는 전쟁과 그 이후의 정신적 상황 속에서 형성되어 본격적인 전개를 이루어 왔었다고 해도 과언이 아닐 것이다. 1930년대의 모더니즘에 대한 평가는 여러 가지 형태로 가능하겠으나 특히 그것이 우리대로의 근대사회의 미성숙을 전제할 수 있다는 점에서 시적 모더니티의 발생토대가 제대로 되어있지 않았다고 말할 수 있을 것이다. 물론 이 점은 한국전쟁도 예외일 수 없다. 한국전쟁이 주체적인 근대성 획득의 한 과정이라고 하기에 미흡하고 그래서 그것이 외적으로 강제된 면이 많았다고 할 수 있으므로 엄밀한 의미에서의 시적 모더니티의 형성이 이루어졌는가 하는 점은 의문의 여지가 남는다. 그럼에도 한국전쟁의 민족사적, 세계사적 의미를 고려할 때, 또한 정도의 차이를 인정하면서 시적 모더니티의 발흥을 전후로 잡을 수 있다. 조향은 이러한 전후 모더니티의 확립에 앞서나간 시인 가운데 한 사람이다. 그가 주축이 된 "후반기" 동인이 전쟁 중에 형성되었다는 것은 50년대 모더니즘의 성격을 잘 말해준다고 하겠다.

"후반기" 동인은 그 구성원에 대한 이견이 있다. 정한모, 김춘수에 의하면, 박인환, 김경린, 조향, 이봉래, 김규동 등으로 규정되나 김차영은 여기에 자신과 양병식이 포함된다고 말한다. 이와 달리 김규동은 양병식을 제외하고 김수영, 김종문, 박태진, 전봉건, 그리고 이활이 포함된다고 한다. 이러한 혼란은 아마 이들이 동인 선언을 하거나 동인지를 발간한 바가 없기 때문이다. 그래서 오세영은 "후반기"의 정규동인으로 박인환, 김경린, 김규동, 김차영, 이봉래, 조향 등 6명으로 규정한 바 있다6).

"후반기" 동인이 출범한 것은 김춘수의 회고에 의하면 1951년이다. 이는 전란을 피해 부산으로 내려온 박인환, 김경린, 양병식 등이 조향

6) 오세영, 「〈후반기〉 동인의 시사적 위치」, 『20세기한국시연구』, 새문사, 1989.

시인과 어울려 모더니즘 시운동을 전개한 데서 시작된다. 이것은 전쟁이 끝나고 조향 외에 다른 동인들이 서울로 다 돌아감으로써 끝나지만, 그러나 김춘수가 말한 것처럼 분명히 "역사의 얼굴"을 하고 있는 것이다.[7]

여태까지의 시란 '진보'만 해 왔으나, 20세기의 시는 '진화'를 했다. '진보'는 '수정'이고 '진화'는 '혁명'이다. 공산주의의 시는 기껏해야 '퇴행적 수정' 밖엔 아무 것도 아니다. 진보만 알고 있던 시인이나 속중들은 이 진화를 보곤 꽤들 당황했다. 특히 한국의 풍토에선 지금도 한창 당황하고 있는 중이다.[8]

조향의 이러한 말에서 알 수 있듯이 전쟁은 시인으로 하여금 한 세계를 전면적으로 부정하게 한다. 그의 부정은 세계 부정에만 그치지 않는다. 세계부정이 곧 기존의 시학 전체, 시문법 전체에 대한 부정으로 이어진다. 그래서 진보에 의한 수정이 아니라 진화에 의한 혁명을 선택하는 것이다. 여기서 우리는 아이러니한 담론과 만나고 있는 것이다. 이는, 그가 진보-혁명-공산주의로 이어지는 논리에 대응하기 위하여 이를 진보-퇴행적 수정으로 비판하면서 진화-혁명을 주장하고 있는 데서 찾아진다. 한편으로 이는 우익적 논리의 변장이라 할 수 있고 다른 한편으로 역사허무주의적인 발상이라 하겠다. 이러한 발상에서 그는 세계부정을 언어적 차원에서 실천한다. 그 실천에서 그는 주로 초현실주의적인 발상법을 자기화하게 된다. 이를 통하여 그는 현실과 일상을 떠난 비인간화의 공간을 그려내고자 했다. 즉 그는 초현실의 공간미학을 통해 현실과 역사의 문제를 동결한다.

---

7) 김춘수, 「후반기동인회의 의의」, 『의미와 무의미』, 문학과지성사, 1976.
8) 조향, 「시의 발생학」, 『조향전집』 2, 열음사, 1994., p.201.)

낡은 아코오뎡은 대화를 관 뒀습니다.

----여보세요?

폰폰따리아
마주르카
디이젤-엔진에 피는 들국화,

----왜 그러십니까?

　　모래밭에서
受話器
　女人의 허벅지
　　　낙지 까아만 그림자

비둘기와 소녀들의 랑데-부우
그 위에
손을 흔드는 파아란 깃폭들

나비는
起重機의
허리에 붙어서
푸른 바다의 층계를 헤아린다.

-조 향, 「바다의 層階」

　인용한 시는 무의식적인 내면독백과 자유연상에 의해 쓰인 것이다. 그는 사물의 현실적이고 합리적인 연관관계를 박탈하고 새로운 관계를 맺어주는 데뻬이즈망 기법을 동원하여 이미지와 언어의 단절과 비약, 나아가서는 시문법의 파괴를 보여주고 있다. 수화기-여인의 허벅지—낙지의 까아만 그림자의 연결은 당돌하기조차 하다. 이는, 현대적 메카니즘과 에로티시즘적 관능과 그로테스크한 이미지의 복합을 만들어낸다. 또한 비둘기와 소녀들의 만남이나 기중기에 붙어 바다의 층계를 헤아리는 나비 들은 가히 환상적이다. 그는 이와 같은 초현실주의적 시쓰기를 통해 환상공간을 창조한다. 그러나 이러한 환상공간은 의식세계의 풍경에 상응한다. 특히 검은색과 흰색과 푸른색의 원색적 대비는 순수한 내면의식을 효과적으로 그려내고 있는 것이라 할 수 있다. 그러나 조향의 이러한 시적 경향은 시적 혁명이 되지 못한다. 그것은 이미 1930년대의 이상이 해놓은 시작업에 별다른 수정이 되지 못하기 때문이다. 또한 이것은 서구에서 수입되어 온 것으로서 50년대적 허무를 박래적인 시학으로 대체하려 하였다는 혐의를 지울 수 없게 한다. 따라서 바른 의미의 시적 모더니티로 이어질 수 없는 한계를 지니고 있었던 것으로 보인다. 다시 말해서 그의 환상은 기중기에 매달린 나비의 모습을 한 것이다. 그래서 초현실의 완전한 상태라고 할 수 있는 순수아 혹은 타자의 세계에 이를 수 없었던 것이다.

　　　열 오른 눈초리, 하잔한 입모습으로 소년은 가만히 총을 겨누었다.
　　　소녀의 손바닥이 나비처럼 총 끝에 와서 사뿐 앉는다.
　　　이윽고 총 끝에선 파아란 연기가 몰씬 올랐다.
　　　뚫린 손바닥의 구멍으로 소녀는 바다를 내다보았다.

　　　----아이! 어쩜 바다가 이렇게 똥구랗니?

　　　놀란 갈매기들은 황토 산태바기에다 연달아 머릴 처박곤 하얗게 화석이 되어 갔다.

　　　　　　　　　　　　　　　　　　　-조 향, 「EPISODE」

조향의 환상은 열린 환상이 아니다. 그것은 추락하고 화석화되는 환상이다. 그렇기 때문에 상황의 어둠을 걷어내지 못한다. 이러한 현상은 어쩌면 역사적 질곡을 경험한 시인이 지닐 수밖에 없는 무의식적 의도에 기인하는 것이 아닌가 한다.

고석규는 50년대 시적 모더니티를 대표한다. 그에게서 한국전쟁의 상황은 시적 모더니티의 가능성으로 이어진다. 그가 보인 시적 모더니티가 가능성을 지녔다는 것은 극한의 상황에서 그가 보인 실존의 깊이에 근거한다. 이 점은 조향의 초현실이 실험적인 기교나 존재의 변장으로 보이는 것과 수준을 달리 한다. 이러한 점에서 그는 청마 이후 부산시학의 위상을 전체시사에 올려놓은 장본인이다. 그럼에도 불구하고 그가 요절하였기 때문에 그에 대한 평가는 최근에 이루어졌다. 다행한 일이다. 고석규는 전후문학의 본질을 정확히 파악해내었다. 그는 문학을 실존의 문제로 인식하면서 어둠 속에 던져진 인간의 모습을 시적 차원에서 만나고자 하였다. 그가 만난 시적 인간상들은 부조리한 것이었으며 그 부조리로부터 벗어나고자 몸부림치는 그것이었다. 다음은 그가 인용하고 있는 두 편의 아포리즘이다.

> 1)빛은 언제나 돌 속에 숨어 있다.
> 2)아주 캄캄한 시간 속에서 무한내전을 피할 수 없을 때 의식은
> 　한층 절대적 반항에 가까운 것이다.

1)과 2)는 각각 릴케와 르네빌의 것이다. 이들의 말에서 볼 수 있듯이 고석규는 돌 속과 같은 존재의 암흑 속에서, 죽음과 불안과 공포 속에서, 빛을 갈구하는 무한내전의 의식을 견지하였던 것이다. 그가 생각한 시적 모더니티란 바로 이러한 내전에 깃들어 있는 반항 혹은 부정의 정신이다. 그는 캄캄한 시간 속에서 절대적인 반항을 통하여 빛을 찾음으로써 근대의 부조리한 상황을 극복하고자 한 것이다. 그런데

그가 갈구한 빛은 비인간 혹은 반인간을 지향하지 않는다. 그가 갈구한 빛은 더 많은 열을 가진 빛이다. 우나무노의 말처럼, 임종시에 괴테가 "빛을, 빛을, 더 많은 빛을"하고 부르짖은 것은 "열을, 열을, 더 많은 열을"이라고 바뀌었어야 한다. 고석규가 직면한 전후상황은 차갑고 어두운 밤이었던 것이다. 이러한 상황에서 그의 시적 모더니티는 존재가 놓인 보편적인 상황에 대한 답변으로 이어질 수 있었던 것이다. 그는 시적 모더니티의 핵심을 역설로 인식하였다. 그리고 이러한 역설은 수사학이면서 동시에 존재론이다. 그가 시 속에서 읽은 역설은 실존의 가장 중요한 조건인 절대적 반항과 초월적 반항의 의식현상과 결부된다. 그래서 이것은 체험의 가능성이자 정신의 가능성이 된다.

둥그런 果樹밭 속 꽃나무 아래
당신이 어두운 傷處로 서있소

바람에 뜬 구름과
물없는 가지닢 짙은 背景에
당신의 그림자가 더 確實하구려!

흙을 바라보며 얼어가는 당신의 孤獨과
빛날 수 없이 스쳐간 무수한 새와
새들의 울음을 생각하는 것이오

열린 傷處마다 피붉은 꽃들이 피면
당신도 높은 나무가 되리오

높고 華麗한 그늘 속에 나무가 되면 흐느껴 올 누구를
당신은 또 기다릴 것이오

둥그런 果樹밭 머리 높이

불붙는 당신이야 얼마나 幸福한 神이오.

-고석규, 「展望」

　고석규의 시적 자아들은 "어두운 상처"를 안고 있다. 그리고 그 상처로 인하여 "얼어가는 고독" 속에 있다. 그러나 그들의 희망은 상처로부터 온다. "열린 상처마다 붉은 꽃들이 피면" 새로운 생명의 환희를 맛보게 되는 것이다. 존재의 구원이 최악의 질곡에서 가능할 것이라는 전망이 이 시에는 내재해 있다. 그는 실존적 인간의 고통에서 시적 구원의 가능성을 찾는다. 그래서 그는 시적 모더니티에 대하여 이렇게 말한다 : "오늘 인간에게 있어서 영원한 것에 대하여 경례하기 위하여 우리들의 전의식을 호소한다면 시는 실존적 인간을 모더니티에 더욱 강경히 충전시킬 수 있는 것이며 인간의 극한적 신앙으로 비약할 수 있는 가능성을 또한 점령하는 것이 될 것이다. 고로 모더니티란 자아를 버릴 것이 아니라 어디까지나 자아적 연소와 아울러 의식적 현실로 귀환시킬 수 있는 것이라고 인식하는 것이다."(「모더니티에 관하여」) 그러나 이러한 그의 모더니티는 비역사적이다. 그래서 의식적 현실로의 귀환보다는 미적 실존으로 귀착되고 만다. 그리고 이것은 종교적인 구원과 미학주의와 맥락을 같이 하게 된다. 다시 말해서 고석규의 모더니티는 부재하는 것의 아름다움을 향해 있다. 물론 그 아름다움은 실존의 절정에서 맞는 황홀과 다르지 않다.

　　　내 마음의 깊은 산골
　　　아침도 해 비치지 않는 파-란 어둠 속에는

　　　뼈마다 아슬한 무엇을 쪼아내는
　　　은밀한 소리가 있다.

숨이 흘러가는 사이......
그 사이로 간간이 울리는 소리에 젖어
마음은 눈감고 머리를 풀어 드린다.

보이지 않는 높이에서
내몸의 가엾은 部分들이
발-간 粉처럼 떨어져 갈 때에는

아-깊은 산골의 어디메서
强한 연기가 가득차 밀리고
年年 아픔없이 찍힌 내가
혼자 醉하여 잠이 든다.

새는 날아가고 밤은 더욱 밝아오는데
달빛이 어리는 내 가슴 위에는
파-란 傷花가 꿈처럼 피어 있다.

　　-고석규, 「浸潤――啄木鳥 : 네 입술에서는
　　　　　　　　　　붉은 피가 흐르지 않았다」

　이 시는 고석규의 대표작으로 꼽힌다. 이 시가 보여주는 것은 우선
내성의 깊이이다. 이미 윤동주가 보였던 세계와 닿아 있지만, 그러나
윤동주와 다른 실존의 세계이다. 마음의 공간에 나무를 쪼는 새가 있
다. 그 새는 자아의 내면을 쫀다. 그러나 그의 부리에 붉은 피가 묻어
나지 않는다. 새가 쪼는 자아는 분처럼 떨어져 간다. 그러나 자아는 아
무런 아픔을 느끼지 않는다. 오히려 혼자 취하여 잠이 든다. 그리고 새
는 날아가고 달빛이 어리는 가슴 위에 파란 傷花가 꿈처럼 피어 있다.
이러한 시에서 보듯이 그가 보인 시적 모더니티는 "파란 傷花"로 상징
되는 환각을 향해 있다. 그러나 상처에서 피어난 이 꽃은 김윤식교수

고석규의 결락들과 유치환의 유업은
허만하에 의해
채워지고 계승된다.

가 지적하고 있듯이 일반적인 근대성의 처지에서 보면, "한갓 환각에 지나지 않는 것. 대낮에 노출되면 사라질 꽃에 지나지 않는 것"[9]이다. 이 점이 그의 시적 모더니티가 지닌 한계이다. 그러나 그의 불행이자 부산시학의 불행은 그가 이러한 한계를 스스로 극복해볼 기획을 세우지도 못한 채 요절하였다는 데 있다. 그리고 고석규의 결락들과 유치환의 유업은 허만하에 의해 채워지고 계승된다.

　허만하 초기시의 단초적 배후는 세계상실이다. 그런데 극도로 훼손되고 파괴된 객관세계에 직면하여 가장 확실한 것으로 남는 영역은 주관 뿐이다. 존재와 세계의 모든 계약이 파기된 상황에서 주관이 비대화되는 것은 피할 수 없는 일이다. 전쟁이 세계와의 문맥을 버린 실존주의를 파생시키는 것이다. 이럴 때 서정적 일인칭 '나'는 그조차 회의의 대상이 되게 한다. 허만하의 시적 인식은 이러한 주관적 실존주의에서 시작된다. 그의 초기시는 세계 없는 세계의 경험이다. 허만하의 시적 전회는 내면의 추상에서 외면의 구체로 관심이 이동하는 데서 찾아진다. 그러나 여기서 '이동'은 분명한 경계를 의미하는 것이 아니다. 추상과 구체 또한 마찬가지여서 내면과 외면의 교호작용에서 이미지들은 구체적 추상, 추상적 구체 등으로 그 성격 규정을 애매하게 만든다. 의식 차원에서의 구체가 실재 차원에서 추상이 되고 실재 차원에서 구체가 의식차원에서 추상이 될 수 있기 때문이다. 이런 점을 감

---

9) 김윤식, 「1950년대 한국문예비평의 세 가지 양상」, 『한국문학의 근대성 비판』, 문예출판사, 1993, p.251.

안하면서 풍경을 찾아가는 의지라는 관점에서 후기시의 시적 전회를 자리매김할 수 있을 것같다. 초기시들이 주어진 정황에 대한 대응이거나 기억의 재생에 주력하였다면 중기 이후의 시에서 그는 발견하는 풍경이라는 방법을 제시하고 있다. 그러나 이러한 방법이 사물의 재현을 목표로 하는 것은 아니다. 어디까지나 사유 주체의 선택에 따라 그려지게 되는 풍경은 시적 자아의 태도를 반영한다. 이러한 점에서 방법으로서의 풍경은 외부가 아니다. 그것은 내면적 인간에 의해 발견되며, 그가 구체적인 현실을 보지 않으려는 데서 찾아진 것이라 할 수 있다. 여기서 우리는 "시인은 그의 모든 감각의 길고 철저하며 의식적인 착란을 통해서 견자(見者)가 된다"는 랭보의 말을 떠올리게 된다. 풍경은 결국 자아의 문제이다. 다시 말해서 풍경은 그 창안에 있어 바깥 사물과 무관하다. 본다는 것의 의미는 내적 요인에 의해 커진다. '병자의 광학' 처럼 내적 요청 없이 그려지는 풍경은 존재하지 않는다. 그렇다고 풍경이 자연사물 없이 형성된다는 것은 아니다. 민활한 내면적 정신 혹은 섬세의 정신은 일상의 진애(塵埃)를 걷어내고 풍경의 진면목을 읽는다. 이래서 풍경 창출이 '낯설게 하기' 의 방법에 비견된다. 사물을 새롭게 본다는 것은 단순한 인식의 문제에 그치는 것이 아니며 궁극적으로 표현의 문제가 된다.

3. 모더니티를 넘어서려는 모험들

부산시의 특이성이라는 관점에서 시적 패러다임을 객관화하고자 하였다. 청마에게서 연원하고 50년대의 두 시인-비평가 조향과 고석규에 의해 형성된 시적 모더니티가 주목의 대상이 되었다. 물론 여러 가지 변수들을 구체적으로 검증하지 않고 세 시인의 시학을 추상화한 일면이 없지 않으나, 시적 모더니티가 부산시의 패러다임으로 작용하여 시적 관습과 혁신을 가능하게 했음은 동의할 수 있을 것이라 생각한다. 1960년대 이후의 많은 시인들이 시적 모더니티의 자장 안에 있음을 알 수 있기 때문이다. 물론 이러한 모더니티에 반립하는 서정적 전통이 다른 한편에 있음을 부정하지는 않는다. 이미 청마에게서 볼 수 있었듯이 서정적 주관성의 문제도 부산시의 한 경향이었기 때문이다.

> 작년엔가 재작년엔가 옮겨 심은 항가새가 꽃대를 달고 있다 좁은 마당귀지만 줄기가 빳빳하다
> 하단에서 백운공원묘지로 옮긴 청마선생 유택에도 항가새가 자란다 비로소 발 뻗고 곧은 꽃대 하나 키 훤칠하게 올리고 있다 이 세상것 깨끗이 버리고 오직 항가새만 데불고 사는 혼이 보인다 북만주를 떠돌던 매운 바람 보인다 그 바람 쓰는 솔질하는지 상체가 조금 기울어진다 패랭이 춤사위 같은 너울거림 보인다
> 그런 날 저녁 나는 청마선생의 시 항가새꽃을 다시 읽는다

-유병근, 「청마선생 유택의 항가새꽃」

이러한 시에서 우리는 혼의 세계를 지향하는 서정적 주관성과 만난다. 청마의 「항가새꽃」에서 그 발상을 얻고 있는데, 청마의 이 시는 초속의 염결성을 지향하고 있다. 이러한 점에서 청마시의 메타시라고 할 수 있는 인용시가 단적으로 보여주고 있듯이 서정적 주관성의 패러다

임 또한 부산시학의 한 흐름임에 틀림이 없다. 그러나 서정적 주관성
은 굳이 청마를 말하지 않더라도 우리시의 가장 오래된 패러다임에 속
하는 것이다. 그렇기 때문에 이를 들어 부산시학의 독자성이나 특수성
을 설명할 수는 없다. 물론 이러한 나의 주장이 서정적 주관성이나 서
정적 근본성이 시학적 관심의 대상이 될 수 없다는 것이 아니다. 그것
은 그것대로 근대적인 것에 반립함으로써 현대문명의 난폭성을 반성
하고 비판하고 있기 때문이다. 그리고 이러한 서정적 주관성의 패러다
임은 다음과 같은 서정시에서도 시사적인 문맥을 얻고 있는 것이 아닌
가 한다.

    산 겹겹 물 망망 세월 건너온 기러기는 새로이 깃들
일 땅을 내려다 본다 사람의 뼈와 왕모래가 섞여 빛난
다 앞다퉈 몰려오던 샛강물 안개도 두근두근 부딪다
물러서는 기스락이다 하얗게 터진 별 부릴 다듬어주던
갈기 구름의 추억도 먹빛 죽지에 묻었는가 백 마리 천
마리 출렁출렁 하늘 밑둥을 옮기는 기러기 쇠기러기

    옛길에 떠밀려 새길로 나선다 얼부푼 논둑 따라 따뜻
한 쥐불자리 쥐불냄새 외우 선 당집 홰나무 비알에서
된 바람은 지나온 골골 상처를 핥고 늘비늘비 햇살지
기 먼 능선이 금줄처럼 늘어선다 신갈나무 가장이마다
차운 맨살이다 금빛 얼름꽃이 박혔다 타타타타타 타타
타타타 어디랴 동서남북

    기러기 나라 물마을이 깜박 저문다.

            -박태일,「여항에서」

서정적 주관성이 언어적 세련과 만나 수준 높은 시적 하모니를 이루

고 있다. 그런데 이러한 시에서 보이는 패러다임은 이미 지역시단의 시적 패러다임을 넘어서 있는 것이다. 이미 이 시는 전체 시사적 문맥에서 얻어진 수사학과 연결된다. 이러한 점에서 이 시가 지니는 의의가 높은 것이다. 인용한 시는 멀리는 소월에서 그 다음은 백석으로 이어지고, 영랑과 목월과도 함께 한다. 그리고 이러한 시인들의 관습 위에서 그들과는 다른 시적 혁신을 이룩하고 있다. 이러한 예에서 보듯이, 서정적 주관성의 패러다임은 이미 모든 시인에게 전제되어 있는 것이고 보편성을 지닌 것이어서, 자연발생적인 수준의 감수성만으로 시적 성취를 가져올 수 없는 것이다. 그래서 그것은 정서의 자발성만의 문제가 되지 않는다. 지역시학이 서정적 패러다임의 경우에도 전체 시사에 편입되기 위해서는 인용한 시처럼 시사적 문맥에서의 개성적인 관심과 입장을 찾으려는 노력이 필요하다.

이러한 사정은 시적 모더니티의 패러다임에 있어서도 예외일 수 없다. 50년대에 확립된 시적 모더니티가 부산시학에서 시적 글쓰기의 한 관습이 되어왔음이 사실이다. 많은 시인들의 시쓰기에서 모더니즘의 영향을 읽을 수 있기 때문이다. 그러나 50년대의 조향과 고석규의 모더니티가 나름의 한계를 내포하고 있는 것이라고 한다면 그들에서 연원하는 모더니즘적 글쓰기의 관습은 쇄신되어야 하는 것이다. 50년대의 시적 모더니티가 세계부정을 시 자체만의 혁명으로 대신하고자 하거나 초월적 자아인 심미적 주체로 귀의하는 데서 그 편향성을 보였다면, 이러한 편향성을 극복하는 것은 다음 세대의 과제에 속한다. 즉

조향과 고석규의 모더니티가 나름의 한계를
내포하고 있는 것이라고 한다면
그들에서 연원하는 모더니즘적 글쓰기의 관습은 쇄
신되어야 하는 것이다

시적 모더니티의 현실변증법을 획득하여야 하는 것이다. 이것은 곧
50년대 이래의 시적 모더니티가 지닌 정신주의 혹은 귀족주의를 극복
하는 일과 연관되며 구체적으로 시에서 일상성, 현실성의 회복 문제로
이어지는 것이다.

> 전직 천사 루시퍼 날기를 포기하고 도시 한 모서리 중
> 고 아파트에 세들기 시작하면서 처음 배운 운동은 성
> 교. 밤마다 인간들 모닥숨 청취한 신경 상쾌하게 분질
> 러뜨리면서 아래층 혼자 사는 여인의 침실부터 점령한
> 다. 밤마다 커지는 힘 견디지 못한 자궁 망가져 내려앉
> 는다. 그 이후. 도시 여자들은 밤길 배회하는 그리움과
> 만난다. 불켜진 집 늘어난다. 술렁이는 가스등 불빛 사
> 이로 여인들은 유혹을 접수한다. 지난 일 묻지 않겠소.
> 아이들이 기다리오. 가출은 계속된다. 사내들은 썰렁한
> 출입구 계단에 걸터앉아 집나간 아내를 용서할까 말까
> 고민한다. 공원 숲길 알몸으로 거니는 루시퍼 탄탄한
> 힘살 속으로 여인들 격렬하게 몸던진다. 살내음 익히며
> 혁명에 취한다. 독립기념일 자정. 숲에서 거대한 불기
> 둥이 솟는다. 고온 백열 속에서 달구어진 여인들 싱싱
> 하게 튕겨올라 축제에 들뜬 도시 곳곳에 흩뿌려진다.
> 여기서 그는 시를 꿈꾼다.

> ―이윤택, 「여기서 그는 시를 꿈꾼다」

　이러한 시에 이르면 부산시학의 패러다임의 하나인 시적 모더니티
가 쇄신되고 있음을 알게 된다. 초월 대신에 일상을 선택하고 그 일상
의 구체에서 시적 상상력의 역동성을 건져내고자 하는 것이다. 이 시
의 시인은 날기를 거부한 도시의 천사를 시적 미래로 상정하고 있다.
그에 의해서 시적 모더니티의 패러다임은 새로운 전환이 이루어진다.
즉 과거의 것이 세계와의 단절, 내면침잠의 고립주의, 자아의 순수성,
심미주의, 진지함 등을 추구하였다면, 인용시의 주인인 이윤택 이후,
실존의 구체성, 세계와의 연관의식, 세계 속에서의 자아, 비판기능의
확보 그리고 진지하지 않음 등을 나타내게 된 것이다. 이로써 이윤택
은 부산시학의 쇄신뿐만 아니라 전체시사에서 8, 90년대 모더니즘의
가능성을 보이는 시인으로 평가되고 있는 것이다.

> 80년대 일련의 모더니즘 시들은 더 이상 왜곡과 난해성의 심미주의
> 도 아니고 '홀로있음'의 이데올로기도 아니다. 이들은 우리의 사회역
> 사적 상황을 정면으로 수용하면서 갖가지 형식해체의 신선한 충격과
> 더불어 문학을 '비판의 기능'에 정립시키고 있다. 모더니즘의 본질적
> 특성대로 새로운 가능성이 열리고 있는 것이다.[10]

　이러한 지적에서 새로운 모더니즘의 가능성을 보이고 있는 일군의
시인들 속에 이윤택이 포함되어 있음을 알 수 있다. 인용한 시에서처
럼 그는 반문명 혹은 반도시의 서정적 대안을 선택하지 않고 도시 속
의 일상적 삶이 지니는 무기력성, 무생명성 등을 비판하면서 그 속에
서의 새로운 행복을 꿈꾼다. 그는 일상적 정서의 구체적 형상화를 통
해서 일상의 왜곡 속에 함몰되어 왜소화되어 가는 시민들을 구원하고
자 하는 전도사를 자처한다. 그는 도시적 삶을 축제화하려는 시적 의
도를 지녔다. 그에게서 세속도시는 부정되어야 할 대상이 아니라 긍정

10) 김준오, 「한국 모더니즘의 현단계」, 『도시시와 해체시』, 문학과비평사, 1988., p.49.)

적으로 수용되어야 할 대상이다. 그는 이렇게 말한다 : "우리는 끊임없이 교신한다. 이 도시 교통망보다 백만배 이상 정교하게 얽히고 설킨 시민들의 저주파 전류를 탐지하는 일. 여기서 나는 자유를 읽는다. 세계는 이분법적 구조에 의해 지탱되는 게 아니다. 그런 발상은 책상 앞에서나 하라지. 저 새벽사람들의 총총걸음 속에 담긴 희망은 무엇인가. 끊임없이 다치고 상처를 지우면서 간직하고 싶은 것은 무엇인가. 자유롭고 싶은 인간의 꿈이다."[11] 그는 도시 속에서 자유롭게 놓여나는 삶의 욕망들, 그 정신의 에로티시즘을 갈망하고 있다.

　시적 모더니티가 일상성 혹은 생활세계의 수준과 관련되는 방식에서 시와 리얼리즘의 문제가 제기되는 것도 패러다임의 쇄신이라 할 수 있다. 특히 80년대의 부산시학에서 이러한 문제의식이 높았다고 생각된다. 그런데 이러한 문제의식도 리얼리즘시를 지향하는 수준으로 발전하지 않았다는 사실에서 단절의 방식이 아닌 쇄신의 한 양상에 속한다.

유리창으로 밖을 내다 본다
밖에서도 누군가가 나를 보고 있겠지
라고 생각하면서 내다보는 밖은
칠흑같이 환하다 내게 남은 마지막 어둠
어두운 전신주들이 발자욱 소리를 내면서 걸어 온다
유리창은 꽁꽁 얼어 붙어 몹시 차갑다
무겁고 둔탁한 울림이 유리창에 부딪혀 꺾인다
창밖을 서성이는
한랭한 바람은 누구의 입김인가
유리창을 열어도 들어 오지 않는 이는
유리창을 때리는 눈발로 서있고

11) 이윤택, 「나의 시론」, 『춤꾼이야기』, 민음사, 1986, pp.104-105.

어둠을 걷어 가는 햇빛으로 서있다
누군가가 한없이 그리워질 때
서린 김을 지우고 밖을 내다보면
유리창의 모습으로 서있는 그대가
큰 눈속에 나를 담고 있는 것 같아
부끄럽기도 하고 나는 갑갑해 진다
그러나 유리창 밖은
아직도 내게 얼음같이 어둡다

-강영환, 「유리창 밖에서」

이 시에서 시적 모더니티가 인식의 문제로 전화되고 있는 경우와 만난다. 사물이나 상황 그리고 자기와 타자에 대한 진실된 인식의 문제는 이러한 시에서 시적 정직성과 결부된다. 그리고 이러한 정직성은 곧 새롭게 인식하기 또는 낯설게 하기와 무관하지 않다. 낭만주의적인 성실성과는 다른 차원에서 모더니즘적인 자아의 정직성이 문제되고 있는 것이다. 세계와의 불화나 단절이 "그러나 유리창 밖은 / 아직도 내게 얼음같이 어둡다"라는 표현과 이어지면서 자기의 문제로 환원된다. 그래서 대상과의 순진한 동일성을 뜻하는 낭만적 성실성이 아니라 상황 속에서의 자아의 이반에서 비롯하는 자의식적 자아반영성이 중요한 시적 문법이 되고 있는 것이다. 이와 같이 어떤 상황 속에서 정직한 자기를 보고 만나고자 하는 노력 또한 미학적이고 현실초월적인 모더니티에 대한 반성이다. 그리고 이러한 반성은 특히 80년대를 통과하면서 부산시가 얻어낸 성과 가운데 하나인데 최영철을 들어 이를 설명할 수 있다. 최영철의 등단작 「연장론」(1986)은 그의 시법을 잘 드러낸다. 우선 이 시는 "연장"을 화자로 내세워 삶의 문제를 우회하면서 진술한다. 고백적 화자라는 서정시의 오랜 문법과 거리가 있으며 '나'의 이야기보다 이웃과 세상을 향한 시인의 열린 시각을 반영한다. 그런데 이러한 시각은 단순한 의인화에 그치지 않는다. 연장을 사용하는 사람들의 삶에 대하여 연장이 말을 하는 방법을 통해 사람과 연장의 관계를 뒤집어 보기 때문이다. 이렇게 하여 연장과 사물은 인간과 사회로 각각 유비된다. 도구에 불과한 연장 없이 사물이 바른 자리에서 작동할 수 없듯이 사회도 연장의 역할을 하는 사람들이 존재할 때 조화로울 수 있다는 것이다. 이처럼 최영철은 조화와 화해로운 삶에 대한 서정적 지향을 비서정적 어법으로 발화하는 독특한 개성에서 출발한다.

우리가 잠시라도 두드리지 않으면
불안한 그대들의 모서리와 모서리는 삐걱거리며
어긋난다
우리가 세상 어딘가에 녹슬고 있을 때
분분한 의견으로 그대들은 갈라서고
벌어진 틈새로 굳은 만남은 빠져 나간다
우리가 잠시라도 깨어 있지 않으면
그 누가 일어나 두드릴 것인가
무시로 상심하는 그대들을 아프게 다짐해 줄 것인가

-「연장론」부분

표제인 '연장론'은 최영철이 지닌 관계학이자 시학이다. 그는 등단 이전 70년대 후반부터 시작에 몰두해왔다. 80년대 초반에는 무크지 『지평』에 시를 발표하면서 부산에서 전개된 무크지 운동을 이끌어가는 역할을 하였다. 『지평』은 한국사회의 불균등성을 예민하게 감지하면서 그것을 해소하는 것을 문학적 과제로 삼았다. 사회적 불균등, 민족적 불균등 그리고 지역적 불균등에 관심을 기울인 것이다. 특히 다른 무크지들이 사회(계급)와 민족에 주안점을 둘 때 지평은 여기다 지역을 더하였다. 무엇보다 구체적인 삶에 근거를 두면서 세상을 이해하자는 입장이다. 이러한 입장은 상위레벨의 이념을 따라 삶을 해석하는 방식과 달라서 어찌 보면 소박하고 더딘 태도로 보이기도 했다. 그럼에도 진실은 구체적인 것에서 찾아진다는 고집은 여전히 유효하다. 그동안 우리는 쉽게 보편을 말하려는 경향들을 보아왔다. 누구의 보편이냐는 문제를 차치하고라도 일방으로 편향되는 가운데 정작 현실을 놓치는 경우가 많았던 것이다. 돌이켜 보아서 무크지 『지평』의 위상을 다시 말하라고 한다면 나는 구체성의 시학을 들 것이며 이러한 시학의 중심에 최영철이 있었다고 주장할 것이다. 말할 것도 없이 여기서 해묵은 무크지 시대를 이야기하자는 것은 아니다. 그때나 지금이나 꾸준하게 '구체적인 것'에 착목하고 있는 시인 최영철을 이야기하려는 것이다. 80년대 이후 우리의 삶이 달라져 온 만큼 이에 따라 최영철의 시적 대상 또한 변화한 것이 틀림이 없다. 그럼에도 한 가지 변함없는 입장은 구체적인 것을 놓치지 않으려는 시인의 의지이다. 이러한 의지와 더불어 시인의 시세계는 더 많고 넓은 외부를 포함하면서 시적 지평을 확산해 왔다.

구모룡 1982년 조선일보 신춘문예 당선. 문학평론가.
평론집 『시의 옹호』 『근대문학 속의 동아시아』 외 다수.
현재 한국해양대 교수.

환도 직후부터 직할시 승격
직전까지의 부산 시단
― 리얼리즘과 모더니즘의 공존과 신인들의 지속적 등단

양왕용(시인, 부산대 명예교수)

1. 지역 시단으로서의 활동 개관

1950년 7월 21일 국회가 부산으로 내려와 부산극장이 임시 의사당이 되고, 이어서, 8월 18일 대구에 있던 정부가 부산으로 옮겨와 시작된 부산 임시수도시절은 휴전협정조인이 되던 1953년 9월1일 한강 도강령이 해제되면서 그 당시 경남도청 무덕진을 임시국회의사당으로 사용하던 국회까지 돌아가는 것으로 완전히 끝난다.

환도 후의 부산문단은 재빨리 서울로 돌아간 피난 문인들이 밀물처럼 빠져나가 버림으로 인하여 일시적으로 공동화된 느낌이었다. 지금까지 한국문단의 본거지였던 부산은 피난 이전의 지역문단으로 되돌아 왔던 것이다. 일시적으로 활동이 퇴조하고 지역문단으로서의 나아갈 방향을 설정하지 못한 부정적인 측면도 있었으나, 공동화 현상은 지역문단의 성격을 분명히 하는 각성의 계기가 되었다. 그러나, 1963년 1월 1일 부산이 직할시로 승격되기 전까지는 경남도청이 소재하고 있는 경상남도의 제 1도시로서의 지역문단 혹은 시단이라는 한계성을 가질 수밖에 없었다.

우선 同人誌의 발간이 활발하게 전개되었다. 宋永擇, 千祥炳, 高錫珪, 金春洙, 曺永瑞, 孫景河, 劉秉根, 河然承 등이 중심이 된《新作品》(1952.3~1954.12)이 임시수도 시절부터 발행되어 8집까지 나왔다. 姜尙九, 韓讚植의《殞石》(1953), 金泰洪, 安章鉉, 孫東仁의《詩文》(1954~1955), 趙 鄕이 주재한 현대문학연구회의《現代文學》(1954), 趙 鄕이 주재하고 具然軾이 참여한《Geiger》(1956), 安章鉉이 주재한 한글문학(1956) 등이 발간되었다. 시전문지를 지향한《詩硏究》(1956)가 김춘수와 고석규의 주재로 비록 1집이지만 발간되었으며, 鄭相九가 주재했던 종합문예지《新朝文學》은 1958년 5월 창간되어, 당초 격월간이었으나 이어 실현은 보지 못하였지만 5집까지 간행되었다는 사실 등도 특기할 만하다. 그해 12월에는 김규태, 서임환, 강상구 등이《新群像》지를 발간하여 전국 각지의 젊은 세대의 글을 실음으로써 새로운 바람을 일으켰다.

환도와 더불어 서울에서 창간되기 시작한 문예지, 즉《文學藝術》(1954. 4),《現代文學》(1955. 1),《自由文學》(1956. 6) 등에 기성시인으로 추천되는 문인들도 생기기 시작하였다. 그들을 열거해 보면 다음과 같다.

宋永擇(《文藝》1953년 신춘호, 1953년 9월호《現代文學》, 1956년 2월호에 「少女像」이란 같은 제목으로 추천완료), 朴哲石(《現代文學》1955년 7월호 「까마귀」로 1회 추천, 그 후《自由文學》에 평론을 발표, 시와 평론을 겸함), 朴載護 =(《文學藝術》1955년 12월호 「작은 鼓動을」, 1956년 8월호 「壁에는」, 1957년 7월 「窓」), 金圭泰 (《文學藝術》1957년 8월호 「旗」), 鄭孔采 (《現代文學》1957년 11월호 「鐘이 운다」,

1958년 2월호 「女眞」, 58년 4월호 「하늘」), 曹　純《自由文學》, 1958년 4월호 「항아리」), 姜春莊 (《自由文學》 1958년 6월호 「강물」, 10월 「황야」, 1959년 6월호 「3月」), 曺有路 (《自由文學》 1958년 6월 「戰爭墓地」), 韓讚植 (《自由文學》 1958년 8월 「섭리」, 59년 12월호 「下流」), 李賢雨 (《自由文學》 1958년 10월호 「끊어진 한강교에서」, 58년 12월호 「노래」, 59년 2월호 「가을과 死者」), 姜尙九 (《現代文學》 1958년 12월호 「새」, 「심야」, 59년 12월호 「노래」, 59년 7월호 「둔주」), 李裕璟 (《사상계》 1959년 3월호 「과수원」), 박태문 (《現代文學》 1959년 8월호 「대낮의 시」), 徐林煥 (《사상계》 1959년 9월호 「음악」 외 2편) 등이었다. 1960년대에는 장승재(1939~)가 「과수원」(《自由文學》, 1960)으로 그 테이프를 끊었다.

특히 50년대 후반 이렇게 많은 사람들이 시단에 데뷔하게 된 까닭은 어려웠던 6·25전쟁기에서 고등학교나 대학교에 다니면서 피난 문단의 분위기에서 감수성을 세련시켰고, 오늘날과는 달리 당시만 해도 고등학교에서 활발한 문예반 활동이 전개되어 자기의 취미와 적성을 발견하고 문단에의 꿈을 키울 수 있었기 때문이었다.

해방기에 13개로 난립되었던 부산의 일간신문들도 6·25사변기가 지나고 난 뒤에는 국제신문, 부산일보, 민주신보, 자유민보 4개지만 남았으며, 이들 신문사는 우선 시인들에게 직장을 제공하였다. 뿐만 아니라 문화면을 통하여 시에 관심을 갖기 시작하였으며, 발표지면을 제공하기도 하였다. 그러나 서울에 본사를 둔 신문사에서 이미 일제강점기부터 신인들의 등용문으로 정착된 신춘문예 제도는 이 시기에는 도입할 여력이 없었다. 서울에서 발간되는 신춘문예를 통한 데뷔의 그 첫 테이프는 58년 8월《현대문학》에 1회 추천을 받은 바 있는 박태문(1938~1995)이 60년 1월 1일 한국일보 신춘문예에 「밤의 遍歷」으로 당선되어 끊었다. 그는 온 몸으로주로 리얼리즘적인 시를 쓰다가 50대 후반의 나이로 세상을 떠났으나, 75년 제1시집 『밤의 遍歷』을 발간하였다. 63년에는 申明釋(1930~2012)이 「나의 슬픈 친구 이반 드트리비치에게」가 동아일보에 당선되었으며, 그는 79년 제 1시집 『西風』를 발간하였다. 63년에는 朴應兩(1939~)이 「未開地의 꽃」으로 조선일보에, 李秀翼(1942~)이 서울신문에 「告別」로 당선되어 2인의 시인이 탄생하기도 하였다. 63년 이후 데뷔한 시인들은 부산이 직할시로 승격된 것이 1963년 1월 1일이기 때문에 여기서는 살펴볼 필요가 없다.

2. 동인지 '詩文'의 리얼리즘 지향성

　환도 직후 활발하게 시작활동을 한 시인들 가운데 대표적인 동인이 《詩文》동인이다. 그들은 비록 양적으로는 얼마 되지 않고, 1집과 2집 (1954.11~1955.10)만을 발간한 동인이지만 50년대 시적 특성 가운데 한 측면을 잘 드러내고 있다. 「詩文」동인은 金泰洪(1925~1985), 安章鉉(1925~2003)을 들 수 있다. 이 두 사람 말고도 孫同仁(1925~1982)이 포함 되었지만, 그는 동인지에서도 소설을 발표 하였고, 곧 소설가로 전향하였다.

　金泰洪(1925~1985)은 경남 창원에서 출생하였으며, 해방 후 마산상고 교사를 거쳐 부산 고등학교 교사, 부산여대 교수도 잠시 역임하였으며, 부산시 교육연구원 연구사, 연구관을 거쳐 감만중학교 교장 재직 중 지병으로 돌아갔다. 그는 국제신보와 부산일보 상임 논설위원도 역임하였다.

　그는 해방기인 1947년 3월 廉周用이 주재한 《文藝新聞》에 시를 발표한 적이 있었으나, 문단에 데뷔한 것은 제1시집 『땀과 장미와 시』(흥민사, 1950)을 낸 이후부터라고 볼 수 있다. 그는 7권의 시집과 다수의 수필집과 『詩는 禪이다』라는 시론집을 발간했으며, 제2시집 『窓』(자유문화사, 1954), 제3시집 『潮流의 合唱』(人間社, 1958)까지 50년대에

묶었다. 그는 신문사 논설위원도 지낸 경력에서 짐작할 수 있듯이 초
기부터 사회인식과 인생과 생명의 세계에 관심을 가진 시인으로 평가
할 수 있다.

> 鍾은 들어라고 한다.
> 스스로 외치지 못하는 사연들을
> 들어보라고 한다.
>
> …中略…
>
> 칼을 버리며 서로 社稷을 흥정하고
> 밤이면 乳區를 핥으면서 亂倫의 罪를
> 숨기려던 女僧도 있었으니
>
> 스스로를 외치지 못한 채
> 千年도 몇 百年이 흘러만 간
>
> 애끈한 사연들을
> 鍾은 들어라고 한다.
>
> …下略…

「에밀레」에서 (《現代文學》 1957년 1월호)

 '에밀레鍾'을 제재로 한 이 작품에서 그의 사회성 즉 현실인식의 태도
가 분명하게 드러나고 있다. 이 작품은 그의 초기작이라기보다 제 1, 2
시집을 내고 현실적으로 6 · 25사변의 상처가 어느 정도 가셔진 때의
작품이지만, 그의 초기시에서부터 지속되어온 사회성이 심화되어 있
다. 1957년 자유당 정권 말기의 상황에 대한 인식을 표출하기 위하여

신라시대의 한 많은 '에밀레鍾'을 빌어 왔다고도 볼 수 있다. 사실 '에밀레鍾'을 통한 일반적인 정서는 자식을 공양한 어머니의 슬픔과 자식의 원망이 교차되는 것이다. 그러나 이 작품의 경우 생략된 둘째 연과 인용된 셋째 연에서 권력의 무상과 정치권의 부패상을 고발하고 있다. 그러면서도, 스스로 외치지 못하면서 그 사연을 에밀레 하는 모호한 소리로만 표시하는 종의 안타까움이 형상화된 것이다. 어쩌면 에밀레 종의 안타까움은 시인의 사회의식이나 현실비판정신이 잠재된 1957년의 정치현실에 대한 안타까움이라고 볼 수 있을 것이다. 이러한 사회성은 50년대 이후에도 지속되는 김태홍의 시작태도였다. 그의 생전의 마지막 저서 『詩와 散文』(신한 출판사, 1984)의 표지에다 다른 제목 『살매 詩의 社會性』을 붙인 것을 보아도 그러한 경향을 알 수 있다.

　安章鉉(1925~2003)의 경우 김해시 진영읍 출신으로 1954년 동아대학 국문과를 졸업한 후 부산의 남성여고 교사로 근무하였다. 그는 1956년 《한글문학》을 계간지로 발행하여, 한글전용 운동과 문학운동을 겸하였다. 이 계간지는 그동안 발행 호수를 정확하게 채우지는 못했지만은 안장현의 열정으로 지금도 그가 생활하고 있는 서울에서 계속 발간되었다. 그는 50년대 말 서울 무학여고로 잠시 자리를 옮겼다가 1963년 부산고등학교 교사로 다시 부산에 돌아와 2년제 부산여자대학에 국문과가 존속하던 70년대 초반까지 있었다. 다시 서울로 올라가 공립중등학교 국어교사로 근무하다가 오래전에 정년퇴임하였다. 그런 후에 개인 사무실에서 한글문학회 부설 한글문학사를 설립하여 《한글문학》 발간에 정렬을 쏟다가 지병으로 작고했다. 50년대 시적 성과는 무엇보다도 1957년 발간한 제1시집 『魚眼圖』(人間社)이다. 이 시집은 발간 당시부터 그의 역사의식이 심화되고 정치의식의 표출이면서 동시에 간결한 시어와 섬세한 이미지를 간직하고 있는 것으로 평가되었다. 그는 제1시집 발간에 이어 고희 기념 시전집 『빛의 소리』까지, 다섯 권의 시집을 더 발간하였으며, 수필집도 『사랑은 파도를 넘어』

(여원사, 1959) 외 4권을 발간하였다.

<blockquote>
겨누는 것은
분명히 적이라는데
적이 아니라 그것은 나다.

포탄은
터져 날라 갔는데
적의 심장을 뚫었다는데
죽은 놈도
빠진 놈도
그것은 나다.
</blockquote>

-「전쟁」 전문(시집 『魚眼圖』 1957)

6·25사변의 실상을 가장 간결하게 표현한 시가 바로 이 작품이라고 볼 수 있다. 즉 동족상쟁의 모순을 냉소적인 어조로 표현한 작품으로, 마지막연의 '죽은 놈도/자빠진 놈도/그것은 나다.'라는 데서 그 어조적 특색이 분명히 드러나고 있다. 사실, 전쟁이 끝난 몇 해 뒤에 발간된 이 시집은 그 당시 평론계의 신선한 충격을 주었다. 동족상쟁이라는 6·25사변 뿐만 아니라 전쟁 자체의 모순과 비합리성을 간결하게 표현한 작품이기에 그러한 공감을 주었던 것이다.

이 작품에 사용되는 동사의 시제가 둘째 연의 과거 사실 제시를 제외하고는 모두 현재형으로 사용된 점은 끝난 전쟁이라기보다 아직도 계속되고 있는 전쟁을 상징하는 시간의식이라고 볼 수 있다. 제1시집에 이어 발간된 그의 제2시집 『내 가슴에 흐르는 샘은』(정신사, 1960)은 제목부터 서정적이고 수록 작품들도 서정성이 짙다.

그러나 제1시집은 제목부터 시니컬하고, 시적 특성은 현실의 모순과

비정성을 정서와 융합시킨 것이라고 볼 수 있다. 인용한 시처럼 간결
한 표현의 작품이 대부분이다. 이렇게 간결하게 이미지를 형상화시키
는 수법은 배후에 더욱 미묘한 관념을 간직하고 있다.

　이상의 두 시인은 현실에 대한 상황의식을 형상화하고 있다. 즉, 김
태홍의 자유당 정권에 대한 비판과 안장현의 전쟁에 대한 비정성 등이
바로 그 구체적인 양상이다. 따라서 70년대의 리얼리즘 시의 선구자
적 면모를 보이고 있다.

3. 동인지 Geiger의 모더니즘 지향성

　53년에 趙 鄕의 주도로 《現代文學硏究會》를 조직하여 회지 1집을 발
간하였고 이어서 감마(Gammas)동인회를 결성하여 동인지 《Geiger》
(정보탐지기란 뜻) 1집을 발간하였으나 이 역시 1집에 그치고 말았다.
감마 동인들은 趙 鄕을 대표로 金日球, 辛相律, 韓奉玉, 具然軾, 金春
芳, 趙鳳濟, 權敬玉, 朴喜壽, 李吉南, 心相雲, 鄭和植, 黃金石, 李仁英
등이었다. 이들 가운데 지속적으로 시작활동을 한 사람은 동아대 교수
가 된 具然軾과 趙 鄕의 아우인 趙鳳濟이다.

　具然軾(1925~)은 경남 사천시 사남면에서 태어나 향리에서 초등학
교를 다녔고 해방되기 직전인 1945년 3월 서울의 중앙고보를 졸업하
였다. 피난시절인 1952년 3월 동아대학교 국문과를 졸업하였다. 그는
경남여고 국어교사로 있으면서, 1954년 4월 동아대 국문과 강사로 출
강한다. 그러다가 1959년 4월 조교수로 부임하게 된다. 趙 鄕과 趙鳳
濟가 동아대학교를 떠난 66년부터는 동아대학교의 유일한 詩學교수
가 되어 주로 초현실주의, 다다이즘, 입체파문학연구와 3.4 문학동인
등을 연구하였으며, 그 결과 그의 문학박사 학위 논문을 보완한 《韓國
詩의 考現代的硏究》(1979)를 발간하기도 하였다. 그는 50년대의 시인

으로서 활동보다 60년대 70년대 나아가서는 80년에 더욱 왕성한 활동을 하여, 모더니즘적인 시인과 시론가로서 지위를 확보한다. 그는 조 향과 더불어 현대문학연구회의 후신인 감마 동인회의 회원으로 《Geiger》 1집에 시를 발표하였으며, 역시 日曜文學동인으로 참여하여 시를 발표한다. 그리고 50년대 발표되고 쓰여 진 시편을 『검은 珊瑚의 都市』(국제신보사 출판부, 1962)라는 시집으로 묶는다. 그는 1990년 대에 동아대 교수를 정년퇴임하기까지 부산 시단의 원로 현역시인으로 문인협회회장 등으로 활동하였다.

> 恕圓球 후라스코 안에 靑動하는 이온.
> 사합하여 安定狀態
>
> 너는
> 비로우드 치마를 벗어 걸면서
> '어찌하여 이렇게 標本이 되어갈까요'
>
> 粉筆 가루 지독히 떨어진 가슴에, 파스와 ST마이싱을
> 안고 歸家하였다.
>
> 黑海에서 보낸 검은 키-테만 通關하는 黃昏
>
> …以上略…
>
> -「파스와 ST 마이싱」 앞부분. (동인지 《Geiger》 1집)

이 작품은 제목부터 우울하다. 파스와 ST마이싱은 둘 다 결핵약이다. 파스는 백색의 쓴 맛이 나는 가루약이며, ST 마이싱은 스트렙토마이신(strepto mycin)의 약자로 역시 결핵을 치료하는 항생주사이다. 따라서 이 시의 화자는 시 속에는 직접 등장하지 않고 있으나 3연

으로 보건대 교편을 잡는 결핵환자이다. 사실 결핵은 1950년대까지는 우리나라로서는 치료되기 힘들면서 흔하게 발병되는 전염병이었으며, 많은 시인들이 일제 강점기와 50년대까지 이 병으로 목숨을 잃었다. 이 때에 나온 특효약이 바로 '파스와 ST마이싱'이다.

이렇게 우울한 분위기를 가지고 있는 이 작품은 우선 외래어를 많이 사용하고 있는 점에서 모더니즘적 특색을 가지고 있다. 제목은 물론이고 외래어가 없는 연이 없다. 따라서 다분히 이국적인 감각의 이미지가 등장하게 된다. 1연의 '타원구의 푸라스코 안에서 움직이는 이온 결합후의 안정상태'라는 이미지의 제시는 대단히 현학적이면서도 당돌한 편이다. 뿐만아니라, 이것은 구체적 정경으로만 파악하여도 다분히 서구적인 정경임에 틀림이 없다. 2연에서는 시적 화자가 청자 너의 행위를 묘사한다. 그러나 이것 역시 전통적인 해석으로는 의미 파악이 불가능하다.

특히 둘째 연의 직접 화법은 聽者에 의한 독백인지 화자를 향한 빈정거림인지 파악하기 힘들다. 그러나 50년대의 고급 의상인 비로우드 치마를 벗어 걸면서 자조적인 어조로 말을 내뱉는 것은 틀림이 없다. 3연이 가장 구체적이고 화자의 정체를 파악할 수 있는 부분이다. 4연의 경우 절망적인 황혼을 형상화한 것이다. 즉 흑해에서 보낸 검은 커텐이니 정서를 자아내는 노을 빛 황혼이 아니고 암흑 자체이다.

이 작품에서 보이는 절망적 공간이 바로 제 1시집 제목이요 20부로 나누어져 32페이지에 걸쳐 발표된 '검은 珊瑚의 도시'라는 절망적인 공간이다. 이렇게 절망적 이미지를 제시하면서도 전혀 감정이 이입되지 않는 점 또한 50년대 具然軾시의 특징이다.

다음으로 조향의 아우인 趙鳳濟(1926~)를 들지 않을 수 없다. 그는 일본 후쿠오카 현립 이토시마 중학을 거쳐 동아대 국문과를 具然識과 같은 해인 1952년 졸업하였다. 남성여고 교사를 거쳐 50년대 후반 동아대학 국문과 교수로 부임하였다. 66년 형이 동아대학교를 물러나면서 그도 부교수 직위에서 물러나 서울로 이주하였다.

  그는 現代文學硏究會 간사, Gammas 동인, 日曜文學會 同人으로 활동하였다. 한편, 문예신문, 부산일보 등에 작품을 발표하였다. 1960년대에는 50년대 발표한 시들을 엮어 제1시집 「가을 바다와 묘비명」(친학사, 1961)을 발간하였다. 그의 작품 세계는 그의 형 조향과 같이 주지적이고 초현실주의적 경향이 짙었다.

어느 베란다에서는
담쟁이 넝쿨의 茂盛한 速度가 마구 놓여지는
어두운 거리에서

잃어 버려진 에나멜의 幻想을 캐러간
그 數많은 詩人들의 歸還을 기다리는
낯설은 저 지붕 밑의 祈禱는
璧 앞에 선 拒絶처럼도
숨막히는 時間을 더듬는다.

眞實로
나의 立命 墓地가 될 수 없는
거리.

-以上略

「題目이 없는 가을의 詩」 앞부분.(동인지《Geiger》)

  그의 시에서 빈번하게 보여 개인적 상징으로 파악할 수 있는 '가을'

과 '묘지'가 등장하는 이 시편은 결코 서정적이 아니다. '가을'이라고
하였으나 「題目이 없는 가을의 詩」라는 제목에서 벌써 씨니컬한 어조
를 엿볼 수 있다. 그리고 '베란다'나 '에나멜'이라는 외래어가 등장하
는 정경에서 풍기는 분위기 역시 전통적은 아니다. 이국적인 1연의 정
경은 담쟁이 넝쿨이 번져가는 식물적 이미지가 등장함에도 불구하고
어두운 거리이다. 2연에서는 투명하여 정체를 파악하기 힘든 에너멜
이라는 물체가 환상의 보조관념으로 등장하여 환상의 정체를 더욱 모
호하게 만들면서 모더니즘적 분위기를 보여주고 있다. 2연의 정경 역
시 숨막히는 절망감을 느낄 수 있는 이미지이다. 3연에서는 드디어 시
적 화자 '나'가 직접 등장하면서 묘지가 등장한다. 그러나 '입명의 묘
지가 될 수 없다'는 점은 난해성을 가지고 있는 구절이다. 즉 立命이라
는 마음의 안정성을 묻는 묘지가 될 수 없는 거리니까 오히려 안정성
을 획득한다는 의미인지, 아니면 안정성조차 물을 수 없는 혼란한 거
리인지 애매하다. 전후 문맥으로 보아 혼란한 거리가 옳은 것 같기도
하다. 인용하지 않는 4~6연에서 화자는 환상적이고 혼란한 거리와 분
위기를 벗어나자고 하고 있다. 결국 마지막 7연에서는 '가을이여! 素
服의 公主처럼 내 앞에 다가서라'고 가을을 향하여 명령까지 하면서
그 극복의지를 어느 정도 보여 주고 있다. 이러한 경향이 바로 이 시기
모더니즘적인 부산시인들의 특색인 초현실주의 영향을 받은 것이라
볼 수 있을 것이다.

다음으로 일본 경도에서 태어나 토야마 상업학교를 중퇴하고, 해방
직후(1946)부터 비교적 젊은 나이로 부산 매일신문, 항도신문, 부산일
보, 부산방송국, 민주신보 등에서 기자 혹은 부장을 맡아 활동하다가
74년 국제신보 사업부장을 마지막으로 언론계를 떠난 鄭永泰
(1928~2003)를 살펴 볼 필요가 있다. 그는 고희기념 시선집 「어느 외
톨이 구름의 노래」(민지사, 1997)를 발간하기도 했다. 그는 아동문학

도 겸하여 창작하고, 산악인, 수석인 그리고 파스텔 화거 등 다재다능한 면을 가지고 있었다.

그의 창작활동은 염주용의 《文藝新聞》에 작품을 발표하면서 시작하여 류근주, 한승권과의 3인 합동시집 『전환하는 새벽(자유장, 1953)』을 간행하여 주목 받기도 하였다. 그 역시 조향이 주재한 現代文學과 日曜文學同人會에 참가하였다. 그의 제1시집『검은 太陽의 係譜』(자유장, 1958) 역시 50년대의 중요시집이며, 시집의 제목 속에 보이는 역설적 표현은 그의 세계인식의 방향을 알아볼 수 있게 한다.

밤은
未來의 秩序를 품고
손바닥처럼 다가서는 그림자였다.

또는 忘却의 無限을 달리는
老婆의 눈깔 같은 貨物車

그리고 또한
化粧으로 假裝하는 新婦
授胎이기도 했다.

-「밤의 章」 앞부분. (『현대시인선집』 下)

밤을 은유로 형상화시킨 이 작품은 밤에 대한 시적화자의 인식이 서정적이라기 보다 다소 문명비판적이면서 다소 절망적이다.

6·25사변 이후의 절망적 상황 때문에 형성된 세계인식이라고 생각된다.

시적 화자는 밤을 세 단계에 걸쳐 은유하고 있다.

1연에서는 '내일에의 질서를 품고 손바닥처럼 다가서는 그림자' 라고 하여 다소 상식적이고 당연한 보조관념을 동원하고 있다. 그러나 2연에서는 '망각의 무한을 달리는 노파의 눈깔같은 화물차' 라고 하여 은유 속에 직유를 등장시켜 중층적이 되면서 훨씬 냉소적이고 절망적이다. 이때에 내포된 관념은 죽음과 절망같은 것으로 생각할 수 있을 것이다.

셋째 연에서는 '화장으로 가장된 신부의 수태' 즉 수태로 인한 얼굴에 끼인 기미같은 일종의 밤의 은폐성과 허위의식을 형상화 하고 있다.

이상과 같이 밤을 달콤한 사랑이나 광능의 발산으로 보지 않고 절망적이고 허위의식으로 인식하고 있는 경향은 역시 앞의 두 사람과 유사한 세계인식이요, 모더니즘 지향성을 가지고 있다고 볼 수 있을 것이다.

지금까지 살핀 具然栻, 趙鳳濟, 鄭永泰 등의 50년대 작품은 각자에 따라 정도의 차이는 있으나 과격한 모더니즘인 초현실주의의 영향을 직접 · 간접적으로 받은 모더니즘적 경향을 보여주고 있다.

50년대 부산 시인들의 이러한 경향은 조향이라는 시인이 있었기 때문에 가능하였으며, 60년대 이후의 이러한 경향이 지속되는 요인 중의 하나는 구연식의 작품과 시론과 연구에 기인한 것이라 볼 수 있다. 그리고 이러한 모더니즘적 경향의 배후에는 6.25사변이라는 민족적 비극을 인식하는 그들의 세계관이 작용하고 있었던 것이다. 이러한 절망적 세계관을 단적으로 상징하는 것은 '검은 珊瑚의 都市'(具然栻), '어두운 거리'(趙鳳濟), '검은 太陽,(鄭永泰) 등에 공유하고 있는 검은 색의 이미지 일 것이다.

4. 文藝誌 추천과 新春文藝를 통한 지속적 등단

朴哲石(1930~)의 경우 1955년 7월호《現代文學》에 「까마귀」가 1회 추천된 뒤 1958년 8월《自由文學》에 문학평론 「純粹詩批評論」이 당선되면서 시인과 비평가를 겸하게 되었다. 경남 거제시 장목면 출신인 그는 해방 직후부터 해동고등학교와 동아고등학교 교사를 오랫동안 하였다. 그동안 평필과 학문을 동시에 갈고 닦아 부산여전 교수를 거쳐 동아대학교 교수로 있다가 95년 2월 말에 정년퇴임하였다. 지금도 꾸준히 시를 발표하고 있는 그는 부산의 현역 원로시인 가운데 한사람이다. 그는 1963년 시 동인지《詩旗》(동인:정영태, 조순, 이동섭, 한찬식, 이민영) 동인으로 참여하는 등 활발한 작품활동을 하였다. 6권의 시집 가운데 50년대에 발간한 것이 두 권이나 된다.

제1시집 『木蓮』(영남문학회, 1954), 제 2시집 『까마귀』(갑진출판사, 1956)가 그것이다. 그의 평론이 노자사상에 바탕을 둔 한국의 전통적 자연관 탐구와 그 변용이 주축을 이루고 있듯이 그의 시적 세계 역시 그렇다.

    마지막 이별을 위하여선
    너에게 웃음을 주질 안했다.
    다시 우리들의 먼 날의 邂逅를 위하여선
    새까만 몸빛으로 있게 했다.

    그리고
    네 홀로 나뭇가지 끝에서
    그 언약을 지키는
    우는 짐승으로 있게 했다.

                    -「까마귀」 전문《現代文學》.(1955. 7)

이 작품은 그의 공식적인 문단데뷔작이다. 제1시집의 경우 《現代文學》지에 추천되기 전의 작품을 수습한 것이고, 제2시집은 데뷔한 이듬해에 시집으로 엮은 것이다. 이 작품에서 우선 한국인의 전통적 정서에서는 '흉조'로 상징되는 까마귀를 제재로 등장시켰다는 점에서 개성적이다. 그러나 까마귀를 인연의 새로 인식하는 태도는 인연을 중시하고 자연에다 인간적 의미를 부여하는 전통적인 자연관에서 나온 것이라 볼 수 있다. 이러한 경향은 그의 첫 시집 『木蓮』에서도 찾아볼 수 있는 자연관이다.

曹純(1926~1995)은 경남 의령군 화정면 출신으로 해방직후 진주사법을 거쳐 중앙대 정치과를 졸업하고는 부산상고, 부산여고, 경남여고, 국어교사로 다년간 근무하였으며, 일찍 퇴직하였으나 계속 교육계에는 종사하였다.

 만년에는 경남대학교 대학원 국문과를 졸업 후 대학강사로 강단에 서기도 했다. 1958년 4월호 《自由文學》에 「항아리」를 발표한 이래 주로 《自由文學》지를 통하여 50년대 말에 집중적으로 작품을 발표함으로써 50년대의 시인으로 편입될 수 있게 되었다.

 그는 1961년 제1시집 『戰後에 비는 내리는데』(조광출판사, 1961)를 엮은 이후 다섯 권의 시집을 간행하였다. 특히 만년에는 《갈숲》동인으로 열성적으로 동인지를 주재하다가, 심장질환 때문에 갑자기 세상을 떠났다. 그는 다정다감하면서도 사려 깊은 인품을 가지고 있었으며, 만년까지 낭만과 시적 분위기를 잃지 않은 시인이었다.

    鶴이 울고 간 하이얀 壁에
    항아리가 달렸다.
    歷史의 무늬처럼.

한결 여읜 미소는
내 하얀 마음에서
對話를 잊지 않았다.

오늘의 슬픔을 모르는
항아리의 눈은
자꾸만 파래진다.

少女는
戰爭의 비린내를 忘却하고 어머니의 孤獨을 닮은 항
아리의 生理를 傳說한다.

        -下略-

        -「항아리」 앞부분.《自由文學》(1958. 4)

　이 작품은 그의 초기 작품의 두 특성을 동시에 간직하고 있다. 즉, 주로 자연이나 사물에다 의미를 부여하는 경향과 6·25 사변 이후의 모순된 현실인식을 형상화한 경향이 그것이다. 이 시의 시적 화자가 첫째 연에서 항아리에 새겨진 무늬에다 의미를 부여하는 것으로 시는 시작되고 있다. 그러나 그 곳에서 새겨진 그림이 보통 그림이 아니라 '역사의 무늬' 라는 보조관념으로 형상화되었다는 데에 관념이 개입할 여지가 있다. 둘째 연과 셋째 연에서는 역사의 무늬가 사라지는 것 같은 인식을 하고 있다.

　말하자면 항아리의 오늘의 슬픔을 모르는 눈에서 몰역사의식을 보이고 있다. 물론 이러한 조짐은 넷째 연 소녀의 현실인식 태도에서도 지속된다. 그러나 작품 밖에 있는 화자는 소녀가 항아리 속에서 어머니의 고독을 발견하는 의식이 전쟁의 비린내를 망각한 결과라고 보고 있다. 이 때의 소녀의 몰역사성과 현실인식의 회피에 대한 반성이 바로

이 작품 뒤의 조순의 시적 경향인 것이다. 1959년 11월호《自由文學》에 발표한『돌섬의 鐵帽』나 그의 제 1시집의 제목『戰後에 비는 내리는데』에서처럼 6·25사변을 바탕으로 한 상황의식이 그의 초기작에도 보이게 되는 것이다.

　지금까지 살핀 朴哲石, 曺純의 시의 특성을 다음과 같이 정리할 수 있다. 즉, 박철석은 전통적 자연관을 가지고 있고 조순의 경우 전후상황의식과 현실에 대한 비판의식이 나타나고 있다. 그러나 두 사람의 경우 모두 세련된 시적기법 즉 시어의 치열한 선택과 행구분의 빈번한 시도 등에서 지금까지의 시인들과 차별화 되고 있다.

　이러한 초창기의 두 시인 말고 50년대 후반기의《現代文學》(1955~), 《文學藝術》(1955~1958),《自由文學》(1956~1970),《思想界》(1963~1970) 등에 지속적으로 젊은 시인들이 등단하였다. 이러한 세대의 선두주자 金圭泰(1934~)는 서울대 불문과를 졸업한 후 부산지역의 언론사에 근무하다가 국제신문 논설주간으로 정년퇴임하였다. 《文學藝術》1957년 8월호에「旗」가 추천 된 후 지역언론인 국제신보사(현재 국제신문의 전신)에 근무하면서 60년대 지역시단의 선두 시인으로 활동하였으며, 50년대부터《思想界》에 집중적으로 작품을 발표하면서 중앙시단에도 주목받는 시인으로 자리매김을 하였다. 그는 「아직 잊지 않을 것이다」(사상계 1959, 12), 「밤의 극지」(사상계, 1962, 12) 등에서 견고한 이미지로 모더니즘 경향을 보였다.

　특히 사물에다 내면적인 심리현상을 밀착시키면서 이미지의 조형에 힘썼다. 이러한 경향의 작품들로 엮어진 제1시집『鐵製 장난감』(삼애사, 1969) 한국시인집서 시리즈로 발간하였다. 그는 1960년대 이후 서울의 현대시 동인으로 참가하면서 이러한 경향의 작품을 지속적으로 발표하였다.

　李裕璟(1940~)은 경남고교 3학년 시절인 1959년《國際新報》신춘문예와《思想界》에「과수원」으로 당선되었으며, 한국외국어대 불어과를

졸업한 후 60년대 초반까지 國際新報 기자로 있다가 서울의 朝鮮日報
로 자리를 옮겼으며 스포츠 조선 편집국장으로 있다가 정년하였다.

오늘의 한국시인집 시리즈로 『밀알들의 靈歌』(삼애사, 1960)를 발간
한 후에는 신서정적 경향을 보이고 있다. 그의 최근의 시작 경향은 삶
의 현장에서의 비정성과 특히 죽음의 엄숙성 등에 대하여 견고한 이미
지로 형상화 하고 있으며, 이러한 그의 시작 태도에 대하여 필자는 부
산에서 발간하는 시전문지 《시와 사상》(2004, 겨울)에서 자세히 언급
한 바 있다.

그러나 그의 초기작품은 다양한 시적제재를 가지고 해학과 풍자의 기
법으로 현실의식과 현대인의 이상과 자아의 갈등을 형상화하였다. 이
러한 경향을 정서로 표출한 것이 그의 제 1시집 『밀알들의 靈歌』이다.
한국현대시인협회 회장을 지낸 鄭孔彩(1934~)도 부산에서 시작활동
을 시작한 시인이다. 그는 《現代文學》에 「종이 운다」(57년 1월), 「女
眞」(58년 2월), 「하늘」(58년 4월)로 3회 추천완료되어 시단에 데뷔하
였다. 60년대 초반 부산일보 기자로 있으면서 4·19혁명 직적인 60년
4월 13일 《國際新聞》에 「하늘이여!」라는 반독재 저항시를 발표하여 경
찰에 쫓기는 신세가 되기도 하였다.

지금은 일본 동경에서 생활하고 있는 姜尙九(1934~) 역시 「심야」(58
년 12월), 「둔주」(59년 7월), 「포옹」(60년 11월) 등으로 《現代文學》 추
천 완료하였다.

韓讚植(1924~1977)은 《自由文學》에 「섭리」(58년 8월), 「하류」(59년
12월) 등으로 추천을 받았으며, 73년에는 제1시집 『낙엽일기』(1974)를
발간하였다. 그는 지병으로 일찍 작고하였으며, 작고 후에는 유고집
『다시 섬에서』(1978)가 엮어지기도 했다. 그는 함경남도 함주군에서
대지주의 막내 아들로 태어났다. 그의 고향은 함흥과 가까웠다. 향리
에서 초등학교를 졸업한 후 함남의 명문 함흥고보에 진학하여 1940년
졸업하였다. 졸업과 동시 일본 유학을 떠나 동경의 미술학원에서 1년

수학하였고 명치대학 전문부 상과 1학년 까지 다니나가 중퇴하였다. 그가 학업을 중단한 것은 부친의 동립운동자금지원으로 가세가 기울인 탓이라고 한다. 그가 언제 월남하였는지는 알 수 없으나 6·25 전인 것만은 확실하다. 6·25 UN군 문관으로 중동부 전선에서 종군하였다. 종군 후 영도 청학동에 정착하였으나 정착 이후 영도의 대양 중학교 미술교사로 재직하였다. 그러나 만년에는 사정사정과 지병으로 고생하였다. 그의 화가로서의 작품도 추상성을 가지고 있지만, 초기작 「섭리」이후 지속적으로 추상적이며 관념적인 작품을 많이 창작하였다. 이러한 경향은 그의 생전의 유일한 시집 『낙엽일기』에 그대로 나타나 있다.

徐林換(1934~2006)은 《思想界》 1959년 9월호 「음악」 외 2편으로 신인상에 당선되 후 곧 불란서 유학의 길을 떠나 70년대 초반 귀국하여 부산대학교 불어교육과 교수로 부임하면서 부산시단에 다시 복귀하였다. 그러나 활발한 활동은 보이지 않고 있다가 부산대학을 정년퇴임한 직후 지병으로 작고하였다.

부산시단의 가장 치열한 리얼리즘 시인 林秀生(1940~)역시 《自由文學》에 「대화」(59년 11월), 「미스강에의 연가」(60년), 「동양철학초」(61년 9월) 등으로 추천완료하여 일찍 시단에 데뷔하였으며 60년대 초반의 대학생 시단을 주도하였다. 그는 신춘문예에 대한 열정을 버리지 못하여 新亞日報(65), 京鄕新聞(66), 朝鮮日報(71) 등에 뽑히기도 하였다.

이상의 시인들이 50년대 말 문예지의 추천제나 신인상을 통하여 시단에 데뷔한 후 60년대와 70년대의 부산시단에서 중견시인으로 활약한 시인들이다. 60년대에 들어서면서도 젊은 시인 지망생들의 문예지 추천 혹은 신춘문예 당선자는 끊이지 않았다. 지금까지 언급된 젊은 시인들이 활발한 활동을 한 것은 60년대 후반 이후이다.

5. 마무리

　환도 직후부터 1963년 직할시 승격 이전 즉, 1953년 9월부터 1962년
까지의 10년 동안의 부산 시간은 직할시 승격 이후부터 한창 활발해질
시단의 면모를 예감할 수 있다. 60년대부터 부산시단이 문인단체의
회지, 비록 단면에 끝나기는 하지만 각종 문예지 발간, 동인활동, 서울
의 문예지를 통한 등단, 신춘문예 당선, 지역신문의 신춘문예 제도 신
설 등 다양한 매체를 통하여 젊은 시인들이 등장하고, 해방기부터 활
동한 중견 시인들의 활발한 작품활동으로 인하여 한층 풍성해 지는 것
이 그 증거이다.

양왕용　1943년 경남 남해 출생.
　　　　1966년《시문학》등단.
　　　　부산대 명예교수.
　　　　시집『갈라지는 바다』, 『달빛으로 일어서는 강물』

직할시 승격 직후부터
시인협회 결성 직전까지의 부산 시단
– 독자적 시간 형성과 발표 매체의 다양성

양왕용(시인, 부산대 명예교수)

1. 시대 및 시단의 개관

1963년 1월 1일 직할시 승격 직후부터 1974년 9월 19일 그 당시의 부산 현역 시인 32명의 작품을 망라한 연간지《南部의 詩》(신국판 141면)를 발간 후, 그 해 말 부산시인협회라는 이름으로 단체를 결성하여, 부산지역 문학 장르단위의 협회 태동과 결속의 계기를 마련한 1974년 직전까지의 부산시단에 대하여 살펴보기로 한다. 단순히 10년 단위로 구분하여 살피는 것보다 지역사회나 문단 혹은 시단 내부의 큰 변화에 따라 시기를 구분하는 것이 타당하다는 생각에서 시기를 구분한 것이다.

1963년 1월 1일부터 부산이 경상남도로부터 행정적으로 독립하여 직할시가 된다. 그러나 부산문단을 1962년부터 부산지역 독자적인 모임을 결성하자는 움직임이 있었다. 1962년 9월 5일 한국문인협회 경남지부가 발행한 기관지 《文協》에 의하면, 문협 지부는 1962년 4월 20일 최근에 헐려 없어진 중앙동 구 부산 시청사 건너편에 있던 경남공보관에서 그 당시 회원 총원 31명 가운데 18명 참석으로 지부장을 소설가 李周洪, 부지부장에 시조시인 高斗東, 徐定鳳 사무국장 아동문학가 曺有路, 시분과 위원장은 그 당시 20대 초반인 시조시인 金民夫(1941~1972)가 맡았다. 임원들의 면을 보면 전부가 부산 문인들이고 진주나 마산 지역 문인들의 참여가 없는 것으로 보아 사실상 부산 문인들의 단체였다고 볼 수 있다. 그러나 결성 초기에 예총 경남지부의 결성 과정에서 모종의 부정사고가 있다고 하여 예총 경남지부장 趙 鄕 시인과 문협 부지부장 고두동 시조시인을 문협 차원에서 제명하고 또 다른 일로 문인들끼리 부산지검에 고발하는 등 일련의 사태까지 벌어져 요즈음의 시각으로는 이해하기 힘든 사건의 연속이었다. 막상 발간된 《文協》에는 지부장 시조시인 金相沃, 부지부장 역시 시조시인 李永道, 서정봉, 시분과위원장 朴奴石 등으로 바뀌었다. 이러한 일련의 사태들이 있고 난 이듬해에 부산직할시로 승격되어 문인단체는 자연스럽게 경남지부하는 명칭을 버리고 부산지부로 바뀐다.

그러나 예총이나 문협을 기반으로 한 매체는 쉽사리 나타나지 않는다. 그런데 그동안 경주로 대구로 직장을 옮기면서 부산을 떠나 있던 靑馬 柳致環 시인이 1963년 7월 3일 대구여자고등학교 교장으로 있다가 경남여자고등학교 교장으로 부임하게 되어 부산문단과 시단은 청마 중심으로 결속된다.

2. 종합지의 등장

《文協》 발간 이후 소강상태에 있던 부산 문단도 64년 12월 10일 《부산문예》를 예총 부산지부(지부장 朴斗錫)의 발행으로 선을 보인다. 이

책은 예총의 기관지 성격이나 연극(박두석), 미술(김강석), 건축(이종유), 국악(임순야)에 대한 평론을 제외하고는 모두 문인(한국문협 부산지부)들의 작품이다. 수필(박문하, 박노석) 2편, 소설(최해군, 문재구, 김광봉) 3편을 제외하고 시인 20명의 20편이 수록된 국판 총 145페이지의 책이다.

시 20편 가운데는 시조 1편(고두동), 동시 3편(박돈목, 윤두혁, 조유로)이 포함되어 있다. 따라서 시는 16편이다. 목차의 순서에 따라, 발표 시인과 작품을 열거하면 다음과 같다. 김규태 「가장 사랑스러운 이의 죽음」, 김정진 「번유사(繁柚飼)」, 노영란 「사보텐」, 박재호 「산실」, 서정봉 「꽃」, 유치환 「노호(老虎)」, 윤일주 「뜰」, 이동섭 「갈증」, 이민영(李民永) 「잠자리」, 이민영(李民永) 「시간 속의 도회」, 임수생 「전쟁일지抄」, 정영태 「영원한 동명을 위해서」, 조순 「이문(里門)의 달」, 한찬식 「초원의 章」, 홍두표 「고구마 같은 이야기」 등이며 김태홍은 「내용변호를 위한 예술측면론」이란 비평을 발표하고 있으며, 당시의 소장 비평가 李有植은 「오해 속의 참가문학」이라는 평론을 발표하고 있다. 따라서 당시에 발표한 문협 지부회원은 총 22명이다. 이 때의 문인협회 지부의 임원은 지부장 유치환, 부지부장 김태홍, 박문하 사무국장 이동섭, 감사 최해군, 문재구, 시분과 위원장 김규태, 아동문학분과 위원장 조유로, 소설·희곡분과 위원장 최해군 평론·수필분과 위원장 이유식 등이다.

유치환이 1963년 7월 그의 생애 네 번째로 부산 체류하면서 1967년 2월 13일 좌천동 앞길에서 교통사고로 이 세상을 마감할 때까지 그는 문협지부장으로 부산문단을 이끌어 갔으며, 박두석에 이어 예총지부장까지 겸하게 된다. 그러나 이것 역시 창간호로 끝나고 67년 12월 25일 오늘날까지 부산문인협회의 연간지로 간행되고 있는 《釜山文學》이 속간된다. 당시의 지부장은 청마가 작고하고 난 뒤 맡게 된 소설가 요산 김정환이었다. 이것은 《釜山文藝》의 속간호가 아니라 1962년 발간

한《文協》의 속간호였으며, 그 발간 의의는 이미 고 김준오 교수가 다른 곳에서 밝힌 바 있다.[1]

《釜山文藝》와《釜山文學》이 협회의 기관지 성격이었다고 하면, 1966년 3월에 월간지를 표방하고 창간된《文學時代》(태화출판사)는 부산 최초의 상업 문예지었다. 이 잡지의 주간은 이주홍 소설가였고, 편집은 역시 소설가 최해군이 맡았으며, 필진도 전국적으로 확대하였다.
　창간호의 경우 창작, 평론, 시, 〈내 밭에서〉라는 학생작품란, 특집 「한국소설은 어디로 가고 있는가」, 에세이 「학교대항 연작소설」- 보성고 편, 연재강좌 등 다양한 종류의 작품들을 실었다. 그 가운데 시는 유치환 「대화」, 장만영 「꽃 · 독초」, 이동섭 「內在의 꽃꿈」 등이었는데 부산 시인은 유치환, 동시인 최계락, 이동섭 등이다. 다른 장르의 경우 창작에 손동인, 윤정규, 특집비평에 김태홍, 에세이에 이영도, 정상구, 허천, 최해감, 손풍산, 문재구 연재강좌에 박지홍, 구우학 등이었다.
　《文學時代》는 월간을 표방하였으나 순조롭게 발행되지 않았다. 문화공보부의 간섭도 받았으며 나중에는 계간지로 등록을 바꾸려고 시도했으나 1967년 가을 통권 7호로 종간되고 말았다. 그 당시는 요즈음과 달리 문화공보부에 등록하기도 어려웠고 전국적으로도 문인들이 많지 않았기 때문에 원고 충당도 어려워 잡지 발간을 계속할 수 없었던 것이다.

3. 다양한 매체를 통한 신인들의 등장

1) 김준오, 부산시문학의 60~70년대(『부산문학사』 부산문인협회 발간, 1997) PP.65

부산이 직할시로 승격된 1963년 1월 이후에도 서울의 일간지 신춘문예당선이라는 관문을 통하여 시단에 데뷔하는 시인들이 속출하였다. 63년에는 박응석(1939~)이 「未開地의 꽃」으로 朝鮮日報에 李秀翼(1942~)이 서울신문에 「告別」로 당선되어 2인의 시인이 탄생하기도 하였다. 이수익은 부산 MBC PD로 일하다가 80년대 초반에 서울의 KBS로 옮겨 서울문단에 편입하였다.

부산시단과는 인연은 없으나, 부산이 고향이고 부산에서 고등학교를 졸업하고 서라벌예대 문예창작과에 다진 김종태(1941~)가 65년 경향신문 신춘문예에 「내란」으로 당선되었으며, 역시 서라벌예대 출신인 그의 동생 김종철(1947~)은 68년 한국일보 신춘문예에 「재봉」으로 당선되어 형제가 시인이 되었다. 67년에는 서향배(1940~)가 서울신문에 「찬가」로 당선되었는데 그는 60년 한국일보에 가작으로 뽑히기도 하였다. 69년에는《현대문학》지에 추천과정을 밟고 있던 김철(1941~)이 대한일보 신춘문예에 「부활」로 당선되기도 하였다.

이들은 대부분 서울의 대학으로 진학하여 계속 습작기를 거쳐 시단에 데뷔한 사람들이다. 그러나 그들 가운데 김종해. 종철 형제를 제외하고는 다시 부산으로 돌아와 60. 70년대 부산시단의 활발한 신진시인으로 편입되었다. 70년대가 되어도 신춘문예 당선의 행진은 계속된다. 그러나 그들의 출신대학이 부산대학교에 집중되는 경향을 보이고 있는 것이 특색이다. 70년대는 벽두인 70년 국문과 출신 김황군(1942~)이 조선일보에 「단추를 달면서」가 당선되면서 테이프를 끊었다. 이어서 71년에는 철학과 출신 박지열(1948~)이 대학 재학 중 한국일보에 「유년의 겨울」로 당선되었으며, 해양대학을 나와 외항선 선장시인으로 알려진 김성식(1942~2002) 역시 같은 해 朝鮮日報에 「청진항」이 당선되었다. 72년에는 부산대 무역과 출신 이달회(1948~)가 한국일보에 「낙동강」으로 당선되기도 하였다.

특히 이들 가운데 60년대 초반에 데뷔한 시인들은 서울서 조직된 신춘시 동인국(1963~1969)의 중요 멤버로 활발하게 작품활동을 전개하였다. 지금도 꾸준히 발행되고 있는 월간 종합지《現代文學》을 통하여 데뷔한 신인들은 다음과 같다. 부산에서 고등학교를 나와 서울의 서라벌예대에 진학한 金榮俊(1938~)은 「새와 여인」(63년 7월), 「사진」(66년), 「순백학 아침의 자유」(67년) 등으로 데뷔한다. 그는 비교적 오랜 추천기간을 거쳐 데뷔하였는데, 이러한 까닭은 그의 시에 대한 엄격성 때문이라고, 그를 추천한 박목월 시인이 그의 제 1시집 『內心의 소리』(75)서문에 밝히고 있다.

진주를 근거지로 하여 시단활동을 하다가 직장 관계로 70년대 말 부산으로 이주한 김석규(1941~)는 1965년 1월 「파수병」으로 부산일보 신춘문예에 당선되기도 하였다. 그러나 그는 다시《現代文學》에 추천과정을 거쳐 「봄언덕」(65년 10월), 「초동」(66년 6월), 「삼천포 기행」(67년 2월) 등으로 추천완료하여 청마 유치환의 마지막 추천 시인이 되었다. 그는 60년대 데뷔 시인 가운데 가장 왕성한 작품활동을 하여 그 결과 많은 시집을 가지고 있다. 그는 67년 제 1시집 『파수병』을 낸 이후 『늪에 다 던지는 土俗』(68)을 발간하는 등 성실함을 보여주었다.

70년대 들어서면서 金哲(1941~)이 대한일보 신춘문예에 1969년 당선되었음에도 불구하고 68년 2월「말의 우주」(68년 2월) 「어떤 일」(70년 1월)로 대한일보 당선을 1회로 간주하여 3회 추천완료의 과정을 거친다.

부산의 대표적인 승려시진 李秉錫(1938~)은 「芽夜」(65년 6월), 「소원」(65년 12월), 「2월의 시」(70년 5월) 등이 추천 완료되어 시단에 데뷔하였다. 그는 승려시인들의 동인회를 주도하여 『승려시집』(72)을 엮기도 하였다.

1968년 한국문인협회의 기관지로 지금도 발행되고 있는《月刊文學》이 창간되었다. 이 문예지는 추천제도가 아닌 신인상 당선제도를 채택하였는데 그 전통은 지금도 지속되고 있다. 부산지역 시인으로 이 제도

에 처음 당선된 시인은 裵達淳(1938~)이다. 그는 「아침연습」(72)으로
데뷔하였다.

지금까지는 종합문예지를 추천제도나 신인상을 통하여 등단한 시인
들에 대하여 살펴보았는데 다음으로는 시전문지를 통하여 데뷔한 시인
들에 대하여 살펴보기로 한다.

71년 창간된 이래 지금까지 지속적으로 발간되고 있는 월간 시전문
지 《詩文學》과는 같은 이름으로 종종 혼동되고 있는 60년대의 《詩文
學》誌로 등단한 두 사람이 부산 최초의 시전문지 데뷔 시인인 셈이다.

60년대의 《詩文學》誌는 지금 발간되고 있는 《詩文學》誌의 편집인이
며 실질적인 발행인인 문덕수 시인의 주도로 1965년 4월에 창간되어
1966년 12월 통권 20호로 종간되 시 전문지이다. 이 잡지는 「추천작
품」제도와는 별도로 「연구작품」 제도를 두었다. 연구작품 1편씩 2회에
입선되면 1회 추천으로 간주되는 제도였는데, 60년대 후반과 70년대
에 다른 문예지를 통하여 등단한 시인, 즉 김성춘, 송수권, 오규원, 이
기철 등 많은 시인들이 이 제도에 투고하여 몇 번씩 입선되기도 하였
다. 梁汪容(1943~)은 그 당시 대구에서 대학에 다니고 있었으나 재학
중인 65년부터 66년 사이에 전국규모 문예지 추천을 처음 시작한 대학
의 스승 金春洙 시인의 추천으로 「갈라지는 바다」(65년 7월), 「아침에」
(66년 1월), 「3월의 바람」(66년 7월) 등이 추천완료되어 시단에 데뷔하
였다. 그는 69년 대학원 석사과정을 졸업하고 직장을 부산에 마련하면
서 부산시단에 편입되었다.

이 시지를 통해 시단에 데뷔한 또 다른 시인으로 李想介(1941~)가
있다. 그는 65년 해군 문관으로 진해에 근무하면서 연구작품에 응모
하여 65년 9월호에 김현승 시인에 의하여 「주형제작」, 「바다」, 「파흔」,
「 소곡」 등 4편이 동시에 입선됨으로써 단번에 2회 추천을 받게 되었
다. 그러나 《詩文學》지의 폐간으로 3회 완료추천을 받지 못하다 있다
가 진해에서 부산으로 직장을 옮기게 되었다. 그러면서 제 1시집 『영원

한 평행』(70) 발간하였다. 60년대 시인으로는 김석규에 이어 두 번째로 빨리 개인시집을 갖게 된 그는 그 이후 활발한 시작활동을 하면서 부산시단을 주도하게 되었다.

이 시기는 앞 시대와 달리 개인시집을 통하여 활동한 시인은 많지 않다. 개인 시집으로 데뷔한 타 지역 시인의 경우 그 지역 시인으로 한정된 후 활동을 소홀히 하는 경우가 많은데, 부산시단에는 전혀 그렇지 않은 두 사람의 시인이 있다. 64년 시집『님의 마음에』를 발간한 바 있는 金仁煥(1940~)의 경우는 다른 시인들과는 남다른 면이 있다. 72년 5월 부산최초의 격월간 시지《詩人들》을 창간하여 경향각지의 필자들의 시와 시론을 모아 발표시켰으며, 어려운 형편 속에서도 7집이나 꾸렸다.

다음으로 고교시절부터 꾸준히 문예반 활동을 한 李海雄(1940~)을 들지 않을 수 없다. 그는 73년 제1시집『벽』을 발간한 후《詩文學》을 비롯한 각종 문예지에 활발히 작품을 발표를 하여 70년대와 80년 이후의 부산 시단의 핵심적인 시인으로 등장할 조짐을 보이고 있었다.

4. 시 전문 매체의 등장과 시집의 발간

이 시기의 또 다른 하나의 특색은 앞에서 살핀 바와 같이 각종 매체를 통한 신인들의 등장에 고무된 시 전문 매체의 등장을 지적할 수 있다.

앞에서 언급한 50년대의 동인지인《詩文》과 1962년 1월 31일 창간된《詩旗》에 이어,《계간 詩文藝》가 64년 창간된다. 박재호, 한찬식, 김규태, 박태문, 신명석, 김 석 등이 창간 동인으로 참여하고 있으나 그 필진은 전국으로 확산되어 있다. 그러나 65년에 간행된《新語》는 최계락, 김규태, 한찬식, 박재호 등이 편집위원으로, 손경하, 박태문, 신명석, 박상배, 임수생, 박응석, 장승재 등이 동인으로 참여한 순수한 부산의 시 동인지였으며 갓 데뷔한 신인들까지 모두 참여하였으나 지속적은 발간은 하지 못하였다. 그러나 이러한 움직임이 70년대와 80년대의 활발한 부산시단의 초석을 놓은 것은 틀림없는 사실이다.

특히 《新語》의 경우 창간호 14편 중 한두 편을 제외하면 모더니즘적 경향을 띠고 있었다고 지적할 수 있는 점에서 부산 시단의 모더니즘 지향성을 보여주고 있다. 이 시기에 빼놓을 수 없는 매체는 격월간 시 전문지 《詩人들》이다. 서울에서 부산으로 이주해 온 김인환 시인이 1972년 5월 1일 창간호를 발간하였다. 김규태, 박재호, 허만하를 편집위원으로 하고 국판 총 112페이지의 얄팍한 책이었으나 그 당시의 열악한 여건 속에서 7집까지 발간하였다. 세칭 KSCF 사건 여파로 폐간될 수밖에 없었지만 그 당시의 부산과 경남지역 시인들 특히 중견과 신인들 그리고 대학시단을 순례하여 시인 지망 대학생들에게까지 영향을 끼쳤다.

창간호(1975. 5 · 6월호)의 목차를 보면 소서가 이주홍이 부산문단사(上)을 집필하여 일제강점기부터 그 당시의 부산 문단까지 살피고 있으며, 이 글을 바탕으로 이주홍은 문협 기관지 《부산문학》 6집(1973.12) 부산 문학사 특집에 「釜山文學史略」을 20페이지에 걸쳐 발표하여 부산문학사를 개괄적으로 서술하게 된다.

시의 경우 진주의 이경순, 설창수, 김석규, 마산의 정진업, 진해의 강계순, 고성의 김춘랑, 울산의 이기원, 함홍근 등이 있고, 대부분 부산 시인이다. 목차의 순서대로 열거해 보면 다음과 같다. 진주의 이경순에 이어 시조시인 고두동, 그리고 설창수, 정진업에 이어 한찬식, 허만하, 김태홍, 조순, 김규태, 박재호, 손경하, 박태문, 이수익, 신명석, 김태의, 임수생, 임명수, 김인환, 시조시인 김석규, 김목운, 김영준, 양왕용, 김성식, 박지열, 이달희 등이 한 편씩 발표하고 있다. 그 외 서림환이 「현대 불란서 시선」으로 프랑스 시를 번역하고 있으며 박재호가 일본 현대시를 번역하고 있다.

고정란으로 동인회지의 상좌담란에 「白地同人會」가 참여하고 있고, 대학시단란에 '부산대학교편'이 마련되어 있다. 수필은 정신득, 박문하, 이운하등 세 편이 발표되고 있으며 권말에 「부산. 경남 문인 주소록」이 마련되어 있다. 문인 수록 현황은 연번호 1~51번까지가 부산문인이며, 52번부터 64번까지가 경남문인들이다. 부산의 경우 시인은 김규태, 고두동, 구연식, 이동섭 등 33명인데 그 가운데 거의 절반에 가까운 숫자가 이미 고인이 되었다.

경남의 경우 특이한 부분은 일제감정기부터 활약한 시인 유엽이 남해 금산 보리암에 거주하고 있고, 서울에서 활약하다가 작고한 시인 金璟麟이 울산 특별 건설국에 근무하고 있는 점이다. 그리고 시인 강계순도 진해 해군관사에 주소를 두고 있는 점이 이채롭다.

이상과 같은 편집방향으로 보아 비록 지금과는 비교도 되지 않는 소수의 시단이었지만 그 나름대로 다양한 활동을 보여주고 있는 잡지임에 틀림이 없다.

다음으로 시집의 발간 양상에 대하여 살펴보기로 한다. 그 당시에 이미 한국시단의 대표적인 시인인 청마 유치환이 『미루나무 남풍』(1964, 평화사), 『파도야 어쩌란 말이야』(1965, 평화사) 두 권을 상재하여 만년의 황성한 활약을 보여주고 있다. 특히 서정시로 엮어진 『파도야 어쩌란 말이야』는 그 당시의 옅은 독자층에도 불구하고 베스트셀러가 되었다.

가장 왕성하게 발간한 시인은 李東燮(1929~1972)이다. 그는 이미 1961년에 제1시집 『강물에 띄우는 시』(삼도사)에서 초정 김상옥 시조시인의 서문으로 자연을 제재로 한 서정시 33편을 보여준 바 있다. 이 시기에 그는 유치환 지부장을 보좌하여 문협 부산지부 사무국장을 맡으면서, 갓 정착되고 있는 부산직할시 교육청 중동교육과 국어과 장학사로 근무하는 격무 속에서도 많은 작품을 창작하였다. 특히 직할시 승격 초기에 「부산시민의 노래」를 작사하여 현재에도 많이 불리고 있으며, 1971년에는 「동백꽃 피는 부산」을 작사하기도 하였다. 이 시기에 그가 엮은 시집은 제2시집 『바다의 창』(1946년, 태화출판사) 등으로 부산 시인 가운데는 가장 많은 시집을 엮었다. 그는 장학사의 격무로 간을 다치게 되었으나, 1968년부터 개성종고(현재의 부산진고) 교감으로 인문계 고등학교로 전환하는 등 교육계에 많은 업적을 남겼다. 특히 그의 마지막 시집 『탄생B』는 간질환에서 다소 회복된 후에 엮은 시집이다. 다시 삶을 추슬렀다는 뜻으로 정한 시집 제목이라 볼 수 있다. 필자도 저자로부터 직접 기증 받은 바 있는 시집이다. 그러나 이 작품에서는 투병의 체험과 거기에서 암시되는 죽음의 그림자가 보여 앞의 작품처럼 밝고 맑은 서정시라고는 볼 수 없을 것 같다. 1972년 그는 재발한 간질환으로 43세라는 젊은 나이에 유명을 달리 한다. 그러나 그는 모두 4권의 시집을 남겼고 최근 국제펜클럽 한국본부 부산지역위원회(회장 정순영)에서 유족들이 보관한 시집과 산문 등 기타 자료로 전집 『끝없는 탄생의 시인 이동섭』(2005, 도서출판 푸른별)(크라운 판 365페이지)을 발간하였다. 여기에는 이 시인의 중학제자인 시인 오정환의 「李東燮研究」라는 평론과 회고기인 「이동섭 선생의 회억」(이규정)들이 수록되어 있는 등 앞으로 보다 심도 있게 연구할 후학들에게 많은 자료가 제공되어 있다. 기타 50년대부터 꾸준히 활동한 김태홍의 『당신의 빛을』(1965, 친학사), 안장현의 『모래 위의 시』(1966, 정신사), 박철석의 『실내악』(학성가) 등이 발간되어 그들의 그 동안의 작품활동을 뒷받침하고 있다.

　다음으로 주목할 시집은 한국시인협회 소속이며 이 당시 서울에서 결성한 현대시동인으로 활동한 세 사람의 작품집이다. 그 가운데 한사람이 대구에서 1968년 부산의 침례병원 병리과장으로 부임함으로써 부산문단에 편입하여 70~80년대 부산문단의 활성화와 부산시인협회의 산파역을 맡은 허만하이다. 오늘의 시인선집 시리즈(서울 三愛社)에 『海藻』(1969)라는 제 1시집을 발간하게 된 것이다. 그 자신 후기에서 밝혔듯이 지난 10년 남짓 간간히 써온 것을 엮은 것인데, 관념적이며 추상적인 세계를 조형화내기 형상화하기에 노력한 흔적이 보인다. 그는 1955년 경북의대 재학시절인 1955년 「시와 평론」 편집위원으로 창작시와 번역시를 발표하였고, 1957년 의과대학을 졸업할 무렵 《文學藝術》에 「과실」, 「날개」, 「꽃」 3편으로 추천을 완료하였다. 특히 대학 재학 시절과 대학원 시절 그 당시 경북대학교에 재직하고 있던 김종길 시인과 청마 유치환과 깊은 교류관계를 유지하면서 이 두 사람의 시적 세계에 영향을 받기도 하였다. 그의 70년대 작품 세계를 신서정으로 규정하여 이수익, 양왕용과 묶은 견해도 있다.[2]

다음으로는 이미 50년대부터 부산에서 활약하고 있는 金圭泰 역시 이 시리즈에 제 1시집 『철제(鐵製) 장난감』(1969)을 발간하게 된다. 이 시집의 제목은 다소 문명비판적이지만 관념적이며 시인의 내면 의식을 형상화하고있다. 그리고 李秀翼 역시 제 1시집 『우울한 샹송』을 이 시리즈로 발간하였다. 시집 제목인 「우울한 샹송」이나 그의 데뷔작 「告別」은 앞에서 지적한 고 김준오 교수의 견해인 신서정으로 시적진술의 종결을 의문형으로 하는 점에서 시집 제목처럼 다소 여운을 남기는 정서를 사물화시키고 있다. 이 세 사람의 시집 발간은 그 당시 부산 시단의 신선한 자극제가 되었으며, 70년대 중반 이후 부산시인협회가 결성되고 신진시인들의 활발한 시집 발간의 기폭제가 되었다.

마지막으로 1973년에 발간한 朴奴石의 『바위의 염원』(예문관)을 빼어놓을 수 없다. 그의 회갑기념 시집이기도 한 이 시집은 광복 직후부터 진주와 부산에서 활동한 그의 시적 성과의 결산이기도 했다. 김춘수는 奴石의 시 세계를 딜레탕트적이고 기성 시간과 거리를 끝에 지킬 수

2) 김준오, 위의 책, PP 88~89
3) 金春洙, 훌륭한 아마추어 詩人 奴石(한국문인협회, 부산지부《釜山文學》제6집, 1973) PP. 102~105

있었으며 이것이 그의 강점이라고 평가한다.[3]

5. 마무리

　지금까지 살핀 직할시 승격 직후부터 시인협회 결성 시기까지의 부산시단은 시인협회 결성 이후 기관지 『南部의 詩』(현재의 계간지《부산시인》전신) 창간(1974년)과 빈번한 시집 발간과 80년대의 활발한 시 동인활동 등을 예견하는 징후를 보이고 있다. 말하자면, 다른 장르에 비하여 수적으로 우세한 시인들과 각종 매체의 당선과 추천이라는 관문에서 갈고 닦은 역량이 집결되어 부산문단을 선보하고 서울이나 대구, 광주 등 비교하여도 결코 손색이 없는 부산시단이 형성될 것을 충분히 예감하게 하고 있다.

1990년대와 2000년대의 부산 시문학
– 시 지형의 변모와 깊이를 중심으로

정　훈(문학평론가)

1. 새로운 잡지의 창간과 동인지 활동의 현황

　최근의 부산 시문학을 개관하기 위해서 살펴보아야 할 조건들이 있다. 첫 번째는 부산 문학이 통시적인 측면에서 얼마만큼의 연속성을 담보하고 있느냐는 것이요, 다음으로는 우후죽순처럼 생겨나는 시인들의 시 경향을 어떤 기준으로 묶어내는가 하는 것이다. 그런데 이 두 가지 조건들은 실상 문학의 자기 전통과 존속을 위해서 어쩔 수 없이 달라붙는 성질이다. 세계의 복잡다단한 환경과 변화 속에서 시 또한 이런 조건과 토양 속에서 대체로 자기 운동을 한다. 부산은 근대역사의 소용돌이에서 다른 지역보다는 좀 더 운동성이 강하고, 특히 문학의 경우에는 여러 실험 작품들이 쏟아져 나온 것이 사실이다. 이런 부산의 문학 환경 속에서 열악하나마 시인들이 구축해 온 시의 토대들은 여러 가지면에서 오늘날까지 지탱되고 있다고 해도 지나친 말은 아닐 것이다. 일제강점기 때 부산시단의 유일했던 시동인지 《生理》 창간을 주도했던 유치환을 필두로 해서 그 후 조향을 비롯한 일군의 굵직한 시인들이 활동했던 부산의 시문학은, 1990년대로 접어들면서부터 지금까지 전국을 봐도 손색없는 시단의 풍요로움을 보여주고 있다. 이미 1980년대부터 활기를 띠기 시작한 동인지 활동이 90년대를 지나면서도 꾸준하게 이어지는 가운데, 한 가지 특기할 만한 부산시단의 현상은 바로 시 전문 잡지의 창간이 아닐까 싶다.

1994년 여름에 계간지 《시와 사상》이 창간되었다. 고(故) 정영태 시인이 주도해서 만들어진 《시와 사상》은, 부산 시단 역사의 주류였다고 할 수 있는 모더니즘의 기치를 들고 나와 지금까지 결호 없이 나오고 있다. 가히 부산을 대표하는 전문 시 잡지인 셈이다. 창간호를 발행할 무렵 발행과 편집을 맡은 이는 정영태였다. 편집장엔 송유미, 기획위원에 김경수, 박강우, 이근대, 최원준, 박치환, 정대현으로 출발했다. 2012년 현재 발행인 김경수, 편집인 최휘웅, 주간 박강우, 편집장 김예강, 운영위원으로 김영미, 김언, 안효희, 전명숙, 정진경, 노준옥, 정안나, 한해미가 활동하고 있다. 그리고 자문위원으로 허만하, 박상배, 고현철, 편집위원에는 문혜원, 이재복, 김남석, 김혜영이 그 이름을 올리고 있다. 시와 사상 동인들 가운데 김혜영, 안효희, 김언 시인 등과 여러 지역 시인들이 주축이 되어서 2004년 결성한 웹진 〈젊은시인들〉은 동인들이 여러 번 바뀌는 중에도 꾸준하게 활동하고 있다. 현재 하재청, 장인수, 김혜영, 안효희, 허혜정, 정연탁, 박종인, 전건호, 김나영, 이정모, 이일림, 이은주, 이창하, 정훈교, 이선행, 정이랑, 한해미, 박일만, 배옥주, 유승영, 한보경 등이 참여하고 있다.

시와 사상과 '젊은 시인들'이 지향하는 시 세계가 주로 모더니즘의 언어 실험에 집중하고 있다면, 《신생》은 생명 사상과 현실의 시적 관심에 주로 놓인다고 할 수 있다. 1999년 10월에 창간된 《신생》은 이해웅,

구모룡, 김경복, 이성희, 조성래, 박정애, 진명주 등이 참여했다. 이들은 현실적인 맥락에서 벗어나 있는 시 미학에 반기를 들고 '서정'과 '생명', 그리고 '생태' 적 가치와 윤리에 관심을 가지면서 십여 년 동안 기획과 주제성을 확인하는 작업을 계속해내고 있다. 특히 '신생담론을 찾아서' 라는 기획은 시연구자들과 평론가, 그리고 시인 등이 창출하는 담론과 사상의 새로운 지평을 독자들에게 제시하면서 신선한 반향을 불러일으키고 있다. 2012년 현재 발행인으로 서정원, 편집인 이규열, 편집위원 김경복, 김대성, 김만석, 김수우, 이성희, 황선열, 그리고 이은주 시인이 편집장을 맡고 있다. 《신생》은 2011년부터 '김준오시학상' 을 시행, 시론과 시비평과 시 이론에 기여를 한 연구자에게 매년 《신생》 겨울호에 수상자를 발표, 12월에 시상식을 연다. 제1회 수상자는 이승훈 시인이었다.

시 전문지 《시의 나라》(발행인 류명선)와 《포엠포엠》(발행인 한창옥)이 1998년 첫발걸음을 내딛었다. 두 잡지 모두 몇 번의 우여곡절과 산고를 겪었는데, 지금은 안정 궤도에 올랐다. 결호가 몇 번 있었지만 류명선 시인의 뚝심으로 다이제스트 형태의 작고 아담한 잡지로 거듭난 '시의 나라' 는 지속적으로 신인들을 배출함으로써 지역 시단에 활기를 불어넣고 있다. 그리고 1998년 양산에서 동인지로 출발했으나 2004년에 시 전문 계간지로 등록한 《주변인과 시》는 2011년 겨울호부터 제호를 '포엠포엠' 으로 변경, 한창옥 시인의 열정으로 부산 경남 지역뿐만 아니라 무대를 서울에까지 확장하는 등 전국적인 관심과 애정을 이끌어내고 있다. 발행인과 편집주간을 한창옥이 맡고 있고, 기획위원으로 고운기, 김추인, 한성례, 박완호, 박형준, 권정우, 한원균, 황상순, 한정원, 그리고 운영위원에 류선희, 권정일, 정소슬, 박성규, 오명선, 박종인 시인이 활동하고 있다.

이밖에도 부산시인협회가 정기적으로 발행하는 《부산시인》과 부산작가회의에서 발간하는 《작가와 사회》, 그리고 《문학도시》, 《문예시대》

《시와수필》, 《새시대문학》, 《문학예술》, 《한국동서문학》, 《문장21》 등의 잡지가 창간되어 지역 시인들에게 소중한 공간을 마련하고 있다.

동인지를 포함한 소집단의 문학 운동도 꾸준하게 펼쳐지고 있다. 부산문인협회가 2009년에 출간한 『부산문학사―50년사』 2권에 실린 신진의 「근래 12년의 부산 시문학사」에 나오는 내용을 토대로 정리하면 다음과 같다.

'시와 자유'는 1982년에 창간호가 나왔다. 김석규, 김영준, 김창근, 김철, 박상배, 박응석, 박태문, 이상개, 이해웅, 임수생 등이 동인으로 2009년 현재 제29집까지 나왔다. 박상배 시인이 빠지긴 했지만 회원의 변동이 거의 없이 장수한 동인으로 부산시 문화상을 비롯, 부산 지역에서 가장 많은 문학상을 수상했을 뿐 아니라, 부산시협 회장을 두루 거치면서 부산문단과 시단을 움직이는 중심축의 하나가 된 고참 시인들의 모임이다.

'목마' 동인은 1976년에 결성했다. 창립 초에 약간의 동인 이동을 거쳐, 강남주, 신진, 원광, 이문걸, 조남순 등이 다양한 문학행사를 개최하는 등 20년을 지속하다가 정순영, 고 시와 사상 정영태, 서정원, 박정애, 이병석, 김명옥, 한미성 등이 가담하는 등 곡절을 겪다가 2009년 39호를 발간한 시점에서 원래의 멤버 이문걸 시인 외 장영희, 백영희, 문인선, 조규옥, 김시월, 목영해, 서경원 등이 참여하고 있다.

'시로' 동인은 1978년 창간한 이래 동인지 13집을 발간했다. 회원 변동이 잦았은데, 현 동인은 임종성, 강갑재, 강문출, 이은숙, 양월희, 김미선(김곳), 서영상 등 서정시인들이 주축이다.

그리고 '부산문학동인회'는 동인지 『문예수첩』을 1990년부터 시 중심으로 32호까지 발간해 온 사실상의 시문학 동인이다. 현재 동인 중 부산에 거주하는 동인은 김근희, 정의태 시인 정도이다.

'부산 시문학 시인회'는 월간 시문학 등단 시인들이 강남주 시인의 주도로 1994년부터 동인지를 발간해 왔다. 시낭송회, 독자와의 대화,

시와 사진전, 초청강연, 해외 심포지움, 문학세미나, 문학기행 등 많은 문학행사로 저변확대와 자기 발전을 도모하고 있다. 현 회원은 강남주, 강정화, 김인권, 김지숙, 배기환, 백영희, 송인필, 윤정숙, 이몽희, 이병구, 이혜화, 장동법, 조민자, 조영희, 최지인, 탁영완, 한경동 등 2009년 현재 16호까지 동인지를 발간했다.

'시와 언어'도 11집까지 동인지를 내었다. 기존 멤버 진경옥, 김성춘, 나영자, 양왕용, 이은경, 정선기 등에 새로 류정희, 김옥남 시인이 참여했다. '시 작업' 동인은 박윤규, 전기웅, 김상균, 이희철, 김중일, 김인권, 우동엽, 이문영, 이선형 등이 경우에 따라 참여하고 빠지는 등 개방적으로 운영되고 있고 10권의 동인지를 발간, 부산시단 중견 시인의 한 축으로 성장했다.

'얼토'는 순수하고 진지한 시작활동을 통해 선후배 시인들 사이의 소통을 원활히 하고, 지역 시단의 정통성을 바로 세워보자는 뜻에서 2006년에 결성된 동인이다. 그동안 3권의 동인지를 내었고, 강경주, 강영환, 김태수, 박구경, 박정애, 신진, 오정환, 정대현 등 동인의 변동은 없다. 1996년 강경주, 서규정, 최영철, 김형술, 권애숙, 이선형 시인이 결성한 '월요시' 동인은 2001년 1월부터 월례 정기 모임인 월요시 포럼을 열어 2년 동안 부산과 전국의 시인들을 초청, 현대시를 성찰하고 토론한 의미 있는 모임을 가졌다. 2기 동인이라 할 수 있는 정익진, 김종미, 신정민, 조풍호, 원무현, 송진, 고명자 시인 등이 2009년 1월 지지부진하던 월요시 활동을 재개, 앞으로의 활동이 기대된다.

'부산여류시인협회(회장 양은순, 탁영완, 강문숙, 김미순 등)' 창립은 1986년에 하였으나 사화집은 2007년 이후 총 3권 발간했다. '갈매시' 동인은 1998년 동인지 제6집을 발간, 대부분 충분한 수련과정을 거친 세련된 표현의 섬세한 서정시인들이었으나 활동은 저조했다.

시와 사상 출신이 주축인 '이토모' 동인은 정익진, 김영미, 안효희, 김종미, 김혜영, 노준옥, 전명숙, 김언 등이 10년 넘게 작품 토론과 시적 진로를 모색해 왔다. 국제신문 신춘문예 출신인 박정애, 김명옥, 권정인, 전다형, 최정란 등은『숲은 길을 열고(고요아침, 2003)』를 발간, 결속을 도모했으나 현재로서는 1회에 그쳤다.

1964년 6월 1일에 창간호를 낸 동인지 '잉여촌' 또한 오랜 연혁을 자랑하는 부산의 시 동인이다. 방창갑, 조남훈, 이상개, 이종환, 오하룡, 배기현 등이 주축이 되어 결성한 '잉여촌' 동인은 창간호 때부터 1985년까지 매년 꾸준하게 동인지를 발간해오다, 1991년 7월 15일 '잉여촌 선집'을 발간한 후 십여 년의 공백을 거쳐 2004년 9월 25일 제19호(복간호)를 발간했다. 이후 2011년까지 제26호가 나왔다. 현 동인으로는 김성춘, 김용길, 박종해, 배기현, 오하룡, 유자효, 윤상운, 이상개, 장승재가 있다. 부산에 터를 둔 이상개, 윤상운 시인을 빼면 서울과 울산, 그리고 창원 등지에서 시작(詩作)을 하고 있다. 서로 조금씩 다른 시 세계를 보여주면서 다채로운 시적 개성을 지니고 있다.

동인지 출간과 소모임 집단 운동은 부산 시단뿐만 아니라 기실 한국문학의 토양과 관련이 있을 것이다. 비슷한 시 세계를 지향하는, 그리고 뜻을 함께 하는 시인들이 그들의 시 작업의 결실을 무크지나 동인지의 형태로 출간하는 경우가 많다. 이들에게 시는 순수한 문학적 열정의 상징이며, 상업주의와 대중주의에 함몰되지 않는 순문학 정신의 발로이다. 앞으로도 기존의 동인뿐만 아니라 새로운 동인들이 많이 나올 것으로 본다. 부산시단의 '물밑 작업'은 이들로 하여금 밀도 있게 진행되고 있다고 해도 지나친 말은 아닐 것으로 본다.

2. 시인들의 다양한 출현과 시 지형의 변모

1990년대 이후로 수많은 시인들이 등장을 하면서 이곳 부산은 가히 시인들의 춘추전국시대를 맞고 있다. 전통적인 강세였던 모더니즘 지향의 시들 뿐만 아니라 현실과 자연에 대한 관심과 애정을 노래하는 시들로부터 삶의 지혜와 진실을 드러내는 작품들이 우후죽순으로 쏟아져 나오고 있다. 특히 '부산'이라는 지역적 한계를 뛰어넘어서 전국 각지의 독자들에게까지 그 이름을 알리는 경우도 많아졌다. 지금은 지역과 중앙이라는 낡은 이분법적 틀이 조금씩 허물어지고 있다고 볼 수가 있는 것이다. 또한 이전에는 신춘문예나 동인지 활동으로 등단을 하는 경우가 많았던 것에 비해서, 1990년도에 들어서면서부터는 여러 경로로 등단할 수 있는 조건이 풍성해짐에 따라 시인들 또한 대거 나오게 되었다. 이는 시 전문 잡지의 창간과 잡지의 신인 공모가 늘어난 것과 관계가 있다. 이 지면에서 90년대 이후 등단하여 시집을 내거나, 나름대로 독창적인 시 세계를 펼쳐 보이고 있는 시인들을 열거하는 것은 불가능하기에 몇몇 주목할 만한 시인들을 중심으로 소략하게 정리하고자 한다. 필자의 게으름과 어두운 눈으로 혹시 누락된 시인과 시집들이 있을 줄 안다.

먼저 1991년 경향신문 신춘문예로 등단한 서규정 시인이다. 그는 시집 『황야의 정거장』『하체의 고향』『직녀에게』『겨울수선화』『참 잘 익은 무릎』을 통해 생활과 존재의 아이러니한 진실을 맛깔스러운 언어로 표현한 작품들을 주로 발표했다. '에콜'에 구애됨이 없이 자유롭게 시를 쓰는 시인이다. 말의 비장한 촉수를 예민하게 잡아내어 내면을 포착하는 솜씨가 뛰어난 시인이라고 할 수 있다.

박정애 시인은 1993년 국제신문으로 등단했다. 이후 『개운포에서』『가장 짧은 말』을 비롯한 여러 시집을 통해 삶과 현실의 진득한 묘의를 캐는 데 주력해왔다. 그의 시는 생명의 소중함과 이의 진실을 잘 풀어놓은 언어로 독자들 마음속에 자리 잡은 원초적인 생의 갈구와 에네르기를 끄집어내는데 능숙하다. 구수한 말법과 시원하게 나열하는 언어구사 또한 구어口語의 질감을 박진감 있게 표출하는 시적 특징이기도 하다.

1993년 부산일보로 등단한 송유미 시인은 줄기찬 시적 변용으로 자기만의 독특한 시 세계를 실험하고 있는 시인이다.『당나귀와 베토벤』『살찐 슬픔으로 돌아다니다』를 비롯해서 여러 권의 시집을 상재한 바 있다. 꾸준하게 자신의 시 영역을 확대하는 노력을 보여주면서 존재와 내면의 깊이 있는 성찰을 눈에 띄게 확보하고 있는 시인이다.

김수우 시인은 1995년《시와 시학》으로 등단한 이후 시집『길의 길』『당신의 옹이에 옷을 건다』『붉은 사하라』 등을 상재하면서 이미 독특한 언어의 길을 닦아놓고 있다. 삶의 기나긴 여정에서 비롯하는 내적인 울림을 마치 건조한 육성으로 들려주듯, 그의 시는 하나의 수묵화 같은 색채를 조금씩 채워 넣는 중인 것 같다.

삶의 성찰과 현실에서 겪게 되는 여러 가지 감성의 잔상들을 보여주는 시인들 이외에도 모던하면서도 언어의 모서리를 훑어내는 시인들의 활약 또한 이 시대의 값진 성과물이다. 모더니즘의 기류를 계속 이어오면서 점점 확충하는 듯한 시 언어의 질감을 보여주는 시인들이 그렇다. 여기에 속하는 몇몇 시인들을 살펴보자.

김경수 시인은 1993년《현대시》로 등단하여『하얀 욕망이 눈부시다』『다른 시각에서 보다』『목숨보다 소중한 사랑』『달리의 추억』『산속 찻집 카페에 안개가 산다』의 시집들을 펴냈다. 생활 속에서 펼쳐지는 잔잔하고 소박한 일상들의 의미를 각양각색으로 진단하는 그의 시들은 때로는 적절한 비유로, 때로는 낯선 상징으로 우리에게 다양한 세계를 경험하도록 한다.

박강우 시인은 1998년《현대시학》으로 등단했다. 시집『병든 앵무새를 먹어 보렴』을 펴냈다. 박강우 시인 또한 다양한 시적 언어로써 사물과 존재, 그리고 세상을 바라보는 그만의 독특한 시각을 견지하고 있다. 그의 시들은 현실과 환상의 경계를 무너뜨리면서 시적 세계의 참신한 영역을 줄기차게 탐문하는 자세를 잃지 않고 있다.

김형술 시인은 1992년《현대문학》으로 등단했으며, 시집으로『의자와 이야기하는 남자』『의자, 벌레, 달』『나비의 침대』『물고기가 온다』

『무기와 악기』 등 여러 시집을 냈다. 규범과 관습을 비트는 그의 시 쓰기는 대체로 난해한 편이지만, 끊임없이 언어와 사물의 틈을 비집고 들어가려는 노력은 시단의 소중한 성과물이다.

조말선 시인은 1998년 부산일보와 《현대시학》으로 등단했다. 『매우 가벼운 담론』『둥근 발작』『재스민 향기는 어두운 두 개의 콧구멍을 지나서 탄생했다』 등의 시집을 통해 현실의 녹록치 않은 갈등과 내면의 생채기를 보여준다. 그의 시는 불화하는 세계 존재와 자신과의 내밀한 대화이자 독백이다. 늘 신선한 시 언어의 결을 느끼게 하는 시인이다.

김언 시인은 1998년 《시와 사상》으로 등단하여 『숨쉬는 무덤』『거인』『소설을 쓰자』와 같은 시집들을 펴냈다.

이밖에도 김참, 김영미, 김혜영, 안효희, 노준옥을 비롯한 시인들이 자신만의 독창적인 세계를 실험하는 작품들을 줄곧 세상에 보여주고 있다. 대체로 '시와 사상' 출신의 시인들이 활발하게 활동하는 것을 볼 수 있는데, 이는 90년대에 야심차게 창간된 시 전문 계간지에 대한 독자들의 호응과 반응이 한몫을 했기 때문일 것이다. 그리고 좀 더 넓어진 문학의 기반을 바탕으로, 문화재단의 지원과 여러 후원인들의 격려 속에서 이루어낸 성과도 또한 무시할 수 없다. 하지만 무엇보다도, 지역과 중앙의 작품성의 차이가 거의 없어진 지금 시인들의 꾸준한 시 수업과 시인들끼리의 눈에 보이지 않는 창작에 대한 열의와 경쟁이 오늘날과 같은 풍성한 시적 열매를 맺게 하지 않았나 조심스럽게 진단해 본다.

이와 함께, 90년대부터 본격적인 작품 활동을 시작하면서 2000년대를 지난 시점까지 독자적인 활동을 보여주고 있는 시인들이 적지 않다.

1986년 시집 『고독한 자의 수레』를 내고, 1989년 동인지 《문예수첩》으로 시작활동을 시작한 정의태 시인은 시집 『이제 우리 가깝다 하나』『섬에 와 섬이 된다』『까치는 늘 갈 곳이 없다』를 펴냈다. 자연과 서정의 질감을 잘 드러내는 그는 짧고도 경구적인 언어로 신선한 특징을 보여준다.

　조해훈 시인은 『히줄래기』 『붕어빵』 『실크로드 사람들』 『공산당』 『구학재』들을 비롯하여 여러 권의 시집을 내었다. 그의 시들은 생활과 여행, 그리고 일상에서 느끼는 소박한 정감을 쉬운 시어로 표출하고 있다. 이런 점에서 독자들이 쉽게 다가설 수 있는 시편들이라 볼 수 있다.

　최원준 시인은 1987년 《지평》으로 작품 활동을 시작했고, 1995년 《심상》 등단으로 본격적인 시 세계를 열어 보인 시인이다. 『오늘도 헛도는 카세트테이프』 『금빛 미르나무숲』 『북망』과 같은 시집을 통해 현실에서 부딪치는 여러 사실과 느낌들을 생명의 신비한 촉감과 언어로 한 점씩 찍어낸다.

　1990년대 말과 2000년을 즈음해서 새롭게 등단한 시인들도 제각각의 작품 세계를 보여준다. 송진, 이채영, 정진경, 강정이, 최정란, 신정민, 이영옥, 유지소, 박재율, 박선희, 김요아킴, 권정일, 전홍준, 전다형, 이동호 등이 새롭게 문단에 얼굴을 드러냈다. 이들 말고도 수많은 시인들이 2000년 이후 여러 경로를 통해서 시인으로 새 출발을 했다. 시인들의 수만큼이나 다양한 시의 세계를 보여주는 작금의 부산시단은 덩치를 점점 키워나가는 문단 조직의 외형처럼 요동치고 있다. 모더니즘 시의 지속적인 자기 발전과 갈래 속에 전통 서정시와 자연의 풍광을 노래하는 시, 그리고 종교적인 색채를 띠는 시들까지 바야흐로 부산 문단이 부산스럽다. 늘어가는 시인의 수만큼이나, 이들 시인의 다양한 시 작품을 한마디로 규정하기란 언감생심일 터이다. 그러나 지난 수십 년 동안 자신들의 세계를 닦아 왔던 선배 문인들의 노력과 열성이 없었다면, 오늘날과 같은 풍성한 자리를 마련할 수 없었을 것이다.

　문학인들이 가장 경계해야 할 사실들이 있다. 모두들 알고 있는 것처럼, 염불에는 관심이 없고 젯밥에만 눈독을 들이는 행태들이 최근 몇 년 동안 부산 문단을 더럽혀 왔다. 이는 비단 특정 단체에서 벌어졌던 눈 따가운 사건들을 염두에 둔 말은 아니다. 시단詩壇의 덩치가 커지는 만큼이나 독자들의 수요에 응답하고, 이들 독자들의 눈높이에 가늠하는 작품을 널리 알리고 보급하는 일이 중요하다. 보이기 식의 행사는 물론 아주 쓸모없는 일은 아니다. 독자들에게서 시인이 하늘의 별만큼이나 멀었던 때가 있었다. 불과 몇 십 년 되지 않는, 멀지 않는 과거의 일이다. 요즘에는 시와 독자의 거리가 옛날보다 가까워졌다. 현실 속의 문학의 자리를 생각할 때, 우리 시인들이 해야 할 일이 무엇인가는 자명하다. 부산 시단의 역사와 환경은 그리 풍요롭지만은 않지만 황무지처럼 아주 척박하지도 않다. 커진 덩치만큼 우리 시인들의 내면과 작품의 질도 한층 좋아졌으리라 생각한다.

부산의 문학은 다른 지역보다 남다른 데가 있다. 그것은 시든 소설이든, 집요하게 파고들어가는 뚝심이 아닐까. 한국 문학의 자장에 완전히 자유롭지 않으면서도 나름대로 색깔 있는 문학의 세계를 창조한 곳이 바로 부산이다. 1990년대 들어, 여러 시인들이 환경과 생태, 그리고 사회의 그늘 진 면모들을 파헤치는 작품을 썼다. 그런 중에도 어쩌면 매너리즘에 빠져서 새로운 변화를 주지 못하는 시인들 또한 부지기수다. 무엇이 올바른 것인가는 확정짓기 곤란한 물음이겠지만, 2000년대에 접어든 지 십 년이 지난 시점에서 다시금 시란 무엇인지, 고민하는 자세로 돌아갔으면 한다. 시로써 형상화하는 모든 것들은 바로 사람과 우주, 그리고 존재의 인드라 망에 이미 포섭된 것들이다. 부산 문단이 다시 활기를 띠기 시작한 최근에 시인들은 자기가 속해 있는 '에콜'이나 문단 조직에서 자유롭지 못한 듯하다. 대체로 예전과 다른 시 지형을 보여주고 있는 오늘날의 부산 시단은, 기존의 창작 행태가 보여준 구태에서 벗어날 필요가 있어 보인다. 다양하고 놀랄 만큼 새로워진 한국 사회의 방향과 풍경 속에서 '각개전투' 하면서 맺는 시의 알찬 열매를 바라면서 글을 마무리 짓고자 한다.

정 훈 문학평론가. 2003년 부산일보 등단.
평론집 『시의 역설과 비평의 진실』

부산 지역의 시 소집단 운동
- 1970년대 이후를 중심으로

신   진(시인, 동아대 교수)

1.

우리나라의 현대문학사가 창조, 백조, 폐허 등 소집단 운동을 통해
그 여명을 맞았음은 두루 아는 사실이다. 소집단 문학 활동은 오늘에
이르기까지도 우리 문학사 진전의 한 축을 담당하고 있다. 시문학, 특
히 각 지방의 시문학은 소집단 운동에 의해 주도되어 왔고 주도되어
왔다고 해도 과언이 아니다. 전국적인 시인단체나 광역시도의 단체와
같은 문학 대집단이 친목단체로 전락하거나, 인맥과 명분에 따라 움
직이는 이익 집단으로 타락하기 쉬운 데 비해, 지역의 시문학 동인이
나 편집동인 같은 소집단들은 상대적으로 나름의 순수성과 독자성을
지키기 용이했던 까닭이기도 하다.
바꾸어 말하자면 민족 문화의 토양이 되는 시의 운명이 몇몇 개

인의 노력과 헌신에 맡겨지다시피 한 셈이다. 이는 국민적 문화수준이 취약하여 문학에 투자되고 할애될 시회적 능력이 부족한 데에서도 그 원인을 찾을 수 있고, 국가 권력과 경제력의 서울 집중 현상 역시 지역문화, 지역문학의 정상적인 발전을 저해한 탓이기도 하다.

더군다나 다른 장르에 비해서 저자는 많고 독자가 적은 시의 경우, 서울에서 발간되는 유수한 전문지들조차 특정 인간관계를 중심으로 편집 운영되는, 소집단적 태도를 벗어나지 못하는 사정을 감안하면 서울 외 지역 시단에 있어 소집단 활동이 지역시단의 실제적인 견인차가 되고, 각성인자가 되어야 하는 사실은 당위로 받아들여질 만한 일이라 할 것이다.

부산 지역의 시문학도 편집과 집필을 겸하는 소집단 활동이 견인차 역할을 해 왔다 할 수 있다. 1935년 초량동에 거점을 둔 《생리》(유치환 주간), 임시수도 시절인 1952년 부산대, 동아대 학생들을 중심으로 내놓은 송영택, 천상병, 이동준, 김일곤, 김재섭, 고석규 등의 동인지 《신작품》, 1953년 조향이 주도하고 정영태, 이민영, 노영란, 안장현 등이 참여하였던 초현실주의 중심의 '현대문학연구회'와 1956년 감마 동인이었던 구연식, 김춘방, 조봉재, 정화식 등의 동인지 《가이거(Geiger)》, 그리고 1962년 최계락, 조영서, 김규태, 박철석이 편집인이 되었던 《시기(詩旗)》, 1965년 김규태, 손경하, 조순 등이 편집동인이었던 《신어》 등 현대적 서정시 운동이 초창기 부산 시단의 줄기를 형성했다.[1] 1974년에 창간을 보아 오늘날 부산 시인협회 회원의 기관지 《부산시인》이 된 《남부의 시》도 초장기엔 소집단 시운동에 불

---

1) 양왕용, '해방기와 50년대의 부산시문학사' 『부산문학사 50년사』, 부산광역시 문인협회,
　　40~41쪽.
　　김준오, '부산시문학의 6 · 70년대' 같은 책, 65쪽.
　　박철석, '부산시인이 걸어온 길' 『부산시인』, 2003, 여름. 28쪽.
　　좌담 '부산시인의 발자취' 같은 책, 15쪽 참조

과한 것이었다.[2]

소집단 활동은 구성원들의 갹출에 의하건 지원을 받건 운영경비를 스스로 조달해야하는 어려움을 감수하는 대신, 독자의 과소에 크게 신경을 쓰지 않는, 나름의 시작 활동을 할 수 있다는 특징을 갖는다. 전시대의 시와 삶에 대한 비판의식과, 문학적 지역 의식은 특정 시기나 지역에 그치지 않고 확장, 발전할 수 있는 소집단 시운동의 의의이기도 하다 할 것이다.

부산 지역의 소집단 시운동이 전국적인 반향을 일으키기도 했다. 임시수도이던 시절의 얘기이지만 부산지역에서 청록파적 전통 서정에 반기를 들었던 조 향, 김규동, 김차영, 이봉래 등 [후반기] 동인은 우리 현대시사에 현대적 감성의 축을 확고히 하려하였고 언어적 실험의 전형을 보였다. 하지만 [후반기]가 지역 소집단 시 운동이 나아갈 지침이 되는 건 사실이지만, 이는 지역의 정통 소집단 활동이기보다 임시수도시절 전국 시단의 주도권을 다툰 임시적 중앙 시단 활동이었다 할 것이다.

정치적 지방자치제가 본격화할수록 소집단 활동을 중심으로 하는 지역 문학운동은 그 필요성이 강조되는 한편 자성과 비판의 대상이 되기도 한다.[3]

지금 부산지역의 시문학은 지금 독자적인 발전의 길을 찾을 것인가, 아니면 영상 전자매체의 홍수 속에 나락에 빠지고 말 것인가 하는 위기에 있다. 지역 시단의 허심탄회한 반성과 성찰은 부단히 요구되어

---

2) 초기 편집위원은 조순, 허만하, 김규태, 이형기. 실무는 임명수, 박응석 등인 《남부의 시》는 소수의 편집동인이 발간했다. 제 2집부터 부산시인협회를 발행처로 하였지만 소집단 시인의 사화집 형태였다가 1989년 13집부터 초대 부산시협의 회장으로 허만하 시인이 추대되고 부산시협의 회원이 급격히 늘어나면서 대집단적 성격을 띠게 된다.(임수생, 임명수, 좌담 「부산시인의 발자취」같은 책, 15-16쪽 참조)
3) 대표적인 것으로는 《문학사상》 1990. 5월호, 오양호, 이태수, 박양호, 나태주, 송재영, 구모룡, 문순태, 서준섭 등의 논의와, 《실천문학》 1995. 겨울호 최원식, 이강은 등의 논의. 이에 관한 정리는 남송우의 '지역문학의 현황과 과제' 생명과 정신의 시학(《전망》, 1996) 11-23쪽 참조.

왔거니와 소집단 시운동이 문화적 순수성과 열정을 무기로 다시 한 번 역할을 해주기를 기대하는 시점이기도 하다.

　2.

　1960년대 말부터 1970년대까지 부산의 소집단 시운동은 [부산문우회], [전원문학회]라고 하는 고등학생들과 그 졸업생들에 의해 불타오르고 있었다. 이들은 고교생 대상 전국 문예콩쿨을 석권하며 이십 명 남짓 되던 부산 지역의 성인 시인들보다 더 왕성한 활동을 벌여 문학의 밤, 시화전등에 지역 시인을 초청 시인으로 초대하기도 했다.
　[전원문학회]의 경우 문학도 중심의 행사에서 벗어나, 시 퍼포먼스, 음악, 무용 등 예술공연 외《문예부락》,《토》등의 동인지도 발간, 한 때나마 학생, 시민들로부터 상당한 인기를 누리기도 했다.[4]
　70년대 부산지역의 성년 시문학이 활성화 되는 계기는 1972년 창간한 김인환의《시인들》에서도 찾을 수 있을 것이다.《시인들》은 서울 외의 지역으로는 최초로 발간되었던 시 전문 월간지로 지역 시인들의 용기를 북돋우었고 서울에서 남하해 온 김인환 시인 개인의 크나큰 시적 모험이기도 했다. 그에 이어 주로 미등단 문인들에 의해 부정기 종합문예지《남부문학》도 발간되어 본격적인 성년 시의 시대를 열었

---

4) 1960년대 후반, 부산의 청소년 문사들은 전국 대학교나 고교생 대상 문예지 문예콩쿨의 상을 휩쓸다시피 했다. 이들 중엔 습관성 표절이 밝혀진 경우도 종종 있었지만, 당시 부산이 전국 수상자 과반수 이상의 수상자를 내었다 해도 과언이 아닌 지역이었다. 이런 추세에서 결성된 임신행, 김종해, 김창근, 유익서, 하일, 하계열, 최화수 등의 [부산문우회]가 3년여 기간에 단명했다면, 1968년부터 30여년 지속된 [전원문학회]의 초기 문학행사장은 프로 야구 이전 고교야구 시대가 그랬듯, 부일프레스홀, 고려예식장의 대강당이 만원사례, 입장불가 사태를 빚을 지경이었다. 초기를 주도한 멤버는 고(故) 김석주, 신진, 정현호, 조귀자, 이규환, 이형택, 김성관, 조욱종, 조영옥, 구인숙, 정진국, 김삼영 등.

으니 김석, 김용태, 소한진, 송상욱, 최휘웅 등이 초현실주의를 표방
한 시 편집회원들.

1976년에 창립되어 20여년 활발하게 활동했던, 강남주, 신진, 원광,
이문걸, 임명수 등의 [목마] 시문학 동인5)은 본격적인 창작 시 동인의
시대를 연다. 시적 경향은 다양하지만 대체로 청마류의 서정을 계승
했다 할 수 있고 중앙 문단의 눈치를 보지 않고, 개방적인 시작과 현
대시의 대중화 운동을 펼치자는 것이 의지를 보였다. 전국적으로 본
격적인 소집단 문학활동이 거의 없던 시기에 부산에서 탄생, 7, 8십년
대 지역 소집단 시 활동의 기폭제가 되었다. 활발한 동인지 발간 외,
시인과 독자의 만남, 문학강연회, 여름철 해변 시인학교, 심층 문학토
론회 등을 열어 시인지망생, 오피스걸, 주부들의 호응을 얻었다.

1980년에 20대의 시인들에 의해 탄생한 강영환, 강유정, 박태일, 엄
국현, 이윤택 등 비교적 젊은 시인들의 [열린시] 동인은 80년대 전반
의 한국시단에 다양한 주제의식과 구성원 모두의 개성적인 언어로 신
선한 자극이 되었다. 특히 이윤택의 도시적 삶에 대한 갈등과 도전,
박태일의 향토적 서정의 현대화, 강영환의 소시민적 삶의 비애와 풍
자는 한국 시단의 신선한 자극제로 떠올랐다.

> 영감 재운 뒤 아들 보내고
> 난리통 쌕쌕이소리 잠만 회쳤지
> 당산 마루 회나무에 숨은 풀꾹이
> 니 잠 내가 말렸나, 봉창문 걸고
> 가슴팍 헤쳐 놓고 깎는 회리밤.

- 박태일 〈의령댁〉 일부, (열린시 4집)

---

5) 창립 초기에는 이승하, 이아석 시인이, 말기에는 정순영, 정영태, 서정원 시인이 일시 참여하
기도 했다. 이들은 1996년 해체를 결의했고, 그 후에 창립하여 오늘에 이른 제2의 목마 동인
과는 분명히 구분되는 것이다.

3음보 전통 율격을 바탕으로 의령댁, 풀꾹이, 회리밤 등 향토어로 이미지의 토착 정서화를 시도한 시이다. 이른바 고유의 화병(病)을 민중적 정서와 이미지로 형상화한 작품이다. 백석 시인을 계승, 당대화하였다는 관점에서 바라볼 수도 있을 것이다.

권위주의적 정치 현실에 대해 사실적인 비판의 목소리로 에콜을 형성했던 [시와 자유] 동인. 1982년 창간호부터 김석규, 김영준, 김창근, 김철, 박상배, 박응석, 박태문, 이상개, 이해웅, 임수생 등 동인이 지금껏 꾸준하게 활동하고 있다. 다른 동인들이 시기의 의의에 부합하는 활동을 마친 후에는 동인을 해체하고 마는, 한국 시문학 동인의 속성을 넘지 못한 데 비해, [시와 자유]는 오랜 기간 부산시의 문예진흥기금에 힘입으면서 지금껏 지속적으로 동인지를 발간하는가 하면 역내 문단 움직임에도 많은 관심을 기울여 돌아가며 부산시협 회장을 거치는 등 지역 문단과 시단을 움직이는 중심축의 하나가 되었다.

그 외에 80년대엔 순수 언어미학을 극명하게 이끌어간 김성춘, 박청융, 양왕용, 유병근, 진경옥, 하현식 등의 [절대시] 동인, 실험적인 이미지로 내면을 상징화한 차한수, 조의홍 등의 [탈] 동인, 강갑재 동길산, 류명선, 이응인, 최규정, 최영철, 허철주 등 사실적 서정 신인들의 모임 [시와 인간] 동인 등 다수의 시문학 동인이 등장했다. 이들은 구성원 상호간 격의 없는 작품토론과 동인지 발간을 통해 비교적 시 운동의 순수성을 잃지 않으려고 노력했고, 이러한 분위기는 본격적인 종합문예지 성격의 부정기 간행물 [지평]과 [전망] 편집 동인 외 성별 출신지별 소집단 활동의 기반이 되고 촉매가 되면서 부산지역 문학의 활성화에 기여하였다 할 것이다.

[목마], [열린 시], [시와 자유], [절대시] 등 다수의 동인이 한국 문예진흥원으로부터 우수 동인으로 선정되거나 문예진흥지원금을 받는 행운을 누리기도 했다. 하지만 70-80년대 동인지 시대 역내 시 동인

활동이 지역 시의 앞날을 위해 긍정적인 역할만을 한 것은 아니다. 지역을 기반으로 하는 소집단의 의지가 지역에서 성취되도록 노력하기보다 서둘러 서울 쪽에 선전하고 줄서기를 서두르는 촌극도 없지 않았고, 소집단의 인간적인 결속이 이기화 하여 자기 구성원의 문단적 실리를 극대화함으로써 지역 시단을 타락하게 하고 시적 정체성이 훼손되는 우를 범하기도 했다. 또, 소집단의 시적 자기도취나 지역 내 현실안주가 불필요한 다작(多作)과 안일을 초래하기도 했다.

이러한 과제와 한계들은 시적 순수성— 기존의 시와 삶에 대한 끊임없는 도전과 창의로 극복해야할 과제였다. 시 소집단과 지역 시문학의 정체성을 찾고 그를 바탕으로 전국화, 세계화를 도모하는 지역 소집단 시문학운동의 본질적 의의를 놓치거나 방기하지 말아야 할 과제를 남긴 것이다.

3.

1990년경부터 부산시단은 우선 양적인 급팽창을 보였다. 사실성과 상상력을 통합하는 새로운 서정을 지향한 강남주, 배광훈, 이몽희, 이병구, 의사 정영태의 [신서정] 동인, 해체주의 이후의 신세대적 감각을 표방한 [행간] 동인, 그리고 김상균, 박윤규, 우동엽, 이문영, 이선형, 이희철, 전기웅 등 모더니즘의 세례를 받은 서정시 그룹 [시작업 이후] 동인, 김명옥, 김상균, 김영옥, 박윤규, 이자영, 이남기, 오세희의 [시와 숲] 동인, [예감], [갈매시], [평행시] 동인 등이 문학의 위의가 송두리째 뽑혀나가는 사회적 악조건 속에서도 순수 소집단 시 활동의 전통을 이으려 했다. 하지만 이들의 열의 어린 활동도 급격히 다가오는 사회, 역사의 전자 기계화란 벽을 뛰어넘고 시대적 사명을 실천하기엔 역부족이었다.

이유는 크게 두 가지. 첫째는 지역은 물론 전국적인 현상으로, 전자
·영상 매체 시대, 시의 죽음기에 직면, 동인지 운동의 전반적인 퇴
조 현상. 둘째는 동인들 자체의 문제로, 동인 스스로 시에 대한 자기
헌신이 부족했고, 동인 활동을 입신의 목적에 부합시키려 하는, 순수
성에서의 일탈에서 찾을 수 있을 것이다.

게다가 지역 문인협회, 시인협회 등의 기관지가 이전보다 갑절 이상
의 지면을 제공했고, 종합 문예지는 물론 시 전문 문예지도 속속 창간
되어 상업주의 문단, 매명주의 시단의 시대를 열리게 되었다. 그 와중
에서 강남주, 강영환, 정순영, 등 서정시인들이 주도한 월간《열린시》
가 현실과 서정의 통합으로 전국적인 도약을 꿈꾸었으나 안팎의 원인
에 의해 사라졌고, 의사시인 정영태가 주도하여 창간한 계간《시와 사
상》은 그 수준과 결속력으로 보아 우리 지역의 대표적인 시전문지로
자리를 잡은 느낌이다.

《시와 사상》은 중앙 일변도인 한국 문학 판에 지역 패권주의를 부
르짖으며 1994년 여름호를 창간호로 탄생되었다. 창간 당시부터 모
더니즘을 추구, 결호 없이 발간하였고, 내용면에서도 중앙지에 손색
이 없다는 인정을 받고 있다. 그동안 지역의 시인, 평론가, 출판사, 후
원회원, 독자들의 후원에 힘입기도 하고 우수 문학 잡지로 선정되어
문예진흥원의 지원금을 받아냄으로써 재정적인 발판도 마련했다.
1994년 창간 당시의 발행, 편집인은 정영태, 편집장은 송유미, 기획
위원은 김경수, 박강우, 이근대, 박치환, 최원준, 정대현 등이었고, 현
재 발행인은 김경수, 편집인 최휘웅, 주간 박강우, 고현철, 송희복, 허
혜정, 김혜영 등이 편집위원으로 활동했고, 편집장은 노준옥. 이들이
편집 동인의 책임자들인 셈이다.

《시와 사상》 편집 동인이 표방하는 21세기적 모더니즘과는 대칭적
인 입장, 즉 현실주의적 태도를 견지하면서 지역 서정문학의 또 한 축
을 담당하는 시 전문 문예지가《신생》. 이해웅, 구모룡 김경복 이성

희, 조성래 등 중견시인과 문학평론가가 주도했고, 박정애, 진명주 시인 등이 가세하였다. 1999년 10월에 창간, 처음에는 '서정으로의 귀환'을 내세웠다가 21세기를 예비하는 삶의 모색과 생태학적 전망, 생명의 존중이라는 주장을 분명히 했다. 탐미적이고 화려한 모더니즘 시에 맞서서 문학 본연의 가치와 윤리―시 본질의 진정성을 생태주의에서 찾고자 한다. 시단의 무잡성을 정화한다는 차원에서 신인을 아예 배출하지 않는 것도 《신생》의 자긍심이라 할 수 있다. 산업화 시대에 나타났던 자연과 생태에 대한 위기적 인식에서 한걸음 나아가 자본주의적 욕망에 대한 경고와 대안에 이르는, 폭넓은 자연친화적 사유와 문학이 필요하다는 것이 신생의 시각이다.

간간히 결호를 내기는 했지만 이들에 버금가는 의욕을 보이는 계간 시전문지로 《시의 나라》가 있다. 발행인은 류명선 시인. 1998년 11월 창간, 동인지 성격의 필자 중심 문예지에서 독자들의 요구에 부응하는 전문 시지 보급을 목표로 하고 있다.

1998년 양산에서 동인지 형태로 시작하여 2004년 시 전문 계간지로 등록한 《주변인과 시》는 2009년 봄호부터 부산에서 새 둥지를 틀었다. 발행인 겸 편집인은 한창옥 시인. 역량 있는 시인들을 발굴, 중앙 시단에 도전하겠다는 포부를 밝히었지만 《시와 사상》이나 《신생》과 같이 서울 등 외지 시인들이나 편집위원들에게 많은 지면을 할애하고 있다.

그 외에도 인적 자원을 바탕으로 하는, 편집 소집단 성격의 여러 문학회가 생겨났다. 성별, 출신지별, 현 거주지별 각종 문학회가 결성되고 다투어 사화집을 내놓고 있다. 어려운 여건 속에서도 시적 열정의 순수성을 어느 정도라도 유지하자면 동인활동에 매달려 볼 수밖에 없는 것이다.

1990년대 후반에 재결성한 [목마] 동인은 과거의 멤버 이문걸 시인 외 장영희, 백영희, 문인선, 조규옥, 김시월, 목영해, 서경원 등이 참여하고 있고 [시로] 동인은 [시와 인간]을 계승, 임종성, 강갑재, 강문출, 이은숙, 양월희, 김미선(김곳), 서영상 등 서정시인의 사화집을 내놓았다.

[부산 시문학 시인회]는 월간 시문학 등단 시인들이 강남주 시인의 주도로 1994년부터 동인지를 발간해 왔다. 시낭송회, 독자와의 대화, 시와 사진전, 초청강연, 해외 심포지움, 문학세미나, 문학기행 등 많은 문학행사로 저변화대와 자기 발전 도모해 왔다. 현 회원은 강남주, 강정화, 김인권, 김지숙, 배기환, 백영희, 송인필, 윤정숙, 이몽희, 이병구, 이혜화, 장동범, 조민자, 조영희, 최지인, 탁영완, 한경동 등이다.

[시와 언어] 동인은 모더니즘적 서정을 겨냥했다. 기존 멤버 진경옥, 김성춘, 나영자, 양왕용, 이은경, 정선기 등에 새로 류정희, 김옥남 시인이 참여하였고, [시작업] 동인은 박윤규, 전기웅, 김상균, 이희철, 김중일, 김인권, 우동엽, 이문영, 이선형 등이 경우에 따라 참여하고 빠지는 등 개방적으로 운영되고 있고 부산시단 중견 시인의 한 축으로 성장했다.

[얼토] 시 동인은 순수하고 진지한 시작활동을 통해 선후배 시인들 사이의 소통을 원활히 하고, 부산을 넘어 부울경 시단의 정통성을 세워보자는 뜻에서 2006년에 결성. 3권의 동인지를 낸 후 신진은 탈회했고 현재는 강경주, 강영환, 김태수, 박구경, 박정애, 오정환, 정대현 등이 참여하고 있다.

1996년 강경주, 서규정, 최영철, 김형술, 권애숙, 이선형 시인이 결성한 [월요시] 동인은 2001년 1월부터 월례 정기 모임인 월요시 포럼을 열어 2년동안 부산과 전국의 시인들을 초청 현대시를 성찰하고 토론한 의미 있는 모임을 가졌다. 2기 동인이라 할 수 있는 정익진, 김종미, 신정민, 조풍호, 원무현, 송진, 고명자 시인 등이 2009년 1월 지지부진하던 활동을 재개하였지만 활동은 순조롭지 않은 듯.

박청륭, 하현식, 최휘웅, 정영태, 변의수, 정익진 등은 《시21》이란 동인지를 발간 과격 심미 모더니즘 시의 당대적 당위성을 역설했다.

《시와 사상》 출신이 주축인 [이토모] 동인. 정익진, 김영미, 안효희, 김종미, 김혜영, 노준옥, 전명숙, 김언 등은 이 자리에 앉아 10년 넘게 작품 토론과 시적 진로를 모색해 왔다.

그 외에 양은순, 정여, 안태봉, 김기원 등의 시 동인 [동래차밭골], 시작(詩作) 동인(회장, 수예)이 있는가 하면 [사이버 시인회의]가 결성되기도 했다. [사이버 시인회의]의 대표위원으로 추대된 시인은 [열린 시]의 강영환.

2천년을 전후해서 시의 대중화 바람. 시낭송회, 거리시 낭송회, 시화전, 시행위전, 시노래작업, 시도자기전 등 시와 타장르와의 통섭 작업도 다채롭게 전개되었다.

2001년 강은교, 강영환, 최영철 시인이 공동 대표를 맡아 매달 세 번째 금요일에 소설가 김성종씨가 운영하는 해운대 달맞이 언덕 추리 문학관에서 가진 [시바다— 시 낭송회]는 주목을 끄는 시 행사였다. 2001년 4월부터 매월 부산지역을 중심으로 하는 전국의 중견시인들이 초대되어 자신의 문학관을 설명하고, 독자와의 대화 시간을 가졌다. 중반에는 강은교, 전다형, 손택수, 김수우 등이 시바다 시치료라는 새로운 차원의 시극을 보였고, 동아대 '글패 고갱이'의 몸시 퍼포먼스와 [강은교의 시치료]가 화제가 되기도 했다. 후에 밀양 연극촌으로 옮겨 강은교, 이윤택 시인이 공동 연출, 4분기별로 시 퍼모먼스와 시극이 시도되었으나 2006년 이후 중단되고 말았다.

[시를 짓고 듣는 사람들의 모임](회장 안태봉)은 1996년 12월에 시작, 현존 부산 시낭송 모임 가운데 연륜이 오래되고 활동이 꾸준한 단체의 하나이다. 매월 넷째 화요일 오후 6시 30분에 개최하고 매 10회마다 시낭송상을 시상하고 있다.

[시울림 시낭송](회장, 이해웅)은 2002년 4월 출범. 매월 한차례 중

구 광복동 국제레코드 아트홀에서 가지다 서면 영광도서로 옮겼다. 시낭송회, 시행위전, 시도자기전 등도 시도했다. 무엇보다 회원 시인들과 초청 시인들의 수준을 높이면서 시인 간 원활한 소통의 장도 마련한다는 것이 시울림 시낭송회의 방침. 낭송의 기술보다 시적 수준을 더 고려하고 있다.

[부산문화연구회](회장 김성배)는 해운대 대천공원 등에서 '낙(樂)-난리굿판'을 몇 차례 열었다. 시낭송, 무용시, 시행위전, 동화낭송회 등 다채로운 시 퍼포먼스를 선보이는가 하면 지하철 게시 시화 선정에도 고심을 보이고 있다.

근간에 특히 돋보이는 시 동인으로 [세드나]를 들 수 있다. 원로 시인 허만하를 위시, 김참, 김형술, 정익진, 조말선, 김언 등 연령 고하와 등단 시기를 가리지 않은 당대의 모더니즘 계열 기라성들로 결성된 [세드나] 동인은 지역 시단의 모더니즘 시 전통을 결집하여 새롭게 일떠세우려는 의지를 감추지 않고 있다.

> 고독이야말로 시인이 일할 수 있는 최선의 조건이다. … 세상에 실재하는 것은 존재자 또는 뚜렷한 윤곽이 아니라 안개 같은 분위기라 생각하게 되었다.[6]

허만하의 제2집 서문에서 보듯 이들은 허무주의와 상징주의에 연원을 둔 미적 모더니즘에서 에콜을 보인다. 신고전주의적 모더니즘과, 과격 모더니즘으로 차별점을 찾을 수도 있을 것이다. [Sedna]는 에스키모 신화에 나오는 바다의 여신이자, 2004년에 발견된, 태양계 가장 바깥에 있으며 그 성격이 분명하지 않은 유사 행성의 이름. 동인지는 단번에 문화공보부의 우수도서로 선정되는 혜택을 누리기도 했다.

이렇게 역내 소집단 시 운동은 그치지 않고 이어지고 있다. 세계를

---

6) 허만하, 서문「대화에도 발자국이 있다」『살구칵테일』, 세드나 동인회, 2012, 5쪽.

포기하고 시만을 택하는 방안을 모색하기도 한다. 하지만 오늘에 와서 지역 시인들에게 소집단 운동의 순수성과 대표성이 실감되지 않는 것은 웬 까닭일까?

지역 시인들 각자의 진정어린 관심과 참여의 부족도 그 원인이겠지만, 각 소집단이 소집단적 이익이나 일신의 보신책에 그치는 시로 자위하거나, 문학적 논리에 함몰되어 진정한 삶의 해방, 구체적인 삶의 슬픔에 연민하는 시를 내놓지 못하고 있는 것도 지역 시단의 공감을 얻고 구심점의 역할을 할 수 없는 우선적인 이유가 아닌가 한다.

소그룹 시 운동이 창작시 활동보다 전문 잡지 편집에 더 많은 노력이 경주되고 있는 것이 사실이다. 《문예시대》,《새나라문학》,《문학예술》,《문학21》,《한국 동서문학》 등이 지역 문학 단체 외 지역 시인들의 주요 무대가 되고 있다.

그 중에 2012년 봄에 창간되어 모든 원고에 원고료를 지급하는 부산 지역의 첫 문예지라 할 《한국 동서문학》(편집책임, 이석래, 박혜숙 등)은 보다 전문적인 편집 능력이 재고되어야 한다는 세간의 불평이 없진 않지만 지역의 시, 시조 시인들의 창작의욕을 높일 수 있는 계기가 될 수 있으리라 기대된다. 문제는 운동의 방향성을 구체화하고 지속적으로 실천하는 일일 것이다.

어쨌든 역내 시 위주 문예지들이 지면의 대부분을 지역 밖의 시인으로 채워서 책임을 모면하는 데 급급할 것이 아니라, 지역 내의 개성 있는 필자를 찾고 육성하는 작업을 본격화 하여 지역 문예지로서의 정체성을 찾을 때, 지역 내 시인들의 자발적 참여와 일정 수준이나마 독자도 확보될 수 있을 것이란 고언을 드리고 싶다.

사회적 자율화, 민주화가 추진되고 지방자치제가 실시되면서 산업계, 정치계, 교육계 각계각층이 난관에 부딪혀 홍역을 앓는 시대에 시 문학은 더한 난치병에 걸려들고 만 듯한 낙담을 지울 수는 없다. 부산 지역 시단은 정치적 지방자치 이데올로기에 매몰되면서 문학의 자치

제란 명분을 선점하기라도 하려는 듯한 투쟁에 휘말리고 있다. 소집
단 구성원들이 출세에나 은근히 힘을 들이고, 불필요한 출판낭비에
열을 올리면서 창작행위와 문학활동의 의미를 심각하게 훼손하는 것
이다. 이에 실망한 시인은 지역 시단을 아예 외면하여 지역 시문학도,
소집단 활동도 그 정체성을 잃고 말게 될 위기에 처한 것이다.

세태 탓이려니, 하고 외면하기에 그 파장은 심각하다. 이러한 행태
는 자칫 순수한 시적 열정을 꺾고, 지역의 훌륭한 시인, 문인들이 지
역을 외면하고 마는 악순환에 빠지게 한다. 다시금 옷깃을 여미고 뼈
를 깎는 성찰과 반성을 통해 지역 시문학의 정체성을 확립하고 시인
으로서의 순수성과 자존심을 회복해야 할 것이다. 지금의 명리나 지
금의 언어보다 '지금여기'의 삶에 고통 받는 소집단 시 운동의 실천
을 기대해 본다.

신 진 시인. 시문학 천료.
시집 『멀리뛰기』 『강』 외.
논저 『우리시의 상징성 연구』 외.
시문학상, 봉생문화상 수상.
동아대학교 문예창작과 교수.

한국 시문학 역사를 품다

배재경(시인)

　부산시인협회는 1974년 12월 20일 오후 6시 창립되었다. 장소는 대청동 미국문화원(미공보원) 센터회의실이며 박윤기 시인의 사회로 진행됐다. 이날 창립총회에 참여한 시인들로는 손경하, 허만하, 김규태, 조　순(시조), 하연승, 이수익, 박응석, 김영준, 정영태, 김상훈(시조), 박응석, 임명수, 하연승 시인 등으로 38명의 시인들이 부산시인협회를　발족하였다.

　이날의 시협 발족은 부산시인들이 지역 사회의 시문학 활동과 작품 발표를 펼침과 동시에 시인의 〈정당한 권익〉을 신장하고 창립과 동시에 기관지를 발행하여 시 창작 의혹을 고취하고자 하는 구심점이 될 수 있다는 데에 그 의의를 두었다.

　임원선출에는 이사에 허만하 시인, 김규태 시인, 조　순 시인, 감사에는 손경하 시인, 하연승 시인, 간사는 이수익 시인, 박응석 시인, 김영준 시인이 선임되었다. 하지만 '회장'의 직함은 사용하지 않기로 하였으며 대표이사를 허만하 시인이 맡았다.

부산시인협회 기관지로는 《남부의 시》가 창립행사 이전에 이미 창간호를 발행하였으며 초대 편집위원으로는 박윤기 시인이 맡았다. 또 협회 총무는 임명수 시인이 맡아 초창기의 부산시인의 역사를 만들어 갔다.

이후 매년 남부의 시를 발간하고 시낭송과 시화전을 개최하며 협회 발전을 이끌어왔다. 하지만 초창기에는 회원 수가 많지 않았기 때문에 주기적 행사를 펼치지는 못했다. 하지만 당시의 시인들은 부산을 대표한다기보다 전국을 대표하는 시인들로 오늘날 부산시문학의 터를 닦았다. 그리고 15년여가 지나 1989년 정식으로 외형을 갖춘 회장 체제를 구축하고 본격적인 사업들을 펼치게 된다.

제1대 회장을 허만하 시인이 계속 맡으셨고 부회장은 손경하, 박현서 시인, 사무국장은 강영환 시인이 맡아주셨다. 이때부터 부산시인협회는 모름지기 제 모양을 갖춘 단체가 된다. 회원들의 역점사업인 남부의시를 확대발간하고 회원동정 등 회원소통에 중심을 두었으며 부산시인협회상을 제정하고 기금마련에 나섰다. 그렇게 하여 제3대 김석규 회장 시절 제1회 부산시인협회상 수상자를 낸다. 공교롭게도 부산시인협회상을 제정한 허만하 초대회장이 수상하게 된다.

그리고 큰 변화는 제8대 임수생 회장 시 '남부의 시'를 '부산시인'으로 제호를 바꾸고 계간잡지화 시켰다는 점이다. 무엇보다 발간 횟수가 늘어나 회원들의 발표 욕구를 채워주었고 연4회 발간하는 계간화되면서 문학잡지로서의 기능을 하였다는 점이다.

이제 부산시인협회는 매년 11월1일에 시의 날에 '시의 날 기념 행사와 부산시인협회상 시상식'을 갖는 고유단체로 자리하였다. 그만큼 40여년의 세월 속에 한국시단의 한축으로 자리를 잡았다는 반증이다. 회원 수만도 500명이 넘는 문화예술단체로 성장한 것이다.

▣ 회원 강제 제명의 불명예 사건

2008년 11월 제10대(간선) 변종환 회장 때 이변이 있었다. 73명의 회원을 일괄적으로 회원에서 탈락시킨 것이다. 이는 강제 제명이었다. 탈락된 회원들의 항의가 신문기사화로 외부에 까지 노출되기도 하였는데 제명의 원인은 장기간 회비를 미납하였다는 것이다. 이는 시단을 끌어온 원로와 고문들은 예우 차원에서 회비를 면제 해주는 관례를 무시하고 무작위 탈락시킨 것으로 발끈하게 만든 빌미가 되었다.

등단의 최고 고문인 손경하, 박윤기(남부의 시 초대 편집국장), 신명석(동아일보 신춘문예), 김인환(시인들 발행인), 김의암(한국여성시 주간), 황양미(시협자문위원), 정일근(시협2대 사무국장), 최영철(시협 3대 사무국장), 정대현(문인협회 3대 사무국장), 정비동(시협 4대 사무국장), 조성래(시협 5대 사무국장), 서규정, 권태원, 정대영, 최휘웅, 허철주, 배광훈, 김보한, 윤소암, 나영자, 허철주, 송유미, 박정애, 배재경, 박말란, 박병출 등 이들은 시단을 함께 이끌어 온 주역들이었다.

중앙동에서 한 원로가 김광자 부회장을 불러 탈락자 명단을 내 놓았다. 당시 변종환 회장은 금융사고로 부재중이라 회장 직무대행을 조창용 부회장이 맡았는데 가을 이사회를 열게 되었다. 이사회에서 탈락자 명단을 발표하며 무작위 탈퇴의 부당을 설명하고 이들을 전면 복귀시켰다.

▣ 김동재 시인 교통사고 사망

부산시인협회에서 가장 불미스런 사건은 정기총회날 회원이 교통사

고를 당해 결국 사망한 것
이다. 그것도 총회를 마치
고 단체로 저녁식사 후 3
차 또는 귀가하던 중에 발
생한 사고여서 더욱 더 안
타까운 사건이 될 수밖에
없다.

1995년 2월28일 부산시
협 정기총회 및 제4대 회
장선거를 국제신문사에서

부산시인협회장으로 치러진 김동재 시인의 영결식.

치루고 식사 겸 뒷풀이를 신문사에서 100여미터 떨어진 곳에서 가졌
다. 식사를 마치고 다시 국제신문사 앞으로 오던 중이었다. 대다수가
지하철을 타러 가는 길이었다. 김동재 시인과 정한길 시인, 서규정 시
인이 보도길을 걸어가던 중 느닷없이 승용차가 인도로 돌진해 와 덮
쳤다. 서규정 시인은 약간 앞서 비켜나 있었고, 정한길 시인이 안쪽
을, 김동재 시인이 바깥쪽에서 걸었는데 안쪽의 정한길 시인은 우측
으로 멸려나 가벼운 상처만 입었지만 직접 부딪힌 김동재 시인은 붕
떠 5,6미터를 날아 떨어지는 중상을 입었다.

심한 뇌출혈로 의식을 잃은 김동재 시인을 급하게 근처의 대동병원
으로 옮겼다. 늦은 시각이라 의료진들이 퇴근하여 김인환 시인이 병
원 관계자에게 호통치고 다급한 상황이 되었다. 총회라는 한밤의 축
제가 아수라장이 되고 만 것이다.

사고는 인근 주유소에서 아르바이트로 일하는 20세의 무면허 청년
이 손님이 세워두고 간 차를 운전이 해 보고 싶어 몰고 나왔다가 사고
를 내고 만 것이었다. 운전 미숙이 낳은 엄청만 결과였다. 당시 김인
환 시인, 백 식 시인, 권경업 시인, 윤봉한 시인, 의식불명을 깨우려
고 스킨 캐어를 한 당시 양호교사 김광자 시인, 의식이 돌아오도록 줄

담배를 피우며 기다리던 서규정, 최영철, 허철주, 동길산, 김보한, 최원준, 박병출, 배재경 등의 후배들이 남아서 새벽까지 지켜보았다. 정진채 시인 등 일부는 해장국집에서 슬픔을 달래는 술잔을 기울였다.

다음날 3월 1일 백병원으로 이송하였으나 결국 식물인간으로 3월 13일 사망하였다.

시인협회장으로 영결식을 가졌다. 김동재 시인은 고교 2년, 중2년의 두 아들을 둔 가장이었고 모 건설회사에서 잡역부로 일했기에 생활이 어려웠는 데다, 가해자 청년 역시 무면허로 남의 차를 가져와 사고를 내었기에 보상금도 제대로 못 받는 상황이 되고 말았다. 결국 회원들이 나서 〈고 김동재 시인 조의금〉 모금을 했다.

▣ 역대 회장들의 주요 사업

■ 1974년 창립대표이사 및 제1대 회장 허만하(1989년~1990)

허만하 시인의 최대치적은 아무래도 1974년 창립부터 회장체제로 전환되고 1993년까지 실질적인 부산시인협회의 대표로서 부산시인들의 상징이었다는 점이다. 특히 회장체제 전환 이후에는 회원들의 권익확보와 안정적인 단체를 위해 큰 공헌을 했다. 특히 부산시인협회상 운용기금 모금을 처음 시작하여 2012년 20회 수상자를 내게 만든 공로자이다.

당시 회원은 약 120명 정도였으며 1990년 1월 15일 〈부산시인협회 회보〉 창간호를 발행하고 동년 4월 6일 대동빌딩에 〈부산시인협회〉 간판을 걸게 되었다. 이 현판식은 허만하 회장, 강영환 사무국장(중앙동), 이상개 시인(도서출판 빛남 대표)이 가졌다.

－초대 사무국장: 강영환(중앙동)

■ 제2대 허만하 회장(1991년~1992)

- 부산시인회보 창간호 발행(1990년 1월 15일)
- 부산시협상 제정
- 부산시인협회기금 조성: 회원 1인당 2만원(의무)
- 남부의 시 발간
- 연회비 정착.

■ 제3대 김석규 회장(1993~1994)

-사무국장 : 최영철
- 제1회 부산시인협회상 시상
- 부산시인협회 회보 발간
- 남부의 시 발간
- 정기적인 시낭송회 개최

■ 제4대 이상개 회장(1995~1996)

-사무국장 정비동
- 빛남 출판사 경영으로 시협에 많은 혜택 부여.
- 김동재 시인 조의금모금
- 부산시인협회상 수여
- 부산시인회보 발간
- 거리의 시와 음악축제(용두산공원)
- 남부의시 발간
- 중국연변대학 문학인 초청

■ 제5대 이해웅 회장(1997~1998)

　-사무국장 : 조성래
- 시인협회 사무국 마련.
- 시화전 2회 :부산 시협상 기금마련을 위한 여산 한상현 초대전
　　　　　　　 및 시협 시화전
- 세미나 부산지역 시문학의 특화 전략: 김준오, 구모룡, 조동구
- 남부의 시 발간
- 부산시인협상 수여
- 제1회 여름시인학교 개설
- 시협상 기금 2,000,000원 확충
- 시협 및 로그 및 시협기 제작
- 회장 선출 추대제로 바꿈

■ 제6대 정순영 회장(1999~2000)

　-사무국장 : 박윤규
- 부산시인회보 컬러판 제작 제76호
- 시협상 기금 크게 확충: 합동시화전 외
- 여름시인학교 2회(하동군 청소년 수련자, 울산 간절곶)
- 부산시인협회상 수여
- 사무기기 제공(컴퓨터, 걸상, 쇼파)
- 사무차장 교통비 전액 부담
- 남부의 시 발간
- 구포성심병원 자매 결연
- 정순영 詩예가곡의 밤 개최(부산정보대학 야외공연장)

• 남부의 시 사화집 영 · 한 발간 (32호, 34호)

■ 제7대 김창근 회장(2001~2002)

　　－사무국장 최원준
• 부산시인협회 사이버 카페와 e-mail 개설
　　　(bspoem@hanmail. net)
• 부산시인협상 수여
• 한글시백일장 및 시낭송대회
• 박현서 시인 10주기 기념시비 건립추진위원회 결성
• 남부의 시 발간

■ 제8대 임수생 회장(2003~2004)

　　－사무국장 : 강달수
• 부산시인협회 발자취 및 정립(역사적).－좌담
• 시협 사무실 이전(중구 중앙동 4가 29-4 남공빌딩 3층 302호)
• 부산광역시 문예진흥기금 800만원 성과
• 부산시인협회 사화집『남부의 시』제호를『부산시인』으로 변경.
• 부산시인을 연 4회 발행하는 계간지화로 정착시킴.
• 부산시인협회상 수여.
• 여름시인학교 개최.

■ 제9대 조의홍 회장(2005~2006)

　　－사무국장 : 한창옥
• 〈시로 엮는 부산 APEC〉한 · 영 발간(2005)
• 기획사화집: 우리땅 · 부산 詩 －『자갈치 바다 한쌈』발간
• 여름시인학교 개최

• 시의날 시문학강연 백일장 개최
• 부산시인협회상 수여
•『부산시인』 발간

■ 제10대 변종환 회장(2007~2008)

-사무국장 : 김다솔
• 사무실 이전(부산진구 부전2동 526-12 삼성빌딩 303호)
•『부산시인』을 정식 잡지로 등록(등록번호 부산바 - 01073)
• 〈부산은 나의 詩〉 기획사화집 발간
• 회원수첩 발간
• 여름시인학교 청소년 문학 캠프 개설
•『부산시인』 신인상 응모 첫 시행
• 폐지되었던 부산시인협회상 신인상을 우수상으로 다시 제정

■ 10-1 조창용 회장대행

-사무국장 : 김다솔
•『부산시인』 발간
• 부산시인협상 수여
• 〈부산은 詩의 파도〉 기획사화집 3호 발간
• 재적 73명 복귀(김광자 부회장 탈퇴자 명단 제시 등)
• 가을 야유회
• 여름시인학교 개설

■ 제11대 권혁동 회장

-사무국장 : 유병기, 정훈교
• 부산시인 詩선집 1 · 2권 발간

- '부산' 기획사화집 4 · 5호 발간
- 회원수첩 발간
- 부산시인협회상 수여
- 제1회 부산시 낭송회 첫 발대식 시낭송회 개최
- 부전역 시화전 개최
- 국권탈환 100년 문화행사
- 제1회 전국 시낭송대회 개최
- 프랑스 문학(시) 세미나 개최
- 시집평가 토론회
- 청소년 여름시인학교 및 백일장
- 『부산시인』 발간

■ 제12대 김광자 회장(2011~2013)

  -사무국장 : 정웅규, 손병홍, 배재경
- 부산시협 40년사 13,000,000 원 지원금 확보
- 시문학 축제 스폰서 확보 5,000,000 원
- 사화집:『부산은 詩의 萬波도시』 발간
- 부산여자대학 산 · 학 협력협약서
- 동의의료원 · 동의 한방병원 진료협약체결
- 봄야유회 세미나 및 제1회 시가 열리는 나무 축제
- 여름시인학교 청소년 및 일반인 문학세미나 캠프 1박2일 개최
- 청마문학제 공동참여, 청마묘소 참배
  (매년행사: 청마문학축제 운영위원과 결연)
- 청마 문학축제 운영위원과 자매결연
- 부산시인협회 40년사 편찬
- 『부산시인』 발간
- 부산시인협회상 수여

빈터에서 지금까지

김광자(제12대 회장)

부산시인협회는 1974년 창립 초기에 별도의 사무실을 둔 것는 아니었다. 총무를 맡은 임명수 시인이 운영하는 '목마다방'이 자연스런 연락 장소가 되었다. 정식 사무국 형태를 갖춘 것이 1990년 1월, 회장 체제(1대 회장 허만하)로 전환하면서 부산시 중구 중앙동 2가 49-31번지 도서출판 빛남 사무실을 사무국으로 사용하기 시작했다. 당시 이상개 시인이 〈빛남〉 출판사를 운영하고 있었기에 자연스럽게 시인들의 발길이 잦아 소통과 모임의 장소로 적합하였기 때문이다.

당시 사용 주소는 빛남출판사와 같이 사용하면 혼선이 있을 수 있으므로 빛남 주소와 함께 부산우체국 사서함을 이용했다. 이곳에서 제3대 김석규 회장 임기까지 빛남출판사의 이런저런 지원 아래 시협이 운영되어왔다. 그만큼 중앙동 시절은 부산시인협회와 빛남출판사가 만나 시인들의 사랑방 역할을 해 왔다는 반증이다.

부산시인협회는 1997년 3월 부산시 부산진구 범천2동 974-17번지로 이사를 하게 된다. 이사 사유는 모르지만 범천동의 〈지평출판사〉

내의 한 귀퉁이를 얻어
무임대 셋방살이를 하였
다. 전화(804-3134)는
신규로 설치했다. 당시
는 회장 이해웅, 사무국
장 조성래, 재무총무 김
광자, 간사 최 옥, 김명
옥이 고생을 하였다. 사
무실을 빌려 쓰는 곳인
만큼 사무국원들이 편하

부산시인협회 현판
(1990년 4월 6일 - 이상개 부회장과 허만하 회장)

게 사용하지 못한 점이 아쉬운 부분이었다. 특히 철길 건널목을 건너
다녀야 하는 불편함이 있었다. 그래도 회장님 이하 모든 사무원들이
고생을 고생이라 생각지 않고 봉사활동을 잘 해주었다.

　1999년 3월 드디어 시협 사무실을 마련한다. 시협 봉사원들의 고
생을 없애려고 당시 임기가 얼마 남지 않은 이해웅 회장과 김광자 재
무총무가 적극 나서 몇몇 분들과 의논, 300만 원의 사무실 마련 기금
을 모금했다. 보증금 300만원, 관리비 포함해서 매월 16만원으로(20
만원 달라는 것 떼를 써서 깎음) 중앙동 40계단 앞 거산 빌딩 4층으
로 이사를 한다. 주소는 부산광역시 중구 중앙동 4가 거산빌딩 403
호. 정순영 신임회장 앞으로 전부 명의이전을 하여 마무리 지었다.
당시 거산빌딩은 사십계단 바로 앞이어서 사무실은 비록 좁았어도
회원들이 찾아오기 쉬웠고 '항구센터' 등 가벼운 돈으로 술 한 잔 걸
칠 수 있는 술집들이 가까이 있어 사람들이 자주 모였다. 무엇보다
박윤규 사무국장과 진명주 차장이 언제나 밝고 쾌활하게 사무국을
운영해 갔다.

　중앙동 거산빌딩에서 김창근 회장, 임수생 회장 초기까지 머물게 된
다. 그러다 2003년 12월 부산시 중구 중앙동 4가 29-4 남공 빌딩 3층
302호로 이전하게 된다. 기존 사무실과는 20여 미터 정도 떨어진 곳이
라 이사 때 주변의 시인들이 모여 크고 작은 것을 들고 가기도 했다. 이
사 사유는 알 수 없지만 아마 더 큰 공간으로 가고자 한 것으로 보인
다. 이곳에서 조의홍 회장 시절까지 업무를 보았다.

　이후 사무실 이전은 변종환 시인이 회장을 맡고 2007년 9월 부산시
부산진구 부전2동 526-12 삼성빌딩 303호. 현재의 사무실로 옮겨온
다. 이때 임원 및 회원들에게 사무실 이전 기금 마련을 공표하여 박삼
도 시인 50만원, 황갑윤 시인 50만원 등의 찬조를 하였다. 임대료는 3
백만원, 월세금 35만원이다. 관리비 3만원을 비롯한 전기, 정화조 등
기타 사용금은 별도 정산한다.
　이처럼 부산시인협회는 1974년 창립 후 사무실을 모두 5번 옮겼다.

<h2 align="center">• • • 요 약 • • •</h2>

① 처음 현판을 건 곳은 중앙동 대동빌딩 2층 〈도서출판 빛남〉
　　사였다. 당시 이상개 시인이 〈빛남〉사를 운영하였기에 시인
　　협회 사무실로 임대료 관리비 없이 신세를 졌었다.
② 이해웅 회장이 〈지평〉출판사 일부를 무임대 협조를 받아
　　사용하였다.
③ 제5대 이해웅 회장이 후임 정순영 회장에게 중앙동 거산
　　빌딩에 사무실을 마련해 주었다.
④ 임수생 회장은 거산빌딩의 사무실이 협소하여 인근의 남공
　　빌딩 3층으로 확장 이사를 하였다.
⑤ 제10대 변종환 회장이 부산시 부전2동 526-12번지 삼성
　　빌딩 303호 현재의 사무실로 이전하였다.

부산시인협회와 나

정순영　임종성

정우일　서규정

류선희　최원준

백　식　문인선

이원도　조창용

이분자　김종화

부산시인협회를 추억함

정 순 영(제6대 회장)

1980년 초겨울의 찬바람에 옷깃을 여미며 부산살이 첫걸음을 내딛는 서부 경남 출신의 젊은 시인을 친동생처럼 반갑게 맞이하던 김인환 시인을 잊을 수 없다. 김시인은 딱 한마디로 유쾌하기보다 통쾌한 멋쟁이였다.

그는 1970년대 후반에 우리나라 시단의 주목을 받던 월간《시인들》을 유일하게 서울이 아닌 부산에서 발행하다가 운영난으로 폐간하고 부산 YMCA 총무로 근무하고 있었다.《시인들》에 몇 번 시를 발표한 인연으로 친했었다. 부산 지리에 서툰 나는 마산대학 시절 문학이든 무엇이든 함께 의기투합했던 고 이영일 시인(당시 부산대학 교수)을 따라 해질녘에 그의 사무실을 찾았다. "정시인, 부산 잘 왔어, 우리 시 열심히 하자."며 손을 덥석 잡아 주었다. 기다렸다는 듯이 분주한 하루를 정리하고는 중앙동 뒷길 대폿집에서 그동안의 회포를 풀었다. 술기운에 자기 집엘 가자는 것이었다. 대폿집을 나서니 부산 앞바다가 은색 비늘을 털고 있었다.

비탈길을 수백 계단 올라가는 영주동 판자집 단칸방에 셋방을 살고 있었다. 숨이 차고 땀이 났다. 방에 들어서니 얼굴이 초췌한 부인이 소주 한 병과 오징어 한 마리에 고추장을 소담하게 내어 놓으며 조용한 웃음으로 맞이했다. "이 사람 금가락지와 우리 부부 은수저가 《시인들》 마지막호였어." "껄 껄 껄" 김인환 시인의 슬픈 너털웃음에 울컥하는 울음과 함께 소주잔을 들이켰다.

김시인의 집을 나서서 내려다보는 부산항은 물살을 가르는 배들이 불을 밝히고 무수한 별들이 내 눈물에 반짝거렸다. 나는 그날 밤을 잊을 수 없다. 아니, 우리 시인들 모두가 잊어서는 안 될 것이다.

나에게 문학적 도덕성과 삶의 윤리를 가르쳐 주고 부부의 인연도 맺게 해 주신 김석규 시인이 그 무렵 경상남도 교육위원회 장학사로 와 있었다. 그 해 제법 추운 겨울날 저녁 남포동 어느 갈비집에서 당시 부산시인협회 허만하 회장님께 소개를 시켜 주었다. 허 회장님은 나의 첫인사에 두툼한 손을 꼬옥 잡고 관찰하듯이 바라보며 "지면으로 가끔 봤는데, 좋은 시 열심히 써요." 하고 반겨 주었다. 이렇게 해서 부산시인협회와 나와의 인연이 시작된 셈이다.

늘 격려를 아끼지 않는 고향 하동 선배 강남주, 임수생 시인과 김석규, 이상개, 박응석, 임명수, 김 철, 김영준, 이해웅, 정진채, 류명선 시인과 주로 중앙동에서 자주 만나 문우의 정을 나누었다.

이상개 시인이 부산시인협회 회장을 맡으면서 나를 부회장으로 추천해 부산 시인들이 보다 활발하게 창작활동을 할 수 있는 발판을 마련하기 위한 보좌를 위해 애를 썼다. 우선 협회 기관지인 《남부의 시》의 지면을 확충하여 보다 많은 회원들의 발표 기회를 마련했다. 부산일보 등 대외 지면확보에도 노력하여 상당한 성과를 거두었으며 이상개 시인이 운영하는 〈빛남〉출판사의 〈빛남시선〉 등 부산 시인들의 시집을 기획 출판하여 독자들의 많은 호응을 얻기도 했다.

1999년 여름 어느 날 당시 부산시인협회 이해웅 회장과 김석규, 이상개, 임수생, 류명선, 김광자 시인 등이 내가 근무하고 있던 부산정보대학 학장실로 찾아왔다. "중요한 의논이 있다."는 것이었다. 오후 시간이라 대학 캠프스 한 계곡에 자리한 학장관사로 자리를 옮겼다. "시인협회 회장을 선출하는 선거가 친목을 목적으로 하고 있는 협회의 회원 간에 반목을 부추기는 난장판이 된 실정이다. 그래서 다음 7대회장 선출부터 회장을 추대하기로 뜻을 모아 회칙도 바꾸었다."는 이해웅 회장의 단호한 설명에 이어 "정시인을 추대하기로 뜻을 모아 응락을 받으러 왔다." "부산시인협회를 위한 충정이니 거절해서는 안된다." 이상개 시인과 김석규 시인의 준엄한 권고였다. 평소 온화하게만 느껴왔던 선배님들의 엄중한 말투와 눈빛에 응락이 아니라 동의하고 말았다.

1999년 9월 부산시인협회 정기총회의 회장추대위원회에서 추대하여 총회의 만장일치 인준으로 제7대 부산시인협회 회장에 취임했다. 나는 취임사에서 "나는 시 덕분에 대학교수도 되고, 결혼도 하고, 대학 학장도 되었는데 정작 시를 위해서 별로 한 일이 없다. 이제 회원님들께서 시에 대한 빚을 갚을 기회를 주셨으니 부산시인협회 발전을 위하여 혼신을 다하겠다."라고 말했다. "말했다"라기 보다 "행동했다"라는 말이 더 걸맞을 정도의 심경이었다.

나는 먼저 내가 공직자라는 어려운 부분을 보완하기 위하여 부회장에 신 진, 조의홍 시인을 이사에 류명선, 김 철, 김광자, 강영환, 강문숙, 탁영완, 윤정숙, 양은순 시인을, 사무국장에는 젊은 시정신이 투철한 박윤규 시인으로 집행부를 구성하고 운영계획을 논의했다. 사무실은 중앙동 40계단 앞 붉은 벽돌 건물 2층에 마련했다.

누구나 알다시피 문학단체는 재정이 어렵다. 부산시인협회의 재정은 아예 밑바닥이었다. 부산 시인들의 자긍심도 갖추면서 재정을 확보할 수 있는 사업을 궁리했다. 격조 높은 시화가 떠올랐다. 좋은 시에 좋은 그림을 부유층 독자들에게 권하기 위해 미술협회와 숙의했다. 30여편의 부산시인들의 시화로 대청동에 있는 다방을 빌어 전시회를 열었다. 호응이 좋아 수천만원의 재정을 확보했다. 빈 독에 쌀이 그득 들어 온 셈이었다.

  월간 소식지도 만들고, 부산시인협회상도 제정하고, 야유회 등 회원 모임도 어려움 없이 문우의 정을 나눌 수 있는 기회를 자주 가졌다. 그러고도 지금도 지키고 있는 몇 천 만원의 발전기금이 있어 부산시인협회는 결코 가난하지 않다. 우연히 부산시내 어느 기관을 들렀다가 만나게 되는 부산 시인의 시화들이 반갑다.

  30여년의 부산살이를 정리하고 서울 근교로 이사를 와서 1년은 출장 온 기분이더니 이젠 외딴 섬에 떨어져 나온 듯 더 더욱 부산이 그립다. 아니 부산 시인들이 그립다.

정순영　경남 하동 출생. 1974년《풀과 별》등단.
　　　　　동명대학교 총장 역임. 부산시인협회 회장 역임.
　　　　　봉생문화상, 자랑스런 시인상 외.
　　　　　시집『시는 꽃인가』외.
　　　　　세종대학교 석좌교수

등단 전후와 현재

임 종 성

갓 스물은 가장 눈부신 나이, 꿈이며 사랑, 야망이 모여든 참 거칠고 가쁘게 숨 쉬는 나이였다. 그 무렵은 꿈꾸느라 열병을 앓던 정신적 외상에 사로잡힌 시기였다.

대체 무엇이 그 때 만큼 뜨거울 수 있으며 또, 대체 무엇이 그 때 만큼 파릇파릇 청순할 수 있으며, 그리고 대체 무엇이 그 때 만큼 격정적일 수 있었던가. 나 아니면 나머지는 모두 단역이었고 배경이나 군더더기였으며, 나 아니면 나머지는 다 어리석고 모자라고 시들하지 않았던가. 그러면서도 나야 말로 세상에서 가장 병신 머저리, 못난이고, 패배자이지 않았던가.

그러던 어느 봄날, 1970년 문과대 국문학과 풋내기였던 내게 시가 찾아왔다. 대학 1학년 새내기에게 시가 있어 모든 것은 다시 한꺼번에 순수하고, 향기롭고, 사랑스러워졌다. 잘 쓰지 못하는 시에게 나 만큼 빚진 사람은 없을 것이다.

시는 내게 구원이었고 생의 환한 통로가 되어 주었기 때문이다. 그것은 무슨 이념도 논리도 신념도 아니었다. 그저 가슴을 치는 시였다.

'아람 어문학회'에 참가하였다. 1970년 그해 여름 아람 어문학회 시화전이 남포동 보리수 다방에서 열리게 되었다. 술을 좋아하셨던 K지도 교수님께서 "이번 시화전 전 작품 가운데 1학년 임군의 시가 가장 우수하다."며 임군에게 꼭 알려 달라고 하셨다는 말씀을 어느 선배에게서 듣고는 나는 방방 뛰어 솟구치는 분수 물줄기가 되었다.

4학년 때 '동아 문학상' 3부문 중에서 시와 수필이 동시에 입상되는 영예를 얻게 되었다. 조금은 들떠 있던 마음을 가라앉히고, 늘 시작에 부족함을 느끼고 훌륭하신 선배 시인에게 지도를 받을 생각으로 우연히 부산문인협회 회원 명부를 찾게 되었다.

나와 성이 꼭 같은 성함이 눈에 들어 왔다. 그 분이 다름 아닌 임명수 시인이었다. 난 가난하여 줄곧 입학 때 구한 대학 제복(지금의 교복) 차림으로 시 몇 편을 들고 영도 남항동에 계시는 임 선생님을 찾아뵈었다.

아주 좋은 인상을 받고 훌륭하신 격려 말씀을 듣고 집으로 돌아왔다. 그때 선생님께 보여 드린 졸작을 국제신문 '이주의 시부'에 투고하였는데 며칠 뒤 발표되는 영예를 또 얻게 되었다. 허만하 선생님이 당선을 시켜 주신 것이다.

200자 원고지 11장 분량의 꽤 긴 시인데 "이번 작품은 어느 젊은 시인이 그의 과거를 의식의 흐름에 따라 쓴 자선적인 역작이다."는 과찬의 심사평이었다.

40년이 지난 세월인데도 그 행간을 잘 기억하고 있는 감회는 하늘을 찌르고 땅을 뒤집는 기쁨이 온몸에 전율했기 때문이다. 그때의 기쁨은 죽을 때까지 잊을 수가 없다.

어느새 졸업반이 되어 4학년 때 교생 실습을 마치고, 유치환 시인의 고향 통영의 중학교에 현직교사로 근무할 수 있었다.(당시는 교원이 부족한 상태였음) 객지 생활의 외로움을 달래기 위한 요량으로 시를 매일 쓰게 되었고 술도 배우고 여자에게도 눈을 뜨게 된 그리운 시절이었다.

《월간문학》에 투고한 몇 편의 작품이 고 이동주 시인께서 추천을 해 주신다는 전갈을 받았지만 서로 약속이 엇갈려 불발로 끝나고 말았다.

75년 부산으로 다시 근무지가 바뀌게 되어 그해 가을 18편을 《시문학》에 다시 투고를 했는데 그 중 2 편이 즉시 고 김종문 시인(한국 현대시인협회회장 역임, 김종삼 시인 형님)으로부터 1976년 1월호에 초회 추천되고 1977년 9월호에 추천이 완료되었다(심사평: "임종성의 시는 한국 현대시의 표현 방향을 제시하고 있다." -시문학 1976년 1월호)는 너무 과분한 평을 받게 되었다. (당시는 2회로 추천이 완료 되었음.) 같은 해 등단한 시인은 하현식(현대시학), 차한수(현대시학) 선생님이었다.

어찌하다 별로 신통치 않은 시인으로 등단이라는 절차를 밟게 되었다. 그리고 1974년에 탄생한 부산시인협회에 입회 원서 없이 자동으로 승선된 것이다. 내 시의 스승은 임명수, 허만하 선생님이시다. 영원히 잊을 수 없는 내 정신적 고향이며 자산이 아닐 수 없다.

부산 시단 36년 동안 나는 미력이나마 봉사할 수 있었다. 시협상 운영위원, 이사(2회), 감사, 부회장, 자문위원, 시협상 심사위원장, 부산문협 이사, 시분과위원장(3선), 〈문학도시〉 편집위원, 한국문협 권익옹호위원, 한국현대시협 중앙위원, 한국시문학회부회장 등을 두루 맡아 봉사해 왔다.

이와 연관되어 조선일보 창간 70주년 기념 시리즈에 수필작품이 선정(1978)되었고, 세계문예대사전 인명 수록(1985), 한국시대사전 시 14편이 수록(1995) 되었다.

수상 경력은 부산일보 우수시인지도상(2000), 부산문학상(2001), 한

국문예작가상 본상(2002), 문예시대 작가상 본상(2003), 부산시인협
회상 본상(2004), 한국문예진흥원 창작지원금 수혜(2004), 부산 문화
재단 학술지원금 수혜(2011), 한국청옥문예대상(2011), 홍조근정훈장,
대통령표창(2012)) 등의 은혜를 받을 수 있었다.

그러나 등단 36년이 지나는 현재까지 나는 무능한 탓이긴 하지만 질
적 수준을 지켜야 한다는 소신(?)에 겨우 시집 3권, 평론집 2권, 연구
서 1권, 학술서 공저 2권, 석사학위(고려대)와 박사학위(동아대)를 얻
는 정도였다. 특히 동인지 '시로'는 1978년부터 (강갑재, 김 곳(김미선),
이은숙, 서영상, 이동구) 2009년까지 회장으로 봉사하여 14집을 발간
하는데 그치고 있다.

시인이 시를 쓰며 산다는 것은 수많은 처음을 만들어 내는 끝없는 시
작이다. 스무 살 때의 순수한 열기를 되찾아 한 해의 맨 끝에서 다시
시인이 되어 새로이 출발하고 싶다.

임종성 1977년《시문학》등단.
부산교대 외래교수 역임.
부산문학상, 부산시인협회상 외.
시집『땅뺏기』외.
현, 해운대문인협회 회장.

共生. 釜山. 詩人

丹山 정 우 일

1

西曆으로 되어있는 2012년 오늘. 이 都市 釜山은 上古時代인 六千年 前에 '가마蘇塗'였다. 北으로 聖山인 金井山이 큰 기운을 품고, 東南方으로 大海가 하늘과 이어져 있는 그 가운데 기름진 땅을 일구어 삶의 터전으로 삼았다. 그때는 和白의 집단 지도체제가 神民을 이끌었고 弘益人間 理化世界의 평화로운 相生의 모듬살이 세상이었는데, '소도'는 천제를 지내는 곳으로 신성시 하였다.

이미 桓雄天皇이 오늘의 만주일대에 神市를 세운 이래 남쪽지역으로 그 강역을 넓혔으니, 부산은 그렇게 역사의 古都로 오늘에 이르렀다.

우리는 이런 사실 조차도 까마득히 잊고 왔는데, 이런 몰 역사의 세상에도 뜻있는 소수의 연구자들이 있어서 옛 문헌을 찾아내 알리는 일을 해 왔으니 그 사실이 오늘에 조금씩 드러나 밝혀진 것이다.

이런 오랜 역사의 고장 부산은, 환태평양 시대의 중심도시로 도약하기 위한 웅지를 지구문명사에 새겨보자고 역동적 변화를 시도하고 있으며 그 성과 또한 세계적으로 주목받고 있는 것이다.

「부산시인협회 40年史」의 일부 小史인 이 글의 서두를 부산의 上古 역사로 삼은 것은, 부산의 시인들 모두가 역사적 자긍심을 가지기 바라는 생각에서다.

2

언제부터인가, 나라 안에서는 서울 중심의 중앙시단과 지방시단으로 지역구획이 되어 이런 현상을 아주 당연한 것으로 인식해 왔다.

1953년 한국전쟁이 휴전으로 고착화되자 임시수도 부산으로 피난 내려왔던 많은 시인들이 다시 서울의 자신들 작업장으로 복귀하였다. 그 후 7~80년대를 거치면서 시단에 이름을 내려면 매년 각 신문사의 공모인 신춘문예 외에는 서울에 자리 잡고 있던 대부분의 시전문지와 매체에서 시인으로 등록되어서야 가능했던 것이다.

서울은 행정수도이고 문화정책 등 여러 환경이 조성되어 있다. 그래서 시인들의 세력도 크게 형성되었고, 인구가 많으니 독자층도 다양하고 문학 활동도 활발하게 전개되고 있어서 문학세계의 그런 지형도가 형성되어 별반 이의 없이 받아들여져 왔던 것이다. 따라서, 일종의 우월의식이 중앙시단에 만연되어 온 것도, 상대적으로 변방취급을 받은 지방시단의 위화감 또한 없지 않았던 것이다. 그러나 부산의 시인들은 그런 상황을 쉽게 인정하려고 하지 않았다.

　그 무렵 서울 중심의 시단 인맥은 반 이상이 부산을 비롯 경남일
대에서 실력을 키워오다 서울로 진출시킨(?) 실력 있는 시인들이
라는 자부심 또한 부산시단에 팽배해 있었다. 또 하나 세계 2차
대전 이후 서구문화가 바다를 통해 부산으로 이입되어 이를 선험
할 수 있었던 시대적 풍토에서 부산 시인들은 일찍이 예술세계의
폭 넓은 실험도 가능했고 그것을 바탕으로 자신들의 문학적 성과
를 상당히 얻어내기도 했다. 그렇게 부산 시인들의 자부심은 실제
로 대단했는데 부산의 지역적 특성인 해양성 기질과도 무관하지
않았다.

　　　3

　7,80년대 부산시단은 서울과 전국 어느 도시보다 왕성한 활동을 전
개했다. 그 결과의 하나가 전후 국내에서는 처음으로 부산시인들만의
창작을 한자리에 모은 사화집 '南部의 詩' 창간이었다, 1974년의 일
이었다.
　사화집 발간을 주도적으로 이끈 시인으로 이형기, 김규태, 허만하,
이수익, 김석규, 임명수, 이상개, 강남주, 박태문, 김성식, 이해웅, 임
수생, 진경옥, 김인환, 정영태, 임종성, 신 진 등 여러 선후배 시인들
이 동인으로 참석하였다.
　이 사화집은 年刊으로 첫 호를 낸 후 부산 시인들에게 정기적인 발
표지면을 제공하여 창작의욕을 고취시켰고, 여기에 발표된 시인들의
탁월한 시 작품들은 시민은 물론 전국의 독자들에게 詩香을 나누어주
는 시집으로 각광을 받았다.
　지금은 시인들이 경제적으로 다소 나아졌고 출판시스템 등이 획기적
으로 발전되어 책을 펴내기가 좋아졌지만, 그때에는 여러 가지 사정

이 좋지 않았다. 그러나, 부산의 시인들은 지혜를 모아 결속된 힘과 좋은 작품들로 '南部의 詩'를 계속 발간하였다.

'南部의 詩'는 필자가 사무국장을 마칠 때인 1997년까지 26집이 간행되면서 전국의 독자들과 타 지방의 시인들에게 부러움을 사기도 했다. 지금 그 시절을 돌이켜 보니 작품을 발표했던 시인들 중 여러분들이 타개하셨는데 새삼 그 시인들이 생각나며, 그 중 의사시인 정영태와 생전에 나누었던 우정이 그립다.

1980년대 후반 부산시인협회가 정식으로 발족되었다. 부산문인협회 시분과로 있었던 모임이 확대 재편 되었는데 이 무렵에는 부산의 전체 문인들 중 3/5이 시인들이어서 수적으로 별도의 모임을 가질 수가 있었고, 시대적으로 모임이 필요한 때이기도 했다.

'南部의 詩'는 창간 이후 2002년도에 37호까지 발행되다가 이후 새로운 이름인 「부산시인」으로 제호가 바뀌어 출판되었다.

부산시협은 해를 거듭하면서 여러 가지 관련 행사로 위상이 높아졌고 부산 문단의 주도적 역할을 수행하면서 발전되어 왔다.

4

1995년 이상개 시인이 제4대 시협 회장을 맡으면서 사무국장으로 나를 지목했다. 처음에는 고사를 하다가 그래도 부산시인들을 사랑하는 사람으로 심부름이라도 해보자고 마음을 고쳐먹었다. 이상개 시인은 평소 내가 좋아하는 선배 시인의 한사람이어서 서로 힘을 보태면 시협활동이 활력을 받아 회원들에게 도움이 될 수 있다는 생각으로 가닥을 잡았다. 또한 그때까지 사무국장으로 시협살림을 잘 이끌어온 최영철 시인도 "시단 사정도 잘 알고, 여러 시인들과 교류도 많은 형님이 하시면 잘 하실 텐데 한번 맡아보시

는 게 좋겠습니다.” 라는 응원을 해주었고 사무국장 자리를 수락
했다.

　최영철 시인과 업무 인수인계를 했다. 시인들의 모임이니 재정적으
로는 어려웠을 것이고 개성 있는 시인들을 결집시켜 활동해나가는 일
이 결코 쉽지 않았을 텐데 최 시인은 규모 있게 살림살이를 잘 해온
것 같았다. 업무관계 서류에는 평소 최 시인의 넉넉한 성품의 활동장
면이 잘 드러나 있었다.

　나는 老子의 물에 관해 언급한 ‘上善若水’를 평소 즐겨 써보면서
내 자신을 되돌아보는 습관이 있다. 이 상선약수와 연결되어 있는
노자의 說法에는 曲水도 있고 曲流도 있다. 曲水는, 아래로 大海로
지구를 돌고 돌아가는 물의 심오한 세계를 가르쳐준다. 나는 그런
물의 성품을 본 받고 싶어 한다. 直水, 直流는 재미도 없고 모든
상황을 순식간에 지나치게 한다. 인생은 흘러가는 세상에서의 어
울림이다. 그래서 구불구불 받치고 밀리고 좁아지고, 넓어지고 하
면서 다양한 풍경 속으로 흘러간다. 나의 삶도 그렇게 흘러가고 싶
었다.

　나는 부산시인협회 일을 曲水의 도정으로 생각하고 즐겁게 했다. 사
무국장으로 2년 동안 회원들과 함께 희노애락을 나누며 부지런히 그
들 삶의 어느 정도를 아는 체(?) 하면서 흘러 다녔다. 그러면서 알게
된 것이 있다. 사랑이었다. 나는 그때까지 시인들과의 진짜 사랑을,
그런 것이 있다는 것을, 시인들이 저마다 품고 있는 ‘고유의 사랑’을
잘 몰랐다.

　2년이 지나서야 알았지만, 정말 시인들은 사랑을 알아야 한다. 자기
자신을 먼저 사랑하고 그리고 동료시인들을 사랑해야 한다. 그런데
나를 포함한 부산시인들 대다수 그 사랑을 때로 잘 잊어버리고 사는
것 같았다.

5

　시협은 시인들의 모임이다. 이 시인들을 화합하고 격려하고 협동 하도록 서로 결속 시켜주어야 하는데 그 일은 시협을 이끌어가는 지도자들에게 주어진 공적 역할로 매우 중요하다.

　시인들은 누구에게 구속되는 것을 극도로 싫어한다. 이런 시인들의 성격을 온전히 지켜주려면 먼저 그 시인을 자신과 똑같이 사랑해야만 가능한 일이다.

　나는 오늘의 시인으로 있지만 나보다 앞선 날들에 나섰던 시인들, 내 뒷날에 나선 시인들, 모두는 동업의 인연이므로 그렇게 귀할 수 없다. 그 귀함을 알아야 한다. 동업의 선후배 관계는 정말 귀한 것이다. 그런데 여기에는 꼭 함께 지녀야 할 한 가지 심성이 있어야 한다. 가장 기본적인 것으로 "자신과 상대는 어떤 차이가 있는가?" 라는 생각을 가져보는 그 심성이 있어야 한다는 것이다. 그런 바탕에서야 나를 알 수 가 있고 상대를 볼 수가 있다.

　시인은 언어를 그리고 써낸다. 圖書한다. 그것이 작품이 된다. 그리고 사람들을 감동시킨다. 이때 감동을 주는 작품은 보고 있는 사람들의 정신적, 지적 생활수준에 따라 다르다. 그리고 결정적으로 좋은 작품을 만나게 해주는 시인들의 역량과도 직접 관계가 있다. 이점을 반드시 깨달아야 한다. 모든 시인은 그 자신만의 수준이 있다. 그리고 그 수준은 발전할 수 있고 당연히 발전해야만 한다. 왜냐하면 독자들 또한 발전하기 때문이다. 그러나, 시인은 다 똑같을 수가 없다. 그것을 아는 일 그래서 자신의 자리가 어디쯤인지, 자신의 언행이 어디로 향해야 하는지, 이것을 아는 것이 중요하다.

  필자가 사무국장 일을 하는 동안 많은 격려와 정을 나누었던 선후배 시인들에게 이 자리를 빌어 감사드리며 특히, 최영철, 배재경, 황길엽, 권경업, 송유미 시인들에게 고마움을 전한다.

6

「부산시인협회 40年史」 중에 小史. 내가 맡았던 사무국의 활동(1995년~1997년)을 되돌아본다.

① 원로시인들의 생일을 월별로 묶어서 분기별로 날을 정하고 해당
   시인들을 초청해서 축하해드리고 감사하는 자리를 마련했다.
② 회원들의 길흉사는 반드시 많은 회원들이 참여하도록 적극적으
   로 알렸다.
③ 회원들의 동정, 특히 출판 기념회는 회원은 물론 타 예술분야의
   예술가들도 하객으로 참석하도록 다양하게 연락을 취했다.
   (그들은 의외로 참석하는 것을 즐거워했다.)
④ 타 예술가의 연대행사를 다수 성사시켰다.
   (시화전, 음악이 있는 시낭송회, 학부모 동반 산상 달밤 문학회 등.)
⑤ 타 예술단체의 행사에 시협 회원들을 적극 참여 유도.
   (예 : 음악회, 전시회, 연극공연 등)
⑥ 경남·북 시인(문인)들과 합동 문학행사를 주관했다.
⑦ 년1회 여름 시인학교를 개설했다.
⑧ 시협 소식지 '부산시인' (국판30여 쪽)을 발행 배포 했다.
⑨ 이사회 등 정기적 모임을 연6회 가졌다. (신입회원가입 인준 모임,
   행사기획 승인 재정보고, 후원회 결성 등.)

⑩ 시협이 주관하는 시창작 교실을 열었다.

⑪ 시협회원들이 주관하는 학생논술교실 개설했다.

⑫ 정기 야유회를 춘추로 진행했다.

⑬ 제3, 4회 부산시 시협상, 신인상을 선정 수상 행사를 했다.

⑭ 부산시인협회 후원 회원을 모집했다.(시민들 동참유도)

정우일　호, 단산. 자연섭리학회.구산의숙 사무총장. 한국정신과학회 이사.
홍익생명사랑회 부회장. 임원경제지번역출판후원회 위원장.
부산작가회의 회원. 부산시인협회 전 사무국장.
시집 『티끌세상 하늘보기』

忠臣藏

서 규 정

가을이다, 이제 곧 낙엽이 지리라.

90년대 초 중앙동엔 시인협회가 있었고 그 낙엽 지던 거리에 무시로 드나들던 백오십여 명의 시인들은 지금 어디서 어떻게 단풍들어 가고 있을까. 그때 졸병으로 뛰던 젊은 시인들은 벌써 오십 줄에 들어섰고 선배들은 침착하게 늙어간다.

심심했던 탓이리, 시인협회가 두 분파로 갈라져 무슨 이념 경쟁도 아니고 칼 찬 칼잡이들처럼 이 패 저 패거리로 나뉘어 법정분쟁까지 갔다니, 통탄할 일인가, 아니다 정확히 이야기하자면 관심권 밖에서 서성이는 사람들이 더 많다는 이야기다.

비상대책위라니

근래에 정치권 빼놓고는 쓰지 않는 현란한 간판이다. 허기야 좀 더 잘 해보자는 뜻으로 풀어야 할 일이겠지만 정치인 못지않게 정치행위를 서슴지 않는 데는 분명히 문제가 있다. 고스톱 판으로 치자면 결정적인 찬스에 똥 먹다 똥 싸놓듯이 대체 뭔가?

아무 명분도 없이 감정만 남아 앙칼스럽게 서로를 노려보고 있다. 다만 칼춤을 추더라도 그 칼 녹슬어 있는가를 먼저 보고 사람을 향해 중단으로 찌를 듯이 겨누진 말기 바란다.

집단 무의식이 지배하던 민중시의 시대를 철조망 통과하듯이 빠져나와 가장 자유로운 시의 시장에서는 개인의 염결성과 지존함을 상위개념이라 보았을 때

國歌不幸詩人幸

시인이 쓸 것이 많으면 그 국가는 불행하다는 뜻일 게다. 부산은 일단 시인 과잉이다. 시협 소속의 시인들이 오백여 명이나 된다니, 다른 나라에서 본다면 참 신기하고 미묘하다 할 것이다. 물론 사회의 다양성을 받아들여 너도 한마디 나도 한마디 해야 한다는 공존의 개념이라 한다면 할 말은 없다. 그렇게 쓸 것들이 많아 참 행복하겠다.

불행하게도 필자는 열다섯 여섯 그쯤에 시보다 일본 사무라이 소설을 읽으며 자랐다. 그 중에서도 우리나라 사람들이 심심하면(?) 한 번씩 더 보고 싶은 춘향전만큼이나 일본인의 정서를 자극하고도 남는 쥬우싱꾸라(忠臣藏)라는 대서사시가 있다. 억울하게 죽은 주군의 명예를 위하여 46인의 사무라이들이 복수를 하고 단체 할복을 한다는 설정이 너무 재미가 있었다.

허구일 것만 같은 그 사실들을 우리나라 대선판도에서도 쉽게 읽을

수가 있겠다. 새누리당 박근혜의 충신이라 자칭 타칭 할 수 있는 정수 장학회 최 모 이사장과 문화방송의 김 모 사장 등이 부산일보와 문화방송을 매각한다는 기사가 대문짝만하게 실려 나온다.

역시 일본의 사무라이들보다 정당의 책사들이 더 강하다는 느낌을 받았을 때의 황당함과 문재인과 안철수의 줄을 잡고 선 인재들의 면면이 TV에 언뜻언뜻 스칠 땐 드디어 한 시대의 스펙트럼이 저런 것이구나, 하는 생각보다 그 이후의 천하가 근심스럽다. 그러면서 그들이 내거는 슬로건들이 임펙트가 강한 시적 어구로 나타나는 데 다시 놀란다.

통합과 상생
사람이 먼저다
미래는 이미 와 있다 등

마치 프로야구 경기처럼 9회 말 막바지에 몰렸을 때 홈런 한 방으로 전세를 뒤집으려는 듯 그들은 목숨까진 걸지 않더라도 끝까지는 갈 것인가.

대선이 코앞이다.
누가 대통령이 되더라도 1%의 로열패밀리를 위한 정책은 없을 것이다. 국민이 따라와야 정치도 성공할 것이기 때문에 침이 바싹바싹 마를 것이다.

90년대 초 중앙동엔 그래도 원탁회의가 있었다. 로마 원로원의 원로들이 국민을 잘 먹여 살리자고 고민하는 원탁회의는 아니고 손에 든 화투 패를 쥐고 부들부들 떨던 백 원짜리 고스톱 문화가 있었다.
미래에 대한 전망보다 어쩌면 개개인의 불안과 위기감이 고스톱

판에 젖어, 끝나면 소주 한 잔씩 하며 그런대로 정담을 나누던 둥근
탁자에서
  솔 먹다 솔 싸고
  난 먹다 난 싸고
  똥 먹다 똥 싸고
 세 번을 싸고선 아무도 살아남지 못한다는 것을 충분히 알아차리고 남
았던 셈이다.

서규정 1991년 경향신문 등단
         시집 『황야의 정거장』 『참 잘 익은 무릎』 외

잊을 수 없는 여름

류 선 희

1990년 가을, 〈시로〉에서 출간한 시집 『그대의 빈들에서』로 문단에 나온 후, 1993년 연초에 가입하여 지금까지 20년 가까이 몸담고 있는 '부산시인협회'는 나의 또 다른 고향이나 다름없다.

오랜 세월 동안 회원이나 임원으로 문학기행, 야유회, 여름시인학교, 시의 날, 시 낭송, 시화전, 임원회의 등등 여러 행사에 동참하면서, 또한, 『부산시인』이나 〈시협회보〉에 작품이 실리면서 많은 선후배 문인들과 귀한 인연을 맺게 된 것은 크나 큰 축복이었다.

인생의 황금기인 가을 어귀에서부터 겨울 문턱을 넘도록 詩의 안팎을 맴돌며 '부산시인협회'라는 둥지 속에서 여러 가지 추억을 쌓았지만 그 중에서도 2001년 8월 3일부터 5일까지 2박 3일 동안, 남해에 있는 동의대학교 연수원에서 열렸던 '제4회 여름시인학교'에

서 나의 뇌리에 깊이 각인된 추억들은 시인학교가 열리는 여름마다
눈을 뜨고 꿈틀거린다.

　김창근 회장님을 비롯한 여러 문인들의 무더위와 졸음을 쫓아내는
강의는 내 영육의 피와 살이 되었고 이양주님의 가슴 저미는 시조창
은 교만과 아집으로 오래도록 닫고 살았던 내 마음의 문을 열어주었
으며, 낯익은 문인들과 교정에 둘러앉아 이슥하도록 술과 달빛을 마
시며 소설가 故 박영한 교수님의 구수하고 진지한 이야기 속으로 빠
졌던 그 해 여름은 정녕 잊을 수가 없다.

　아래의 졸시는 그 때, 깊은 감명을 받은 시조창 속에서 건진 것
이다.

남해 어느 폐교에서

여름 밤
타오르는 불꽃을 가르는
이양주의 시조창은
바다 앞에서도
사랑을 모르는
한 영혼을 깨우네.

서슬 퍼런 바람이더니
삭은 恨
울컥울컥 토하는 폭포더니

이윽고
목 트인 鐘으로 걸려

보름달처럼
낯선 혼의 그림자까지 일으키네.

이젠 들을 수 있을까
창 밖에서
종일 흐느끼는
풀들의 울음소리를.

〈남해의 어느 폐교에서〉 전문

　부산 시인들의 보금자리인 '부산시인협회'가 가뭄과 비바람 속에서 비록 약간의 흔들림은 있었으나 40여 년 동안 잘 커 왔듯이 아무쪼록 앞으로도 회원들의 변함없는 시 사랑으로 더 튼실하게 뿌리내려 시를 사랑하는 사람들과 소외된 이웃에게 인간의 궁극적 목적인 행복의 지름길을 밝히는 찬연한 등대가 되어 영원히 반짝이길 바란다.

류선희　1992년《한국시》등단.
　　　　부산시인협회, 한국바다문학회 부회장 역임.
　　　　부산문학상, 부산카톨릭문학상, 부산시인협회상 수상.
　　　　시집『길 속에도 강이 있다』,『황혼의 창가에서』외.

제7대 '부산시인협회'를 회고하며

최 원 준

　돌이켜 보면 필자에게 '부산시인협회'란 '부산'을 제대로 바라볼 수 있는 창구였다. 지금껏 등단 26년 동안 '부산시인'들을 이곳에서 만났고, '부산의 시'를 이곳에서 접했으며, 필자의 '작품 속 부산'을 육화하는데 지대한 관심을 기울여준 곳이 '부산시인협회'였다.

　창립 당시 '부산시인협회'는 부산의 문인단체 중 가장 전문적인 집단이자, 순수정예 문인집단의 대표격이었다. 위로는 훌륭한 선배시인들이 문학적 큰 그늘을 만들어 주었고, 아래로는 작품창작에 힘을 쓰는 후배시인들의 '창작의 산실'이 되었던 곳이 '부산시인협회'였다. 필자도 창립회원으로서, 말석에서 선배시인들의 발자국을 좇느라 기꺼운 나날을 보냈던 기억이 새삼스럽다.

　필자는 2001년 제7대 김창근 회장 체제의 사무국장으로, 2년간 '부산시인협회'(이하 '시협'으로 표기)의 사무국 업무를 총괄하였다. 사무차장으로는 이근대 시인, 사무간사로는 박현주, 손화영 시인 등이 힘을 보탰다.

당시 김창근 회장과는 같은 아파트 101호와 102호에 마주보고 사는 이웃으로, 필자의 부모와도 막역한 사이였다. 가끔씩 목욕탕에서 알몸으로 부딪히기도 했던 분인데, 평소 열정적이고도 순정한 문학적 자세를 견지해 늘 흠모해 왔던 선배시인이었다.

그러나 처음에는 김창근 회장의 사무국장직 제의를 완곡하게 고사했었다. 선배시인들의 천거와 김 회장과의 개인적인 인과가 가볍지 않았으나, 필자는 이미 '부산·경남 젊은 시인회의' 라는 부산, 경남의 시인 2백여 명이 참가하는 중견 단체의 대표를 맡아 이끌었던 바 있기에, 시협 사무국장직은 적지 않은 부담으로 다가왔다.

여하튼 이런 실랑이 속에 사무국장직을 맡았고, 김 회장이 제시한 몇 가지 시협의 발전적 운영 방안을 수행하기로 마음먹었다. 첫째는 회원 모두가 참여하는 시협, 둘째는 회원의 문학적 역량 강화에 힘쓰는 시협, 셋째는 시민들과 문학적으로 소통하는 시협이었다.

이 운영방안에 따라 김 회장은 다정다감하고 부드러운 카리스마로 '화합과 소통' 의 방식으로 시협을 이끌어 나갔고, 필자는 차질없는 실무 처리를 위해 개인적인 업도 등한시 한 채 그의 뒤를 보좌했다.

제7대 시협의 특징은 실질적이고 효율적인 단체 운영에 있었다. 그래서 임원진부터 나름의 잣대로 공평무사하게 선임되었다. 30~60대를 망라하고, 각각의 이념 및 친소 그룹별 대표, 부산 외 거주회원 등을 이사로 선임하여, 회원의 다양한 입장을 대변하고 안건의 적확한 집행을 꾀했던 것이다.

그리고 효율적인 운영을 위해, 최소한의 임원진이 심도 깊은 책임 하에 시협을 이끌어 나갈 수 있도록 구성된 점도 눈여겨 볼 일이다. 그리하여 이사회에서는 다양한 의견이 백출하고 치열한 논의를 거쳐 양질의 운영방안이 결정되고, 곧바로 시행되었다.

하여, 제7대 시협은 눈에 보이는 가시적인 효과보다 내실을 중히 하고, 작은 행사 하나에도 큰 의미를 부여하여 회원 모두가 참여하는 방식으로 운영되었던 것이다.

그 첫 번째가 2001년 봄 야유회 때 치러진 'UN 지정 도시와의 대화의 해' 관련 행사. UN을 통해 '부산과 부산의 시'를 세계에 알렸던 이 행사는, 시협이 선정한 시인들이 '인류의 평화와 화해' 등의 주제로 작품을 낭송, 발표하고 UN의 공식 홈페이지에 수록했던 것.

이 행사를 참관한 UN관계자는 행사 보고서와 함께 낭송된 작품들을 UN관련 부서에 제출함으로써, 부산의 문학예술활동을 세계에 널리 알리는 계기가 되었다.

여름시인학교도 기존의 역할과 함께 '시민문화캠프'에 초점을 맞추어 기획했는데, 중·고교 문학 영재들과 일반 독자의 참여의 폭을 넓히고, '국악과의 만남', '유명 소설가와의 대화' 등 인접 예술과의 교류도 강화하였다.

특히 '시인과 독자' 간의 '문학적 소통'을 긴밀히 하기 위한 욕심으로, 행사일정을 너무 빡빡하게 잡은 탓에 '공부하는 문학캠프'로 악명(?)을 날리기도 했다.

특히 7대 시협 집행부의 큰 역할은 '부산시인협회상'의 객관적이고도 합리적인 '상의 위상 제고'였다. 우선 '부산시인협회상'의 심사 절차를 종래의 '자천' 중심의 방식에서 과감하게 탈피하여, 모든 회원 발표작에 대한 '협회 중심의 심사'로 전환해 '신선한 시도였다'는 평가를 받았던 것.

심사위원들도 성별, 나이, 등단연대 등을 고려해 대표성을 띤 심사위원을 선임하고, 명망 있는 평론가를 참여시키는 방법으로 공정함을 담보하였다. 그리하여 시협상은 오로지 작품 활동에만 매진해 온 시인을 발굴하고 재평가하는 상으로, 그 역할을 추구하도록 했다. 오로지 작품으로만 평가하는 상으로써, 그 권위를 되찾으려 노력했던 것이다.

'시의 날' 행사도 시인들의 날이 되도록 만전을 기했다. 단 하루만이라도 시인들이 모두 함께 하라고, 다양한 행사와 만찬을 넉넉하게 마련하여 시행하였다. 더불어 '한글시백일장'과 '시민 시낭송회' 등도 활성화 시켜, 많은 시민들이 함께하는 '시의 날'이 되도록 힘을 쏟았다.

이렇듯 일과성 있는 행사는 줄이고, 시협 위상에 걸맞은 행사는 집중하여 치름으로써, 선택과 집중의 운영방식을 내내 견지해 왔다. 아울러 회원들을 위해 항상 열려있는 사무국으로, 사무국장과 간사가 상시 업무체제를 갖추고 있었던 점도 간과할 수 없겠다.

모든 회원들이 함께 '시협' 역량 강화를 위해 노력했던 제7대 부산시인협회. 사무국을 맡은 필자로서도 시협의 올바른 위상을 제고하고, 제대로 된 시협 운영을 위해 '견마지로'를 다했던 기간이었다.

좁은 사무국의 소파에서 밤을 새우며 행사 준비를 했던 나날들, 이해관계가 상충한 회원들의 오해를 오랜 설득 끝에 가까스로 풀어냈던 기억들, 선배들의 만류에도 불구하고 외람되게 시협 개혁을 위해 목소리를 높였던 시절들이 주마등처럼 스쳐 지난다.

그런 시절을 보낸 필자이기에, 작금의 시협 현실은 참으로 아쉬운 마음으로 다가온다. 현재 '부산시인협회'는 입회요건이 간소화 되고 회원 수도 수백을 헤아리면서 원래의 취지가 퇴색된 느낌이다. 회원 간의 점도 높은 동질성을 추구하기도 어렵거니와, 개인의 이익과 명분을 위해 서로 분파하고 갈등하는, 전형적인 이익집단화 경향을 보이고 있는 것이다.

시협은 오로지 회원의 '작품창작의 언덕'이 되어야 할 순수문학단체이다. 그 이상 그 이하도 되어서는 안 된다. 그러하기에 후배시인은 선배시인의 '문단경륜'을 배우며 따르고, 선배시인은 후배 시인의 '작품의 길'을 밝혀주고 이끌어 주어야 하는 것이다.

우리 시협도 오래 전부터 이러한 아름다운 전통이 면면히 이어져 내려왔고, 그 전통은 도도한 물결처럼 쉬 사라지지 않을 것이라 필자는 확신한다.

　때문에 작금의 현실은 '부산시인협회'가 더 큰 바다로 나아가기 위한 필연적인 산고과정으로 보고자 한다. 이 갈등의 시기가 지나면, 명실 공히 부산을 대표하는 문학단체로서의 그 위치를 확고히 하리라는 희망을 가져보는 것이다.

최원준　1987년 문예지 《지평》으로 작품 활동. 1995년 《심상》 신인상.
〈부산·경남 젊은 시인회의〉 대표, 《부산시인》 편집주간 역임.
부산작가회의 회원. 문화공간 [수이재守怡齋] 대표.
(사)최계락문학상재단 사무처장.
시집 『오늘도 헛도는 카세트테이프』, 『금빛 미르나무숲』, 『北邙』

시인의 가슴에 피멍이 들고 있다

백 식

부산시인협회 40년 역사가 어언 반세기를 향해 성큼 다가가고 있다. 역사적으로 볼 때 자랑스럽다. 그러나 불행히도 지금은 도저히 일어나지 말아야 할 이상한 변태사건으로 시인들의 가슴에 피멍이 들고 있다. 시인들의 명예와 자존심을 짓밟고 누워서 자기 얼굴에 침 뱉는 행위가 벌어지고 있는 것이다. 마치 이권다툼으로 변질 된 모습으로 시인의 양심으로는 일어날 수 없는 사건이 너무나도 개탄스럽다.

부산시인협회의 뿌리는 시인들의 긍지와 자존심, 명예와 가치관과 연결되어 있다. 문제는 전직 시협 회장을 역임한 분들의 서명을 받아 비대위 회장이란 이름으로 도착하는 우편물을 보고 정말 놀라웠다. 원로분들이 뜻을 같이 하고 있으니 깃발 아래로 모여 함께 참여해 달라고 요청하는 우편물이 아니던가.

진정한 시인은 순수하고 사회물정 어두워

그리고 비대위회장 김검수 본인 이름으로 2012년 2월13일 특허청에 〈부산시인〉과 〈부산시인협회〉 서비스표 등록출원과 〈부산시인〉 상표 등록출원을 신청한 상태였다. 설명을 하지 않더라도 원로들의 서명을 활용하여 오로지 재판승소와 특허청의 상표등록을 받기 위한 사전목적 외는 없다고 본다.

그러나 필자는 원로 분들이 처음부터 서비스표와 상표출원을 알고 있 었다고는 생각하지 않는다. 서비스표 등록과 상표등록은 사업을 하지 않은 사람은 개념조차도 모르고 지적재산권으로 얼마나 큰 비중을 차 지하는지 모른다. 다시 부연하자면 〈부산시인〉과 〈부산시인협회〉가 개 인 앞으로 서비스표와 상표로 등록이 되면 40년 된 부산시인협회는 간 판을 내려야 하고 부산시인의 책도 발행 할 수가 없게 된다. 사용을 하 려면 등록된 사람에게 사용료를 내야하고 등록자의 개인사업에 활용하 고 한걸음 더 나아가서 다른 곳에 상표권을 팔아넘기고 떠나면 그만이 다. 즉, 시협 500여명 회원들의 명예를 죽이는 것이다. 그것이 특허법 이다.

법정 다툼은 계획된 음모

法에 비유하여 속담처럼 하는 말이 있다. "무식한 놈이 法 좋아한다." 고, 시인들이 따뜻한 온정으로 해결할 수 있는 일을 가지고 소인배 장 난에 놀아나서 부화뇌동(附和雷同)하여 패거리를 이루고 편 가름하여 모함시기하고 음해하여 온갖 권모술수를 동원하여 법적으로 몰고 가는 자체가 시인의 양심에서 벗어나는 일이다.

 法은 상식을 기준으로 판결하므로 현 회장의 티끌만한 일을 문제 삼아 사건도 되지 않은 것을 음해로 확대 해석하여 법정까지 와서 제명해 달라고 하는 것은 한마디로 계란으로 바위 치는 꼴이 되고 오히려 집안 추태를 보여 시인들의 위상을 추락하는 것이므로 재판과정상 법적으로도 인정해 주지 않는다. 그러면 왜 소송을 먼저 하였을까? 그것 역시 서비스표, 상표등록을 받기위한 연장 차원의 사전 포석이라고 생각한다.

절이 싫으면 중이 떠나면 될 것.

 비대위 회장이 처음부터 부산시인협회를 털도 뽑지 않고 삼키려는 시나리오 각본 기획자체가 대단히 잘못된 것이다. 부산시인협회가 싫으면 다른 이름으로 단체(예: 홍길동시인협회)를 만들어 활동하면 누가 뭐라 하겠는가. 시인협회를 정원의 조경차원에서 가꾸는 것이 아니라 포클레인을 동원하여 뿌리 채 뽑아 사유화하기 위해 개인 이름 앞으로 정원에 옮기려는 발상이 끔찍한 발상이고 시인의 양심으로는 할 수 없는 일이다.

맺는말

 오늘 이렇게 말하지 않으면 대부분의 진정한 시인들은 한사람에게 휘둘려 명예가 실추 당하는 바보가 되므로 바보멍청이가 되지 않기 위해 회원들의 뜻을 빌려 잘못된 것을 바로 잡기 위한 것이다. 부산시인협회가 순수한 협회로 남아야 하는 것은 천명과도 같다.

부산시인협회장을 역임한 전직 원로 분들은 훌륭한 분들이고 전국적으로 부산시인협회를 대변하고 있고 부산시인들의 자존심을 살리는 분들이다. 또한 부산시인협회를 가장 사랑하는 분들이다. 문학 본연의 뜻과 시인의 본질을 바로 세우기 위한 따뜻한 온정의 마음이 넘쳐 상대성 원리로 바라보지 못하고 오로지 제명이라는 한쪽에만 치우쳐 본인들도 모르게 오늘의 사태가 이른 것으로 본다.

예부터 "윗물이 맑아야 아랫물이 맑다."고 하였듯이 문학의 원로 분들은 신인들의 등단 과정에서 문학의 습작 기간을 명확하게 판단하여 문학과 거리가 먼 사람들 특히 시인의 자격 미달 되는 사람들을 사적으로 등단시키는 일은 없어야 할 것이다. 그렇게 되면 근본 뿌리가 바로 된다.

아무쪼록 시인협회 40년 역사를 축하하며 쓴소리를 남겨놓고자 한다.

백 식 시인, 칼럼니스트.
　　　1974년 《창녕문학》 창간호로 시작 활동.
　　　1992년 《시세계》 신인상 (박재삼 선).
　　　백식칼럼 : blog.chosun.com/ajs4113

시협에서의 희로애락

문 인 선

변종환 회장 때였다. 여름 시인학교를 동래산성 청소년 수련원에서 열었다. 그 때 정진채 전 문인협회장님과 동아대 차한수 교수님, 그리고 필자가 강의를 했다.

필자는 〈시낭송과 효용〉에 관한 강의를 했다. 그 내용은 독자들의 호응이 좋아서 〈부산시인〉에 실었던 것을 나중에 〈바다문학〉에도 내 양해 없이 실리기도 했다.(변회장님은 책이 한권도 남김없이 다 팔렸다고 자랑하며 즐거워했다.) 많은 시인들과 학생들이 참여해 주었다, 고마웠다. 필자가 하는 시낭송에 대한 강의를 듣고 싶어 참여했다는 시인님들께는 지금도 감사한 마음을 잊지 못한다.

여름시인학교는 1박 2일 일정이었는데 방별 대항 낭송대회가 있었다. 그 심사를 하는 재미가 그렇게 즐거울 수가 없었다. 필자는 전국적으로 여러 낭송대회 심사를 해 보았지만 이처럼 즐거운 대회는 없었다. 일반 낭송대회에서 갖는 진지함 보다는 즐거움을 주는 대회였다. 방별 대항이다 보니 서로 잘 하려고 모여서 의논하고 고민하고 하여 만들어 낸 작품들이 웃음을 자아내기도 하고 자기 팀이 이겨야 한다는 강박관념에 사로잡혀 진지하지 않은 시를 너무 진지하고 엄숙하기까지 하게 하는 그것이 오히려 더 웃음을 자아내기도 했다. 밤새워 시로 꾸민 꽁뜨, 시극 아닌 시극 등등 자유분방한 아이들이 어우러진 이 낭송대회는 우리들의 웃음바다였다. 이 즐거운 하루의 일정을 마치고 돌아오는 저녁의 숲속 길은 또 하나의 낭만이었다.

　마침 정옥금 시인과 함께 돌아오는데 그날이 보름이었던지 둥그런 달이 저만치서 숲 사이로 보였다 사라졌다 했다. 우린 서로 저 달이 "나를 따라 온다."고 우겼다. 정시인은 자신이 보름달처럼 얼굴이 둥그럼하니 달과 닮아서 같은 과 인줄 알고 따라온다고 했고 필자는 달이 나를 짝사랑해서 따라온다고 우겼다. 그래서 결국 둘은 그럼 시를 지어보자고 했다. 돌아와 단번에 쓴 작품이 아래 시다. "동행"이라고 제목을 붙였다.

오마이랜드 여름 시인학교 끝나고
동래 산성 길 돌아 돌아오는데
훤칠한 사나이
환한 얼굴을 하고
숲 사이를 헤치며
따라 온다

동행하던 시인은
제 닮아서 자기를 따라 온다고 했다

그의 헐떡거리는 숨소리
내 심장에 닿는데
확인해서 무엇하랴 그냥 참았다

아파트 숲속에 이르러
슬쩍 돌아보았다

맞았어
나를 따라 온 게야

우리는 서로 윙크했다

　권혁동 회장의 임기 말쯤이었다. 시협에서 전국 시낭송대회를 열면
어떻겠느냐고 제안해 왔다. 필자는 단번에 "좋지요!" 하고 대답했다.
　실행에 옮겨졌고 대회장은 권혁동 회장님이, 필자는 집행위원장이 되
었다.
　몇 번의 만남과 의논 끝에 일정이 잡히고 인터넷으로 광고가 나갔다.
전국대회니만큼 심사위원 한 사람쯤은 서울사람을 부르기로 했다. 마
침 필자가 전국 시낭송회 부회장으로 활동하던 때 회장이었던 김문중
회장(현재 한국낭송가협회회장)을 부르기로 했다.
　대상에는 상금 오십 만원을 걸었다. 그리고 부산시장상을 받아내기로
했다. 마침 시청에 갔더니 관광과 김석기 계장은 나를 알고 있었고 무
척 반겨주면서 바로 확답을 주었다. 일은 쉽게 풀리는 것 같았다.
　그러나 문제가 생겼다. 현역 시인이 참여할 수 있는 시낭송대회라는
것이 문제였다. 지원자가 많을 것으로 예상했던 대회는 쉽게 지원자가
몰려오지 않았다. 밖에서 들려오는 소리가 문인선이가 심사위원장이
될테니 자기 제자에게 주지 않겠느냐는 의심을 자기들끼리 하면서 망
설인다는 소문이었다. 참으로 딱한 노릇이었다. 물론 당시 필자가 가르
치는 제자들이 많았지만 대회를 치러보지 않은 제자들은 아직 초보여
서 전국대회 나갈 수준은 아니었고 수준이 있는 제자들은 이미 다른 대
회에서 상을 받은 터라 대회엔 졸업상태였다. 어디 심사를 혼자서 하는
게 아니지 않는가. 하기야 이런 묘한 의문을 제기하는 세력은 늘 불순

한데서 온다는 걸 알지만 그러나 그 방해적이고 뜬소문을 탓할 것이 아니라 최선을 다해 대회를 잘 치르자고 생각했다.

권 회장님은 심사위원 선정을 의논했다. "회장님이 다 선정하세요. 저는 몰라도 됩니다. 당일 날 가서 그 자리서 알아도 됩니다. 그게 좋습니다." 라고 했다. 정말 나는 알고 싶지도 필요도 느끼지 못했다. 다만 '제대로 심사해 줄 사람이면 된다'고 생각했다. 당일 날 발표된 분은 정말 나는 생각도 못한 분이었다.

청중도 많이 참여했다. 대회장은 대회장 분위기가 났다. 참여 인원도 대회를 치르기에 꼭 알맞은 인원이 참여했다. 다행이라고 생각했고 나는 낭송가 인증서를 준다고 했기에 그것에 상응하는 수준의 참가자가 있어야 하는데 그것이 은근히 걱정이었다. 그러나 그런 걱정은 기우였다. 처음 시작하는 낭송자가 낭송을 매우 잘해서 나도 깜짝 놀랄 지경이었다.

나는 고마웠다. 정말 고마웠다. 안도의 한숨을 쉬었다. 이제 되었다고 생각했다. 그는 시인이 아닌 일반인이었다. 그리고 남자였다. 그 뒤에도 계속 낭송은 다들 열심히 연습한 그야말로 대회에 출전해 기량을 한껏 뽐내는 경주자의 그것이었다. 고맙고 성공적이라 생각했다. 역시 낭송은 기성 시인들보다 일반 낭송을 즐기는 사람들의 몫이었다.

누가 봐도 참여자들 중에 뛰어난 사람이 확연하여 대상은 물론 그리고 그 다음 상도 짐작했을 것이다. 참으로 통쾌한 대회라고 생각했다. 다른 방에서 실무자들이 합산하고 최종 등위를 산출해 내어 들고 왔다.

시상식을 했다. 대상은 대회장인 권혁동 회장의 이름으로 나갔고 권 회장님이 시상을 하고, 시장상은 필자가 시상을 했다.

일이 잘 되었다고 생각했다. 그런데 뜻밖에도 문제제기가 들어왔다.

지금까지 현역시인들이 참여하는 시낭송대회가 없었던 터라 서울에서 온 심사위원이 자신의 시를 들고 나오면 감점이라고 심사평에서 말한 것이 발단이었다. 사실 그 문제에 대해 아무도 감점을 하지 않았고 그런 규정을 두지도 않았는데 그가 모르고 불쑥 그렇게 말을 해 버린 것이다. 어쩜 일반적으로 유명시를 낭송하라는 류의 심사평을 그는 여기서도 그대로 써 먹은 것이다. 우리의 대회는 사정이 달랐는데……. 그랬으니 참여한 시인들이 항의를 할 수 밖에……. 그 말은 오해를 불러 일으켰다. 참여한 시인들은 자신의 점수가 감점을 받았다고 오해를 하게 되었다. 거기에 한 행을 빠뜨린 자가 수상을 하게 되었는데 이 또한 빌미가 되었다. 항목별 채점을 했기에 한 행을 빠뜨려도 낭송을 잘했기 때문에 낮은 등위는 할 수가 있었지만 심사평에서 그 부분을 지적해 주지 않고 엉뚱하게 자작시 운운했으니……. 참 안타까운 일이었다.

　필자는 많이 쓰리고 아팠지만 한 점 부끄러움이 없기에 차라리 조용했다.

　참으로 다행인 것은 슬픈 그 때 행복했던 기억을 떠올릴 수 있는 추억이 있다는 것이었다.

　임수생 선생님이 시협 회장 시절 시의 날 시낭송대회를 열었다. 그 때도 필자가 심사를 했었다. 할아버지 한 분이 차례가 되어 올라가시더니 낭송을 잘 하시고는 "낭송을 못해서 죄송하니다. 앞으로 문인선 선생님한테 배워 다음엔 더 잘하겠습니다." 하고 인사를 하고 내려왔다. 필자는 전혀 알지 못한 분이셨는데…….

　참으로 좋은 인연이었을까? 그는 낭송을 잘 했고, 그의 시상식을 필자가 했다. 그는 낭송도 잘하셨는데 시 쓰는데도 소질을 갖고 있었다. 혼자 습작을 하고 있던 중이었던 그는 그 후 필자에게 종종 습작시를 들고 왔다. 등단을 추천해 드렸다. 지금은 부산이 아닌 대전의 아들집에서 노년을 시인으로 시와 함께 살아가는 그는 지금도 하늘이 맑은

날은 필자가 보고 싶다고 전화를 하신다.

　필자의 시를 즐겨 외우시고 낭송해 주시는 할아버지, 나보다 훨씬 연장자이시지만 나를 사랑하고 존경까지 하시는 할아버지 시인. 이 가을 필자를 사랑하고 사랑을 주시는 모든 분들에게 감사와 문운을 빌어본다.

문인선　1997년《시대문학》등단. 시낭송가 .경성대 외래교수.
　　　　　부산시인협회 부회장. 전국 시낭송대회 집행위원장 역임.
　　　　　한국농촌문학상, 백호낭송 대상 수상.
　　　　　시집『천리향』『사랑 하나 배달되어 오다』외

바로 보고 행동하는 것이 시인 사회

이 원 도

본고는 부산시인협회 창립 40주년을 맞이하여 발간 예정인 「부산시인 40년사」에 지금의 시인협회가 처한 현황들을 느낀 그대로 서술해 달라는 편집부의 요구에 응했으며, 부산시인 75호에 상재한 졸고 〈이원도의 노장시화〉를 근거로 했음을 밝혀둔다.

1.

40년의 역사는 사람 한평생 활동기간보다 긴 녹록찮은 시간이다. 회고컨대 그동안 작고 큰일들이 얼마나 있었겠는가. 그럴 때마다 위기를 수습모면해서 오늘에 이르렀으리라. 그런데 지금의 모습은 어떠한가, 차마 입에 담기도 부끄러운 괴변사태가 유위에 의하여 일어나고 있다. 부산시인협회 회원 수가 2012년 현재 어림잡아 600명에 가깝다고 한다. 2010년 2월 19일 참석인원 350명(년회비 완납한 회원에 한하여 투표권이 있음)이 투표하여 두 사람 입후보에 현 김광자 회장이 218표를 득표(94표 차)하여 직선제를 처음 시도한 권혁동 회장 다음으로 두 번째 직선제 회장으로 선출되었다. 지금까지 느슨한 운영을 하던 전 집행부에서 일하던 사무국에서 신임회장의 긴축경영에 대한 불평이 입에서 입으로 전해지더니 급기야 집행부 임원과 사무국에서 일하던 사람을 비롯한 전임 회장들이 연대 서명하여 현집행부 회장의 비리와 자질이 부족하다는 이유로 비상대책위원회(약칭 ; 비대위)를 구성하여 현 회장을 축출하려 했으나 기존 시협의 정서에 호응하는 회원들이 많아 그 뜻을 이루지 못하고 딴살림을 차리게 된 것이다. 본고에서 부연하겠지만, 비대위 집행부는 시단에 나온 지도 일천한 신인들로서 감투욕이 앞섰고, 이를 뒤에서 후원하는 전 회장들은 이참에 직선제 회장선출을 저지하고 종전처럼 추대제로 복원시켜 기득권을 내려놓지 않겠다는 내심 각기 다른 목적을 갖고 있으면서 겉으로는 시협을 위하는 척 오월동주(吳越同舟)하고 있다고 추측할 수밖에 없다.

장자에서는 자기 관점에 따라 사랑을 실현하다가는 도리어 그 사랑으로 인해 일을 망칠 수 있다(意有所至, 而愛有所亡 「인간세」)고 했다. "말을 사랑하는 사람이 있었다. 말똥을 치울 때 대나무로 엮은 소쿠리를 사용했으며 오줌을 받을 때는 크고 값진 진주패를 이용했다. 그는 애지중지하는 말에 해충이 달려들어 피를 빨지는 않을까 염려해서 밤낮을 가리지 않고 돌보던 중 어느 날 거대한 흡혈 쇠파리가 말 등에 올라타서 피를 빨아먹고 있지 않는가, 미운 쇠파리를 향해 힘껏 손바닥을 내려쳤더니 쇠파리는 눈치를 채고 달아나 버리고 충격에 놀란 말의 뒷발질에 채여 말 주인은 그 자리에서 즉사하고 말았다." 장자 전편이 그러하지만 이 대목이 우리에게 시사 하는바는 크다. 배신과 반목은 먼 외부로부터 침해당하는 것이 아니라 측근으로부터 비롯한 반목과 내홍이 조직사회를 망가트린다. 장자는 말한다. 당신이 다른 사람을 사랑한다고 해서 그 사람이 당신의 사랑을 이해하지는 않는다고, 여기에서 우리는 인간마음이란 같지 않아서 언제나 부딪히고 갈등한다는 것이다. 이는 경험 중에 나타나는 인지와 가치판단의 유효성이 절대적·보편적이 아니고 언제나 일정한 자기관점에서 받아들인 산물이라는 사실을 일깨워 준다. 김광자 회장을 총회 투표에서 회원들이 뽑을 때는 집행부 몇몇을 위하여 선출한 것이 아니고 전체 회원들의 권익을 보호해달라는 주문이기 때문이다.

우리는 이러한 지혜에 근접하려면 관점의 차이를 포용해야 한다. 하물며 사랑이라는 동일성 행위에서도 이와 같은 차이가 있는데 각기 다른 마음을 가진 사람과 사람사이란 차이를 제쳐두고 심지어는 나와 상대의 차이를 인정하기를 거부하고 단지 나를 중심으로 한 같아지기를 구한다면, 그 폐단의 결과는 양분화를 초래할 수밖에 없다. 『노자』에서는 "늘 욕심이 없으면 그 묘함을 보고, 늘 욕심이 있으면 그 가장자리를 본다(故常無慾以觀基妙, 常有慾以觀基儌 「1장」)"고 했다. 여기에서 '욕심'이란 대상을 자기화하려는 이기주의를 일컬음이다. 사람이 지혜로워지기를 원한다면 욕심을 버리고 서로 다른 것으로 하여금 같게 만들려는 노력이 필요한 것이다. 이를 두고 본고에서는 편견이 낳은 사생아라고 일러둔다.

> 서 있는 자와 앉아 있는 자는 막연하다 서 있는 자는 앉아 있는 자에게, 앉아 있는 자는 서 있는 자에게 막연하다 누가 서 있고 누가 앉아 있는지, 번호표를 뽑아든 차례가 막연하다 번호표는 그냥 번호표일 뿐, 서 있는 자는 아직도 서 있고 앉아 있는 자는 아직도 앉아 있다 누군가 가만 기지개를 켠다 어쩌다 서 있고 어쩌다 앉아 있는 하늘 저쪽의 구름 한 또래, 구름은 가는 길과 오는 길이 막연하다 누가 말하지 않아도 구름은 구름일 뿐 서 있고 앉아 있는 것에 대하여 옳다 그르다 하지 않는다 그림자는 잠깐 시에스타를 즐긴다 짧은 꼬랑지를 감춘 한 낮이 막연하다

　　인용시를 읽으면 2012년 2월 2일 스타일웨딩홀에서 개최한 부산시
인협회 정기총회의 모습이 떠오른다. 인용시는 (『부산시인』 2012 봄
호)에 발표한 유병근의 시다. 회순에 의하여 축사를 해달라는 집행부의
요청에 단상으로 오르려는데 비상대책위의 폭력적 저지로 인하여 단상
에 오르지도 못하는 수모를 겪게 된 것이다. 인용시는 장자 「제물론」에
서 궁구하는 '사물의 이쪽 면은 바로 사물의 저쪽 면이며, 사물의 저쪽
면 또한 사물의 이쪽면'(是亦彼也 彼亦是也')에서 치지(致知)하면 화평
할 수 있다는 의미다. 이는 장자가 탈제도와 탈중심을 흡인하면서 출발
한 선험적 미시담론이기도 하지만 화자는 이를 받아드려 여러 유형의
패러디시학 중 『장자』의 사상적 패러디를 수용했다고 추측할 수 있기
때문이다. 인용시의 주제는 순조롭지 못한 회합의 모습이 그려지고 있
다. 회순에 의하여 순서대로 진행되지 못함을 안타까워하는 마음이 시
전편에 녹아있다. 우리가 일상적으로 접하는 사람이 분비는 곳은 번호
표를 받아들고 줄서 기다린다. 번호표는 혼잡과 무질서를 바로잡기 위
하여 취사선택한 순리의 방편이다. 그래서 화자는 무질서한 회의장에
대응하여 '번호표'를 시 쓰기 했을 것이다. 질서란 무엇인가, 개인의
불편을 감내하고서라도 윤택한 공동의 삶을 위한 도덕적 규범이다. 시
'번호표'를 써야하는 화자의 궁극적 의미는 질서를 세우기 위함이다.
어떤 회의장은 질서를 회복하기 위한 무질서가 아니라 무질서를 위한
무질서가 난장판을 치는 광경을 흔하게 접할 수 있기 때문이다.

　　　서 있는 자와 앉아 있는 자는 막연하다 서 있는 자는 앉아 있는
　　자에게, 앉아 있는 자는 서 있는 자에게 막연하다 누가 서 있고
　　누가 앉아 있는지, 번호표를 뽑아든 차례가 막연하다

　화자는 극도의 혼란에 빠진 회의장 모습을 조감하면서 막연함을 느끼고 있다. 어떤 특정인이 갖는 특정 지정석이 아닌 누구나 점유할 수 있는 보편적 자리를 '이것'과 '저것'으로 양분하다보니 선 자리와 앉은 자리로 이분화 된 회의장을 조감하고 있다. 이 시에서 '막연하다'의 의미는 과거로부터 전해 내려온 어떤 일의 진원을 알 수 없음을 의미하는 데 반해, 화자는 현재 이루어지고 있는 혼란이 미래를 점칠 수 없는 불안한 지경에 이르고 있음을 우려하고 있다고 봐야할 것이다. 난장판이 된 회의장은 누가 앉아 있는 자인지 누가 서 있는 자인지 구분이 되지 않는다. 질서를 찾아볼 수 없는 회의장은 암울하고 막연하기만 하다. 이 와중에도 번호표를 뽑아 든 많은 회원들은 불안과 초조를 감내하면서 끝내 자리를 지키고 있다. 고성이 오가고 폭력이 난무하는 회의장은 결국 아무 것도 제대로 된 성과 없이 끝내 파행으로 접어들기 마련이다.

　　2.

　아이러니를 잉태한 탈제도와 탈중심의 사유는 『장자』에서 선험적으로 내재해 있는 관점적 요인들이다. 앞서 장자와의 연관성에서도 살폈듯이 인용시는 탈중심의 사유를 포함하고 있음을 눈여겨 볼 수 있는데, 그것은 화자가 오히려 더 철저하게 '삶의 공간'을 탐색하는 방식을 지니고 있었기 때문이다. 왜냐하면 그가 자신의 사상을 삶의 공간에 적용하는 과정에서 비타협적인 의식(비타협적인 실력 양성론)을 근거로 제도권에 저항하는 현실 비판 의식을 시어의 확장과 직유적 담론으로 표출하고 있기 때문이다. 이처럼 삶의 공간을 탐색한다는 점에서 인용사는 어떤 식으로든 미시 서사의 계기를 포함하고 있다.

회의장이 질서를 되찾도록 기다리며, 아직도 서 있는 '이것'과 끝내 소란을 피우고 있는 '이것'과 '저것'의 시비를 보고 있다. "어쩌다 서 있고 어쩌다 앉아 있는 하늘 저쪽의 구름 한 또래,"에서 화자는 절대적 자유를 잃어버린 인간 삶의 원초적 비애를 당시의 회의장 모습을 보면서 화해(和諧)하려 했다. 화자는 '이것'과 '저것'의 진원이 하나인 '한 또래 구름'을 들추어 화해하려 한 점이 돋보인다. 반면 화자는 회의장에 앉아 있는 시是[이쪽]과 비非[저쪽]으로 양분화 된 회원들의 마음을 다 알지 못한다. 선동하는 말을 통해서 듣고 있는 관념적 인식일 뿐 왜 싸우는지를 정확히는 알지 못한다. 현 회장이 축의금 오만 원을 오용했다느니 회장이 임원들에게 후하게 하지 않았다느니 하는 독설에 오히려 알지 않으려고 귀를 막는 회원들이 더 많다. 결국 토론장이 되어야 할 회의장은 침묵의 장으로 변모되었고 길길이 날뛰는 몇몇 회원들 때문에 다수의 회원들이 회의장을 빠져나와 식당으로 옮긴 후 남은 회의를 끝내게 되었다. 비록 말없는 회원들일지라도 원래 한 뿌리인 "구름 한 또래"를 알고 있다. 어떤 모임이던 회합의 출발목적은 회의 발전과 회원의 권익을 옹호하기 위해서 만들어졌다. 본래 한 뿌리에서 태어난 회가 각기 다른 갈등을 키워 가다보니 그 얽힘이 만만찮게 굳어버렸다는 탄식이 배어있다는 것이다. 비록 지금은 혼돈스럽지만 근원은 '한 또래 구름'이었음을 모든 회원이 알고 있음은 두말할 나위가 없다.

　인용문에서 '옳다 그르다' 하지 않음은 장자의 인식론 중 중요한 명제 중의 하나다. 사물의 다른 한 면만을 보고 기다 아니다 하는 것은 사물의 진면목을 보지 못한 편견이 낳은 부산물이다. 외물(外物)에 사로잡혀서 본성으로 돌아오지 못하고 외물로 치달려 스스로를 돌아보지 못한 결과이다. 비록 서로가 싸우더라도 그것은 일시적인 일에 지나지 않는다. 번호표를 쥐고 순서를 기다리면 그때의 분쟁은 부질없는 짓이었음을 알게 된다. "지인은 행적을 남기지 않는다(至人不留行焉)"고 했다. 특히 옛 시대를 존중하고 지금시대를 나쁘게 말하는 자가 학자의 무리이다(夫尊古而卑今. 學者之流也「외물」)라고 했다. 참으로 간담이 서늘한 대목이지 않는가, 바꾸어 말하면 가고 없는 지난날의 영예에 빠져 정작 즐기고 감사해야할 지금을 잊고 있는 우리들을 꾸짖은 경구가 아닌가, 화자는 한 또래 구름의 진로를 걱정하고 있다. 아무리 인위적으로 애쓴다고 해도 구름의 진퇴를 조종할 수는 없는 것이 인간 힘의 한계다. "참으로 지혜로운 사람은 우주 속의 큰 이치가 자기 마음속에 있다는 것을 아는 사람이다. 근본을 버려둔 채 지엽을 문제 삼지 않는다. 잡박한 사람은 피상적인 앎에 그쳐서 큰 도에 대해서는 정말 알고 있는 것이 많지 않다.(知者不博, 博者不知. 노자 81장)"고 했다. 인간 삶은 늘 불안하고 고통스러운 것은 내가 알고 있는 지식의 테두리 안에서 상대를 비교하고 분석하다보니 세상일이 흡족할 수가 없다. 흡족하다면 그것은 순간 나의 앎과 일치했다는 순간의 성취감일 뿐이다. 이는 시간과 장소가 바뀔 때마다 변하는 것으로서 이를 일러 변화하는 인간 마음이라고도 한다.

　　그림자는 잠깐 시에스타를 즐긴다 짧은 꼬랑지를 감춘 한 낮이
　　막연하다

시에서 그림자는 육체의 부정적 이중성이나 육체가 표상하는 악과 비열한 측면을 상징한다고 했다. 그림자란 꿈에서 깨어나지 못하고 방황하는 넋두리를 일컬음이다. 한바탕 꿈에 지나지 않는 유한한 삶, 그러기에 꿈에서 깨어나지 못한 꿈꾸는 꿈은 잠깐 기대어 조는 낮잠인 시에스타를 즐긴다. 장자 우화를 들여다보자. "제 그림자를 두려워하는 사람이 있었다. 자기의 발자국을 싫어하여 그것에서 떨어지려고 사방으로 뛰어 다녔다. 달리고, 또 달렸지만 달릴수록 발자국만 늘어갈 뿐이었다. 쉬지 않고 달리다가 힘이 다해 죽고 말았다. 편안히 누워 쉬면 뛰어다니지 않아도 될 것을, 큰 어리석음이다"(人有畏影惡迹而去之走者, 擧足愈數而迹愈多, 走愈急而影不離身, 自以爲尙遲, 急走不休, 絶方而死, 不知處陰以休影, 處靜以息跡, 愚亦甚矣.「어부」).

우리 인간에게 따라다니는 크고 작은 우환들은 따지고 보면 '나'가 자청해서 만든 결과물에 불과하다. 그러기에 장자에서의 화해(和諧)는 상대로부터 걸린 매듭을 푸는 것이 아니고 '나와' '자아' 와의 소통을 통하여 내가 나를 용서하는 행위이다. 상대를 향해 묶임을 풀려고 하는 것은 결과적으로 '나'가 그 속에 들어있기 때문에 설령 상대로부터 용서를 받았다고 해도 그 용서가 내게 남아있음으로 해서 진정한 장자적 화해로 보기는 어렵다. 그렇다면 화해의 방법은 없을까, 노자는 우주만물을 하나[一]로써 화두 했고, 장자는 이를 확대 재생해서 크게 하나[太一]로 규명했다. 화자는 이 크고 단순한 진실 앞에서 인위가 아닌 무위로 양행(兩行)해야 할 회의장을 향해 대갈하고 있는 것이다.

3.

「노자와 장자의 사유문법」과 저서 「데리다와 노장의 독법」에서는 현대 해체주의의 대표자인 데리다와 장자가 유사한 사유 과정과 구조적

유사성을 가진 것으로 비교 기술하고 있어 눈길을 끈다.

　김형효는 "그(데리다)가 플라톤에서부터 훗설에 이르기까지 서양 철학사를 일관하여 지배해 온 '현존의 형이상학'(la metaphysique de la presence)을 해체시키는 사유의 방법이 곧 바로 동양의 노장철학이나 불교철학의 사유세계를 역설적으로 밝혀주는 계기가 된다"고 주장한다. 물론 이 말의 의도는 형이상학이란 정신의 자기 충족감이나 만족감을 추구하는 나르시스적 '자가애(自家愛)'의 성질을 지닌다는 것으로 봐야한다. 즉 그것은 하나의 중심을 향하여 구성되는 고유성, 자기 동일성과 보편성을 추구한다는 것이다. 그리하여 타자와 .타자의 차이를 지우고자 하는 것이다. 데리다의 철학은 이러한 자가성(自家性)을 해체하고자 하며, 이성 중심 문화의 위선을 고발하고자 하는 것이다. 여기에서 우리는 데리다가 얼마나 철저히 장자와의 동행을 요구하는지를 읽을 수 있다. 데리다의 해체주의적 문맥 속에서『장자』텍스트를 새롭게 분석하면서 장자의 가장 핵심적인 논리를 보여주는 「제물론」의 내용은 상호배척도, 무관심도, 종합도 아닌 차연(差延);la defferanance[1]의 관계로 밖에 해독할 길이 없다고 주장한다. 데리다적 문맥에서, 타자들 상호 간의 흔적은 이미 지금의 현실을 구성할 뿐만 아니라 지금의 현실과 동거하고 있는 것이다. 현실은 타자들 상호 간 흔적들의 연기(緣起)다. 이러한 차이와 연기의 관계, 즉 차연이란 단적인 표현으로 '아무 것도 의미하지 않는 사유'이다. 여기에서 '의미'란 것은 하나의 중심을 향하여 모든 방계적 뜻이 동심원적인 초점을 모을 때 생긴다. 그러나 차연은 적어도 중심이 둘이든지 또는 그 둘

---

1) 데리다는 자기동일시적인 단 하나의 의미로 환원시킬 수 없는, 일련의 변화하는 용어에 의지하는 전략을 쓰게 되었다. 차연은 이런 것들 중 가장 효과적인 전략이다. 차연의 의미는 두 개의 프랑스어 동사, 즉 '차이가 나다' to differ와 '지연시키다' to defer 사이에서 그 의미가 중지된 채로 남아 있는데, 이 두 동사는 모두 이 용어가 텍스트 내에서 갖게 되는 힘에 의하여 기여하겠지만 둘 다 그 용어의 의미를 완전하게 포착하지는 못한다고 하고 있다. (김형호, 「데리다와 노장의 독법」)

도 아니기에 아무 중심도 없다. 이어서 차이와 흔적의 관계, 즉 차연은 양가성의 개념을 형성할 수밖에 없는 것이다. 그것은 둘을 동시에 고려하는 'both ~ and'의 논리와 둘을 동시에 부정하는 'neither~nor'의 논리를 겨냥하고 있다. 이러한 논리는 결국 '결정 불가능성'을 뜻하고 선택 불가능성을 말한다. 결정불가능이란 양면 긍정이 낳는 양가의 '동거논리(同居論理)' 이다. 「제물론」에 나오는 "삶이 있으면 죽음이 있고 죽음이 있으면 삶이 있다. 가능한 것이 있으면 불가능한 것이 있고 불가능한 것이 있으면 가능한 것이 있다(方生方死, 方死方生, 方可方不可, 方不可方可)" 라고 하는 '방생의 설' 이 대표적인 양가의 동거 논리이다. 이러한 동거 논리에 의하면 각각은 이미 타자의 증여로서 성립하고 있다. 즉 같은 것은 이미 자기성이나 자기애의 고유성이 아니고 타자성에 의해 매개되고 있는 것이다. 이러한 동거 논리는 장자에서는 '천균(天鈞)' 또는 '양행(兩行)' 으로 표현되고 있다. 유병근 시인의 「번호표」는 우주적 보편성을 통하여 어느 한쪽이 이기고 지는 졸렬함에서 벗어나 함께 손잡고 나아가는 즉 양행하는 참모습을 갈구하고 있음을 확인할 수 있다. 여기에서 양행이란 서로 얽혀서 이루는 논리 속에서는 택일된 하나의 자기 동일성이 유지되지 않는다. 서로가 서로에게 증여되고 흔적이 지워졌을 때 취득할 수 있는 쾌거다. 이처럼 장자가 보이는 해체성은 당시대의 권력적 이데올로기들, 제도권의 중심 논리를 전복 또는 와해시키고 있다.

　한편 앞서 밝힌 장자의 '방생설' 을 비롯한 양가적 동거 논리를 통하여 유병근 시인이 지휘하고자 했던 시적 아이러니 정신을 발견할 수가 있어 흥미롭다. 다시 말하면 아이러니 정신은 분석적 정신이며 분석적 정신은 지적 사고의 본질이라고 할 수 있다. 선진 장자와 유병근 시인 사이에는 자신마저 분석하는 철저한 아이러니 정신에 입각해 있음을 쉽게 파악할 수 있는 것이다. 두루 알려진 대로 아이러니는 표현된 것과 의미된 것의 상충에서 오는 시적 긴장이며 변장의 기술이다. 역설은 모순 인식을 통하여 진리를 간접적으로 발견하는 데 가장 효과적인 방법이다. 이 양자는 인생의 폭넓은 인식, 즉 리얼리티의 보다 효과적인 발견과 그 표현이라는 점에서, 그리고 다양성 속의 통일성이라는 시의 미학을 구축한다는 점에서 꾸준히 시의 중요한 구성 원리로 지적되고 있다. 아이러니가 가진 두 가지 기능에 대해서 아이러니컬한 시가 아이러니컬하지 못한 시보다 진리를 더 객관적이고 더 참되게 나타낸다(파킨Rebecca Price Parkin)고 했다. 곧 어조 변화란 미학적으로 보아 첫째, 단조로움의 탈피라는 시적 긴장과 둘째, 시적 화자의 제재의 다양성을 관찰하고 이에 적절한 태도들을 취하는 가변성을 시 「번호표」를 통하여 만나는 기쁨을 얻었다. 끝으로 본고에서 빠져나가면서 "효자가 약을 손에 들고 아버지에게 바칠 때는 그 얼굴빛이 초췌해지는 것은 아버지의 병이 그토록 심해지도록 방치하여 고치지 못한 것이 부끄러워서다孝子操藥而脩慈父, 其色燋然,「천지」"라고 했던 장자 경구가 떠오른다. 갓 시단에 들어와서 사리분별을 못하고 날뛰는 후배들에게 소위 말하는 원로들께서는 이들을 바른길로 안내하고 자제할 수 있도록 진정시켜야할 책임 있는 자리임에도 불구하고 시단이 이지경이 될 때까지 뭐하고 있었단 말인가, 이것과 저것은 본래 없는 것이다. 있다면 하나가 있었을 뿐이다. "공이 이루어지면 자신은 물러나는 것이 하늘의 도(功遂身退, 天之道)「노자 9장」"라고 했다. 도를 알고 도가 되어 도의 삶을 살면 남는 건 감사하는 마음밖에 없을 것이다.

이원도 《서정시학》 시 · 평론 등단.
　　　　시집 『출발선 달을 향한』, 『구름 사육사』.
　　　　평론집 『이상이 만난 장자』 외.
　　　　2012 부산시인협회 본상 수상.
　　　　부산시인협회 수석부회장.

부산시인협회
회장 직무대행 시절을 추억하며

조창용

2008년 부산시인협회 제10대 변종환 회장의 갑작스런 부재로 인하여 당시 부회장을 맡고 있었던 필자가 회장 직무대행을 맡게 되었다.

당시는 너무 갑작스러운 일이었고 시의 날 행사 등 당장의 직면한 큰 행사들을 앞두고 있었기에 이런저런 어려움들이 많았다. 특히 부산시인협회의 역사에 회장의 부재의 사유에 대한 오점을 남기지 않으려고 많은 이사님들과 함께 의논하고 이해를 갖도록 하는데 더욱 고심하며 힘을 기울였다.

그리고 부산시인협회 회칙 개정을 위해 이사회와 총회를 개최하였고 회장 직선제 선거까지 치렀다. 특히 회장 선거는 직선제의 반대와 직선제를 원하는 이사들의 의견 충돌에 이해를 돕고자 무척 노력한 기억이 새롭다. 당시는 어찌나 큰 고민이 되었던지, 많은 원로 선배님들의 충고도 들었지만 다수의 원칙을 배제할 수 없어 망설임의 벼랑 끝에 서서 결정을 내리지 못해 고심을 했었다.

그러던 차 존경하는 선배님 중의 한 분을 찾아가 고민을 털어 놓았더니 "조창용 직무대행의 의지대로 하고 회의의 결론에 따르라."는 조언에 큰 힘이 되어 부산시인협회 회장 직선제 선출에 관련한 일들을 추진해 갈 수 있었다.

필자는 회장 직무대행을 떠안게 되면서 하나의 책무감이 생겨 부산시인협회의 발전을 위해 최선을 다하고자 하는 마음이었다. 그러다보니 몇몇 원로 선배님들의 원망과 충고를 듣기도 했다. 그때는 회장의 고유권한과 그리고 내가 가진 고집으로 일방통행처럼 앞만 보고 간 적도 있었지만 그 추진 방향이 옳다고 여겼기에, 더구나 갑작스런 회장 부재로 인해 500여 명의 회원들에게 혼란을 주어서는 안 되었기에, 회장대행으로 한 일에 대하여는 세월이 흐른 뒤 부산의 시인들에게 심판을 받겠다는 각오로 임할 수 밖에 없었다.

하지만 지금도 나의 그러한 일들에 대하여 후회해 본 적 없다. 오히려 모든 업무를 다 끝내고 나왔을 때 "너무 잘 하셨다."고 고마움을 표시해 준 많은 회원 분들이 있어 회장 대행의 어려웠던 순간들이 다 날아가는 감사함을 느꼈다.

무엇보다도 직선제로 선출된 회장님들의 업적에 따라 나의 회장대행 시절에 추진했던 일들에 대한 평가지표도 따라 가겠기에 직선제로 당선된 회장님들이 부산시협의 발전과 부산 시인들의 위상을 한층 더 높여주기만을 간절히 소망해 왔던 것이다. 그리고 부산시인협회가 부산 시민과의 소통을 이루어내고 부산 시인들의 결집으로 정말 당당한 모습으로 우뚝 서기를 염원하고 마음으로 빌고 또 빌었다.

또 하나의 기억은 회원 77명에 대한 무작위 제명을 모두 복원시킨 일이다. 변 회장님이 장기 회비 미납자 등 77명을 협회 공로 등의 사류를 무시하고 일괄 제명시킨 부분이 일부 전임 회장으로부터 부당하다는 제기를 받고 이사회를 열어 다시 복권시킨 일이다.

　지금 와서 돌이켜 보니 회장 직무대행 시절 나름대로 열정을 가지고 여러 일들을 추진해 왔고 당시 사무국을 맡았던 몇몇 시인들께도 많은 고생을 시킨 것 같아 여간 미안한 게 아니다. 이 자리를 빌어 고마움을 전하고 싶다. 내 곁에서 늘 내편으로 함께했던 분들, 참 열심히 해 주었고 원로 선배님들과 여러 이사님들이 뒤에서 많은 용기와 힘이 되어 주셨기에 회장 직무대행을 마치는 날까지 열심히 업무를 볼 수 있었다고 생각한다.
　물론 나로 인해 어려운 순간들을 보내며 고생한 사람들이 있지만 그 사람들의 이름을 이 지면에 거론하지는 않기로 하고 늘 고마운 마음 내 가슴에 새기며 살아가고 있다.

　그동안 여러 계절이 오고가고 겨울이 지나면 머지않아 봄이 찾아 올 것이리라, 부산시인협회도 2013년 계사년에는 얼어붙은 부산 시인들의 마음을 녹여주고 부산에서 시인이란 이름으로 애기할 수 있는 시대를 만들어 주었으면 정말 좋겠다는 생각을 해 본다.

　부산시인협회의 발전을 위해서는 지금까지의 대립과 갈등을 멈추고 화합과 소통의 길을 열어 부산 시인들이 함께 어울릴 수 있는 새로운 기반을 조성하여야 할 것이다.

조창용　1955년 출생. 부산대 행정대학원. 1999년 《시의나라》 등단.
제10대 부산시인협회 회장 직무대행 역임.
(사)부산장애인총연합회 회장.
시집 『새가 되어 오리라』 외.

사량도에서

수예 이분자

우리 일행들이 도착하여 뱃머리에서 발을 내딛는 순간 남해와 통영 사이 자리 잡은 사량면의 수려한 경관을 볼 수 있었다. 웅장한 기암절 벽과 푸른 물결이 함께 어우러진 절경의 그림 같은 섬이었다. 부산시협 회장님(이해웅 교수님) 친구 분의 도움으로 폐교된 초등학교에 고맙게 짐을 풀 수 있었으니 감사하기 말 할 수 없었다.

우리들의 20대는 남녀 구분이 엄격한 세대로 학생 입장 불가라는 영 화도 양과자 빵집도 금기시 되던 제복의 시절을 넘기며 살았다. 여백의 낭만이나 詩에 대한 막연한 그리움 같은 동경을 가슴에 묻은 채 오직 순종의 길만이 최상의 효도였다. 아카시아 가득한 운동장 언덕배기 끄 트머리에 서서 서정주 님의 '국화 옆에서', 김광섭 님의 '마음', 노천 명 님의 '사슴', 정지용 님의 '호수', 한용운 님의 '님의 침묵', 이육사 님의 '청포도'를 얼마나 절절히 암송했었는지. 가방에 필수로 넣어 다니는 수첩에 깨알 같은 詩 구절로 빽빽이 서정을 연서처럼 채우던 그 기억들로 삼삼하게 그리던 삶의 중턱에 섰었다가 제1회 시인학교로 사량도를 참관하면서 마치 머나먼 타향에서 금방 돌아온 엄마의 품속처럼 포근하기 그지없었던 날을 맞이한 것처럼 훈훈한 분위기에 젖어들었다

　일행들은 준비된 저녁 식사를 모두 마치고, 조금은 가뿐한 마음으로 주변을 산책했다. 더러는 옥녀봉의 슬픈 전설의 얘기를 귀담아 들으며 숙연한 마음으로 그곳까지 다녀오시는 시인님들도 오랫동안 밀렸던 서로간의 소식들을 주고받느라 정신이 없었다. 찌든 도시생활에서 모처럼 벗어나 광활한 푸른 파도 앞에서 저마다 섬의 풍경을 마음에 품느라고 명상에 잠기는 듯했다.
　한밤이 무르익자 숙소에서 조금 떨어진 방파제 둑에 모두가 모닥불처럼 둘러앉았다. 밤파도 소리를 발아래 들으며 차례대로 가곡, 동요, 뽕짝, 가슴 서늘한 명곡, 잊을 수 없는 경음악에 오페라까지 기막힌 열정으로 어깨동무 해가며 부르는 열기에 회장님 이하 여러 교수님, 선생님, 시인님들, 독자들 모두 일체가 되었다. 단지 詩를 사랑한다는 마음 하나만으로 똘똘 뭉쳤던 희열의 순간을 잊을 수가 없었다. 자정이 훨씬 넘어서도 그 합창 소리가 한밤의 마을 사람들의 수면을 방해한다는 일행의 말씀을 늦게 눈치 챈 모두들은 마치 두고 온 보물을 품지 못하는 아쉬움처럼 마음을 꾸우욱 누르면서 억지로 숙소를 향해 발길을 돌렸다.

　모두 불을 끄고 잠자리에 곯아 떨어질 무렵 갑자기 머리 정수리가 금속성의 날카로운 바늘로 쑤신듯 소스라쳤다. 후닥닥 일어나는 동시 옆자리 시인님께서 놀라 스위치를 켰더니 십년 묶은 지네 몇 마리가 저만치 바닥을 기어가고 있었다. 놀란 가슴을 쓸어내리느라 웅크리고 새벽

을 기다리며 행여나 비상약을 가져갔던 내 배낭을 뒤져 퉁퉁 부어오른 정수리에 떡이 되도록 바르고 또 발랐다. 그 무서움은 지금 생각해도 소름 돋지만 그래도 다행이었던 것은 한밤의 교실 바닥 전부 누운 일행들의 단잠을 깨우지 않으려고 그 순간 비명을 지르지 못한 채 끙끙 앓으며 눈물 찔끔찔끔 흘리며 참아 견디던 나를 보고 옆자리 함께 했던 시인님께서 쯧쯧쯧, 남 배려하는 거 알아줘야 해, 하며 혀를 두르시며 안스러운 마음으로 격려를 해 주셨다. 자신 같았으면 교실 전부가 수라장이 되었을거다 하고선 함께 웃었다. 그 당시 간신히 새우잠으로 새벽을 맞이할 때 조마조마했던 뚜렷한 기억은 차마 잊을 수가 없었다.

다음날 백일장 행사에 따라 주변의 견학과 여러 교수님들의 알찬 강의를 들으며 더 깊은 시심에 젖어드는 일과를 만끽했다 그 푸른 하늘 향해 가슴 가득히 섬의 향기를 몽돌처럼 침묵하며 사량도 섬을 뒤로 배낭을 울러 매고 뱃머리에 올랐던 순수한 그 순간들이 이제 와서 새삼 뜨겁게 그리워진다.

수예 이분자 1999년 《교단문학》 신인상, 《문학예술》 신인상 등단.
부산시인협회 부회장. 詩作 초대회장 역임.
남제문학 작가상. 부산시협 우수상 수상.
시집 『그 숲 속 휘파람 소리』, 『정지 문틈 사이』

시협 입회를 추억하다

김 종 화

중학생 때부터 시를 썼지만 정작 문단에 발을 들여놓기는 불혹을 넘기고 나서였다. 2005년 봄, 그동안 썼던 습작들을 손보아 첫 시집을 펴냈다. 시조 연수를 받고 신인상도 받았다. 그리곤 다시 시 세계로 빠져들었다. 그러던 어느 날, 부산시인협회의 변종환 회장님과 김다솔 사무국장께서 필자의 들꽃정원을 방문하셨다. 하늘로 치솟은 싸이프러스와 불콰한 홍요목이 수문장처럼 섰고, 붉은머리오목눈이가 알을 품고, 개구리 장지도마뱀이 나비들과 어울려 놀고, 멀꿀나무와 능소화 백등이 얼크러진 오죽 숲 속에 천 종의 들꽃이 저마다 미태를 뽐내는 초애원을 본 두 분은 시인협회 입회를 종용하셨다. 성화에 못 이겨 그러마고 대답은 드렸지만 천성이 숫기가 없어 가만히 있었다. 그러자 시낭송회에 덜컥 초대를 하는 게 아닌가. 당시 필자는 교직에 함께 봉직하던 이숙례 박사의 영을 거역할 수 없어 박사께서 회장으로 있는 시가람낭송회에 나가고 있던 참이었다.

산사(山寺)에서의 한밤 낭송회는 깊은 인상을 주었다. 낭송회에 나가면서 시인들과의 교유도 자연 많아졌고, 나름 시의 매력과 시 낭송의 맛에 재미도 붙이고 있었다. 원고 청탁을 받고, 처음으로 필자의 시고가 계간지 〈부산시인〉에 실렸을 땐 정말이지 망아지처럼 뛸 듯이 기뻤다.

오미자가 사모님 성함입니꺼?

구포도서관에서 시낭송회가 열렸을 때였다. 필자는 자작시 '오미자 차를 마시며'를 낭송하였다.

吳美子씨
정말 다섯 가지 맛인가요

이국땅 귀부인의 말씀처럼
한국 女人의 맛인가요

달고 시고 맵고 짜고
쓴맛

달콤한 女人도 되었다가
새콤한 女子로 변하나요

매서운 할멈도 되었다가
짠순이 아줌마가 되기도 하나요

쓰디쓴 말 내뱉다가
상큼하고 나긋나긋하고 조신한 여인으로 변신하기도 하나요

Oh! 미자氏
정말 그렇나요

　낭송을 마치며 "아내를 읊은 겁니다"고 하자 관객들이 까르르 넘어갔다. 초대시인으로 참석한 변종환 회장님이 만면에 함박웃음을 띠고 곁으로 다가와 "사모님 성함이 정말 오미잡니꺼?" 하는 게 아닌가. 변 선배님은 지금도 집사람 이름이 오미자인 줄 안다.
　김치를 정말 좋아한다는 스웨덴 출신의 등산가요 변호사이며 화가로, 당시(2006년) 방한한 유엔 사무총장 아난 여사가 오미자차를 들며 "여자처럼 다채로운 맛이네." 했다는 일화를 듣고 시로 옮긴 것이다.
　이 시를 여성문학회《여기》에 투고하였더니 발행인 정영자 교수님의 글이 왔다. "나긋나긋하게, 그러나 재미있고 짓궂게 쓰신 시를 읽었습니다. 시원시원 합니다. 주신 옥고 〈오미자 차를 마시며〉 덕분에 저희《여기》가 풍성해졌습니다."
　시 한 편이 이토록 정감어린 문인들간의 교유의 장이 됨을 그 때 느꼈다.

부산시인 계간지 표지

　2008년 초여름, 김다솔 국장님으로부터 초애원의 탐스런 능소화를 〈부산시인〉 표지 모델로 쓰고 싶으시다는 전화를 받았다. 능소화는 여름을 대표하는 꽃. 얼른 디지털 카메라를 들고 담벽에 휘늘어진 능소화를 접사렌즈에 담았다. 그리고 그 해 여름호에 필자의 능소화가 표지에 실렸다. 물론 〈표지사진 제공 : 김종화 시인〉이란 글과 함께.

그 때 핀 능소화만큼 더 예쁘게 핀 적이 없다. 김다솔 국장님은 어떻게 그걸 알았을까? 그래서 '국장은 아무나 하는 게 아닌가보다' 하고 생각하였다.

지금 김다솔 시인은 통영 산양면 섬 한 귀퉁이 아름다운 카페를 운영하고 있다. 찻집엔 부산시인들의 시집이 서가를 장식하고 있고, 들꽃들이 방긋거리고, 해무와 함께 석양이 어여쁜 펜션도 운영하고 있다.

詩 전문 문학관을 꿈꾸다

변 회장님과 김 사무국장님은 통영에 있는 별장으로 필자를 초대하였다. 별장이래야 몇 백 년 대물려 쓰던 농가였지만 어느 별장보다 운치가 있었다. 일몰의 바닷가를 산책하며, 커다란 문어를 삶아 생선회와 함께 먹는 맛은 천하일미였다. 문어를 삶은 물도 구수하니 좋았다. 그 농가가 변하여 지금의 펜션 〈시인과 바다〉가 되었다.

지난 봄 詩문학관인 남촌문학관을 완공하고 통영으로 김다솔 시인을 찾아갔다. 통영 시내에 볼일 보러 갔던 김시인이 부랴부랴 일도 채 못 끝내고 돌아와 반겨주셨다. 초애원의 들꽃 모종을 시집보내기로 했지만 문학관 일이 바빠 아직 못 가고 있어 늘 미안한 마음뿐이다.

시집은 참 예쁘다. 다 같은 책이라도 시집이 제일 예쁘다. 그래서 〈시집같은 여자〉란 오규원 시인의 싯귀가 생겨났을 것이다. 시집이 자꾸 쌓이고, 필자를 통해 시단에 발을 들여놓는 시인들이 많아져 시문학관을 하나 갖고 싶었다. 다행히 아내가 꾀를 내어 콧구멍만하지만 정답고 어여쁜 쌈지 문학관을 신축하게 되었다.

처음으로 참석한 야유회

시협 행사로는 야유회에 처음 참석하였다. 시인들이 노래면 노래, 시낭송이면 시낭송, 악기연주면 악기연주 등 못하는 재주가 없었다. 그때 노래하고 받은 색동 필통을 지금도 소중히 간직하고 있다.

대변항 가는 길목의 바닷가에 천막을 치고 동해와 현해탄을 바라보며 즐겁게 지냈던 그 한 때를 지금껏 잊을 수가 없다.

영도 함지골수련원과 절영로 갈맷길을 걸으며 해변 식물들과 문우와 함께 하루를 보냈던 일도 언제나 좋은 추억으로 남아 있다. '칼국수를 미는 여자' 조선영 시인이 흥에 겨워 춤을 추고, 조문제 김찬식 시인이 색소폰을 불고, 해연 시인이 오카리나를, 지금은 고인이 된 이남기 시인이 하모니카를 불면 시흥이 절로 일었었지. 커다란 얼굴을 가진 다알리아 한 포기를 분양하러 오겠다 해놓고 저 세상으로 먼저 가신 이 시인, 거기서도 하모니카 구성지게 부르시겠지.

시인학교 담임을 맡다

해마다 시인학교에 참석하여 시 이론 강의도 듣고, 자연을 벗삼아 문우들과 교제도 나누고, 시인 지망생들의 담임도 맡아 유익한 시간을 보냈다. 구덕산수련원에 갔을 때는 주변 경관이 하도 아름다워 승학산 억새밭을 문우들과 다시 찾기도 했다.

그 중에도 부경대에서의 시인학교가 오래 기억에 남는다.

당시 필자는 성인반을 맡아 필자의 졸저(시집)를 선물하며 짧은 시론을 강의했는데, 학생들이 백일장에서 좋은 성적을 내어 보람이 컸

다. 그 뒤, 필자도 시론을 더 공부할 필요를 느껴 함께 공부하는 시 공
부방을 개설하였다. 그동안 필자를 통해 등단한 시인이 12명 쯤 된다.
성소균 김상호 김출현 박정권 서한성 조문제 변도우 이태용 이은순
강춘택 장병옥 김지현 시인이 시공부방에서 짧게는 6개월, 길게는 몇
년씩 시공부를 함께 한 시인들이다.

T.S 엘리엇과 문덕수 교수의 〈시 쓰는 법〉을 교재로 쓰고 있는데,
모두들 만족하고 있다. 중등학교 국어 교사로 오래 봉직하신 최은홍
박봉석 두 예비시인도 등단을 준비하고 있다. 이들은 필자가 모집하
거나 권유한 적 없이 주위 분들의 소개와 자발적으로 시공부에 참여
한 이들이다. 수강료나 입회비도 없이 그야말로 자유롭게 공부하는
곳이 되었다.

시협 이사로 위촉되다

권혁동 교수께서 시인협회장에 당선될 무렵, 함께 일하자시며 필자
를 세 번 찾아오셨다. 세 번이나 오셨으나 세 번 모두 완곡하게 거절
하였다. 대신 백의종군으로 성심을 다해 돕겠다고 약조를 드렸다. 그
후 모든 시협 행사에 빠짐없이 참석하여 행사를 도왔다. 그 때마다 권
회장님은 감사 전화를 꼭 하셨다.

당시 필자는 〈자리를 노린다〉는 말에 염증을 느끼고 있었다. 자리라
면 전국 단체장까지 지냈으니 연연할 필요도 없었고, 들꽃 돌보기와
교편을 잡는 일, 집필과 교계 일만 해도 산적돼 있었다. 시낭송회에서
도 그런 얘기가 돌자마자 그만두었고, 시인학교 일도 시원하게 그만
두었다. 시인학교 일을 그만두자 학생들이 모두 내 제자가 되어 오히
려 좋았다.

권회장님 임기 말에 시협 이사 직을 맡아달라는 정중한 기별이 왔다. 내심 의아했으나, 시협의 재정 상태가 어렵거나 이사를 급히 보궐할 사정이 생겼나보다 생각하여 수락하였다. 몇 달 정도야 봉사할 수 있겠지 싶어 이사직을 수락했으나 길은 험난했다.

이사회 결정에 불만의 소리가 터져 나오고 이사 중에도 시협 운영에 이견이 생겼다. 이사 수락을 이내 후회하였다. 일은 더 커졌다. 김광자 회장께서 이사 연임을 또 제의하신 것이다. 극구 사양하였으나 김현만 이사 등 소수의 이사만 연임되어 이사회의 맥락을 이어야겠다는 생각에 수락하였다. 당시 동향의 손병홍 〈한국리더문학〉 발행인이 사무국장으로 있어 거절하기도 어려웠다. 그 길로 지금껏 이사로 있다. 어려울 때일수록 사람이 더 그리운 법이다.

시협에서 간행한 부산시인선집

시협으로부터 〈부산시인선〉이란 두 권으로 된 선집을 내는 일과, 임원 이사의 부산을 노래한 시 한 편씩을 부전역에 영구 게시한다는 기별이 와서 기뻤다. 역 대합실에서 기념식을 하던 날을 잊을 수가 없다. 작품마다 최원철 교수님의 풍경 사진이 배경으로 들어 있어 더욱 빛이 났다.

내 작품 〈손바닥에 쓴 시〉엔 시의 배경인 이기대 갈맷길 사진 대신 최교수님의 손바닥이 찍혀 있었다. 손바닥에 〈그대! 사랑해!!〉 하고 교수님께서 손수 글도 써 넣으셨다. 지금도 사진을 보면 최교수님의 인간적 풍모와 체취가 느껴져 저절로 미소를 짓게 된다.

시낭송 대회

2010년 가을 시낭송대회가 해운대에서 열렸다. 시낭송협회장이 심사를 맡아 낭송가 자격증을 수여하는 격 있는 대회였다. 시인들도 대거 참가하고, 전국의 낭송가 지망생들도 와 성황을 이루었다.

동리목월문학관에서 공부한 분이 대상을 차지했다. 필자는 스텝들과 함께 봉사하면서, 낭송대회 입상자 상장과 시낭송가 자격증을 모필로 쓰면서 정말 기뻤다. 교직 생활을 하면서 익혔던 붓글씨가 빛을 본 순간이었다.

'시의 날' 세미나 사회를 맡다

2011년 가을, 시의 날 기념세미나 사회를 부탁받았다. 아무리 사양해도 막무가내였다. 평론가 정훈 박사와 이원도 박사와 함께 한참 고참 선배 진경옥 시인의 시세계에 대한 논의의 좌장이 되어 속으로 몹시 떨렸다.

우선 진경옥 시인의 시집 모두를 꼼꼼히 읽었다. 진 시인의 시 세계에 대한 이해의 지평이 열리면서 자신감이 쥐꼬리만하게 생겼다. 두 분 박사님께서 '시간의 형해(形骸)를 응시하는 눈' 등 좋은 발제와 논찬을 해 주시고, 신병 중인 진경옥 시인 역시 자신의 시 세계를 아름다운 싯귀처럼 말씀해주셔서, 회원들의 격려와 성원 속에 세미나를 마치면서 안도의 한숨을 쉬었다.

무엇이나 공부만 한 게 없는 법! 2012년 10월 27일 제2회 김민부문학제에 '우울과 순수'란 김민부論을 강의하러 온 정훈 평론가와 반가운 악수를 나눈 것은 순전히 시의 날 세미나 덕이다.

청마문학제 참석

2012년 가을, 거제 둔덕골 청마문학제에 시협이 단체 초청을 받아 갔다. 청마 묘소길엔 꽃며느리밥풀이 금강아지풀과 어우러지고, 가지가 무겁도록 대추알이 굵어져 있었다. 문학관 팽나무엔 저마다의 바램을 적은 깃발이 나부끼고, 백일장과 사생대회가 열렸다. 기념식엔 청마 선생의 따님과 손주들이 동석하였다. 청마 애송시집 '거제도 둔덕골'을 나눠주어 기뻤다. 우리들은 포도와 점심을 대접받고, 청마 묘소에서 노래를 불렀다. 필자도 가곡 한 절을 불렀다. 청마 선생 동상이 빙그레 웃으며 문인들을 반겨 주었다.

필자는 그토록 갖고 싶던 〈노스텔쟈의 손수건〉을 문학관 사무실에서 얻어 목에 두르고 왔다. 몇 년을 두고 그리워한 손수건이었다. 거가대교 위에서 바라본 다도해 풍경과 해저터널을 지나며 시우들과 나눈 교분은 두고두고 좋은 추억으로 남았다.

글을 마치면서

시가 이 세상에 있다는 것과 시인이 된 것을 큰 다행으로 여긴다. 시인들의 안마당 시협이 있어 더욱 좋다. 모든 이와 평화하고 서로 용납하고, 허물을 덮어줄 뿐아니라 서로의 약점까지 채워가면서 사이좋게 산다면 이 세상이 이상향이 될 것이다.

지난 달 캐나다 로키산맥 들꽃탐사를 갔을 때 시인이라고 자신을 소개하자 사람들의 눈빛이 변하는 것을 보았다. 국내외 처음 만나는 사람들에게 예쁜 장정의 시집을 선물하면서 나누는 기쁨 또한 컸다. 시청 강당에서 출판기념회 사회를 본 것도 시인이었기에 가능한 일이었고, 바다축제 광안리 특설무대와 보수동 책방골목축제에서 〈현해탄

을 알고 있다〉〈묏버들 가려 꺾어〉 등 시극 주연을 맡은 일이나, 시낭
송회 사회자가 된 일, 제자들의 결혼이나 여러 예식에서 축시를 낭송
하고, 시인으로 존중받는 일도 좋거니와, 보석과 같고 별과 같은 시인
들을 벗으로 갖게 되어 무엇보다 행복하다.

김종화 글뜰 金鍾和. 자생식물연구가. 남촌문학관장.
1955년 삼랑진 출생. 경성대대학원 졸업.
문예시대 작가상 수상. 《문예시대》 편집위원.
시가람낭송 회원. 부산시인협회 이사.
시집 『흰금낭화같은 그대』, 『田園』

회장 선출과 부산시인협회상

부산시인협회의 역대 회장 선출의 역사

　　부산시인협회 회장선출은 추대제와 직선제로 나누어 실시되었다. 1974년 첫 창립부터 1988년까지는 회장제가 없고 이사제도를 두었고 대표이사를 허만하 시인이 맡아왔다. 1974년 창립당시의 임원으로는 이사에 허만하, 김규태, 조 순 시인, 감사에 손경하, 하연승 시인, 간사에 이수익, 박응석, 김영준 시인이 선정됐다. 창립총회 후 총무로 임명수 시인이 선정됐다. 이후 15년을 이사체제로 협회가 운영되어 왔다.

　　회장체제로의 전환은 회원이 120여명으로 늘어난 1989년부터 시작된다. 제1대 허만하 회장부터 3대 김석규 회장까지는 추대제였고 1993년 제3대 회장 선출을 앞두고 직선제 논의가 있긴 하였지만 다른 문화예술단체의 직선제 후유증이 도출되어 추대제를 그대로 하기로 하고 5명의 전형위원을 구성하여 김석규 시인을 제3대 회장으로 선출했다.

　　1995년 제4대 부산시협 회장은 직선제로 전환 실시되었다. 당시 후보자는 양왕용, 이해웅, 이상개 시인 세 분으로 회원들의 직접선거를 통해 이상개 시인이 제4대 회장에 당선되었다. 그리고 1997년 제5대 회장에는 이해웅 시인이 당선되었다.

그러나 2회의 직선제 결과 선거로 인한 회원반목이 단점으로 지적되어 제6대부터 다시 추대제로 돌아섰다. 회장선출 심의위원들을 구성하여 특정 후보를 선출한 다음 총회에서 회원들의 의결로 통과시키는 방법이다. 이렇게 하여 제6대 정순영 회장이 당선된다. 이 방법은 제7대 김창근, 제8대 임수생, 제9대 조의홍, 제10대 변종환 회장까지 이어진다.

특히 제9대는 간선제(심의위원)을 대폭 구성하여 회장을 선출했다. 역대회장단을 포함한 23명의 심의 위원이 회장을 선출 하는데 결국 투표에 붙이게 되었다. 후보는 류명선, 조의홍 시인 이었으며 심의위원들이 추대투표를 실시하여 최종 조의홍 후보가 선출되었다.

제9대 심의위원은 역대회장 외에 시협 수상자, 그리고 강정화, 김경수, 김광자, 김인권, 김중일, 문선영, 박윤규, 서정원, 안효희, 양은순, 오정환, 이득수, 임명수, 임종성, 정진경, 최 옥 시인이 심의위원으로 임명되었다,

제10대 회장 선출도 난항을 겪었다. 심의위원 2/3 이상 출석해야만 투표를 하게 되었다. 후보자는 신 진, 권혁동, 변종환, 3명이 맞붙게 되었다. 투표로 변종환 시인이 1표 차이로 당선되었다. 하지만 정기총회에서 인준이 되지 않아 난항을 겪었다. 사유는 회칙에는 입회 및 등단 10년이 넘어야 회장 자격이 주어지는데 당선자가 자격미달이라는 것이었다. 하여간 어렵게 통과가 되었다.

제11대 선거부터는 회원들의 요구에 의해 다시 회원들이 직접 투표하는 직선제로 전환된다. 이는 특정 동인에서 회장이 많이 나와 비난의 여론이 높았기 때문에 회원들의 반감이 컸기 때문이다. 또 역대회장, 시협상 수상자 중심의 심의위원 선정과 추대는 민주주의에 위배된다며 직선제를 강하게 주장하는 회원들이 늘어났다. 그렇게 다시 새로 직선

제를 하게 됨에 따라 공정하고 투명한 선거를 위해 선거관리위원회가 구성되고 위원장은 최원철 시인이 맡았다. 처음 시작하는 직선제 후보자의 조건은 등단, 입회 10년 이상 회원으로서 500만원의 기탁금을 낼 수 있는 분이면 후보자가 되었다. 기탁금은 직접선거에 들어가는 각종 비용을 위해 산정된 금액이었다.

최종 후보자는 김광자 시인, 권혁동 시인, 전기웅 시인, 양은순 시인 등 4명이었다. 결국 부산시인협회 제11대 회장선거에서 권혁동 99표로 98표를 얻은 전기웅 후보를 1표 차이로 누르고 아슬하게 당선되었다.

그리고 2011년 제12대 회장선거는 회장임기를 3년으로 늘렸으며 이석래 시인이 선거관리위원장을 맡았다. 후보자로는 김광자 시인과 이병석 시인 두 분이 나섰다. 국제신문사에서 치러진 선거에서 이병석 후보는 108표를, 김광자 후보는 201표를 얻어 여유롭게 당선되었다. 이는 우리 부산시단 역사상 첫 여성회장이라는 기록을 남겼다. 현재 제12대 회장직을 수행하고 있다.

부산시인협회 회장선출은 높고 낮음의 파고를 넘나들며 제12대까지 왔다. 직선제의 장단점과 추대제의 장단점이 모두 다 공존하는 상황이다 보니 언제나 잡음이 생길 수 밖에 없었다. 그러나 애초에, 처음부터 문화예술인의 단체답게 덕망있는 선배를 모시는 아름다운 추대제가 특정 동인들에게 국한하지만 않았더라도, 추대위원들이 조금만 더 투명했더라도 오늘날의 혼란한 직선제 선거는 하지 않았을 것이다. 모든 일은 첫 단추가 잘못 끼워져 생긴 일이다.

향후는 추대제든, 직선제든 현재의 방법에서 보다 더 보완하여 시행되어야 할 것으로 보인다. 직선제의 폐해는 회원을 갈라놓는다는 점이다. 단체 설립이 회원 활동지원과 친목 도모인데, 친목이 도모되기는커녕 와해된다면 본말이 전도된 일이기 때문이다.

• 부산시인협회 역대 회장(임기 2~3년)

1대 회장 허만하 (1989년 4월 ~ 1991년 3월)

2대 회장 허만하 (1991년 4월 ~ 1993년 2월)

3대 회장 김석규 (1993년 3월 ~ 1995년 2월)

4대 회장 이상개 (1995년 3월 ~ 1997년 2월)

5대 회장 이해웅 (1997년 3월 ~ 1999년 2월)

6대 회장 정순영 (1999년 3월 ~ 2001년 2월)

7대 회장 김창근 (2001년 3월 ~ 2003년 2월)

8대 회장 임수생 (2003년 3월 ~ 2005년 2월)

9대 회장 조의홍 (2005년 3월 ~ 2007년 2월)

10대 회장 변종환 (2007년 3월 ~ 2008년 6월)

10대 회장 직무대행 조창용 (2008년 7월 ~ 2009년 2월)

11대 회장 권혁동 (2009년 3월 ~ 2011년 2월)

12대 회장 김광자 (2011년 3월 ~ 2014년 2월)

부산시인협회 역대 임원단

▣ 창립회원(1974년)

강남주 구연식 김규태 김상훈 김성식 김영준 김 철 박윤기 박응석
박재호 박지열 박태문 배달순 손경하 신명석 양왕용 원 광 유병근
이달희 이문걸 이민영 이상개 이수익 이승하 이해웅 임명수 임수생
정대현 정영태 조 순 하연승 하현식 한찬식 허만하 황양미

▣ 제1대 임원단(1989년)

회　　장 : 허만하
부 회 장 : 손경하 박현서
사무국장 : 강영환

▣ 제2대 임원단(1991년)

회　　장 : 허만하
부 회 장 : 이상개 박송죽 정순영
사무국장 : 강영환

▣ 제3대 임원단(1993년)

회　　장 : 김석규
부 회 장 : 이상개 박송죽 정순영
이　　사 : 강남주 강영환 박송죽 유병근 이병구 이영일 이은경
　　　　　 조남순 차한수
감　　사 : 김영준 배상호
사무국장 : 최영철

▣ 제4대 임원단(1995년)

```
회    장 : 이상개
부 회 장 : 이병구 정순영 이은경
이    사 : 박응석 이몽희 정영태 박송죽 홍정숙 김미순 강영환
          류명선 허철주 정일근
감    사 : 유병근 김광자
사무국장 : 정우일
사무차장 : 송유미
사무간사 : 김숙희
```

▣ 제5대 임원단(1997년)

```
회    장 : 이해웅
부 회 장 : 배상호 양은순 신   진 조의홍
이    사 : 강영환 권혁동 김광자(총무 및 재무) 김석주 나영자
          류정희 박삼도 임종성 정남순 최지원  최창도
감    사 : 한창국 백  식
사무국장 : 조성래
사무차장 : 정의태 변종환
사무간사 : 최  옥 박향성
```

▣ 제6대 임원단(1999년)

```
회    장 : 정순영
부 회 장 : 신   진 이병석 이병구 양은순 윤정숙
이    사 : 강경주 강문숙 강영환 권경업 김광자(재무) 김용옥 김  철
          류명선 안태봉 이득수 이명성 임종성 홍정숙
감    사 : 최순익 변종환
사무국장 : 박윤규 변종환
사무차장 : 강달수 최순경
사무간사 : 김문환 진명주
```

◘ 제7대 임원단(2001년)

```
회    장 : 김창근
부 회 장 : 박태일  윤정숙  이병구  조의홍  탁영완
이    사 : 강경주  변종환(총무)  김경수  박정애  엄국현(외무)  김보한
          윤덕숙  정의태(집행)  문선영  서정원  전기웅(출판)
감    사 : 최순경  최순익
사무국장 : 최원준
사무차장 : 이근대
사무간사 : 박현주
```

◘ 제8대 임원단(2003년)

```
고    문 : 구연식  김규태  손경하  유병근  정상구  정순영  허만하
자문위원 : 강남주  강영환  김석규  김영준  김창근  박송죽  박응석
          오정환  이문걸  이병구  이상개  이해웅  임명수  조의홍
          진경옥  차한수
회    장 : 임수생
부 회 장 : 강문숙(편집, 총무)  권경업(행사, 섭외)  김미순(관리, 인화)
          류명선(기획, 출판)  변종환(재무, 사업)  최창도(홍보, 외무)
이    사 : 강갑재  강달수  김순자  동길산  류선희  류정희  배기환
          성수자  이득수  이새별  정남순  조성래  최영철  최원준
          황길엽
감    사 : 안태봉  최순경
편집주간 : 전기웅    편집장 : 송인필
심의위원 : 김광자  김영준  동길산  박송죽  박윤규  변종환  서정원
          안태봉  윤정숙  이상개  이해웅  임명수  조의홍  진경옥
          최원준
사무국장 : 강달수(이사 겸임)
사무차장 : 원무현  안효희    사무간사 : 주순보
```

◘ 제9대 임원단(2005년)

```
고    문 : 구연식  김규태  허만하
자문위원 : 강남주  김석규  김영준  김창근  박송죽  박응석  오정환
          이상개  이해웅  임명수  진경옥  차한수  정순영
```

회   장 : 조의홍
부 회 장 : 변종환 권혁동 류선희 류정희 석동호 이규열
이   사 : 강갑재 강재훈 강문출 권윤오 김다솔 김미순 문인선
           백영희 백지영 안태봉 윤봉한 이득수 이상열 이초우
           정의태 정영일 조창용 최진만 탁영완 황길엽
감   사 : 강달수 이영숙
편집주간 : 윤상운 최원준
편 집 장 : 신 선 조연로
편집위원 : 김다솔 김해경 이현주
심의위원 : 강정화 김광자 김경수 김인권 김중일 문선영 박윤규
           서정원 안효희 양은순 오정환 이득수 임명수 임종성
           정진경 최 옥
사무국장 : 동길산 한창옥
사무차장 : 김재홍 김명옥   사무간사 : 구해인

▣ 제10대 임원단(2007년)

고   문 : 구연식 김규태 허만하
자문위원 : 강남주 김석규 김영준 박송죽 박응석 이상개 이문걸
           이해웅 임명수 임수생 정순영 조의홍 진경옥 차한수
           최순익
회   장 : 변종환
회장 직무대행 : 조창용
부 회 장 : 강재훈 김광자 김인권 박삼도 석동호 임종성 조창용
           최양희
이   사 : 강갑재 강문출 권윤오 김다희 김미순 김검수 김정호
           문인선 박희동 백영희 박영점 성낙욱 성흥영 이남기
           이분자 이상열 이순원 이영숙 이은숙 이초우 장기연
           전성희 정순남 정영일 최연근 최 옥 한효섭 황갑윤
감   사 : 김창식 안태봉
편집기획 자문위원 : 김규태 박응석 조연로 최창도
편집주간 : 한창옥
편 집 장 : 손병홍   편집차장 : 김해경
편집위원 : 김영옥 이현주 구해인
심의위원 : 김석주 김영준 동길산 류선희 류정희 문선영 박윤규
           박응석 오세희 임명수 정남순 정의태 정재규 조연로
           최순경 최창도
사무국장 : 김다솔   사무차장 : 김명옥 오승일

◼ 제11대 임원단(2009)

고　　문 : 허만하
자문위원 : 강남주 김석규 김영준 김창근 박송죽 박응석 배상호
　　　　　 이문걸 이상개 이해웅 임명수 임수생 정순영 조의홍
　　　　　 진경옥 차한수 최순익
회　　장 : 권혁동
부 회 장 : 최원철(수석) 강달수 권윤오 김순자 박영점 백영희
　　　　　 백지영 이순원 한경동
이　　사 : 김검수 김덕침 김무영 김미순 김영옥 김재원 김정호
　　　　　 김찬식 김현만 김희진 박미정 박언지 배기환(수석)
　　　　　 손병홍 손순이 손애라 송민수 이광수 이분자 이삼성
　　　　　 이순선 이영숙 정순남 조헌호 정옥금 성홍영 최정란
　　　　　 표애자 황인국 황재연
감　　사 : 박노걸 김다솔
편집주간 : 김　철
편집위원 : 정신자 조연로 손병홍
편 집 장 : 김다희　편집차장 : 이영수
사무국장 : 유병기 정훈교
사무차장 : 박혜숙 김은우 김현정 이현주
사무간사 : 김나혜

◼ 제12대 임원단(2011)

고　　문 : 김규태 손경하 허만하
자문위원 : 강남주 김석규 김의암 배상호 양왕용 유병근 이해웅
　　　　　 임수생 정순영 조의홍 진경옥 차한수 최순익
회　　장 : 김광자
부 회 장 : 이원도(수석) 김시월 김영옥 김찬식 문인선 박상호
　　　　　 이분자 이용문 조헌호 한효섭
이　　사 : 강현옥 경대호 김근희 김남희 김덕수 김선례 김옥균
　　　　　 김세창 김정순 김정호 김종화 김화자 김현만(기획)
　　　　　 라영훈 류선희 박두길 박말란 송만판 서봉수 서은희
　　　　　 안도영 안성식 안유정 엄경애 엄주연 윤재선 이분선
　　　　　 이삼성 이성림 이수찬 이윤정 이혜민 전현정 정봉균
　　　　　 정영일 조규옥 조성순 조원기 주순보 진국자 최귀례

　　　　　　　최수지 최재영 최춘자 추점자 표애자 하태수 허충순
　　　　　　　해　연
감　　　사 : 강문숙, 황인국, 류정희 임종성
편집주간 : 정순영
편 집 장 : 김　곳 김근희 주순보
편집차장 : 천향미
편집위원 : 류우림 최재영 정형련 주순보 이동구
사무국장 : 정웅규 손병흥 배재경
사무차장 : 이현주 김나혜 조선영
사무간사 : 황주철

부산시인협회상

　부산시인협회에서 제정한 '부산시인협회상' 은 부산의 시인들에게는
가장 의미 있고 권위 있는 상이 되고 있다. 작품성과 시협 기여도가 수
상의 가장 큰 점수가 되는 '부산시인협회상' 은 시인이 시인에게 주는
상, 동료가 동료에게 주는 상인만큼 받는 기쁨은 클 수 밖에 없다.
　부산시인협회상은 1991년부터 의논되어 회원들을 대상으로 '부산시
인협회상 기금모금' 을 모으기 시작했다. 1991년 10월1일 발행된 회보

제1회 부산시인협회상 수상자 허만하 시인과 함께
(이상개, 김석규, 허만하, 최영철, 박응석)

'부산시인' 22호에는 처음으로 부산시인협회상 기금모금 안내를 하고 있다. 안내문 내용은 다음과 같다

부산시인협회상 기금모금

"이 지역을 지키며 창작에 전념해 온 시인들의 창작열 고취와 사기진작을 위하여 시인들 스스로 상을 만들어 시문학의 발전을 꾀하고자 합니다.

부산시인협회상 제정을 위한 기금을 아래와 같이 모금하고 있습니다. 회원과 독지가들의 많은 후원을 기다립니다.

1. 회원은 특별회비로 2만원 이상 납부토록 함(이사회 결정)
2. 독자 및 본회를 후원해 주시는 분들의 협찬도 기다리고 있습니다.
3. 시협상 기금을 보내실 곳
   부산은행(030-01-050085-2) 시협상
   국민은행(102-01-0622-951) 시협상
4. 기금을 입금시킨 후 본회 사무국(257-3436)으로 연락해 주시기 바랍니다.

부산시인협회 회장 허만하

1991년 10월1일부터 시협상 기금모금에 들어가 1993년 제3대 김석규 회장 시에 정식으로 제정되어 초대 수상자로 허만하 시인을 선정했다. 허만하 시인은 시협 초창기부터 대표와 회장체제로 전환하고도 1,2대 회장을 맡아 큰 일을 해오신 공적에다 전국을 대표하는 시인으로 부산시인협회상을 빛나게 한 셈이다.

당시 수상자는 상패와 50만원의 상당의 금메달을 수여 받았다. 또

남부의 시는 수상자의 대표시와 수상소감, 심사평 등을 게재하였다.

1994년 제2회는 임명수 시인이 수상하였고 3회 유병근 시인, 4회에는 김석규 시인이 수상했으며 4회부터는 신인상이 추가로 제정되어 김형술 시인이 수상했다. 신인상은 등단 10년 미만의 시인에게 분발과 격려차원에서 제정된 것으로 보인다.

제5회 수상자는 임수생 시인, 신인상은 이근대 시인, 제6회는 하현식 시인이 수상했고 신인상은 뽑지를 못했다. 제7회는 이상개 시인, 신인상은 서정원 시인, 제8회는 박송죽 시인, 신인상은 이규열 시인, 제9회는 박청륭 시인, 신인상은 박윤규 시인이 수상했다.

2002년 제10회 부터는 신인상을 폐하고 말았다. 등단 10년 까지를 '신인' 으로 한다는 데에 많은 논란이 있었던 것으로 보인다. 따라서 본상만 선정하였고 박태일 시인이 수상했다. 제11회는 이해웅 시인, 제12회는 임종성 시인, 제13회는 신 진 시인, 제14회는 류선희 시인이 수상했다.

2007년 제15회 시상부터는 본상과 함께 우수상이 제정되었다. 우수상은 과거 신인상 제도를 이은 상이지만 등단기간을 5년 이내로 규정하여 시상했다. 제15회에는 최창도 시인이 수상하였으며 우수상은 조창용, 백영희 시인이 수상했다. 제16회는 본상에 정순영, 윤정숙 시인이 우수상에는 박상호, 김다솔 시인이 수상했다. 아마 제16회에는 후보자가 유독 많았던 것으로 보인다. 2003년 수정된 시상규정에 따르면 최근 2년간의 발간된 작품집을 대상으로 후보자를 제한하고 있었지만 2년간 발간된 시집들이 많았던 모양이다.

2009년 제17회에는 본상에 김광자 시인, 우수상 김명옥 시인, 제18회는 본상 신 선 시인, 우수상 이분자, 김다희 시인, 제19회는 본상 진경옥 시인, 우수상 박황자 시인, 2012년 제20회는 본상에 이원도 시인, 우수상은 이용문, 주순보 시인이 수상했다. 2012년 수상자의 상금은 본상이 200만원, 우수상이 50만원이다. 상금으로 보면 전국의 여타 문

2012년 부산시인협회상 이원도 수상자와 함께
(주순보, 황갑윤, 이원도, 김광자, 이용문)

학상에 비하여 작은 편이다.

　부산시인협회상은 처음 의욕적으로 제정은 하였으나 지속적인 시상을 위해서는 재원이 필요했다. 따라서 1991년 10월부터 본격적인 부산시인협회상 기금마련에 들어가 회원들의 기탁금을 받기 시작했다.

　기금마련 형태는 회원들의 기부금, 후원자 찬조금, 기금마련 시화전 등으로 펼쳐졌다. 이러한 시협상 재정 마련에 가장 큰 일을 한 역대 회장은 정순영 회장이다. 정순영 회장은 이해웅 시인이 회장이던 1998년 3월25일부터 29일까지 시민회관 제1전시실에서 〈부산시인협회상 기금마련을 위한 여산 한상현초대전 및 시협 시화전〉을 개최하였는데, 주도적으로 판매에 나서 기금 4,506,900원을 마련하는데 크게 일조했다.

　특히 대청동 미문화원 앞 카프리 다방에 부산시인협회 상설 시화전 시장을 마련하여 협회 발전기금을 모았다. 2000년 6월1일~10일까지

정순영 시인, 6월12일~22일까지 류명선 시인, 6월24일~7월3일까지 변종환 시인, 7월5일~14일까지 김 철 시인, 7월18일~27일까지 윤정숙 시인, 8월11일~24일까지 합동시화전을 개최하여 시협상기금을 조성했다.

이후 자신이 회장을 맡은 1999년~2000년 동안 시협상 기금을 대폭 마련하여 2012년 현재 4천만원 가까운 기금이 되어 안전한 시협상 운영이 되도록 주춧돌을 만들었다.

이제 부산시인협회상은 남부권 최고의 권위상으로 자리매김하였다. 단순한 공로상이 아니라 공로와 작품성이 마련되어야만 받을 수 있는 상이기에 수상자의 기쁨은 클 수 밖에 없다.

부산시인협회상 역대 수상자

1회	1993년	수상자 허만하	
2회	1994년	수상자 임명수	
3회	1995년	수상자 유병근	
4회	1996년	수상자 김석규	제1회 신인상 : 김형술
5회	1997년	수상자 임수생	제2회 신인상 : 이근대
6회	1998년	수상자 하현식	제3회 수상자 : 없음
7회	1999년	수상자 이상개	제4회 신인상 : 서정원
8회	2000년	수상자 박송죽	제5회 신인상 : 이규열
9회	2001년	수상자 박청룡	제6회 신인상 : 박윤규
10회	2002년	수상자 박태일	제7회 신인상 : 없음
11회	2003년	수상자 이해웅	
12회	2004년	수상자 임종성	
13회	2005년	수상자 신 진	
14회	2006년	수상자 류선희	
15회	2007년	본 상 : 최창도	우수상 : 조창용, 백영희
16회	2008년	본 상 : 정순영, 윤정숙	우수상 : 박상호, 김다솔
17회	2009년	본 상 : 김광자	우수상 : 김명옥, 유병기
18회	2010년	본 상 : 신 선	우수상 : 이분자, 김다희
19회	2011년	본 상 : 진경옥	우수상 : 박황자
20회	2012년	본 상 : 이원도	우수상 : 이용문, 주순보

※2003년부터 등단 5년 이상, 10년 이하 시인에게 수상하던 신인상 제도를 이사회와 총회에서 없애기로 가결함. 2007년부터 부활하여 등단 5년 이내 시인에게 우수상으로 시상함.

부산시인협회상 시상 규정
-1993년 처음 시행 규정

제1조(명칭)
-본 상은 부산시인협회상이라고 한다.

제2조(목적)
-본 상은 우수한 시작품을 창작 발표하여 부산시단의 위상을 높이고 나아가
한국시문학 발전에 이바지한 시인에게 시상한다.

제3조(운영위원회)
-본 상의 운영위원회는 부산시인협회 임원 및 이사로 구성하며 위원장은
부산시인협회 회장이 맡는다.

제4조(심사위원회)
-심사위원회는 운영위원회에서 위촉한 5인 이내로 한다.

제5조(심사대상)
-본 상의 심사는 부산시인협회 회원으로서 등단 10년 이상 된 시인을 대상
으로 한다.
-후보자 마감일을 기준으로 2년 동안 발표된 작품집과 작품을 심사대상
으로 한다.

제6조(시행)
-본 상은 매년 1회 시상한다.
-본상 외에 신인상을 시상할 수 있으며 시상규정은 운영위원회에서 별도로
정한다.

부 칙
-운영위원회와 심사위원회의 세칙은 별도로 정한다.
-본 규정은 1993년 9월1일부터 시행한다.
-본 규정에 명시 되지 않은 운영세칙은 이사회의 결의와 일반 관례에 따른다.

부산시인협회상 시상 규정
-2003년 시행 규정

제1조(명칭)
　-이 상은 부산시인협회상이라고 한다.

제2조(목적)
　-이 상은 우수한 시작품을 창작 발표하여 부산시단의 위상을 높이고 나아가 한국 시문학 발전에 이바지한 시인에게 시상한다.

제3조(운영위원회)
　-본 상의 운영위원회는 부산시인협회 임원 및 이사로 구성하되 9인으로 하며 위원장은 회장이 맡는다.

제4조(심사위원회)
　-심사위원회는 운영위원회에서 위촉한 5인으로 한다. 단, 심사 시에는 감사 2인 중 1인을 필히 참석시킨다.

제5조(심사대상)
　-본 상의 심사대상은 부산시인협회 회원으로서 등단 10년 이상인자로 한다. 단, 후보자는 마감일을 기준으로 2년 동안 발표된 작품집을 대상으로 한다.

제6조(시행)
　-이 상은 매년 1회 시상한다.
　-단, 시상식은 매년 11월1일 '시의 날' 에 즈음하여 실시하는 것을 원칙으로 한다.

제7조(시상)
　-수상자에게는 상패와 부상을 수여한다.

부 칙
　-제1조 본 규정에 명시되지 않은 사항은 따로 운영세칙을 정하여 시행한다.
　-제2조 본 규정은 1998년 10월30일부터 시행한다.
　-제3조 본 규정은 2003년 9월30일부터 시행한다.

부산시인협회상 시상 규정
-2012년 개정 규정

'부산시인협회상'은 개인의 시문학적 성과를 통해 부산시인협회의 위상확립과 회원들에게 창작의욕을 고취시키고자 부여하는 상이다. 따라서 최근 2년간 문학적 성과에 초점을 두어 시상자를 선정함을 선정의 최우선 기준으로 삼으며 세부 내용은 아래와 같다.

1. 부산시인상 후보자 요건

가. 등단 10년 이상이며 본회 가입 10년 이상인 회원(회비완납)

나. 우수상은 등단 5년 이상이며 본회 가입 5년~10년 이내인 회원(회비완납)

다. 최근 2년간 작품활동(시집발간, 문예지, 신문, 동인지 등)의 성과물이 있는 회원. *2010년 7월1일~2012년 10월5일까지 발표작품 및 발간시집

라. 본회 소속 회원으로서 본회의 이미지를 실추시키지 않은 회원.

마. 기타 문학인으로서의 사회적 품위가 훼손되지 않은 회원.

바. *후보자는 공고 이후 본인이 직접 신청을 할 수 있음.
    *위 기간 이내 시집을 발간한 회원은 자동적으로 본상 및 우수상의 후보자가 됨.

2. 후보자가 될 수 없는 시인

가. 본회 회원이 아닌 자.

나. 본회에서 1회라도 각종 징계를 받은 회원은 징계 종료일로부터 3년이 경과하지 않은 회원.

다. 1항의 후보자 요건을 채우지 못한 회원

라. 기 수상자

3. 수상자 선정 기준(심사위원)

가. 문학적 가치(작품성)

나. 한국문단에서의 위치

다. 본회 회원으로서의 참여 기여도

라. 본회 위상을 향상시킨 문단 및 사회 기여도

마. 기타 시인으로서의 도덕성

　＊선정기준의 최우선은 작품성과 한국문단의 위치를 우선 검토합니다.

4. 수상자 예우

가. 수상자에게는 상금과 상패가 주어진다. 상금은 당해연도 이사회에서
　결정한다.

나. 본상 수상자의 작품을 중심으로 세미나, 토론회, 작가초대 등의 행사를
　개최한다.

다. 수상의 당위성과 결과를 수상자의 프로필과 함께 정리하여 언론에
　홍보하여 수상자의 위상을 향상시킨다.

라. 본회의 모든 행사에 주요 귀빈으로 초대한다.

5. 수상자 작품 심사

가. 응모된 후보자는 사무국에서 부문별로 분류하여 운영위원회에 넘긴다.

나. 응모된 후보자가 많을 경우에는 별도의 예심심사위원을 둘 수 있다.

다. 심사위원은 시단 권위자를 초빙하여 3명 또는 5명으로 하고 1명은
　임원진을 포함시킨다.

라. 심사 후 수상자 결정은 위원의 다수로 하고 동수일 경우 심사위원장이
결정한다.

마. 심사위원장은 위원 중 ①등단 순 ②연령순으로 한다.

바. 심사위원은 수상자가 결정될 때까지 공표하지 않는다.

사. 심사비는 당해 연도의 사정에 따른다.

6. 기타

수상과 관련된 일반사항은 사회적 관례에 따른다.

제1회 부산시인협회상 심사 경위

본상 심사위원은 10월6일 오후 7시 부산시인협회 사무실에 모여 부산시인협회상 심사를 한 결과 제1회 수상자로 시인 허만하 씨를 결정하였으며 그 심사경위는 다음과 같다.

심사과정에서 우선 선결과제가 심사기준을 설정하는 문제였다. 일차적으로 부산시인협회상 시상규정에서 정한 바를 기본 원칙으로 따르기로 했다. 그 원칙은 심사대상은 부산시인협회 회원으로 등단 10년 이상 된 시인을 대상으로 한다는 것과 심사 개시 일을 기준으로 지난 1년 동안 발표된 작품을 심사대상으로 한다는 것이 주요 내용이었다. 그러나 심사기준 중 심사 개시 일을 기준으로 지난 1년 동안 발표된 작품을 심사대상으로 한다는 부분에 대해서는 제1회라는 점에서 일단 유보하기로 했다.

그래서 우선 100여명이 훨씬 넘는 부산시인협회 소속 시인들을 대상으로 10년 이상 시단 경력을 가진 시인을 일차적으로 선별했다. 1차 기준에 해당하는 시인은 전부 53명이었다. 이 53명을 두고 2차로 다시 기준을 정했다. 그것은 제1회라는 점에서 20년 이상의 경력이 되는 시인으로 한정하는 것이 바람직하다는 의견이었다. 그래서 20년 이상의 시단 경력이 되는 20여명으로 다시 그 대상이 압축되었다. 그리고 20여 명 중 최근에 상을 수상했거나 활동이 거의 없는 시인들을 제외한 10여명을 두고 심사위원들이 5명씩 기명하여 투표를 실시했다. 투표 결과로 드러난 다수 득표자의 주요내용은 제1회상의 성격을 작품의 질에 둘 것이냐, 부산시단의 발전을 위한 공헌도에 둘 것이냐 하는 점이었다. 결국 제1회 수상자는 작품의 질과 함께 부산시단에 대한 공헌도도 무시할 수 없다는 점에 의견이 모아져 많은 논의 끝에 허만하 시인으로 결정하였다.

허만하 시인의 경우 다작은 아니지만 그동안 그가 보여준 뛰어난 언어감각에 기초한 신선한 이미지 조형력은 시가 추구해 가야 할 온당한 품격을 격조 높게 실현시켰다는 점에서 높이 평가 되었다. 그리고 최근에 펴낸 시론집 부드러운 시론을 통해 그가 부단히 시에 대한 탐색을 지속해 온 점 역시 의미 있는 작업으로 평가되어 제1회 부산시인협회상 수상자로 결정하는데 모든 심사위원들이 뜻을 같이 하였다.

—심사위원 : 김규태, 박철석, 김준오, 김석규, 남송우

부산시인협회가 발행한 출판물

남부의 시 및 부산시인 •

부산시인 시인선 •

기획 사화집 •

부산시인 회보 •

〈남부의 시〉에서 〈부산시인〉까지

　부산시인협회의 대표적인 매체는 문학잡지로 등록되어 있는 〈부산시인〉이다. 1974년 10월 부산시인협회 창립(12월) 이전에 〈남부의 시〉로 출범하여 2012년 12월 현재 77호가 발간되었다. 그만큼 부산시인협회의 역사를 고스란히 담고 있다. 하지만 창간호에는 '부산시인협회'라는 명칭을 달고 있지 않았다. 이는 정식 창립이 그해 12월에 이루어졌기에 두 달 가량 먼저 엔솔로지 형태의 〈남부의 시〉가 발간되었으므로 인쇄에 넣지 못한 듯 하다.

　1974년 창간호는 김규태, 조 순, 허만하 시인이 편집위원으로 되어 있으며 참가시인은 강남주 구연식 김규태 김상훈 김성식 김영준 김철 박윤기 박응석 박재호 박태문 배달순 손경하 신명석 양왕용 원 광 유병근 이상개 이수익 이승하 임명수 임수생 정대현 정영태 정화식 조 순 하연승 하 일 하현식 한찬식 허만하 황양미 등 32명이다. 창간호 참가시인들 중 열 네 분이 유명을 달리하여 세월의 무게를 실감케 한다.

　남부의 시 초창기의 원고는 회원들의 시와 몇 편의 에세이로 구성되어 있는데, 1975년 2집에는 김춘수 시인이 에세이를 게재하고 있다.

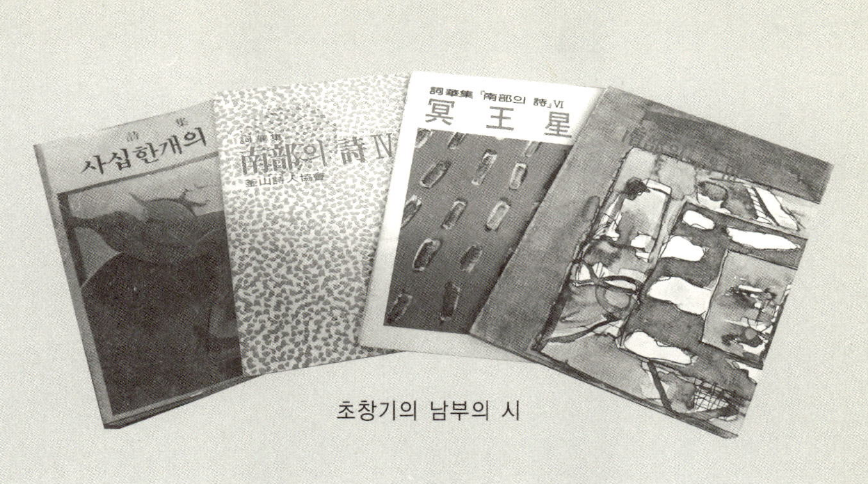

초창기의 남부의 시

또 3, 4집에는 당시 부산에 있었던 이형기 시인이 산문을 실었다. 그리고 표지화를 3집에 전혁림 화백이 참여했으며 이후 이영미, 이용길 화백 등이 표지와 속표지에 참여하였다. 70년대에 문학잡지에는 미술인들이 표지화로 많이 참여하였기 때문이다.

참가시인들은 매호 꾸준히 늘어나다 1980년 6집에서 40명을 넘기더니 1987년 12집에서 66명이 참가한다. 2년만에 제작되어서인지는 모르지만 89년 13집에는 81명이 참가하였으며 23집까지 70~80여명이 참가하다 1994년 24집에서는 100명을 넘긴다. 이후는 참가시인 수를 파악하기 무의미 할 정도로 회원 수가 급격히 늘어나게 된다.

또 남부의 시는 표제를 쓰기도 했는데 1980년 6집에 〈명왕성〉, 7집에는 참가자 41명의 숫자를 의미하는 〈시집 사십 한 개의 섬〉을 표제로 사용하였고 13집 〈꿈과 물과 진흙의 시학〉, 이후 19집까지 계속 표제를 사용해왔다. 20집부터는 별도의 표제없이 〈남부의 시〉 만을 표기(27호, 29호는 표제 사용)하고 있다.

〈남부의 시〉의 1차적 변화는 정식 회장체제(회장 허만하)로 변화된

89년 13집인 〈꿈과 물과 진흙의 시학〉부터는 연 2회씩 발행되었다. 이는 회원 수가 늘어나면서 수용의 지면이 확대되어야 하는 필연의 결과로 보인다.

남부의 시는 1994년까지 연2회씩 꾸준히 발행되다 1995년 25집부터 97년 27집까지 다시 연1회로 축소 발간되다가 98년 28집부터 다시 연2회로 복귀되어 2002년 11월 38집까지 이어졌다.

2003년 임수생 시인이 회장에 취임하고 가장 큰 성과가 남부의 시 제호를 '부산시인' 으로 바꾸면서 계간지화 시킨 점이다. 당시 회원 수가 300명 가량 되면서 연2회의 발간으로는 수용이 어려운데다 이왕 발표하는 작품무대를 엔솔로지가 아닌 문학지 형태의 정기적인 간행물로 승화시킨 것이다.

첫 계간지 제39호 여름호는 발행인 임수생, 편집주간 전기웅, 편집장 송인필 시인이 맡았다. 편집위원은 박응석, 박송죽, 탁영완, 동길산, 최원준, 강달수 시인이다.

이때의 첫 계간지 내용은 특집좌담으로 부산시인협회를 돌아보는 내용을 실었다. 좌담 참가자는 임수생, 박응석, 임명수, 창립회원과 강영환, 최영철 시협 발전에 주도적인 일을 해온 두 전직 사무국장이었다. 사회는 전기웅 주간이 맡았으며 기록은 송인필 편집장이 하였다. 또 특집으로 구연식, 박철석 원로시인들의 부산시단을 돌아보는 글과 손경하 시인의 육필시와 신작시, 부산시인 10인선, 회원시, 허 정 문학평론가의 신 진 시인에 대한 시인론, 김경복 문학평론가의 계간시평, 신간소개, 시협 소식, 주소록 등이 실려 있다. 외형만 보더라도 회원시 중심으로 꾸며졌던 기존과는 달리 잡지화 되었음을 보여준다.

또 주목할 부분이 2007년 부산시인을 '등록번호 부산광역시 바 01073호' 의 정식 문학지로 등록한 것이다. 부산시인은 시협이 결성

되던 해 '남부의 시' 라는 이름으로 엔솔로지 형태로 만들어진 뒤 33년만에 시 전문 문학지로 탄생하여 2012년 현재까지 결호없이 매분기 발행되어 오고 있다.

2007년 가을호(56호)에는 지역시인 작품교류로 광주시인협회의 회원시 10편을 수록했다. 겨울호(57호)에는 전남문인협회를, 2008년 봄호(58호)에는 문경문인협회를, 여름호(59호)에는 대구문인협회, 가을호(60호)에는 울산시인협회, 겨울호(61호)에는 포항시인협회의 회원들 시를 싣고 있다. 이는 타 단체와의 작품교류 차원의 게재로 부산시협의 대내외적 교류사업의 성과로 보인다.

부산시인에서 신인을 등단시키기 시작 한 것은 2004년 여름호 43집부터이다. 2004년 유순예 시인이 응모하여 당선되어 첫 신인을 배출했으며 현재 서울에서 활동하고 있다. 이후 매년 1~2명의 신인을 배출시켰으며 부산시인이 알려지면서 응모자가 많이 늘어나 신인 배출이 많이 되고 있다. 지금까지 유순예, 손화영, 박숙자, 김대환, 조차숙, 고안나, 문상열, 김신숙, 장재영, 이정이, 대 희, 홍종철, 황주철, 이수한, 곽병덕, 류춘자, 김지현, 박석동, 윤영숙, 주영옥, 최봉섭, 방극돈, 배종대, 이명희, 전해심, 한홍수 등의 신인이 나왔다.

부산시인협회가 발간한 남부의 시는 부산에서 활동하는 시인들에게 서로를 결집하는 통로이자 작품발표의 공간으로 큰 비중을 차지해 왔다. 당시는 문학잡지가 많지 않은데다 그나마 발표의 장이 소집단운동인 동인지 활동이었다. 그런데 남부의 시가 많은 시인들에게 작품발표의 장이자 서로 시를 논하는 만남의 촉매제 역할을 하게 된 것이다.

〈부산시인〉으로 계간지화 되고 문화부 등록 잡지화 하면서 외형적으로나 질적으로 많은 변화를 가져왔으며 부산문인협회 기관지인 〈문학도시〉와 함께 부산의 대표적인 문학단체 잡지로 자리잡았다.

호 수	내 용
남부의 시 1 1974. 10. 19. **편집위원** 김규태 조 순 허만하	강남주 구연식 김규태 김상훈 김성식 김영준 김 철 박윤기 박응석 박재호 박태문 배달순 손경하 신명석 양왕용 원 광 유병근 이상개 이수익 이승하 임명수 임수생 정대현 정영태 정화식 조 순 하연승 하 일 하현식 한찬식 허만하 황양미
남부의 시 2 1975. 12.1. **편집위원** 김규태 조 순 허만하	〈에세이〉 김춘수 김 철 황양미 〈시〉 강남주 김규태 김목운 김석주 김성식 김영준 김인환 노영란 박송죽 박윤기 박응석 박재호 박지열 박태문 배달순 손경하 양병식 원 광 유병근 이달희 이문걸 이민영 이상개 이수익 이승하 이해웅 이형기 임명수 임수생 정대현 조 순 하현식 한찬식 허만하
남부의 시 3 1976. 12.1 **편집위원** 김규태 조 순 허만하 *편집실수로 1975. 12로 표기	〈시〉 박청룡 허만하 한찬식 하현식 정영태 정대현 임종찬 임수생 이해웅 이승하 이수익 이상개 이민영 이문걸 이달희 유병근 유자효 원 광 양왕용 양병식 신명석 손경하 배달순 박태문 박지열 박재호 박윤기 박송죽 김 철 김인환 김영준 김성식 김규태 구연식 강남주 〈에세이〉 이형기 **표지화 : 전혁림**
남부의 시 4 사화집 1977. 9. **편집위원** 김규태 손경하 이형기 허만하	〈시〉 하현식 김성춘 강남주 고두동 구연식 김광규 김규태 김상훈 김성식 김영준 김인환 김창근 김 철 박송죽 박윤기 박청룡 박태문 박응석 배달순 손경하 신명석 영주옥 유병근 이민영 이상개 이수익 이승하 임명수 임수생 임종찬 정대현 정영태 한찬식 허만하 황양미 양병식 〈에세이〉 이형기 〈남부의 시 1~3 총목차〉

호 수	내 용
남부의 시 5 1979. 7.20. 편집위원 김규태 손경하 이형기 허만하	이승하 김창근 강남주 강유정 구연식 김규태 김상훈 김석규 김성식 김 종 김 철 문영종 박송죽 박윤기 박응석 박청륭 신 진 양병식 양왕용 유병근 이문걸 이민영 이수익 이해웅 이형기 임수생 임종성 정영태 차한수 하현식 허만하 황양미
남부의 시 6 명왕성 1980. 11. 편집위원 김규태 손경하 이형기 허만하	이수익 이윤택 강남주 강영환 강유정 구연식 김규태 김상훈 김석규 김성식 김창근 김 철 박송죽 박윤기 박응석 박청륭 박태문 박태일 배달순 신 진 양병식 양왕용 엄국현 원 광 유병근 이문걸 이민영 이상개 이승하 이해웅 이형기 임수생 임종성 정대현 정영태 진경옥 차한수 하현식 허만하 황양미 〈남부의 시 1-5 목차〉 **표지화** : 이명미, 속표지화: 이용길
남부의 시 7 1981. 12.5. 편집위원 김규태 손경하 이형기 허만하	제호 : **詩集 사십 한 개의 섬** 정대현 강영환 구연식 김규태 김상훈 김석규 김성식 김성춘 김영준 김영진 김창근 김 철 박윤기 박응석 박송죽 박재호 박청륭 박태문 박태일 손경하 서림환 신 진 양병식 양왕용 엄국현 유병근 이문걸 이민영 이상개 이승하 이윤택 이형기 임수생 정영태 조남순 조 순 진경옥 차한수 하현식 허만하 황양미
남부의 시 8 1982. 12. 10 편집위원 김규태 손경하 이형기 허만하	배달순 강남주 강영환 강유정 김규태 김석규 김성식 김영찬 김영준 김영진 김창근 김인환 김 철 박송죽 박윤기 박응석 박재호 박청륭 박태일 박현서 손경하 신명석 신 진 양병식 양왕용 양은순 오정환 이문걸 이민영 이상개 이상호 이윤택 이정주 이해웅 임명수 임수생 임종찬 원 광 정대현 정영태 조남순 조의홍 차한수 진경옥 하현식 황양미 허만하

호 수	내 용
남부의 시 9 1983. 12. 1 **편집위원** 김규태 손경하 이형기 허만하	임명수 강남주 강은교 김규태 김석규 김수난 김 철 박윤기 박청룡 박현서 손경하 양병식 양왕용 엄국현 이문걸 이상개 이 석 이은경 임종성 조남순 조의홍 차한수 허만하 최시현 강영환 구연식 김봉룡 김성식 김인환 박송죽 박응석 박태문 배달순 신 진 양은순 오정환 이민영 이상호 이윤택 이해웅 임수생 조 순 진경옥 하 일 황양미

남부의 시 10호, 11호

호 수	내 용
남부의 시 12 1987. 봄 **편집위원** 김규태 손경하 허만하	강영환 강정화 고두동 구연식 권태원 김규태 김보한 김봉룡 김석규 김석주 김성식 김성춘 김영한 김영준 김용태 김인환 김창근 김 철 류명선 박병출 박상배 박성웅 박송죽 박윤기 박청룡 박현서 배달순 손경하 신용길 안태경 양병식 양왕용 양은순 오정환 유병근 이민영 이병석 이상개 이상호 이 석 이수익 이은경 이창희 임명수 임수생 임종성 장선규 정대현 정상구 정순영 정영태 정영태 조남순 조성래 조의홍 진경옥 차한수 최규장 최영철 최휘웅 하 일 하현식 홍정숙 황선하 황양미 허만하
남부의 시 13 꿈과 물과 진흙의 시학 1989. 봄 **편집위원** 김규태 손경하 허만하	강영환 강남주 구연식 강정화 권경인 김규태 김명지 김근태 김미순 김보한 김봉룡 김석규 김용옥 김석주 김성식 김성춘 김수경 김영준 김인환 김 철 김호생 나영자 류명선 류정희 박철석 박병출 박성웅 박시향 박송죽 박윤기 박청룡 박태문 박태일 박현서 손경하 송유미 안태경 양병식 양은순 오정환 원 광 유병근 이명성 이병석 이명숙 이몽희 이병구 이상개 이상호 이 석 이은경 이 적 이진욱 이창석 이창희 이해웅 임명수 임수생 임종성 정상구 장정임 정순영 정순자 정영태 정영태 정일근 조남순 조성래 조의홍 진경옥 조해훈 차한수 탁영완 최규장 하현식 하 일 한창국 허만하 홍정숙 허철주 황선하

호 수	내 용
남부의 시 14 1989. 겨울	표제 : 이 땅은 그리운 이름으로 가득차고 강경주 강남주 강영환 강정화 권경인 김규태 김명지 김미순 김보한 김봉룡 김석규 김석주 김성식 김선희 김영준 김용옥 김의암 김　철 김호생 나영자 류명선 류정희 박노석 박병출 박성웅 박송죽 박시향 박현서 배상호 송유미 신명석 신　진 안태경 양병식 양은순 오정환 유병근 이명성 이명숙 이몽희 이민영 이병구 이상개 이영일 이은경 이　적 이창석 이창희 이해웅 임명수 임종성 장선규 정대현 정순영 정순자 정영태 정영태 조남순 조의홍 조해훈 진경옥 탁영완 한창국 허만하 허만하 허철주
남부의 시 15 1990. 봄 **편집위원** 김규태 손경하　허만하 **편집실무** 이상개　강영환	표제 : 홀로 앉은 후투티 1. 빈 자리에 점 하나로 　김경진 김세윤 노영숙 동길산 박영준 박종찬 박진규 　배광훈 성기각 오원량 이근대 정비동 최원준 2. 걸어서 가는 나라 　권경인 김명지 김미순 김선희 라영자 박송죽 송유미 　양은순 윤정숙 이명숙 이은경 진경옥 탁영완 황양미 　홍정숙 3. 암울한 망막을 태우며 　김규태 김석규 김성식 김영준 김용태 김　철 박철석 　박청룡 박현서 손경하 안태경 양병식 양왕용 유병근 　이민영 이상개 이해웅 임수생 정순영 정영태 차한수 　하현식 4. 풋풋한 네 목소리 　강경주 강영환 김보한 김석주 김용옥 류명선 박시향 　배상호 이몽희 이병구 이진욱 임종성 정대현 정영태 　정일근 최영철 한창국 허철주

호 수	내 용
남부의 시 16 1990. 겨울 **편집위원** 김규태 손경하 허만하 **편집실무** 이상개 강영환	표제 : 장산곶 마루에 북소리 나더니 1. 제1부/특집: 통일. 그리운 이름 박태문 김석규 김 철 이상개 하현식 강영환 최영철 조성래 정영태 탁영완 정순자 성기각 배광훈 송유미 이진욱 동길산 김광자 2. 내 사랑 돋아날 터전 양병식 정영태 이민영 구연식 박현서 김규태 손경하 강남주 안태경 김영준 임수생 박응석 김성식 정순영 3. 사방에서 울리는 그대 목소리 황양미 조남순 박송죽 진경옥 이은경 양은순 강정화 홍정숙 김미순 나영자 이명숙 권경인 김명지 노영숙 오원량 4. 밤이 오면 별빛 더욱 푸르리 정대현 임종성 이영일 정일근 이병구 박영준 박종찬 배상호 김석주 한창국 박병출 5. 신 새벽을 여는 아침햇살 박시향 이창희 김용옥 김 개 김호생 김경진 장선규 이근대 정비동 권혁동 정웅규 윤소암
남부의 시 17	
남부의 시 18 1991. 겨울 **편집위원** 김규태 손경하 허만하 **편집실무** 이상개 강영환	표제 : 검푸른 풀잎 제1부 – 슬픔, 또한 슬픔으로 김규태 김석규 김성식 김영준 김 철 박송죽 박청륭 박현서 안태경 유병근 이병석 이상개 이은경 정대현 진경옥 제2부 – 당신은 아직도 감추고 있군요 김광자 김동재 김명지 김선희 김용옥 김정순 박인과 배상호 오원량 이몽희 이영일 임종성 제3부 – 검푸른 풀잎 강영환 김경진 김미순 김석주 박시향 성기각 송유미 이근대 이명성 정순자 조성래 탁영완 한창국

호 수	내 용
남부의 시 19 1992. 여름	표제 : 깊은 적막의 나라 제1부/튼튼한 뿌리 혹은 거대한 기둥 강남주 구연식 김규태 김봉룡 김석규 김성식 김영준 김인환 김 철 박노석 박철석 박청룡 박현서 손경하 양병식 양왕용 유병근 이몽희 이문걸 이병석 이상개 이 석 이영일 이해웅 임명수 임수생 정선기 차한수 제2부/ 완강한 힘 강영환 권태원 김 개 김경진 김동재 김석주 김세윤 박삼도 박시향 박인과 배상호 성기각 이근대 이명성 이병구 임종성 정비동 정웅규 조성래 조의홍 최순익 최영철 제3부/ 방황의 긴 미로 강문숙 강정화 권경인 김명지 김미순 김선희 김정순 김희영 나영자 나영숙 박송죽 송유미 양은순 오원량 윤정숙 이명숙 진경옥 조남순 탁영완 황양미 홍정숙
남부의 시 20	
남부의 시 21 1993 여름	강경주 강남주 강문숙 강영환 강정화 구연식 김광자 김경진 김동재 김명옥 김명지 김미순 김선희 김석규 김석주 김영준 김욱경 김성식 깅영옥 김 종 김지헌 김희영 김 철 김형술 나경심 나영자 노영숙 동길산 류선희 류정희 임종성 박기환 박문하 박삼도 박청룡 박송죽 박철석 박시향 손영희 배상호 손경하 송유미 안태경 신명석 인근대 이도연 이상개 이 석 이은경 이민영 오원량 이병구 이상화 정순영 이 창 양병식 유병근 윤정숙 정대현 정일근 정선기 정웅규 조해훈 조남순 최영철 정상구 탁영완 진경옥 차한수 최규장 최순익 최원준 한창국 황양미 황길엽 허수복 홍정숙

호 수	내 용
남부의 시 22 1993 겨울	◆회원시 강경주 강남주 강문숙 강영환 강정화 구연식 김광자 김경진 김동재 김명옥 김명지 김미순 김선희 김석규 김석주 김영준 김욱경 김성식 강영옥 김　종 김지헌 김희영 김　철 김형술 나경심 나영자 노영숙 동길산 류선희 류정희 임종성 박기환 박문하 박삼도 박청륭 박송죽 박철석 박시향 손영희 배상호 손경하 송유미 안태경 신명석 이근대 이도연 이상개 이　석 이은경 이민영 오원량 이병구 이상화 정순영 이　창 양병식 유병근 윤정숙 정대현 정일근 정선기 정웅규 조해훈 조남순 최영철 정상구 탁영완 진경옥 차한수 최규장 최순익 최원준 한창국 황양미 황길엽 허수복 홍정숙 ◆부산-福주시인 교류 번역시 　– 부산-후쿠오까 시인의 만남 ◆제1회 부산시인협회상 / 수상자–허만하 　–허만하 시인의 시세계 – 남송우 　–대표시
남부의 시 23 1994. 여름	강문숙 강영환 강영환 구연식 권경인 권애숙 권혁동 김경진 김광자 김규태 김동재 김명옥 김미순 김석규 김석주 김성식 김세윤 김용옥 김욱경 김정순 김　종 김형술 김희영 나영자 동길산 류선희 류정희 박기환 박문하 박삼도 박성웅 박송죽 박시향 박윤규 박철석 박청륭　배상호 서규정 송유미 양왕용 오원량 유병근 윤　경 윤정숙 이근대 이도연 이명성 이병구 이상개 이상화 이　석 이영일 임명수 임종성 정비동 정선기 정영태 정웅규 정의태 정일근 조남순 조　순 조의홍 진경옥 차한수 최규장 최영철 최용민 최향숙 최휘웅 추점자 탁영완 하현식 한창국 허철주 홍정숙 황길엽

호 수	내 용
남부의 시 24 1994. 겨울	강영환 강영환 강은교 구연식 권경인 권애숙 권혁동 김광자 김규태 김길녀 김동재 김명옥 김미순 김보한 김석규 김석주 김성식 김성춘 김영준 김욱경 김재호 김 종 김종해 김창근 김형술 김희영 나영자 노영숙 동길산 류명선 류선희 류정희 박기환 박노석 박문하 박병출 박상배 박성웅 박송죽 박시향 박윤규 박철석 박태문 박태일 박현서 배상호 백 식 서규정 서정원 성수자 소 암 손경하 손영희 송유미 신 진 안태경 양왕용 양은순 엄국현 유병근 윤 경 윤홍조 이도연 이몽희 이문걸 이병구 이상개 이상화 이 석 이영일 이윤택 이은경 이창희 이해웅 임명수 임수생 임종성 장선규 정공채 정비동 정선기 정성욱 정순영 정순자 정영태 정영태 정웅규 정일근 조남순 조성래 조의홍 조해훈 진경옥 차한수 최규장 최순익 최영철 최원준 최용민 최인영 최창도 추점자 탁영완 하현식 한창국 허만하 허철주 황길엽 황양미 ◆제2회 부산시인협회상 수상자 특집 　＊수상자-임명수 　＊심사경위 　＊수상소감 　＊수상자 대표시
남부의 시 25 1995. 겨울 **편집** 정비동 송유미 김숙희	◆광복 50주년 기념 시모음 　　－ 광복, 영광과 고통의 역사 앞에서 강영환 김광자 김명옥 김석규 김 종 김희영 노영숙 류정희 송유미 배상호 박성웅 박송죽 박문하 윤홍조 이명숙 이민영 이상화 이은경 이향섭 정선기 정남순 정상구 정비동 정순남 정일근 진경옥 탁영완 ◆내안의 우주에서 암호를 풀며 강남주 강문숙 강미정 강영환 권경업 권경인 김규태

<table>
<tr><th>호 수</th><th>내 용</th></tr>
<tr>
<td></td>
<td>

김미순 김석주 김성식 나영자 동길산 류선희 박기환
박삼도 박철석 박청륭 성수자 안태경 양은순 엄주희
오원량 유병근 윤구봉 윤봉한 이근대 이도연 이상개
이병구 이영일 이자영 이창희 이해웅 임명수 임종성
정순영 정영태 정의태 지운경 최순익 최영철 최창도
홍정숙 하현식 황길엽 추점자 황양미

◆제3회 부산시인협회상 발표
  * 수상자–유병근
  * 심사경위/수상소감/대표시
</td>
</tr>
<tr>
<td>

남부의 시 26

1996. 겨울
</td>
<td>

◆회원시
강남주 강미정 강영환 강영환 구연식 권경인 김경수
김광자 김규태 김기쁨 김덕침 김도하 김명옥 김미순
김보한 김석규 김석주 김성식 김숙희 김연신 김인환
김정순 김형술 김희영 나영자 동길산 류선희 박송죽
박재수 박철석 박청륭 배상득 배상호 배재경 변의수
서규정 서정원 성수자 손경하 손광하 손영희 송유미
신명석 신 선 엄주희 오수호 오원량 윤홍조 이근대
이도연 이득수 이몽희 이민영 이봉희 이상개 이상화
이 석 이자영 이 창 임명수 임종성 정남순 정순남
정영태 정우일 조해훈 지운경 진명주 차한수 추점자
최순익 최양희 최영철 최 옥 최창도 최용민 최향숙
최휘웅 탁영완 하현식 홍수희 홍정숙 황길엽

◆제4회 부산시인협회상
    본상–김석규, 신인상––김형술
    –심사평/수상소감/대표시
    –김형술 소감/대표시

◆제1회 부산시인협회상 시인상 발표
</td>
</tr>
</table>

호 수	내 용
남부의 시 27 1997. 여름	표제/바다를 기댄 풍경 강영환 구연식 권경업 권경인 김경수 김광자 김기쁨 김길녀 김덕침 김도하 김명옥 김무영 김미순 김상균 김석규 김석주 김성식 김세윤 김영신 김옥남 김욱경 김정순 김 종 나영자 남현자 노영숙 류선희 류정희 박기환 박문하 박삼도 박송죽 박시향 박윤기 박철석 박청륭 배상득 배상호 배재경 백 식 변의수 손경하 손광하 손영희 송유미 안태경 안태봉 엄주희 오수희 윤 경 윤덕숙 윤홍조 이근대 이남기 이득수 이명희 이문걸 이민영 이상개 이상호 이상화 이영일 이은경 이자영 이 적 이해웅 이향섭 임종성 정광덕 정남순 정대영 정선기 정순남 정순영 정영태 정의태 조군환 조남순 조성래 조의홍 조해훈 차한수 최규장 최순경 최순익 최 옥 최창도 최향숙 탁영완 한미성 한창국 허수복 홍수희 홍정숙 황길엽
남부의 시 28 1997. 겨울	◆회원시 강남주 강영환 구연식 권혁동 김경수 김광자 김구림 김기쁨 김길녀 김명옥 김명옥 김무영 김미순 김봉룡 김석규 김석주 김선희 김세윤 김연신 김옥남 김욱경 김정순 김희영 나영자 남현자 류선희 박문하 박삼도 박성웅 박송죽 박윤기 박철석 배상득 배상호 배재경 백 식 변의수 변종환 손경하 손광하 송유미 신명석 안태봉 양왕용 오수호 윤덕숙 윤소암 윤정숙 이명희 이민영 이상화 이영일 이창희 이해웅 이영일 이창희 이해웅 이향섭 임종성 장기연 정광덕 조남순 정대영 정상구 정선기 정순남 정순영 정영태 정우일 조해훈 지운경 진명주 조남순 조해훈 지운경 최순경 최순익 최양희 최 옥 최창도 최향숙 최휘웅 한미성 한진수 한창국 허수복 홍수희 홍정숙 황길엽 ◆특집 /제11회 부산시인협회 97 가을세미나 ◆특집 제5회 부산시인협회상 ◆부록 부산시인협회 회칙, 주소록

호 수	내 용
남부의 시 29 1998. 여름	책머리에 / 이해웅 ◆회원시 강남주 강미정 강영환 구연식 권혁동 김광자 김가원 김덕침 김미순 김보한 김무영 김명옥 김봉룡 김상균 김석규 김석주 김선희 김성봉 김숙희 김세윤 김옥남 김희영 김형술 나경심 나영자 남현자 류선희 류정희 문인선 박문하 박송죽 박성웅 박삼도 박윤기 박철석 배상득 배상호 신명석 손경하 송유미 오수호 오세희 이근대 이득수 이도연 이문걸 이상화 이은경 이영순 이정숙 이종호 이해웅 이향섭 임종성 윤홍조 엄원지 안태봉 양왕용 진경옥 장기연 전기웅 정광덕 정남순 정대영 정상구 정순남 정순영 정선기 정의태 정영태 정희백 조군환 조남순 조성래 조의홍 지운경 차한수 추점자 최순경 최순익 최양희 최　옥 최원철 최진만 최창도 최향숙 최휘웅 탁영완 한창국 홍수희 홍정숙
남부의 시 30	
남부의 시 31 1999. 여름	◆책머리에 / 정순영 ◆회원시 강달수 강미정 구연식 권경업 권혁동 김가원 김광자 김구림 김기쁨 김길녀 김덕침 김명옥 김무영 김미순 김봉룡 김상균 김석규 김석주 김선희 김성식 김세윤 김애자 김욱경 김　철 나영자 류선희 류정희 문인선 박문하 박삼도 박성웅 박송죽 박윤규 박철석 배상호 백　식 변종환 성수자 손경하 손영희 송유미 송인필 신명석 신　진 안태봉 양은순 엄원지 오세희 윤정숙 윤홍조 이도연 이득수 이명성 이상화 이선형 이자영 이정숙 이해웅 임종성 장기연 장진길 전기웅 정광덕 정선기 정남순 정순영 지운경 진경옥 진명주 차한수

호 수	내 용
	최규장 최순경 최순익 최양희 최 옥 최진만 최창도 최향숙 추점자 탁영완 하승무 한진수 홍수희 홍정숙 황길엽 ◆특집/제2회 여름시인학교 백일장 수상작 이상훈 김현비 김성웅 채명석 강주호 이 경 신동숙 서혜선 서한교 • 반별 공동창작 우수작품 ◆부산시인협회 약사 ◆부산시인협회 회칙 ◆부산시협 주소록
남부의 시 32 1999. 겨울 영어번역 사화집	◆서문/정순영 ◆회원시 강남주 강달수 강문숙 강영환 강정화 구연식 김가원 김광자 김규태 김기쁨 김길녀 김덕침 김명옥 김무영 김미순 김석규 김석주 김선희 김세윤 김애자 김영준 김 철 나영자 류명선 류선희 류정희 문인선 박문하 박성웅 박송죽 박웅석 박철석 배달순 배상호 백 식 변종환 서정원 성수자 손경하 신 진 안태봉 양은순 오세희 윤덕숙 윤정숙 윤홍조 이도연 이득수 이병석 이상개 이상화 이 석 이선형 이은경 이자영 이정숙 이해웅 임종성 장진길 정남순 정선기 정순남 정순영 지운경 진경옥 차한수 최규장 최순경 최순익 최양희 최 옥 최창도 추점자 탁영완 하승무 허만하 홍수희 홍정숙 황길엽 황양미
남부의 시 33 2000. 여름	◆책머리에 / 정순영 ◆회원시 강남주 강영환 구연식 권경인 김가원 김덕침 김명옥 김무영 김봉룡 김석규 김석주 김선희 김순자 김애자 김옥남 김영옥 김욱경 김인환 김정순 김진문 나경심 나영자 남현자 류명선 류선희 류정희 문인선 박문하

호 수	내 용
	박성웅 박송죽 박철석 배상호 백 식 변의수 변종환 성수자 손경하 신명석 안태봉 엄주희 오세희 윤덕숙 윤정숙 윤홍조 이남기 이명성 이민영 이상화 이수정 이영일 이정숙 임종성 장기연 정광덕 정남순 정순영 정영태 조남순 조아경 조의홍 지운경 진경옥 차한수 최규장 최순익 최양희 최진만 최창도 최향숙 추점자 탁영완 하현식 한진수 홍경자 홍수희 홍정숙 ◆제3회 여름시인학교 백일장 수상작 황나경 이춘자 이경숙 경대호 이분자 성종락 ◆회원 주소록
남부의 시 34 영역본, 2000	◆서문 / 정순영 ◆회원시 강달수 강문숙 강은교 구연식 권경업 권태원 김가원 김광자 김덕침 김명옥 김무영 김미순 김석규 김석주 김선희 김순자 김시월 김애자 김영준 김옥남 김욱경 김인권 김인환 김중일 김진문 김창근 김 철 김희영 나영자 남현자 류명선 류선희 박기환 박문하 박성웅 박송죽 박시향 박영점 박응석 박철석 배상호 백 식 변의수 변종환 손경하 안태봉 윤 경 윤정숙 이득수 이명성 이병석 이상개 이상화 이영일 이은경 이자영 이정숙 이창희 이해웅 이향섭 임명수 임수생 장기연 장진길 정광덕 정남순 정대영 정선기 정순남 정순영 조남순 조범산 조아경 조창용 지운경 차한수 최순경 최순익 최양희 최진만 추점자 한진수 허만하 홍수희 황길엽 황양미
남부의 시 35 2001.상반기	◆책머리에 / 김창근 ◆회원시 강갑재 강민수 권경업 권경인 경대호 김가원 김명옥 김봉룡 김석규 김석주 김선희 김순자 김시월 김애자 김옥남 김옥선 김욱경 김정순 김중일 김진문 김창근

호 수	내 용
	나영자 류정희 박성웅 박송죽 박문하 박윤규 박윤기 박철석 배재경 성수자 성홍영 손영희 송경자 송인필 안태봉 엄주희 오세희 오원량 윤정숙 이명희 이삼성 이상개 이상열 이수정 이환송 임명수 임종성 전기웅 정남순 정순남 정을필 정의태 조남순 조아경 조의홍 지운경 진경옥 진명주 최 옥 최진만 최창도 최향숙 최휘웅 한진수 홍수희 황길엽 ◆신입회원 신작 특집 강재훈 김수화 김유성 김화자 배기환 안효희 이문영 이희철 정진경 조 현 ◆제4회 여름시인학교 백일장 수상작 장원–서진영 차상–김지현, 박혜란 차하–이아진, 이춘자, 천옥금 참방–차미라, 강민주, 한동혁, 이은주
남부의 시 36 2001. 하반기	◆펴냄말/김창근 ◆회원시 강갑재 강민수 경대호 구연식 김덕침 김명옥 김봉룡 김석규 김선희 김순자 김시월 김애자 김옥남 김욱경 김인권 김진문 김중일 김창식 김화자 김희영 나영자 동길산 류명선 류선희 문인선 박삼도 박성웅 박송죽 박철석 백 식 성수자 성홍영 송경자 신명석 신 선 신 진 안태봉 양왕용 윤홍조 원무현 이남기 엄주희 이득수 이삼성 이상개 이상열 이은경 이정숙 이종호 이해웅 임명수 임종성 장기연 전기웅 정남순 정선기 정영태 정순영 조 현 조창용 지운경 최순익 최양희 최 옥 최진만 최창도 최휘웅 탁영완 한석봉 한창국 홍수희 ◆제9회 부산시인협회 수상자 특집 : 박청룡, 박윤규 ◆제15회 시의날 기념 백일장 장원 작품 강천윤, 손현영, 최동연, 박준영

호 수	내 용
부산시인 37호 2002. 가을	◆펴내는 말/김창근 ◆회원시 강갑재 강재훈 구연식 권태원 권혁동 김기쁨 김명옥 김석규 김선희 김수화 김시월 김애자 김영옥 김옥선 김진문 김창근 김창식 김화자 김희영 나영자 동길산 류선희 박기환 박문하 박삼도 박성웅 박송죽 박윤기 박철석 배기환 배상득 백　식 송경자 안효희 엄주희 오정환 원무현 윤　경 윤덕숙 윤홍조 이민영 이상열 이영일 이은경 이종호 이환송 임종성 임화선 정선기 정순남 정진경 조아경 지운경 차한수 최순익 최　옥 최철영 최향숙 한창국 홍수희 ◆남부의 시 제1회 신인상–손화영 　–심사평　–당선소감 ◆여름시인학교 백일장 수상작 ◆주소록
부산시인 38호	
부산시인 39호 2003년 여름 **발 행 인** 임수생 **편집주간** 전기웅 **편 집 장** 송인필 **편집위원** 　박응석　박송죽 　탁영완　동길산 　최원준　강달수	◆발간사/임수생 ◆특집좌담/편집실 ◆특집/부산시단을 돌아보며: 구연식 ◆특집/부산시인이 걸어온 길: 박철석 ◆부산의 원로시인/손경하 　　　*육필시 *시인의 말 *신작시 ◆부산시인 10인선/ 　강경주 김석규 박선희 박윤규 오정환 유병근 윤정숙 윤홍조 　이근대 정영태 ◆회원시/ 강달수 권경업 권정일 김광자 김명옥 김숙희 김인권 김지숙 김정호 김진문 나영자 동길산 류정희 박성웅 박송죽 배기환 배재경 백　식 백지영 성수자 송경자

호 수	내 용
	송유나 송 진 신정민 안태봉 안효희 야주옥 엄주희 원무현 윤봉한 이민영 이상열 임명수 임종성 임화선 장기연 장진순 전다형 주순보 전홍준 정남순 정선기 정순남 정진경 조군환 조성래 조창용 조해훈 지운경 차한수 최선준 최 옥 최정란 최진만 최창도 최철영 최향숙 탁영완 하태수 한창옥 홍수희 ◆시인론: 신 진–경계의 시학 / 허 정 ◆계간시평/김경복 ◆신간소개 ◆부산시협소식 ◆회원주소록
부산시인 40호 2002. 가을 **발 행 인** 임수생 **편집주간** 전기웅 **편 집 장** 송인필 **편집위원** 박응석 박송죽 탁영완 동길산 최원준 강달수	◆발간사/임수생 ◆기획특집/청마 유치환의 문학과 부산 –청마와 부산문단–박철석 –청마 유치환의 생애–전기웅 –청마시의 정신 세계와 창작 동인–김영주 ◆부산의 원로시인/이민영 　　　*육필시 *시인의 말 *신작시 ◆부산시인 10인선/ 강은교 김보한 송유나 양왕용 엄주희 이몽희 이상개 조성래 지운경　한미성 ◆작은시론/김인권 류정희 안효희 이환송 ◆회원시/ 강갑재 권태원 김가원 김광자 김덕침 김명옥 김미순 김선희 김시월 김애자 김옥남 김유성 김중일 김진문 김창식 김화자 김흥규 나영자 류선희 문인선 박성웅 박윤규 박청륭 백지영 백 식 성수자 성흥영 손계정 송경자 안유환 이근대 이명희 이문영 이상열 이은경 이정숙 이종호 이해웅 임종성 임화선 정을필 조범산 주순보 최양희 최정란 최창도 최철영 하태수 한창옥 홍정숙 ◆계간시평: 최영철 ◆서평/하상일 ◆여름시인학교 백일장

호 수	내 용
부산시인 41호 2003년 겨울 **발 행 인** 임수생 **편집주간** 전기웅 **편 집 장** 송인필 **편집위원** 　박응석　박송죽 　탁영완　동길산 　최원준　강달수	◆발간사/임수생 ◆기획특집/부산시단과 초현실주의 　　조향의 시와 문학: 최휘웅 　　부산의 초현실주의 시와 그 의의: 신진 　　초현실주의와 전통 계승: 황선열 ◆제11회 부산시인협회상 = 이해웅 　　심사평/심사소감/수상자의 시/이해웅론 ◆부산의 원로시인=정상구 　　육필시/시인의 말/정상구의 시 ◆부산시인 10인선 　　강남주 권정일 김경수 김시월 김형술 배재경 　　이문걸 진경옥 정진경 조의홍 ◆작은시론/종교와 문학의 만남: 안유환 　　불교와 문학의 변주: 이병석 　　아픔의 미학, 시의 내적 성찰: 박송죽 ◆회원시 강영환 권윤오 권태원 김광자 김명옥 김숙희 김순자 김애자 김옥남 김진문 김재홍 김화자 김홍규 김희영 경대호 남현자 류선희 문인선 박문하 박성웅 배상득 백　식 백지영 송경자 신　선 신정숙 양주옥 원무현 이상열 이인우 이정숙 이종호 이환송 안태봉 임화선 전다형 정남순 정을필 정순남 조창용 조해훈 추점자 최선준 최정란 최창도 탁영완 한창옥 홍정숙 ◆계간시평/현실의 쓸쓸함에 대한 시적 극복: 박윤규 ◆서　평/조해훈 시집 〈붕어빵〉, 　　강달수 시집 〈라스팔마스의 푸른 태양〉: 김지숙 ◆신간소개 / 회원소식란 / ◆제17회 시의날 백일장 　대학일반–조선영, 중고등부–박선희, 초등부–구지헌 ◆부산시인협회상 시상규정(개정)

호 수	내 용

부산시인 42호
2004년 봄
 	
발 행 인 임수생
편집주간 전기웅
편 집 장 송인필
편집위원
  박응석 박송죽
  탁영완 동길산
  최원준 강달수
	◆발간사/임수생
	◆기획특집/제3회 부산시인 세미나
	◆기조발표/부산지역 문학의 내일을 위한 진단:남송우
	◆종합토론/강인수 김경수 남송우 배재경 임수생
	◆부산시인 10인선
	  강미정 김미순 김창근 김 철 박정애 윤봉한
	  원무현 차한수 최창도 황길엽
	◆작은시론/틈을 위한 연가: 강영환
	  산길과 내 시의 연관성: 권경업
	  시는 그 시인의 역사다: 류명선
	◆회원시
	권윤오 김선희 김숙희 김애자 김옥남 김중일 김지숙
	김진문 김창식 김화자 박선희 박성웅 박혜숙 배상득
	백 식 성수자 송경자 이상열 이정숙 이환송 임화선
	정을필 조해훈 지운경 최양희 최향숙 최휘웅 한창옥
	황갑윤
	◆2003년 신입회원특집
	김이상 김재홍 김정호 박행일 손계정 신정민 안유환
	조규옥 조창숙 주순보 최선준 최정란
	◆계간시평/사유와 성찰의 노래: 김형술
	◆서 평/ 정진경 시집 알타미라 벽화 : 김경복
	  김인권 시집 임창수의 밸브사랑: 하상일
	◆부산시인협회 회칙 일부개정/회원주소록

부산시인 43호
2004년 여름
	◆발간사 / 임수생
	◆기획특집 /시, 시인의 정신
	  시, 시정신 : 유병근
	  치열한 시, 당당한 시인 : 하현식
	  삶의 진정성, 시의 진정성 : 최영철
	◆부산의 원로시인 / 구연식
	  육필시 / 구연식 시 / 시인의 말
	◆부산시인 10인선 / 강갑재 강영환 권경인 김길녀

호 수	내 용
발 행 인 임수생 **편집주간** 전기웅 **편 집 장** 송인필 **편집위원** 　박응석　박송죽 　탁영완　동길산 　최원준　강달수	박응석 안효희 임명수 임종성 전다형 탁영완 ◆작은시론 / 시와시인 : 김중일 　　시를 쓸 때가 가장 자유스러운 때이다 : 조창용 　　바다로 길을 내는 시 : 윤 경 ◆회원시 강문출 김수화 김시월 김옥남 김재홍 김화자 김창식 류선희 류정희 박윤규 박행일 백 식 백지영 송경자 안유환 양주옥 원무현 이상열 이정숙 이환송 정남순 정순남 정은정 정을필 조해훈 최향숙 최철영 한창옥 ◆2004년 신입회원 특집 　　김다솔 김운초 박강우 박혜숙 최귀례 황갑윤 ◆계간시평 / 누가 시를 읽는가 : 정일근 ◆서 평 / 전명숙 시집 〈염소좌 아래 잠들다〉 : 이응인 　　김혜영 시집 〈거울은 천 개의 귀를 연다〉 : 진창영 ◆부산시인 신인상 / 심사평 / 당선소감–유순예
부산시인 44호 2004년 가을 **발 행 인** 임수생 **편집주간** 전기웅 **편 집 장** 송인필 **편집위원** 　박응석　박송죽 　탁영완　동길산 　최원준　강달수	◆발간사/ 임수생 ◆기획특집/부산문학 비평의 진단과 모색 　문학비평의 본질과 시의 비평의 상호소통: 하상일 　토론/부산시단과 평단의 동반적 발전을 위한 질의 　　　　– 강영환 　거울과 칼: 김형술 　토론/ 평론가를 위한 충언: 류명선 ◆부산의 원로시인/박철석 　　–육필시/박철석 시/시인의 말 ◆부산시인 10인선/ 강달수 권경업 김석주 김선희 　　배상득 성수자 이선형 조해훈 추점자 하현식 ◆작은 시론 　　　시적 상상력의 자유로움을 위해 : 손화영 　　　나와 너 : 신정민 　　　시의 제단에 바치는 공물 : 최정란

호 수	내 용
	◆회원시 구연식 김다솔 김명옥 김애자 김옥남 김용옥 김재홍 김정호 김지숙 김창식 김화자 류선희 문인선 박문하 박미정 박선희 박성웅 백　식 백지영 송경자 송유나 신명석 신정민 신정숙 안유환 안태봉 양은순 원무현 이명희 이상열 이새별 이은경 이은숙 이정숙 이해웅 이환송 임화선 장기연 정남순 정선기 정순남 정을필 지운경 최선준 최정란 최진만 최창도 최향숙 ◆2004년 신입회원 특집 　　강문출 김성일 손애라 이동호 이분자 유순예 ◆다시 읽고싶은 한편의 시/초의선사 예찬 : 변종환 ◆계간시평/ 인간적 진실의 체험 : 신 진 ◆서　평 　박선희 시집 〈여섯째 손가락〉: 김혜영 　박송죽 시집 〈내 삶의 애정표는 당신만이 아시나니〉 　　　　　: 임종성 ◆시인학교 참관기/ 그 여름의 절정: 전영숙 ◆시인학교 입상작품/ 이다은 심예진 조원지
부산시인 45호 2004년 겨울 **발 행 인**　임수생 **편집주간**　전기웅 **편 집 장**　송인필 **편집위원** 　박응석　박송죽 　탁영완　동길산 　최원준　강달수	◆발간사/임수생 ◆기획특집/제18회 시의날 축제 　초청강연−이기형, 김준태 　　부산시협상 시상식/수상자−임종성 　　　　심사평, 수상자 시 　시의날 백일장 : 초등부 장원−박영준, 　　　　　　　중고등부 장원−이명림, 구현정 ◆부산시인 10인선 　강문숙 김영준 동길산 류명선 송인필 이상열 　이희철 정순영 최원준 한창옥 ◆작은시론 / 백영희 김상균 주순보 ◆회원시

호 수	내 용
	강영환 권경업 권태원 김성일 김시월 김애자 김영미 김옥남 김재홍 김중일 김화자 배기환 배상득 백　식 송경자 안유환 엄주희 유순예 원무현 이문영 이정숙 정은정 정을필 최　옥 최정란 최창도 최향숙 하태수 황갑윤 ◆계간시평/김지숙 ◆서평/조의홍 시집 〈현실적〉 –황선열 　　　권정일 시집 〈마지막 주유소〉 – 양혜경 ◆시인론/김민부–강달수 ◆2004년 신입회원 특집 김수옥 김해경 노태식 라영훈 박성희 박언지 박원호 서봉수 오승일 유병기 이나열 이초우 이혜화 전명수 전현정 최 은 한경동 표애자 ◆사무국 소식, 부산시협약사,회칙 시상규정 · 기금 관리규정,주소록
부산시인 46호 2005년 봄 **발 행 인**　조의홍 **편집주간**　윤상운 **편 집 장**　신　선 **편집위원** 　박응석　박송죽 　최원준　김미순 　김다솔	◆권두언 / 조의홍 ◆조시 / 설송 가신날에: 안도섭 　고 정상구 시인 약력 ◆조시 / 알래스카로 떠난 시인: 강달수 　고 정영태 약력 ◆특집 / 다시 청마선생을 생각하며 : 정대현 ◆부산시인 10인선 　　　김　철 박정애 신　선 안태봉 윤　경 　　　이상개 이초우 정남순 탁영완 하현식 ◆한편의 시와 그 사연 　　　　갇힌 뻐꾸기 : 김규태 　　　　술노래 : 김창근 　　　　해금강의 숨소리 : 차한수 ◆회원시 강영환 권태원 김다솔 김선희 김성일 김애자 김영미 김옥균 김옥남 김재홍 김정호 김해경 김화자 박원호

호 수	내 용
	백 식 송경자 안유환 양주옥 원무현 유순예 이상열 이원도 이정숙 정을필 최진만 최향숙 최휘웅 한창옥 ◆동인지순례 1 –전쟁기 부산이 낳은 동인지 〈신작품〉 : 박응석 –신작품의 성격과 위상 : 송창우 ◆계간시평 / 시와 시인의 길 : 임종성 ◆서 평 / 원무현 시집 〈홍어〉 : 신정민 ◆2005년 신입회원 특집 / 김화자 박만탁 박희동 박황자 이명재 이미자 오순이 조연로 진국자
부산시인 47호 2005년 여름 **발 행 인** 조의홍 **편집주간** 윤상운 **편 집 장** 조연로 **편집위원** 박응석 박송죽 최원준 김미순 김다솔	◆권두언/박철석 ◆특집/표지인물–박태문의 시 세계 : 남송우 ◆초대시/남부의 시인들 1 고용조 성선경 오하룡 이선관 ◆부산시인 10인선 / 양왕용 박문하 윤홍조 류선희 전기웅 장동범 김혜영 최규장 조연로 김길녀 ◆신인특집/손화영 〈마가렛〉 외 4편 ◆회원시 강영환 강재훈 권태원 김가원 김광자 김성일 김시월 김애자 김옥균 김옥남 김재홍 김중일 김화자 김다솔 라영훈 박성희 박황자 손애라 송경자 이명재 이상열 이정숙 이환송 이희철 임종성 장기연 전명수 정순남 정을필 최양희 최향숙 하태수 한창옥 ◆이 한편의 시 김석규 – 이초우 〈4월〉 김창근 – 이상개 〈시간이 야합하는 꼴에 대하여〉 박홍배 – 정대영 〈라닥을 찾아서〉 ◆동인지 순례/박응석 – 전쟁기 부산이 낳은 동인지 〈신작품〉 ◆서평/황선열 – 강영환 시집 〈불무장등〉 ◆2005년 여름호 신입회원 특집 김예강 성낙욱 손병홍 이송희 전성희 정재선 정혜송

호 수	내 용
부산시인 48호 2005년 여름 **발 행 인** 조의홍 **편집주간** 윤상운 **편 집 장** 조연로 **편집위원** 　박응석　박송죽 　최원준　김다솔	◆권두언/김규태 ◆특집/표지인물 : 동인지 순례3 – 후반기 동인 　조향의 문학과 작품 – 조제 ◆초대시/남부의 시인들 2 :　박종현 차영환 ◆이 한편의 시/김석규 – 윤홍조 〈팔월〉 　　　김창근 – 김가원 〈바람이 사는 집〉 ◆부산시인 10인선 　　강달수 권정일 김경수 김광자 김명옥 　　오정환 이영숙 정대현 조창용 최선준 ◆신인특집 /김재홍 〈그 왼쪽, 골목길〉 외 4편 ◆회원시 강재훈 강정화 권태원 김다솔 김선희 김성일 김옥균 김옥남 김정호 김지숙 김화자 라영훈 문인선 박황자 백　식 손계정 손영석 송경자 신성열 안유환 양주옥 오승일 유병기 이나열 이명재 이미자 이삼성 이상열 이정숙 임종성 임화선 전성희 정을필 최양희 최정란 최향숙 하태수 황갑윤 ◆서평 : 메두사의 눈과 천수관음의 손길 – 전기웅 ◆윤동주서거 60주년 특집 　윤동주시인의 흔적을 찾아서 일본탐방기 – 한창옥 ◆2005년 가을호 신입회원 시 　　강현옥 김경룡 김현정 서은희 안유정 　　이순원 이효애 조헌호 허미호 현순분 ◆특집/여름시인학교 · 청소년 문학 캠프
부산시인 49호 2005년 겨울	◆권두언/진경옥 ◆특집/표지인물 　–김성식의 해양문학사적 위상과 의의: 옥태권 ◆이 한 편의 시 　김석규 – 강달수 시의 사과나무 　김창근 – 김규태의 흩어진 초상

호 수	내 용
발 행 인 조의홍 **편집주간** 윤상운 **편 집 장** 조연로 **편집위원** 박응석 박송죽 최원준 김시월 김다솔 김해경	◆부산시인 초대/이 계절의 시인들 배기환 김보한 엄주희 윤정숙 강정화 김인권 박강우 권윤오 ◆초대시 / 남부의 시인들 장승재 박종해 김태수 ◆서 평/김규태 시집 〈흙의 살들〉 : 구모룡 윤상운 시집 〈달 빛 한 쌈에 전어 한 쌈〉 : 이상개 차한수 시집 〈귀가 운다〉 : 이해웅 ◆동인지 순례/60년대 이후의 동인지〈잉여촌〉 : 송창우 ◆신인특집/박숙자 〈능소화〉 외 2편 ◆회원시 강달수 강영환 권혁동 김다솔 김석규 김옥균 김옥남 김재홍 김정호 김창식 김화자 라영훈 박송죽 박언지 박황자 백지영 손애라 송경자 신명석 안태봉 이명재 이미자 이분자 이상열 이은숙 잊어숙 임종성 전성희 전현정 정순남 조연로 조헌호 하태수 한창옥 황길엽 ◆2005년 겨울호 신입회원 시 김성훈 서경원 정영일 이혜민(이영희) ◆19회 "시의 날" 강연 : 시의 위기, 시의 진로 : 신 진 백일장 장원 ◆유교시인 특집 / 이송희 시인의 유작 〈굴뚝〉 외4편
부산시인 50호 2006년 봄	◆신춘정담/허만하 김창근 조의홍 최원준 ◆특집/표지인물 −표류하는자의 꿈−한찬식 다시보기: 박철석 ◆이 한 편의 시 김석규 − 배기환의 죽성리 김창근 − 김석규의 낙향을 꿈꾸며 ◆부산시인초대/이 계절의 시인들 강문출 김옥균 백영희 변종환 석동호 유병근 이몽희 임명수 차한수 최영구 홍수희

호 수	내 용
발 행 인 조의홍 **편집주간** 최원준 **편 집 장** 조연로 **편집위원** 　박응석　박송죽 **편집실무위원** 　김다솔　김해경 　이현주	◆서 평 / 김광자의 해양시 – 구모룡 　　　　정남순의 시세계 – 구모룡 　　　　백지영의 시세계 – 정영자 　　　　안효희 – 정익진 ◆동인지 순례/목마동인 – 신 진 ◆회원시 강달수 권윤오 권혁동 김다솔 김석규 김시월 김영미 김해경 김현정 김화자 라영훈 박황자 손병홍 송경자 안유정 안유환 양주옥 오승일 유병기 이동호 이명재 이미자 이봉희 이상열 이순원 이정숙 이효애 임종성 전성희 정선기 조연로 조의홍 최창도 하태수 ◆2006년 봄호 신입회원 시 　강준철 김미선 소상보 이성호 이현주 ◆회원동정
부산시인 51호 2006년 여름 **발 행 인** 조의홍 **편집주간** 최원준 **편 집 장** 조연로 **편집위원** 　박응석　박송죽 **편집실무위원** 　김다솔　김해경 　이현주	◆권두언/강남주 ◆특집/표지인물–최계락 시인 　　　　김규태 : 들꽃같이 살다 간 40년 　　　　이형기 : 최계락, 그 인간과 문학 ◆이 한 편의 시 　김석규 – 안유환의 〈버림받은 시계들〉 　김창근 – 이해웅의 〈소록도〉 　신　진 – 강문출의 〈새장 안에는 새가 없다〉 ◆이 계절의 시인들 　김규태 김무영 김영준 류정희 박선희 배달순 　윤상운 정진경 최휘웅 후　동 ◆시 론/박철석 〈나의 체험적 시론〉 ◆서 평/이상옥 – 신진 시집 〈귀가〉 　　　차한수 – 박황자의 〈 난 앞에서〉 ◆동인지 순례/이해웅 〈시와 자유〉 ◆탐 방/조연로 〈권환 문학제를 다녀와서〉

호 수	내 용
	◆신인특집/이동호 〈3월〉 외 4편 ◆회원시 강달수 강영환 김광자 김다솔 김명옥 김석규 김선희 김성일 김성훈 김옥균 김옥남 김재홍 김화자 라영훈 류선희 박황자 서은희 소상보 손계정 송경자 안유환 이명재 이미자 수예(이분자) 이정숙 이현주 임종성 전성희 정을필 조연로 최향숙 ◆2006년 여름호 신입회원 시 　　김재석 엄경애 이견숙 이화옥
부산시인 52호 2006년 가을 **발 행 인** 조의홍 **편집주간** 최원준 **편 집 장** 조연로 **편집위원** 　박응석　박송죽 **편집실무위원** 　김다솔　김해경 　이현주	◆권두언/차한수 ◆특집/표지인물-김민부 시인 　　　정대현-오륙도 그리고 김민부 ◆이 한편의 시 　김석규 – 최향숙의 〈선잠〉 　김창근 – 김영준의 〈허수아비의 꿈 13〉 　신 진 – 소상보의 〈묵언〉 　양왕용 – 한경동의 〈죽순〉 　박응석 – 윤상운 〈눈 내리는 밤〉 〈억새밭을 지나며〉 ◆이 계절의 시인들 　강민수 강영환 권혁동 경대호 박철석 박청륭 　이근대 임수생 ◆서 평/임종성-김영준의 시집 〈거짓의 미학〉 　　　강남주-백영희의 시세계 〈물속에서 하늘보기〉 ◆동인지 순례/김천혜-가야문학 ◆탐방기/조연로-동리 · 목월 문학관을 찾아서 ◆신예시인특집/신정민 〈뜨거운 책〉 외 4편 ◆회원시 강현옥 김가원 김다솔 김명옥 김미선 김석규 김옥균 라영훈 박성희 소상보 송경자 양주옥 윤상운 이명재 이미자 이은숙 이정숙 이현주 전성희 조연로 주순보 최연근 하태수

호 수	내 용
	◆2006년 가을호 신입회원 시 　　빈태영　윤재선　정훈교　최양숙　해 연 ◆여름시인학교 · 청소년문학캠프
부산시인 53호 2006년 겨울 **발 행 인**　조의홍 **편집주간**　최원준 **편 집 장**　조연로 **편집위원** 　박응석　박송죽 **편집실무위원** 　김다솔　김해경 　이현주 **표 지 화**　박천웅	◆권두언/조의홍 ◆특집/표지인물–이형기 　　　황선열–이형기론 ◆이 한편의 시/김창근, 신 진, 최영호 ◆이 계절의 시인들 　강갑재 김재홍 박황자 양주옥 이득수 이상열 　이초우 정의태 조연로 ◆서평/남송우–박철석 시집, 이문걸–장기연 시집 ◆탐방기/조연로–김춘수 유품전에서 ◆세계시인의 날/김다솔 ◆동인지 순례/윤정숙–부산시문학시인회 ◆신예시인 특집/김해경 ◆회원시 김석규 김수화 라영훈 백지영 서은희 소상보 손애라 송경자 이명재 이분자 이현주 임종성 전성희 최양숙 최영구 해 연 ◆2006년 겨울호 신입회원/박상호, 조성순, 이해주 ◆제20회 시의날 특집 　　수상자–류선희 　　시의 날 강연–양왕용 　　부산시인 신인상–구해인 ◆회원동정/회칙/주소록
부산시인 54호 2007년 봄	◆권두언/변종환 ◆칼럼/최창도 ◆기획특집/김석규 　내가 만난 시 한편–문선영 　박목월의 사물시–김천혜

호 수	내 용
발 행 인 변종환 **편집자문위원** 　김규태　박응석 　조연로　최창도 **편집주간** 한창옥 **편 집 장** 손병흥 **편집차장** 김해경 **편집위원** 김영옥 　　　　　이현주 　　　　　구해인	◆신작초대시 　이상개　김석주　권정일　김상균　김정호　송유미 　신정민　윤홍조　이인우　최정란 ◆계간시평 / 권정우 ◆회원시 강재훈 김광자 김옥균 김인권 라영훈 박혜숙 빈태영 석동호 소상보 손화영 송경자 이견숙 이나열 이동호 이명재 이분자 이상열 이성호 이정숙 이초우 전성희 정의태 조연로 조창용 최양숙 최연근 최향숙 하태수 해　연 ◆탐방기/조연로–김달진문학관을 찾아서 ◆동인탐방/시로문학동인회–강문출 ◆창공에 별 하나–김성식추모시집출판기념회–김다솔 ◆서평/전성희 시집–김 철 ◆신입 회원시/김선아 김쌍주 김희진 박노걸 윤영초 　　　　　　　　이영희 이화란 조인래 최길준 황인국 ◆수필가가 본 시인/박양근 ◆이 사람 이 시인/강문숙 ◆제10대 임원진/주소록
부산시인 55호 2007년 여름	◆권두언/김규태 ◆신작소시집/정순영 ◆신작소시집 　유병근 이민영 김성일 김선희 조해훈 황길엽 전다형 주순보 　이동호 김수화 ◆내가 만난 시 한편/김예강, 황갑윤 ◆신예특집/박상호 ◆계간시평/차한수 ◆서평/소상보 시집–임명수, 최정란 시집–전기웅 ◆평론/김경복

호 수	내 용
발 행 인 변종환 **편집자문위원** 　김규태　박응석 　조연로　최창도 **편집주간** 한창옥 **편 집 장** 손병흥 **편집차장** 김해경 **편집위원** 김영옥 　　　　　이현주 　　　　　구해인	◆동인탐방/흙과 바람의 깃발–김석규 ◆문학기행/조지훈 문학관을 찾아서–조연로 ◆회원시 김근희 김옥균 김정호 김지은 김창식 김화자 라영훈 백영희 손계정 송경자 송미령 안유환 양주옥 오승일 이명재 이상열 이영숙 이은숙 이정숙 전성희 조영희 최선준 최양숙 최양희 ◆신입회원 시 / 김문환 김　호 김종화 김찬식 박복남 박준상 심미지 이영수 이영주 이종현 이희수 정경완 정옥금 최미화 최수지 황재연 ◆내가 본 시인/공재동 ◆이 사람 이 시인/ 박윤규 ◆낭송회와 시낭송/문인선 ◆제10대 임원진
부산시인 56호 2007년 가을 **발 행 인** 변종환 **편집자문위원** 　김규태　박응석 　조연로　최창도 **편집주간** 한창옥 **편 집 장** 손병흥 **편집차장** 김해경 **편집위원** 김영옥 　　　　　이현주 　　　　　구해인	◆권두언/강남주 ◆신작소시집/임수생 ◆신작초대시 　최창도 김구림 김영옥 김창식 정남순 성홍영 　최연근 권윤오 이초우 최　옥 황갑윤 ◆내가 만난 시 한편/김인권, 정진경 ◆신예특집/김미선 ◆계간시평/임종성 ◆서평/강정화 시집–김천혜, 손순이 시집–이문걸 ◆특별기고/박상호 ◆평론/김상옥시의 변모과정과 미학–구모룡 ◆동인탐방/시작업이후–전기웅 　동인시/김상균 김인권 이문영 이희철 전기웅 　　　　　김중일 박윤규 ◆지역시인작품교류/광주시인협회 　경　철 김삼진 김석문 김　종 신명식 오재열 　이전안 이병휘 임문자 임종숙

호 수	내 용
	◆문학기행/구상문학관을 찾아서-조연로 ◆회원시 김검수 김근희 김다솔 김명옥 김시월 김옥균 김찬식 김화자 라영훈 빈태영 송경자 송미령 안유환 양월희 이명재 이분자 이영주 이정숙 이효애 이희수 전성희 정순남 정훈교 최길준 최양숙 최양희 최향숙 하태수 ◆신입회원시 김대식 김승희 김은우 김현만 박옥균 박지윤 서문섭 손순이 안도영　안성식 이석래 이성의 이양자 이정모 조원기　최경식　최진호 ◆내가 본 시인/전치탁 ◆이 사람 이 시인/전성희
부산시인 57호 2007년 겨울 **발 행 인** 변종환 **편집자문위원** 　김규태　박응석 　조연로　최창도 **편집주간** 한창옥 **편 집 장** 손병흥 **편집차장** 김해경 **편집위원** 김영옥 　　　　　이현주 　　　　　구해인	◆권두언/차한수 ◆신작소시집/임명수 ◆신작초대시 　강재훈 김순자 김시월 류선희 장기연 최원철 탁영완 ◆내가 만난 시 한편/김천혜, 강문출 ◆신예특집/이영수 ◆계간시평/임종성 ◆서평/강정화 시집-김천혜, 손순이 시집-이문걸 ◆기획연재/박문하 사건과 부산문학지 사건-정진채 ◆평론/시치료와 시낭송-정영자 ◆동인탐방/시림문학회-송민수 ◆지역시인작품교류/전남문인협회 　정형택 최정웅 김영관 신병은 윤경자 박달재 ◆문학기행/미당시문학관을 찾아서-조연로 ◆회원시 김석규 김다솔 강현옥 김근희 김대식 김선아 김승희 김옥균 김종화 김희진 박노걸 박상호 소상보 손순이 안성식 안유환 유병기 윤상운 윤재선 이견숙 이나열

호 수	내 용
	이명재 이분자 이양자 이영주 이정숙 이현주 이희수 전성희 조원기 최경식 최길준 최양숙 최양희 하태수 ◆신입회원시 　김경숙 김남희 김보라 배계선 배채헌 송민수 　심상락 이영애 이옥순 이용문 ◆특집/제21회 시의날 　본상-최창도, 우수상-조창용, 백영희 　부산시인 신인상-최혜림, 이춘화 　백일장당선작/문준녕, 김미소, 정석훈, 안유정 ◆이사람 이 시인/김찬식
부산시인 58호 2008년 봄 **기획위원** 　김규태　박응석 　조연로　최창도 **편집주간**　한창옥 **편 집 장**　손병흥 **편집차장**　김해경 **편집위원**　이현주	◆권두언/변종환 ◆신작소시집/이상개 ◆신작초대시 　이문걸 박송죽 김겸수 김덕침 박상호 김해경 　안성식 전성희 빈태영 정순남 ◆내가 만난 시 한편/임종성 ◆신예특집/김은우 ◆계간시평/최휘웅 ◆서평/최향숙 시집-송명희, 이분자 시집-양왕용 ◆기획연재/김태홍 선생과 함께한 시조문학운동 　　　　　　　　-정진채 ◆평론/윤동주 시의 위상-차한수 ◆동인탐방/부산해동문학-박혜숙 ◆지역시인작품교류/문경문인협회 　박영석 엄영란 이설헌 이성남 정순택 황봉학 ◆문학기행/청마문학관을 찾아서-조연로 ◆회원시 김석규 권윤오 김경숙 김근희 김대식 김선아 김승희 김옥균 김정호 김화자 김희진 라영훈 박옥균 송경자 송민수 심상락 안유환 유병기 윤재선 이견숙 이나열 이명재 이성의 이양자 이영애 이영주 이정숙 정옥금

호 수	내 용
	정훈교 조영희 조헌호 최경식 최길준 최양숙 최연근 최혜림 하태수 ◆신입회원시 김선례 김선애 김재원 김현주 김홍기 박경희 박두길 박석현 박창주 성계림 손진옥 신원희 엄경덕 오귀진 윤한익 윤혜진 이순선 이윤길 정봉균 정은하 정형련 ◆내가 본 시인/이병수 ◆이사람 이 시인/김천혜 ◆2008년 임원 명단
부산시인 59호 2008년 여름 **기획위원** 김규태 박응석 조연로 최창도 **편집주간** 한창옥 **편 집 장** 손병흥 **편집차장** 김해경 **편집위원** 이현주	◆권두언/김석규 ◆신작소시집/최창도 ◆신작초대시 　박문하 김석주 진경옥 윤상운 전기웅 　강문숙 강문출 조원기 이분자 김찬식 ◆내가 만난 시 한편/차한수, 최원철 ◆신예특집/김경숙 ◆계간시평/박청룡 ◆서평/정형련 시집-이문걸, 김다솔 시집-김천혜 ◆기획연재/나와 동화문학-정진채 ◆평론/김수영 다시 읽기-최갑진 ◆동인탐방/부산문학동인회-정의태 ◆지역시인작품교류/대구문인협회 　문인수 송진환 이구락 류인서 이규리 ◆문학기행/이육사문학관을 찾아서-조연로 ◆회원시 김대식 김선례 김선아 김승희 김옥균 김화자 김희진 박성희 박옥균 박혜숙 소상보 송경자 송민수 심상락 양주옥 엄경덕 오귀진 유병기 이견숙 이성의 이양자 이영주 이정숙 이희수 장기연 전성희 정경완 정봉균 정선기 정옥금 최경식 최길준 최미화 최양숙 최혜림

호 수	내 용
	하태수 홍수희 ◆신입회원시 문석경 박선옥 이 향 이두예 이성림 이수찬 임순자 전병구 정국심 정신자 하두호 허외식 ◆내가 본 시인/박지현 ◆이사람 이 시인/김천혜
부산시인 60호 2008년 가을 **기획위원** 김규태 박응석 조연로 최창도 **편집주간** 한창옥 **편 집 장** 손병흥 **편집차장** 김해경 **편집위원** 이현주	◆권두언/진경옥 ◆기획특집/신작 소시집⑦ 　　　　　김영준-길의 랩소디 외 12 ◆신작 초대시 　김석규 〈장마〉 외 2 　강갑재 〈가을바람〉 외 2 　김명옥 〈인연. 1〉 외 2 　김미순 〈콩잎〉 외 2 　석동호 〈그리움의 게놈〉 외 2 　손순이 〈길 위에서. 6〉 외 2 　안태봉 〈풍란. 6〉 외 2 　양주옥 〈다심을 찾아서〉 외 2 　이석래 〈양귀비 꽃〉 외 2 　정옥금 〈상처〉 외 2 ◆내가 만난 시 한 편 　정의태 〈담쟁이〉 – 산문시를 읽는 재미-양왕용 ◆신예 특집/이희수 〈가을밤에〉 외 3 ◆계간 시평 　시는 서정의 깊이로 그 생명력을 얻는다 – 김정자 ◆기획연재/부산문단 이야기(4) 　　　　중앙동 문인과 부산문학 – 정진채 ◆평론/양수로의 회귀, 불로 승화되는 존재의 꿈 　　　　김충규 시집 〈물 위에 찍힌 발자국〉 : 정진경 ◆동인탐방/목요문학 동인회 ◆초대시/지역 시인 작품 교류 – 울산 시인 편

호 수	내 용
	◆문학기행/「정지용문학관」을 다녀와서–조연로
	◆회원시
	경대호 김근희 김대식 김보라 김선아 김옥균 김화자
	김희진 라영훈 문석경 박선옥 송경자 송진현 심상락
	안성식 안유환 엄경덕 유병기 이견숙 이나열 이미자
	이분자 이수찬 이양자 이정숙 이춘화 전성희 전현정
	정경완 정봉균 최경식 최길준 최미화 최양숙 정신자
	◆제11회 여름시인학교 시낭송 참여 작품
	김수민 김월하 김재원 박두길 박영점 윤한익
	◆입회 회원시/김종대 서영상
	◆내가 본 시인/데뻬이즈망의 시인, 조향 선생님
	– 김용태
	◆이사람 이 시인/우물은 퍼내야 새물이 고인다
	박원호 시인과 함께 – 대담.이현주
부산시인 61호 2008년 겨울 **기획위원** 김규태　박응석 조연로　최창도 **편집주간**　한창옥 **편 집 장**　손병흥 **편집차장**　김해경 **편집위원**　이현주	◆권두언/조창용
	◆기획 특집/신작 소시집⑧
	조의홍 – 추억같은 24 외 9
	◆신작 초대시
	이상열 백영희 이남기 김다솔 문인선 박언지 박영점
	손병흥 이순원 이영숙 이은숙 조연로 김다희
	◆내가 만난 시 한 편/김소월의 〈진달래 꽃〉
	투명하고 잔가시 없는 매끈한 서정시–김철
	◆신예 특집/이현주 〈틈〉 외 5
	◆계간 시평
	가을을 적시는 네 권의 서정시집 – 박청룡
	◆기획연재/부산문단 이야기(5)
	과메기철이면 생각나는 시인선장 – 정진채
	◆자작시 해설/최창도 시집 〈철든 이름 찾기〉
	개성과 발상의 구도가 절제된 시세계–최창도
	◆동인탐방/「우리 시」동인을 찾아서–김정호
	◆초대시/지역 시인 작품 교류 – 포항 시인 편

호 수	내 용
	◆문학관 탐방/부산의 문학관을 찾아서 – 김해경 ◆회원시 김검수 김남희 김대식 김선아 김순자 김옥균 김지은 김희진 라영훈 문석경 박복남 박석현 박선옥 박언지 성홍영 소상보 손순이 송경자 송진현 심상락 안성식 안유환 엄경덕 오귀진 이견숙 이명재 이수찬 이정숙 이춘화 전성희 정경완 정봉균 정옥금 정훈교 조인래 최경식 최길준 최미화 최양희 허외식 〈특별초대〉이난수 ◆해외시 탐방 　실험문학의 시적언어로서의 구체시 – 김점미 ◆특집/제22회 시의 날 　내가 본 시인/「낙화」의 시인 이형기 – 임수생
부산시인 62호 2009년 봄 **발 행 인** 권혁동 **편집주간** 김 철 **편집위원** 조연로 　　　　　손병흥 　　　　　정신자 **편 집 장** 김다희 **편집차장** 이영수	◆권두언/권혁동 ◆원로 육필시/김규태 김영준 유병근 ◆초대시/구광렬 김 종 류인서 석미나 박구경 　　　　　성선경　이종암 ◆외국시 초대석/T.S엘리어트의 황무지 – 김 철 ◆특별기고/천양희 ◆회원시 강영환 김대식 김영옥 김옥균 김은우 김지은 김재원 김 태 김찬식 김현정 김홍규 김희진 나경심 라영훈 문석경 박미정 박선옥 박혜숙 소상보 손순이 백 식 송경자 송유미 송진현 엄경덕 안성식 오귀진 유병기 이견숙 이분자 이영애 이수찬 이정숙 임화선 장기연 전명수 전기웅 전성희 정봉균 정옥금 차달숙 정훈교 조숙임 최경식 최길준 최재영 표애자 하태수 해 연 ◆기획연재1/부산시단야사 　　　문청시절에 태어난 시와인간 동인들–류명선 ◆부산시인 초대석/손경하

<table>
<thead>
<tr><th>호 수</th><th>내 용</th></tr>
</thead>
<tbody>
<tr>
<td></td>
<td>◆이 한권의 시집/백석에 대하여-편집부
◆서평/윤정숙 시집-이몽희
◆기획연재 2/작고시인을 찾아서/정영태
　-탈출을 꿈꾸어온 시인-강남주
　-정영태 시인의 삶-배기환
◆회원 유고시/박문하, 이영일, 조창숙</td>
</tr>
<tr>
<td>**부산시인 63호**
2009년 여름

발 행 인 권혁동
편집주간 김 철
편집위원 조연로
　　　　　손병흥
　　　　　정신자
편 집 장 김다희
편집차장 이영수</td>
<td>◆권두언/최원철
◆원로 육필시/박송죽 박청룡 진경옥
◆초대시/김백겸 오인태 조영서 채호기
◆특별기고/오탁번
◆회원시
김　개 김경룡 김덕수 김복남 김시월 김영옥 김의암
김정순 김희영 김현만 남현자 문인선 박만탁 박말란
박숙자 박원호 배상호 배재경 백영희 백지영 서경원
성수자 손애라 신명석 신정숙 옥소득 윤한익 이문영
이광수 이병석 이삼성 이상열 이창석 이혜화 임달오
임명수 정순남 장동범 정은정 정은하 조남순 조성순
최귀례 최순익 최연근 최진만 최혜림 허수복 황갑윤
황재연
◆기획연재 1/부산시단 야사
　　　시인 중의 시인, 박태문-류명선
◆외국시 초대석/월트 스토트 경-김 철
◆특별연재/I.A. 리차야즈의 시와 과학 – 이양하역
◆기획연재 2/작고시인을 찾아서/구연식
　　　-온청색 둥근 물이되어 떠나다-신 진
◆기획연재 3/시가 있는 체험론-정일근
◆이 한권의 시집/ 김동환 시집 날개
◆부산시인 초대석/이은경
◆계간평/김 종
◆부산시인 신인상/김대환</td>
</tr>
</tbody>
</table>

호 수	내 용
부산시인 64호 2009년 가을 **발 행 인** 권혁동 **편집주간** 김영준 **편집위원** 조연로 　　　　　 손병흥 　　　　　 정신자 **편 집 장** 김다희 **편집차장** 이영수	◆권두언/강남주 ◆원로 육필시/김석규 박응석 이상개 ◆초대시/김남조 김종길 오세영 ◆특별기고/유안진 ◆회원시 강민수 강영환 강주철 경대호 김경수 김덕침 김무영 김선희 김수화 김재석 김재홍 김 호 동길산 류선희 류정희 박성웅 배계선 배상득 성계림 손화영 송만판 신 선 신원희 안유정 양은순 오순이 오정환 월 하 윤홍조 이남기 이성림 이성호 이수찬 이영희 이옥순 이용문 이인우 이정모 전병구 조헌호 지운경 최수지 최 옥 최정란 추점자 하두호 한경동 홍정숙 황인국 ◆기획연재1/부산시단야사 　　　참으로 진국같은 시인, 조해훈-류명선 ◆외국시 초대석/에즈라파운드-김 철 ◆특별연재/I.A.리챠야즈의 시와과학2-이양하 역 ◆기획연재 2/시가 있는 체험론-정일근 　　　-독도여, 한반도의 뜨거운 첫문장이여! ◆이 한권의 시집/ 박목월 시선집 ◆서평/ 네 시인의 신작시집-차한수 ◆계간평/김정자 ◆부산시인 신인상/조차숙 ◆특집/여름해변시인학교 백일장 우수작
부산시인 65호 2009년 겨울	◆권두언/정인조 ◆원로 육필시/강남주 임수생 ◆초대시/송수권 문정희 문태준 ◆특별기고/허형만 ◆회원시 강갑재 강달수 강정화 권경업 권태원 김석주 김선례 김성일 김순자 김종화 김현주 김홍기 박노걸 박복남

호 수	내 용
발 행 인 권혁동 **편집주간** 김영준 **편집위원** 조연로 　　　　　손병흥 　　　　　정신자 **편 집 장** 김다희 **편집차장** 이영수	박삼도 박언지 박행일 성흥영 손병흥 손순이 안태봉 안현도 유병근 윤혜진 이석래 이순선 이은숙 이춘화 이해주 이효애 정선기 정신자 정옥금 정형련 최진호 한창옥 허외식 홍수희 ◆기획연재 1/부산시단 야사 4-류명선 　　　-구연식 시인에 얽힌 사연 ◆외국시 초대석 4 /엘리자베스 코우츠워스-김　철 ◆기획연재 2/시가 있는 체험론-정일근 ◆특집/2009년 신입회원 시 권명해 권미숙 권　철 김명화 김미영 김상호 김세창 김양숙 김임자 김종기 김출현 김　태 김현곤 김현태 남경숙 노미림 노옥분 목영해 문미희 박귀전 박장호 서주열 손기식 안영애 윤주연 이복심 이분선 이종철 정광일 정길언 정효모 채경자 최의용 최춘자 하일례 황병준 효　향 ◆기획연재 3/작고시인을 찾아서:조　순-변종환 ◆서평/이상개 시집『탱글탱글』-이해웅 ◆계간평/남송우 ◆특집/제17회 부산시인협회상 　　　수상작: 본상-김광자, 우수상-김명옥 ◆제23회 시의날 백일장 수상작
부산시인 66호 2010년 봄	◆권두시/권혁동 ◆초대시/박이도 오하룡 이건청 ◆기획연재 1 / 나의 등단기 　　　김광자 이문걸 이병석 이해주 ◆회원시 강문출 경대호 권경인 권윤오 김검수 김경숙 김근희 김남희 김석규 김선아 김세창 김옥남 김중일 박경희 박복남 박석현 박영점 박태일 손은교 손진옥 송다인 송미령 양윤형 양주옥 여맹식 윤재선 이나열 이두예

호 수	내 용
발 행 인 권혁동 **편집주간** 김영준 **편집위원** 조연로 　　　　　손병흥 　　　　　정신자 **편 집 장** 김다희 **편집차장** 이영수	이민영 이성의 이순원 이영숙 이초우 이희수 정경완 정광일 정남순 정만석 정의태 정재필 조성범 조원기 주순보 최양숙 최영구 허외식 황병준 ◆특별기고/시를 위한 산문 - 정호승 ◆기획연재 2 / 타 장르 읽기-시조 　　　　박달수 손증호 전일희 ◆기획연재 3 / 작고시인을 찾아서 　　　　김태홍 시인 -정 훈 ◆기획특집/이 계절의 시-봄 강준철 권미숙 권 철 김규태 김다희 김대환 김무영 김윤정 김종화 김 태 김현곤 김현숙 김희진 노미림 박귀전 박선옥 박송죽 박언지 박옥균 박지윤 박희동 서문섭 서주열 성계림 성홍영 소상보 손순이 송유미 신 선 안유정 안태봉 이견숙 이분자 이상열 이석래 이성림 이성호 이수찬 이정숙 이혜민 전병구 정옥금 정형련 최경식 최의용 하두호 ◆서평 / 조해훈 시집 〈공산당〉-손남훈 ◆계간평/신 진 ◆신인상/고안나 박상진 ◆회원 유고시 / 박성희
부산시인 67호 2010년 여름	◆권두언/박맹언 ◆초대시/김용택 유승우 이유경 ◆기획연재 1/나의 등단기 　　　　배상호 조의홍 탁영완 ◆특별기고/시를 위한 산문-안도현 ◆기획연재 2/타 장르 읽기 　동시-박 일 주성호 최향숙, 동화-배익천 ◆기획연재 3/작고시인을 찾아서 　　　　한찬식 시인-조연로 ◆기획특집/이 계절의 시-여름

호 수	내 용
발 행 인 권혁동 **편집주간** 김영준 **편집위원** 조연로 　　　　　손병흥 　　　　　정신자 **편 집 장** 김다희 **편집차장** 이영수	강달수 경대호 고안나 권 철 권혁동 김검수 김대환 김덕침 김명화 김석규 김시월 김옥남 김 태 김현곤 노미림 노옥분 라영훈 류선희 박석현 박선옥 박송죽 서문섭 서주열 손병흥 손애라 송유미 안태봉 양은순 양주옥 윤유점 윤혜진 윤홍조 이분선 이상열 이석래 이성림 이소정 이수찬 이순선 이용문 이정숙 이해웅 장기연 전병구 전성희 정광일 정선기 정의태 정한길 정효모 최의용 최춘자 하두호 황인국 ◆서평/최원준 시집 〈북망〉 -강영환 ◆계간평/신 진 ◆신인상/문상열 ◆회원시 강재훈 강준철 곽현의 권미숙 권태원 김대식 김명옥 김세창 김재석 김정호 김종화 김지은 김창식 김현숙 김현정 김화자 김흥규 김희진 나경심 류정희 문석경 문인선 민병일 박경희 박미정 박언지 박영점 박옥균 박지윤 박황자 박희동 배기환 백 식 서경원 성홍영 소상보 손은교 송진현 신원희 안유환 오귀진 이견숙 이두예 이득수 이미자 이삼성 이영애 이혜민 정경완 정영일 정재선 정진경 조성범 조성순 조해훈 최경식 최귀례 최양숙 최재영 최휘웅 표애자 홍정숙 황병준
부산시인 68호 2010년 가을	◆권두언/정순영 ◆초대시/허영자 정민호 최영옥 ◆기획연재 1/나의 등단기 　　오정환 김경수 조창용 소상보 ◆특별기고/조창환 ◆기획연재 2/타 장르 읽기 - 수필 　　배승원 김상곤 박양근 ◆기획연재 3/작고시인을 찾아서:박현서-김창근 ◆기획특집/이 계절의 시 -가을

호 수	내 용
발 행 인 권혁동 **편집주간** 김영준 **편집위원** 조연로 　　　　　손병흥 　　　　　정신자 **편 집 장** 김다희 **편집차장** 이영수	고안나 곽현의 권미숙 권 철 김남희 김석규 김세창 김 태 김현곤 김화자 박상호 박영점 이동구 이문걸 이성림 이수찬 정광일 최경식 최양숙 ◆가을편지/강달수 김미순 강준철 최휘웅 ◆계간평/이성모 ◆특집/2010년 여름시인학교 백일장 수상작품 ◆회원시 손경하 김규태 임수생 이상개 김의암 변종환 강남주 최순익 이자영 조성래 이종호 김옥균 김정순 김명옥 최향숙 김선희 신 선 하두호 이정숙 최진만 추점자 남현자 지운경 정순남 한경동 최원철 백지영 윤홍조 황재연 이인우 이상열 이분자 송만판 김재원 신정숙 송유미 옥소득 임달오 손계정 이광수 손애라 윤한익 손화영 전성희 라영훈 박혜숙 이효애 최정란 이용문 조헌호 해 연 박원호 서문섭 배계선 정훈교 안도영 박선옥 이영희 임순자 이옥순 김 호 최혜림
부산시인 69호 2010년 겨울 **발 행 인** 권혁동 **편집주간** 김영준 **편집위원** 조연로 　　　　　손병흥 　　　　　정신자 **편 집 장** 김다희 **편집차장** 이영수	◆권두언/권혁동 ◆초대시/서영수 이일기 이가림 ◆기획연재 1/나의 등단기 　　　권경업 배기환 최창도 한창옥 ◆특별기고/이건청 ◆가을편지/양은순 정은하 문인선 ◆기획연재 2/작고시인을 찾아서:정영태-정 훈 ◆기획특집/이 계절의 시 -겨울 고안나 권 철 김대환 김명화 김석규 김 태 김현곤 노미림 배계선 손기식 이병석 신명석 이상열 이수찬 정경완 ◆특집/제18회 부산시인협회상 수상작 　　　본선-신 선, 우수상-이분자, 김다희 ◆계간평/차한수

호 수	내 용
	◆특집/2010년 신입회원 ◆서평/박청룡 시집-장영희 ◆신인상/김신숙 장재영 ◆회원시 박철석 최연근 김 철 황갑윤 손병홍 박청룡 이상호 조남순 임명수 박성웅 김석주 이창석 권혁동 정웅규 황길엽 김광자 류선희 최 옥 김원수 이봉희 최진만 김덕침 배재경 장기연 김희영 홍수희 이나열 정옥금 유병기 강민수 최춘자 장동범 이은숙 이원도 김수화 박노걸 임화선 윤혜진 이순선 김성일 김재홍 안유정 전병구 조헌호 황인국 안성식 이성림 엄경덕 효 향 김종기 박귀전 윤유점 이춘화 정형련 정신자 김선례 김세창 김출현 노옥분 정효모 안영애 권명해 김양숙 남경숙 이복심 이종철 황병준 박상진
부산시인 70호 2011년 봄 **발 행 인** 김광자 **편집주간** 조연로 **편 집 장** 김 곳 **편집차장** 이영수 **편집위원** 정형련 이동구 윤유점	◆권두언/김광자 ◆축사/허남식(부산시장), 임혜경(교육감), 정한길(원로 아동문학인) ◆기획특집 1/좌담회;부산시단의 전망 참석: 김영준, 박송죽, 박응석 사회-조연로, 정리-이동구 ◆기획연재/원로시인탐방1 박철석-조연로 박송죽-김 곳 김의암-윤유점 ◆시인의 근황을 묻다/강갑재 시인-김 곳 ◆기획특집 2 세계 대문호의 숨은 이야기:셸리-강영환 ◆서평 신진 시에 나타난 서정과 인식의 영상-임종성 ◆기획특집 3/ 이 계절의 시 '생명'

호 수	내 용
	김선희 김순자 김해경 박삼도 손계정 탁영완 홍정숙 ◆회원시 고안나 곽현의 권 철 김근희 김남희 김대식 김명옥 김명화 김옥균 김찬식 김현곤 김호철 류명선 림은서 문인선 박상호 박선옥 백지영 소상보 손병흥 송진현 오순이 이남기 이상개 이새별 이성호 이수찬 이양자 이영애 이윤길 이해웅 임수생 임종성 전성희 정경완 정광일 정봉화 정순남 정웅규 정재순 조선영 조차숙 주순보 최귀례 최경식 최길준 최재영 표애자 하태수 홍금희 홍수희 황주철 ◆신인상/이정이 ◆소논문/현대시 조명:여성시를 중심으로–김순아 ◆시낭송회 탐방/시마당 시낭송회–안태봉 ◆신간소개
부산시인 71호 2011년 여름 **발 행 인** 김광자 **편집주간** 정순영 **편집위원** 정형련 　　　　　이동구	◆권두언/김광자 ◆초대시 　국효문 박정희 박진환 서영수 성기조 성흥영 　유안진 정광수 한기팔 ◆기획특집1/이 계절의 시 –충혼 　　　　　　모윤숙, 정상구 ◆기획특집 2/중견시인 탐방 2 　　　　　　최지원 시인–정형련 ◆회원시 강재훈 강준철 권명해 금명희 김검수 김삼문 김석주 김성일 김종기 서태일 손기식 송만판 안성식 안유환 오귀진 윤재선 윤한익 이나열 이두예 이득수 이미자 이봉도 이성의 이옥순 이은숙 이효애 임달오 장동범 정신자 정재필 조성순 조원기 최연근 최원철 최의용 최향숙 최혜림 한경동 해 연 ◆신입회원/김도우 민경은 최용관 ◆서평/이삼성

호 수	내 용
	◆문학칼럼/정한길 ◆시낭송회 탐방 2/부산시울림시낭송회-김예강 ◆기획연재 　독자와 함께 읽을거리-차, 꽃 음파로 타는 이름 ◆차의 시문학적 세계-김기원 ◆시인과 음파 이름 이야기-한효섭 ◆시인이 쓰는 꽃 이야기-김종화 ◆부산시인협회 소식
부산시인 72호 2011년 가을 **발 행 인** 김광자 **편집주간** 정순영 **편 집 장** 김근희 **편집간사** 이동구 題字:우사 박현진	◆권두언/김광자 ◆초대시 　조영서 오세영 정순영 박종해 조인자 이해주 ◆육필시/이민영 ◆기획특집 1/조남순 시인 탐방-김근희, 이동구 ◆기획특집 2/박성웅 시인 탐방-김근희 이동구 ◆회원시 강문출 강정원 경대호 곽현의 권미숙 권 철 김남희 김대환 김명옥 김미선 김병수 김선아 김세창 김용옥 김원수 김이상 김임자 김정순 김정호 김 태 김형석 김 호 노옥분 라영훈 박경영 박귀전 박두길 박상진 박석현 박선옥 서문섭 서영상 서태일 안도영 안유정 양월희 엄경덕 오정수 이상열 이수찬 이영수 이점숙 이춘화 정길언 정혜국 조선영 채경자 최양숙 최 옥 추점자 허외식 황귀남 황병준 황재연 ◆신입회원/최경숙 ◆서평/ 이삼성 ◆부산시인 신인상/대 희 홍종철 황주철 이수한 ◆제14호 여름시인학교 백일장 우수작 ◆기획연재/세계 대문호의 숨은 이야기2/강영환 ◆기획연재/독자와 함께하는 읽을거리 　　　시상이 흐르는 수석-안성식 ◆부산시인협회 소식

호 수	내 용
부산시인 73호 2011년 겨울 **발 행 인** 김광자 **편집주간** 정순영 **편 집 장** 김근희 **편집간사** 이동구 題字:우사 박현진	◆권두언/김광자 ◆초대시/추은희 이일기 강희근 오정환 하현식 김선희 ◆제19회 부산시인협회상 수상작 　　　본 상-진경옥, 우수상-박황자 ◆기획특집 /김정순 시인 탐방-김근희, 이동구 ◆회원시 강달수 금명흐 김기원 김도우 김삼영 김상곤 김석주 김선례 김성일 김시월 김원수 노미림 류선희 문상열 문석경 박근호 박언지 박행일 배계선 변종환 서태일 성홍영 손기식 손애라 손화영 양은순 윤한익 윤혜진 이분선 이분자 이상열 이수찬 이용문 이우너도 이희수 장기연 전병구 전현정 정우일 정재선 정재순 정효모 조성범 조차숙 차달숙 최영구 최지원 최진만 최춘자 최휘웅 하두호 한경동 ◆신입회원/이목우 ◆서평/ 이삼성 ◆기행시/청마문학제 　　　김남희 배상호 이성림 최춘자 황주철 ◆기획연재/독자와 함께하는 읽을거리/서영상 배송자 ◆부산시인협회 소식
부산시인 74호 2012년 봄	◆권두언/김광자 ◆기획특집 1/월북작가 재조명: 백석-차한수 ◆기획특집 2/노장시담-이원도 ◆회원시 강민수 김나혜 김다솔 김덕침 김보성 김상호 김승희 김영옥 김옥균 김정숙 김종화 김필분 김해경 김현곤 김현만 김화자 김흥규 김희영 노아량 박성웅 박 하

호 수	내 용
발 행 인 김광자 **편집주간** 정순영 **편집위원** 주순보 　　　　　 김옥남 **편 집 장** 김근희 **편집간사** 이동구 題字:우사 박현진	박황자 서은희 손경하 손계정 손진욱 송만판 신진식 엄주연 옥소득 원무현 유병근 육은실 이광수 이명재 이민영 이복심 이봉도 이봉희 이성림 이순선 이영애 이용수 이정숙 이초우 전성희 정광일 정원식 조헌호 주순보 최재영 하태수 ◆신입회원/김병래 ◆서 평/ 문인선 ◆부산시인 신인상/곽병덕 류춘자 ◆기획연재/독자와 함께하는 읽을거리 　　　차와 시의 관계–강영환
부산시인 75호 2012년 여름 **발 행 인** 김광자 **편집주간** 정순영 **편 집 장** 김근희 **편집간사** 이동구 題字:우사 박현진	◆권두언/김광자 ◆기획특집 1/월북작가 재조명: 정지용–신 진 ◆기획특집 2/노장시담–이원도 ◆회원탐방/노태식 시인–주순보 ◆회원시 고안나 권명해 김남희 김명옥 김시월 김옥남 김정호 김종기 김찬식 김출현 남경숙 박상진 배상호 백 식 백지영 신정숙 심상락 안성식 안유정 오원량 이동구 이두예 이미자 이새별 이수찬 이해주 이현주 임수진 임종성 전병구 정경완 정신자 정웅규 정재규 정형련 조선영 조성순 최귀례 최연근 최의용 최혜림 표애자 한창옥 해 연 홍금희 ◆신입회원/김덕영 김혜영 김회성 박두범 윤귀혜 ◆서 평/ 문인선 ◆기획연재/독자와 함께하는 읽을거리 　　　생물시의 범주–최원철

호 수	내 용
부산시인 76호 2012년 가을 **발 행 인** 김광자 **편집주간** 정순영 **편 집 장** 김근희 **편집간사** 이동구 題字:우사 박현진	◆권두언/김광자 ◆기획특집 1/월북작가 재조명: 김기림–양왕용 ◆기획특집 2/노장시담–이원도 ◆회원시 강준철 강형옥 경대호 권경업 김광자 김선아 김선희 김수화 김유성 김의암 김　태 라영훈 박경영 박삼도 박상호 서문섭 서은희 서태일 손인환 안도영 안영애 오정수 윤재선 이분선 이성의 이종철 정봉화 정순영 정우일 정혜송 조원기 진국자 최　옥 최원철 최춘자 추점자 한희옥 황귀남 황주철 ◆신입회원/김충남 노유정 방옥산 양한석 이　환 ◆부산시인 신인상 　　김지현 박석동 윤영숙 주명옥 최봉섭 ◆제15회 여름시인학교 백일장 우수작 ◆문단회상/시와사람–정한길 ◆회원초대석/전병구
부산시인 77호 2012년 겨울 **발 행 인** 김광자 **편집주간** 정순영 **편 집 장** 김근희 **편집간사** 이동구 題字:우사 박현진	◆권두언/ 김광자 ◆부산시협상 20주년 기념 특별기획 허만하 임명수 유병근 김석규 임수생 하현식 이상개 박송죽 박청륭 박태일 이해웅 임종성 신　진 류선희 최창도 정순영 윤정숙 김광자 신　선 진경옥 이원도 ◆기획특집 1/ 월북작가재조명: 오정환 –문인선 ◆기획특집 2/ 노장시담 – 이원도 ◆특　집/제20회 부산시인협회상 수상작 　　　이원도 이용문 주순보 ◆회원시 김경숙 김남희 김덕영 김병래 김삼문 김상곤 김선례 김성일 김숙희 김영옥 김원용 김화자 노미림 대　희

호 수	내 용
	류선희 문인선 민경은 박행일 송만판 송유미 이목우 이봉희 이상열 이새별 이성호 이춘화 이해주 정원식 정인조 최경숙 최양숙 최재영 ◆신입회원 김명희 옥무연 이말례 정숙조 천향미 ◆부산시인 신인상 　　방극돈 배종대 이명희 전해심 한흥수

부산시인 시선집 1~2

　　부산시인협회에서 발간한 『부산시인 시선집』은 2010년 권혁동 회장이 의욕적으로 추진한 사업이다. 부산문화재단과 부산은행의 메세나 지원사업의 일환으로 발간된 『부산시인 시선집』은 본회 회원들의 대표 시들을 모아 발간, 전체적으로 좋은 작품들이 게재되어 있어 부산시인협회의 우수 발간사업으로 꼽힌다.

　　권혁동 회장은 이 사업을 준비하면서 "전 회원의 시선집을 낸다는 것은 흔한 일이 아님"을 강조하고 "글 쓰는 사람들의 자존심과 미풍양속과

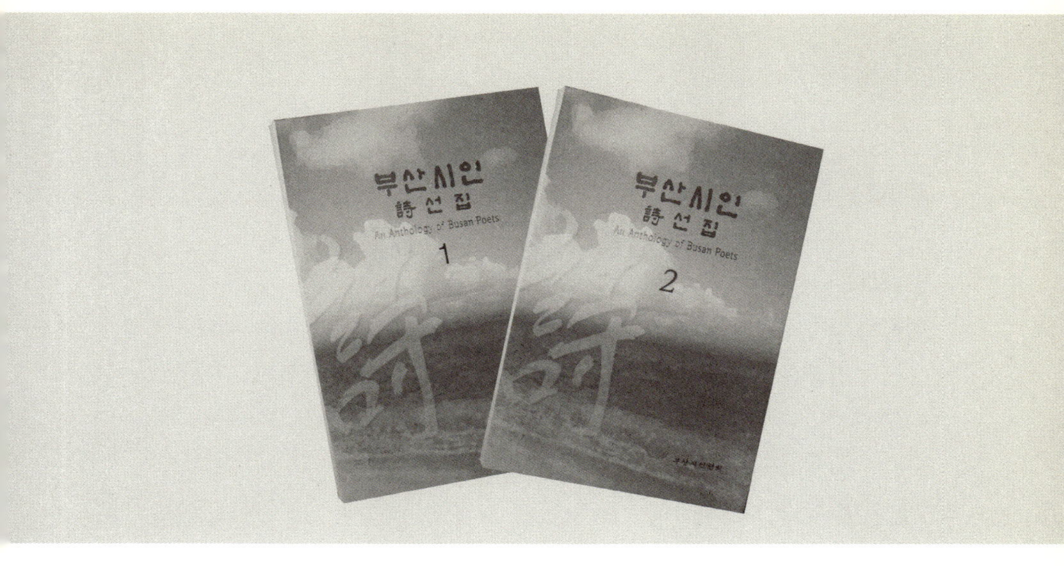

유익한 전통을 살려야 한다는 사명감에서 출간"하였음을 밝히고 있다.
　표제(제자)는 부산서예연합회 김종문(金鍾文) 회장이 쓰고 표지디자인은 부경대 명예교수이신 민병일 선생께서 해주셨다. 당시 편집실무를 맡은 사람은 편집주간 김영준, 편집위원 정훈교, 손병홍, 편집장 김다희, 편집차장 김명화(김나혜) 시인이 맡았으며 1, 2권에 314명의 시인들이 참가하여 각 2편씩 628편의 시가 수록되어 있다.
　총 960페이지다.

■ 부산시인 시선집 1

발간사 권혁동

회원시 강갑재 강남주 강달수 강문숙 강문출 강민수 姜永煥 강재훈
강재훈 강정원 강정화 강준철 경대호 고안나 곽현의 권명해
권미숙 권윤호 권정일 권 철 권태원 권혁동 금명희 김검수
김경룡 김경수 김경숙 김광자 김규태 김근희 김길녀 김남희
김다솔 김다희 김대식 김덕침 김명옥 김명화 김문환 김미선
김미선 김미순 김미영 김병수 김상균 김상호 김석규 김석주
김선례 김선아 김선희 김성일 김세창 김수민 김순자 김시월
김양숙 김영옥 김영준 김예강 김옥균 김의암 김이상 김재석
김재원 김재홍 김정숙 김정순 김정호 김종대 김종화 김중일
김지은 김찬식 김창식 김 철 김 태 김현곤 김현만 김현숙
김현정 김현주 김형석 김 ·호 김홍기 김화자 김흥규 김희진
나경심 남경숙 노미린 노옥분 동길산 라영훈 류명선 류선희
목영해 문상열 문석경 문인선 문학철 민병일 박경희 박귀전
박노걸 박두길 박말란 박미정 박복남 박상진 박상호 박석현
박선옥 박성웅 박송죽 박언지 박영점 박옥균 박원호 박응석
박지윤 박창주 박청룡 박치환 박행일 박혜숙 박황자 박희동
배계선 배기환 배상호 배재경 백영희 백지영 변종환 빈태영
서경원 서은희 서문섭 서영상 서주열 성홍영 소상보 손경하
손계정 손기식 손병홍 손순이 손애라 손은교 손화영 송다인
송만판 송미령 송유미 송진현 신 선

부산시인협회 기획 사화집

　부산시인협회에서 펴낸 기획사화집은 2005년 당시 제9대 조의홍 회장이 의욕적으로 추진한 사업으로 10월 『시로 엮는 부산 APEC』을 발간 한 것을 시작으로 모두 8권이 나왔다. 첫 사화집 『시로 엮는 부산 APEC』은 부산시인협회 회원들의 시를 영어로 번역하여 펴낸 한·영 번역본 시집이다.　2005년 부산 해운대 누리마루에서 열린 APEC 개최에 따라 그 국가적인 경사스런 일의 기록적 일환의 사업으로 제목을 〈시로 엮는 부산 APEC〉이라고 한 것으로 보인다. 영역번역은 김　철 시인이 맡았으며 영역감수는 '새러 앤 매카덤' 이라는 외국인이 맡았다. 감수자 '새러 앤 매카덤' 에 대한 구체적인 자료는 없다. 참가시인은 조의홍 시인 외 67명이다. 하지만 2005년 사화집은 계속적인 사업의 일환으로 기획한 것이 아닌 듯 '기획사화집' 이라는 번호가 붙어있지 않다.

　2006년 10월에는 '기획사화집 1' 로 『자갈치 바다 한 쌈』을 발간한다. 조의홍 회장이 첫 사화집 『시로 엮는 부산 APEC』을 발간하고 회원들

은 물론 대내외적으로 좋은 반응을 얻자 2006년부터는 부정기적이나마 계속적인 사화집 발간의지를 갖고 '기획사화집'으로 출범, 『자갈치바다 한 쌈』을 발간하였던 것으로 보인다. 『자갈치 바다 한 쌈』은 부제로 우리땅 우리시라고 표기되어 있으며 시적 소재는 부산 10경(해운대, 태종대, 오륙도, 자갈치, 금정산성, 범어사, 충렬사, 유엔공원)을 시로 승화시켜 사화집을 발간했다. 허남식 부산시장의 격려사와 양왕용 시인 외 38명이 참가했다. 참가자가 적은 것은 부산 10경이라는 주제의 시들만을 모았기에 다소 제한적이었던 것으로 보인다.

2007년 11월에는 『부산은 나의 시』라는 표제로 기획사화집 2집이 발간된다. 2집부터는 협회에서 매년 하는 사업으로 굳혀졌으며 특별한 내용의 기획없이 회원시들을 모아 발간하였다. 아마 신임 변종환 회장이 회원들의 많은 참여를 목적으로 하였기에 특정 주제를 내세우지는 않은 것으로 보인다. 2집에는 강남주 시인 외 72명이 참가했다.

2008년 3집은 『부산은 시의 파도』라는 제목으로 140명이 참가했다.

3집의 특징은 발행인 변종환 회장이 개인사정으로 업무를 못 보는 바람에 조창용 부회장이 회장 직무대행을 맡아 전반적인 실무를 보았다는 점이다.

2009년 4집은 168명이 참가하였는데, 기존과 달리 발간사도 없고, 별도의 제목도 내세우지 않고 그저 〈부산, 기획사화집 4〉 라고만 표지에 실었다. 2010년 160명이 참가한 5집도 별도의 표제를 안 단 것은 같으나 권혁동 회장의 발간사는 첨부되어 있다.

2011년 제6집은 『부산은 시의 만파도시』이라는 거창한 표제를 달고 나온다. 제12대 김광자 회장이 출범하면서 의욕을 보인 듯 하다. 기획 주제는 부산의 각 명소를 노래한 시들을 구(區)별로 분류하여 편집, 한 눈에 지역별 특징과 시를 볼 수 있도록 한 점이다. 허남식 시장과 부산 문화재단 남송우 이사장의 축사가 실려 있으며 124명의 회원이 참여하였다.

또 2011년에는 기획사화집이라는 타이틀을 달지는 않았지만 사화집이라고 보아야할 책이 한 권 발간됐다. 부전역과 공동으로 펴낸 『시가 살아 숨 쉬는 기차역』. 이 시집은 부전역 구내에 부산시인협회 시인들의 시화를 걸어두는 사업의 일환으로 발간된 자료집인 셈이다. 참가시인은 42명이다.

• 시로 엮는 부산 APEC

번역 : 김 철. 감수 : 새러 앤 매카덤
발간 : 2005년 10월. 푸른별

발간사 권혁동

회원시 강달수 강재훈 강정화 고　원
권혁동 김경룡 김광자 김다솔
김무영 김미순 김석규 김성훈
김소월 김수영 김숙희 김순자
김영랑 김원수 김창근 김　철
김현정 김화자 김홍규 김희영
나영자 류선희 류정희 문인선
박미정 박언지 백　석 백지영
변종환 서봉수 성홍영 손병흥
손화영 송경자 양왕용 양은순
양주옥 오정환 우명주 윤봉한
윤정숙 이상열 이영숙 이은경
이정숙 이초우 이해웅 임화선
장기연 정순영 정영일 정의태
정혜송 조연로 조의홍 조창용
최남선 최　옥 최향숙 탁영완
한창옥 홍정숙 황갑윤 황길엽

• 자갈치바다 한 쌈 – 우리땅 부산시

부산 10경 시집

발간 : 2006년 10월. 작가마을

발간사 조의홍
격려사 허남식
주제별 회원시

    해운대 김석규 양왕용 이상개 이초우 이해웅 임명수
    태종대 김창근 임수생 조의홍
    오륙도 김영준 박송죽 박응석 진경옥
    자갈치 김규태 권혁동 류선희 차한수 한창옥
    금정산성 강달수 류정희 배기환 변종환 석동호
    범어사 강정화 김광자 김명옥 김인권 김재홍 박윤규
    충렬사 김중일 배재경 서정원 안태봉 정의태
    유엔공원 양은순 오정환 임종성 조연로 최원준

• 부산은 나의 詩

발간 : 2007년 11월. 두손컴

발간사 변종환

회원시 강남주 강문숙 강재원 강정화 권윤오 김검수 김광자
김규태 김근희 김다솔 김다희 김대식 김명옥 김미순
김석규 김석주 김순자 김영옥 김영준 김인권 김정호
김찬식 김창식 김 철 김해경 동길산 류선희 문인선
박상호 박송죽 박언지 박윤규 박희동 백영희 변종환
빈태영 석동호 손병홍 송경자 안태봉 오세희 유병기
이분자 이석래 이영숙 이은숙 이초우 이혜민 임명수
임수생 임종성 장기연 전성희 정순남 정순영 정의태
정훈교 조연로 조인래 조창용 진경옥 차한수 최경식
최길준 최양희 최연근 최 옥 최원철 최창도 탁영완
한창옥 해 연 황갑윤

• 부산은 詩의 파도

발간 : 2008년 12월. 두손컴

발간사 조창용

회원시 강남주 강달수 강영환 강재훈
강준철 경대호 권윤오 권혁동
김검수 김경숙 김광자 김근희
김남희 김덕침 김명옥 김미순 김석규 김선례 김선아
김선희 김수화 김시월 김영옥 김영준 김원수 김재석
김정호 김종화 김지은 김찬식 김창식 김 철 김화자
김흥규 김희영 김희진 나경심 라영훈 류선희 문석경
문인선 박노걸 박두길 박문하 박복남 박석현 박선옥
박송죽 박언지 박옥균 박지윤 박창주 박철석 박혜숙
박희동 배계선 배상호 백 식 백영희 백지영 변종환
손계정 손병홍 손순이 송경자 송미령 송진현 심미지
심상락 안도영 안유환 안태봉 양은순 양주옥 엄경덕
오세희 오정환 유병기 윤혜진 윤홍조 이견숙 이두예
이득수 이문걸 이삼성 이상개 이상열 이석래 이성호
이수찬 이영희 이은경 이정숙 이초우 이춘화 이해주
이혜민 이희수 임종성 장기연 장동범 전명수 전병구
전성희 정경완 정선기 정순남 정순영 정영일 정옥금
정웅규 정형련 조성순 조인래 조헌호 진경옥 차한수
최경식 최길준 최미화 최수지 최순익 최양희 최연근
최원철 최진호 최창도 최철영 최향숙 최혜림 추점자
탁영완 하두호 한경동 해 연 허외식 홍정숙 황갑윤
황인국

기획 사화집 4

● 부산

발간 : 2009년 10월. 두손컴

회원시

강남주 강달수 강문숙 강영환 강정화
강준철 경대호 권경인 권윤오 권태원
김광자 김검수 김남희 김대식 김대환
김덕침 김명옥 김미순 김무영 김석규
김선례 김선아 김수민 김성일 김시월 김순자 김영옥 김영준
김은우 김재홍 김종화 김 철 김 태 김현곤 김현만 김화자
김홍규 김희영 김희진 노미림 류선희 목영해 문석경 문인선
박귀전 박노걸 박미정 박복남 박삼도 박석현 박선옥 박성웅
박송죽 박언지 박영점 박옥균 박원호 박철석 박황자 박희동
배기환 배상호 배재경 백영희 백지영 변종환 서경원 서은희
소상보 손계정 손기식 손병홍 손순이 손은교 송다인 송유미
신 선 송진현 안성식 신 진 안유정 안유환 안태봉 안현도
양월희 양은순 양윤형 엄경덕 양주옥 오귀진 오정환 월 하
유병근 유병기 윤한익 윤홍조 이견숙 이나열 이득수 이문걸
이분선 이분자 이상개 이상열 이석래 이성림 이성호 이수찬
이순선 이영수 이영애 이용문 이은경 이정모 이정숙 이초우
이해웅 이혜민 이효애 이희수 임명수 임종성 임화선 장기연
장동범 전병구 전성희 정광일 정남순 정봉균 정선기 정순남
정신자 정순영 정옥금 정영일 정웅규 조성순 정훈교 조인래
조헌호 주순보 진경옥 차달숙 채경자 최경식 최귀례 최수지
최순익 최 옥 최의용 최재영 최정란 최진만 최창도 최철영
최춘자 최혜림 표애자 탁영완 하태수 하두호 한경동 홍정숙
황갑윤 황길엽 황병준 황인국

기획 사화집 5

• 부산　발간 : 2010년 12월. 두손컴

발간사 권혁동

회원시

강남주　강달수　강영환　강재훈
강정화　강정원　경대호　강준철
곽현의　고안나　권미숙　권윤오　권　철　권태원　권혁동　금명희
김검수　김경숙　김광자　김남희　김덕침　김대식　김대환　김명옥
김명화　김미선　김석규　김석주　김선례　김선아　김성일　김세창
김수민　김순자　김영옥　김영준　김의안　김임자　김정순　김종화
김지은　김찬식　김창식　김창식　김　태　김현곤　김현숙　김형석
김화자　김흥규　김희진　노미림　노옥분　라영훈　류선희　박귀전
박경영　문인선　박복남　박삼도　박석현　박선옥　박숙자　박송죽
박언지　박영점　박옥균　박원호　박준상　박지윤　박철석　박혜숙
박희동　배계선　배기환　백영희　백지영　변종환　서경원　서주열
서문섭　소상보　손경하　손병홍　손순이　손애라　손은교　송다인
송유미　송진현　신명석　신　선　안성식　안유정　안태봉　양은순
유병기　오귀진　윤유점　윤혜진　이견숙　이득수　이문걸　이병석
이분선　이분자　이상개　이상열　이석래　이성림　이수찬　이성의
이영숙　이영애　이용문　이은경　이정숙　이춘화　이혜민　이종호
이효애　임종성　장기연　전성희　정광일　정길언　전병구　정봉화
정순남　정선기　정순영　정옥금　정웅규　정은정　정재필　정한길
정형련　조선영　주순보　조성순　차한수　최경식　최귀례　최미화
최순익　최영구　최의용　최창도　최철영　최향숙　최춘자　최휘웅
표애자　한희옥　한경동　하두호　해　연　황갑윤　황인국　황병준

• 부산은 시의 만파도시

발간 : 2011년 11월. 두손컴

발간사 김광자

축 사 허남식(시장) 남송우(문화재단)

강서구 김남희 손병홍 양월희 이순선 차달숙

금정구 강준철 김미선 김선아 김세창 김의암 김흥규 라영훈
류선희 박삼도 박옥균 박희동 서태일 양은순 이분자
장기연 정순영 정원식 조성범 최영구 한창옥 황주철

기장군 권 철 김종화 송다인 안성식 정한길 최경식

남 구 강문출 강영환 김쌍주 김이상 김정숙 김찬식 손애라
신정숙 이혜민 이효애 정광일 정봉화 조선영 주순보
최 옥

동 구 최춘자

동래구 김다솔 김신숙 김창식 김화자 문인선 박언지 안도영
이득수 이정숙 장재영 정재필 조차숙 진국자

부산진구 김현숙 민경은 채경자 최용권 최재영 최창도 탁영완
북 구 서주열 성종화 유병근 이나열 이춘화 홍종철
사 상 구 김시월 안유정
사 하 구 강달수 고안나 김근희 김대식 김덕침 김석규 김영준
　　　　　김출현 노옥분 박말란 박송죽 배계선 손계정 심미지
　　　　　이상열 이새별 이성림 이성의 이은숙 해　연 홍수희
　　　　　황병준
서 구 박영점
수 영 구 현　옥 권미숙 권윤오 김삼문 박경영 박선옥 엄주연
　　　　　윤혜진 이두예 정재선 조성순 차한수
연 제 구 김나혜 김명옥 김선희 박철석 이용수
영 도 구 김상곤 김현곤 박황자 윤재선 이동구 조헌호 표애자
　　　　　한경동
중 구 김　태 노미림 배상호 변종환 서영상 소상보 안태봉
　　　　　우명주 이상개 전병구 정순남 조원기 홍금희
해운대구 김광자 김석주 김선례 김성일 김옥남 김정순 김정호
　　　　　김형석 박두길 박석현 송유미 엄경덕 이수찬 이영숙
　　　　　이초우 이해주 임종성 정웅규 정형련 정혜국 조남순
　　　　　최귀례 최수지 최순익

사화집

• 시가 살아 숨쉬는 기차역

발간 : 2011년. 두손컴

발간사 권혁동

회원시

강달수 권윤오 권혁동 김검수 김남희 김다희 김덕침
김명화 김미순 김순자 김영옥 김정호 김종화 김지은
김찬식 김현만 김희진 박미정 박언지 박영점 배기환
백영희 백지영 손병홍 손순이 손애라 송진현 윤영초
이분자 이석래 이순선 이순언 이영숙 정순남 정옥금
정훈교 조헌호 최원철 표애자 한경동 황인국 황재연

부산시인협회보 〈부산시인〉

부산시인협회 회보는 회원들에게 중요한 소식을 전하는 매우 유용한 매체역할을 해왔다. 기관지 『남부의 시』가 창작품 중심의 발표매체였다면 「부산시인 회보」는 협회의 다양한 소식이나 회원들의 사연을 전하는 창구이자 소통으로 활용되었던 것이다.

창간호는 1990년 1월1일 발간됐다. 모두 12페이지로 발행되었으며 공식제호는 〈부산시인협회보〉. 창간호 내용으로는 허만하 회장의 〈머리말〉과 특집으로 〈80년대 우리시의 회고〉와 〈90년대 전망〉을 게재했는데 원고지 1매 분량으로 짧게 씌어진 〈90년대 전망〉 필자는 박현서. 김창근, 강남주, 박송죽, 양은순, 김영준, 양왕용, 조성래, 이영일, 차한수 시인 등이다.

시는 황양미, 최규장, 진경옥, 이명숙 시인의 시 1편씩이 실렸으며 〈나의 시 한편〉으로는 김　철, 정대현 시인이, 〈나의 시론〉에는 정영태, 하현식 시인이. 1989년 사망한 원 광 시인(스님)에 대한 임명수 시인의 추모시와 청마시제막식 사진이 게재되어 있다.

부산시인협회보는 월1회 발행되었으며 발행면수를 살펴보면 2호, 3

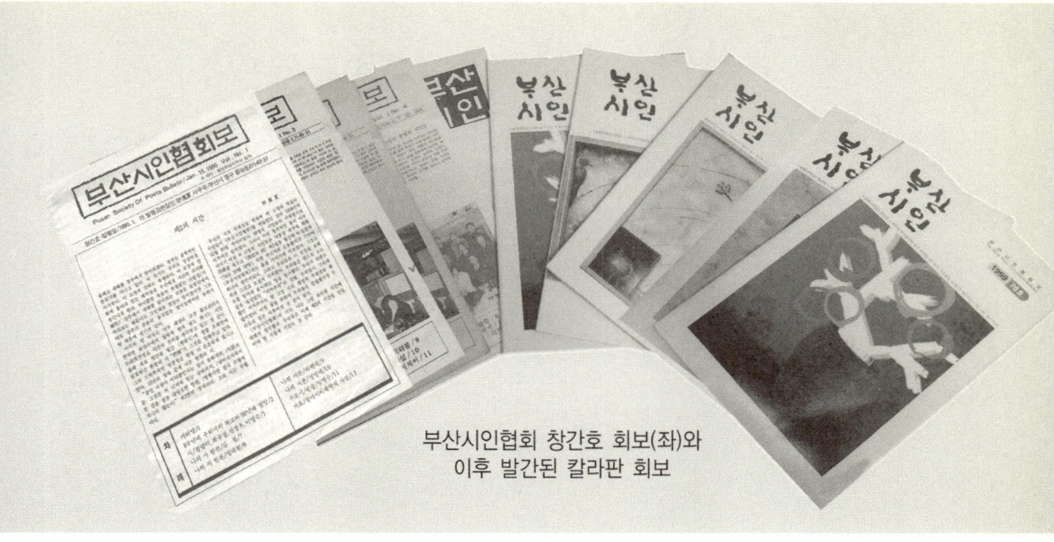

부산시인협회 창간호 회보(좌)와
이후 발간된 칼라판 회보

호가 8페이지였으나 4호부터 15호까지는 12페이지로 발행되었다. 16호부터는 지면이 20페이지로 확대되어 39호까지 변함이 없다. 40호에 일시적으로 12P로 줄었다가 42호, 43호는 24P로 늘어났으나 44호 20P, 45호 24P 46호, 47호, 48호 20P, 49호 16P, 50호, 51호 20P 등으로 들쭉날쭉하다가 52호부터 32p로 늘어난다.

부산시협 회보가 처음 12p로 출발하여 32p로 확대된 것은 내외의 성장을 의미한다. 이후 73호까지 최저 20P~32P까지 변화를 거듭하다 74호부터 표지를 컬러로 변신하면서 지면도 확대된다. 처음의 중철제본에서 무선제본으로 두터워진 것이다. 마치 소책자처럼 기관 문학지 부산시인이 수용하지 못하는 부분까지 담아내게 된다.

1991년 4월1일 16호부터는 '부산시인협회보' 라는 제호가 다소 길다는 중론이 많아 간결하게 '부산시인' 으로 제호를 변경한다. 이 변경된 회보에 눈에 띄는 부분은 일찍 타계한 신용길 시인에 대한 추모특집이다. 정일근 시인이 추도시를 썼으며 최영철 시인이 추모글을 실었다.

또 발굴적 성과로는 의사시인이자 시와사상을 창간하여 초대 발행인을 지냈던 정영태 시인(작고)에게 시평설 '밤을 위한 시론'을 연재시키면서 시론적 성격의 시평론을 본격 쓰게 만든 계기를 만든 점이다. 부산의 모더니즘 시 창작의 한 축을 이끌어온 정영태 시인은 1991년 6월 18호부터 연재를 시작하여 1993년 7월 42호까지 22회 연재하였다. 이후 이 글들을 정비하여 시평설집『밤을 위한 시론』(전망)을 발간하게 된다.

부산시인 회보가 큰 변화를 준 것은 74호부터다, 표지를 컬러로 바꾸고 지면도 대폭 늘어난다. 한권의 책이라 해도 무방할 정도의 분량이 된 것이다.

하지만 페이지 수가 많다는 것은 회보의 성격을 벗어난 이미지를 준다. 너무 두터워 정보는 많지만 '가볍게 소식을 전한다'는 회보성격이 상쇄된 느낌 때문이다.

그러나 2000년부터는 연 2회로 발간 주기가 축소된다.

부산시인협회의 마지막 회보가 몇 호인지는 정확한 파악이 안 되고 있다. 기록으로는 2002년 7월에 발간된 83호가 마지막이다. 하지만 그 어느 곳에도 마지막이라는 내용이 없다. 이는 회보가 마지막이라고 정하고 발간한 것이 아니기에 그럴 수도 있지만 뒤에 나온 호수가 있는데 분실되었을 수도 있기 때문에 섣불리 마지막 호라고 단언을 할 수는 없다. 따라서 몇 년 더 전체 회원들을 대상으로 찾아본 뒤 최종 확인이 필요할 것으로 보인다.

부산시인협회 회보에 게재된 주 편집테마는 〈시와 삶〉, 〈나의 시론〉, 〈내가 읽은 한편의 시〉, 〈나의 시 한편〉, 〈신작시〉, 〈내가 만난 시와 시인〉, 〈서평〉, 〈좌담〉, 〈칼럼〉, 〈회원산문〉, 〈추모글〉, 〈독자시〉, 〈새로 나온 책〉, 〈주소록〉, 〈세미나 및 야유회〉, 기타 회원동정 등의 내용이 주로 게재되었다.

부산시인협회는 회보 복간을 서두르고 있다. 현 제12대 집행부가 회보발간을 기획하고 있으므로 2013년에는 복간되어 회원들의 소식을 전할 것으로 보인다.

• 부산시인협회 회보 •

호수	발행인	면수	목 차	발행일

창간호	허만하	12P	• 머리말 허만하
			• 특집
			  80년대 우리시의 회고와 90년대 전망
			  – 박현서 김창근 강남주 박송죽
			    양은순 김영준 양왕용 조성래
			    이영일 차한수
			• 시
			  – 황양미 최규장 진경옥 이명숙
			• 나의 시 한 편 김철 정대현
			• 나의 시론 정영태 하현식
			• 추모시 (원광스님) 임명수
			• 사진 청마시 제막식
				1990
				
				1. 15

제2호	허만하	8P	• 머리말 박현서
			• 특집 – 청마 유치환 제23주기 추모
			• 시낭송 작품
			  – 이병구 양은순 김석규 송유미,
			    이문걸
			• 나의 시론 신 진
			• 나의 시 한 편 유병근
				1990
				
				2. 13

호수	발행인	면수	목 차	발행일
제3호	허만하	8P	• 화보 • 제 2 회 시낭송작품 　– 이은경 조해훈 나영자 이상개 　　탁영완 이명성 신용길 • 나의 시 한 편 안태경 이해웅 • 나의 시론 임종성	1990 3. 5
제4호	허만하	12P	• 화보 • 제 3 회 시낭송작품 　– 유병근 강정화 이해웅 홍정숙 　　정순영 권태원 • 나의 시 한편 조남순 박송죽 • 나의 시론 이몽희 • 발굴 편지–고석규가 손경하에게 • 서평 정순영 시집 : 침묵보다 더 낮은 목소리 　　　　　　　　　– 김석규	1990 4. 2
제5호	허만하	12P	• 시와 삶 김창근 • 제 4 회 부산시협 낭송회 　– 윤정숙 박종찬 김명지 김석주 　　김미순 허철주 배광훈 안정현 • 나의 시론 양왕용 • 나의 첫 동인시절 • 나의 시 한 편	1990 5. 7
제6호	허만하	12P	• 시와 삶 김석규 • 제 5 회 시낭송회 박시향 노영숙 김영준 이명숙 류명선 오원량 정영태 김용호 이명례 • 서평 김영준 시집 마른풀잎의 이야기 　　　　　　　　　– 강영환 • 다시 읽고 싶은 에세이 　　　　　주도유단–조지훈 • 나의 시 한 편	1990 6. 1

호수	발행인	면수	목 차	발행일
제7호	허만하	12P	• 제 6 회 시협낭송회 － 동길산 김용옥 권경인 김성식 　 한창국 강경주 임명수 진경옥 　 최양호 • 나의 첫 동인시절 정영태 • 나의 시 한편 박태일	1990 7.
제8호	허만하	12P	• 시와 삶 김철 • 제 7 회 시낭송회 － 이상개 정일근 윤정숙 박병출 　 배상호 송유미 강정화 최영철 　 안태경 최규장 • 나의 시 한편 강영환 • 부산시협제1회 독자동반산행기 　　　　　　　 － 강미옥 • 나의 첫 시집 김봉룡	1990 8. 1
제9호	허만하	12P	• 시와 삶 차한수 • 제 8 회 부산시협 시낭송회 － 정순자 이근대 이창희 김경진 　 박송죽 임수생 김광자 정응규 　 박진규 황길엽 • 나의 시 한 편 김성식	1990 9. 1
제10호	허만하	12P	• 시와 삶 하현식 • 제 9 회 시낭송회 － 박영준 조남순 성기각 양은순 　 석벽송 이명성 이은경 김명지 • 독자시 강문숙 이원규 • 나의 시론 탁영완 • 좌담 부산시단 활성화를 위하여 － 차한수 조의홍 강영환	1990 10. 1

호수	발행인	면수	목 차	발행일
제11호	허만하	8P	• 제 10 회 시낭송작품 　윤정숙 조성래 김석규 홍정숙 　윤소암 김필곤 조해훈 강미옥(독자) • 나의 시 한 편 황양미 • 서평 강남주 시집– 미명의 저쪽에 　　　　　　반짝이는 등불–이해웅	1990 11. 1
제12호	허만하	12P	• 시와 삶 조남순 • 제 11 회 시낭송 작품 　– 한창국 권경인 배광훈 강문숙 　　김옥균 박미경 정비동 • 새로 나온 책 • 나의 시 한 편 이영일 • 나의 시 한 편 정순자	1990 12. 1
제13호	허만하	12P	• 시와 삶 진경옥 • 나의 새해 설계 김석규 김철 강남주 　　　이몽희 나영자 박송죽 동길산 　　　박시향 안태경 송유미 박종찬 　　　차한수 류명선 최영철 조해훈 　　　이은경 김미순 양왕용 정일근 　　　정순자 정비동 • 제 12 회 시낭송회 　손경하 박현서 엄국현 김석주 허철주 • 새로 나온 책 • 시로 쓴 시인론 하현식	1991 1. 1
제14호	허만하	12P	• 시와 삶 강영환 • 청마 24주기 추모 김석규 • 제 13 회 시낭송회 　– 양병식 차한수 이진욱 진경옥 • 새로 나온 책 • 나의 시 한 편 배상호	1991 2. 1

호수	발행인	면수	목 차	발행일
제15호	허만하	12P	• 제 14 회 시낭송회 　– 임명수 김경진 정대현 최영철 　　정순자 동길산 배재경(독자) • 나의 시 한편　양은순	1991 3. 1
제16호	허만하	20P	• 회원시　강남주 이병구 강영환 　　　　　김세윤 나영자 정웅규 • 나의 시 한편　김경진 송유미 • 독자가 바라본 시인협회 　　　　　　　– 강미란(남산동) • 신용길 추모 특집 　　추도시 – 정일근 　　추모글 – 최영철	1991 4. 1
제17호	허만하	20P	• 회원시　박철석 김영준 이명숙 　　　　　김보한 김광자 • 나의 시 한편　김석규 김석주 • 시협 시낭송회의 반성과 문제점 　　　　　　　　– 강영환 • 새로 나온 책	1991 5. 1
제18호	허만하	20P	• 회원시　김명지 김선희 탁영완 　　　　　나영자 김미순 • 시와 삶　배광훈 • 밤을 위한 시론　정영태 • 작고시인 특집　홍두표 시인-고두동	1991 6. 1
제19호	허만하	20P	• 회원시　박청륭 이근대 강정화 　　　　　송유미 김석주 강미정(독자시) • 밤을 위한 시론　정영태 • 작고시인 특집　손중행 시인- 최해군 • 새로 나온 책	1991 7. 1

호수	발행인	면수	목 차	발행일
제20호	허만하	20P	• 회원시 임종성 김봉룡 이은경 　　　　박철석 양은순 권태원 　　　　김세윤 김명수(독자시) • 시와 삶 이해웅 • 밤을 위한 시론 정영태 • 칼럼 소암 • 새로 나온 책	1991 8. 1
제21호	허만하	20P	• 회원시 이병석 하현식 양은순 　　　　동길산 박시향 노영숙 　　　　권경인 조성숙(독자시) • 밤을 위한 시론 정영태 • 작고시인 특집 구자운 시인-허만하	1991 9. 1
제22호	허만하	20P	• 회원시 박현서 이해웅 조의홍 　　　　홍정숙 오원량 김동재 　　　　강문숙 김숙희(독자시) • 시와 삶 김 개 • 나의 시 한 편 성기각 • 밤을 위한 시론 정영태 • 신간 안내	1991 10. 1
제23호	허만하	20P	• 회원시 김석규 김용옥 배상호 　　　　박삼도 김정순 • 나의 시 한 편 김세윤 • 밤을 위한 시론 정영태 • 작고시인 특집 장응두-박철석 • 새로 나온 책	1991 11. 1
제24호	허만하	20P	• 회원시 김영준 김철 이몽희 성기각 　　　　김선희 권선애(독자시) • 나의 시 한 편 김성식 • 밤을 위한 시론 정영태 • 작고시인 특집 김수돈-이주홍 • 새로 나온 책	1991 12. 1

호수	발행인	면수	목 차	발행일
제25호	허만하	20P	• 회원시 유병근 박송죽 나영자 　　　박영준 김석주 • 나의 시 한편 박현서 정대현 • 밤을 위한 시론 정영태 • 독자시 이선애	1992 1. 1
제26호	허만하	20P	• 회원시 구연식 배상호 소암 윤정숙 　　　이명성 최성화(독자시) • 나의 시 한편 강남주 • 시와 삶 하현식 • 밤을 위한 시론 정영태 • 새로 나온 책	1992 2. 1
제27호	허만하	20P	• 회원시 박철석 권경인 김희영 　　　정선기 정춘호 최순익 　　　박삼도 이미혜(독자시) • 나의 시 한편 임종성 • 밤을 위한 시론 정영태	1992 3. 1
제28호	허만하	20P	• 회원시 홍정숙 탁영완 조성래 　　　장선규 정성욱 채정선(독자시) • 나의 시 한편 박송죽 • 시와 삶 김석주 • 밤을 위한 시론 정영태 • 새로 나온 책	1992 4. 1
제29호	허만하	20P	• 특집 / 부산 주제시 　　　김영준 김석규 김성식 정순영 　　　양은순 진경옥 노영숙 • 회원시 차한수 김용옥 동길산 　　　박향성(독자시) • 밤을 위한 시론 정영태 • 새로 나온 책	1992 5. 1

호수	발행인	면수	목 차	발행일
제30호	허만하	20P	• 특집 – 부산 주제시 2 구연식 강남주 박송죽 임종성 이문걸 이은경 윤정숙 나영자 권혁동 • 회원시 황양미 김동재 • 밤을 위한 시론 정영태 • 새로 나온 책	1992 6. 1
제31호	허만하	20P	• 특집 – 부산 사랑, 부산시 정영태 김세윤 김석주 김미순 김동재 • 회원시 하현식 권경인 박문하 • 나의 시 한 편 조성래 • 밤을 위한 시론 정영태 • 새로 나온 책 시메아리	1992 7. 1
제32호	허만하	20P	• 회원시 박노석 박철석 김규태 윤소암 박성웅 송유미 박시향 박삼도 김정순 김욱경 이미혜(독자시) • 밤을 위한 시론 정영태 • 신간 안내	1992 8. 1
제33호	허만하	20P	• 회원시 이상개 임명수 조의홍 김혜령(독자) • 나의 시와 서정성 임종성 • 나의 시 한 편 이병석 • 부산시인론 1 황양미 • 밤을 위한 시론 정영태	1992 9. 1
제34호	허만하	20P	• 지역문학운동에 대한 지상토론 – 구모룡 성기각 • 회원시 유병근 박청륭 탁영완 조남순 • 부산시인론 2 박송죽 – 황양미 • 밤을 위한 시론 정영태	1992 10. 1

호수	발행인	면수	목 차	발행일
제35호	허만하	20P	• 회원시 이해웅 강영환 윤정숙 　　　　　이병구 이명성 이진욱 김동재 • 나의 시 한편 이문걸 • 부산시인론 3 박태문– 황양미 • 밤을 위한 시론 정영태 • 새로 나온 책	1992 11. 1
제36호	허만하	20P	• 특집 내가 느낀 92년의 부산시단 　　　　　　　– 박철석, 송유미 • 회원시 한창국 최순익 서규정 • 나의 시 한편 홍정숙 • 박현서 추모 • 부산시인론 4 박현서 – 황양미 • 밤을 위한 시론 정영태	1992 12. 1
제37호	허만하	20P	• 회원시 손경하 박청륭 진경옥 　　　　　김광자 정선기 김지헌 • 박태문 추모 • 특집 / 부산시인에 바란다 　　황정환(수필가) 윤진상(소설가) 　　남송우(문학평론가) 박숙자 • 특집 / 시인의 신년 설계 　　　　　조의홍, 강문숙 • 부산시인론 5 유병근– 황양미 • 밤을 위한 시론 정영태	1993 1. 1
제38호	허만하	20P	• 회원시 박철석 김석규 임명수 　　　　　배달순 정일근 • 나의 시 한편 김석주 • 부산시인론 6 김재호– 황양미 • 밤을 위한 시론 정영태 • 새로 나온 책	1993 2. 1
제39호				1993 3. 1

호수	발행인	면수	목 차	발행일
제40호	김석규	12P	• 부산시협 소식 • 부산시인협회 회칙(안) • 부산시인협회 주소록(137명) • 시 메아리	1993 4. 1
제41호			없음	
제42호	김석규	24P	• 내 시의 스승 박태일 • 회원시 유병근 이몽희 박청륭 　　　　　한창국 탁영완 정웅규 　　　　　김동재 강문숙 • 제1회 부산시협야유회 김석규 • 제1회 부산시협 야유회 스케치 정성욱 • 시인이 시인에게 정대현 • 부산시인론 8 홍정숙 – 황양미 • 밤을 위한 시론 정영태	1993 7. 1
제43호	김석규	24P	• 내 시의 스승 김형술 • 회원시 박철석 박청륭 조해훈 　　　　　강경주 서규정 최원준 　　　　　김욱경 최향숙 • 양병식 선생 추모 • 한일 시인 교류기 강영환 • 서평 송유미 시집 　　　허난설헌은 길을 잊었다 – 이근대	1993 9. 1
제44호	김석규	20P	• 시인이 시인에게 　　　　　　　　　– 이몽희 조성래 • 회원시 조남순 박시향 정선기 　　　　　박삼도 김광자 이도연 • 부산–울산 문협 공동산행을 다녀와서 　　　　　　　　　　　– 문영 • 나의 시 한편 박송죽 • 부산시협상 제1회 수상 허만하	1993 11. 1

호수	발행인	면수	목 차	발행일
제45호	김석규	24P	• 회원시 이해웅 정순영 이병구 정일근 김광자 박문하 정의태 • 나의 시 한편 류정희 • 시인을 찾아서 1 이현우 시인, 살아있다면 손들고 나오시오 — 김인환 • 제1회 부산시협상을 수상하고 — 허만하 • 93년 부산시인 발표작품 목록 • 새로 나온 책	1994 1. 1
제46호	김석규	20P	• 나의 시 한편 정선기 • 회원시 권혁동 오원량 박기환 강영환 김숙희 • 독자시 이수미 윤지영 • 시인이 시인에게 하현식 • 시인을 찾아서 김인환 • 부산시인협회 신춘바둑대회 참가기 — 강영환	1994 3. 1
제47호	김석규	20P	• 회원시 조순 유병근 양은순 한창국 이창 정웅규 김동재 김명옥 이미혜(독자) • 시인을 찾아서 김인환 • 나의 시 한편 진경옥 이근대 • 유치환 시인 생가 기행문 김숙희	1994 5. 1
제48호	김석규	20P	• 회원시 박송죽 박철석 김욱경 윤홍조 최용민 윤경 엄주희 • 나의 시 한편 정영태 소암 나영자 • 시인을 찾아서 김인환	1994 7. 15

호수	발행인	면수	목 차	발행일
제49호	김석규	16P	• 회원시 구연식 김욱경 홍정숙 • 나의 시 한 편 서규정 • 시와 산문 1 유병근 • 부산시인론 김규태 – 황양미 • 시인을 찾아서 5 김인환	1994 9. 15
제50호	김석규	20P	• 제2회 부산시인협회상 임명수 • 회원시 경진 이창희 김동재 최인영 　　　　추점자 백식 • 시를 위한 산문 2 유병근 • 시인을 찾아서 6 김인환 • 부산시인협회상 규정 • 문학교류 기행문 　　　연변에서 백두까지 – 김광자	1994 11. 15
제51호	김석규	20P	• 회원시 조순 류정희 소암 양은순 　　　　최향숙 이상화 정의태 • 시를 위한 산문 3 유병근 • 시인을 찾아서 7 김인환 • 부산시인협회 정기총회 　　　 – 결과보고,운영결산 • 부산시인협회 주소록(180)	1995 2. 25
제52호	이상개	32P	• 4월의 말 이상개 • 시를 위한 산문 유병근 • 회원시 박송죽 백식 나영자 이정숙 　　　　김기쁨 이창희 강영환 • 나의 삶, 나의 시 김숙희 최창도 윤경 • 내가 좋아하는 시인과 시 　　　권혁동 박삼도 윤홍조 강미정 • 영화속의 시 김형술 • 내가 읽은 시 송유미 • 시인을 찾아서 8 김인환 • 시단 안과 밖 김동재 사고	1995 4. 25

호수	발행인	면수	목 차	발행일
제53호	이상개	32P	• 회원시 김규태 김선희 박재수 　　　　성수자 지운경 김만권 최 옥 • 시를 위한 산문 유병근 • 나의 삶 나의 시 김봉룡 동길산 　　　　김경수 이명희 신선 • 내가 좋아하는 시인과 시 　　　　손영희, 박치환, 서정원 • 시단 안과 밖 시인들의 축제	1995 6. 28
제54호	이상개	32P	• 8월의 말 이상개 • 회원시 정영태 임명수 김욱경 　　　　김덕침 정희백 강미정 • 시를 위한 산문 유병근 • 나의 삶 나의 시 　　　　윤정숙 김명옥 강문숙 • 내가 좋아하는 시인과 시 진경옥 임종성 김희영 박윤규 이남기 • 연재 – 영화 속의 시 2 김형술 • 조시 – 시인 박노석 영전에 김석규 • 시단 안과 밖 시인의 잠, 시인의 딸	1995 9. 20
제55호	이상개	24P	• 10월의 말 이상개 • 나의 삶 나의 시 홍정숙 추점자 　　　　조 순 이도연 김경수 • 회원시 박송죽 노영숙 정순남 　　　　이상화 엄주희 손영희 • 시를 위한 산문 유병근 • 내가 좋아하는 시인과 시 　　　　배상호, 최인영 • 영화속의 시: 김형술	1995 10. 20

호수	발행인	면수	목 차	발행일
제56호	이상개	36P	• 나의 삶 나의 시 　　배달순 김 철 류선희 박시향 • 시를 위한 산문 유병근 • 내가 좋아하는 시인과 시 　　김정순 최향숙 강남주 이해웅 • 영화속의 시 김형술 • 특집 – 95년을 보내면서 남기고 싶은 말 　김석규 탁영완 김 철 조성래 하현식 　최향숙 배달순 황길엽 강영환 정순영 　강영환 강남주 임종성 박철석 김창근 　정선기 김광자 조영희 김 종 박태일 　이도연 최순익 박송죽 이해웅 정일근 　구연식 정비동 • 회원시 강영환 이창희 이향섭 정순영 　　이봉희 조영희 박정애 • 시메아리 – 회원주소록	1995 12.
제57호	이상개	32P	• 초대시 주광일 • 나의 삶 나의 시 　　　– 박송죽, 탁영완, 김세윤 • 내가 좋아하는 시인과 시 　　　– 김창근 박성웅 송유미 　　이봉희 배재경 • 시가 있는 에세이 1 정영태 • 영화 속의 시 김형술 • 회원시 김구림 이상화 박윤규 　　동길산 조군환 손광하 　　정대영 배상득 이선형 　　최양희 배재경 • 한 시인의 자살 정형남	1996 2. 25

호수	발행인	면수	목 차	발행일
제58호	이상개	28P	• 나의 삶 나의 시 　　엄주희 정의태 황길엽 이상화 • 내가 좋아하는시인과 시 　　류정희 정대영 이선형 • 회원시 조해훈 김기쁨 김경수 　성수자 이자영 이명희 허수복 윤경 • 시가 있는 에세이 정영태 • 영화속의 시 김형술 • 시가 있는 기행 최 옥 • 시가 있는 풍경 류정희 • 시단 안과 밖 　　선상문학의 밤/김동재 출판기념회	1996 5. 25
제59호	이상개	20P	• 나의 삶 나의 시 김기쁨 김덕침 • 내가 좋아하는 시인과 시 이상화 • 시가 있는 기행 홍정숙 정선기 • 시가 있는 풍경 나영자 배재경 • 시가 있는 에세이 정영태 • 회원시 김무영 남현자 변의수 　　　백영희 서정원 신 선 한미성 • 영화속의 시 김형술	1996 7. 25
제60호	이상개	24P	• 나의 삶 나의 시 엄주희 • 내가 좋아하는 시인과 시 　　　　　－ 이 창 김구림 • 시가 있는 기행 강남주 하현식 • 시가 있는 풍경 송유미 강미정 • 시가 있는 에세이 정영태 • 회원시: 나영자 김광자 배상호 　　　정대영 류선희 박시향 　　　동길산 박정애	1996 10. 1

호수	발행인	면수	목 차	발행일
제61호	이상개	24P	• 시가 있는 풍경 조군환 추점자 • 신입회원 시 　　　김영신 이남기 이득수 홍수희 • 부산시인협회 활동 • 감사결과 보고 • 시인협회 운영결산 • 시단 안과 밖 • 부산시협 주소록	1997 2. 1
제62호	이해웅	32P	• 권두언 이해웅 • 시가 있는 풍경 　　　이향섭 이명희 최 옥 • 회원시 강경주 권경업 권수연 김기쁨 　　　김명옥 김보한 김상균 김영옥 　　　김옥남 김 종 동길산 박송죽 　　　안태경 안태봉 이혜경 정광덕 　　　최순경 박옥자 • 월별 사업계획 • 시협 임원기구표 • 시협회장 동정	1997 4. 26
제63호	이해웅	28P	• 회원시 하현식 이몽희 서정원 최영철 　　　변의수 최규장 권경인 김명옥 　　　박시향 손경하 오수호 이상화 　　　이영일 이정숙 허수복 • 독자시 황청산 • 용두산공원에서 강영환 • 시와 삶 박기환 • 나의 시 한편 정의태 김영신 • 영문시집 발간안내	1997 6. 28

호수	발행인	면수	목 차	발행일
제64호	이해웅	24P	• 시인의 시각 차한수 • 시가 있는 풍경 정선기 지운경 최양희 • 시와 삶 황길엽 • 회원시 구연식 김석규 임수생 이상개 　　　　양왕용 이은경 이문걸 윤정숙 　　　　권혁동 류선희 성수자 김덕침 　　　　김무영 한진수 박영점	1997 8. 28
제65호	이해웅	24P	• 나의 삶 나의 시 　　　　정상구 최휘웅 • 회원시 강영환 김광자 김선희 김형술 　　　　박문하 박청룡 신 진 양은순 　　　　이도연 이득수 정순영 최향숙 　　　　조성래 조해훈 • 회원동정	1997 10. 27
제66호	이해웅	24P	• 회원시 김욱경 김기쁨 박삼도 박성웅 　　　　배상득 장기연 정남순 오수호 　　　　정상구 정순남 최 옥 한창국 　　　　홍수희 김진환(독자시) • 나의 삶 나의 시 윤덕숙 • 시가 있는 풍경 윤홍조	1997 12. 27
제67호	이해웅	24P	• 회원시 고은숙 김규태 김석주 　　　　나영자 박윤규 배재경 　　　　송유미 임종성 정의태 　　　　최진만 • 나의 삶 나의 시 김길녀 • 이 한편의 시 권경업 한미성 • 내가 좋아하는 시 신 선	1998 3. 2

호수	발행인	면수	목 차	발행일
제68호	이해웅	30P	• 회원시 　　강남주 김가원 김경수 김명옥 　　류정희 신명석 오세희 이자영 　　진경옥 • 나의 삶, 나의 시　김정순 • 시가 있는 풍경　동길산 • 시를 찾아 떠났던 곳 　　남현자, 안태봉, 전기웅, 황양미 • 시메아리	1998 4. 28
제69호	이해웅	20P	• 회원시　강미정 오수호 이영순 이정숙 　　정남순 최순익 최원철 • 독자시　이분자 최종진 • 시메아리 • 시화전 결산서	1998 6. 29
제70호				
제71호	이해웅	32P	• 회원시　강영환 김광자 김봉룡 김 철 　박송죽 송인필 엄원지 이상화 정영태 　정일근, 최창도 • 사연있는 시　엄주희 황길엽 • 시와 산문　진명주 • 시메아리	1998 10. 29
제72호	이해웅	24P	• 회원시　김덕침 김무영 박시향 성수자 　　윤홍조 정선기 추점자 • 사연있는 시 　　김선희 이득수 윤정숙 홍수희 • 시메아리	1999 1. 10

호수	발행인	면수	목 차	발행일
제73호	이해웅	20P	• 회원시 구연식 김애자 김혜영 배달순 　　　이선형 이종호 정대영 정재규 • 독자시 도용택 • 사연있는 시 권경인 • 나의 삶 나의 시 김석주, 최향숙 • 임기를 마치면서 최옥 • 시메아리	1999 2. 25
제74호				
제75호	정순영		• 여는 글 신진 • 부산의 원로 2 구연식 • 회원시 임명수 이병석 정선기 　　　나영자 변종환 이명성 최양희 • 포에틱포커스 3 진경옥 • 포에틱포커스 4 하승무 • 나의 삶 나의 시 이영일 • 초대시 김 오 • 새로나온 시집 　이 석 – 언제나 아침은 태어난다 　안태경 – 투명한 눈 / 조군환 – 꽃의 왈츠 　조남순 – 봄광장의 약장수 　이상개 – 김씨의 허리띠 　김석규 – 섬 / 김광자 – 사랑이여 　박성웅 – 몇백해리 멀리 　임종성 – 숨쉬는 상처 　최순경 – 현해탄 너머 내 그리움 있다 　강영환 – 눈물 / 이상화 – 그 산의 나라 　서정원 – 관찰법 　강남주 – 시론집 : 시란 무엇인가 • 독자시 강민수 강명순 이미아 • 독자시 서평 임종성 • 회원동정 / 여름시인학교 소개 • 외국시 순례 세어러 티즈데일	1999

호수	발행인	면수	목 차	발행일
제76호	정순영	42P	• 표지칼라 • 여는글 이병석 • 부산의 원로 3 이민영 • 회원시 강영환 강정화 권혁동 　　　　백식 서규정 이해웅 차한수 　　　　최옥 최진만 최휘웅 • 초대시 김용태 • 포에틱포커스 5 이몽희 • 포에틱포커스 6 서정원 • 나의 삶 나의 시 김형술 • 새로 나온 시집 읽기 　　　이도연 시집 　　　양왕용 시집 　　　시작업이후 동인지 9집 　　　시로동인지 5집 　　　임종성 평론집 • 독자시 　　　채명석, 원양희, 박정화, 박현기 • 부산시인협회상 안내 • 임종성 시인에게 듣는 독자시평 • 회원 동정 • 외국시 순례 딜런 토머스/김 철	1999
제77호	정순영	52P	• 여는 글 이해웅 • 부산의 원로 4 박철석 • 회원시 　　　김인환 박성웅 배상호 　　　오원량 유병근 이남기 　　　이도연 임수생 정광덕 　　　정남순 정순영 조성래 　　　최순경 • 포에틱포커스 7 박정애 • 포에틱포커스 8 홍정숙	1999

호수	발행인	면수	목 차	발행일
〃	〃	〃	• 나의 삶 나의 시 　　　　　이은경, 하현식 • 새로 나온 시집 　　　허만하 / 정대현 　　　배재경 / 김　철 　　　한창국 / 송인필 　　　평행시 동인 　　　예감동인 • 독자시　권영주, 백연주, 황서희 • 독자시평　임종성 • 회원동정　알림터 • 외국시 순례 　　　월트휘트먼 – 김 철	
제78호	정순영	48P	• 표지칼라 • 여는글　박송죽 • 부산의 원로 4　이 석 • 회원시　김광자 김보한 류명선 류선희 　　　　윤덕숙 장기연 정대현 최규장 　　　　최원준 • 포에틱포커스　강미정 • 나의 삶 나의 시 김기쁨 박문하 정영태 • 새로 나온 시집 읽기 　　　이규열 　　　김구림 　　　강정화 　　　최원준 　　　권애숙 　　　조해훈 　　　이해웅 　　　목마동인 　　　시작업이후 　　　시문학 사화집	2000

호수	발행인	면수	목 차	발행일
〃	〃	〃	• 독자시 　　백정림　고경아　신준범 • 독자시평 / 임종성 • 회원 동정 • 외국시 순례 　　황무지-T.S. 엘리어트/김 철	
제79호	정순영	48p	• 여는 글　김석규 • 부산의 원로　손경하 • 회원시 　　김명옥　김성식　김순자　김인권 　　김인환　김희영　변의수　서림환 　　엄주희　이수정　차한수　황양미 • 포에틱포커스　최규장 • 나의 삶 나의 시 　　　　김욱경　소 암 • 새로 나온 시집 　　김치한수　정의태 　　이득수　김욱경 　　윤정숙　박시향 　　최영철 • 독자시　이윤정　김종대　전선혜　박현기 • 독자시평　임종성 • 외국시 순례 　　제임스 설리 – 김 철	2000
제80호	정순영	48p	• 여는 글　이상개 • 부산의 원로　정영태 • 회원시 　　강문숙　김미순　김시월　김영준 　　김옥남　김창근　조아경　조창용 　　홍경자	2001. 1.

호수	발행인	면수	목 차	발행일
〃	〃	〃	• 비회원 초대시 강길환 • 포에틱포커스 권경업 정의태 • 나의 삶 나의 시 김용옥 • 새로 나온 시집 　　　정선기 진명주 　　　전기웅 최진만 　　　김미순 강영환 　　　류정희 엄주희 　　　김창근 임수생 　　　정순영 이선형 　　　시와 숲 　　　시작업이후 • 독자시 이윤정 김종대 전선혜 박현기 • 독자시평 임종성 • 외국시 순례 　　　프랭크 오하라 – 김 철	〃
제81호	김창근	40p	• 여는 글 김창근 • 부산의 원로 유병근 • 회원시 　　　강갑제 강은교 김명옥 이근대 　　　정을필 조해훈 진명주 • 포에틱포커스 김길녀 김석주 • 나의 삶 나의 시 양왕용 • 새로 나온 시집 　　　김경수 박영점 김수화 김시월 　　　박철석 박청륭 이상개 　　　시와자유 20호 　　　문예수첩 23호 　　　평행시 7집 • 시비탐방 유치환 – 서정원	2001. 7

호수	발행인	면수	목 차	발행일
제82호	김창근	40p	• 여는 글 하현식 • 부산의 원로 박문하 • 회원시 　　김선희 김석규 류선희 문학철 　　엄주희 원무현 이상개 이인우 　　정순남 • 포에틱포커스 최휘웅 송인필 • 나의 삶 나의 시 임명수 • 새로 나온 시집 　　유병근 권경업 　　최영철 정일근 　　황길엽 정남순 　　김석규 이상열 　　송경자 김봉룡 • 시비탐방 조 순 – 전기웅	2001. 12.
제83호	김창근	40p	• 여는 글 임수생 • 부산의 원로 박청륭 • 회원시 　　강영환 김상균 류정희 박삼도 　　배기환 배달순 안효희 오정환 　　윤덕숙 장동범 전다형 전홍준 　　정선기 최순경 • 포에틱포커스 류명선 • 나의 삶 나의 시 조의홍 • 새로 나온 시집 　　김선희 박미정 　　이상열 박삼도 　　장동범 김희영 　　김수화 오세희 　　성수자 • 시비탐방 한찬식 – 이상개	2002. 7.

부산시인협회 주요 행사

부산시인협회는 지난 40여 년 간 수많은 행사를 펼쳐왔다. 모든 사업은 회원들의 친목을 도모하고 창작 활동을 지원하고자 펼친 사업이었다. 그 주요사업들을 살펴보면, 시낭송회 /문학세미나 /시인협회상 시상 /여름시인학교 /야유회 /시집 합평회 /전국시낭송대회 /문학기행 /국제교류 /타지역과의 교류 등 다양하게 펼쳐졌다. 하지만 모든 사업들이 지속적이고 현재진행형이 된 것이 아니다. 따라서 본 지면에는 1회성이나 구체적 기록이 없는 것은 제외하고 지속되어 왔었던 사업들을 중심으로 엮었음을 밝혀둔다.

시낭송회 ·

시화전 ·

시의 날 세미나 ·

여름시인학교 ·

봄 야유회 및 문학기행 ·

문인 바둑대회 ·

부산시인협회 시낭송회

　부산시인협회 시낭송회는 협회 결성 이후 자주 개최되었던 행사이다. 하지만 초창기는 정기적이지 못하여 특별한 기록이 없다. 또 시낭송회만을 위한 행사라기 보다 여타 행사와 맞물린 시낭송이 많았다. 따라서 공식적인 낭송회를 위한 행사는 1990년대부터 시작하였다.

　1990년 2월부터 매월 첫 주 월요일마다 정기적인 시낭송회를 개최하였는데 공식행사명은 '제1회 부산시인협회 시낭송회' 였다. 장소는 광복동의 전통찻집 '다래헌', 가마골 소극장, 광복문고 문화사랑방, 대청공원, 용두산공원 등지에서 열었다.

　제1회인 1990년 2월에는 청마 23주기를 겸한 추모문학의 밤 행사로 열었으며 허만하 시인의 '청마의 시와 삶' 이라는 강연과 시낭송을 하였다. 이후 매월 개최되는데, 낭송시는 시협회보에 게재하여 자연스럽게 홍보와 팜플랫을 대용하였다. 또 2회에는 박현서 시인이 '무의미시의 의미', 3회에는 양왕용 시인이 '과연 시의 시대인가?' 라는 강연을 펼쳤으나 4회부터는 순수 시낭송만 해왔다. 이는 주최 측 입장에서 매월 강연을 준비한다는 것이 너무 힘든 일이었기 때문일 것이다.

　매월 열리던 시낭송회는 이듬해 3월 14회 행사를 끝으로 숨을 고르게 된다. 매월 숨가쁘게 달려오다보니 지쳤을 법도 하다. 이즈음 강영

환 시인은 부산시인 회보
(17호)에 시낭송회의 문제
점과 개선방향에 대한 원
고를 게재하고는 그간의
성과와 고충을 나름 피력
했다.

시낭송회는 1991년 4월
이사회에서 시낭송회 성
과를 논하며 매월은 힘겨
우므로 분기별로 개최하
기로 다시 의견을 모은다.
그리하여 제15회 시낭송
회가 6월 21일 초량

제1회 시낭송회 '다래헌'

YMCA에서 열린다. 하지만 한번 열기가 식은 행사를 다시 불붙이는
데에는 다소 어려움이 있었는 듯 제 2년 뒤인 1993년 개최된다. 이때
는 정기성이 떨어졌으므로 회순을 붙이지 않았다.

1993년 6월18일 용두산공원 야외극장에서 열린 시낭송회 주제는 '거
리의 시와 음악'이었다. 낭송시인: 허만하, 강남주, 정순영, 허철주, 정
성욱, 박병출, 김 철, 강은교, 진경옥, 이 석, 정일근, 이병구 시인이
참가하였다. 이날 행사는 공원에 온 수많은 시민들이 자리를 빼곡이 메
워 향후 시낭송회나 문학행사의 방향을 전환하는 계기가 되었다.

부산시인협회 시낭송회는 이후 정기적인 부담감을 없애고자 공식적
인 회수를 넣은 시낭송회는 더 이상 열지 않았다. 그렇다고 행사를 안
한 것은 아니다. 다만 정기적이지 못했을 뿐이다.

1994년 5월22일에는 '부산시인협회 시낭송회'라는 명칭을 없애고
'거리의 시와 음악' 시낭송회를 용두산공원에서 가졌으며 이때는 독자
암송대회를 갖기도 했다. 이후 1995년 6월17일 역시 용두산공원에서

개최하였으며 2006년에는 '문학의 해 기념 선상문학의 밤' 행사의 일환으로 1996년 4월 김성식 시인이 선장으로 있는 한마음호 선상에서 행사를 가졌다. 그리고 그해 9월에도 거리의 시와 음악 시낭송회를 열었는데, 구체적인 장소와 프로그램이 남아 있지 않다. 아마 용두산 공원 이였을 것으로 추정된다.

부산시인협회의 공식적인 시낭송회는 1997년 5월14일에는 역시 용두산공원 특설무대에서 행사를 가졌는데, 이때는 동아시아대회가 부산에서 열려 문화예술행사의 일환으로 개최하였다. 그래서 용두산공원에 부산시에서 준비한 특설무대에서 행사를 가졌다. 물론 특설무대는 시낭송회 뿐만 아니라 번갈아 다른 예술행사도 펼쳐졌다. 이날은 회원들의 시낭송 외에도 대금산조, 가야금병창, 통기타 연주 등 시민들과 더욱 함께 반주하는 행사가 되었다.

부산시인협회 시낭송회를 구분하자면 1974년 창립 이후의 초기에는 여타 행사의 프로그램 행사로 낭송이 들어갔으며, 1990년부터 1997년까지는 공식적인 독자적인 행사로 자주 개최한다. 그러나 이후 열기가 식고 기획의 부재가 겹치면서 초기처럼 여타 행사의 프로그램으로 치러지다 주춤하게 된다. 그리고 시인 인구가 늘어나고 그 시인들의 활동무대가 요구되면서 자연스럽게 회원들이 나서 시낭송회를 주도하고 개최하면서 본회에서는 시낭송회에 대한 행사를 하지 않게 되었다.

대다수가 회원들이 주축이 된 시낭송 단체들이 많이 생겨났는데 대표적인 것이 시울림낭송회, 알바트로스 시낭송문학회, 시를 짓고 듣는 사람들의 모임, 한국시낭송회, 시가 있는 저녁 등 으로 낭송회가 정기적으로 열리면서 시낭송회에 대한 갈증이 없어지게 된 것이다.

부산시인협회 시낭송회

■ 청마 23주기 추모를 겸한 제1회 시낭송회
- 일시 : 1990년 2월13일(월) 7시
- 장소 : 남포동 전통찻집 다래헌
- 내용 : 청마추모 묵념을 시작으로 엄숙하게 진행-사회 강영환
- 임수생 : 청마 약력 소개
- 강연 : 허만하-청마의 시와 삶
- 시낭송 : 김석규, 이병구, 양은순, 임종성, 탁영완, 이문걸, 송유미,
  박찬해(독자)

■ 제2회 시낭송회
- 일시 : 1990년 3월5일(월) 7시
- 장소 : 남포동 전통찻집 다래헌
- 강연 : 박현서-무의미시의 의미
- 낭송 : 탁영완, 이은경, 조해훈, 나영자, 이명성, 이상개, 신용길
- 찬조출연 : 부산국악회 김영민 외 5인.
- 회보에 낭송시를 실어 팜플랫 대용 활용.

■ 제3회 시낭송회
- 일시 : 990년 4월2일 7시
- 장소 : 가마골소극장
- 강연 : 양왕용-과연 시의 시대인가?
- 낭송 : 유병근 강정화 이해웅 홍정숙 정순영 권태원
- 음악찬조 : 클래식기타-이상동

◨ 제4회 시낭송회
- 일시 : 1990년 5월7일 7시
- 장소 : 가마골소극장
- 낭송 : 박종찬 김명지 김석주 김미순 허철주 윤정숙 배광훈
  안정현(독자)
- 찬조출연 : 김은희 한국춤 연구회 짓 회원

◨ 제5회 시낭송회
- 일시 : 1990년 6월4일 7시
- 장소 : 광복문고 문화사랑
- 낭송 : 박시향 노영숙 김영준 이명숙 류명선 오원량 정영태
  김용호(독자) 이명례(독자)
- 찬조출연 : 정영태시인–바이올린

◨ 제6회 시낭송회
- 일시 : 1990년 7월2일 7시 30분
- 장소 : 광복문고 문화사랑
- 낭송 : 동길산 진경옥 김용옥 김성식 권경인 한창국 강경주
  임명수 최양희(독자)
- 시인청문 : 김성식 시인

◨ 제7회 시낭송회
- 일시 : 1990년 8월10일 7시30분
- 장소 : 대청공원
- 낭송 : 이상개 정일근 배상호 최영철 강정화 안태경 최규장
  윤정숙 송유미 박병출
- 찬조출연 : 정영태시인–바이올린

◉ 제8회 시낭송회
  • 일시 : 1990년 9월3일 7시30분
  • 장소 : 광복문고 문화사랑
  • 낭송 : 이창희 정순자 이근대 김광자 김경진 박송죽 임수생
         박진규 정웅규 황길엽(독자)
  • 시인청문 : 강남주 시인

◉ 제9회 시낭송회
  • 일시 : 1990년 10월8일 7시
  • 장소 : 광복문고 문화사랑
  • 낭송 : 박영준 조남순 석벽송 성기각 이명성 이은경 이원규(독자)
         강문숙(독자)
  • 시인청문: 유병근 시인

◉ 제10회 시낭송회
  • 일시 : 1990년 11월5일(월) 7시
  • 장소 : 광복문고 문화사랑
  • 낭송 : 윤정숙 조성래 김석규 홍정숙 김필곤 윤소암 조해훈
         강미옥(독자)
  • 시인청문 : 김영준 시인

◉ 제11회 시낭송회
  • 일시 : 1990년 12월3일(월) 6시30분
  • 장소 : 광복문고 문화사랑
  • 낭송 : 한창국 권경인 이근대 배광훈 정비동 강문숙 김옥균
         박미경(독자)
  • 시인청문 : 김석규 시인

◉ 제12회 시낭송회
- 일시 : 1991년 1월
- 장소 : 광복문고 문화사랑
- 낭송 : 손경하, 박현서, 엄국현, 김석주, 허철주

◉ 제13회 시낭송회
- 일시 : 1991년 2월
- 장소 : 광복문고 문화사랑
- 낭송 : 양병식 차한수 이진욱 진경옥

◉ 제14회 시낭송회
- 일시 : 1991년 3월
- 장소 : 광복문고 문화사랑
- 낭송 : 임명수 김경진 정대현 최영철 정순자 동길산 배재경(독자)

◉ 부산시인협회 시낭송회
- 일시 : 1991년 6월21일 오후 6시30분
- 장소 : YMCA

◉ '뜨거운 6월의 시' 시낭송회
  ─시협기금마련을 위한 시화전 행사의 일환으로 개최.
- 일시 : 1992년 6월 29일 오후 7시
- 장소 : 가마골 소극장
- 참가시인 : 이병석 김미순 조해훈 김정순 최규장 배상호 류명선
                이병구 권태원

◙ 시낭송 및 암송 대회
- 일시 : 1993년
- 장소 : 용두산공원

◙ 부산시인협회 시낭송회–거리의 시와 음악
- 일시 : 1993년 6월18일 저녁 7시
- 장소 : 용두산공원 야외광장
- 낭송 : 허만하 강남주 정순영 허철주 정성욱 박병출 김 철 강은교
  진경옥 이 석 정일근 이병구 온진숙(낭송가) 문인선(낭송가)
- 국악연주 : 전병규(부산시립국악관현악단)
- 음악연주 : 한울림

◙ 부산시인협회 시낭송회–거리의 시와 음악
- 일시 : 1994년 5월22일 7시
- 장소 : 용두산공원
- 사회 : 강영환 시인
- 회원시 낭송
- 독자 암송대회

◙ 거리의 시와 음악
- 일 시 : 1995년 6월17일
- 장소 : 용두산공원
- 진행 : 정비동
- 회원 시 낭송

◼ '문학의 해' 기념 선상문학의 밤
  • 일시 : 1996년 4월
  • 장소 : 한마음호 선상

◼ 거리의 시와 음악
  • 일시 : 1996년 9월
  • 장소 : 용두산공원

◼ 부산시인협회 시낭송회
  (동아시아대회 기간 문화예술 행사 일원)
  • 일시 : 1997년 5월14일 오후 8시
  • 장소 : 용두산공원 특설무대
  • 회원 시 낭송
  • 찬조공연 : 대금산조, 가야금병창, 통기타 연주,

◼ 제1회 전국시낭송회
  • 일시 : 2010년 10월16일
  • 장소 : 해운대, 부산시청자미디어센터
  • 주최 : 부산시인협회
  • 후원 : 부산일보, KBS부산총국

부산시인협회 시화전

부산시인협회 시화전은 회원활동 차원보다는 특정 목적의 행사로 많이 치러졌다. 창립 이후 언제 어떻게 개최되었는지에 대한 구체적 자료가 부족하여 회보와 기타 드러난 자료를 점검해 보면 다음과 같다.

1992년 첫 시화전이 열렸는데, 행사명은 '시협기금마련을 위한 제1회 시와 그림의 만남전'이다. 1992년 6월22일(월)~28일(일)까지 부산타워 미술관에서 열렸다. 행사명이 보여주듯 시인협회의 열악한 기금마련의 일환으로 준비된 시화전으로 유고시인인 유치환, 구자운, 홍두표, 김민부 시인과 김석규, 구연식, 정순영, 김성식, 김영준, 박현서, 강남주, 박청륭, 양왕용, 차한수, 박송죽, 이상개, 양은순, 노영숙, 진경옥, 나영자, 김명지, 탁영완, 강영환, 조성래, 정일근, 최영철 시인이 참가했고 초대시인으로 진의장 시인의 작품이 전시됐다. 그림은 부산구상작업미술가회의 협찬으로 이뤄졌다.

특히 이 시화전은 '부산시인의 시를 읽읍시다'는 취지로 진행되었으며 28일 시화전이 끝나고 29일에는 시화전 행사의 일환으로 오후 7시 가마골소극장에서 '뜨거운 6월의 시낭송회'라는 주제의 시낭송회를 함께 열었다.

이후 시화전의 타이틀이 제각각 바뀌어 개최된다. 1996년 10월18일부터 27일까지 용두산미술관에서 열린 시화전은 '부산시협 창작기금 마련 시화전'이라는 행사명이 걸렸고 1997년 시화전에는 '부산시협상 기금마련을 위한 여산 한상현 초대전 및 시화전'이라는 명칭을 걸었다. 그러니까 이때부터 부산시인협회상 기금 모금에 들어갔음을 알 수 있다. 3월25일부터 29일까지 시민회관 제1전시실에서 열렸으며 강영환 강정화 고은숙 권혁동 김광자 김창근 김희영 류선희 박정애 변종환 신 진 양왕용 양은순 윤덕숙 이상호 이해웅 정남순 정상구 차한수 시인 등, 19명이 참가했다.

또 부산시인협회 공식행사는 아니지만, 대다수가 본회 회원들이 참가한 부산에서 활동하는 5개 동인들의 시화전이 1999년 10월14일부터 16일까지 이틀간 부산가톨릭센터 전시실에서 열렸다. 5개동인은 시와 인간(허철주, 류명선, 동길산, 박병출, 최규장, 이응인, 조해훈), 월요시(강경주, 서규정, 김형술, 권애숙, 문선영), 시작업이후(전기웅, 박윤규, 김상균, 이선형, 이문영, 우동엽, 이희철), 평행시(성수자, 김숙희, 송인필, 진명주, 강미정, 오미연), 청동시대(이 찬, 손택수, 최갑수, 김 참) 등이다.

특히 부산시인협회는 대청동 미문화원 앞 카프리 다방에 '부산시인협회 상설 시화전시장'을 마련하여 협회 발전기금을 모았다. 2000년 6월1일~10일까지 정순영 시인, 6월12일~22일까지 류명선 시인, 6월 24일~7월3일까지 변종환 시인, 7월5일~14일까지 김 철 시인, 7월18일~27일까지 윤정숙 시인, 8월11일~24일까지 합동시화전을 개최하여 시협상기금을 조성했다.

그리고 2001년 8월10일~24일 대청동 전통찻집 '솔바람소리'에서 전체 시화전이 열린다. 참가시인은 강정화, 구연식, 김순자, 김 철, 남현자, 류명선, 류정희, 박송죽, 변종환, 서림환, 윤정숙, 이득수, 이병석, 이수정, 이영일, 이은경, 임종성, 장기연, 진경옥 등이다.

　　이후 부산시인협회 시화전은 별도의 공식적인 행사 자료가 없다. 2007년 부산진구청이 주최한 '부산작고시인 인물화 및 회원 시화전'을 부산시인협회에서 주관하여 열었으며 가장 최근의 시화전이 2010년 부전역에서 상설 시화전이 오픈 한 것으로 특정 기간이 아닌 부전역의 실내환경 차원의 시화전으로 연중전시 되고 있는 것이 특징이다.

　　부산시인협회 대다수의 시화전이 단순히 오픈용 행사가 아니라 기금마련을 위한 시화전이 되다보니 그림의 순도가 높아야 했기 때문에 작가들의 섭외와 참여를 이끌어내고, 제작과 행사준비 등 당시의 실무진들이 큰 고생을 한 것으로 보인다. 그 고생의 보람이 현재의 시인협회와 시인협회상 시상이라는 안정화를 가져왔으므로 모든 회원들이 고마워해야할 부분이다. 그리고 2000년대 이후 시협 주최의 시화전 행사가 줄어든 이유는 시인들이 많아지면서 개별적인 활동이나, 동인 등 소단체별 시화전 등의 행사가 많이 개최되어 회원들의 요구가 줄어들었던 것으로 보인다.

■시협기금마련을 위한 제1회 시와 그림의 만남전

＊기간: 1992년 6월22일(월)~28일(일)

＊장소: 부산타워 미술관

＊참가시인: 유치환, 구자운, 홍두표, 김민부(이상 작고시인),
   강남주, 강영환, 구연식, 김명지, 김석규, 김성식, 김영준, 나영자,
   노영숙, 박송죽, 박청륭 박현서, 양왕용, 양은순, 이상개, 진경옥,
   조성래, 정순영, 정일근, 차한수, 최영철 탁영완. 초대시인-진의장

＊참가 화가: 부산구상작업미술가회

■부산시협 창작기금 마련 시화전,
  ＊기간: 1996년 10월18일부터 27일까지
  ＊장소: 용두산 미술관

■부산시협상 기금마련을 위한 여산 한상현 초대전 및 시화전
  ＊기간; 1997년 3월25일~29일
  ＊장소: 시민회관 제1전시실
  ＊참가시인: 강영환 강정화 고은숙 권혁동 김광자 김창근 김희영
    류선희 박정애 변종환 신 진 양왕용 양은순 윤덕숙 이상호
    이해웅 정남순 정상구 차한수

■5개 시동인 합동 시화전
  ＊기간: 1999년 10월14일~16일
  ＊장소: 부산가톨릭센터 전시실
  ＊참가 동인
   -시와인간: 허철주,류명선, 최영철, 동길산, 박병출, 최규장,
               이응인, 조해훈
   -월요시 : 강경주, 서규정, 김형술, 권애숙, 문선영
   -시작업이후 : 전기웅, 박윤규, 김상균, 이선형, 이문영, 우동엽,

이희철

-평행시 : 성수자, 김숙희, 송인필, 진명주, 강미정, 오미연

-청동시대 : 이 찬, 손택수, 최갑수, 김 참

■부산시인협회 상설 시화 전시

  * 장소 : 대청동 미문화원 앞 '카프리 다방'

  * 기간 : 6월1일~8월24일

    -정순영 시인 : 2000년 6월1일~10일

    -류명선 시인 : 6월12일~22일

    -변종환 시인 : 6월24일~7월3일

    -김 철 시인 : 7월5일~14일

    -윤정숙 시인 : 7월18일~27일

    -합동시화전 : 8월11일~24일

■부산시인협회 시화전

  * 기간: 2001년 8월10일~24일

  * 장소: 대청동 전통찻집 솔바람소리

  * 참가시인: 강정화, 구연식, 김순자, 김 철, 남현자, 류명선,
             류정희, 박송죽, 변종환, 서림환, 윤정숙, 이득수,
             이병석, 이수정, 이영일, 이은경, 임종성, 장기연,
             진경옥

■부전역 상설시화전

  * 기간: 2010년 8월6일부터~

  * 장소: 부전역 대합실 구내

  * 주제: 시가 살아 숨쉬는 기차역

  * 사화집 『시가 살아 숨쉬는 기차역』 발간.

부산시인협회 시의날 및 세미나

부산시인협회 '시의 날' 행사는 세미나/백일장/시낭송/시인협회상 시상 등 다양한 프로그램으로 개최되었다. 1987년 '시의 날'이 제정되고 1990년 11월1일 제4회 시의 날에 부산시조시인협회와 공동으로 처음 시의 날에 맞춘 행사를 열었다. 이는 부산시인협회가 제대로 모양을 갖춘 회장 체제의 조직을 갖추면서 가능했다.

하지만 이후 시의 날에 맞춘 별도 행사를 하지는 않았다. 1987년 행사는 시의 날을 기념하고, 시민들에게 시의 날이 있다는 것을 알리고자 펼친 1회성 행사에 불과했다.

또 부산시인협회상 시상식은 1993년 첫 시상부터 매년 12월 시상식과 송년회를 겸한 행사로 개최되었다. 그러다 시의 날에 맞추어 행사를 한 것이 1997년 '제11회 시의 날' 부터다. 이날 공식 행사명은 '제11회 시의 날 기념 세미나 및 제5회 부산시인협회상 시상'이다. 이때부터 2012년 현재까지 시의 날 행사가 이어지고 있다.

1997년 처음으로 열린 시의 날 세미나는 11월 1일 부산역 옆 새마당 예식장에서 열렸다. 세미나 주제는 '부산지역 시문학의 특화 전략'으로 하였으며 김준오(문학평론가, 부산대 교수), 남송우(문학평론가, 부경대 교수), 신 진(문학평론가, 동아대 교수) 등 세 분이 발표와 토론을

2003년 제2회 세미나에서 인사말을 하는 당시 임수생 회장.

이끌어 주었다. 또 세미나가 끝난 뒤에는 제5회 부산시인협회상 시상식을 가졌다. 본상은 임수생 시인, 신인상은 이근대 시인이 받았다.

1998년 제12회 시의 날 세미나는 '부산지역 시문학의 성과와 전망'이란 주제로 양왕용 교수, 구모룡 교수, 김경복 문학평론가가 주제발표를 해주었고, 임종성 시인, 윤정숙 시인, 전기웅 시인이 지정토론을 해주었다. 이처럼 세미나 주제를 걸고 발제와 토론을 한 것은 몇 안된다.

1999년 제13회 시의 날 부터는 세미나 대신 초청강연 식으로 변경한다. 지금까지 부산시인협회 주최 시의 날에 초대된 주요강사는 김상훈 시인(부산일보 사장), 김천혜 문학평론가(부산대 교수), 고 은 시인, 이기형 시인, 김준태 시인, 신 진 시인(동아대 교수), 양왕용 시인(부산대 교수), 김준오 문학평론가(부산대 교수), 최동호(고려대 교수), 정 훈(문학평론가) 씨 등이다. 또 시의 날 주 행사가 2000년 부산정보대학에서 개최된 제14회부터는 시민백일장을 함께 했다. 또 더러 시낭송회도 곁들이기도 했다.

또 2006년 제20회 시의 날부터는 부산시인협회에서 펴내는 계간 문예지 '부산시인'에 신인으로 등단한 사람들에 대한 시상식을 함께 했다. 2006년 부산시인 등단 시인은 송미령, 구해인 시인이다.

이처럼 부산시인협회의 '시의 날' 기념행사는 문학세미나, 초청특강, 시민백일장, 시낭송, 시인협회상 시상, 부산시인 신인상 시상, 공연 등의 프로그램들이 주를 이루었다.

부산시인협회 세미나는 이처럼 시의 날에 맞춰 개최되다 중단되었으나 시의 날과 상관없이 별도의 행사로 종종 개최하였다. 특히 2000년부터 2004년까지는 매년 개최하는 열정을 보인다. 2000년 5월 부산시인협회 세미나를 개최하는데, 세미나 주제는 '인터넷시대의 통일문학과 환경'. 5월27일부터 28일까지 2일간 부산정보대학에서 열린 세미나는 부산시인협회가 주최하고 한국자유문인협회, 한국민족문학회, 세계시문학연구회가 공동으로 주관한 전국적인 행사였다.

토론강사로는 신세훈 시인이 '신민족문학의 제1차 해방공간으로 가는 지름길 열기', 이유식 시인이 '통일문학의 관점에서 본 환경문제'를 이근배 시인이 '모국어의 뿌리찾기 또는 정체성의 회복'을 임수생 시인이 '인터넷시대의 통일문학과 환경'이란 기조 발표를 해주었다.

2003년부터는 정식 회순을 붙인 세미나를 개최한다. 제1회 부산시인 문학세미나를 2003년 8월 21일 동보서적 문화홀에서 '청마 유치환의 문학과 부산'이라는 주제로 연다. 이날 주제발표는 박철석 동아대 교수가 '청마와 부산문단'을, 전기웅 시인이 '청마 유치환의 생애'를, 토론에는 김영주(문학평론가), 이해웅 시인, 통영이 고향인 류정희 시인이 해주었다.

2003년 11월 18일 열린 제2회 부산시인 문학세미나의 주제는 '부산시단과 초현실주의'로 잡았으며 신 진(동아대 교수) 시인, 최휘웅 시인, 황선열 문학평론가가 주제발표를 하였으며 토론에는 한국쉬르레알리즘의 대부격인 구연식(동아대 명예교수) 시인과, 부경대학교 남송우 문학평론가가 해주었다.

제3회 부산시인 문학세미나는 2004년 2월18일 '부산문단의 회고와 발전방향 모색'이란 주제로 남송우(부경대 교수) 문학평론가 발표를 하고 토론에는 강인수 소설가, 임수생, 김경수, 배재경 시인이 참가했다. 이날 전체 진행은 전기웅 시인이 이끌었다.

제4회 부산시인 문학세미나의 주제는 '시, 시인의 정신'으로 5월18일 유병근 시인의 발표와 최영철, 전기웅 시인이 토론을 함께 진행했다. 제5회 부산시인 문학세미나는 2004년 8월25일 '부산문학비평의 성과와 진단'이란 주제로 열었다. 발표는 하상일(동의대 교수) 문학평론가가 '문학비평의 본질과 시와 비평의 상호소통'에 대하여 해주었고, 김형술 시인이 '거울과 칼'이란 주제를 발표하였으며 토론에는 강영환, 류명선 시인이 수고를 해주었다.

이후 세미나 행사가 뜸하다 2010년 12월6일 영광도서 사랑방에서 「프랑스 문학(시) 세미나」를 개최한다. '보들레르 현대시의 출발'이라는 주제로 열렸으며 강사는 당시 프랑서 문화원장인 Aude-Emeline Loriot-Nurbianto 씨가 해주었다. 행사통역은 부산대학교 불어교육과 김종기 교수가 해주었다. 이날 세미나는 한국에서 프랑스 문학을, 그것도 프랑스 사람을 강사로 초대하여 가졌다는 점에서 주목할 만한 행사였다.

부산시인협회는 단체의 회원 화합과 창작지원활동이라는 본연의 업무를 수행하면서 부산시단을 이끌어가야하는 자부심과 책임감으로 임해왔다. 세미나도 바로 그러한 작업의 일환이다.

특히 임수생 회장 시기인 2003년~2004년은 부산시인협회가 지속적이고 순도높은 주제의 세미나를 연 2~3회씩 개최하면서 부산지역의 문학과 문단에 대한 잣대와 성과를 모색하는 중요한 역할을 해왔음을 잊어서는 안 될 것으로 보인다.

시의날 행사 및 부산시인협회 세미나

■제4회 시의날
  * 일시: 1990년 11월1일(목) 오후 6시30분
  * 장소: 부산일보 대강당
  * 주최: 부산시인협회, 부산시조시인협회
  * 프로그램
    −서시낭송
    −부산시인협회 회장 인사말
    −시조시인협회 회장 인사말
    −축사
    −기념패 전달
    −원로시인 추대
    −시낭송: 김영준 김성식 박송죽 탁영완 이병구 나영자 류준형
             박정선 손종례 정인해 김필곤
    −특별순서: 시조시인 5중창, 바이올린연주, 트럼펫연주
    −연회

■제1회 부산시인협회상 시상식 및 송년의 밤
  * 일시: 1993년 12월1일
  * 수상자: 허만하 시인

■제2회 부산시인협회상 시상 및 송년의 밤
  * 일시: 1994년 12월 1일
  * 수상자: 임명수 시인

■제3회 부산시인협회상 시상 및 송년의 밤

　＊일시: 1995년 12월1일

　＊장소: 해암그릴

　＊수상자 : 유병근 시인

■제4회 부산시인협회상 시상 및 송년의 밤

　＊일시: 1996년 12월

　＊수상자: 본상-김석규 / 제1회 신인상-김형술

■제11회 시의 날 기념 세미나 및 제5회 부산시인협회상 시상

　＊일시: 1997년 11월 1일 오후 6시30분

　＊장소: 새마당예식장

　＊세미나 주제: 부산지역 시문학의 특화 전략

　　-발표 : 김준오(문학평론가, 부산대 교수)

　　　　　남송우(문학평론가, 부경대 교수)

　　　　　신　 진(문학평론가, 동아대 교수)

　＊부산시인협회상: 본상-임수생, 신인상-이근대

■제12회 시의날 기념 세미나 및 제6회 부산시협상

　＊일시: 1998년 11월1일

　＊장소: 새마당예식장.

　＊세미나 주제: 부산지역 시문학의 성과와 전망

　　-주제발표; 양왕용

　　　'60,70년대 신춘문예와 문예지 투고의 열정과 그 성과'

　　-지정토론: 임종성

　　-주제발표: 구모룡-희망의 추락

　　-지정토론: 윤정숙

-김경복: 90년대 부산시의 성취와 전망

　-지정토론: 전기웅

＊부산시인협회상: 하현식 시인

◼제13회 시의날 기념 세미나 및 제7회 부산시협상

＊일시: 1999년 11월1일

＊부산시인협회상: 본상-이상개 시인, 신인상-서정원 시인

◼제14회 시의 날

＊일시; 2000년 11월1일

＊장소: 부산정보대

＊문학강연: 김상훈 시인(부산일보 사장),

＊행사: 백일장, 시낭송대회

＊제8회 부산시인협회상 시상-박송죽, 신인상-이규열

◼제15회 시의날 기념행사

＊일시: 2001년 11월4일

＊장소: 동의대학교 석당홀

＊행사; 백일장, 시낭송대회, 초청강연, 시상식

＊문학강연: 김천혜(문학평론가, 부산대 교수)-정보화시대의 문학

＊제9회 부산시인협회상: 본상-박청륭 시인, 신인상-박윤규 시인

◼제16회 시의날 기념행사

◼제17회 시의날 기념 및 제11회 부산시인협회상 시상식

＊일시:2003년 11월2일

＊장소; 민주공원

＊행사: 시민백일장

＊특강: 고 은 시인

＊부산시인협회상 : 이해웅 시인.

■제18회 시의날 기념 및 백일장 시낭송 대회 및 초청강연

＊일시:2004년 10월30일

＊장소; 학생교육문화회관

＊행사: 시민백일장

＊특강: 이기형 시인 – 분단시대에 문학이 꼭 해야 할 일

　　　　김준태 시인 – 나는 너다, 그리고 너는 나다

＊부산시인협회상 : 임종성 시인.

■제19회 시의날 백일장 문학강연

＊일시: 2005년 11월5일

＊장소;

＊행사: 시민 백일장

＊강연: 신 진(시인, 동아대 교수)

＊제13회 부산시인협회상 : 본상–신 진 시인

■제20회 시의날 기념행사

＊일시: 2006년 11월4일

＊장소: 동의대학교

＊행사: 시민 백일장

＊문학강연: 양왕용(시인, 부산대 교수)

＊제14회 부산시인협회상 : 류선희 시인

＊부산시인 신인상: 송미령, 구해인

■제21회 시의날 기념 세미나
  * 일시; 2007년 11월3일
  * 장소: 부산여자대학 다촌관
  * 주제: 부산지역 시문학의 특화전략
  -주제발표: 김준오(부산대, 문학평론가)
            -문학 지지학과 부산 시문학의 방향
  -지정토론: 조동구(부경대, 문학평론가)
            이몽희 시인(부산경상대 교수)
  -주제발표: 신 진(동아대, 시인)
            -부산시단의 내적 성찰과 소집단 활동을 중심으로
  -지정토론: 조의홍 시인
  * 행사: 시민백일장
  * 제15회 부산시인협회상: 본상 : 최창도, 우수상 : 조창용, 백영희
  * 부산시인 신인상: 최혜림, 이춘화

■제22회 시의날 기념 및 제16회 부산시인협회상 시상식
  * 일시:2008년 11월1일
  * 장소; 부산여대 다촌관 전시실
  * 행사: 시민백일장
  * 부산시인협회상: 본상–정순영, 윤정숙 시인.
                  우수상: 박상호, 김다솔 시인.
  * 부산시인 신인상: 차달숙, 정만석, 이춘화

■제23회 시의날 기념 및 제17회 부산시인협회상 시상식
  * 일시: 2009년 11월7일
  * 장소: 부경대학교

＊행사: 시민 백일장
＊수상자: 본상-김광자 시인, 우수상-김명옥, 유병기 시인
＊부산시인 신인상: 김대환, 조차숙

■제24회 시의날 기념 및 제19회 부산시인협회상 시상식
＊일시:2010년 11월3일
＊장소; 부경대학교 비스타스호텔
＊특강: 최동호(고려대, 문학평론가)
＊부산시인협회상: 본상-신 선 시인, 우수상-이분자, 김다희 시인

■제25회 시의날 기념 및 제19회 부산시인협회상 시상식
＊일시:2011년 11월22일 오후 6시30분
＊장소; 부산여자대학
＊세미나: 발제: 정 훈(문학평론가)
 −시간의 형해를 응시하는 눈: 진경옥 시인의 작품세계
 −사회: 김종화 시인
 −토론: 이원도 시인
＊부산시인협회상 수상자−본상−진경옥, 우수상−박황자
＊부산시인 신인상 수상자: 홍종철 대 희 김신숙 황주철 이정이
　　　　　　　　　이수한 장재영

■제26회 시의날 기념 및 제20회 부산시인협회상 시상식
＊일시: 2012년 11월1일
＊장소: 스타일웨딩홀
＊부산시인협회상: 본상−이원도, 우수상−이용문, 주순보
＊부산시인 신인상−박석동, 주명옥, 최봉섭, 김지현, 류춘자,
　　　　　　　　곽병덕, 윤영숙

부산시인협회 세미나

■부산시인협회 세미나
  * 주제: 인터넷시대의 통일문학과 환경
  * 일시: 2000년 5월27일~28일
  * 장소: 부산정보대학
  * 주최 ; 부산시인협회
  * 주관: 한국자유문인협회, 한국민족문학회, 세계시문학연구회
  * 주제발표
    - 신세훈: 신민족문학의 제1차 해방공간으로 가는 지름길 열기
    - 이유식: 통일문학의 관점에서 본 환경문제
    - 이근배: 모국어의 뿌리찾기 또는 정체성의 회복
    - 임수생: 인터넷시대의 통일문학과 환경

■제1회 부산시인 문학세미나
  * 일시: 2003년 8월 21일
  * 장소; 동보서적 문화홀
  * 주제: 청마 유치환의 문학과 부산
  * 발표: 박철석(시인, 동아대 교수) – 청마와 부산문단
        전기웅(시인) – 청마 유치환의 생애
        김영주(문학평론가)
  * 토론: 이해웅(시인), 류정희(시인)

■제2회 부산시인 문학세미나
  * 일시: 2003년 11월 18일

＊장소; 동보서적 문화홀

＊주제: 부산시단과 초현실주의

＊강사: 신진(시인, 동아대 교수), 최휘웅(시인), 황선열(문학평론가)

＊토론: 구연식(동아대 명예교수)

　　　　남송우(문학평론가, 부경대 교수)

■제3회 부산시인 문학세미나

＊일시: 2004년 2월18일

＊장소: 동보서적 문화홀

＊주제: 부산문단의 회고와 발전방향 모색

＊강사: 남송우(문학평론가, 부경대 교수)

＊토론: 강인수(소설가), 임수생(시인), 김경수(시인), 배재경(시인)

＊진행: 전기웅 시인

■제4회 부산시인 문학세미나

＊일시: 2004년 5월 18일

＊장소: 동보서적 문화홀

＊주제: 시, 시인의 정신

＊발표: 유병근 시인

＊토론: 최영철, 전기웅 시인

■제5회 부산시인 문학세미나

＊일시: 2004년 8월25일

＊장소; 동보서적 문화홀

＊주제: 부산문학비평의 성과와 진단

＊발표: 하상일(문학평론가, 동의대 교수)

　－문학비평의 본질과 시와 비평의 상호소통

＊토론: 강영환 시인
　-부산시단과 평단의 동반적 발전을 위한 질의
＊발표: 김형술 시인
　-거울과 칼
＊토론: 류명선 시인
　-평론가를 위한 충언

■프랑스 문학(시) 세미나
　＊일시: 2010년 12월 6일 오후 6시30분
　＊장소: 영광도서 문화사랑방
　＊주제: 보들레르 '현대시의 출발'
　＊강사: Aude-Emeline Loriot-Nurbianto(블란서 문화원장)
　-통역: 김종기 교수(부산대 불어교육과)

■시집평가 토론회
　＊일시: 2010년 12월 22일 오후 6시
　＊장소: 서면 메디컬센터
　＊특강: 이유식(문학평론가)

여름시인학교

부산시인협회가 개최하는 여름시인학교는 1996년 이상개 회장 시절 부산경남젊은시인회의와 공동으로 경남 남해에서 개최한 바 있다. 그러나 당시 부산경남젊은시인회의가 남부권의 대표적인 여름시인학교를 6회째 열어오던 것에 '공동개최'라는 명분만 얹었을 뿐 독자적인 프로그램의 행사를 기획한 것은 아니었다.

2008년 제11회 여름시인학교(을숙도 문화회관)

남해에서 열린 시인학교에서 서규정 시인과 분원들.

　시인협회에서 독자적으로 개최한 것은 이해웅 회장 시절이던 1998년 이었다. 7월25일~27일까지 2박3일 일정으로 경남 충무 사량도에서 열렸다. 시인학교 주제는 '시와생명' 이었다.

　시인과 독자 등이 배를 타고 건너가는 불편 속에서도 60여명이 참가 하였다. 프로그램은 시창작 강의와 시낭송, 시인과의 대화, 장기자랑, 백일장 등이었다. 제1회 여름시인학교의 백일장 장원은 부산에서 참가 한 송필애 씨였다. 송필애 씨는 이후 1999년 계간 다층 제1회 신인상으로 등단하여 최근 부산을 대표하는 여성시인으로 주목할만한 활동을 보여주고 있다.

　이후 여름시인학교는 부산시인협회의 연중 중요한 행사로 자리 잡았다. 1999년 경남 하동, 2000년 울주군 서생면, 2001년~2002년 경남 남해 동의대수련원, 2003년 2004년 하동 한솔청소년수련원, 2005년 ~2007년 부산 산성마을 오마이랜드, 2008년 부산 을숙도문화회관, 2009년 부산 구덕수련원, 2010년 부경대학교, 2011년 부산여자대학, 2012년 경남 거제 망치수련원에서 제15회 여름시인학교가 개최되었다.

　그러나 개최기간이 2004년까지는 매년 2박3일 일정으로 개최되었으나 2005년부터 2007년까지는 2일간 열렸고 2008년부터는 당일로 치러졌다. 이는 애초의 취지가 많이 퇴색된 것으로 당시의 회장단 사정에 의한 것으로 보인다. '시인학교' 명판으로 1일짜리 행사를 치루어 행사의 본질이 흐려진다는 논의에 따라 2012년부터는 2일로 확대하여 개최하였다.

또 2004년부터 2007년까지는 「여름시인학교·청소년문학캠프」라는 이름으로 행사를 열었다. 청소년 문학캠프를 넣은 것은 학생들의 많은 참여를 유도하여 시의 대중화에 기여하고자 한 것으로 보인다.

■ 여름시인학교 개최 연도 및 기간

제1회 여름시인학교(1998. 07. 25~27)
　　＊장소: 경남 사량도 내지분교
　　＊주제: 시와생명
제2회 여름시인학교(1999. 08. 01~03)
　　＊장소: 경남 하동 청소년수련원
　　＊주제: 21세기 시의 향방
　　＊강사: 신　진, 임수생, 임명수, 김　철, 임종성, 김경복
제3회 여름시인학교(2000. 08. 18~20)
　　＊장소: 울주군 서생면 간절곶 대송청소년야영장
　　＊주제: 21세기 한국시의 향방
　　＊강사: 강기홍, 김석규, 김　철, 임수생, 류명선
제4회 여름시인학교(2001. 08. 03~05)
　　＊장소: 남해 동의대수련원
　　＊주제: 문학적 가교역할과 시의 대중화를 위한 모색
　　＊강사: 박영한(소설가), 이양주(국악인), 김창근, 윤정숙
제5회 여름시인학교(2002. 08. 09~11)
　　＊장소: 남해 동의대수련원
　　＊강사: 김창근, 박태일, 이양주, 탁영완, 윤정숙

제6회 여름시인학교(2003. 08. 01~03)

　　＊강사: 강영환 이해웅 임수생 탁영완 차한수

제7회 여름시인학교 및 청소년 문학캠프(2004. 07.30~08.01)

　　＊장소: 하동군 한솔청소년수련원

　　＊주제: 밀레니엄시대의 시작법

　　＊강사: 강문숙 남송우 임수생 임종성 최영욱 탁영완

제8회 여름시인학교 · 청소년 문학캠프(2005. 07. 30~31)

　　＊장소: 부산 산성마을 오마이랜드 수련원

제9회 여름시인학교 · 청소년 문학캠프(2006. 08. 05~06)

　　＊장소: 부산 산성마을 오마이랜드 수련원

제10회 여름시인학교 · 청소년 문학캠프(2007. 7. 28~29)

　　＊주제: 삶과 문학의 즐거움

　　＊장소: 부산 산성마을 오마이랜드 수련원

　　＊강사: 정진채, 차한수, 임종성, 문인선

제11회 여름시인학교(2008. 08. 24)

　　＊장소: 을숙도 문화회관 소강당

제12회 여름시인학교(2009. 08)

　　＊장소: 구덕 청소년수련원

제13회 여름시인학교(2010. 07. 27)

　　＊장소: 부경대학교

제14회 여름시인학교(2011. 07. 28)

　　＊장소: 부산여자대학 다촌관

제15회 여름시인학교(2012. 07. 28~29)

　　＊장소: 거제도 몽돌 망치수련원

　　＊주제: 시인, 바다에 빠지다

　　＊강사: 신 진, 양재성, 임종성

부산시인협회 야유회

　부산시인협회가 회원들의 단합을 위해 매년 실시하는 야유회는 1993년부터 시작했다. 제3대 김석규 회장시절, 정일근 시인이 주창하여 김해 대동 노영숙 시인의 농장에서 열린 것이 첫 행사로 보인다. 당시는 정일근 시인이 바베큐 통을 가져와 박병출 시인과 함께 직접 구워 전 회원들에게 돌렸으며 하루 동안 회원들의 여흥이 목적이었다.

　우천에도 불구하고 31명의 회원이 모였으며 정순영 부회장이 버스 1대, 이상개 부회장은 복권 60장, 김광자 시인이 구급약을 준비해 왔으며, 참가자 전원에게 경품을 전달하는 등 화기애애한 분위기는 그야말로 정담 있는 야유회였다.

　1998년도에는 야유회 대신 봄, 가을에 시인, 독자 등반대회를 금정산에서 열었다. 1999년 다시 봄야유회가 개최되었으며 2000년에는 봄, 가을에 2회에 걸쳐 열렸다. 장소는 모두 구덕산으로 봄에는 꽃마을, 가을에는 청소년야영장이었다.

　이후 2001년부터 2012년까지 야유회는 연1회 봄에 열렸다. 야유회 프로그램은 회원들의 친목도모에 맞게 장기자랑, 노래자랑, 회원공연 등으로 꾸며졌다. 재정은 당일회비와 함께 회원들의 협찬금 등으로 만들어졌다.

　봄야유회는 2007년부터는 세미나를 겸한 야유회가 개최되었다. 하지만 야유회를 동반한 세미나 였기에 특정 주제를 가지고 심도 있는 세미나를 할 수 없었으며 초대자 특강 중심의 행사가 되었다.

부산시인협회 야유회

1993년 봄 야유회 김해 대동
1995년 봄 야유회
1996년 봄 야유회
1997년 봄 야유회
　　양산 임기 낙원농원
　　-이남기 하모니카, 안태봉 반야심경 독송

1998년 봄 시인, 독자 등반대회
　　　가을 시인, 독자 등반대회
1999년 봄 야유회
2000년 봄 야유회: 구덕산 꽃마을,
　　　가을 야유회: 구덕산 청소년 야영장
2001년 봄 야유회: 범어사 정수장
　　　UN이 정한 도시와의 화해 해 맞아
　　　　–남북 화해와 협력모색, 시낭송회
2002년 봄 야유회: 성지곡 수원지 백양산 산림목장
2003년 봄 야유회: 철마 백양농장
2004년 봄 야유회: 기장 죽성농원
2005년 봄 야유회 및 문학세미나: 수영사적공원
　　　　　　　　　　(수영민속보존회 야외 놀이마당)
2006년 봄 야유회: 해운대 달맞이고개 어울마당
2007년 봄 야유회 겸 세미나: 철마 낙원농원
2008년 봄 야유회 겸 세미나: 낙동강변 「강 따라 물 따라」
2009년 봄 야유회: 기장 토속촌 식당
2010년 봄 야유회
2011년 봄 야유회: 해운대 장산체육공원
2012년 봄 야유회 및 세미나: 산성마을
　　　–시나무 전시
　　　–특강: 차한수
　　　–공연: 김옥균 시인

부산시인협회 바둑대회

　　부산시인협회는 회원 친목을 목적으로 친선바둑대회를 자주 개최했다. '바둑대회'라는 명칭은 내세웠지만 본회 차원의 주요 대외행사를 가진 것은 아니었다. 당시 회원들 중 바둑애호가 몇 명인지는 모르지만 보통 30~50명 내외로 모였으니 동회회 차원의 행사치고는 많은 사람들이 참가하였다.

　　1987년 친선 목적의 신년바둑대회를 개최한 뒤, 몇 년 지나 첫 대회를 1994년 2월26일 남포동 명보기원에서 연다. 모두 12명이 참석하여 각 조 우승자를 가렸다고 되어 있다. 당시에는 1년에 한번 하였는지는 모르지만 1995년 2월26일에 2차 바둑대회를 연다. 장소는 역시 남포동 명보기원이며 우승자는 박기환 시인이 한 것으로 되어 있다. 이날 참석한 회원들이 몇 명인지는 기록이 없다.

　　그리고 3차는 1996년 3월에 열렸다. 이에 대한 기록은 없다. 4차는 1997년 6월21일(토) 동래 미남로타리 부산기원에서 열렸다. 20여명이 참가하였으며 우승 박기환(3급) 시인, 준우승 박명호 소설가, 3위는 박윤규 시인이 차지했다. 이날은 참가자 전원이 손수건 기념품을 받았으며 2차는 손두부와 동동주로 뒷풀이를 하였는데 우승자가 부담한 것으로 보인다. 이는 작으나마 상금이 있었다는 것인데, 그 구체적인 금액

바둑대회는 부산의 범 문단적 친목행사였다.

은 전해지지 않는다.

바둑대회는 이후 잠정 중단되었다가 1998년 다시 시작한 것으로 보인다. 2년 정도 중단되자, 회원들의 요청에 의해 다시 연 것으로 보이며 명칭도 '문인바둑대회'로 확대시켰다. 그래서 '제1회 문인친선바둑대회'라는 명칭을 다시 달았다. 이듬해 제2회 문인친선바둑대회가 1999년 10월2일(토) 중앙동 요석기원에서 열었다.

이날 바둑대회는 시인, 작가의 친선대회로 개최하였으며 부산의 시인, 소설가 18명이 참가했다. 이날 대회의 우승은 5급 실력의 김무영 시인이 차지했다. 준우승은 박명호 소설가, 3위는 김 철 시인과 구영도 소설가가 차지했다. 친목도모로 연 행사인만큼 거창한 상금이나 상패가 준비된 행사가 아니었으므로 작은 상금을 전달하고 모두 저녁 식대, 주대로 사용된 것으로 보인다.

참가자의 당시 급수는 다음과 같다.

강인수 소설가(4급), 임명수 시인(3급), 김영준 시인(4급),
박응석 시인(2급), 이상개 시인(5급), 김 철 시인(7급),
박신일 변호사(3급), 조갑상 소설가(4급), 정태규 소설가(3급),
구영도 소설가(2급), 권오철 음악인(3급), 이병구 시인(3급),
조성래 시인(3급), 김무영 시인(5급), 박윤규 시인(1급),
이상훈 시인(7급)

제3회 문인친선바둑대회는 2000년 12월19일 중앙동 중앙바둑센터에
서 열렸다. '문인친선'의 목적인 만큼 부산작가회의와 공동 개최하였
으며. 20여명 참석하였다. 우승은 박명호 소설가, 준우승은 정태규 소
설가, 장려상에는 이득수 시인, 박윤규 시인이 받았으며 임명수 시인이
감투상을 받았다.
　이날 행사에서의 중요한 부분은 바둑동호회 결성했다는 부분이다.
부산지역을 중심으로 활동하는 문인들에게는 정회원, 준회원은 그 가
족들 중 참여하고자 하는 분으로 하였으며 연락은 박윤규 시인이 담당
하는 것으로 되어 있다.

하지만 이후 바둑대회의 기록이 없다. '바둑 동호회'까지 만들었는데
그 뒤의 기록이 없다는 것은 의아하다. 굳이 이유를 찾자면 문인친선
목적의 바둑대회가 안 열렸을 수도 있거니와 시협 전체 회원들을 위한
행사가 아닌 몇몇 소수의 동회회 차원의 친선행사였기에 공식성이 없
어 기록되지 않은 것으로 보인다.

6부

회원 활동 사업

시오름이 지나온 길

김숙희(시인)

1990년 5월 14일 임명수 시인, 이상개 시인, 김성식 시인, 김석규 시인, 강영환 시인이 발의하여 산행을 계획하고 매월 3번째 일요일에 산행을 하기로 의견 일치로 본 결과 1990년 6월 24일 제1차 산행을 금정산으로 하여 여기서 산행팀의 이름을 〈뫼오름 시우회〉로 하자고 정하였다. 참가자는 임명수 시인, 고 김성식 시인, 강영환 시인, 박영준 시인(집합장소에 나왔다가 급한 일로 돌아감) 독자 2명이 동행하여 즐거운 산행을 마쳤습니다.(시오름 연혁에서 인용)

1990년 회장에 허만하 시인협회 회장, 초대 산행대장에 임명수 시인, 총무에 강영환 시인, 1991년 11월 〈뫼오름 시우회〉를 〈시오름 뫼우회〉로 개칭하여 회기 디자인 및 제작에 들어갔으며 1993년 제2대 회장에 김석규 시인협회 회장, 산행대장에 임명수 시인, 산행총무에 박시향 시인이 합류, 1995년 회장에 이상개 시인협회 회장, 제3대 산행대장에

산상 출판기념회에서 임명수 시인의 시낭송

강영환 시인, 산행총무에 배재경 시인이 맡으면서 월출산 기획산행 및 김영랑 생가방문을 하기도 하였다. 1997년 제4대 회장에 이해웅 시인 협회 회장, 산행대장에 강영환 시인, 산행총무에 김숙희 시인이 맡았으며 그해 시오름 기관지 〈풀 · 나무 · 돌〉 창간호를 내게 됩니다.

1998년 8월 15일 시오름 100차 산행을 금정산에서 1박2일 동안의 일정으로 거행, 기념식을 금정산 북문에서 하였으며, 맨발산행을 주제로 초대강사이신 신남석님의 강연이 있었습니다,

한편 한국 최초의 산상출판기념회를 열었습니다. 참가 시인들은 정일근 시인의 『그리운 곳으로 돌아보라』(1994년), 박삼도 시인(1996년), 강영환 시인(1997년), 이상화 시인(1999년, 현재 보우스님), 정웅규 시인 등 10여명인데 그 기록들이 다 남아있지않아 안타깝습니다. 산속에서 시를 낭송하고 저자의 변을 듣고 풀피리 연주와 노래를 하고 기념패를 전달하는 등 특출난 출판기념회가 되었습니다. 이는 산을 오르면서

산에 느끼고 숨쉬었던 여러 가지 이야기들이 한편의 시로 승화된 것을 산에서 기념출판회를 가짐으로써 다시 산에게 돌려준 것이 아닐까 하는 생각이 들었습니다.

2000년 1월 회장에 정순영 시인협회 회장, 산행대장을 4인 체제로 바꾸고, 제7대 대장으로 성수자 시인, 정현길, 송남수, 최영환 씨, 산행 부대장에 배재경 시인, 정희찬 씨, 총무에 김숙희 시인이 맡았습니다.
2000년 5월20일~21일 1박 2일 동안 〈산과 하나되기 위하여〉, 시오름 뫼우회 창립 10주년 기념 등산 및 산제를 천성산 매표소 부근 허허 산방에서 개최하였으며 가, 나, 다 팀으로 나뉘어 행사 준비하는 팀과 노포동에서 모여 월평 – 무지개 폭포 – 화엄재 – 내원사 – 허허산방에 도착하였습니다. 행사 2부에는 산제를 위해 이상화 시인(보우스님)이 수고를 해주셨으며 참석한 시인들은 임명수, 강영환, 권경업, 김숙희, 박시향, 성수자, 유병근, 김덕침, 홍종숙, 송 진 시인 등으로 친교와 낭만의 밤을 보내기도 하였습니다.

시오름은 책상머리에 앉아서 늘 시에만 몰두하고 있는 시인들의 건강을 염려하고 그리고 시를 이해하려는 독자들과 함께 하면서 산행하는 순수한 문인들의 등산모임입니다. 시오름에서는 산행만을 하는 것이 아니라 독자들에게 시의 이해를 돕기 위해 문학강연을 곁들이기도 하였고 시낭송회, 첫사랑 고백하기, 삼행시 짓기, 시집 출판기념회 등 다양한 프로그램으로 운영하였습니다.(강영환 시인의 시오름 100차 산행 보도 자료 중에서)

산악회에서 다녀온 산들은 다 어디에 있는가? 매년 여름 8월에 1박 2일 일정으로 오르던 지리산, 금정산, 대운산, 와룡산, 천성산, 가지산, 청량산, 승학산, 불모산, 연대봉(가덕도), 토곡산, 장산, 달음산, 신어산, 천태산, 신불산 등 부산 주변 근교산들은 모두 밟았습니다. 그 산들은 예나 지금이나 그 자리에 그대로 의연한 산길을 만들고 있으며 아련한 추억의 따뜻한 기억이 우리들 가슴 속에 남아있는 시오름 산악회는 현재 명칭이 〈풀·나무·돌〉로 바뀌었지만 시와 만나기 위해, 산과 만나기 위해 다음카페에 어여쁜 모습들이 저장되어 있습니다.

자주 참가하신 문인들의 면면들은 시오름을 이끈 임명수, 강영환 시인을 비롯하여 김숙희, 배재경, 김정순, 송유미, 오미연, 강미정, 진명주, 오원량, 송 진, 유병근, 강남주, 이몽희, 김석규, 이상개, 이병구, 정웅규, 박삼도, 박시향, 박정애, 권경인, 권경업, 김광자(현 회장), 조해훈, 류명선, 류정희, 박응석, 이근대, 이수복, 김덕침, 이선형, 조의홍, 홍정숙, 성수자, 황길엽 시인과 아동문학가 정진채, 배혜경, 소설가 강인수, 평론가 최상윤, 판화가 주정이, 만화가 안기태 선생님 등으로 우애의 산행을 가졌습니다.

첫 산행에 백구두와 백색양복을 입고 비오는 산행에 동행하신 김성식 시인은 2002년 겨울에 향년 61세로 타계하셨으며, 임명수 시인은 2003년 12월 29일 경북 영덕 작은 마을로 이주 하셨습니다,

많은 시간들이 흘러갔지만 돌아보는 일은 즐겁습니다, 저 또한 참석하지 못한 시간들이 많아 더 상세하고 세밀하게 담아내지는 못했지만 잎새처럼 푸르른 시간들을 시오름과 함게 했기에, 그리고 아직도 시오름 산악회, 아니 풀나무돌을 사랑하는 까닭으로 어제 일처럼 이야기 할 수 있지 않을까 생각합니다.

현재는 강영환 시인과 성수자 시인이 고문으로 있으며 의사이신 권영주 박사님이 회장직을 맡고 있습니다. 강영태님께서 새롭게 대장을 맡아 재미있게 이끌어 나가고 있습니다.

시마당 시낭송회

안태봉(시인)

　흔히 우리나라 제2도시라는 부산이 문화의 불모지라는 오명을 쓰고 있기에 어떻게 하면 이를 극복하고 난해한 현대시를 좀 더 독자에게 다가가게 하기 위해 1996년 10월 20일 서면에 소재한 '내 고향 전통 찻집'에서 안태봉 정광덕 김광자 변종환 권혁동 강수자 김기원 임종성 박정은 이충곤 전정일 안인숙 강영환 선생 등이 회동을 갖고 시문학 저변 확대라는 명제를 안고 '시를 짓고 듣는 사람들의 모임'을 창립하기에 이르렀다 시를 지으면 이를 듣는 사람이 있어야 한다 는 당위성이 표출되어 1996년 12월 26일 금요일 오후 7시 수영구 남천동에 소재한 피아니스트 문혜영씨가 운영하는 칸타빌레에서 '시의 만남' 이란 주제로 첫 시낭송을 가지게 된 것으로 시사모가 창립 되었다 이후 시사모가 추구하는 정신이 '열린 문화 깨인 사회' 였다 당시 부산 지역에서는 유일한 시 낭송회로서 시사모만 존재했다

시마당으로 명명하며

이렇게 시낭송회는 부정기적으로 개최되었거나 매월 또는 격월 분기별로 꾸준하게 개최하여 나오다 제26회 시낭송회 때부터 단일 명칭 '시마당'으로 명명해서 지금까지 이어 왔으며 제33회 시낭송회부터 매월 1회씩 개최하여 현재까지 제110회라는 금자탑을 이룩하였다. 또한 찾아가는 시낭송회로 요양병원 시설에 수용된 어르신들과 교도소 재소자들을 위한 시낭송회도 가지게 되었다. 특히 제103주년 철도의 날을 기념하고 2002년 제14회 아시아경기대회 성공 기원, 제8회 아태 장애인 경기대회 성공기원 및 시와 함께 하는 가을 기차여행을 부산 최초로 새마을 기차 안에서 개최한 바 있고 소방 가족을 위한 시낭송의 밤 , 영 · 호남 시낭송회, 재부산 강원도청 · 청장년회와 공동 주관으로 시와 함께 하는 가을 음악회를 여는 등 시 낭송의 독보적 원조로서의 자리를 지키고 있다 제 50회 시 낭송회 부터는 시 낭송 대회를 가져 오늘 까지 7번의 시 낭송 대상 시상식을 가졌으며 금년 3월 22일 개최한 제 110회에서는 시낭송 대상을 이태종 시조시인이 수상하기도 했다

부산 사투리 시낭송 대회

한국 해양문화제 시낭송 대회를 비롯하여 부산에서 활동하는 부산 수필 낭송 문학회, 초록별, 시로 황령문학회, 차밭골, 산울림 문학회와 공동 주관하여 시 낭송회를 개최했고 해오름 전통 예술단 낙동강 새물결 창조 포럼, 재능시 낭송협회 부산지회 부산 사랑모임, 신서정 문학회, 청옥 문학회, ISO 국제심사원단, 한국복지신문, 부경신문 등의 단체와 자매결연을 체결하였고 현재 시사모 정회원은 103명이 활동 하고

있다

2009년 4월 28일 제87회 시낭송회 때 제1차 부산 사투리 시낭송회를 가졌는데 부산시협 조선영 시인이 '박태기씨!'라는 시로 사투리 시낭송 대상을 수상했으며 제99회 시낭송 대회는 제2차 부산 사투리 시낭송회를 가졌다. 그동안 시를 사랑하는 모임은 199권의 낭송집과 2011년 3월 현재 연 3000여명의 시인과 1만여 명의 독자가 다녀갔다.

매월 4째 화요일 오후 6시 30분 서면 영광도서 문화 사랑방에서 정기적인 모임을 가진다. 시사모는 부수적으로 부산 사투리를 사랑하는 사람들도 운영하고 있다.

시마당 문화 사랑방 모임이 시민 누구나 참여하고 함께하는 문화 운동 확산의 기폭제가 되길 바라며, 삭막한 도시에 생명과 감성을 불어넣는 지역 시인 여러분의 끊임없는 구도와 작품 활동을 기대합니다. 도시 곳곳, 시민의 마을을 푸른 시심으로 물들이는 '시마당 시 낭송회' - 나직하나 깊은 울림이 있는 문화 도시 부산을 기원합니다.

※ 부산시인 70호에서 재수록

시울림 시낭송회

김예강(시인)

그곳에는 몇몇 시인들이 모여 탁자를 둥글게 만들고 유럽의 살롱 문화처럼 시를 들고 와 진지하게 또는 설레임으로 시를 또박 또박 들려줄 것이다. 결코 소란하거나 유쾌하지는 않을 것이지만 칸나의 불을 쬐듯 마음에서 마음으로 영혼에서 영혼으로 시의 숨이 흐르는 것을 느끼고 돌아갈 것이다. 아마도 우리는 이 시간들을 더 없이 그리워 할 것이다. 홀로 깊은 방에서 글을 쓰던 시인들이 한 달에 한번 이 도시의 가장 분주한 거리에 나와 시를 읽고 듣는 시간, 결코 고요를 깨뜨리거나 들뜨지 않지만 시를 낭송하고 시를 말하고 시를 독자들과 향유하려는 모임, 시의 숨을 유지하려는 모임이 아름답지 않는가 부산 시울림시낭송회이다.

이 모임은 지난 2002년부터 시작되었다. 이 모임은 이해웅 시인이 부산에 뜻 맞는 부산의 중진·중견 시인들과 함께 2002년 결성하여 올 6월로 103회를 맞는다. 횟수로는 벌써 10년이 되는 셈이다. 시울림 시낭송회를 10년 동안 이끌어 온 힘에는 누구보다도 동인 회장을 맡고 있는 이해웅 시인이 그 중심에 있다. 시의 대중화를 모토로 한 애정과 의욕으로 동인들과 함께 시인들의 폭넓은 참여, 타 문학 장르와 인접 예술과의 교류에 힘쓴 바 시울림 시낭송회는 정례화 되었고 시의 품격있는 문화 행사로 이제 정착되었다 부산 시울림시낭송회는 '자신의 미발표 창작시를 갖고 와서 낭송한다' 는 원칙을 두고 있다. 매월 첫째 수요일 새로운 시를 발표하고 낭송하는 장을 열었고, 1년에 두 차례 전국적으로 지명도가 있는 시인을 초청해서 대담을 마련하기도 한다

부산 시울림 시낭송회 100회를 맞아 지난 3월2일 오탁번 시인을 초대시인으로 모시고 그의 시와 삶이라는 주제 하에 강연을 가졌다

이와 같이 그 동안 시울림에서는 많은 초대 시인이 다녀갔다. 2006년 5월에는 정호승 시인이 초대되어 '사람은 누구나 다 시인이다. 가슴속에는 누구나 다 시가 들어 있다.' (대담자 조성래 시인) 라는 주제로 부산 독자들과 만났고, 2006년 10월에는 '맨발' '가자미' 의 시인 문태준을 초대하여 '나의 시론 −비단 주머니에 새 시가 가득하오' (대담자 최영철 시인)를 들었다. 정일근, 장석남, 김용택, 문정희 시인을 초청하여 시울림을 다녀갔다. 길고 지난 60회 째는 손택수 시인을 초청하여 유홍준 시인과 대담자리를 마련했고 65회 째는 김신용 시인(대담자 : 황선열)을 초청하여(대담자 : 김경복 평론가), 또 제77회 때는 안도현 시인을 초청하여 도종환 시인에 투영된 현실 감각 (대담자 : 김예강) '길 위에서 시쓰기' 라는 주제로 시인의 시 세계를 탐색하였고, 제 93회 때는 박형준 시인의 '나의 시는 접경 지대의 시' 라는 주제로 대담을 가졌다. 제98회 낭송회는 고영, 신미균, 서영미, 강미정 시인이 낭송을 위하여 시울림을 찾아 주었고 정훈 평론가는 자작시를 가져와 가슴 뭉클하게 했다. 2002년 4월에 창립하여 제1회 행사부터 1년 동안 광복

동 국도 아트홀에서 낭송회를 가졌고 2003년 5월부터 영광도서에서 낭송회를 가졌으며, 오는 6월로써 103회를 맞이하게 된다. 100회를 넘는 꾸준함과 열정은 무엇보다 주목할 만하다. 이 모임의 목적은 시민의 정서 순화, 시 인구 저변 확대, 시인끼리의 만남의 장을 마련코자 함에 있다. 다른 시낭송회와의 차이점은 낭송시는 구작이 아닌 신작시를 가지고 낭송토록 하고 있으며, 매년 상·하반기 두 차례씩 전국적으로 유명한 시인을 초청해 대담 형식으로 이벤트 행사를 가져오고 있다. 그리고 음악인 초대공연과 인근 예술인의 시 낭송으로 시와 음악의 만남, 시와 미술의 만남, 시와 영화의 만남 등 인근 예술과 만남을 도모한다. 현재 부산 시울림 시낭송회의 동인으로 이해웅, 김예강, 한창옥, 진경옥, 류정희, 박옥위, 이영란, 강문출, 이정모, 김찬식, 이초우, 황길엽, 신원희, 조 원, 정석봉, 박종인, 천향미 시인이 함께하고 있다

초창기부터 이 모임을 이끌어 온 이해웅 회장은 시낭송은 시를 쓴 시인이 그 작품을 육성으로 낭송함으로써 시를 접하는 새로운 길을 제공하며 청중과 교감도 높아지게 된다고 말한다. 신작시를 발표하고 낭송하는 자리를 매월 한 차례씩 100회에 걸쳐 꾸준히 열어왔다는 점에서 시울림 시낭송회의 성과는 주목할 만하다. 시울림 시낭송회에 참석을 원하시는 분은 영광도서 4층 문화 사랑방으로 오면 된다 짧은 시간 소슬한 한 채의 절집처럼 이 시간 속에 시의 숨결이 살아 있고 음악과 만나고 시가 영화와 만나는 따스한 공간이 되리라 본다. 함께 주변의 소중한 사람들과 저녁의 아름다운 시 한편을 들은 후 간단한 식사가 있다. 뒷풀이 식사 참석 회비는 1만원이다. 매월 첫째 주 수요일 저녁 7시의 일이다.

※ 부산시인 71호에서 재수록

비상하는 알바트로스 새처럼
-詩와 음악의 즐거운 르네상스 알바트로스 시낭송문학회

김영옥(알바트로스 시낭송문학회 부회장)

지구상에서 가장 멀리 나는 새, 알바트로스(Albatross). 가장 높이, 가장 멀리, 가장 오래 나는 새 알바트로스처럼 자유로운 비상을 꿈꾸는 시낭송회가 바로 '알바트로스시낭송문학회' 이다.

알바트로스 시낭송문학회는 지난 2006년 12월 20일 제1회 시낭송회를 개최하면서 첫 걸음을 내딛었다. 지금은 매달 셋째 주 토요일 저녁 5시 영광도서 문화 사랑방에서 정기 시낭송회를 가져오고 있다. 2012년 12월로 70회 행사를 돌파 하였다. 현재 50여명의 회원이 활동하고 있는 알바트로스 시낭송문학회는 부산시인협회 소속 재부 시인들과 재능 시낭송협회 회원인 전문 시낭송가들, 그리고 시를 사랑하는 일반시민들이 정회원으로 활동하며 '시를 알리는 전령사' 로 독자와 시인이 하나가 되어 매달마다 영광도서 200여 좌석을 가득 메우며 시낭송의 즐거움을 함께 나누고 있다.

여느 시낭송회와 달리 알바트로스 시낭송회에서는 음악이 빠지지 않는다. 시와 음악이 최고의 만남으로 어우러지는 특별한 무대 뒤에는 알바트로스 시낭송회를 창단하고 현재 모임을 이끌고 있는 회장 김옥균 시인의 역할이 크다. 1990년 월간《시문학》으로 등단한 시인이고 시집도 6권을 상재한 김옥균 회장은 동아대학교 음대를 졸업하고, MBC부산문화방송 음악전문 프로듀서 출신으로서, PD 시절부터 시낭송 운동을 방송을 통해 펼치기도 하였다. [시울림 시낭송회]에서 5년 동안 음악담당으로 활동하였고 6

알바트로스 시낭송회

년 전부터 알바트로스 시낭송문학회를 창단하여 지금에 이르고 있다. 음악회 기획, 섭외에서부터 시낭송 배경음악 선곡까지 모든 음악연출을 맡아 회원들의 자작시에 가장 어울리는 최고의 배경음악을 연출하여 이제는 알바트로스 시낭송회만의 색깔로 자리를 잡아 시낭송회 전국의 각 단체에서 시낭송회 벤치마킹으로 행사장을 찾아오기도 한다. 김옥균 회장이 시낭송운동에 열정을 쏟은 지 햇수로 30여년이 넘는 셈이다.

매달 열리는 행사가 '이벤트'이다. 시낭송회는 회원들의 자작시 낭송과 초대시인의 시낭송, 그리고 유명 인사들이 참여하는 명사초청 애송시와 일반 독자들의 애송시 낭송, 포크가수 들의 시노래 공연, 클래식 음악가 축하 연주, 성악가 축가 등 다양한 프로그램으로 진행된다. 그동안 '접시꽃 당신'의 도종환 시인, '바다가 보이는 교실'의 정일근 시인 등이 시낭송회에 참석해 자리를 빛내기도 했다. 2011년 60회를 기념하는 행사에는 '홀로서기'의 서정윤 시인이 초청 되어 독자들의 큰 호응을 얻었다. 70회를 돌파한 2012년 12월의 행사는 회원들의 애송시 낭송경연대회 및 그동안 초대시인으로 모셨던 역대 초대시인들을 다시 초대하여 송년의 뜻을 함께 나누는 이벤트 행사를 마련하였다.

 지난 6년 동안 알바트로스 시낭송회에 초대시인으로 출연한 시인만 해도 300여명이 된다. 또 이청준 생가(전남 장흥), 정지용 생가(충북 옥천), 김삿갓 문학기행(강원 영월), 김춘수 생가, 박경리 기념관, 유치환 생가(경남 통영) 등 문인들의 발자취를 돌아보는 다양한 문학기행 행사도 정기적으로 가져오고 있다. 그 외에도 시낭송의 즐거움을 지역주민들과 나누는 '찾아가는 시낭송회' 행사를 개최하고 있고 동래구청 주최인 '가을문학제'에 시낭송음악회를 마련하고, 시민도서관 주최 '포이트리콘서트'를 공동으로 개최하고 있다. 또한 회원들의 자작시를 서예작품과 도자기로 제작하여 시청전시실과 시민도서관에서 두 달간의 특별시화전을 가져 시민들이 큰 호응을 얻기도 했다. 그리고 60회를 기념하는 행사와 더불어 시낭송회에서 발표된 시를 한권의 책으로 엮은 세 번째 사화집 『길 안의 길』을 출간 했다. 2013년 새해에는 사진과 시의 만남 전시회와 일본과 베트남에서 시낭송음악회를 이벤트행사로 개최할 예정이다.

 동인 한 사람 한 사람이 모여 만드는 시의 숲, 잎새가 부는 바람과 바람이 전하는 언어가 나부끼는 알바트로스 숲에 여러분을 초대하며, 보다 많은 사람들이 시의 세계로 자유롭게 비상하길 바라는 알바트로스 시낭송문학회는 '시를 사랑하는 사람이라면' 누구나 회원으로 참여할 수 있다.

■알바트로스 시낭송문학회 주요 연혁

제1회 2006. 12. 16.

제10회 2007. 10. 17.

제20회 2008. 09. 15.

제23회 2008. 12. 27. 송년 특집

제28회 2009. 05. 27. 찾아가는 시낭송회

제30회 2009. 07. 18. 30회 특집

제31회 2009. 08. 12. 지리산 찾아가는 시낭송회

제36회 2010. 01. 16. 신년 특집

찾아가는 시낭송회 2010 .5. 5 동래문협 초청금강공원

제42회 2010. 06. 26. 찾아가는 시낭송회-포항

제47회 2010. 11. 18. 찾아가는 시낭송회- 병무청

제48회 2010. 12. 18. 송년특집-을숙도문화회관

제50회 2011. 03. 15.   50회 기념특집

가을 문학제 2011. 9. 21(동래구청 주최)

부산 시민도서관 초청 시낭송음악회 2011. 9. 30

제60회 2012. 02 .18. 60회 기념특집, 사화집 출판기념회

제65회 2012. 07. 07. 찾아가는 시낭송회(삼랑진 다혜원 허브월드)

제68회 2012. 10. 20. 정지용 시인 생가 문학관 문학기행(충북 옥천)

제70회 2012. 12. 15 송년특집, 70회 기념 애송시 낭송대회

새 문화를 창조하는 '한국시낭송회'

황갑윤(시인, 한국시낭송회 회장)

-매월 첫 주 금요일 오후6시 30분
-부산서면 영광도서 4층 문화사랑방

한국시낭송회는 2009년 7월 3일 오후 6시 30분 부산광역시 서면 영광도서 4층 문화사랑방에서 270여명이 참석한 가운데 창립되었다. 시의 대중화와 시문화의 확장을 통해 아름다운 사회를 만들자는 취지의 한국시낭송회는 출범과 함께 부산은 물론 전국적으로 많은 분들이 관심을 갖고 참가하면서 부산만의 시낭송회가 아닌 전국적인 시낭송회로 자리 잡았다.

당시 창립낭송회에서 필자는 인사말을 통해 다음과 같은 말을 하였다. "시 낭송은 아름다운 영혼의 꽃이기에 새로운 문학예술 형식으로 발전해가기 위해 문인의 창작의욕을 고취시키고 시심을 함께 공유하기 위하여 '한국 시 낭송회'를 창립하게 되었습니다. 시를 듣고 가슴에 안

한국시낭송회(영광도서)

을 수 있는 곳이면 어느 곳이든 열린 문화의 산실로 만들 것이며, 앞으로 이곳 영광도서 문화사랑방 외의 다른 곳으로도 찾아가서 '함께하는 시 낭송회'로 알차게 가꾸어 현재 활동 중인 문인뿐만 아니라 문단에 등단하지 않은 사람도 시를 사랑하는 사람이면 누구나 회원이 될 수 있도록 하겠습니다"라고 포부를 밝혔다.

이날 필자는 '한국 시 낭송회'의 출발을 알리는 「불씨어」라는 자작시를 낭송하며 지금은 불씨로 출발하지만 활활 타올라 온 세상을 빛으로 밝히겠다고 다짐을 한 바 있다. 당시 30여명의 회원으로 시작하였지만 해를 거듭 할 수록 참여회원이 늘어나 2012년 현재 104명에 이른다. 또 전국을 대상으로 낭송가 대회를 개최하여 시를 사랑하는 사람들이 대거 참석하면서 전문 낭송가도 4명이나 배출하였다. 한국시낭송회에서 배출한 낭송가는 다음과 같다.

제1회 대상: 박혜숙 시인, 제2회 대상: 이영희 시인, 제3회 대상: 윤정희 시인, 제4회 대상: 김임백 시인이다. 이들은 낭송가 협회에서 주는 인증서를 받고 전국에서 활발하게 활동하고 있다.

'한국시낭송회'는 대회를 통해 입상한 분들에게 낭송가 자격증서를 발급한다. 무분별한 발급이 아니라 대상자에게만 발급을 해오고 있다. 그만큼 까다로운 심사를 거쳐 선발한다.

해가 거듭될수록 참여자가 계속 늘어나고 있다는 것은 아주 좋은 반증이다. 이는 비단 우리 단체만의 즐거움이 아니라 시를 짓고 즐기는 인구가 늘어나는 것 인만큼 우리사회에 밝고 건전한 영향을 줄 것으로 믿는다. 그렇기에 우리 시인들의 시 한줄, 시 낭송자의 마음가짐 하나 하나가 중요할 수 밖에 없다.

이제 한국시낭송회는 40회를 넘겨 계속 이어지고 있다. 매월 첫 주 금요일 부산서면 영광도서 4층 문화사랑방에서 변함없는 행사가 펼쳐짐을 기억하여 많은 분들의 참여를 기다린다. 아울러 부산시인협회와 회원들의 보다 더 적극적인 참여를 기다린다.

■ 한국 시 낭송회의 주요 발자취

▷제3회 2009년 7월 3일 동래산성마을 산성허브농원에서
 '제1회 한국시낭송대회' 개최.
  −1등 : 김임백
▷ 제12회 2010년 7월 2일 제1회 전국시낭송대회 개최
  −대상 : 박혜숙 시인
▷ 제17회 2010년 12월 3일 제2회 전국시낭송대회 개최
  −대상 : 이영희 시인
▷ 제28회 : 2011년 12월 2일(금) 제3회 전국시낭송대회 개최
  −대상 : 윤정희 시인
▷ 제35회 : 2012년 7월 6일 제4회 전국시낭송대회 개최
  −대상 : 김임백 시인

회칙 및 각종 위원회 규정

부산시인협회 회칙

제1장 총칙

　제1조(목적) 이 회칙은 회원 상호간의 친목을 도모하고 지역사회의 시문학·예술을 발전시키고, 회원의 창작력 고취와 권익을 옹호하기 위한 기본적인 사항을 규정함을 목적으로 한다.

　제2조(소재) 이 회의 사무실은 부산광역시에 둔다.

제2장 사업

　제3조(사업) 이 회는 제1조의 목적을 달성하기 위하여 다음과 같은 사업을 한다.
　　1. 회보·기관지 등 발행
　　2. 학술 활동(문학 강연회·세미나·낭송회 개최 등)
　　3. 문화 교류사업
　　4. 부산시인협회상 제정 및 운영
　　5. 기타 친목도모 등 필요한 사업

제3장 회원

제4조(회원) 회원은 부산지역에 거주하거나, 부산지역과 연고가 있는 공인된 시인으로 다음의 절차를 거쳐 이사회의 승인을 얻은 사람으로 한다. 다만 명예회원은 이사회의 승인을 얻어 임명할 수 있다.
   1. 회원의 입회는 입회원서(인적사항 · 등단지 · 경력 · 이사 2명의 추천 서명 등 포함) 1부, 등단지 복사본 1부, 등단 시 · 대표 시 등 10편을 사무국에 제출하여야 한다.
   2. 입회는 소정의 입회비 · 연회비를 납부한 사람으로 한다.

제5조(회원의 권리 및 의무) 회원은 회의 운영에 참여할 권리와 회칙을 준수하고, 회비를 납부할 의무가 있다. 다만 명예회원은 각종 행사에 참여할 권리가 있다.

제6조(회원의 표창) 회의 발전에 공로가 있는 회원은 이사회의 의결을 얻어 표창할 수 있다.

제7조(회원의 징계) 회는 회의 품위 손상 · 재정 손실 · 의무 불이행 등을 한 회원을 다음과 같이 징계할 수 있다.
   1. 징계의 범위는 공개사과 · 자격정지 · 제명 등으로 한다.
   2. 일반 징계는 상별 위원회의 의결을 거쳐 이사회의 승인을 얻어 집행하고, 제명은 일반징계의 과정을 거친 후 총회의 의결을 얻어 집행한다.

제4장 임원

제8조(임원) 이 회의 임원은 다음과 같다.
   1. 회장 1명
   2. 부회장 10명 이내(수석부회장 1명 포함)

3. 감사 2명

4. 이사 50명 이내(기획 이사 1명 포함)

5. 발전위원 20명 이내(상임위원 1명, 총무 1명 포함)

6. 편집위원 6명 이내(편집주간 1명, 편집위원 3명, 편집장 1명,
　　　　　　　　편집간사 1명)

7. 사무국원 5명 이내
　(사무국장 · 총무차장 · 재무차장 · 사업차장 · 사무간사 각 1명)

8. 고문 약간 명

9. 자문 약간 명

10. 기타 각종 임원회 위원

제9조(임원 선출) 임원의 선출은 다음과 같이 한다.

1. 회장은 회원의 직접선거로 선출하며 선출과정은 다음과 같다.

　1)현 회장은 차기 회장 선출을 위한 선거관리위원회를 임기 만료
　2달 전에 구성하여, 선거관리규정을 정한 후 이사회의 인준을
　받아 그 직무를 수행한다.

　2)회장 선출은 최다 득표를 한 사람으로 결정하며, 동일한 득표를
　한 사람이 있을 경우 등단 순으로 결정하고, 그 다음은 연령순으
　로 결정한다.

　3)회장 입후보자의 자격은 등단 만 10년 이상, 회 가입기간 5년
　이상인 사람으로 한다.

2. 수석부회장 · 부회장은 회장이 추천하여 총회에서 인준을 받아야
한다.

3. 기획이사 · 이사는 회장이 추천하여 총회에서 인준을 받아야 한다.

4. 감사는 총회에서 선출한다.

5. 발전위원 · 편집위원 · 각종 위원회의 위원은 회장이 임명하고,
이사회의 인준을 받아야 한다.

6. 사무국원의 인사는 회장이 임명하며, 이사회의 인준을 받아야
한다.

7. 고문 · 자문 · 명예회원은 이사회의 의결로 추대한다.

제10조(임원 임무) 임원의 임무는 다음과 같다
  1. 회장은 회를 대표하고, 회무를 통괄하며, 모든 회(총회 · 임원회 · 이사회 · 각종 위원회)의 의장이 된다. 다만 선거관리위원회는 제외된다.
  2. 수석 부회장 · 부회장은 회장을 보좌한다. 다만 회장 유고시는 수석부회장이, 수석부회장 유고시는 부회장 중 등단 순으로 회장의 직을 대행한다.
  3. 기획이사 · 이사는 각종 위원의 선출 등 회칙에 부의된 사항과 기타 중요한 사항을 심의 · 의결한다.
  4. 감사는 회의 제반 회무와 재정에 관한 업무를 감사한다.
  5. 상임발전위원은 회장의 명을 받아 회무를 총괄하고, 발전위원회의 총무는 사무를 담당한다.
  6. 편집주간은 회장의 명을 받아 편집에 관한 회무를 총괄하고, 편집위원은 편집에 관한 업무를 심의 · 의결하고, 편집장은 편집주간을 보좌하여 실무를 담당하고, 편집차장은 편집장을 보좌한다.
  7. 사무국장은 회장의 명을 받아 사무국을 총괄하며, 모든 회무와 사업의 실무를 담당한다. 차장은 사무국장을 보좌하고, 아래와 같이 사무를 분담한다. 간사는 사무국장을 보좌하며, 모든 회의 기록 · 연락 등 사무 일체를 담당한다.
    1)총무차장 : 행사 · 연락 · 사무 등 제반 업무를 담당한다.
    2)재무차장 : 회의 재무를 담당한다.
    3)사업차장 : 회원관리 · 섭외 · 홍보 등 제반 사업을 담당한다.
  8. 고문 · 자문은 회장의 자문에 응한다.
  9. 기타 위원회의 위원은 별도 규정에 따른다.
제11조(임원의 임기) 임원의 임기는 3년으로 한다.(제12대부터)

제5장 회의

제12조(회의 구성 및 의결) 이 회는 총회 · 임원회 · 이사회 · 각종 위원회(발전위원회 · 편집위원회 · 시협상운영위원회 · 시협상기금관리위원

회·상벌위원회 선거관리위원회·각종 행사위원회 등)를 두며, 모든 의결은 과반수의 찬성으로 한다. 다만 임원의 선출은 다수결로 한다.

제13조(총회) 총회는 회의 최고 의결기구로서 정기총회와 임시총회를 두며, 개최 정족수는 재적회원 5분의1 이상의 참석으로 한다. 다만 회의 개최정족수의 인정은 회의 참석 위임으로도 가능하다. 위임 방법은 위임장 또는 전화 통보 등으로 한다
  * 참석인원으로 하고 회의 소집 통지는 반드시 1주일 전까지 전 회원에게 하여야 한다.
  1.(정기총회) 정기총회의 개최와 임무는 다음과 같다.
    1)(회의 개최) 매년 2월에 회장이 소집한다.
    2)(임무) 정기총회는 회칙개정·임원개선, 예산·결산 승인 및 기타 중요한사항을 의결한다.
  2.(임시총회) 임시총회는 필요시 회장, 이사회의 요구, 회원 1/5 이상의 동의가 있을시 회장이 소집하여 필요한 사항을 의결한다.

제14조(임원회) 회장을 보좌하는 집행기구이다.
  1.(구성) 임원회는 회장·수석부회장·부회장·사무국장으로 구성한다.
  2.(임무) 임원회는 회무집행에 관한 사항을 심의한다.
  3.(회의 개최) 회의의 개최는 필요시 회장 및 임원 2/3 이상의 요구가 있을 경우 회장이 소집하며, 회의 개최 성원은 재적인원 과반수로 한다. 다만 개최 정족수의 인정은 위임장·전화통화 등으로도 가능하다.

제15조(이사회) 이사회는 회원의 의사를 대의하는 심의·의결 기구이다.
  1.(구성) 이사회는 회장·기획이사·이사로 구성한다.
  2.(기능) 이사회는 회칙에 부의된 사항을 의결하고, 예·결산 심의 및 기타 중요한 사항을 심의한다.
  3.(회의 개최) 이사회 소집은 필요시 회장 및 이사 2/3 이상의 요구가 을 경우 회장이 소집하며, 회의 개최 정족수는 재적인원 과반수로 한다. 다만 정족수의 인정은 위임장·전화통보 등으로도 가능하다.

제16조(발전위원회) 발전위원회는 회장을 보좌하는 참모기구이다.

1.(구성) 발전위원회는 회장 · 상임발전위원 · 발전위원 · 총무로 구성한다.

2.(기능) 상임발전위원은 회장의 명을 받아 발전위원회를 총괄하며, 총무는 발전 위원회의 사무를 총괄한다.

3.(회의 개최) 상임위원회의 소집은 필요시 회장 및 발전위원 2/3 이상의 요구가 있을 경우 회장이 소집하며, 회의 개최정족수는 재적인원 과반수로 한다. 다만 개최정족수의 인정은 위임장 · 전화통보 등으로도 가능하다.

제17조(편집위원회) 편집위원회는 회보 · 기관지를 편찬하는 기구이다.

1.(구성) 편집위원회는 회장 · 편집주간 · 편집위원 · 편집장 · 편집차장으로 한다.

2.(기능) 편집위원회는 회보 및 기관지 편집에 관한 사항을 심의 · 의결한다.

3.(회의 개최) 편집위원회의 소집은 필요시 회장 및 편집위원 2/3 이상의 요구가 있을 경우 회장이 소집하며, 회의 개최 성원은 재적인원 과반수로 한다. 다만 개최정족수의 인정은 위임장 · 전화통보 등으로도 가능하다.

제18조 (특별기금관리위원회) 별도 규정을 정하여 시행한다.

제19조 (시협상운영위원회) 별도 규정을 정하여 시행한다.

제20조 (상벌위원회) 별도 규정을 정하여 시행한다.

제21조 (선거관리위원회) 별도 규정을 정하여 시행한다.

제22조 (각종 행사위원회) 별도 규정을 정하여 시행한다.

제6장 재정

제23조(회계기간) 회의 회계기간은 1년으로 하며, 예산 · 결산의 회계 연도는 매 년 2월말을 기준으로 한다.

제24조(재정) 회의 재정은 다음과 같다.
1. 시협상기금 · 회원의 회비 · 사업수익 · 기타 찬조금으로 한다.
2. 회원의 회비 · 입회비 · 이사 회비는 이사회에서 결정하며, 특별 회비 제도를 둘 수 있다.
(* 2009년도 입회비는 15만원, 연회비는 4만원으로 한다.)

제25조(재정관리) 회의 재정은 다음과 같이 관리한다.
1. 모든 재정은 회장단에서 책임 관리한다.
2. 재정 지출은 회칙에 규정된 경비 · 각종 회의비 · 경상사무비 · 이사회의 의결을 얻은 경비의 범위 내에서 한다.
3. 재정 지출은 사무국장이 회장의 승인을 얻어 한다.
4. 사무국장은 재산대장, 금전출납부 · 현금통장, 기타 증빙서류철을 관리하고, 감사의 요구가 있을 때는 언제든지 이에 응한다.
5. 현금은 반드시 금융기관에 예치한다.

부칙 제1조(시행일) 이 회칙은 1998. 2. 25부터 시행한다.
부칙 제2조 이 회칙에 규정되지 아니한 사항은 통상 관례에 따른다.
부칙 (시행일) 이 회칙은 2004. 2. 27부터 시행한다.
부칙 (시행일) 이 회칙은 2005. 2. 28부터 시행한다.
부칙 (시행일) 이 회칙은 2006. 2. 14부터 시행한다.
부칙 (시행일) 이 회칙은 2007. 2. 28부터 시행한다.
부칙 (시행일) 이 회칙은 2008. 11. 27부터 시행한다.
부칙 (시행일) 이 회칙은 2010. 2. 25부터 시행한다.
부칙 (시행일) 이 회칙은 2012. 1. 12부터 시행한다.
부칙 (시행일) 이 회칙은 2012. 2. 29부터 시행한다.

부산시인협회상 기금 관리규정
- 2004년 개정 규정

제1조(목적) 이 규정은 부산시인협회 회칙 제6조 제4, 제5항에 의하여 조성된 특별기금의 예치 및 관리를 목적으로 한다.

제2조(정의) 이 규정에 특별기금이라 함은 '부산시인협회상 기금'을 말한다.

제3조(관리) 특별기금의 관리는 통상적인 일반회계와는 별도로 정산관리하며 그 목적을 달성할 때까지 계속 예치토록 하고 이에 대한 일체의 사무처리는 '부산시인협회 특별관리위원회' 총무위원이 담당하며 총회에 이를 결산 보고한다.

제4조(예입선) 특별기금의 예치는 부산은행으로 한다.

제5조(인감신고서의 제출) 거래은행에 제출하는 소정의 인감신고서에 날인하는 사용인감은 총무위원과 위원 2인 등, 3인으로 정하고 이를 거래은행에 신고하여야 한다.

제6조(용도 및 지출) 부산시인협회 회장을 비롯한 집행부는 특별기금을 목적하는 용도 이외에는 지출할 수 없으며 용도상 적합한 지출일 경

우라도 이사회의 요청을 받아 '특별기금관리위원회' 의 심의를 거쳐야 한다. 단 특별기금관리위원회의 결정은 위원 전원 찬성으로 한다.

제7조(통장의 **열람**) 총무위원은 회장 또는 이사회에서 관련자료 및 통장의 열람을 요청할 시 이를 거부하여서는 아니된다.

제8조(위원회의 설치) 특별기금의 관리를 위해 '부산시인협회 특별기금관리위원회' 를 두고 위원회는 총무위원을 포함하여 5인 이내의 위원으로 구성한다.

부 칙

제1조 부산시인협회 특별기금관리규정이 정하는 이외의 사항은 당해 거래은행의 예금취급 규정에 따른다.

제2조 이 규정은 2004년 12월7일부터 시행한다.

＊부산시인협회 특별기금관리위원회의 위원은 정순영 변종환 임수생 권경업 정남순 5인이며, 사용인감은 임수생 정순영 변종환으로 결정.

부산시인협회 제12대 회장선거 관리규정

조 문 별	내 용
제 1 장 총칙 제1조(목적)	이 규정은 부산시인협회 회칙(이하 회칙) 제9조 (임원선출) 1항에 의거 회장선출에 필요한 사항을 규정함을 목적으로 한다.
제2조 (선거관리위원회 구성)	1. 선거관리위원회(이하 선관위로 한다)는 임기 만료 2개월 전에 구성한다.(회칙 9조 1항 1) 2. 선관위는 위원장 1명 · 대변인 1명 · 위원 3명 등 5명으로 구성한다. 3. 선관위는 선거관리 사무를 전담하는 간사 1명을 별도로 둔다. 4. 선관위는 선거관리위원회의 의결로 선출하고, 대변인과 간사는 위원장이 임명한다. 5. 선관위 구성원 자격으로 본 회 입회 후 3년이 경과하고 연회비 등 미납금이 없는 자로 한다.
제3조 (선거관리위원회 기능)	선관위는 회장선거에 관한 등록 · 선거공고 · 선거공보 · 투개표 · 소청심사, 기타 선거에 필요한 사항을 심의 · 의결하고 집행한다. 1. 위원장은 선관위를 통할한다. 2. 부위원장은 위원장 유고시 업무 대행한다.

조 문 별	내 용
〃	3. 대변인은 선거관리에 관한 모든 사항을 대변한다. 4. 간사는 선관위의 사무를 전담하며 발언권, 의결권은 없다. 5. 선거관리위원 및 간사는 선거운동을 할 수 없으며, 이를 어겼을 경우 선관위의 결의로 해당 위원을 교체한다.
제 2 장 선거인 제4조 (선거인의 자격)	1. 선거인의 자격은 부산시인협회 회원으로 이 회에 가입한 후 3개월이 경과하고 선거 30일 전까지 당해 연도 까지의 일반 및 임원회비 등을 납부한 자로 한다. 다만, 등단 연도 20년 이상이고, 70세 이상인 회원과 회장을 역임한 회원은 회비를 면제한다. 2. 선거인은 선거기간 중 허위사실 유포 · 후보비방 · 낙선운동 · 후보자가 인정하지 않는 운동을 하여서는 아니 된다 . 3. 선거인은 1,000 원 이상의 향응제공 · 금품수수를 하여서는 아니 된다. 4. 위 각 항의 해당하는 자는 적절한 절차 [회장선거관리규정(이하 선관위 규정이라 한다) 제30조 적용]를 거쳐 선거인의 자격을 박탈하고 이를 공지한다.
제5조 (선거인의 투 · 개표)	1. 투표는 일반투표와 부재자투표로 나눈다. 1) 일반투표 ① 투표의 일반사항 ; 선거인은 선거 당일 지정된 투표소에서 직접 무기명비밀투표를 한다. ② 투표요령 ; 신분증, 기타 투표자임을 증명할 수 있는 서류로 확인받은 후 날인 또는 서명을 하고 기표소에 들어가서 투표를 한다. 다만,

<table>
<tr><th>조 문 별</th><th>내 용</th></tr>
</table>

신분을 확인할 수 있는 신분증이나 서류가 없
는 부득이한 경우 후보자의 참관인 · 우리 회의 사
무국장 입회하에 투표자임을 인정받아 투표 할 수
있다.

2) 부재자투표

① 부재자투표 ; 부산광역시 지역 이외의 거주자와
와병중인 자 · 입원 · 출타 등 부득이한 사유로 투
표할 수 없는 자는 선거공고일로부터 10일 이내에
선관위에 전화 또는 서신으로 부재자투표를 신청
하고 선관위의 결의로 부재자 투표를 할 수 있다.
　이 때 봉함한 부재자 투표 용지는 선거일 전일
18:00 시까지 선관위에 도착하여야 한다.

2. 개표는 유효표와 무효표로 나눈다.

1) 유효표

① 기표란 및 성명 란에 규정된 기표인(기표인은
상 · 하면 모두 허용)이 확실하게 날인된 것(선에
물린 것도 인정한다)만 인정한다.

② 1인 후보자에게 중첩된 투표 · 이중 투표 · 원인이
복사된 투표(원인에 의해 복사된 것이 있을 경우
원인을 기준으로 인정)등은 인정한다.

2)무효표

① 규정된 기표인이 아닌 투표

② 규정된 투표용지가 아닌 것에 투표

③ 두 명 이상에 한 투표

④ 규정된 난 외에 한 투표

⑤ 부재자투표 중 선거일 전일 18:00시까지 도착하
지 못한 투표용지는 무효처리한다.

조 문 별	내 용
제 3 장 후보자 제6조 (후보자의 자격)	1. 입후보자의 자격(회칙9조 1항 3)은 등단 만 10년 이상, 회 가입기간 5년 이상인 자로 한다. 다만 파산자로서 복권되지 아니한 자, 금고 이상의 실형을 받고, 그 집행이 종료되거나 집행이 면제된 일로부터 3년이 경과하지 아니한 자, 형의 집행유예를 선고 받고 면제된 날로부터 2년을 경과하지 아니한 자는 후보자의 자격이 없다. 2. 입후보자는 1항 단서규정에 의한 사항을 입증하는 상세확인서를 제출하여야 한다.
제7조 (후보자 등록)	후보자는 선거관리위원회가 정한 기간에 별도로 정한 다음의 서류를 갖추어 등록하여야 한다. 1. 등록원서(이력, 경력) [별지 제4호 서식] 1부 2. 추천서 – 선관위원장의 교부에 의해 작성한 것 [별지 제5호 서식] 1부 3. 주민등록등본 1부 4. 입후보자의 홍보물 [별지 제9호 서식] 1부 5. 공탁금입금 영수증 1부 6. 참관인(2명 이내) 및 선거운동원(5명 이내) 등록신고서 [별지 제12호 서식] 1부 7. 범죄경력 확인서(경찰서장 발행) 1부 8. 기타 선관위에서 필요로 하는 서류
제8조 (후보자의 선거관리비 부담)	후보자는 선거관리에 관한 경비를 부담하기 위하여 입후보자 각 금 5백만 원을 미리 공탁하여야 한다. 다만 공탁금은 돌려받을 수 없다.
제9조 (후보자의 사퇴)	사퇴 사유가 발생한 후보자는 별도로 정해진 사퇴신고서를 선거관리위원회에 제출하여야 하며, 선거관리위원회에 서류가 접수된 시각부터 후보자에서 제외된다. 다만 후보자는 공탁금은 돌려받을 수 없다.

조 문 별	내 용
제 4 장 선거운동 제10조 (선거운동)	1. 선거운동원은 후보자 · 등록한 운동원 · 후보자가 인정하는 회원 등으로 한정한다. 2. 후보자가 원하지 않는 회원이 선거운동을 할 경우 후보자가 선관위에 신고하면 1차 경고 조치를 한다. 이후에도 계속하면 선거권을 박탈하고, 전 회원에게 공지한다. 3. 운동기간은 후보자 등록과 동시에 실시하여 선거일 전 24시까지로 한다. 4. 등록된 선거운동원에게는 1일 5만 원 이하의 활동비를 지급할 수 있다. 이 활동비는 공탁금과는 별도로 입후보자의 부담으로 한다. 5. 선거운동원은 5명 이내로 한다.
제11조 (운동방법)	1. 선관위 홍보 ; 선관위에서 사진 · 경력 · 공약사항 등이 게재된 소책자형 인쇄물(A4용지 4페이지 10호 팸플릿), 자기소개서(A4용지 글자크기 10호 기준 2페이지 이내) 등을 1차에 한하여 투표권을 가진 회원에게 발송한다. 2. 개인 홍보 ; 시집 1권 · 편지(사진 · 경력 · 공약사항 · 자기소개서 등 포함) 2회 이내 · 단체 이메일 2회 이내 · 단체 전화문자 5회 이내로 제한하고, 방문 · 사진이 든 명함사용 · 행사참여 · 전화 등은 제한하지 않는다.
제12조 (참관인)	1. 참관인은 투개표과정에 이의가 있을 경우 선관위에 이의를 제기할 수 있으며 선관위는 즉시 위원회를 열어 제기한 사항을 처리하고, 그 결과를 공표한다. 2. 참관인이 부당하게 선거에 영향을 미치는 행위를 하는 경우 선거관리위원장은 해당 후보자에게 참관인의 교체를 명할 수 있다. 이를 어길 경우 해당 참관인은 자동으로 자격을 상실한다.

조 문 별	내 용
제13조 (후보자 자격 박탈 및 당선 무효)	후보자 자격 박탈 및 당선무효를 할 수 있는 경우는 다음 각 호와 같다. 1. 등록서류 접수 후 학력·경력·수상실적 등을 허위기재 시 등록무효 2. 고의로 후보자 비방·중상모략 할 때 1차 경고하고 2차 자격 박탈 3 1,000 원 이상의 식사나 향응 및 선물 등 여러 형태의 금품제공 때 당선 무효 4. 선거인의 미납회비 등을 대체납부 때 자격 박탈 및 당선 무효 5. 위 각 항 하나에 해당되는 자는 선거 기간 중 또는 선거 완료 후 30일 이내 신고 적발되면 선관위의 전체회의를 통해 등록 무효 및 당선무효로 한다.
제14조 (선거홍보물 제출)	선거홍보물(시집·편지)은 선관위에 사전 제출하여 승인을 받아야 한다.
제15조 (소견발표)	선거 당일 선거 직전 15분 이내의 분량으로 소견발표를 할 수 있다. 다만 소견발표 중 중상모략·허위사실 유포 등 선거부정이 있을 경우 상대후보자는 이를 소청할 수 있으며, 선관위는 즉시 의결 처리하고 이를 공표한다.
제 5 장 선거사무 제16조 (선거일 공고)	선거일 40일 전에 우편·홈페이지·부산시협 카페 등으로 공고한다.
제17조 (후보자 등록 및 확정)	1. 선거일 30일 전 09:00~16:00분까지 후보자 등록을 마감하고 18시00분까지 후보자를 확정한다. 다만 후보자 등록은 대리인도 가능하다. 2. 후보자 기호는 추첨에 의한다.

조 문 별	내 용
제18조 (선거인명부 작성)	1. 선거일 30일 전까지 선거인명부를 확정한다. 2. 선관위는 선거인명부 작성을 사무국에 요청하며 사무국에서는 지체 없이 작성하여 선관위에 제출하여야 한다.
제19조 (선거인명부 통보)	선거인명부는 확정과 동시에 후보자 전원에게 통지하고, 부산시인협회 카페 또는 홈페이지를 통해 공지한다.
제20조 (선거인명부 열람)	후보자 및 선거인은 선거인 명부를 열람할 수 있다.
제21조 (홍보물 관리)	각 후보자로부터 받은 홍보물은 선거일 15일 전까지 우송한다.
제22조 (투표관리)	1. 투표소 설치 ; 선거직전까지 선거인명부 · 투표함 · 기표소 · 선거관리위원석 · 참관인석을 설치한다. 2. 선거종사원 배치 ; 선거관리위원 · 참관인 좌석 등 선거종사원 좌석을 배치한다. 3. 용 · 기구 배치 ; 선거인명부 · 투표용지(선거관리위원장의 날인이 된 후보자의 기호 · 성함 · 투표난이 기재된 투표용지) · 필기구 · 투표인 등을 비치한다. 4. 참관인 배치 ; 각 후보자별 2명을 배치한다. 5. 부재자투표 처리 ; 참가한 투표자의 총수와 각 참가자의 성명을 기록하고, 이를 일반 투표 시작 전 선관위에 제출한다.
제23조 (선거진행)	투표소 설치, 종사원 배치, 용 · 기구 비치, 참관인 배치, 투표함의 이상 유무 확인 등을 한 후 투표에 들어간다.

조 문 별	내 용
제24조 (투표일 및 투표시간)	제12대 회장의 경우 2011년 2월 19일(토) 오후 5시부터 6시 30분까지로 한다.
제25조 (투·개표)	1. 투표 ① 일반투표 : 선관위는 참관인 입회하에 투표함의 이상 유무를 확인한 후 이상이 없을 시 투표를 시작한다. ② 부재자투표 : 선관위는 참관인의 입회하에 부재자투표 우편물을 확인한 후 투표비밀을 보장할 수 있는 방법으로 개봉하고, 이를 투표함에 투입한다. 투표함에 투입하기 전 선관위대변인은 부재자투표 참가자 총수량 및 성명을 공표한다. 2. 개표 선관위는 참관인 입회하에 투표함의 이상 유무를 확인한 후 이상이 없을 때 개표에 들어간다.
제26조 (당선자 확정)	1. 당선자 확정은 최다 득표한 자로 하고, 동점자가 발생했을 때는 1차 등단 연월일, 2차 연장자 순으로 선정한다. 2. 단, 단일출마 때 신임투표는 선거권을 가진 회원 1/3로 성원하고 투표자의 과반수 이상의 득표에 의한다. 3. 당선자 발표 ; 당선자가 결정되면 선관위원장은 지체 없이 이를 발표한다. 4. 당선증 수여 ; 선관위원장은 당선된 후보자에게 당선증을 수여한다.
제27조 (투표지 처리)	투표지는 투표가 종료된 날로부터 1년이 되는 날의 24:00까지 보관한다.

조 문 별	내 용
제28조 (기타 사무관리)	1. 공탁금 사용 : 선거관리비용으로 하고, 그 잔액은 회의 일반기금으로 귀속한다. 2. 예산편성 : 선관위는 예산을 편성하여 이사회의 인준을 받는다. 3. 선거관리규정에 의한 별도의 서류 양식 · 회의결과 등 제반 사무는 회장에게 보고한다. 4. 선거이전까지의 결산을 선거일 이후 7일 이내에 별도 서류를 만들어 회장에게 보고하고, 이를 총회에 보고한다.
제29조 (재선거)	선관위는 천재지변이나 쟁의 등 선거를 치를 수 없는 심각한 사유가 생겼거나, 선거가 치러졌다고 하더라도 재선거를 하지 않으면 안 될 명확한 근거가 있을 경우 7일 이내에 선관위의 의결을 거쳐 공직선거부정선거방지법에 의한 소관부서인 중앙선관위 유권해석에 의해 재선거를 실시할 수 있다. 단, 재선거일은 선관위의 의결을 거쳐 정한다.
제 6 장 선거쟁의 제30조 (소청방법)	선거와 관련한 부정행위에 관하여 다음 각 호의 요령에 의해서 선관위에 소청할 수 있으며, 선관위는 즉시 소청을 받아들여 처리한다. 1. 선관위의 소청 : 2인 이상의 선관위원의 소청이 있어야 한다. 2. 일반유권자 및 후보자의 소청 : 확실한 증인 2명 이상이 있거나, 녹취, 사진, 기타 확실한 증거물 등이 있을 경우 육하원칙에 의하여 서류를 작성하여 소청한다, 이 때 모든 증거는 소청당사자가 입증하여야 한다. 3. 모든 선거쟁의의 종결은 선거 종료일부터 7일째 되는 날 24:00까지로 한다. 다만, 사법적인 문제가 발생하였을 때는 그 기간에 의한다.

조 문 별	내 용
제 7 장 기타 제31조 (사무국 협조)	선관위에서 제반 사무를 사무국에 요청 할 수 있으며 이를 요청받은 사무국에서는 지체 없이 이에 응하여야 한다.

• 부 칙 •

제1조 (시행일)

이 규정은 2011년 1월 11일부터 시행한다.

제2조(선거일 공고 이전의 행위에 대한 이 규정 적용)

선거일 공고 이전의 행위에 대해서는 이 규정 제13조(후보자 자격 박탈 및 당선무효)의 적용을 받지 아니한다.

제3조(제4조 선거인의 자격 중 단서조항의 효력)

이 규정에 의한 단서조항 회비를 면제한다고 함으로써 선거인 자격이 주어지는 것은 제12대 회장선거에 한하여 행한다.

부산시인협회 제12대 회장선거 일정표

건 명	세부사항	2010년 12월	2011년 01월	2011년 02월
선거관리위원회 구성 등	선관위원장선출, 대변인 임명	12월 13일		
	회칙의 회장임기 등 기본 확인			
	회장선거관리규정(안)검토 상정			
	선거일정표 채택			
	선거예산(안) 편성			
선거일 공고			1월 11일	
후보자등록 및 확정			1월 21일	
선거인명부 확정			1월 21일	
선거인명부 통보			1월 22일	
선거인명부 열람기간			1월 19일 ~ 1월 21일	
홍보물 검토 및 우송			홍보물인쇄 1월 28일	발송 2월 1일
선거				2월 19일
선거관리위원회 회의	필요에 따라 위원장이 소집			
사무국 조치사항	선관위규정, 예산 인준서 이첩	1월 10일 이내		
	선거인 주소록 이첩		1월 22일	
	자격있는 선거인명부자료 이첩		1월 22일	
	투표소 장소 물색 협조		1월 20일 이전	

※ 기간 중 토 · 일요일은 휴무로 한다.(특별한 경우는 예외로 한다)

부산시인협회 상벌위원회 규정

제1장 총칙

　제1조(목적) 이 규정은 부산시인협회 회칙 제9조 5항에 의거하여 부산시인협회에 가입된 회원의 포상과 징계에 필요한 사항을 규정함을 목적으로 한다.

　제2조(적용범위) 부산시인협회 회원에 대한 포상 및 징계에 대하여 별도의 규정이 없는 한 이 규정에 따른다.

　제3조(조직) 제1조의 목적을 달성하기 위하여 상벌위원회를 둔다.

제2장 구성

　제4조(구성) 위원회는 부산시인협회 임원과 회원 중에서 선발하여 회장이 구성한다.

　　1. 위원회는 위원장(회장 당연직)과 위원으로 5명 이내 홀수로 구성한다.
　　2. 위원장은 회장이 맡는다. 단, 회장과 관련된 사항일 때는 위원에서

회장을 제외하며 위원장은 위원들 중 등단 순 또는 연장자로 한다.
 3. 위원은 회장, 부회장, 이사, 등단 5년 이상의 회원 중에서 선발한다.

제5조(위원회 명단) 위원회 명단은 각 사안의 객관성 유지를 위하여 비공개로 한다. 추후 공개 또는 필요시에도 계속 비공개로 한다. 단, 해당 건에 직접적으로 관련된 회원이 필요로 할 경우 사무국 방문요청, 또는 서한으로 확인할 수 있다.

제3장 운영

제6조(운영기간) 위원회는 회장이 위원회를 구성한 날로부터 해당사항이 마무리되는 시점까지로 한다.

제4장 포상

제7조(포상의 대상) 회원으로서 부산시협 발전에 현저한 공적이 있는 회원에 대하여는 공적에 따른 포상을 할 수 있다.

제8조(포상의 범위) 포상의 범위는 아래와 같다.

 1. 포상금 수여
 2. 기념 메달 전달
 3. 기타 시협 전체의 의미전달 사항 의결

제5장 징계

제9조(징계의 대상) 회원으로서 다음 각 호에 해당하는 행위를 하였을 때에는 상벌위원회의 의결로서 징계한다.

1. 본회의 명예를 훼손한 자
2. 본회의 정관 등을 위반하여 질서와 기강을 문란하게 한 자. 즉, 어떤
   모임에서 상대방에게 불쾌감을 주거나 수치심을 유발하는 행위를 포
   함하여 온라인상 쪽지. 메일. 유선, 카페 게시 글 및 댓글 등의 매체를
   통하여 지속적으로 회원 간의 화합을 해치는 자
3. 부산시인협회의 총회 및 임원연석회의에서 결정된 발전방향을 왜곡
   하거나 날조된 유언비어 등을 통하여 회원들을 선동하는 자
4. 온 · 오프라인을 통해 부산시인협회 회원 및 외부인들에게 본 회의 이
   미지를 훼손하거나 또는 댓가를 목적으로 금품을 요구한 사실이 명백
   할 경우인 자

제10조(징계수위) 징계는 시협 규정에 명시된 사항에 따른다.

1. 공개사과
2. 자격정지(직위해제)
3. 회원 제명

제11조(징계방법) 징계 방법은 아래와 같다.

1. 공개사과와 직위해제는 상벌위원회 의결로서 이사회 보고로 최종 승
   인되며 제명의 경우는 상벌위원회 의결과 이사회 보고 후 총회에서
   무기명 투표로 최종 의결한다.
2. 직위해제 된 회원은 향후 3년간 그 어떤 직위를 맡을 수 없으며 제명
   된 자는 본 협회에 재가입을 할 수 없다.
3. 위 항목에 기재되지 않은 사항은 그 상황에 따라 통상적인 기준에 의
   거해 상벌위원회의 회의를 거쳐서 심의 결정한다.
4. 징계결정 후 상벌위원회는 본 협회의 홈페이지(카페 등)에 게시하고
   해당자에게 전화, 문자, 메일, 우편 등으로 통보한다.

제12조(이의 신청)

1. 징계 대상자가 부당하다고 생각할 경우 결정통보 후 5일 이내 명백한
   해명자료를 사무국에 제출하여 상벌위원회의 재심을 요청할 수 있다.
2. 징계대상자의 이의신청이 있을 경우 위원장은 5일 이내 상벌위원회를
   열어 재심을 한다.
3. 이의신청은 상벌위원회의 재심에서 다른 결과가 나오지 않을 경우
   별도의 조치 없이도 원래의 결정이 유효하다.
4. 이의신청이 상벌위원회에서 다른 결과가 나왔을 경우 다시 이사회
   보고 등의 순서를 밟는다.
5. 이의신청은 1회 이상 할 수 없다.

제6장 회의

제13조(의사 결정 정족수) 본 상벌위원회의는 재적위원 과반수 이상의 출석
으로 하고 의결은 출석위원 과반수 이상의 찬성으로 한다.

부 칙

1. 이 규정은 2012 년 2월 2 일부터 시행한다.

부산시인협회상 운영위원회 규정

제1조 (명칭) 본회는 '부산시인협회상운영위원회' 라 칭한다.
　　　(이하 본회라 한다)
제2조 (사무소) 본회의 사무소는 부산시인협회 내에 둔다.
제3조 (목 적) 본회는 부산시인협회상을 원만하게 운영하는데 목적을 둔다.
제4조 (위원회 구성) 본회의 위원은 운영위원회 규정에 맞추어 7인 이내로
　　　조직한다.
제5조 (위원장) 본회의 운영위원장은 회장이 맡아 총괄한다.
제6조 (임 기) 본 위원회의 활동은 당해 연도의 구성 및 시상식까지로 한다.
제7조 (회 의) 본 위원회는 운영기간동안 위원장의 요청에 따라 수시 개최할
　　　수 있으며 과반수 참석으로 개회한다.제8조 (회의내용) 본회는 다음과
　　　같은 회의를 갖는다.

　　　① 시협상 운영기준 마련
　　　② 심사위원 위촉
　　　③ 시상식 및 제반준비
　　　④ 기타 시상과 관련한 사항 부칙
　　　　　-기타 사항들은 일반 관례에 따른다.
　　　　　-운영위원이 후보자가 될 경우에는 위원에서 자동 제외된다.
　　　　　-본 규칙은 2012년 시행부터 적용한다.

부산시인협회 인명사전

　부산시인협회 인명사전은 애초의 의욕과는 달리 자료의 부족으로 다소 부족하게 마무리 되었습니다. 여러 차례 공지에도 불구하고 가장 최근의 자료를 보내오신 회원님들이 그리 많지 않아 과거의 여러 자료들을 토대로 정리할 수밖에 없었음을 밝힙니다.

　모든 자료는 지난해 회원들이 보내온 자료, 11대 집행부에서 넘겨받은 주소록, 사무국의 회원 파일, 최근의 이력이 기재된 부산시인 시선집 1~2, 최근 2년간의 《부산시인》의 작품 발표 이력들을 참고하였음을 밝힙니다. 사무국 회원 파일에는 있으나 전임 집행부에서 넘겨받은 주소록에 없는 분은 제외시켰습니다.

　이는 그간 어떤 일로 회원이 정리되었는지에 대한 정확한 기록이 없어 주소록을 최종본으로 삼았기 때문입니다.

　아울러 본 주소록에 빠진 회원이 있을 경우에는 사무국으로 연락주시면 확인 후 《부산시인》 등을 통해 정정 안내하겠습니다.

※ 부산시인협회 회원 인명사전은 아래와 같이 통일성을 기하고자 하였습니다.

1. 태어난 연도와 출생지.
2. 이름은 문단 활동 이름을 먼저 쓰고 본명이나, 필명은 뒤에 밝혔습니다.
2. 최종 학력은 구체성이 없는 고졸, 대졸 등의 기록은 모두 삭제하고 구체
   적 교명이 있을 경우에만 표기하였으며, 사회교육원 등, 정식 졸업 인정
   이 되지 않는 부분은 제외하였습니다.
3. 등단 연도와 등단지를 표기하되 확인되지 않은 부분은 부득불 연도를
   뺐습니다.
4. 사회 이력은 1~2개로 제한하였습니다.
5. 수상 기록은 대표적인 수상을 중심으로 3개를 넘지 않도록 하였으며
   우수상은 괄호 안에 별도 표기하였습니다.
6. 문단 단체 활동은 최대한 표기하였습니다.
7. 발간 시집(저서) 제목은 2개 이내로 하되, 사회 및 문학 이력이 짧은 분들
   은 가급적 다수를 게재하였으며 공동저서, 동인시집 등은 제외하였습니다.

강갑재 1952년 출생. 동아대 국어국문학과. 혜화여자중학교 교사. 1999년《문예연구》등단. 〈시로〉동인. 부산문인협회 회원. 시집『잠시 왼손을 잊었네』, 『움직이는 중심에서』

강남주 1939년 출생. 부산대 대학원 박사과정.《시문학》등단. 봉생문화상, 어촌문화상, 부산시문화상 수상. 시집『해저의 숲』, 『장자의 바가지』외. 부경대 총장, 부산문화재단 이사장 역임.

강달수 1962년 출생. 동아대 법학과. 1997년《심상》등단. 을숙도문학회 회장. 사하구의회 의원. 시집『라스팔마스 푸른 태양』

강문숙 경남 의령 출생. 1990년《동양문학》등단. 부산여류시인협회 회장 역임. 우송서예학원 원장. 한국불교문학상, 허난설헌문학상, 실상문학상 수상. 시집『첫눈은 가슴에 내리고』외.

강문출 1953년 부산 기장 출생. 해양대 대학원. 2011년《시사사》등단. 일성산업 대표. 시집『타래가 놀고 있다』

강미정 1962년 출생. 1994년《시문학》등단. 부산작회의 회원. 평행시 동인, 시집『타오르는 생』외.

강민수 1947년 출생. 부산대 대학원.《월간문학》등단.《문장21》평론 등단. 신라문학대상 수상. 시집『메아리』외.

강영환 1951년 출생. 동아대 경영학과. 부산컴퓨터과학고 퇴직. 부산민예총 초대 회장 역임. 1979년《현대문학》등단. 동아일보 신춘문예 가작, 동아일보 시조 당선, 열린시 주간 역임. 이주홍문학상, 부산작가상 수상. 〈얼토〉동인. 시집『칼잠』, 『북창을 열고』외.

강재훈 1960년 출생. 경희대 대학원 한의과. 1997년《한국시》등단. 부산시인협회 부회장 역임. 부산문학 동인. 맑은누리한의원 원장. 동의대 의생명공학과 겸임교수, 대한척추신경추나의학회 교육위원.

강정원 1964년 전남 담양 출생. 동국대 행정대학원. 2007년《문학세계》등단. 세계문인협회, 알바트로스 시낭송회 회원. 부산지방병무청 근무.

강정화 1984년《시문학》등단. 한국현대시인협회 부회장. 시집『나무로 다시 태어나리』외.

강준철 1942년 경북 성주 출생. 동아대 대학원 국어국문학과. 2003년《미네르바》등단.〈시와인식〉동인. 한국어문교육학회 부회장 역임. 한국문인협회, 부산문인협회 회원. 시집『바다의 손』,『푸조나무가 웃었다』

강현옥 1966년 경남 함안 출생. 동명정보대 대학원. 1994년《한국시》등단. 부산문인협회, 배리줄 문학, 시와 비평 회원, 한우농장 운영, 부산시 명예 축산물 위생감시원. 부산시인협회 이사. 시집『패랭이꽃』

경대호 1943년 출생. 한양대학교 기계공학과. 2000년《시의나라》등단. 한국문인협회 회원. 부산시인협회 이사. 건축기계설비기술사. 시집『밤에도 풀은 초록이다』,『안다미로』

고안나 경남 고성 출생. 2010년《부산시인》등단. 백산여성문학상, 호미곶문학상 수상.『해란강 여울소리』.〈두견화〉편집위원.〈시림시〉동인.

고은숙 1969년 출생. 경성대 국문과. 1996년《문예한국》등단.〈갈매시〉동인.

곽병덕 2012년《부산시인》등단. 영남대 상경대학 교수.

곽현의 1947년 경남 김해 출생. 방통대 경영학과. 2009년《문예시대》등단. 글로벌문학회, 알바트로스 시낭송문학회 회원. 김해 YMCA 환경개선 응모 시부문 금상 수상. 시집『그리움 1』외.

권경업 1952년 출생. 1990년 사람과 산에 백두대간 연작시 발표로 작품 활동. 아름다운사람들 대표.(노인무료급식, 히말라야 자선병원 운영). (사)요산기념사업회 상임이사. 자랑스런 부산시민상 수상. 시집『뜨거운 것은 다 바람이 되었다』,『달빛무게』외.

권명해 1964년 경남 창녕 출생. 부산외국어대. 2009년《문예시대》등단.

권미숙 1960년 전남 나주 출생. 호남대. 2009년《문예시대》등단. 한국문인협회, 부산문인협회 회원. 부산남구문화원 대의원.

권애숙 1954년 출생. 계명대 대학원. 1993년《시문학》, 1995년《현대시》등단. 부산작가회의 회원. 시집『맞짱 뜨는 오후』,『카툰세상』외.

권윤오 1948년 경북 포항출생. 2000년《한국시》등단. 한국문인협회, 부산불교문인협회 회원. 시마당, 한국시낭송회 회원. 한국예총문학대상, 한국문학상 본상 외. 시집『바다 위에 서 있는 고향』,『풍경을 그리는 화백』,『묵언의 기도』

권정일 1961년 출생. 1999년 국제신문 신춘문예 등단. 부산작가회의 회원. 김구용문학상, 부산작가상 수상. 시집『마지막 주유소』,『수상한 비행법』. 산문집『치유의 음악』

권　철 1960년 출생. 광운대 중퇴. 1996년《문학세계》등단. 부산문인협회, 가산문학회, 한국시낭송회 회원. 시집『창밖을 보면서』

권태원 1950년 부산출생. 영남신학대 중퇴. 1984년《심상》등단. 시집『팬지꽃으로』,『그러다가 그러다가 시인이 되어』,『나는 그대의 쓸쓸한 그림자이고 싶습니다』외.

권혁동 1943년 경주출생. 경성대 행정학과 박사과정. 1990년《시와 비평》등단. 부경대 교수 역임. 부산시인협회장 역임. 시집『바라보기』외.

금명희 1959년 경북 청도출생. 2008년 문학도시 등단. 부산문인협회 회원, 문학사계 회원,

김경룡 경남 창녕 출생. 동아대학교 졸업. 2005년《문학예술》등단. 〈글빛촌〉, 〈오름시〉 동인. 부산가톨릭대학 재직.

김경수 1957년 대구 출생, 부산대학교 의학과, 한양대학교 대학원 의학과. 1993년《현대시》등단, 봉생문학상 수상, 〈시와사상〉 발행인, 부산시 의사회 회장.

김경수내과의원 원장. 시집『하얀 욕망이 눈부시다』, 『다른 시각에서 보다』, 외. 문예이론서『알기 쉬운 문예사조와 현대시』,

김경숙 경기 화천 출생. 2007년《월간문학》등단. 바다문학상 수상. 시사랑문화모임 회장. 시집『소리들이 건너다』, 『이별 없는 길을 묻다』

김경해 1948년 출생. 중앙대 국문과 3년 중퇴. 1996년《시대문학》등단.

김 곳 본명 김미선. 1964년 전남 장흥 출생. 부경대 대학원. 2005년《문학도시》등단. 문화공간〈수이재〉집필작가, 또다또가 입주작가. 국제펜클럽 부산지역위원회 사무차장. 시집『숲으로 가는 길』

김광자 1943년 일본 나가사키 출생. 광주대 문헌정보학과. 1992년《월간문학》등단. 해운대문인협회 회장 역임. 부산시인협회 회장, 국제펜클럽 한국본부이사, 한국시인협회 상임위원, 한국여성문학회 이사, 정과정문학상 운영위원. 윤동주 문학상, 부산문학상, 부산시인협회상 외. 시집『해운대 아리랑』, 『다종』외.

김근희 1961년 서울 출생. 서울여자대학. 2005년《창조문학》등단. 한국문인협회, 한국시인협회, 알바트로스 시낭송회 회원. 부산시인 편집장 역임. 시집『숲으로 가다』

김규태 1957년《문학예술》과《사상계》등단. 국제신문 논설위원 역임. 최계락문학상 재단이사장. 시집『철제 장난감』, 『졸고 있는 신』, 『들개의 노래』, 『흙의 살들』외.

김기원 1937년 부산 출생. 건국대 대학원 농학석사. 1994년《시와시인》등단. 한국문인협회, 한국펜클럽 회원. 한국불교문인협회 문학대상, 문학21 문학본상 수상 외. 진주산업대 낙농자원학과 교수, 시집『녹차꽃 향기』외.

김나혜 본명 김명화. 1967년 전남 해남 출생. 2009년《창조문학》등단. 한국시낭송전문가협회 회원. 윤동주선양회 부회장. 부산여성회 사무국장. 시집『우리들의 사랑아』. 저서『절기별 손 휴희 모음집』

김남희 1949년 경남 삼천포 출생. 삼천포여고. 2004년 《심상문학》 등단. 한국문인협회, 부산문인협회, 한국가람문학, 심상문학, 모닥불문학 회원. 한중공동 시전문지 두견화, 〈사림시〉 동인. 시집 『미완성 인생』, 『햇살 한 줌 사랑 하나』, 『달빛이 숨어들어』, 『꽃잎 깨무는 아침』

김다솔 1953년 대구 출생. 1993년 《문예한국》 2002년 《문학공간》 등단. 북구예술인연합회 문학분과 회장 역임. 부산문인협회 이사 역임. 부산시인협회 감사 역임. 한국바다문학회 사무처장. 부산시인 우수상 수상. 시집 『궁항리 바다』 외.

김다희 1962년 부산 출생. 2003년 《문학예술》 등단. 부산문인협회, 부산시인협회 편집장 역임; 바다문학 회원. 시집 『하늘 더해 가기』

김대식 1952년 강원 영원 출생. 2006년 《낙동문학》 등단. 부산공무원문인회 회원. 청옥예술인협회 부회장. 시집 『귀향길』, 『그릴 수 없는 그대』

김대환 1948년 출생. 2009년 《부산시인》 등단. 강서문학회 이사, 강서예술인연합회 회원, 〈귀성〉 동인. 부산진고 재직.

김덕수 1959년 충남 서산 출생. 부산대 대학원 박사과정. 2003년 《문예한국》 등단. 〈시로〉 동인. 한국테크노과학고 재직. 시집 『달마가 달을 가르킨 것도 우스운 일인데』

김덕영 1944년 출생. 성균관대. 2004년 《미네르바》 등단. 시집 『우물가 느티나무 있는 풍경』, 『미지의 강가에서』, 『욕망의 강을 지나』, 『계절의 강에서』.

김덕침 1946년 출생. 1994년 《문예사조》 등단. 부산문인협회, 부산 여성문학인회 회원. 시집 『책속의 잠』, 『내 마음에 내 마음을 썼네』 외.

김도우 1957년 대구 출생. 방통대. 2009년 《한국시》 등단. 한국문인협회, 부산문인협회 회원, 강변문학 회장. 수필집 『길찾기』

김도하 1957년 출생. 방통대 국문과 재학 중. 《한국시》 등단. 고려산업(주) 근무.

김명옥 1961년 출생. 성모여고. 1991년 《문예사조》 등단. 한국문인협회, 부산불교문인협회, 부산여성문학인회 회원. 부산시인협회상(우수상). 부산여성문학상(우수상), 실상문학상(우수상) 수상. 시집 『라일락꽃이 지기 전에』, 『먼 바다 저편에는』

김명옥 1959년 출생. 1993년 《문학세계》 등단. 1995년 국제신문 신춘문예 당선. 부산작가회의 회원. 부경대 재직. 시집 『지금 삐삐가 운다』

김명지 1944년 출생. 동아대 국문과. 1988년 《시대문학》 등단. 시집 『꿈의 높이에 키 세우고』

김무영 1944년 출생. 대산중고. 1994년 《문예시대》 등단. 부산문인협회, 해운대문인협회 회원. 시집 『고향의 노래』

김문환 1971년 출생. 동의대 대학원. 2002년 《문학도시》 등단. 부산문인협회 사무차장 역임. 을숙도문학회 사무국장.

김미선 1959년 경남 진해 출생. 2010년 《불교문예》 등단. 부산문인협회, 여성문학인회 회원. 〈시림〉 동인. 시집 『어떤 씨앗』

김미순 부산여류문인협회, 해운대문인협회 회장 역임. 연천초등학교 재직. 부산여성문학상 수상. 시집 『꽃의 본적』 외.

김미영 1964년 경북 의성 출생. 부산여상. 2009년 《시와수필》 등단. 한국문인협회, 부산여성문학인회 회원.

김병래 2009년 《문예시대》 등단. 시집 『떠남의 의미』, 아버지의 노래. (전)KBS 부산방송국 아나운서 부장.

김병수 1967년 부산 출생. 부산외대. 2009년 《시의나라》 등단. 부산지방국세청 근무. 〈우리시〉 동인. 시집 『모두가 저 강을 본다』

김삼문 1965년 함양 출생. 동의대 대학원. 2009년 《詩와수필》 등단. 부산문인협회, 해운대문인협회, 신서정문학회, 알바트로스 시낭송회 회원. 부산정보기술협회 회장, 시집 『또랑놀이』

김삼영 1955년 부산 출생. 부산대 국문학과. 2007년 《문예운동》 등단. 전원문학 동인회 회장 역임. 부산문인협회 회원. 부산예술중 교감. 시집 『유쾌한 반란』.

김상곤 2010년 《문예춘추》 등단. 한국문인협회 회원.

김상균 1957년 출생. 동아대 대학원, 부산대 대학원. 1994년 《문예사조》 등단. 〈시와 숲〉, 〈시작업 이후〉 동인. 한국과학영재고 재직. 시집 『자작나무』, 『눈』, 『프로스트』 외.

김상호 1954년 부산 출생. 부경대 경영대학원. 2008년 《문예시대》 등단. 부산장로성가단원. 비전교회 장로. ㈜송아퍼니처 재직.

김석규 1941년 출생. 부산대 교육대학원. 1965년 부산일보 신춘문예, 1967년 《현대문학》 등단. 부산시인협회 회장 역임. 현대문학상, 윤동주문학상, 부산시인협회상 외. 시집 『섬』, 『적빈을 위하여』, 『냇가에 앉아』 외.

김석주 경북 경산 출생. 1986년 《시의 길》 1집으로 등단. 시집 『조선고추』, 『우리들의 아침』, 『땅을 치고 가슴을 치며』, 『곡예사의 피리』, 『아버지와 꿈』, 『풀꽃들의 노래』 외.

김선례 1955년 전남 영암 출생. 2008년 《문학세계》에 시, 《문학시대》에 수필 등단. 부산시인협회 이사. 부산문인협회, 해운대문인협회 회원. 시집 『한 세상 살기』

김선아 1959년 부산 출생. 《문학공간》 등단. 한국문인협회, 한국시인협회, 한국여성문학인회 부산불교문인협회, 부산여성문학인회 회원. 시집 『비 내리는 바다』

김선애 1973년 부산 출생. 2007년 《문학시대》 등단. 부산문인협회 회원.

김선희 1947년 부산출생. 1991년 《문학세계》 등단. 부산MBC 신인문예상 시 당선. 〈한국여성시〉 동인. 시집 『고흐의 해바라기』, 『달빛 그릇』 외.

김성일 1933년 경북 군위 출생. 동아대 법학과. 2003년《문학공간》등단. 가야문학회 회장, 구팡돌문학회 회장 역임. 한국시인연대 부회장. 한국문인협회, 부산문인협회, 부산수필문학협회 회원. 문학공간상, 한국전쟁문학상 수상. 서한종합건설(주) 대표이사 역임. 시집『바람이 울면 피는 꽃』,『은빛 진주의 슬픔』외.

김세창 1947년 출생. 호는 만림. 경남항공고. 2008년《시와수필》등단. 한국문인협회, 부산문인협회 회원. 전화국장 퇴직, 시집『바람의 노래』외.

김수민《한국시》등단. 한국문인협회, 부산문인협회 회원. 부산여성문인협회 이사. 시를 짓고 듣는 사람들의 모임 낭송 대상.

김수옥 1957년 경남 진해 출생. 진해여고. 2004년《신문예》등단.

김수화 1955년 출생.《문예한국》등단. 시집『둘레상』,『끓는 남비처럼 행복한 군상들』.

김숙희 1959년 전남 여수 출생. 한국방송대학. 1997년《한맥문학》등단. 〈평행시〉동인. 시 쓰기와 〈선화당〉 명리원 경영.

김순자 대구 출생.《문예한국》등단. 부산문인협회, 부산펜클럽 부회장. 부산여성문학상. 부산문학상 수상. 시집『툰드라의 바람소리』,『꽃등에 불을 켜다』외.

김승희 1960년 부산 출생. 2006년《세계뉴스문학》등단. 한국문학정신 늘보문학상 대상, 베스트작가상 수상. 한국늘보작가회 문화국장, 〈들뫼문학〉 동인, 〈동해로 가는 동행〉 동인, 낙동문학, 부산여류시인협회 회원. 상록봉사회 부회장. 시집『사랑의 징검다리』

김쌍주 1956년 충남 대전 출생. 고려대 중퇴. 2006년《문학세계》등단. 한국예총회장상, (사)서울 600인협회 공로상 수상. 한국문학협회 운영이사 겸 사무국장, 국제문화예술협회 운영이사, 청암문학회 사무국장 역임. 해운대문학회 회원.

김시월 부산 출생. 1998년 국제신문 신춘문예 등단. 한국시인협회, 부산문인협회 회원. 부산시인협회 부회장. 시월서예원 운영. 시집『생손가락을 앓으며』,『새벽으로 떠나는 기차가 보인다』

김양숙 1953년 부산 출생. 남성여고. 2009년《시와수필》등단. 한국문인협회, 부산문인협회, 부산여성문학인회 회원.

김애자 1955년 출생. 1994년《한국시》등단. 시집『그대에게 쓰는 편지』외.

김영미 1953년 부산 출생. 퇴직교사. 1998년《시와사상》등단. 시와사상 편집동인. 시집『비가 온다』,『두부』

김영옥 1934년 출생. 부산대 영문과 중퇴. 1991년《시와 시론》등단. 〈예감〉 동인.

김영옥 1955년 출생. 명지전문대 전자계산과. 1993년《문예사조》등단. 부산시인협회 부회장, 부산여류시인협회 부회장, 알바트로스시낭송문학회 부회장. 정과정문학상. 시집『따뜻한 풍경 속으로』,『어머니와 콩잎』

김영준 대구 출생. 1963년《현대문학》등단. 교사퇴직. 부산시문화상, 봉생문화상 수상. 시집『내심의 목소리』,『빛의 탄생』,『어둠은 지하철을 타고』외.

김예강 1961년 출생. 부산교대 교육대학원. 2005년《시와사상》등단. 부산작가회의, 부산시울림시낭송회 회원. 웹진 시인광장 편집위원.

김옥균 1955년 출생. 동아대. 1990년《시문학》등단. (전)MBC 문화방송 프로듀서. 고신대학교 음악대학원 출강. 알바트로스시낭송문확회 회장. 부산시인협회 이사. 시집『스탠바이큐』,『홀로 마시는 차가운 술잔』,『소나기가 내리는 마을』외.

김옥남 1952년 출생. 1994년《예술세계》등단. 〈예술시대〉, 〈꽃방석〉 동인, 문화와 예술을 사랑하는 가족 모임 회원. 시집『사랑은 그러하다』외.

김용옥 1946년 전북 익산 출생. 부산시인협회 이사 역임. 시집『바다 쪽으로 바람이 분다』외.

김원수 1927년 경북 경주 출생. 가톨릭신학원. 1999년 시집『왜 서녘으로 가나』등단. 부산가톨릭문인협회, 부산문인협회 회원. (전)부산지방철도청 근무. 시집『왜 서녘으로 가나』

김원용 1945년 부산 출생. 방통대 국문학과 중퇴. 2009년《문예춘추》등단. 부산문인협회, 금정구문인협회 회원, 〈빛살〉동인. 구덕신협 근무.

김유성 1957년 출생. 건국대. 1995년《시세계》등단. 한국월정문학, 한국문인협회 계룡지부, 전국 공무원문학회, 황강문학 회원. 시집『시험비행』,『푸른 명랑』

김은우 1962년 강원 동해 출생. 2003년《문학세계》등단. 〈시림문학〉동인.

김의암 1932년 경남 김해 출생. 서라벌예대 문예창작과, 동국대 불교학과, 동아대 대학원 철학과. 1967년 불교신문 신춘문예, 한국문인협회, 부산문인협회, 한국불교문인협회 회원. 한국 여성시 주간.《시문학》등단. 시집『허공에 쓰는 시』,『선문에 뜨는 달』,『목인의 노래』외.

김이상 1945년 경남 진주 출생. 동아대 대학원. 전, 내성고등학교 교장. 2002년《문예한국》등단. 시집『오세암의 별』

김인권 1959년 출생. 동아대 대학원. 교사. 1997년《시문학》등단. 시집『즐거운 몽상』,『임창수의 밸브사랑』

김임자 1956년 출생. 방통대 교육학과. 2008년 세계환경문학협회 등단.

김재석 1940년 경남 거제 출생. 2005년《열린문학》등단. 한국문학협회 이사, 세계문인협회 정회원. 한국예총 회장상(시부문 대상). (사)대한민국 지키기 불교도 총연합부산시회 부회장.

김재원 1943년 출생.《문예운동》등단. 한국문인협회, 부산문인협회, 부산카톨릭문인협회 회원. 감사, 여성문학인회 감사. 부산연제구문학 부회장 역임.

김재홍 1969년 출생. 경북대 사범대. 경원고 교사. 2003년《시의나라》, 2010년《문학청춘》등단. 부산작가회의 사무국장 역임. 시집『가야산 호랑이』.『어느 시 낭송』,『왼손잡이 투수』

김정기 1955년 경남 밀양 출생. 2005년《신문예》등단. 한국문학협회 이사, 한국문학협회 사무총장, 국제문화예술협회 이사.

김정숙 1957년 부산 출생. 부산여대. 2009년 《문예사조》 등단. 부산음악교육협의회 총무부회장 역임. 아시아공동체학교 음악교사, 알바트로스시낭송문학회 회원. 예향음악원, 화가마을미술학원 원장.

김정순 1947년 출생. 마산여고. 1990년 《시와 비평》 등단. 부산시인협회 부회장. 『시집 겨울 강변에서』

김정조 필명 김설초. 1940년 경남 진주 출생. 《문예사조》 등단. 〈신조 시나리오〉 동인, 〈시와인식〉 동인.

김정호 1961년 출생. 광주상고. 2002년 《시의나라》 등단. 국제펜클럽 한국본부 이사. 〈우리시〉 동인. 시집 『바다를 넣고 잠든다』, 『추억이 비어 있다』, 『억새는 파도를 꿈꾼다』, 『상처 아닌 꽃은 없다』, 『비토섬 그 곳에』

김종기 1952년 부산 출생. 육사 중퇴. 2007년 《시와수필》 등단. 한국전력공사 재직 중. 문집 『그대 나를 느끼고 있는가』.

김종대 1964년 부산 출생. 부산카톨릭대. 2001년 《시의나라》 등단. 예인교육문센터 원장. 시집 『아버지의 손』, 『밥이 되자』

김종욱 1958년 경남 고성 출생. 동국대. 2005년 《실상문학》 등단. 부산불교문인협회 이사, 실상문학작가회 회원.

김종화 1955년 경남 삼랑진 출생. 경성대 교육대학원. 교사. 자생식물연구가. 2006년 부산시조시인협회 등단. 문예시대 편집위원, 부산크리스천문인협회 사무국장 역임. 부산문인협회, 남구문인협회, 글로벌가람낭송문학회 회원. 부산시인협회 이사. 시집 『흰 금낭화같은 그대』, 『전원』

김중일 1958년 출생. 해양고 기관과. 1997년 《문예사조》 등단. 〈시작업 이후〉 동인. 시집 『세상의 다리를 건너면서』

김지숙 1959년 출생. 동아대 대학원. 1994년 《한국시》 등단. 동아문인회, 한국시문학회, 지역문학연구회, 한국비평문학연구회, 부산문인협회 회원. 동아대, 부산예술문화대 강사. 시집『하늘 가는 길에 들꽃이 핀다』

김지은 1952년 경북 포항 출생. 금정구청 재직. 2003년《문학예술》등단. 〈오름시〉, 〈징검다리〉, 〈시림문학회〉동인, 부산여성문학인회 시분과위원장. 동구 문화예술인협회, 부산시 공무원 문인회 회원. 전국공무원문예대전 행정안전부장관상.

김지현 1981년 부산 출생. 부경대 제어계측공학과 4년. 2012년《부산시인》등단. 제4회 부산크리스천문학 백일장 장려상 수상. 알바트로스 시낭송회 회원.

김찬식 1957년 부산 출생. 부경대학교.《심상》등단. 부산시인협회 부회장. 부산박물관 재직. 시울림 시낭송 회원. 시집『누구나의 가슴에 강물 흐른다』

김창식 1939년 출생. 동국대.《해동문학》시,《실상문학》수필,《새시대문학》시조 등단. 부산문인협회, 부산수필문인협회 이사. 부산불교문인협회 회장. 실상문학상, 해동문학상, 한국수필문학상, 문예시대작가상. 시집『촛불과 나와』외. 수필집『다시 본 명산』외.

김 철 1941년 부산 출생. 서울공대. 1969년 대한일보 신춘문예. 1970년《현대문학》등단. 한국현대시인협회 국제문화교류위원회 의장 역임. 한국문학번역상, 부산펜문학상, 최치원 문학상 수상. 시집『말의 우주』,『한영대역시집 아침(The Morning)』, 산문집『어느 지상의 포트폴리오』

김충남 1941년 경남 양산 출생. 2011년《문예사조》등단. 알바트로스 시낭송문학회 이사. 부산시인 사진기자.

김출현 1950년 출생.《문예시대》등단. 알바트로스시낭송문학회 회원.

김 태 본명 김태수. 1956년 출생. 방통대 국문학과. 2006년《한맥문학》등단. 국제펜클럽한국본부 부산위원회, 〈징검다리〉동인. 부산공무원문인회 부회장. 중구청 재직. 시집『발걸음에 대하여』

김필분 1965년 부산 출생. 2009년《문학세계》등단. 교육인적자원부 수기 공모 장원. 한국문인협회, 부산문인협회. 시사랑문화모임회 회원. 시집『아버지의 흑마』

김해경 1962년 부산 출생. 2004년《시의나라》등단. 문화공간〈수이재〉집필작가. 또따또가 입주작가. 부산작가회의 회원. 부산시인회보 편집장. 시집『아버지의 호두』

김현곤 1963년 출생. 방통대 국문학과. 2002년《한국 육필시》등단. 한국문인협회, 한국육필문인협회 회원.〈동서문예〉동인. 국제펜클럽 T.S. 엘리엇 우수작품상 수상.

김현만 1958년 부산 출생. 부경대학교 건축과. 2007년《창작과 의식》등단. 부산문인협회 회원. 부산시인협회 기획이사. 영산대 실내건축학과 겸임교수. 부경대 건축학부 겸임교수. 부산디자인협회 지도교수상. 건축사무소 '시티원' 대표.

김현숙《문화시대》등단. 문화와 문학타임 회장. 한국옷문화 사회교육원 원장.

김현정 1970년 부산 출생. 2004년《문학예술》, 2005년《시의나라》등단.

김현주 1971년 경남 밀양 출생. 2007년《문학시대》등단. 부산문인협회 회원.

김현태 1966년 경남 함안 출생. 부경대 대학원. 2007년《시를 사랑하는 사람들》등단. 시를 사랑하는 사람들 사무국장 역임. 두레문학 편집국장, 구팡돌 편집장, 이형기문학상 추천위원, 다사랑회 회원.

김형석 1939년 경남 하동 출생. 2009년《시의나라》등단. 부산일보 편집국장, 부산시보 편집주간 역임.

김혜영 1966년 출생. 부산대 대학원. 1997년《현대시》등단. 문학평론가. 부산대 영문과 근무. 부산작가회의 회원. 시집『거울은 천개의 귀를 연다』외.

김혜영 1952년 서울 출생. 2011년《문예시대》등단. 문예시대, 한국가람문학회, 우전문학회, 알바트로스 시낭송회 회원. 한영대역시집『바람의 언덕』

김 호 1949년 부산 출생. 부산대 사범대학. 신도중 재직. 2006년《스토리문학》,《문학세계》,《시조문학》등단. 중앙일보사 중앙시조 당선. 부산문인협회 회원. 시집『빛의 시간』

김호철 1950년 부산 출생. 부산해동고. 2009년《시의나라》등단. 푸른별 문학회 회원. 〈시세계〉 문학동인.

김홍기 1962년 경북 상주 출생. 2006년《한국시》등단. 〈부산문학〉 동인.

김화자 1941년 일본 오사카 출생. 1999년《시대문학》등단. 부산문인협회, 동래문인협회 회원. 시집『사랑그릇』, 『눈빛만큼』, 『부드러운 곡선, 몽돌』, 『길 위의 길』

김회성 1965년 출생. 2009년《문학세계》등단. 한국문인협회 회원, 마음의 행간 동인. 해운대경찰서 여성청소년 계장.

김흥규 1948년 출생. 대학원. 1998년《해동문학》등단. 부산문인협회, 부산불교문인협회 회원. 금정구문인협회 회장. 국민훈장 석류장. 시집『황다리의 북소리』

김희영 1960년 출생. 방통대 행정학과. 1990년《시와 의식》등단. 문화일보 신춘문예 당선. 〈문창〉 동인, 부산문인협회 회원. 부산시 공무원. 시집『가슴에 비밀의 창 하나』외

김희진 1950년 부산 출생. 마산대 간호학과.《문예운동》등단. 전국공무원문예대전 우수상. 시집『수국의 추억』, 『그리움은 흐르는 강이다』외.

나경심 1943년 경북 포항 출생. 한성여대 중퇴. 1992년《문예사조》등단. 주부클럽 백일장 시부문 당선. 반짇고리 문학회, 부산여성문학인회 회장 역임. 부산문인협회 이사. 시집『그 사이 비가 그쳤네』

남경숙 1956년 경북 의성 출생. 영남대. 2009년《문예운동》등단. 부산문인협회 회원. 한국문학 진흥재단 회원. 이종서 외국어학원 원장.

남현자 1943년 출생. 침례신학대, 동 목회대학원.《문학과 의식》등단. 교회복음신문사 기독문예상, 새마을 어머니 문예상 수상. 제일선교원 원장. 시집『산울림을 기대하며』

노미림 1950년 출생. 부산외대 대학원. 2008년《새시대 문학》시, 수필 등단. 부산여자대학 교수. 부산문인협회, 부산수필문학회 회원. 〈사상과 형상〉 동인. 시집『사진』,『그날 이후』외.

노영숙 1949년 출생. 서울여대 졸업. 시집『빈 자리에 점 하나』

노옥분 1961년 경남 남해 출생. 방통대 국문학과. 1995년《문학과 의식》수필, 2008년《문예운동》등단. 부산문인협회, 부산여성문학인회, 부산가톨릭문학회, 청하문학회 회원. 카톨릭문예 대상 수상. 시집『네가 없는 날이면 너를 만난다』

노유정 1952년 부산 출생. 부산여대 일어과. 2010년《문예운동》등단. 미주시인협회 회계간사, 미주 한미문학진흥재단 총무간사 역임. 한국문인협회, 미주LA 한인시인협회 회원.

노태식(노아랑) 1953년 경남 함양 출생. 동아대 대학원. 2004년《문예한국》등단. 부산시인협회 이사. 한국문인협회, 부산문인협회 회원.

동길산 1960년 경남 부산 출생. 부산대 경제학과. 무크지《지평》등단. 부산작가회의 회원. 시집『뻐꾸기 트럭』외. 산문집『길에서 묻다』

대　희 본명 김춘미. 1955년 경남 창원 출생. 2011년《부산시인》등단. (사)초의학술 다문화원 회원.

라영훈 1952년 경북 고령 출생. 가야고.《자유세계》,《좋은문학》등단. 부산문인협회 회원. 부산시인협회 이사. 〈시림문학〉, 〈시가람낭송회〉 동인. 시집『아름다운 동행』외.

류명선 1951년 부산출생. 1983년 무크지《문학의 시대》1권으로 등단. 시의나라 발행인. 국제펜클럽부산지회장. 도서출판 푸른별 대표. 시집『환희를 피우며』, 『반골』,『새벽 4시15분』외.

류선희 1946년 출생. 이화여대 기악과. 1992년《한국시》등단. 부산시인협회, 한국바다문학회 부회장 역임. 부산가톨릭문인협회 회원. 부산시인협회상, 부산문학상, 문예시대 작가상 수상. 시집 『그대의 빈들에서』, 『길속에도 강이 있다』, 『황혼의 창가에서』 외.

류정희 1947년 출생. 서울여대 중퇴. 경남 거제 출생. 1991년 《월간문학》 등단. 부산크리스천문인협회 회장 역임. 부산시인협회 감사. 한국시인협회, 부산작가회의 회원. 〈미래시〉 동인, 시집 『사막냄새』 외.

류춘자 필명 류우림. 경남 사천 출생. 진주교육대. 초등학교 교사 퇴직. 해운대문인협회 회원. 2012년 《부산시인》 등단.

목영해 1957년 경남 김해 출생. 부산대 대학원. 신라대 교수, 신라대 사범대학장, 교육대학원장 역임. 2004년 《문예운동》 등단. 〈목마〉 동인. 시집 『어린시절 사진을 보며』, 『그때 나는 사랑에 지쳐 있었다』

문민희 1967년 제주 출생. 미국 Esses Community College 수료. 2009년 《문예시대》 등단.

문상열 부산 기장 출생. 《실상문학》, 《한국수필》 수필 등단. 부산시인 시 등단. 성균관 부관장. 명륜사상연구원장. 녹조근정훈장. 저서 사회적 병리현상과 도덕의 실종, 수필집 『물처럼 나무처럼』 외.

문석경 1950년 경북 청도 출생. 2006년 한《울문학》 등단. 소방공무원. 부산문인협회, 부산시공무원문인회, 한국시낭송회 회원.

문선영 1965년 출생. 부산대 대학원. 1990년 《문학예술》 등단. 문학평론가. 설송문학상 수상. 부산대 출강.

문인선 1953년 출생. 경성대 대학원. 경성대 외래교수. 1997년 《시대문학》 등단. 시낭송가. 전국시낭송대회 집행위원장 역임. 부산시인협회 부회장. 수정시낭송회, 연제문인협회 회장. 여류시인협회 회장, 한국문인협회 중앙위원. 목마동인, 한다사 동인. 한국농촌문학상, 백호낭송대상, 부산문인협회장상. 시집 『사랑 하나 배달되어 오다』, 『천리향』 외.

문학철 1958년 출생. 영남대 국문학과. 보광고 재직. 1998년 시집『사랑은 감출수록 넘쳐흘러라』로 등단. 주변인과 시 편집주간 역임. 시집『사랑은 감출수록 넘쳐흘러』외. 평론집『관광버스 궁둥이와 저는 나귀』

민경은 1949년 출생. 2007년《시와수필》등단. 한국불교문인협회, 부산문인협회, 신서정문학회, 화전문학회 회원.

박강우 1959년 경남 마산 출생. 부산대. 1998년《현대시학》등단. 박강우소아과의원 원장, 부산시 의사회지 편집위원. 시와사상 주간. 시집『병든 앵무새를 먹어보렴』

박경영 1951년 부산출생. 동의대. 1998년《문학21》등단. 대한민국예총회장상, 진중문예전 시부문 우수상 외. 한국문인협회, 경남문인협회, 해운대문인협회, 한국공무원문학협회, 창원문인협회, 가람문학회 회원. 부산크리스천문인협회 홍보국장. 원앙회 동인, 예수 닮는 사람들 편집위원, 시집『사람과 세상과 하늘에』

박경희 1946년 충남 대전 출생. 사회복지사. 2000년《지구문학》등단.〈시와 인식〉동인.

박귀전 1948년 경남 김해 출생. 2007년《문학세계》등단. 시집『영혼의 향기』

박근호 1940년 부산 출생. 동아대. 2009년《실상문학》등단. 불교문인협회, 부산문인협회, 부산대 시문학회 회원.

박기환 1959년 출생. 방통대 초등교육과. 1991년《동양문학》등단. 낙민초등학교 교사.

박노걸 1944년 경북 김천 출생. 성광고. 2001년《한국문인》등단. 한국문인협회, 부산문인협회 회원, 전, 경찰공무원.

박두길 1950년 강원 고성 출생. 동부산대 사회복지과. 2007년《문예시대》등단. 부산시인협회 이사. 부산문인협회, 한국가람문학 회원, 장산백일장 대회장, 송화서예원 원장.

박두범 1958년 경남 남해 출생. 남해수산고. 2008년 《한맥문학》 등단. 문학21, 한국문학정신 신인상. 한국문인협회, 한국21 문인협회, 문학정신협회, 한국문학 방송문인 회원. 〈한맥문학〉 동인. 시『물에 비친 달처럼』

박만탁 1938년 경북 군위 출생. 부산대. 2004년 《공무원문학》 등단. 대한민국공무원문인협회 회원, 한국시사랑산악문학회 회장. 한국부부시인문학회 고문. 복사골 문학회, 소향시 동인, (주)교역개발 대표이사,

박말란 1952년 출생. 동아대 국문과. 1992년 《시와 시론》 등단. 부산시인협회 이사. 경일중 재직.

박미정 1954년 출생. 부산여자대학. 1994년 《한맥문학》 등단. 부산문인협회 이사. 여성문학인회 부회장. 인제대 외래교수. 시집『밤에 쓰는 시』,『세상이 나에게』 외.

박복남 1947년 부산 출생. 2005년 《한맥문학》 등단. 한국불교문인협회, 부산문인협회, 부산여류시인협회, 부산불교문인협회, 알바트로스 시낭송회 회원.

박삼도 1944년 출생. 동아대 중퇴. 1990년 《시와 의식》 등단. 부산시인협회 부회장 역임. 〈샘〉, 〈금정문학〉, 〈계명문학회〉 동인. 시집『숲숲』,『바람이 나무를 일으키다』,『호박꽃이 그립다』 외.

박상진 1955년 경남 통영 출생. 2010년 《부산시인》 등단.

박상호 1954년 대구 출생. 부산대 의예과. 2006년 《열린시학》 등단. 부산시인협회 부회장. 부산시인 우수상. (주)신태양건설 회장. 시집『동백섬 인어공주』

박석동 1949년 경남 마산 출생. 부산대, 연세대 경영대학원. 2012년 《부산시인》 등단. 국회 입법보좌관, 부산여대 교수 역임, 부산시의원(기획재경위원), 대한민국 ROTC 부산지구 총동문회 회장.

박석현 1942년 부산 출생. 부산대 교육대학원. 2007년 《새시대문학》 등단. 부산문인협회, 해운대문인협회 회원, 백양문인회 회장. 〈수림문학〉 동인. 연산중, 신도중 교장 역임. 시집『별바위』

박선옥 1954년 부산 출생. 예원예대 사회복지학과. 2006년 등단. 한국문인협회, 부산불교문인협회 회원. 청옥문학 편집장. 시집 『태양은 다시 떠오르고』, 『초록호수』.

박선희 1960년 출생. 방통대 국문학과. 1999년 《시와사상》 등단. 시집 『사람거울』 외.

박성웅 함북 성진 출생. 서라벌예대 문창과. 1982년 《한국문학》 등단. 한국시인협회, 부산작가회의 회원. 시집 『한 발 디딤』, 『신분리 시편』, 『소작인의 가을』 외. 시선집 『새』.

박송죽 1978년 《현대시학》 등단. 부산시인상, 세계시인상, 부산시인협회상, 부산여성문학상, 부산문학상, 가톨릭문학상. 부산여류문인협회 회장, 부산여성문학인회 회장 역임, 한국문인협회, 한국시인협회, 한국여성문학인회, 세계시인협회 및 동북아시아 기독교문인협회, 국제펜클럽 한국본부 회원, 〈란〉, 〈길〉 동인. 시집 『보랏빛 의상』, 『풍차는 돌고 있다』 외. 수필집 『사랑하므로 아름다워라』 외.

박언지 1953년 경남 김해 출생. 2002년 《문예시대》 등단. 한국문인협회, 농민문학회, 부산문인협회 회원. 시집 『푸성귀에 대한 명상』, 『갯벌에도 집이 있다』. 수필집 『강변의 추억』 외.

박영점 경남 합천 출생. 부산대 행정대학원. 부산시인협회 부회장, 부산문인협회 이사 역임. 부산문학상 외. 정수장학회 이사. 서울물리학원 원장. 한국문인협회, 문단 바로세우기 회원. 시집 『그리워서 기다린다』 외. 에세이집 『아직도 못다한 이야기』

박옥균 1966년 강원 강릉 출생. 삼척산대 중퇴. 2006년 《문학예술》 등단. 북구예술인협회 시분과 위원장. 부산여류시인협회, 시를 짓고 듣는 사람들의 모임 회원.

박윤규 1956년 출생. 동아대 대학원. 1993년 《문예사조》 등단. 〈시작업이후〉 동인, 물고기공방 운영. 시집 『몽블레르의 작은 술집』 외.

박응석 1939년 황해 해주 출생. 1960년 서울신문, 1963년 조선일보 신춘문예 등단. 신춘시, 〈시와자유〉 동인. 시집 『化石곁에서』

박원호 1955년 경남 사천 출생. 부산대 환경대학원. 2004년 《시의나라》 등단. 시집 『찔레꽃 편지』. 『하늘나무』. 저서 『초고층 빌딩』, 『홀로 도시를 꿈꾸다』 외.

박이훈 1961년 경남 밀양 출생. 2012년 《시와 소금》 등단. 〈시와 인식〉 동인. 시집 『수신두절』, 『붉은 계절』.

박장호 1955년 경남 함안 출생. 부산대 경영대학원. 2009년 시집 『세상을 핑계로』로 등단. 시집 『세상을 핑계로』. (주)세정 I&C 대표이사, (주)세정21 대표이사.

박재수 1965년 출생. 대입 검정고시. 1993년 《문학의 세계》 등단. 해양문예 당선. 부산문인협회, 부산크리스찬문인협회 회원. 〈갈매시〉 동인회 회장. 시집 『무성한 겨울』, 『보랏빛 환청』

박정애 1948년 출생. 대학 중퇴. 1993년 국제신문 신춘문예, 1997년 경향신문 시조 당선. 〈얼토시〉 동인. 시집 『가장 짧은 말』 외.

박종찬 1937년 출생. 경희대 법과대학. 1973년 《현대문학》 등단. 시집 『사랑의 말, 꽃들이 되어』. 한국시인협회, 한국문인협회, 펜클럽 회원. 부산고등검찰청 사건과장.

박지윤 1955년 충북 홍성 출생. 수피아 간호대. 《문학예술》 등단. 황령문학회 사무국장, 부산여류시인협회 회원, 한국지역문학인협회, 한국문학예술가협회 정회원. 청옥문학 이사. 전국글짓기대회 대상.

박창주 1944년 경남 고성 출생. 2007년 《문학도시》 등단. 한국해양문학상. 시조집 『전설을 찾아서』 외. 시집 『지구의 중심에서 세상 끝을 살다』.

박청룡 1937년 일본 경도 출생. 계명대 교육과. 1975년 《현대문학》 등단. 시집 『불의 가면』 외. 시론집 『현대시 평설』.

박치환 1957년 출생. 부산대 사범대. 1993년 문예한국, 《지평》 5집 등단. 《시와 사상》 편집동인 역임. 부산작가회의 회원. 브니엘고 교사.

박행일 1944년 울산 출생. 동아대 교육대학원. 2002년 《문예한국》 등단. 한국문인협회, 한국바다문학회 회원. 〈시와 인식〉 동인. 시집 『내 가슴에 버팀목 하나』, 『아름다운 세상』 외.

박현주 1970년 부산 출생. 2007년 《한국시》 등단. 〈부산문학〉 동인.

박혜숙 1957년 출생. 밀양대 가정학과. 2003년 《서울문학》 시, 《신문예》 수필 등단. 국제펜클럽, 한국문인협회, 부산문인협회, 부산불교문인협회 회원. 국제문화예술협회 이사. 한국문학신문 기자. 농림부장관상(문학), 통일문학상(시), 불교문화제 대상(수필), 예원문학상. 시집 『해변에 수를 놓는다』 외.

박황자 1941년 경남 사천 출생. 부산진여상. 《해동문학》, 《창조문학》 등단. 부산시인협회상 우수상. 해동문인협회 회장 역임, 한국문인협회, 부산문인협회 회원. 시집 『난 앞에서』, 『지금 그곳에 가면』

박희동 1961년 경남 밀양 출생. 경기대 대학원. 2004년 《문예시대》 등단. 북구문인협회 수석부회장. 바다문학회, 시와 가람문학 회원, 한민족사랑나누기 운동본부 이사장. 경기대 교수.

방옥산 1936년 함북 명천 출생. 수도여자사범대. 2010년 《문학시대》 등단. 한국문인협회, 부산문인협회 회원. 옥산장학회 회장. 시집 『사랑으로 오는 은혜』. 산문집 『나의 뜨락에 남기고 간 세월』

배계선 한국문인협회 회원. 부산수필문인협회 이사.

배계헌 1940년 경북 용화 출생. 부산대 대학원. 2005년 《문예시대》 등단. 시모음집 『찔레꽃』. 부산문인협회, 한국문인협회, 농민문학회, 가톨릭문인협회, 사하문인협 회원. 한국가람문학회 부회장, 부산수필문인협회 이사, 동아대 명예교수, 한영이엔씨(주) 고문.

배상호 경남 울산 출생. 1987년 《시와 의식》 등단. 한국문인협회 이사 역임. 한국농민문학회 부회장, 부산시인협회, 부산문인협회 부회장 역임. 국제펜클럽 회원. 문예한국작가상, 중국장백산세계문학상, 김동명문학상, 한국농민작가상 외. 계간 문예시대 발행인. 시집 『삶의 향기』 외. 저서 『신불산의 연가』 외.

배재경 1966년 경북 경주 출생. 1993년《문학지평》등단. 부산경남젊은시인회의
사무국장, 부산작가회의 사무국장 역임. 한국작가회의 회원. 도서출판 작가마을
대표. 시집『절망은 빵처럼 부풀고』

백 식 1947년 출생. 남지고. 1992년《시세계》등단. 창녕문인협회 회원. 칼럼니
스트, 잎파랑이 대표이사.

백영희 1948년 출생. 연세대 정치외교학과. 1994년《시문학》등단. 부산여류시인
협회, 바다문학회 부회장.〈부산시문학회〉,〈부산문맥〉동인. 시집『물속에서 하
늘보기』외.

백지영 1952년 출생. 동아대 회화과. 1996년《문예한국》등단. 한국문인협회, 부
산문인협회 회원, 부산시낭송회 회장. 부산여성문학인회 회장 역임. 문예시대작
가상. 시집『수묵시첩』,『시와 누드』

변종환 1950년 출생. 방통대 경영학과.〈시로〉동인. 바다문학회, 부산진문화예
술인협의회 회장. 부산시인협회 회장 역임. 한국현대시인협회, 부산문인협회 회
원. 시집『수평선 너머』외.

빈태영 1946년 경남 고성 출생. 2006년《한국문학21》등단. 부산문인협회, 한국
문학21문인협회, 부산불교문인협회 회원, 시림문학인회 회장. 한국시낭송회 부회
장. 늘푸른 소나무 문학상.

서경원 1958년 부산 출생. 부산대 사범대학.《열린시학》등단. 전 동학중학교 교
사. 한국문인협회, 부산작가회의 회원.〈목마〉동인. 시집『늙은 느티나무와 의자』

서규정 1949년 출생. 김제고. 1991년 경향신문 신춘문예 당선. 부산작가회의 회
원. 시집『황야의 정거장』,『참 잘 익은 무릎』외.

서문섭 1950년 전남 고흥 출생. 고성고. 2004년《지구문학》등단. 해운대문인협
회 이사. 한국문인협회, 지구문학작가회의, 글로벌문학회, 신서정문학회 회원. 시
집『그대의 향기』,『하늘에서 보내온 편지』

서봉수 1938년 경남 의령 출생. 경희대 대학원. 2004년 《농민문학》 등단. 한국본부시인문학회 운영위원, 한국시사랑 산악문학회 부회장. 고려대 사회체육학과 강사. 시집 『흙』, 『할머니』, 『소나무』, 『혼의 무대』

서영상 1962년 출생. 부경대 대학원. 국립수산과학원 재직. 2003년 《문학세계》 등단. 해운대문인협회 부회장. 시집 『바다에서 빠뜨린 시』, 『바다에서 건진 시』, 영문시집 『Beyond the Sea』

서은희 1959년 부산 출생. 중앙대 서양학과. 2005년 《문학공간》 등단. 〈가야문학〉 동인. 부산시인협회 이사. 미술치료사. 현대미술작가. 경상대, 나사렛대 출강. 시집 『길에서』

서정원 1963년 고성 출생. 동의대 국문과. 1992년 《심상》 등단. 도서출판 전망 대표. 시집 『거미줄의 힘』 외.

서주열 1946년 전남 나주 출생. 동아대 국문학과. 2008년 《문학예술》 등단. 한국시 수필 신인상. 부산문인협회, 부산수필가협회, 북구예술인협회 회원.

서태일 1959년 경북 출생. 전주산업대 중퇴. 2009년 《아띠문학》 등단. 〈아띠문학〉 동인, 〈한맥문학〉 동인 회원. 근로복지공단 근무.

석동호 1957년 광주 출생. 2000년 《순수문학》 등단. 부산문인협회, 한국문인협회, 순수문학협회 회원. 석동호 정형외과 원장. 시집 『바람도 빛나는 어머니 풍경』

성계림 1959년 제주 출생. 2007년 《문학도시》 등단. 부산문인협회, 문학사계 회원, 학원 출강.

성낙욱 1960년 경남 김해 출생. 경성대 행정대학원. 2000년 《문예시대》 등단. 부산문인협회 회원, 한국바다문학회 이사, 부산진구문인협회 부회장, 성균관 문리학원 원장. 시집 『자두가 있는 마을』

성수자 1953년 출생. 언양여상. 1993년 《한국시》 등단. 부산작가회의 회원. 〈부산문학〉, 〈평행시〉 동인. 시집 『안개 밭에서』, 『잎맥처럼 선명한』

성종화 1938년 일본 출생. 진주고. 법무사. 1955년 개천예술제 한글시백일장 장원 등단. 한국문인협회, 남강문우회, 청다문학, 신서정문학 회원. 〈영문〉 동인, 〈영남문학〉 동인, 시문집 『잃어버린 나』, 시집 『고라니 맑은 눈은』, 『간이역 풍경』. 수필집 『노을녘 뒤안길에서』 외.

성흥영 고려대 법학과. 《실상문학》 등단. 한국시인협회, 부산불교문인협회 회원. 원효사상연구회 회장. 시집 『아마도 내 전생은 나비였어라』, 『병안의 파랑새를 어찌 꺼내나』

소상보 1938년 경남 출생. 부산대 행정대학원. 2004년 《문학예술》 등단. 부산문인협회 회원, 부산수필문학 이사, 부산시우회문인 회장, 부산강서구청장, 부산시우문인회 회장 역임, 강서문인회, 강서문화원 고문, 한국가람문학회 이사, 낙동강문학상, 한국가람문학상. 시집 『큰바위 얼굴』

손계정 1959년 출생. 신라대 서양학과. 2002년 《시의 나라》, 《시를 사랑하는 사람들》 등단. 부산재능시낭송가협회 회장 역임. 일본어 통·번역가. 낭송CD 손계정의 애송시 낭송집 외. 예모갤러리 대표. 시집 『솔개』 외.

손경하 1956년 《시연구》, 1972년 《현대시학》 등단. 시집 『인동의 꿈』

손기식 1951년 경남 밀양 출생. 2008년 《낙동강문학》, 《시민문학》 등단. 한국시민문학, 공무원문인회, 청옥문학 회원. 상수도본부 물금취수장 근무. 시집 『그리움은 세월 속으로』

손병흥 1956년 경남 밀양 출생. 동의대 행정대학원, 동서대 산업경영대학원. 1998년 《공간시대문학》 등단. 부산문인협회 회원, 바다문학, 부산진문학 편집주간. 한국리더문학 발행인. 민석문학상(소설), 부경문학상, 시집 『길손이 되어』, 『찔레꽃 피어나는 울타리』 외.

손순이 1957년 경남 김해 출생. 인제대 대학원. 1994년 《문예시대》 등단. 한국문인협회, 부산문인협회, 김해문인협회, 부산여성문학인회, 강서문학회, 실상작가회 회원, 물소리시낭송회 회장, 실상문학 편집장 역임. 설송문학상, 실상문학상, 문예시대 작가상. 시집 『자기를 넘어서』, 『바람의 향기』

손애라 1955년 부산 출생. 방통대. 2002년《실상문학》등단. 부산시인협회 이사 역임, 한국문인협회, 부산문인협회, 남구문인협회 회원, 부산불교문인협회 편집 국장 역임. 실상문학 편집장 역임. 실상문학상(우수). 시집『그림엽서』

손은교《해동문학》등단. 한국문인협회, 부산문인협회, 국제펜클럽 회원.

손영희 1955년 출생. 방통대. 1991년《시와 시론》등단. 〈예감〉 동인.

손진옥 1964년 충북 영동 출생. 영동고. 2006년《한국시》등단. 〈문예수첩〉 시동 인. 시집『푸른 주먹밥』

손화영 2002년《남부의 시》신인상, 2004년《심상》등단. 부산작가회의 회원. 시 집『자운영은 피는데』

송다인 1997년 서울국제펜클럽 등단. 노천명문학상 본상, 독도예술제 본상. 시집 『장미라는 이름으로』, 『울타리』, 『능금 나의 사랑』 외.

송만판 1952년 부산 출생. 방송대. 소설가, 대필 작가. 1998년《문학21》등단. 부 산시인협회 이사, 한국시문학협회 회원. 시집『그들은 모범답안처럼』,『감옥에 갇 히다』 외. 장편소설『사람냄새』,『민들레 홀씨를 아시나요』

송미령 2005년《오륙도 문학》,《부산시인》신인상 등단.

송유미 서울 출생. 2002년 경향신문 신춘문예 등단. 전태일문학상. 시집『살찐 슬픔으로 돌아다니다』 외. 산문집『시가 있는 영화』 외.

송인필 1960년 출생. 1995년《시문학》등단. 김해문인협회 부회장. 부산작가회 의, 시문학 시인회 회원. 〈평행시〉 동인. 시집『비밀은 바닥에 있다』

송진현 1942년 경남 산청 출생. 2002년《현대시문학》등단. 시림문학회 고문, 부 산문인협회 이사, 한국전쟁문학회, 부산수필문학협회 부회장, 한국문인협회 운영 위원. 한국예총회장상, 한국문학상(우수), 전쟁문학회 소설부문 우수상. 시집『바 다를 걸어가는 바위섬』, 『이제는 마파람』. 소설『PAL 티켓』 외.

신　선 1954년 통영 출생. 1993년《시와 의식》등단. 부산문인협회, 크리스천문협 회원. 부산시인협회상. 시집『카오스의 저편』외.

신원희 1955년 서울 출생. 방통대 국문과. 2007년《심상》등단. 부산작가회의, 해운대문인협회 회원.

신정민 1961년 전주 출생. 2003년 부산일보 신춘문예 등단. 요산창작기금 수혜. 부산작가회의 회원. 또따또가 입주작가. 시집『꽃들이 딸꾹』,『뱀이 된 피아노』외.

신정숙 1938년 울산 출생. 2001년《문예한국》등단. 부산문인협회 회원. 시집 『태엽감기』

신　진 부산 출생. 동아대 문창과 교수. 전원문학 창립회원. 1976년《시문학》등 단. 시문학상, 봉생문화상, 부산시인협회상. 동아대인문학장 역임. 부산작가회의 회원. 〈얼토시〉동인. 시집『목저 있는 풍경』외. 논저『우리시의 상징성 연구』외.

신진식 1944년 충북 청원 출생. 2007년《시와수필》등단. 한국문인협회, 부산문 인협회 회원, 신서정문학회 이사, 시를 짓고 듣는 사람들의 모임 이사. 원진유통 대표.

심미지 1943년 일본 복강현 출생. 동아대. 1995년《문학21》등단. 부산문인협회, 카톨릭문인협회, 여성문학인회, 부산여류시인협회 부회장 역임. 시집『물소리』

심상락 1959년 서울 출생. 2007년《문학 21》등단.

안도영 1965년 경남 창원 출생. 경남대 사학과. 2006년《문학예술》등단. 대한 민국시서화전람회 시부문 특선. 부산미술대전 초대작가, 부산시인협회 이사. 문곡서예원 운영. 시조집『몽당붓만 모이네』

안성식 1956년 경남 진해 출생. 2007년《문학예술》등단. 부산문인협회 회원, 부 산시인협회. 해운대문인협회 이사.

안영애 1957년 경남 합천 출생. 2008년《문학예술》등단.

안유정 1951년 경북 포항 출생. 2003년《시마을》등단. 부산시인협회 이사. 한국시인협회 회원.〈가변차선〉동인 회장. 시집『염소의 충혈된 눈을 직시했다』

안유환 1942년 출생. 장로회 신학대학원. 2001년《문예한국》등단. 광나루 문학상 수상. 부산문인협회, 금정구문인협회 회원, 부산 크리스천문인협회 회장 역임. 시집『천사들의 휴양지』,『서설』, 수필집『매미소리를 들으며』, 에세이『발틱해의 일출』등.

안태봉 1950년 출생. 일본 도요다대.〈시로〉동인, 부산불교신문사 편집국장 역임, 시를 짓고 듣는 사람들의 모임, 황령문학, 부산사투리를 사랑하는 사람들의 모임, 부산진구문인협회 회장. 삼화출판사 대표. 시집『너를 위하여』외.

안효희 1958년 부산 출생. 1999년《시와사상》등단. 시집『꽃잎같은 새벽 4시』

양경숙 1949년 경북 경주 출생. 방통대 국문학과. 2003년《문학예술》등단. 새시대작품상 수상, 시집『낯선 길 위의 여정』. 한국문인협회, 불교문인협회 회원.

양왕용 1943년 경남 남해 출생. 1966년《시문학》등단. 경북대 대학원. 부산대 명예교수. 시집『갈라지는 바다』,『달빛으로 일어서는 강물』

양월희 1955년 대구 출생. 2002년《문학예술》등단. 시림 동인, 부산문인협회 회원. 시집『술과 바람』,『내 안의 문을 열다』

양은순 1951년 출생. 부산한성여대. 1978년《시와 의식》,《월간문학》등단. 한국문인협회, 한국시인협회, 한국여류문학인, 부산문인협회, 부산불교문학인협회 회원, 부산여류시인협회 초대회장 역임.〈미래시〉동인,〈시맥〉동인. 시집『체온』,『낱말 길들이기』,『제 마음 단풍드는 시간』외.

양주옥 1931년 출생. 동래여고. 2001년《문학21》등단. 설송문학상, 부산여성문학상 수상. 한국문인협회, 부산문인협회 회원. 시집『무명저고리』외.

양한석 1941년 출생. 동의대 대학원. 2009년《문예운동》등단. 한국문인협회, 부산문인협회 회원. 시집『푸른 꿈과의 동행』

엄경덕 1966년 부산 출생. 2006년《문학21》등단. 한국시민문학협회 부회장, 해운대문인협회 회원. 온돌마루프라자 대표. 시집『오늘 만난 당신』

엄주연 본명 경애. 1956년 부산 출생. 대졸. 2005년《문학세계》등단. 대한민국예술제 문학부문 최우수상, 한국문학인협회 문학대회 공로상, 독도예술제 시부문 우수상 수상. 한국문학인협회 이사, 부산시인협회 이사. 국제문화예술협회 여성분과위원, 한국시낭송회 사무국장, (사)한국상록회 부산지회 이사, (현)일원 C&C(주) 인사부장.

엄주희 1953년 출생. 1993년《문예한국》등단.

여맹식 1946년 경남 의령 출생. 고려대 경영대학원. 2006년《문예시대》등단. 부산문인협회, 한국가람문학회 회원. 부산지역마케팅회 회장, 경성대 경영대학원 총회장 역임, 대한뉴스 편집위원 역임. 아성제약(주), 토탈환경산업 회장.

오귀진 호는 치강. 1946년 경남 밀양 출생. 서울대 조선과. 1998년《문예사조》등단. 새시대문학 작품상. 한국문인협회, 부산문인협회 회원. 시집『황원이 날 부르고』,『이름없는 사랑의 풀꽃』,『침묵의 메아리』

오세희 1948년 출생. 춘천교대. 남천초 재직. 1993년《문예사조》등단. 시집『새는 눈꽃으로 질 수 없다』

오순이 1958년 경남 함양 출생. 동의대. 2003년《문학도시》등단. 부산문인협회, 한국바다문학회, (사)여성문학인회, 한국서화작가협회 회원, 선플라워 대표.

오승일 1973년 부산 출생. 1991년 시집『그래도 지구는 돈다』로 작품 활동. 시나리오 작가. 마루문학회. 〈시와 영혼〉동인. 시집『그래도 지구는 돈다』

오원량 1959년 출생. 성모여고. 1989년《동양문학》등단.

오정수 1955년 충남 예산 출생. 부경대 국제대학원. 2009년《문예운동》시, 2010년《수필시대》수필 등단. 시집『현실과 허상 사이』

옥소득 1936년 부산 출생. 2001년 《시조와 비평》 등단. 동백예술문화상 수상. 한중작가협회 회원. 시집 『유리창을 닦으며』

우명주 1957년 출생. 경남고 부설 방송통신고. 전국방송문학회 시부문 당선, 《자유문학》 시 당선. 민족역사족보학회 사무총장.

원무현 1963년 경북 성주 출생. 1994년 시집 『너에게로 가는 여행』으로 등단. 2003년 《시를 사람하는 사람들》로 재등단. 또따또가 입주작가. 부산작가회의 회원. 〈시무덤〉 동인. (사)요산기념사업회 사무국장. 시집 『홍어』, 『사소한 아주 사소한』

월 하 한국문인협회 중앙위원. 한국현대시문학상, 고산문학상, 국제문화예술상 대상. 시집 『어물전 장씨』 외.

유병근 1932년 경남 통영 출생. 1954년 신작품 활동. 1970년 《월간문학》 등단. 최계락문학상, 부산문화상. 부산시인협회상. 시집 『통영벅수』, 『까치똥』 외. 수필집 『허명놀이』, 『연등기행』 외.

유병기 1963년 전남 순천 출생. 수도침례 신학대학원, 총회 신학대 대학원. 1997년 문학현실, 2004년 《시의나라》 등단. 부산시인협회상(우수). 부산시인협회 사무국장 역임. 한국문인협회, 부산문인협회, 크리스천 부산문학협회 회원. 〈시마루〉 동인. 부산광역장로교회 담임목사. 시집 『하늘에서 흐르는 샘』 외. 수필집 『행복을 위하여』 외.

유혜종 1941년 출생. 2001년 《문예사조》 등단. 국제펜클럽 한국본부 정회원. 문예사조문인협회 이사 및 부회장 역임. 시집 『그리움』, 『그리움 밭을 갈며』, 『그리움 여울져오네』, 『그리움 가슴 가득히』

육은실 1961년 경기 수원 출생. 한남대. 2010년 《문예시대》 등단. 부산문인협회, 한국농민문학회, 글로벌시가람낭송문학 회원. 한국가람문학회 사무국장. 한국문학신문 기자. 시집 『모카향의 행복』

윤 경 본명 경숙. 1965년 출생. 경상대 식품영양학과. 1993년 《심상》 등단. 부산작가회의 회원. 〈문창〉 동인. 논술학원 운영. 시집 『높이 올라간 것은 가볍다』 외.

윤귀혜 1957년 출생. 한성여대. 2005년《한맥문학》등단. 미국달라스문학회 회원, 미국 달라스 코리안저널 기자, 미국 달라스예술총연합회 부회장.

윤덕숙 1952년 출생. 동국대 예술대학원 문예창작과. 1992년《한맥문학》등단. 시집『만각송』외.

윤봉한 1958년 출생. 조선대 치과대학. 1988년 경남신문 신춘문예 등단. 〈문청〉동인. 치과의원 운영. 시집『붉은 꽃』

윤상운 1947년 서울 출생. 서울대 사범대. 1973년 조선일보 신춘문예 등단. 최계락문학상. 〈73그룹〉동인, 〈잉여촌〉동인. 시집『달빛 한 쌈에 전어 한 쌈』,『행복한 나뭇잎』외.

윤소암 1947년 출생. 마산대 종교학과. 승려. 불교문인협회 이사, 한국문인협회 회원. 시집『허공에 점 하나 찍어 놓고』외.

윤영숙 1963년 경북 달성 출생. 방통대 중문과. 2012년《부산시인》등단. 방통대 부산지역총동문회 사무총장.

윤영초 1962년 전남 출생. 서강전문대. 2005년《신문예》등단. 대한민국예술제 문학부문 본상, 대한민국예술제 서울시장상 시부문 대상, 한국예총회장상 문학부문 대상 외. 한국문인협회, 국제펜클럽 한국본부, 부산문인협회, 여류시인협회 회원. 시집『난 당신을 사랑했습니다』외.

윤재선 1942년 전북 고창 출생. 2005년《창조문학》등단. 창조문학 이사, 부산문인협회 회원.

윤정숙 경남 양산 출생.《시문학》등단. 부산시인협회상 수상. 시집『우화당 시편』외.

윤한익 1944년 경남 합천 출생. 한양대 대학원. 동의대 명예교수. 2002년《한국시》등단. 한국문인협회, 부산문인협회, 부산시조시인협회 회원. 시집『무위의 지혜를 찾아서』

윤혜진 1950년 전남 여수 출생. 2002년 《문예사조》 등단. 부산문인협회 회원, 〈동서문학회〉 동인.

윤홍조 1951년 경남 합천 출생. 마산 간호전문대. 1992년 《문예사조》, 1996년 《현대시학》 등단. 시와사상 편집장 역임. 부산작가회의, 부산여성문학인 회원.

은 우 2004년 《문학세계》 등단. 국제펜클럽한국본부, 부산문인협회, 부산바다 문학회 회원. 외국어 강사.

이 경 1982년 출생. 덕성여대 대학원. 2000년 《한맥문학》 등단. 부산문인협회 회원, 〈수림문학회〉 동인. 시집『구멍』

이광수 1935년 경남 양산 출생. 서울대 사회학과. 2002년 《실상문학》 시, 《시조문학》 시조 등단. 부산대 명예교수, 부산대시문학회 지도교수. 중앙일보 중앙시조 백일장 장원. 부산시문화상.

이근대 1965년 출생. 옥야상고. 1990년 《심상》 등단. 부산시인협회상(신인). 시집 『유서를 쓰다 섹스를 상상한다』 외

이나열 1954년 경남 거제 출생. 부산대 사범대. 교사 퇴직. 1996년 《한글문학》 등단. 한국문인협회, 부산문인협회 회원. 〈부산문학〉 동인, 〈가야여성문학회〉 동인. 시집『잎새들의 소요』

이동구 1955년 부산 출생. 2009년 《문학예술》 등단. 한국문학예술가협회, 부산문인협회 회원. 부산시인 편집위원. 좋은시 연구모임–詩堂, 〈시로〉 동인, (주)어드벤텍 연구실장.

이동호 1966년 경북 김천 출생. 신라중 교사. 2004년 매일신문 신춘문예 당선. 〈난시〉 동인. 부산작가상 수상. 시집『조용한 가족』

이두예 2008년 《창조문학》 등단. 한국문인협회, 부산문인협회 회원. 시집『늪』.

이득수 1951년 출생. 동아대 국문과 중퇴. 1994년 《문예시대》 등단. 시집『비오는 날의 연가』외, 수필집『달팽이와 부츠』.

이명재 1966년 경남 창녕 출생. 동아대 법학과. 2002년《문학21》등단. 남부경찰서 부설 남부실업학교 교사.

이명희 1963년 출생. 방통대 국어과. 1993년《문학세계》등단. 부산작가회의 회원.〈문창〉동인. 시집『서늘한 생애』

이목우 본명 이영의. 1957년 경남 김해 출생. 2010년《문학예술》등단. 한국문학예술인협회 회원. 농업경영인.

이문걸 동의대 명예교수. 1977년《시와 의식》등단. 한국시인협회 중앙위원. 부산문인협회, 해운대문인협회 회원. 부산시문화상, 황조근정훈장 외. 시집『즉흥환상곡』외.

이문영 동아대. 남구문화원 사무국장. 문화공간 달빛콘서트 대표. 부산작가회의 회원.〈시작업이후〉동인.

이미자 1964년 경남 합천 출생. 2004년《창조문학》등단. 한국문인협회, 부산문인협회 회원. 시집『개불알꽃』

이민영 한국문인협회. 부산문인협회 회원. 시집『송사시초』,『바람부는 언덕』외. 수필집『종언없는 종말』

이민옥 1969년 출생. 1999년 교단문학 등단.〈시론〉동인. 부산진초등학교 근무.

이복심 1958년 부산 출생. 동주여상. 2009년《문예시대》등단. 부산문인협회 회원.

이봉도 1933년 출생. 2006년《새시대문학》등단. 새시대문학작가협회 회원, 대한적십자 부산지사 부일노년봉사회 회장,〈수림문학〉동인, 부산박약회 회원. 시집『바람에 묻어온 세월』

이봉희 1966년 출생. 1993년《한글문학》등단. 시집『보낼 수 없는 편지』외.

이분선 1936년 함남 원산 출생. 방통대 초등교육. 현곡초 교감 퇴임. 2009년《창작과 의식》,《여기》수필 등단. 부산불교문인협회, 가산문학회, 창작과 의식 작가회 회원. 부산시인협회 이사.

이분자 1945년 경남 마산 출생. 경성대학교 미술학과. 중등미술교사 역임. 1999년 교단문학,《문학예술》등단. 부산시인협회, 남제문학 부회장. 〈시작〉동인 회장. 국제펜클럽, 부산문인협회, 한국바다문학, 알바트로스시낭송회 회원. 남제문학작가상. 시로 동인. 시집『정지 문틈 사이』,『그 숲속 휘파람 소리』

이삼성 1958년 출생. 동국대 대학원. 부산학원 국어과 근무.

이상개 1941년 일본 고베 출생. 마산고. 1965년《시문학》등단. 부산시인협회장 역임. 현대시인협회, 부산문인협회, 국제펜클럽 회원. 부산시인협회상. 〈잉여촌〉, 〈시법〉, 〈시와 자유〉동인, 시집『영원한 평행』,『만남을 위하여』,『흐르는 마음 하나』외.

이상열 1939년 출생. 동아대. 1999년 문예연구,《문학예술》등단. 한국문인협회, 한국시인협회, 국제펜클럽한국본부, 한국불교문인협회, 한국영화인협회 회원. 세계시문학협회, 해운대문인협회, 문예연구문학회. 한얼문학회 회장 역임. 한국해양문학상. 시집『숲 속의 이등병』외. 소설『적도제』외. 시나리오『두 개의 애드벌룬』외.

이상호 1950년 출생. 연세의과대학 대학원. 부산대학교 의학전문대학원 외래교수. 1976년《현대문학》등단. 시집『안개 저편에 길이 있을 것이다』,『뉴욕 드라큘라』외.

이상화 1959년 출생. 보우스님. 1992년《시세계》등단. 시집『그 산의 나라』,『다슬기 산을 오르네』,『목어는 새벽을 깨우네』

이새별 본명 이명성. 1955년 출생. 경희전문대 호텔경영학과. 1989년《시와 의식》등단.

이석래 1946년 울산 출생. 부산시 사하구의회 의장 역임. 2006년《문예춘추》등단. 한국문인협회, 부산문인협회 회원. 제12대 부산시인협회 선거관리위원회 위원장 역임. 시집 『을숙도를 스쳐 흐르는 강물』, 『사계의 노래-물, 빛, 소리, 마음』.

이선형 1958년 출생. 동아대. 1994년《현대문학》등단. 부산작가회의 회원. 백신애문학상. 시집 『밤과 고양이와 벚나무』, 『나는 너를 닮고』

이선화 1968년 경남 합천 출생. 대구교육대학. 2004년《문학세계》등단.

이성림 1937년 경남 함안 출생. 방통대. 2006년《문예시대》등단. 부산시인협회 이사. 부산문인협회, 한국가람문학회, 사하문인협회 회원. (주)삼의 엔지니어링 이사.

이성의 1957년 출생. 동의대 대학원. 2007년《예술세계》등단. 예술시대작가회, 좋은시 연구모임-허당 회원.

이성호 1945년 경남 진주 출생. 경북대 사범대학. 1986년《시와 의식》등단. 부산문인협회 상임이사, 청소년 문예진흥회 회장, 남일고 교장 역임. 청람문예 발행인, 시집 『토끼의 발톱에 이는 구름』,

이소정 본명 이영자. 1953년 부산 출생. 2008년《실상문학》등단. 동백여성 글자랑 운문부 장원 수상. 부산문인협회, 부산불교문인협회, 해운대문인협회 회원. 시집 『마른 꽃』

이송희 1941년 부산 출생. 부산대 의과대학 대학원. 2003년《문학예술》등단. 부산문인협회 회원, 한국바다문학회 이사, 인제대 의과대학 교수 역임, 부산대 의과대학 외래교수, 장학재단 운영, 이안과의원 원장. 시집 『길 묻는 사람』 외.

이수찬 1935년 울산 출생. 부산대 기계공학. 경남공고 교장. 2007년《시와 수필》등단. 한국문인협회. 신서정문학회, 시를 짓고 듣는 사람들의 모임 회원. 부산시인협회 이사. 시집 『세월 속의 유정무정』 외.

이수한 1959년 경남 남해 출생. 부산대 국어교육학과. 2011년《부산시인》등단. 시론 동인. 주례여고 교감.

이순선 1957년 경남 거제 출생. 부산여대 사회복지상담과. 2002년《문예시대》등단. 한국수필 부산협회, 수영구문인회 사무국장, 글로벌시가람낭송문학 부회장, 시집『광안대교』

이순원 1946년 경북 칠곡 출생. 한양대 신문방송학과. 경성대 교육대학원. 부산지방노동청 퇴직. 1998년《문예시대》시, 2006년《새시대문학》수필 등단. 부산시인협회 부회장 역임. 한국문인협회, 부산문인협회 회원.

이양자 1965년 경남 김해 출생. 방통대 교육학과. 2007년 세계환경시문학협회 등단. 부산문인협회 회원.

이영수 1980년 부산 출생. 동서대 대학원. 2006년《순수문학》등단. 국제펜클럽, 부산문인협회, 해운대문인협회, 한국순수문학인협회, 알바트로시 시낭송회 회원.

이영숙 1954년 경남 하동 출생. 구례여고. 2004년《문학예술》등단. 우리옷 옛고을 원장. 부산시인협회 감사 역임.

이영순 1954년 출생. 부산여전 유아교육학과. 1993년《한맥문학》등단. 경보놀이방 재직.

이영애 1955년 대구 출생. 2007년《문학21》등단. 한국리더문학 운영위원. 부산문인협회 회원.

이영주 1955년 출생. 2006년《현대시선》등단. 남양금속 재직.

이영희 1955년 경남 진주 출생. 진주여고. 2006년《문학세계》등단. 한국문학협회 운영이사 역임. 한국문학인협회 문학상, 문예춘추 TS엘리엇문학상. 시집『그대 슬픈 날은 숲으로 가라』외.

이옥순 1935년 출생. 2007년《시시대문학》등단. 새시대문학작가협회, 한일〈녹풍회〉동인, 수림문학회 회원. 금빛봉사회 강사.

이옥순 1956년 출생. 동아대 국문학과. 2006년《창조문학》등단. 한국문인협회, 여성문학회 회원.

이용문 1935년 경남 창녕 출생. 건국대 대학원. 동아대 교수 역임. 2004년《문예시대》등단. 한국가람문학회, 문예시대운영위원회 회장. 부산문인협회, 농민문학회 이사, 연변작가협회 문학상, 중국장백산 세계문학상, 한국농민작가상, 부산시인협회상(우수). 부산시인협회 부회장. 시집 고향의 추억, 어머니의 물레소리 외.

이용수 1955년 경남 고성 출생. 방통대 법학과. 2007년《현대시선》등단. 현대시선 운영이사. 전 부산고등검찰청 검사수사관. 삼일라이온스 크럽 회장 역임. 법무사 이용수 사무소 운영. 시집『쉰 고개 우리들의 이야기』,『지금부터 시작이다』

이원도 1946년 경남 밀양 출생. 2000년《시선》, 2007년《서정시학》평론 등단. 해운대문인협회 회장. (사)윤동주선양회 회장 역임. 부산작가회의 회원. 부산시인협회 수석부회장. 부산시인협회상 수상. 시집『출발선 달을 향한』,『구름 사육사』. 시론집『이상이 만난 장자』외.

이윤길 1959년 강원도 주문진 출생. 주문진수산고. 2007년《영목》등단. 부산문인협회 회원, 해양문학가협회 회원. 한국해양문학대상(시), 한국해양문학상(소설), (주)태영교역 선장. 시집 대왕고래를 만나다 외.

이은경 1933년 출생. 경남여고. 1980년《시문학》등단. 한국문인협회, 한국시인협회, 국제펜클럽 한국본부, 한국여성문학인회, 부산여류문학회 회원, 시와 언어 동인. 시집『건널목을 흐르는 바람의 눈』,『벽시계와 달력과 나 외』

이은숙 1954년 경북 예천 출생. 2000년《시와 비평》등단. 부산문인협회, 가톨릭문인협회 회원. 〈시로〉동인. 문예시대작가상. 시집『북어』

이인우 1950년 출생. 경남대 교육대학원. 1998년《문예한국》등단. 부산작가회의 회원. 시집『레즈비언은 모자를 쓴다』,『풀밭 잠』

이정모 1949년 강원 춘천 출생. 성심외대. 2007년《심상》등단. 부산작가회의, 해운대문인협회 회원. 시집『제몸이 통로다』

이점숙 1963년 부산 출생. 동아대 대학원 간호학과. 동아의료원 재직. 2006년《한울문학》등단. (사)한국한울문학 영남지회 감사. 알바트로스 시낭송회 회원.

이정숙 1957년 출생. 서울 성신사대부고. 1993년《한국시》등단. 부산카톨릭문인협회 회원. 시집『내가 원하던 곳에 생명의 촉수를 꽂고』,『그리움은 얼굴이 없다』

이정이 1969년 경남 거제 출생. 가야대 사회복지학과. 2011년《부산시인》등단.

이종철 1950년 경남 완도 출생. 수산고. 2009년《문예시대》등단. 국정교과서 완도공급소장.

이초우 본명 이호우. 1948년 경남 합천 출생. 부산수산대. 2004년《현대시》등단. 낯선시 편집위원. 부산작가회의 회원. 시집『1818년 9월의 헤겔선생』외.

이춘화 1953년 경남 고성 출생. 고성여고. 2007년《부산시인》등단.

이충곤 1945년 출생. 단국대 대학원.《문예시대》등단. 한국문예연구문학회 회장, 한국뿌리문학회 회장, 〈시로〉 동인회, 황령문학회 고문, 제동농산 신한운송 대표이사.

이해웅 부산교육대 명예교수. 1973년 시집『벽』으로 작품 활동. 부산시인협회 회장 역임. 한국시인협회 기획위원. 〈시와자유〉 동인. 부산시문화상, 부산시인협회상. 시선집『산천어가 여는 아침』외.

이해주 1931년 경남 창원 출생. 호는 범성(凡聲). 경북대 대학원. 부산대 명예교수. 1959년 6.25종군시집 위치 발간. 1999년《세기문학》등단. 부산시문화상, 한국바다문학 작가상, 매월당문학상. 부산문학회 회장, 부산문인협회 회원, 유네스코부산시협회 고문. 시집『위치』,『봄이 오는 소리』,『집어등』. 수필집『덤으로 사는 인생』외.

이현주 1964년 경남 창녕 출생. 2005년《문학예술》등단. 부산시인협회 사무차장 역임. 문화공간 〈수이재〉 집필작가, 또따또가 입주작가. 〈시무덤〉 동인.

이혜경 1959년 출생. 부산대 의류학과. 1995년《조선문학》등단. 부산문인협회 회원. 조양골프프라자 재직.

이혜민 본명 이영희. 1957년 부산 출생. 부산여대. 2004년 《문예시대》 등단. 한국바다문학회, 부산문인협회, 시마당, 황령문학 부회장. 다도예절 연구가. 다로원 원장.

이혜화 1958년 출생. 방통대 국문과. 2001년 《시문학》 등단. 모시올, 영남여성문학회, 〈시문학회〉 동인. 시집 『열렬한 그대』 외.

이화란 1959년 부산 출생. 한남대 국문학과. 2006년 《문학세계》 등단. 한국문학협회 총무이사, 국제문화예술협회 시분과 회원, 청암문학회 운영위원, 동아연합신문사 부산연락사무소 총무.

이화옥(윤정) 1966년 부산 출생. 일본 관서대. 2005년 《신문예》 등단. 허균문학상, 한국예총회장상, 세계여류작가상, 부총리경 과학기술부 장관상. 한국문학인협회 이사, 열린문학 편집위원, 국제문화예술협회 이사, 일본 동화연합신문·통신사 기자. 시집 『산수유, 꽃등을 켜다』.

이효애 1953년 경기도 안양 출생. 2003년 《문학사랑》, 2012년 《시문학》 등단. 2008년 타고르문학상 최우수상. 부산문인협회, 해운대문인협회, 시사랑회, 창조문학, 문학사랑 회원, 푸른 모래알 동인, 시집 『침묵하는 새』 외.

이희수 1953년 부산 출생. 2007년 《문학세계》 등단. 한국문인협회, 부산문인협회 회원. 시집 『순간이 머무는』 외.

이희철 1962년 출생. 부산정보고 재직. 1999년 중앙일보 신춘문예 등단. 2000년 대산문화재단 문학인 창작지원대상자 선정. 부산작가회의 회원. 〈시작업이후〉 동인. 시집 『물방울에 길을 묻다』

임달오 1955년 경남 언양 출생. 부경대 경영대학원. 2002년 《해동문학》 등단. 한국문인협회, 부산문인협회, 부산불교문인협회 회원, 〈해동문학회〉, 〈가산문학회〉 동인.

임명수 1978년 《시문학》 등단. 부산시인협회상. 부산문화상. 〈목마〉 〈신서정시그룹〉 동인 활동. 시집 『나만이 아는 숲이 있다』 외.

임수생 1940년 부산 출생. 서라벌예대 문창과. 1959년 《자유문학》 등단. 전 국제신문, 부산일보 기자. 부산시인협회, 5.7문학협의회 회장 역임. 시와자유 동인. 부산시문화상, 부산시인협회상. 시집 『형벌』, 『절심함은 무엇인가』 외. 산문집 『인터넷시대의 통일문학과 환경』

임수진 본명 임연옥. 1948년 부산 출생. 부산여대. 2009년 《문학예술》 등단. 〈시작〉동인회, 남제문학회 회원.

임순자 1937년 출생. 중앙대 대학원 석사. 2006년 등단.

임정희 필명 림은서. 1957년 경기 안양 출생. 방통대 국문학과. 2007년 《문학공간》 등단. 부산문인협회, 한국문인협회 회원, 한국문학신문 영남본부 기자.

임종성 1950년 출생. 고려대, 동아대 대학원. 남성여고 퇴직. 1977년 《시문학》 등단. 해운대문인협회 회장. 부산시인협회 감사. 한국시문학회 부회장. 부산문인협회 회원. 부산문학상, 부산시인협회상, 문예한국작가상. 시집 『땅뺏기』 외. 평론집 『현대시의 미적구조』 외. 학술서 『박두진 시연구』

임화선 1954년 출생. 부산문인협회 회원, 해동문인협회 회원. 〈모시올〉 동인.

장기연 1949년 출생. 1993년 《실상문학》, 《한국문인》 등단. 부산불교문인협회, 국제펜클럽 한국본부 부산지역 부회장. 한국불교문인협회, 부산문인협회 회원, 문예시대작가상, 한국불교문학 작가상. 한영번역 시집 『시의 풍경 그리고 사람』 외.

장동범 1952년 출생. 부산외대 교육대학원. KBS 대구, 창원 보도국장, 울산방송국장 역임. 부산외국어대 겸임교수. 1999년 《시문학》 등단. 시집 『개망초꽃도 시가 될 줄이야』 외. 칼럼집 『촌기자의 곧은 소리』

장진길 호는 호광. 1946년 부산 출생. 1997년 《문예한국》 등단. 사업가.

장진순 1958년 출생. 부산대 대학원. 1999년 《솟대문학》 등단. 대한민국 장애인문학상, 장애인 근로자 문학상(노동부장관상) 수상. 시집 『먼길 가면서』, 『우리가 사랑이라고 말하는 것들』

전기웅 1954년 출생. 부산대 대학원. 부산대 교수. 1994년《문예사조》등단. 부산작가회의 회원. 〈시와 숲〉, 〈시작업 이후〉 동인. 시집『세상의 모든 슬픔들에게』, 『바람의 무늬』, 『오벨리스크』

전다형 1958년 출생. 2002년 국제신문 신춘문예 등단. 부산작가회의 부회장. 시집『수선집 근처』

전명숙 1958년 출생. 방통대 국문과. 1999년《시와사상》등단. 부산작가회의. 기장문학 회원. 시와사상 운영위원, 시집『염소좌 아래 잠들다』, 『전갈』

전병구 1947년 경남 함양 출생. 거창대성고. 2001년《교단문예》, 2004년《문학예술》시, 《새시대문학》수필 등단. 수림문학회 회장 역임. 부산문인협회, 동래문인협회 회원. 교육부장관상, 대통령 옥조근정훈장. 시집『꿈은 사라지고』

전성희 1950년 부산 출생. 부산여대. 2003년《문학예술》등단. 부산문인협회, 부산불교문인협회, 한국바다문인협회, 부산진문인협회 회원, 시집『비어 있다는 건 언제나 낯설다』외.

전현정 1958년 경남 고성 출생. 총회신학대학원. 2003년《창조문학》등단. 영남신학대 상담학교수, 문화예술기획실장. 부산시인협회 이사.

전흥준 1954년 출생. 2001년《자유문학》등단. 부산작가회의 회원. 시집『마당을 쓸면서』, 『나는 노새처럼 늙어간다』

정경완 1945년 전남 해남 출생. 동아대 국문학과. 2006년《문예사조》등단. 한국문인협회, 부산문인협회 회원, 새시대문학 작가상. 시집『아버지의 향기』, 『별이 뜨는 소나무 숲길』외.

정광덕 1944년 출생. 동국대 국문과.《문학공간》등단. 시로 동인. 우성타이어 근무. 시집『자벌레 삶의 변증법』

정광일 1954년 전남 광양 출생. 2005년《문학21》시. 2006년《한비문학 》수필 등단. 한국21문인협회, 한국시민문학협회, 한비문학 작가협회 회원. 한비문학 제1회 시부 대상. 시집『바람이었네』, 『겨울에 우는 매미』외.

정국심 1960년 경남 남해 출생. 2002년《문학예술》등단. 시림문학 동인. 시집 『시집을 든 여자』.

정길언 1950년 경남 남해 출생. 2008년《문학예술》등단. 부산문인협회, 북구문 인협회 회원.

정남순 1947년 출생. 한성여대 미술과. 1992년《문학과 의식》등단. 부산시인협 회, 부산여성문학인회 부회장 역임. 부산여성문학상. 교단문학상. 시집 『원근의 기쁨』.

정봉균 1953년 전남 광양 출생. 방통대 경영학과. 2007년《문예시대》등단. 광주 서은문학회 회원.

정봉화 1936년 경남 밀양 출생. 경성대 행정대학원. 학교법인 선화학원 이사장. 2009년《한국녹색》시와 산문 등단. 부산여류시인협회 문화분과위원장, 문화와 문학타임 부회장. 부산문인협회, 부산시 초대시의원, 대한민국 장한 한국인상. 시집 『나에겐 아직도 꿈이 있다』 외.

정선기 1940년 경북 김천 출생.《심상》등단. 부산일보 논설주간, 부산문인협회 부 회장 역임. 교회복음신문 주필. 동서대 객원교수. 시집 『경부선 그리고 호남선』 외.

정순남 1935년 경남 통영 출생. 경남여고. 1994년《한글문학》등단. 부산문 인협회, 가톨릭문인협회, 부산여성문인회, 사하문인회 회원. 가톨릭문학상, 여성문학상. 시집 『가을걷이』 외.

정순영 1949년 경남 하동 출생. 미 HEED대 대학원. 1974년《풀과 별》등단. 동 명대학교 총장, 부산시인협회 회장, 국제펜클럽부산위원회 회장 역임. 한국현대 시인협회 중앙위원회 의장, 세종대 석좌교수. 봉생문화상, 세계금관왕관상, 자 랑스런시인상, 부산시인협회상 외. 시집 『시는 꽃인가』, 『꽃이고 싶은 단장』, 『조선 징소리』 외.

정신자 1942년 경남 마산 출생. 경성대 대학원. 2007년《새시대문학》등단. 부산 문인협회, 부산여성문학회, 부산여류시인협회 회원.《수림문학》동인. 시집 『갠지 스에선 아무도 울어선 안된다』

정영일 1957년 경남 합천 출생. 동아대 대학원. (사)이주홍문학재단 이사, 데레사 여고 재직. 2002년 《문학예술》 등단. 시집 『사랑보다 더 큰 말이 있을까』, 『지금 사랑하는 이에게』

정옥금 1949년 출생. 1996년 《한맥문학》 등단. 한국문인협회, 부산문인협회, 부산시인협회 이사, 부산불교문인협회 부회장 역임, 실상문학 작가회, 시가람 낭송회 회원, 강서 문학회 부회장. 문예시대 작가상, 낙동강문학상 외. 시집 『맨발이고 싶다』, 『그래도 참 다행이다』 외.

정은정 본명 정연옥. 1965년 출생. 2010년 《한맥문학》 등단. 시집 『진실의 기도』

정우일 호, 단산. 자연섭리학회. 구산의숙 사무총장. 한국정신과학회 이사. 홍익 생명사랑회 부회장. 임원경제지번역출판후원회 위원장. 부산작가회의 회원. 부산 시인협회 사무국장 역임. 시집 『티끌세상 하늘보기』

정웅규 1952년 출생. 부산대 경영대학원 경제학과. 부산시인협회 사무국장 역임. 〈시론〉동인. 시집 『우리는 가끔 야외촬영을 즐긴다』

정원식 1944년 경남 의령 출생. 부경대 대학원. 2009년 《문예시대》 등단. 금 정구문인협회 회장, 부산시문인협회 이사, 부산시행정동우문인회 사무국장 역임. 부산시 수필문인협회 이사. 농민문학상(우수). 시집 『석류가 익어가는 계절』

정은하 1958년 경남 남해 출생. 2001년 《한맥문학》 등단. 재능 시낭송대회 금상. 수림문학회 초대회장 역임, 재능시낭송회 부산지회장, 부산여성문학인회, 부산불 교문학인회, 해운대문인협회, 한국다도협회 회원. 동화 구연가.

정을필 1961년 출생. 부산진여상. 2000년 《문예한국》 등단.

정의태 1951년 부산 출생. 경북대 중퇴. 1992년 《한글문학》 등단. 부산문학동인 회, 한글문학회 회원, 시집 『고독한 자의 수레』, 『섬에 와 섬이 된다』 외.

정인조 1942년 경북 경주 출생. 부산대 약학과 및 대학원. 1986년《예술계》등단. 정과정문학상 운영위원, 부산문인협회 회장 역임. 한국문인협회 이사, 한국수필 문학상. 한국문협 작가상. 시집『돌의 날개』,『존재하는 것에 대해 묻다』,『너와 나 사이』, 수필집『을목인생』

정일근 경남 진해 출생. 경남대. 1985년 한국일보 시, 1986년 서울신문 신춘문예 시조 등단. 소월시문학상, 영랑시문학상, 지훈문학상, 육사문학상 외. 경남대 교수. 시집『바다가 보이는 교실』,『경주남산』외.

정재규 1959년 전북 김제 출생. 부산대 교육대학원. 1996년《문예시대》등단. 한국교단문인협회 회원, 〈나무와 숲〉동인. 가야교동초등학교 교장.

정재선 1954년 경북 청도 출생. 2005년《문학시대》등단. 부산문인협회 회원,

정재순 1965년 서울 출생. 창신대 문예창작학과. 2002년《문학예술》등단. 부산 문인협회, 한국문인협회, 새시대문학 작가협회 회원, 〈수림문학회〉동인. 구덕초 문예창작 교사, 부산여성가족개발원 위촉 강사.

정재필 2007년《문학예술》등단. 여문 흑기(1965), 시와 시론(1969) 동인. 시집『산에서 듣다』

정진경 1962년 출생. 동아대. 2000년 부산일보 신춘문예 등단. 시집『알타미라 벽화』,『잔혹한 연애사』

정차숙 1959년 부산 출생. 부성여상. 2009년《문학세계》등단. 시사랑문화모임회 회원, 동양역리문화협회 회원.

정한길 필명 정진채. 1936년 출생. 방통대. 아동문학가. 2009년《문학예술》시 등단. 부산문인협회장, 한국문인협회 이사 역임. 국제펜클럽 한국본부, 한국수 필가협회 이사. 한국현대시인협회 회원, 대한민국문학상, 부산시 문화상. 시집 『꽃밭』,『모과』

정형련 1957년 경남 거제 출생. 방통대. 2007년《문학시대》등단. 부산문인협회 회원. 시집『피아노 소곡』

정혜국 1955년 부산 출생. 동아대 교육대학원. 2006년 《문학세계》 시, 2009년 시조 등단. 양산신문 객원논설위원. 한국아동학회, 해운대문인협회 회원. 영어학원 운영, 개원어린이집 원장. 시집『아깝지 않는 날의 흔적』

정혜송 1953년 부산 출생. 경성대 신문방송학과, 부산여대 대학원. 2004년 《문학21》 등단.

정효모 1946년 부산 출생. 부산수산대, 부산가톨릭대 신학원. 《시의나라》로 작품활동. 시집『아픔의 사랑』,『영혼의 불빛 앞에』 외. 산문집『내 마음 갈매기가 되어 오대양을 날으리』 외.

조규옥 1957년 출생. 동아대 대학원. 1998년 《조선문학》 등단. 부산문인협회, 카톨릭문인협회 회원. 부산시인협회 이사. 해바라기 그룹홈 원장. 자기관리 리더쉽스피치 강사. 시집『장미무늬 식탁보』

조남순 1976년 《시문학》 등단. 시집『내 고향에 흐르는 강은』,『햇볕 맑고 바람 불던 겨울날』,『겨울산』,『봄 광장의 약장수』 외.

조민자 1953년 출생. 창신대 문예창작과. 1993년 《경남문학》 등단. 대한민국 학생예술 문화상, 시집『이 세상에서 가장 아름다운 이름』,『잎새와 뿌리는 서로 그리워하고』,『포스트모니즘 시대에 길을 묻다』.

조범산 1951년 경남 고성 출생. 고성농업고. 1997년 《문예한국》 등단. 솔로몬전자 대표 역임. 《시와 관객》 발행 겸 편집인. 시집『비를 바라보는 단순한 시선』,『신들의 잠』

조선영 1951년 경남 창원 출생. 마산제일여고. 2005년 《새시대문학》 등단. 시와수필 편집위원, 부산문인협회, 신서정문학 회원, 부산시인협회 사무차장. 한국문학신문 명예기자. 시집『내 광장을 떠나가는 나무』,『아름다운 소요』,『칼국수를 미는 저녁』

조성래 1960년 합천 출생. 경남대 국어교육과. 학산여고 재직. 《지평》,《실천문학》으로 작품 활동. 부산시인협회 사무국장 역임. 부산작가회의 회원. 학원문학상. 시집『시국에 대하여』,『카인별곡』 외.

조성범 1957년 부산 출생. 서경대. 2009년《현대시문학》등단. 부산문학연대, 문화협회 회원. 부산진문예 최우수상 수상.

조성순 1945년 경남 하동 출생. 2006년《해동문학》등단. 한다사 문학학회 회장. 토지문학제추진위원. 부산시인협회 이사, 부산문인협회, 국제펜클럽 회원. 문예시대 작가상. 부산포라이온스클럽 회장 역임. 쉐보레 중부영업소 대표. 시집『내 정말 그 때였다면』,『햇무리 필 때』외.

조연로 1946년 만주 하얼빈 출생. 경희대 경제학과. 동의대 대학원. 2003년《문학예술》등단. 월간 해기 편집장, 부산시인 편집주간 역임. 부산경상대 교수.

조영희 1952년 출생. 방통대 가정학과.《시문학》등단. 시문학시인회 회장. 시집『숲은 아직도 꿈꾸고 있는데』외.

조원기 1940년 경남 마산 출생. 부산대 약학대학, 부경대 대학원. 2006년《문학예술》등단. 한국문학예술가협회 회장. 한국문인협회, 부산불교문인협회 회원. 조아제약(주) 회장. 시집『새로운 몸짓으로 살고 싶다』외.

조의홍 부산시인협회 회장 역임. 탈 동인. 시집『여름 산에 올라』,『꿈 · 2408』,『닐리리야 또 닐리리』외.

조인래 1936년 경남 김해 출생. 경북대 사범대학. 2003년《한맥문학》등단. 한국문학인협회 회장. 한국문인협회 회원, 부산문인협회 이사, 경일정보여고, 한일여고 교장 역임. 예총회장상, 한국문학상, 좋은문학 작가상. 시집『시간도 머물다 간다』외.

조차숙《부산시인》등단. 국제펜클럽 부산본부, 연제문인협회 회원. 이끌림 문학회 회장.

조창용 1955년 출생. 부산대 행정대학원. 1999년《시의나라》등단. 부산시인협회 회장대행 역임. 부산시인협회상(우수). 부산시장애인총연합회 회장. 시집『새가 되어 오리라』외.

조해훈 1960년 대구 달성 출생. 1987년 오늘의 문학, 1989년《한국문학》등단.

전 국제신문 기자. 동아대 재직. 부산작가회의 회원. 시집『조선통신사』,『실크
로드 사람들』 외.

조헌호 1939년 경남 사천 출생. 국제대. 2005년 《문예시대》 등단. 부산시 행정
동우회, 비봉문인회 회장. 한국가람문학회 부회장. 한국문인협회, 부산문인협회
부산불교문인협회 회원. 장백산세계문학상, 연변작가협회 문학상. 시집『산사의
밤』,『생애 가장 가난한 날』

주명옥 1942년 경남 거제 출생. 동국대. 화가. 2012년 《부산시인》 등단. 한시회
회원, 거농 문화예술원장.

주순보 1958년 경남 거제 출생. 부산여대 미대 3년 중퇴. 1998년 《한국시》 등단.
화쟁문화포럼 운영위원, 부산시인협회 이사 및 편집장, 남구문인협회 부회장, 부
산문인협회 회원. 전국예술대회 시부문 최우수상, 설송문학상(우수), 부산시인협
회상(우수). 시집『꽃씨는 겨울을 생각한다』,『겨우살이가 말하다』 외.

지운경 1945년 출생. 대구상고. 1994년 시집 등단. 부산작가회의, 해운대문인협
회 회원. 시집『브레이크를 밟을 때마다 삶은 조금씩 흔들렸다』,『결실』

진경옥 1939년 부산 출생. 연세대 국문학과. 1979년 《현대시학》 등단. 부산여성
문학인회 회장 역임. 부산시인협회상, 부산여성문학상, 봉생문화상. 시집『불을
스쳐가는 작은바람』,『풍경을 지우면서』,『길을 묻는다』 외.

진국자 1948년 경남 거제 출생. 2005년 《문학21》 등단. 수로꽃 예술작가. (사)한
국다도협회 사직지부장. 부산시인협회 이사.

차달숙 경남 창녕 출생. 마산고. 부산수필낭송문학회, 실상문학작가회 회장, 한국
바다문학회 부회장. 한국문학방송 전문위원. 부산문인협회, 부산수필문인협회 사
무국장 역임. 청솔문학상, 실상문학상, 한성기문학상 외. 시집『아내의 텃밭』,『사
랑의 배접』 외. 수필집『어머니의 팔베개』 외.

차한수 경남 통영 출생. 동아대 명예교수. 《현대시학》 등단. 윤동주문학상, 부산
시문화상. 시집『손』,『날아다니는 나무』 외. 시선집『새떼』,『날아오르다』 외. 평
론집『비극적 삶과 시적 상상력』 외.

차화연 1961년 경남 울주 출생. 송원여대. 1999년 《문예사조》 등단. 사하문학, 여성문학회 회원. 한국서화협회 초대작가, 대한민국 서화 국공모전 종합대상. 자연약초연구원 선다원 경영. 시집 『매화꽃을 피운 여자』

채경자 1964년 출생. 2008년 《한맥문학》 등단. 시낭송가. 부산문인협회 회원. 허난설헌문학상 금상, 제12회 여류작가상. 시집 『내 정원의 아침』 외.

천향미 1966년 경북 의성 출생. 2007년 《서시》 등단. 한국문학방송 신춘문예 당선, 문예진흥기금 수혜. 부산작가회의, 해운대문인협회 회원, 윤동주선양회 사무국장. 부산시인협회 편집차장. 시집 『바다 빛에 물들기』

최경숙 1936년 전북 출생. 방송인(전 KBS 아나운서). 2010년 《시와 수필》 등단. 부산여성문화회 회장. 센텀합창단 단장.

최경식 한국문인협회, 부산문인협회, 부산불교문인협회 회원. 청옥문학 발행인. 청옥문화예술인협회 회장. 시집 『여백의 바람』, 『세월 따라 낙엽처럼』

최귀례 1948년 서울 출생. 부산여대 다문화학과. 2003년 《문예한국》 등단. 부산문인협회, 부산여류시인협회, 알바트로스 시낭송문학회 회원. 부산크리스천문학회 부회장. 부산시인협회 이사. 예향다원 원장. 시집 『폴세잔느의 여행』

최길준 1956년 경남 양산 출생. 경성대 대학원. 2005년 《대한문학세계》 등단. (사)창작예술인협의회, 대한문인협회, 부산경남문학회 회장, 시마당 이사, 한국문학발전상, 전국시인대회 금상(2007) 외. 시집 『달빛 젖은 강』 외.

최미화 1965년 출생. 2006년 《문학21》 등단. 동백여성 글자랑 대회 장원. 한국시문학협회 사무처장. 부산문인협회, 시고리작가회 회원. 시집 『내 마음의 추신』, 『강물 위에 띄운 편지』

최봉섭 1954년 경북 청송 출생. 영덕농고. 2012년 《부산시인》 등단. 해운대문인협회 회원.

최선준 1956년 출생. 강원대. 2002년 《시의나라》 등단. 시집 『입안에 피는 꽃』

최수지 1954년 부산 출생. 2001년 《예술세계》 등단. 한국문인협회, 부산문인협회, 부산여류문인협회, 예술시대작가회, 글마루회 회원. 한국여성시동인회 회장.

최순익 1941년 출생. 서울 사범대 국문과 중퇴. 해운대여중 재직. 부산문인협회, 해운대문인협회 회장 역임, 부산시인협회 감사 역임. 설송문학상. 시집 『석란』, 『귀향』 외.

최양숙 1964년 부산 출생. 방통대 국문학과. 2005년 《실상문학》 등단. 부산문인협회, 부산불교문인협회, 동래문인협회 회원.

최연근 1947년 경남 고성 출생. 연세대 언론홍보대학원. 1992년 충청일보 신춘문예 당선. 한국문인협회, 시조시인협회, 부산문인협회, 부산시조시인협회, 금정예술인총연합회 회원, 백지문학회 회장, 금정문인협회 부회장. KBS 부산보도국장 역임. 시집 『허기진 소나기가 울면 천둥을 치는가』 외.

최영구 1941년 경북 영일 출생. 동아대 대학원. 2001년 《문예한국》 등단. 부산문인협회 회원. 인쇄문화사랑회 회장. 시집 『불꽃놀이』

최영철 1958년 출생. 1986년 한국일보 신춘문예 당선. 백석문학상, 최계락문학상 수상. 시집 『아직도 쭈그리고 남은 사람이 있다』, 『가족사진』 외.

최 옥 1963년 경남 하동 출생. 부산예술대 문예창작과. 1992년 《시와 비평》 등단. 한국시인협회, 부산시인협회, 부산문인협회, 부산가톨릭문인협회 회원. 한다사 동인. 시집 『엄마의 잠』, 『한사람을 위한 기도』, 『내가 빛나는 이유』

최용관 1946년 출생. 부산대 행정대학원. 2007년 《시와 수필》 등단. 한국불교문인협회 이사, 국제펜클럽 한국본부, 신서정문학회 회원.

최원준 1963년 출생. 부산외대 중어과. 부산경남젊은시인회의 의장 역임. 부산작가회의 회원, 문화공간 〈수이재〉 대표. 시집 『금빛 미르나무 숲』, 『오늘도 헛도는 카세트 테이프』 『북망』 외.

최원철 1944년 출생. 독일 카이젤슬라우테른. 부산대 명예교수. 1996년《문예시대》등단. 국제펜클럽 한국본부 이사. 부산시인협회 수석 부회장 역임. 시집『그리움이 진하여 눈물이 될 때』,『기막힌 일 당하거던』외.

최의용 1954년 경북 문경 출생. 2003년《한맥문학》등단. (주)재흥개발 재직.

최재영 1962년 출생. 계성여상. 1994년《문예한국》등단. 부산시인협회 이사 및 편집위원. 시집『낙타여 낙타여』,『은빛꼬리 여우』

최정란 1961년 출생. 계명대 영문학과. 2003년 국제신문 신춘문예 등단. 부산작가회의 회원. 요산창작기금 수혜. 시집『여우장갑』외.

최지원 1956년 출생. 1991년《문학공간》등단. 대한불교신문 이사, 부산문인협회, 부산불교문인협회 회원., 〈보리수〉동인. 시집『산문에 부는 바람』

최진만 1954년 경남 고성 출생. 창신대 문창과. 1993년《한맥문학》등단. 한얼문학회, 북구문인협회 회장 역임. 부산문인협회, 부산시인협회 이사 역임. 국제펜클럽 회원. 시집『마디에서 피는 꽃』외.

최진호 1942년 경북 청도 출생. 경희대 대학원. 2004년《문학예술》등단. 한국문인협회, 부산문인협회 회원, 한국바다학회 이사장, 부산불교문인협회 회장 역임. 시집『걸어 다니는 물고기』,『바다가 부르는 노래』,『파도소리로 울고 싶다』외.

최창도 1943년 출생. 동아대 중퇴. 1993년《문예사조》등단. 부산시인협회 이사 및 부회장 역임. 국제펜클럽 한국본부, 한국바다문학회 회원. 〈시와숲〉동인. 경일문화원 원장. 부산문학상, 설송문학상, 한국바다문학작가상, 부산시인협회상. 시집『별들이 숨쉬는 하늘』,『매일 떠나는 희망』외.

최철영 1948년 경남 밀양 출생. 부산상고. 2001년《시의나라》등단. 영원로지스 대표. 시집『티눈 뽑기』,『길을 묻는다』

최춘자 1936년 경북 경주 출생. 1999년《문예시대》등단. 가람문학상 수상. 부산문인협회, 부산불교문인협회 회원. 동서문학 회장, 가람문학 부회장 역임. 동구문화예술인협의회 부회장, 부산시인협회 이사. 시집『어머니는 새가 됐나?』,『유년을 찾아서』. 수필집『화단을 만들며』

최향숙 1942년 출생. 부산대 사범대. 1991년《현대시》등단. 한국아동문학회 부회장 및 부산지회장, 한국동요작가작사가협회 회장, 부산여류문인협회 회장 역임. 국제펜클럽 한국본부, 한국시인협회, 한국동요협회, 부산문인협회 회원. 부산아동문학협회 고문. 부산불교문인협회 자문위원. 시집『무리』,『바다피리』외.

최혜림 본명 최성임. 1952년 출생. 방통대.《부산시인》등단.《문학도시》수필등단. 시집『문』

최휘웅 1944년 충남 예산 출생. 1982년 현《대시학》등단.〈시와의식〉(74),〈절대시〉(86),〈시21〉(98) 동인 활동. 계간 시와사상 편집인. 시집『절대공간』,『환상도시』,『하얀 얼음의 도시』외. 평론집『억압』,『꿈』,『해방』,『자유』,『상상력』

추점자 1954년 출생. 동아대 국문과. 교사. 부산시인협회 이사. 시집『풀풀거리는』,『이파리』외.

탁영완 1988년《시문학》등단. 부산문인협회 이사, 영남여성문학회 회장, 부산여류문인협회 회장, 부산여류시인협회 회장, 부산시문학시인회 회장, 부산시인협회 부회장, 윤동주문학선양회 부회장, 부산여성문학인회 부회장 역임. 부산여성문학상, 부산문학상, 설송문학상, 한국현대시인상. 시집『하늘 향한 감각의 살비늘』,『신을 만들며 또 지우며』외.

표애자 1943년 일본 동경 출생. 2004년《신문예》등단. 한국문인협회, 국제펜클럽 한국본부, 부산문인협회 회원. 한국시낭송회 부회장. 허균문학상 금상. 한국예총연합회장상 외. 부산시인협회 이사. 시집『빨간 항아리 속의 미소』외.

하두호 1929년 경남 거제 출생.《문예한국》등단. 한국문인협회, 부산문인협회 회원. 한국국어교육학회 부산지회장 역임. 시집『불씨를 주우며, 밥상에 뜬 달』외. 수필집『말이 없는 이 땅의 나무같이』. 여행산문집『우보씨의 여여기』외.

하승무 1964년 출생. 광주대 신방과, 부산외대 일어과. 1994년《한겨레문학》등단. 한국작가회의 회원.

하일례 1956년 경남 남해 출생. 2008년《문예사조》등단.《창조문학》수필 등단. 한국문인협회, 부산문인협회 회원. 시사랑문화모임 사무국장. 시집『처음의 원인』

하태수 1948년 출생. 2001년《문예운동》등단. 한국산업훈련협회 전문위원, (주)풍산 운영지원부장 겸 사내강사. 부산시인협회 이사, 국제펜클럽 한국본부 회원.

한경동《시문학》등단. 부산시인협회 부회장 역임. 시집『과일의 꿈』외.

한미성 1949년 출생. 이화여대, 부산대 교육대학원. 브니엘여고 재직. 1992년《문학공간》. 1995년《현대문학》등단. 부산작가회의 회원. 시집『중세기로 간 친구』,『어두워질 때까지』

한진수 1950년 출생. 대구대 국어교육학과. 부산시청 재직. 1995년《한국시》등단. 전국공무원 문인협회 이사, 가야문학회 사무국장 역임. 1996년 한국시문학 대상 수상. 시집『고향의 오솔길』외.

한창옥 1950년 출생. 2000년 시집『다시 신발 속으로』로 작품 활동. 부산시인 편집주간 역임. 포앰포앰 발행인. 시집『빗금이 풀어지고 있다』

한효섭 1946년 출생. 고려대 교육대학원. (사)한국평생교육노인대학협의회 사무총장, 학교법인 부성학원 설립자 겸 이사장, 한글이름파동학회 회장. 1996년《앞선문학》등단. 부산시인협회 부회장. 시집『벽』,『더 사랑하리』,『예정된 이별』외.

한희옥 1961년 출생. 경상전문대 유아교육과. 2007년《한비문학》등단. 시집『목련꽃 피는 봄』.

허수복 1934년 출생. 부산대 영문과. 1991년《시와 비평》등단.

허외식 1930년 경남 김해 출생. 부산사범학교. 2004년《문학예술》등단. 한국문인협회, 부산문인협회 회원.〈수림문학〉동인. 시집『지워지지 않는 그림자』

허충순 1945년 부산 출생. 동아대 교육대학원. 2005년《문학예술》등단. 부산수필, 해운대문인협회 회원, 동래차밭골 동인, 청향회, 부산차인현합회, 부산꽃예술 작가협회 회장. 부산시인협회 이사.

현순보 1971년 경남 출생. 부산영상고. 2001년 《서울문학》 등단. 부산여성문학인회 이사, 부산문인협회 회원, 독도사랑문학회 사무국 차장.

홍경자 1962년 출생. 방통대 국어과. 1995년 《문예한국》 등단. 〈부산문학〉 동인.

홍금희 1965년 부산 출생. 2010년 《문예사조》 등단. 대한문학인협회, 한국문인협회 회원, 시집 『아름다운 파수병』

홍수희. 본명 홍민자. 1963년 출생. 부산외대 국문과 중퇴. 1995년 《한국시》 등단. 부산가톨릭문인협회, 부산문인협회, 국제펜클럽 한국본부 회원. 시집 『이 그리움을 그대에게 보낸다』 외.

홍정숙 1984년 《죽순》 등단. 동아대 대학원. 문예시대 작가상. 시집 『초행길』, 『햇살이 바람에게』, 『풀씨』 외. 논저 『신동집 시의 죽음의식 연구』

홍종철 1947년 출생. 진주농림전문학교. 〈가람문학회〉 동인. 시집 『나직한 대화』

황갑윤 1944년 경남 양산 출생. 일본예술신학대학원 문예창작과. 1971년 동화신문 신춘문예. 종교뉴스신문사 신춘문예 당선, 한국문학인협회 이사장. 한국시낭송회 회장. 한국문인협회, 국제펜클럽 한국본부 회원, 부산문인협회 상임이사, 박재삼문학상. 허균문학상, 황희문학상 외. 서울외신기자클럽 정회원, 일본동화연합신문사 주한특파원. 시집 『몽란을 꿈꾸며』 외.

황귀남 1964년 출생. 2001년 《해동문학》 등단. 해동문학 회원.

황길엽 1954년 출생. 1992년 《한국시》 등단. 부산작가회의, 시울림 시낭송회 회원. 부산여성문학상(우수). 시집 『비문을 읽다』 외.

황병준 1939년 경남 사천 출생. 부산동아대 국문학과 2년 수료. 2009년 《실상문학》 등단. 부산불교문인협회, 실사문학작회 회원. 부산진구문학 공모전 운문부 최우수상 수상. 대구일보 부산주재 기자, 아동심리학회 이사.

황인국 1960년 경북 상주 출생. 부경대 경영대학원. 2006년 《문학예술》 등단. 한국문인협회 회원, 시를 짓고 듣는사람들의 모임 자문위원, 춘인섬유 대표, (재)상주장학문화재단 사무국장

황재연 1952년 부산 출생. 1998년 《문예사조》 등단. 부산문인협회, 해운대문인협회 회원. 문학도시 작가상 수상. 『풀잎 옆에 풀잎』, 『따뜻한 생각』, 『당신의 왼편에서』

황주철 1958년 경남 통영 출생. 총신대. 2010년 《부산시인》 등단. 국제한미문화교류 인권상, 독서신문사장상. 들뫼문학 동인, (카페)문학갈렌피겐 회장. 전국청운독서회 창립 총회장 역임.

해 연 1952년 경남 김해 출생. 동아대 영문학과. 부산시인협회 이사. 부산여류문인협회, 해운대문인협회 이사. 부산문인협회 회원. 시집 『닮고 싶은 웃음』, 『젖은 빛』, 『꽃으로 온 아가』

효 향 본명 서소숙. 1948년 출생. 《문학공간》 등단. 시집 『모정의 향기』

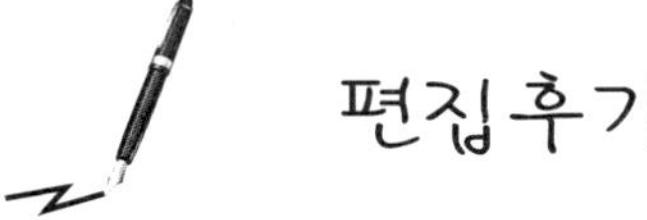

편집 후기

• 부산시인협회 40년사의 방대한 작업을 1년 내에 마무리 짓다보니 아쉬움이 크다. 보다 더 점검하고, 고증하고, 확인이 필요한 부분이 많았으나 시간이 너무 부족했다.

• 무엇보다 편찬 작업을 하면서 제일 힘들었던 부분은 불법 비대위의 무분별한 고소고발로 인해 시간을 너무 빼앗긴 점이다. 부산진경찰서, 사상경찰서, 검찰청, 법원까지 모든 증빙자료를 찾아 제출하고 대응해야 하는 일들로 인해 40년사 작업을 충실히 하지 못한 점이 너무 아쉽기만 하다.

• 지난 1년간 비대위는 10여 건이 넘는 고소고발을 남발하고 시인협회 통장 압류, 부산시에 '40년사 지원금 환수요청', 사단법인 설립 방해, 부산문화재단에 민원 투서, '부산시인'과 '부산시인협회'를 특정인 앞으로 상표권을 등록신청하는 등 회원들의 지원활동에 막대한 지장을 초래하게 만들었다. 이로 인해 회원님들의 좋은 활동내역들을 알차게 엮어내지 못하게 되었다. 결국 이런 일들은 모든 회원들에게 고스란히 피해로 돌아가고 말았다.

• 본 40년사는 부산시의 지원 없이는 할 수 없는 일이었다. 다시 한 번 감사드린다. 그리고 부산은행, 신태양건설사와 아울러 문화관광국 관계자 분들에게도 고마움을 전한다.

• 무엇보다 40년사 편찬에 많은 분들의 협조가 있었다. 물심양면 애써 주신 편찬위원들 외에도 실무진들의 수고를 잊을 수 없다. 자료 구축과 발굴에 서규정, 원무현, 이새별, 이용문, 손애라 시인, 정리와 분류에 최재영, 이현주, 김해경, 김 곳, 김남희, 김선례, 김나혜, 조선영, 김지현 시인 등이 고생해 주셨다. 감사 드린다.

편집위원

원무현 배재경 김해경 김 곳 이현주 천향미 조선영

부산시인협회 40년사

펴낸날 | 2012년 12월 30일

지은이 | 김광자 외
펴낸이 | 김광자

펴낸곳 | 부산시인협회
　　　　　부산시 중구 중앙동2가 24-3 남경빌딩 303호
　　　　　(051) 441-6134

발 간 | 도서출판 **작가마을**
등록번호 | 제 02-01-329호(2002년 8월 29일)
주 소 | (600-012)부산시 중구 중앙동 2가 49-2 남경 B/D 303호
전 화 | (051) 248-4145, 2598
팩 스 | (051) 248-0723
전자우편 | E-mail:seepoet@hanmail.ne

ISBN 978-89-90438-60-7
정가 / 25,000원

※이 책은 부산광역시의 보조금을 일부 지원 받았습니다.
※이 책의 판권은 부산시인협회와 도서출판 작가마을에 있으므로
　양측의 동의 없는 무단 전재 및 복제를 금합니다.